KB124307

영원의 제로

EIEN NO ZERO

© NAOKI HYAKUTA 2006

Originally published in Japan in 2006 by OHTA PUBLISHING COMPANY, TOKYO.
Korean translation rights arranged with OHTA PUBLISHING COMPANY, TOKYO
through TOHAN CORPORATION, TOKYO and SHINWON AGENCY CO., SEOUL.

영원의 제로

양억관 옮김
햐쿠타 나오키 지음

PenguinCafe

프롤로그

아마도 종전 직전이었다. 정확한 날짜는 모르겠다. 그러나 그 제로만은 잊을 수 없다. 악마 같은 제로였다.

나는 항모 '타이콘더로가'의 5인치 고사포 사수였다. 내 역할은 가미카제의 공격으로부터 항모를 지키는 것이었다. 미친 듯이 곤두박질치는 가미카제를 떨어뜨리는 것.

5인치 포탄은 근접신관이라고 해서 포탄을 중심으로 반경 약 십오 미터 범위로 전파를 발신하여 그 전파가 비행기를 포착한 순간 폭발하게 되어 있다. 최고의 병기였다. 그런 포탄을 몇 백 발이나 쏜다. 가미카제는 항모에 접근하기도 전에 거의 다 격추된다.

처음 가미카제를 보았을 때 그것은 공포 자체였다. 내가 처음으로 '타이콘더로가'를 탄 것은 1945년 초였다. 소문으로만 듣던 가미카제를 두 눈으로 보고는 이놈들이 나를 지옥으로 끌고 갈 것이라며 떨었다.

자살 특공이라니 정말 미친 짓이다. 세상에 이런 공격 방법이 있다니 듣도 보도 못한 예외 중의 예외였다. 그렇지만 일본군은 끝도 없이 가미카제 공격을 해온다. 우리가 싸우는 상대는 인간이 아니라는 생각마저 들었다. 죽음을 두려워하는 차원을 넘어 아예 죽음을 향해 돌진한다. 이놈들에게는 가족도 없는 걸까? 친구나 애인도 없는 걸까? 죽으면 슬퍼할 사람도 없는 걸까? 난 아니다. 내 고향 애리조나에는 부모님과 아내가 있다.

우리 함대의 포는 정말 대단했다. 근접신관의 위력은 경이로웠다. 그런 포탄을 전 함대가 한꺼번에 퍼붓는다. 포탄의 막이 하늘색을 바꾸어버릴 정도였다. 그 막을 뚫는 가미카제는 거의 없었다. 그런 탄막을 뚫고 다가온 가미카제에게는 40밀리미터 기관총과 20밀리미터 기관총이 소나기처럼 총알 세례를 퍼붓는다. 거의 모든 가미카제는 공중에서 폭발하든지 불타오르며 바다에 곤두박질쳤다.

이윽고 두려움도 엷어졌다. 이어서 분노가 솟구쳤다. 신을 두려워하지 않는 행동에 대한 분노였다. 아니, 내게 두려움을 준 그들에 대한 복수심이었을지도 모른다.

우리 총포 사수는 포와 기관총에 분노의 힘을 실어 마음껏 쏘아댔다.

최초의 공포가 사라지자 그것은 게임이었다. 우리는 클레이 사격 표적을 쏘는 감각으로 가미카제를 떨어뜨렸다.

놈들은 대체로 비스듬히 낮은 각도로 파고든다. 그즈음 일본군 조종사들은 하나같이 신참이라 수직으로 급강하할 기술을 갖추지 못했다. 우리 포는 거의 모든 각도에 대처할 수 있지만 수직으로 급강하는 놈만은 조준 사격이 불가능하다. 그러나 비행기도 그런 각도로 강하해서는 목표물인 함대에 떨어지기가 어렵다. 비행기를 잘 아는 사람 이야기로는 스피드가 너무 빠르면 조종이 제대로 안 된다고 한다. 급강하를 하다가 그냥 바다로 곤두박질치는 가미카제를 많이 보았다.

그러나 가미카제를 떨어뜨리는 일도 점점 괴로웠다. 그건 결코 클레이 사격의 표적이 아니다. 거기에는 인간이 있다.

제발 오지 마! 얼마나 외쳤는지 모른다.

그렇지만 오면 쏜다. 그러지 않으면 우리가 죽으니까. 가미카제 공격을 받아 침몰한 함정도 적지 않다. 함정에는 몇 천 명의 병사가 있다. 그런 함정이 침몰하면 적어도 몇 백 명은 죽는다. 고작 일본놈 하나 때문에 미국인 몇 백 명이 죽는다. 결코 허락할 수 없는 일이다. 설령 침몰하지 않는다 하더라도 가미카제가 함정에 떨어지면 미국 병사 몇은 죽는다.

5월 오키나와전 이후, 우리의 대 가미카제 방어 전략은 완벽하게 갖추어졌다. 거의 모든 가미카제는 본대의 천 마일 전방에 배치된 피켓 함대형 레이더를 단 구축함. ─ 옮긴이에 의해 이백 마일 앞에서 포착되어 저 먼 바다 위에서 대기하는 전투기 공격을 받아 격추되었다.

그즈음에는 가미카제를 호위하는 전투기도 거의 없었다. 마치 양치기 없는 양 떼와도 같았다. 무거운 폭탄을 실은 탓에 움직임이 둔탁해진 가미카제가 우리의 최신 전투기 상대가 될 수는 없었다.

그러므로 거의 모든 가미카제는 함대 상공에 접근할 수도 없었다.

여름에 이르러 우리의 고사포 포수는 개점휴업 상태였다. 8월에 들어서 우리는 곧 전쟁이 끝날 것이라 생각했다.

바로 그때 나는 그 악마 같은 제로를 보았다.

망령

'스타워즈'의 주제곡을 들으며 눈을 떴다. 휴대전화가 울렸다. 시계를 보니 벌써 점심때가 지났다.

누나였다.

"지금 뭐 해?"

"산책 중이야."

"자다 일어났지?"

"일자리 알아보러 나갈 생각이야."

누나는 잠시 입을 다물었다가 바로, 거짓말, 하고 외쳤다.

"너 언제까지 빈둥거리고만 있을 거야? 겐다로, 너 같은 애를 '니트'라고 하는 거야."

"니트가 무슨 말의 약자인지나 알아?"

누나는 내 질문을 무시했다.

"혹시 지금 할 일 없으면 내가 좋은 알바 하나 소개해줄까?"

또 그 이야기인가 했다.

하긴 스물여섯 살이나 되어 빈둥거리고만 있으니 내가 생각해도 한심하기 짝이 없다. 고시 준비생이라고 하면 듣기에는 그럴듯하지만 올해에도 시험을 보지 않았다. 대학 4학년 때부터 사 년 연속 낙방이다. 첫해가 가장 아까웠다. 가장 어렵다는 논문시험까지 합격했는데 그만 구술시험에서 큰 실수를 하고 말았다. 지도교수에게 얼마나 큰 실망을 주었는지 모른다.

모든 사람이 다음 해는 무난히 통과하리라 생각했다. 논문을 통과한 사람은 다음 필기시험을 면제받기 때문이다. 그런데 그해에도 구술시험에서 실패했다. 필기시험을 안 쳐도 된다고 해서 너무 늘어진 탓이었다. 그 다음부터는 무슨 마魔라도 끼었는지, 이듬해에는 논문시험에서 떨어지고 그 이듬해에는 단답형 시험에서도 떨어지고 말았다. 그해는 학생 시절부터 사귀던 여자 친구한테도 차여 정신적으로 최악의 상태에서 치른 시험이었다.

그 후로 자신감도 잃어버리고 매일 빈둥거리고 시간만 죽이며 지내는 형편이다. 우리 과에서도 맨 먼저 사법시험을 통과할 것이라 평가받았는데 동기 가운데 가장 뒤떨어진 부류에 끼어들고 말았다. 가끔 학원 강사 알바도 하고 육체노동도 했지만 그 모든 것이 시간을 죽이기 위한 일에 지나지 않았다.

지금도 진지하게 공부만 한다면 합격할 자신은 있지만 문제는 의욕이 생기지 않는다는 것이다. 어떤 계기가 주어져 시동만 걸리면 될 텐데 하며 일 년도 넘게 빈둥거리고 있다.

"무슨 알바?"

"내 조수."

"아, 그런 일이라면 사양할게요."

누나 게이코는 나보다 네 살 위로 프리랜스 작가다. 그것도 발로 뛰어야 하는. 정보지를 발행하는 출판사에 사 년 정도 근무하다가 프리를 선언했다. 그 일이란 것도 옛날에 다니던 출판사 잡지의 인터뷰 기사 작성이다. 그런 일을 하면서 시내에 아파트를 빌려 사는 걸 보니 수입은 꽤 괜찮은 듯하다. 언젠가는 일류 논픽션 작가가 될 거라고 호언장담하지만 그건 그냥 꿈이 아닐까 싶다. 야심만은 대단한 누나다.

"그거, 정확히 말하자면 내 일을 돕는 게 아니야. 사실은 할아버지에 대해 조사하는 거야."

"할아버지에 대해 뭘 조사하는데?"

"지금 할아버지 말고, 할머니 옛날 남편."

"아, 그거."

할머니의 첫 남자는 전쟁 때 세상을 떠났다. 특공대로 죽었다고 한다. 결혼생활은 아주 짧았다는데, 그 짧은 결혼생활에서 태어난 아이가 바로 우리 엄마다. 할머니는 전쟁이 끝난 후에 재혼했고, 그 상대가 바로 지금의 할아버지다.

할머니가 세상을 떠난 육 년 전 처음 그 사실을 알았다. 사십구재가 끝나고 얼마 뒤 할아버지는 누나와 나를 불러놓고 처음으로 할머니의 첫 남편 그 할아버지에 대해 이야기해주었다. 할머니가 할아버지와 재혼했다는 것보다는 진짜 할아버지로 생각했던 사람이 피가 하나도 섞이지 않은 남이나 다름없는 사람이라는 사실이 내게는 큰 충격이었다.

할아버지는 어릴 적부터 누나와 나를 진짜 손자 이상으로 귀여워했다. 그리고 친딸이 아닌 어머니와도 아주 사이가 좋았다. 할머니는 할아버지와 재혼한 뒤 두 형제(나의 삼촌들)를 낳았는데, 어머니와 삼촌들도 사이가 좋았다.

진짜 할아버지의 존재를 알게 되었지만 딱히 그 사람에 대해 특별한 감정은 일어나지 않았다. 내가 태어나기 삼십 년 전에 세상을 떠난 데다 우리 집에는 한 장의 사진도 없어 어떤 감정을 품는다는 것 자체가 무리였다. 이런 비유를 들어 좀 미안하지만, 마치 망령이 되살아난 듯한 느낌이었다.

할아버지도 할머니에게서 전 남편에 대해 거의 아무 말도 들은 게 없는 듯했다. 오로지 한 가지 가미카제 특공대로 전사한 해군 항공병이라는 것뿐이다. 그 할아버지에 대해서 어머니도 아무 기억이 없었다. 쭉 전장에만 있다가 어머니 세 살 적에 전사했다고 한다.

"왜 그 사람을 조사해?"

나는 감히 '그 사람'이라고 말했다. 나에게 할아버지는 지금의 할아버지 하나뿐이었고, 이제 와서 진짜 할아버지를 '할아버지'라고 부르는 것 자체가 어색하고 싫었다.

"언젠가 엄마가 이런 말을 했었어. 돌아가신 아버지는 어떤 사람이었을까 하고. 아버지에 대해 아무것도 아는 게 없다면서."

"그랬어?" 나는 침대에서 몸을 일으켰다.

"그 말을 듣고 뭐든 내가 할 수 있다면 해주고 싶은 생각이 들었어. 엄마 마음은 충분히 알 것 같아. 그렇잖아. 진짜 아버지니까. 물론 엄마한테 지금의 할아버지는 소중한 존재야. 할아버지야말로 진짜 아버지니까. 그렇지만 뭐라고 해야 하나, 그런 감정과는 달리 진짜 아버지가 어떤 사람이었는지 알고 싶지 않았을까?"

"이제 와서?"

"아마 나이가 든 탓도 있을 거야."

"할아버지는 그 사람에 대해 아무것도 몰라?"

"모르는 것 같아. 할머니도 할아버지한테 전 남편 이야기는 거의 하지 않았던 것 같으니까."

"흐음."

나는 할아버지가 좋다. 사법시험을 보려 한 것도 할아버지의 영향이었다. 할아버지는 국철 직원이었는데 서른 살이 넘어서 사법시험에 합격해 변호사가 된 노력파였다. 애당초 와세다 대학 법학부 출신이니까 나름대로 학력은 있었을 것이다. 할아버지는 가난한 사람을 위해 발로 뛰는 변호사였다. 상투적인 말로 표현하자면 청빈을 사랑하는 변호사라 하겠다. 나는 그런 모습을 보고 변호사가 되고자 했던 것이다.

할아버지는 내가 사법시험에 몇 번이나 떨어져 빈둥거리고 있어도 실망하거나 화를 내지 않았다. 오히려 의논하는 어머니에게, "그 애는 언젠가 제 길로 갈 테니까 아무 걱정 하지 마"라며 달랬다. 그 말에 어머니와 누나는 어처구니가 없었다고 한다.

"그런데 그 할아버지를 조사하는데 왜 내가 필요해?"

"난 바빠서 그 일에만 매달릴 수 없잖아. 그리고 이 일은 너와도 관계가 있고. 그렇지만 공짜로 시킬 생각은 아냐. 보수를 줄게."

나는 쓴웃음을 지으면서도 해볼까 싶었다. 어차피 노는 몸이니까.

"그럼, 어떻게 조사를 해?"

"할 마음 있어?"

"그냥, 조사를 하려면 무슨 단서 같은 게 있어야 할 것 같아서.”

“아무 단서도 없어. 친척이 있는지 없는지도 몰라. 그렇지만 본명을 아니까 당시 어느 부대에 소속되었는지 정도는 확인할 수 있을 거야.”

“설마 같은 부대에 있었던 사람을 찾아서 어떤 사람이었는지 물어보라는 말은 아니겠지?”

“겐다로, 역시 머리가 좋아.”

“말도 안 돼. 첫째, 육십 년이나 지난 옛날 일이야. 설령 그 사람을 아는 사람이 있다 한들 기억한다는 보장도 없어. 게다가 거의 다 세상을 떠났을 테고.”

“너의 진짜 할아버지에 관한 일이야.”

“그렇긴 하지만 딱히 알고 싶은 마음은 없거든.”

“난 알고 싶어!”

누나는 강한 어투로 말했다.

“난 진짜 할아버지가 어떤 사람이었는지 정말 궁금해. 생각해봐. 나의 뿌리잖아. 너의 뿌리이기도 하고.”

그런 말을 들어도 딱히 마음이 움직이지는 않았지만, 누나의 말을 부정하고 싶지는 않았다.

“어떡할 거야? 할 거야, 말 거야?”

“알았어. 할게.”

할아버지에 대해 알고 싶은 마음이 전혀 없는 것도 아니었지만, 누나의 제안을 받아들인 것은 사실 지겨운 일상에 변화를 주고 싶어서였다. 게다가 돈까지 들어온다니 정말 고마운 일이다.

이튿날, 누나와 시부야에서 만났다. 점심을 같이 들면서 의논하려는 것이다. 물론 누나가 쏜다. 우리는 이탈리안 레스토랑 체인점에 들어갔다.

누나는 늘 그렇듯이 청바지 차림에 화장도 하지 않았다.

"사실 나, 이번에 큰 건수를 올릴지도 몰라. 내년 종전 60주년 신문사 프로젝트에 스태프로 들어갔어."

누나는 조금 자랑스러운 어투로 말하더니 대형 신문사 이름을 댔다.

"와아, 그거 대단하네. 별 볼 일 없는 잡지사에서 한 단계 올라선 거잖아."

"잡지사를 너무 깔보지 마."

약간 날이 선 듯한 말투였다.

"미안."

"이거, 잘만 되면 책으로 낼지도 몰라."

"정말? 어떤 책?"

"전쟁 체험자의 증언을 모은 책. 아직은 출판이 결정나지 않았지만. 아마도 공동 집필이 될 것 같긴 한데, 어쨌든 그런 이야기가 오가는 중이야."

누나는 눈을 반짝이며 그렇게 말했다. 그러니 이렇게 열을 올리는 거라고 생각했다. 누나는 그 작업을 준비할 겸해서 할아버지를 조사하려는 것이다. 할아버지를 알고 싶고 어머니를 위해 조사하고 싶다는 것도 진심일 테지만, 그것보다는 이번 조사를 통해 작가의 역량을 기르려는 마음이 더 강한 것처럼 보였다. 여태 누나의 입에서 돌아가신 할아버지 이야기가 나온 적은 한 번도 없으니까.

솔직히 말해 누나는 저널리스트 타입은 아니다. 기가 세긴 하지만 이것저것 너무 신경을 많이 쓰는 성격이라 아마도 취재 대상에게 과격하고 날카로운 질문은 날리지도 못할 것이다. 게다가 금방 감정을 바깥으로 드러내는 성격도 단점이다. 굳이 누나에게 말을 하지 않아도 본인이 더 잘 아는 일이었다. 그런 만큼 이번 종전 프로젝트를 통해 그런 성격적인 단점을 넘어서 한 단계 도약하고 싶은 것이 아닐까?

"그런데 할아버지가 특공대에서 전사했다는 게 사실이야?"

"할아버지가 그렇게 말씀하시니까."

누나는 포크로 파스타를 말면서 말했다. 그러고는 마치 남 말하듯이 했다.

"우리 핏줄에도 대단한 분이 있었던 거야."

나도 마치 남의 일인 듯 고개만 끄덕이며 무덤덤하게 맞장구를 쳤다.

"그런데 그 특공대라는 게 테러리스트라는 말이 있어."

"테러리스트?"

"이건 일 관계로 만난 신문사 사람 말인데, 가미카제 특공대라는 건 요즘 식으로 말하면 그 자체로 테러리스트라는 거야. 그들의 행위가 뉴욕 무역센터 빌딩으로 돌격한 사람들과 똑같다는 거지."

"특공대를 테러리스트라고 하는 건 좀 아닌 것 같은데."

"잘은 모르겠지만 그런 관점도 있는 모양이야. 아무튼 시대와 배경이 완전히 달라 보이기는 하지만 근본 구조는 똑같다고. 광신적인 애국자이면서 순교자, 그런 이미지도 동일하다고."

대담한 의견이었지만 어떤 점에서는 그럴듯하기도 했다.

"그렇게 말한 사람, 아주 대단한 능력자야. 예전에 정치부 기자였어. 요전에 같이 점심 먹을 때 할아버지가 특공대였다고 했더니 특공대원의 유서를 모은 책을 빌려줬어. 거기에 보국이니 충효니 하는 말이 많이 나와. 놀랍게도 특공대원들은 죽음을 조금도 두려워하지 않았다는 거야. 오히려 산화散花를 기뻐하는 글도 있었어. 그것을 읽고는, 일본에도 이런 광신적인 애국자가 많았던 시절이 있었구나 하는 생각이 들었어."

"그런 일이 있었구나. 그렇지만 우리 할아버지가 테러리스트였다니 믿기지가 않아."

"이슬람의 자폭 테러리스트의 후손도 육십 년이 지나면 그런 말을 할지도 몰라."

누나는 파스타를 볼에 가득 넣은 채 말했다. 그런 다음 꿀꺽 꿀꺽 물을 마셨다. 여자다운 구석이라고는 조금도 찾아볼 수 없다. 동생인 내가 이런 말을 하기는 좀 뭣하지만, 꽤 미인인데 행동이나 말투에는 거침이 없다.

"할아버지는 유서를 남겼을까?"

"남기지 않은 모양이야."

"삶의 흔적이 하나도 없어?"

"그러니까 조사를 하는 거잖아."

"그래서, 내가 구체적으로 뭘 어떻게 해야 하는데?"

"할아버지를 아는 전우들을 찾아봐 줘. 나는 지금 바빠서 도저히 시간을 낼 수 없어. 그러니까 너한테 조사를 부탁하는 거야. 선수금을 줄 테니까 부탁해."

누나는 빠른 어투로 그렇게 말하고는 핸드백에서 봉투를 꺼내 나에게 건네주었다.

"어차피 할 일 없잖아. 조사는 전화든 팩스든 얼마든지 가능할 거야. 전우만 찾아주면 인터뷰는 내가 할 테니까."

나는 약간 떨떠름한 기분으로 봉투를 받아들었다.

"그런데 할아버지가 살았으면 몇 살?"

누나는 호주머니에서 수첩을 꺼내 페이지를 펼쳤다.

"1919년생이니까, 살았으면 여든다섯 살."

"전우를 찾기가 아주 힘들 것 같아. 전쟁 중에 거의 다 죽었으니까."

"하긴 그래. 너무 늦었을지도 몰라."

받아들이기는 했지만 일주일이 지나도록 아무것도 하지 않았다.

그러다 몇 번 누나의 독촉 전화를 받고서야 겨우 무거운 엉덩이를 들어올렸다. 선금을 받았으니 뭐든 해야 한다.

할아버지의 군 경력은 후생노동성에 문의하여 알아낼 수 있었다.

'미야베 규조. 1919년 도쿄 출생. 1934년 해군 입대. 1945년 남서제도 해상에서 전사.'

할아버지의 인생을 한 줄로 정리하면 그렇게 된다. 물론 그 과정을 자세히 적어 넣으려면 얼마든지 넣을 수 있다. 처음에는 해병대에 입대했다가 곧 조종 연습생을 거쳐 비행사가 되었고, 1937년에 중국 전선에 투입, 1941년에는 항공모함을 타고 진주만 공격에 참가, 그 다음은 남방의 섬들을 전전하다가 1945년에 본토로 돌아와 종전 며칠 전에 가미카제 특공대원으로 전사했다.

그는 열다섯 살부터 스물여섯 살까지 십일 년 동안 그야말로 인생 최고의 황금 시절을 군대에 바치고 후반 팔 년은 줄곧 비행기를 타고 싸웠다. 그러다 결국 가미카제 특공대원으로 죽고 말았다. 며칠만 빨리 전쟁이 끝났더라도 살 수 있었을 텐데.

"불행한 시대에 태어났던 거야, 규조 씨는."

나도 모르게 그렇게 중얼거렸다.

사생활을 보면, 그는 1941년에 할머니와 결혼했다. 어머니가 태어난 것은 1942년이다. 결혼 생활이라고 해야 고작 사 년, 그것도 거의 전장에서 홀로 보냈다. 본토에 돌아와서도 실제 어느 정도나 같이 지냈는지 알 수 없다. 할머니가 할아버지에게 전 남편에 대해 거의 아무 말도 하지 않았던 것도 숨기려고 해서가 아니라 할 말이 없었기 때문일지도 모른다.

군대 이력을 늘어놓은들 할아버지의 인간성에 대해서는 아무것도 알 수 없다. 할아버지가 어떤 사람이었는지 알려면 그를 기억하는 인물을 만나서 물어볼 수밖에 없다. 당시 전우들도 여든 살을 넘어 거의 다 세상을 떠났을 것이다.

누나도 나도 좀 늦었을지도 모른다고 생각했다. 그렇지만 뒤집어 생각하면, 지금이 마지막 기회일지도 모른다.

후생노동성에서 옛 해군 관계자 모임 '수교회水交會'가 있다는 것을 알고 거기에 문의해서 몇 군데 전우회의 존재를 확인했다.

전우회는 해군 동기 모임이 있는가 하면 같은 항공대나 항공모함에 근무한 사람들의 모임도 있었다. 다만 회원이 고령화되면서 요 몇 년 사이에 해산한 전우회가 많았다. 전쟁 경험자가 역사의 무대에서 사라져가는 바로 그런 때였다.

확인한 전우회 가운데서 할아버지를 아는 사람이 얼마나 되는가가 문제인데, 설령 있다 하더라도 육십 년 전 일을 제대로 기억할지 알 수 없는 노릇이다. 내가 육십 년 후에 지금의 친구에 대해 질문을 받았을 때 과연 얼마나 기억해낼 수 있을까?

그렇지만 생각만 해서는 아무것도 할 수 없다. 나는 모든 전우회에 편지를 보내 할아버지를 아는 사람이 있는지를 물었다.

이 주일 뒤, 어느 전우회에서 답장이 왔다. 할아버지와 라바울에서 같은 비행사로 근무한 사람이 있다는 것이었다. 답장을 보낸 사람은 전우회 간사였는데, 대단한 달필에다 내가 모르는 한자도 있었다. 완전히 해독하지 못해 그 편지를 들고 누나를 찾아갔다.

누나의 일정이 너무나 바빠 밤늦게 패밀리 레스토랑에서 만났다.

문학부 출신인 누나도 그 달필의 한자를 해독하기가 어려운 듯했다.

"육십 년이나 나이 차이가 있다 보니 쓰는 한자도 다른 모양이야."

나는 편지를 노려보는 누나를 바라보며 말했다.

"우리는 약자만 배워서 정자를 거의 몰라. 개중에는 원래 꼴하고는 하나도 안 닮은 놈도 있거든. 예를 들면 요놈."

누나는 편지 가운데 한 자를 가리켰다.

"'聯合艦隊연합함대', 이거 읽을 수 있니?"

읽을 수 없었다.

"난 우연히 알게 돼서 읽긴 해. 이건 연합함대 連合艦隊야."

"이게 '연連'이구나. 완전히 글자가 다르잖아. 귀 이耳변에다가 꼴이 완전 달라."

누나는 웃었다.

"게다가 초서로 휘날려 쓴 거라 읽기가 힘들어."

나는 한숨을 내쉬었다.

"인종이 다른 사람을 상대하는 기분이 들어."

"같은 일본인이야. 할아버지가 다른 인종으로 보여? 이분은 분명 살아 있는 노인이야."

"나도 할아버지가 다른 인종이라는 생각은 안 해. 그렇지만 가족이 아닌 여든 살 넘은 노인은 나에게 다른 인종이나 다름없어."

누나는 편지를 테이블에 올려놓고 아이스커피를 마시며 말했다.

"그쪽도 우리를 그렇게 볼지도 몰라."

앞으로 그런 사람을 상대해야 한다는 생각을 하니 마음이 무거워졌다.

겁쟁이

전 해군 소위, 하세가와 우메오의 집은 사이다마 교외에 있었다. 하세가와의 옛 성이 이시오카였던 것으로 보아 전쟁 후 어느 집안에 양자로 들어갔을지도 모른다.

도쿄에서 한 시간을 달려 내린 역 주변은 그런대로 도심지 꼴은 갖추었지만 조금만 걸으면 온통 논밭이었다. 해는 머리 위에 있다. 구름 한 점 없다. 막 7월에 접어들었는데 햇살이 너무 뜨겁고 벌레 울음소리는 시끄럽기 그지없다.

도시의 더위와는 달리 피부를 찌르는 듯한 햇살이었다. 진짜 여름이라는 느낌이 들었다.

"아, 덥다."

나는 옆에서 걷는 누나에게 말했다.

"나는 그냥 즐겁기만 한데."

어깃장을 부리는 것 같다. 괜히 짜증이 난다.

인터뷰는 혼자 하겠다 해놓고 출발하기 직전에 나더러 같이 가자고 했다.

"처음 한 번만, 부탁이야."

간절하게 부탁하는 바람에 마지못해 고개를 끄덕이고 말았지만, 시골길을 걸으면서 나는 후회했다.

"그런데 전쟁에 대해 공부는 좀 했어?"

"그럴 여유가 어디 있겠니? 그냥 선입견 없이 인터뷰를 하고 싶어."

누나가 말했다. 여전히 자기 편한 대로다.

역에서 삼십 분쯤 걸었을까? 온몸이 땀으로 흠뻑 젖어버렸다. 힘이 넘치던 누나도 어느새 입을 꾹 다물었다.

메모한 주소의 그 집은 자그마한 농가였다.

지은 지 오십 년은 됨직한 단층 주택이었다. 주변은 밭이고 현관 앞 공터에 경트럭이 있다. 초라해 보이는 집이었다. 해군 소위 출신이라고 해서 꽤 좋은 집이 아닐까 생각했는데, 조금 실망스러웠다. 누나도 멀뚱멀뚱 그 집을 바라보았다.

나는 유리문 옆에 달린 초인종을 눌렀다. 그러나 아무리 기다려도 대답이 없었다. 아무래도 고장이 난 듯했다.

문을 향해 주인을 불렀다. 바로 들어오라는 대답이 돌아왔다. 힘이 실린 큰 목소리였다.

현관으로 들어서자 비쩍 마른 노인이 맞아주었다. 그 모습을 본 순간, 섬뜩한 느낌이 들었다. 노인이 걸친 반소매 셔츠의 왼쪽 아래가 텅 비었기 때문이다. 그 사람이 바로 하세가와였다.

현관 옆 응접실로 안내받았다. 무슨 유령이라도 사는 방 같았다. 세 평이나 될까, 좁은 공간에 나무로 만든 테이블이 놓였다. 벽에는 복제 그림이 걸렸고 천장에는 싸구려 조명등이 매달렸다. 방 안은 정신이 아득해질 만큼 더웠다. 아마도 응접실은 가건물 식으로 증축했을 것이다. 방으로 들어서자마자 땀이 솟아올랐지만 에어컨을 틀어달라는 말도 할 수 없었다.

하세가와는 백발을 올백으로 빗어 넘겼고 수염을 길렀다. 사람을 가늠하는 듯한 가느다란 눈으로 우리를 바라보았다.

누나는 말이 없는 하세가와를 향해 새삼 오늘 방문한 목적을 알렸다. 우리 할아버지 미야베 규조가 어떤 사람이었는지 알고 싶어서 찾아왔다고 했다.

그 사이 하세가와는 우리 얼굴을 번갈아 바라보았다. 방안의 열기 때문에 땀은 끝도 없이 솟구쳐 올랐다.

"편지에는 남자 이름이 적혔더구먼."

하세가와가 말했다. 누나가 대답했다.

"연락은 동생이 맡았거든요."

하세가와가 알았다는 듯 고개를 끄덕였다. 그런 다음 다시 한 번 우리 얼굴을 번갈아 지그시 바라보았다.

누나가 입을 열었다.

"하세가와 할아버지는 저의 할아버지를 아시는지요?"

"알지."

간발의 틈도 주지 않고 하세가와가 말했다.

"그놈은 해군 항공대 최고 겁쟁이였어."

나도 모르게 엣!, 속으로 외쳤다.

"미야베 규조는 그 무엇보다 목숨을 아까워한 사내였지."

누나의 얼굴이 벌게졌다. 나는 테이블 아래서 누나의 무릎에 손을 댔다. 누나는 괜찮다는 듯 내 손을 손으로 눌렀다.

누나는 애써 냉정한 목소리로 물었다.

"그건 무슨 뜻인가요?"

"무슨 뜻이냐고?"

하세가와는 누나의 말을 되뇌었다.

"말 그대로 목숨이 아까워 몸을 사리는 사람이었다는 거지. 우리 비행사들은 나라에 목숨을 맡긴 사람들이야. 난 전투기를 몰 때부터 이미 내 목숨이 내 거라는 생각을 하지 않았어. 절대 집에서 누워 죽지는 않을 거라고 각오했지. 그렇다면 남은 건 오로지 하나, 어떻게 죽을 것인가 하는 것뿐이야."

하세가와는 말을 하면서 오른손으로 왼쪽 어깨를 쓰다듬었다. 팔이 없는 왼쪽 소매가 흔들렸다.

"나는 언제든 죽을 각오였어. 어떤 전장에서도 목숨을 아까워하지 않았어. 그러나 미야베 규조라는 사내는 그렇지 않았지. 놈은 늘 도망만 쳤어. 이기는 것보다는 자신의 목숨을 구하는 것이 지상 목표였으니까."

"목숨을 아까워하는 것은 자연스러운 감정이 아닐까요?"

하세가와는 힐끗 누나를 째려보았다.

"그런 게 바로 여자의 감정이란 거야."

"그건 또 무슨 뜻인가요?"

나는 작은 목소리로 누나를 불렀다. 그러나 누나는 못 들은 척했다.

"남자건 여자건 마찬가지라고 생각해요. 자신의 목숨을 소중히 여기는 건 당연한 일이 아닐까요?"

"그건 말이야, 아가씨. 평화로운 시대의 사고방식이야. 우리는 일본이라는 나라가 사느냐 죽느냐 하는 싸움을 했었어. 설령 내가 죽는다 해도 그것으로 나라를 구한다면 좋았던 거야. 그런데 미야베 규조라는 사내는 달랐어. 그놈은 전장에서 도망만 쳤지."

"그거 아주 훌륭한 태도라고 생각하는데요?"

"훌륭하다고?" 하세가와가 목소리를 높였다. "전쟁에서 병사들이 도망치면 어떻게 싸워?"

"모두가 그런 생각을 하면 전쟁 같은 건 일어나지 않을 텐데요."

하세가와는 멍하니 입을 벌렸다.

"자네는 학교에서 뭘 배웠나? 세계사도 배우지 않았는가? 인류 역사는 전쟁의 역사야. 물론 전쟁은 악이야. 가장 큰 악이지. 그런 건 누구나 아는 사실이야. 그러나 그 누구도 전쟁을 없애지 못해."

"전쟁이 필요악이라는 말씀이세요?"

"지금 이 자리에서 자네와 전쟁이 악이냐 아니냐 논쟁을 벌인들 아무 의미도 없네. 그런 논쟁 같은 건 회사에 가서 상사나 동료를 붙들고 마음껏 하면 돼. 그래서 내일이라도 전쟁을 없앨 방법이라도 찾으면 책으로 내게. 전 세계의 지도자한테 보내면 하루 만에 전쟁을 없앨 수 있을 거야. 아니면 지역 분쟁이 일어난 지역으로 가서, 모두 전장에서 도망치면 전쟁이 없어질 거라고 외치고 다니든지."

누나는 입술을 깨물었다.

"잘 들어. 전쟁터는 싸우는 곳이야. 도망칠 수 없어. 그 전쟁이 침략전쟁이든 방어를 위한 전쟁이든, 우리 병사들한테는 아무 상관이 없는 거야. 전쟁터에 나가면 눈앞의 적을 칠 수밖에 없어. 그것이 병사의 임무고. 휴전이니 평화조약이니 하는 건 정치가의 일이야. 내 말이 틀렸는가?"

하세가와는 말을 하면서 다시 오른손으로 팔이 없는 왼쪽 어깨를 쓰다듬었다.

"미야베는 전쟁터에서 늘 도망치려고만 했지."

누나는 말이 없었다. 내가 물었다.

"할아버지를 싫어하셨군요."

하세가와는 내 쪽을 바라보았다.

"내가 미야베를 겁쟁이라 말하는 건 놈이 비행사였기 때문이야. 그놈이 영장을 받고 소집된 병사 신분이었다면 목숨이 아깝다고 도망친들 아무 말도 안 해. 그러나 그놈은 지원병이었어. 스스로 군인이 되고 싶어서 된 항공병이야. 그러므로 나는 놈을 절대로 용서할 수 없어. 이런 나한테라도 이야기를 듣고 싶은가?"

입을 다문 누나 대신에 내가 말했다.

"부탁드립니다."

하세가와는 흐음, 하고 콧소리를 냈다.

나는 녹음해도 되겠느냐고 물었다. 하세가와는 괜찮다고 대답했다. 내가 녹음기 스위치를 누르자 하세가와가 말했다.

"좋아. 이야기하지."

내가 해군에 들어간 것은 1936년 봄이었어. 나는 사이다마 현의 농가에서 태어났지. 팔형제 가운데 여섯 번째로. 우리 집은 소작농이었어. 먹고살기가 빠듯한 가난한 농가였지.

  잘 들어봐. 군대와 비행사에 대해 모르면 내가 왜 그 친구를 싫어했는지 그 이유를 알 수 없어.

  나는 초등학교 때부터 공부를 꽤 잘했어. 자랑은 아니지만 일등을 놓친 적이 없었어. 그렇지만 중학교에 진학하지 못했지. 그 당시 시골 아이들 대부분이 그랬어. 도매상 집 자식 정도가 아니라면 중학교에는 가지도 못했어. 선생님이 이렇게 우수한 학생이 중학교에 못 간다는 게 너무 안타깝다며 부모를 설득해보았지만 어쩔 도리가 없었던 거야. 내 위 형 셋도 다 공부를 잘했지만 한 사람도 중학교에 가지 못했어.

  초등학교를 졸업하자마자 밥그릇 수라도 줄일 양으로 나는 견습사원 자리를 찾아갔지. 내 일자리는 오사카의 두부공장이었어. 일이 너무 힘들었어. 이른 아침에 일어나 밤늦게까지 일했지. 특히 겨울철의 고생이란 말로 다 할 수 없을 정도였어. 차가운 물에 손을 담그고 있다 보면 손가락 감각이 없어지고 말아. 나는 동상에 약한 편이라 겨울 동안은 특히 고생이 심했어. 손가락이 검붉게 변하고 피부가 벗겨지고 피가 났지. 그 상처가 다 낫기도 전에 다른 피부가 벗겨져. 그런 손을 찬 물에 담글 때면 격통이 일어나.

  얼마나 울었는지 몰라. 그러나 주인은 인정사정이 없었어. 동상에 걸리는 것도 나태한 성격 때문이라는 거야. 자기는 몇

십 년을 일했어도 동상 따위는 걸린 적이 없다고 말이야.

주인에게 맞기도 많이 맞았지. 지금 생각해보면 그건 일종의 병이었지. 잔인한 성격이었어. 사람 때리기를 좋아하는. 마치 나를 부리는 것이 때리기 위해서인 것처럼 매일 때렸어. 맞고 울면, 운다고 또 때렸지.

처음 취직할 때 야간 중학교에 보내주겠다는 약속도 지키지 않았어.

그렇지만 참을 수밖에 없었지. 도망친들 돌아갈 곳도 없었으니까. 이 년 뒤, 나는 키가 백팔십이나 되었어. 체중도 칠십오 킬로그램이나 되었고.

주인은 나의 변화를 느끼지 못했던 모양이야. 어느 날, 무슨 기분 나쁜 일이라도 있었던지 이유도 없이 나를 두들겨 패는 거야. 잘못한 것도 없는데 말이지. 난 화가 나서 처음으로 주인을 패버렸어. 주인은 미친 듯이 날뛰었어. 죽여버리겠다면서 몽둥이를 들고 휘둘렀어. 난 그 몽둥이를 빼앗아 그냥 두들겨 패버렸어. 그랬더니 주인이 울면서 비는 거야. 용서해달라는 말을 반복하면서 무릎을 꿇었어. 주인의 마누라도 달려 나와 용서해달라고 빌었어. 여태 내가 그렇게 두들겨 맞을 때는 한 번도 말리지 않았던 여자가 남편이 두들겨 맞으니까 울면서 말리는 거야. 그 모습을 보는 순간 화가 더 치밀었어. 지금까지 이런 인간에게 두들겨 맞으며 살았단 말인가 싶었지. 난 여자를 차버리고 주인을 몽둥이로 마구 때렸지. 주인은 울면서 용서해달라고 외치다가 그만 기절해버렸어.

나는 가게를 뛰쳐나와 역으로 향했어. 돌아갈 곳이라고는 고향뿐이었지. 그러나 첫 열차가 출발하기도 전에 경찰에 붙잡히고 만 거야. 미성년자라서 감옥에 가지는 않았지만 경찰에게 기절할 정도로 두들겨 맞았지.

이제 갈 곳이라고는 군대뿐이었어. 나는 해군에 지원했고 합격했어.

해군에서는 순양함 기관병이 되었어. 거기서도 매일 두들겨 맞았지. 세상 어디에 일본 군대만큼 사람을 두들겨 패는 곳이 있을까 싶을 만큼. 육군도 심했지만 해군은 더하다고들 했지. 왜냐하면 육군 병사는 총을 들었으니까. 전쟁터에 나가면 총알이 반드시 앞에서만 날아오란 법이 없어. 너무 심하게 했다가는 뒤에서 총질을 당할 수도 있다고 해. 그래서 육군에서는 구타도 어느 정도 선이 있다는 거야. 그러나 해군 병사는 총을 들지 않아. 그래서 해군에서는 상관이 부하를 마음껏 때릴 수 있다는 거지. 정말인지는 모르겠지만 아무튼 무지하게 두들겨 맞은 건 사실이야.

해군에 들어가서 삼 년째, 항공병을 모집한다는 것을 알았지. 난 항공병이 되려고 있는 힘을 다해 공부했어. 함대 근무가 끝나면 짧은 자유 시간을 활용해서 공부했더랬어.

시험에 합격했지. 대단한 경쟁률이었다고 해. 내가 생각해도 정말 대견할 정도야.

그렇게 나는 조종 연습생이 되었어. 이른바 전통적인 해군 조련생이었지. 아마 미야베도 조련생 출신이었을 거야. 놈은 나보다 몇 기 선배였어.

가스미가우라 항공대 훈련은 정말 힘들었지. 그렇지만 함대 근무에 견주면 아무것도 아니야. 게다가 난 비행기에 반했으니까. 비행 훈련이 얼마나 재미있었는지 몰라.

초등학교를 졸업한 뒤 태어나서 처음으로 살아가는 기쁨을 맛보았어. 내 삶의 보람이 바로 이거라는 생각이 들었어. 그 당시 비행기 조종사가 된다는 것은 죽음을 각오한 일이었어. 전투가 시작되면 조종사는 적진 깊숙이 침투해서 직접 싸워야 해. 또는 우리 부대를 공격하는 적기와 싸워야 하고. 그게 아니라도 비행기 자체가 늘 죽음을 안고 다니는 거였어. 당시 비행기는 그리 믿을 만한 기계가 아니었지. 고장도 잦아서 훈련 중에 목숨을 잃는 경우도 많았거든. 그렇지만 난 무섭지 않았어. 우리는 평시의 안전 비행 훈련을 받는 게 아니었어. 절박한 상황에서 삶과 죽음 사이를 오가는 그런 훈련을 했던 거야.

내 모든 것을 비행기에 걸기로 결심했지. 조금도 과장 없이 내 모든 것을 걸고 훈련에 임했던 거야.

연습생 대부분이 나와 같은 마음가짐이었을 거야. 다들 훈련에 열심이었어. 말 그대로 미친 듯이. 왜냐하면 훈련생 전원이 조종사가 되지는 못했으니까. 적성을 살펴 조종사에 맞지 않는다고 판단되면 폭격기나 공격기의 정찰원이나 통신원이 되는 거야. 조종사에서 떨어진 애들은 모두 울었어.

그 조종사도 기량과 적성에 따라 전투기와 폭격기와 공격기로 나뉘어. 가장 우수한 연습생이 전투기 탑승원이 되는 거지. 난 전투기 조종사로 선발됐어.

졸업하자마자 중국의 한커우漢口에 배속되었어. 1941년 초였지.

중국에서는 96식 함상 전투기를 탔었어. 제로센 정도는 아니지만 꽤 괜찮은 전투기였어. 난 96함상 전투기로 중국 전투기를 몇 기 떨어뜨렸지.

그해 말에 대동아전쟁이 시작되었어. 진주만 공격 소식을 듣고는 발을 동동 굴렀더랬지.

내 꿈은 제1항공함대의 항모 '아카기赤城'에 타는 것이었어. 항모 탑승원이 되어 미국과 싸우는 것이었어. 만일 '아카기'에 탈 수만 있다면 죽어도 좋다고 생각했지.

그러나 그 바람은 이루어지지 않았어. 비행기는 96함상 전투기에서 제로센으로 바뀌었지만 항모 전속 명령도 받지 못한 채 매일 중국 공군과 싸웠어. 다만, 그즈음에는 중국 공군이 제로센을 피하기만 해서 적기를 떨어뜨릴 기회가 없었어.

해가 바뀌어 3월, 나는 제3항공대에 전속되어 보르네오로 갔지. 그 전 해에 타이완臺灣 항공대가 필리핀 미군 기지를 격멸한 뒤로 일본군은 그야말로 파죽지세로 동남아시아에서 네덜란드령을 하나하나 손에 넣었어. 그야말로 천하무적이었지.

그런 기세를 타고 나도 보르네오, 세레베스, 수마트라, 자바에서 활약했지. 자바 어디를 가나 피부가 검은 원주민이 있었어. 남자도 여자도 벌거벗은 채 그야말로 동화 속의 세계 같았어. 그 사람들이 우리를 얼마나 신기하다는 눈길로 바라보던지.

나의 마지막 근무지는 티모르 섬의 쿠판이라는 기지였어. 그곳이 오스트레일리아 다윈 공략의 거점이야.

거기서 나는 태어나서 처음으로 영미의 전투기와 싸웠어. 첫 출전에서 P40을 격추했지. 영미 비행기는 중국 공군과는 다르다는 말을 듣고 많이 긴장했지만, 별것 아니었어.

나는 새삼 제로센이 얼마나 뛰어난 전투기인지 깨달았어. 정말 대단한 전투기야. 영미 전투기도 도무지 제로센에는 상대가 되지 않아. 공중전에 들어가면 간단히 꼬리에 붙어 공격할 수 있었거든. 20밀리미터 기관총을 쏘면 적기가 그냥 연기를 뿜으며 떨어졌지. P39, P40, 허리케인, 유럽에서 독일기를 괴롭혔다는 영국의 스피릿 파이어하고도 싸웠지. 어느 것도 제로센의 적수는 아니었어.

제로센은 그야말로 공중전을 위해 태어난 전투기였어. 출격할 때마다 수많은 적기를 떨어뜨렸지. 우리 부대만 해도 백 대는 떨어뜨렸을 거야. 그동안 우리 쪽 피해는 고작 열 대도 안 되었어. 나도 다섯 대나 격추시켰지.

나는 항상 적기에 바짝 붙어서 총알 세례를 퍼부었어. 동료들이 내 방식을 '이시오카의 육탄전법'이라고 불렀어. 그 당시 내 성은 이시오카였더랬지.

총알이란 놈은 목표물에 그리 잘 맞질 않아. 훈련할 때는 백 미터 거리에서 쏘라고 하지만 정작 실전에 들어가면 대부분은 두려움 때문에 이백 미터 이상 떨어진 상태에서 총을 쏴. 그러니 맞을 리가 없지. 나는 늘 오십 미터 이내까지 접근해서 쐈지. 그 정도 가까이 다가가면 적기가 조준기 안에 꽉 차는 거야. 나는 발사 레버를 당긴 다음에 적기를 놓치는 일이 거의 없었어.

게다가 실전보다 더 좋은 훈련은 없지. 그즈음 우리의 기량은 아주 대단했어. 항공모함 탑승원이 우수하다고 하는데, 우리하고는 실전 경험에서 많은 차이가 나. 항모에 배속될 정도니까 아주 대단한 기량을 가졌을 것 같지만, 어차피 발착함發着艦을 잘한다거나 모의 공중전 솜씨에 지나지 않아.

모의 공중전에서 아무리 잘해도 그건 실전하고 달라. 삶과
죽음의 경계선을 수도 없이 오간 인간하고는 도무지 상대가
안 돼. 비유해서 말하자면 도장에서 발휘하는 검법하고 실전
검법의 차이라고나 할까? 죽도로 하는 대련에서 아무리 강하
다고 한들 진검으로 꼭 이긴다고 할 수 없지. 오히려 몇 번 사
람을 베어본 자가 더 강해. 나는 항모 탑승원보다 솜씨가 좋다
는 자부심이 있었어.

1942년 가을, 나는 라바울에 배속되었어.

그해 여름에 시작된 과달카날 공방전에서 제3항공전대 일
부가 라바울에 진출했지. 우리는 타이난臺南 항공대 지휘하에
들어갔어.

과달카날은 대단한 격전지였어. 라바울에서 천 킬로미터를
날아가서 싸우는데 여태 그 정도 거리를 날아 침공한 적은 없
었지. 무려 편도 세 시간이야. 거기에다 적기는 포트다윈보다
더 견고했어. 출격 첫날에 나와 같이 라바울에 온 제3항공전대
의 노련한 조종사 둘이 돌아오지 못했어.

그래서 아주 힘든 곳에 왔다는 것을 알았지.

거의 매일 출격했더랬어. 그때마다 많은 조종사가 귀환하지
못했지. 쿠판에서는 결코 그런 일이 없었어. 그러나 라바울 조
종사들은 그리 놀라지도 않았어. 거기서는 일상적인 일이었으
니까. 무사히 귀환한 비행기도 총상투성이였고. 멀쩡하게 돌

아오는 비행기는 거의 없었다고 봐야 해.

그러나 그런 전쟁터에서도 미야베만큼은 상처 하나 입지 않고 돌아왔지. 출격기의 반수 이상이 격추당하는 격렬한 전투 때도 그놈만은 멀쩡한 얼굴에다 전투기도 출격할 때의 모습 그대로였어. 놈이 지휘하는 분대도 거의 다 멀쩡했지.

솜씨가 아주 좋았다고 생각하고 싶을 거야. 그렇지만 아니야.

나는 라바울의 고참 조종사에게 왜 미야베만 늘 깨끗하게 돌아오느냐고 물었지. 솜씨가 그리도 좋으냐고. 그러자 그 사람이 쓴웃음을 지으며 말하는 거야.

"그 자식 도망치는 선수니까."

잘 들어. 공중전은 지상전과는 완전히 달라. 일단 적군과 아군이 마구 뒤섞이면 어느 놈이 적이고 아군인지 구별이 안 가. 어떤 의미에서 육지의 전투보다 무서워. 하늘 위에는 참호 같은 게 없어. 몽땅 드러나버려. 전후좌우는 물론이고 아래위 어디서 적이 나타날지 몰라. 눈앞에서 적이 도망치지. 그걸 쫓아. 그러면 내 꽁무니에 적이 달라붙어. 그리고 그 적을 또 아군이 쫓아. 또 그 뒤에는 적이 있어. 적과 아군이 완벽하게 갈리는 육지의 전투하고는 근본적으로 달라.

그리고 난 보았어.

9월 중순이었지. 과달카날 상공에서 적 전투기와 난전을 벌였어. 적기는 그루먼 F4F. 몸집이 통통한 게 아주 견고한 전투기야. 물론 우리의 제로센만큼 민첩하진 않지만 그 대신에 어지간히 맞아도 무너지지 않아.

편대에서 벗어나 내 뒤를 두 대의 그루먼Grumman이 따라붙었어. 이 두 대는 멋진 합동작전을 펼쳤지. 내가 한 대의 꽁무니에 붙으면 다른 놈이 내 뒤를 노리는 거야. 급선회해서 그놈의 뒤에 붙으면 이번에는 앞에 있던 적기가 내 뒤에 달라붙어. 우리도 편대비행에서는 적기의 사각을 노리며 합동작전을 펼치긴 하지만, 그 정도로 철저하지는 못했지. 아마도 무선 성능이 달랐기 때문일 거야. 당시 우리의 무전기 성능은 하도 조잡해서 잡음이 많아 도무지 무슨 말인지 알아들을 수가 없었어. 난 아예 조종석에서 무전기를 떼어버리고 안테나도 꺾어버렸어. 써먹지도 못하는 무전기 무게를 줄이고 안테나 때문에 발생하는 약간의 공기 저항마저도 줄이고 싶었던 거야.

그렇지만 제로센의 성능은 1대 2라고 해서 불리할 정도가 아냐. 나는 그루먼의 추격을 뿌리치고 황망히 도망치는 척하다가 내가 표적으로 삼은 전투기 앞으로 뛰어들었어. 순간적으로 두 대의 그루먼에게 추격당하는 꼴을 만든 거지. 두 대가 동시에 나를 추격하는 거야. 나는 그때를 기다렸어.

조종간을 힘껏 당겨 공중제비 돌기를 했지. 적기 두 대도 위로 솟구치며 몸체를 뒤집었어. 그게 절체절명의 위기라는 것도 모르고 말이야. 제로센과 공중제비 돌기를 겨룰 만한 비행기는 없어. 제로센의 선회 반경이 얼마나 짧은지, 다른 비행기는 상상도 못해. 적도 그런 사실을 알고 있었지만 눈앞에 다가온 절호의 찬스 때문에 깜빡 잊고 만 거야. 나는 한 번 선회로 적기 뒤에 바짝 붙었지. 눈 깜짝할 사이에 적기 한 대가 화염에 휩싸였어. 그러자 다른 한 대는 급강하해서 도망쳤지. 추격하려 하다가 급선회하는 바람에 속도가 떨어져 포기하고 말았어.

그런 다음 비로소 깨달았어. 내가 전장에서 너무 멀리 떨어졌다는 것을. 비행기란 놈은 몇 번 선회를 하다 보면 고도가 아주 낮아지고 말아. 나는 그루먼 두 대와 싸우느라 이천 미터 정도나 고도를 낮추고 만 거지. 상공에서는 아직도 적기와 아군기가 마구 뒤섞여 치열한 공중전을 벌이고 있었어. 나는 다시금 전장으로 돌아가기 위해 기수를 올렸어. 그때 문득 상공을 올려다보는데 전장에서 멀리 떨어진 곳에서 세 대의 제로센이 유유히 비행하는 것이 아닌가! 바로 미야베 편대였어.

놈은 두 대를 거느리고 잽싸게 전장을 벗어나 멀리서 지켜보는 거야. 물론 증거는 없어. 나처럼 전투를 벌이다가 우연히 전장에서 멀어진 것인지도 몰라. 그러나 그렇지는 않을 거야. 난 그렇게 확신해.

왜냐고? 놈은 엄청난 겁쟁이였으니까.

놈은 비행 중에도 거의 미친놈처럼 열심히 사방을 살폈어.

전투기 조종에서 사주경계(四周警戒, 사방을 두루 경계하는 일이라는 뜻의 군사 용어)만큼 중요한 것은 없지. 일류라 불리는 조종사치고 눈 나쁜 사람은 하나도 없어. 늘 주위를 살피고 반드시 적보다 먼저 눈치를 차려. 그렇지만 놈의 사주경계는 도를 넘어섰지. 비행하는 동안 쉼 없이 눈알을 사방으로 굴려. 그 모습에 다들 질리고 말았지. 뒤에서 손가락질하며 겁쟁이라고 욕하는 동료들도 있었어. 최정예가 모였다는 라바울 항공대에 이런 인간이 있다니, 정말 놀라고 말았어.

라바울은 조종사의 무덤이라고들 했어. 그런 데서 놈은 살아남았어. 하긴 그러는데 살아남지 않을 수야 없지. 아무리 전쟁터라지만 도망만 치면 죽을 일은 없으니까.

놈의 '보신주의'는 부대에서도 조롱거리였어. 놈의 명언을 모르는 사람이 없었어. 살아서 돌아가겠다, 어디서 그런 말을 했는지 몰라. 그러나 소문이 날 정도였으니 자주 그런 말을 내뱉었을 거야.

제국 해군에게서는 절대로 나올 수 없는 말이었어. 하물며 항공병사라면 죽어도 입에 담을 수 없는 말이야. 우리는 징집 명령서를 받고 소집된 병사가 아니야. 스스로 해군에 들어와서 스스로 항공병을 지원했어. 그런 사내가 '살아서 돌아가겠다'라니. 만일 내가 그런 말을 들었더라면 그 자리에서 쥐어박았을 거야. 당시 놈은 1비조—飛曹였고 나는 3비조三飛曹였어. 물론 상관을 때리려면 군법 위반으로 감옥에 갈 각오를 해야겠지만.

거듭 말하건대 우리는 전투기 탑승원이야. 비행사는 늘 죽음을 끼고 살아. 조종연습생 때부터 죽음은 늘 우리 곁에 머물렀지. 선회 훈련이나 급강하 훈련을 받다가 죽은 동료도 몇 있었어. 제로센을 개발하는 과정에서도 테스트 비행을 하다 몇 명의 조종사가 목숨을 잃었어.

그런데도 전장에서 살아 돌아가겠다니.

매일 돌아오지 않는 전우가 있는 가운데서도 모두가 있는 힘을 다해 싸우는데 자기 혼자 살아남으려 하다니, 어떻게 그런 생각을 할 수 있는지.

이런 일도 있었어. 겁쟁이 미야베에 얽힌 이야기야. 낙하산 말이야.

놈은 늘 낙하산을 점검했어. 내가 한번은 그걸 비꼰 적이 있었어.

"미야베 선배, 낙하산 타고 어디로 내려갈 생각입니까?"

놈은 비꼼 섞인 내 말에 웃으면서 대답했어.

"낙하산은 아주 소중한 거지요. 난 부하들에게도 반드시 낙하산을 정비하라고 해요."

참 묘한 표정이었어. 낙하산은 조종사의 필수품이 아니냐고 생각하지? 그렇지만 그건 엄청난 착각이야. 우리는 태평양 상공에서 싸워. 게다가 전장은 대체로 적진 상공이야. 낙하산을 타고 탈출한들 적에게 죽임을 당할 게 뻔해. 또한 전투를 끝내고 귀환하다가 기체 고장으로 추락하더라도 바다 위야. 물에 빠져 죽든지 상어 밥이 되는 게 고작이지.

당시 우리 전투기 탑승원들은 아무도 제대로 된 낙하산을 소지하지 않았어. 지저분한 이야기를 해서 미안하지만, 당시 우리는 낙하산 안에 오줌을 눴어. 전투기 안에서 몇 시간을 보내야 하니까. 육지에서처럼 길가에서 바지춤을 내리고 오줌을 눌 수도 없는 형편이야. 사실 소변용 종이 봉지가 있긴 했지만 전투기를 조종하면서 자신의 물건을 꺼내 그런 봉지에 눈다는 것은 정말 귀찮은 일이야. 오줌을 누는 동안 적기가 나타나지 않으리라는 보장도 없고. 오히려 그런 데 신경을 쓸 때가 가장 위험해. 게다가 볼일을 본 다음에 그걸 전투기 밖으로 버려야 해. 창을 조금 열고 내용물을 버려야 하는데, 자칫 바람을 잘못 읽으면 오줌을 그냥 덮어쓰고 말아. 오줌 맛을 못 본 조종사는 아마 없을 거야. 그래서 어떻게 하느냐 하면 낙하산 안에 쏘아버리는 거지. 사타구니 사이에 낙하산을 끼고 조금씩 싸는 거야. 라바울의 전투기 조종사들은 대부분 그렇게 처리했어. 그래서 낙하산에서는 지린내가 진동했지. 그 안쪽이 어떻게 되어 있는지, 상상도 하고 싶지 않아.

물론 전쟁 말기의 본토에서 벌어진 전투에서는 많은 탑승원이 낙하산을 매달았지. 낙하산을 타고 떨어지는 곳이 일본 땅이니까. 게다가 침공 전투가 아니니까 몇 시간이나 하늘에 떠 있을 필요도 없었고. 그러니 오줌 때문에 고생하지는 않았어.

그러나 미야베는 라바울에서도 반드시 낙하산을 지참했지. 만에 하나의 사태를 대비해서 정기적으로 낙하산을 면밀히 점검하는 거야. 놈이 낙하산을 이용할 기회가 있었더라면 좋았을 거라는 생각도 들어.

어느 날 나는 낙하산을 접는 미야베에게 말했지.

"그렇게 열심히 점검하니까 비상시에 펴지지 않는 경우는 없을 겁니다."

놈은 내가 놀린다는 것을 아는지 모르는지 서슴없이 대답을 했어.

"그런 기회가 없기를 바랄 뿐이지요."

나는 할 말을 잃고 말았어.

아, 낙하산 이야기를 하다 보니 이런 일이 생각나네.

놈은 낙하산을 타고 탈출한 미군 병사를 쏘아 죽였어. 과달카날에서 말이야. 놈이 공중전에서 격추시킨 그루먼에서 낙하산을 타고 탈출한 탑승원을 기관총으로 쏘아 죽였어. 유명한 이야기야. 내가 직접 본 건 아냐. 그때 함께 있던 탑승원들 이야기를 들었지. 목격자가 몇이나 되었으니까.

그 이야기를 들었을 때 난 진저리를 쳤어. 그런 행동은 해군 병사의 윤리에도 맞지 않아. 공중전은 적기를 격추하는 데서 끝나는 거야. 분명 미군 조종사가 적이긴 하지만, 이미 전투기를 잃고 낙하산으로 탈출하는 사람을 죽일 필요가 있을까? 아무리 전쟁터라고는 하지만 무사도라는 게 있지 않은가. 그놈 행동은 전장에서 무기를 잃고 쓰러진 사람을 칼로 베는 것이나 다름없어. 난 그 이야기를 듣고 미야베라는 사내가 정말 싫어졌어. 나처럼 생각한 사람이 적지 않았을 거야.

나도 공중전에서가 아니라 지상으로 기관총을 쏜 적이 있어. 그러나 그건 고사포를 쏘는 함대의 사수를 향한 총격이었을 뿐이야. 그냥 가만히 선 사람을 쏜 적은 단 한 번도 없어. 그건 아주 비겁한 행동이야.

알아들었는가? 놈은 그런 인간이었어. 위험한 전장에서는 늘 도망만 치는 주제에 아무런 저항도 못하는 인간을 아무렇지도 않게 쏘아 죽이는 놈이었어. 아니, 그런 사내였으니까 그런 행동을 할 수 있었을지도 몰라.

나는 전투기 조종사가 되었을 때부터 멋지게 싸우다 멋지게 죽으리라 마음먹었지. 어차피 죽을 목숨이라 생각했어. 그러므로 죽을 때도 사내답게 용감하고 싶었지. 공중전에서도 도망친 적이 없어. 그것이 나의 훈장이야. 실제로 훈장은 받지 못했지만 그것만은 나의 자부심이야.

난 공중전에서 한쪽 팔을 잃었어. 과달카날의 하늘에서. 1942년 10월이었어.

그날 나는 중공中攻기의 엄호를 맡았어. 중공이란 건 해군의 1식육공一式陸攻이라는 중형 공격기의 약칭이야.('육공'은 '육상 공격기陸上攻擊機'의 줄임으로, 육지의 기지에서 발진하여 먼 해상의 함대 결전에 참가하는 대형의 뇌격, 폭격기를 일컫는 일본 해군의 용어다. 1식육공은 태평양전쟁의 개전 때부터 패전할 때까지 일본 해군이 사용한 주력 폭격기였다.) 공격기는 속도가 느려. 적기에게 꼬리를 잡히면 그걸로 끝장이야. 그래서 반드시 제로센이 중공기를 호위하지. 제로센은 원래 엄호 전투기였어.

그날 중공의 목표는 과달카날의 수송선단이었어. 중공이 열두 대, 제로센도 열두 대였어. 그 가운데 미야베도 있었지.

과달카날 상공에는 적기가 우리를 기다리고 있었어. 그날 미군의 요격은 정말 치열했더랬어. 요격은 적이 올 것을 알고 기다린다는 뜻이야. 적은 마흔 대 이상이었을 거야. 우리는 중공을 지키면서 그루먼과 싸웠어.

우리는 있는 힘을 다해 중공을 지켰지만 적은 제로센과 대결을 피하면서 중공만을 노렸지. 하나를 쫓으면 다른 하나가 중공을 덮쳐. 중공은 하나하나 불을 뿜으며 추락했지. 마치 늑대 무리를 상대하는 것 같았어.

우리 임무는 오로지 중공을 지키는 거야. 적기를 추격하는 것보다 중공이 격추당하지 않도록 지키는 것이 중요해. 적기를 너무 깊이 추격하다가 중공에서 떨어져 빈틈이 생기면 중공은 그냥 당하고 말아. 중공에는 일곱 명이 탔고 무엇보다 적의 비행장을 폭격하려고 포탄을 잔뜩 실었어. 중공 탑승원은 단 한 번의 포격에 목숨을 걸어. 호위기는 자신이 위험에 처하더라도 반드시 중공을 지켜야 해. 그것이 우리 임무니까.

중공대가 포격 침로에 들어서려는 순간 편대 상공에 빈틈이 생겼어. 그때 그루먼이 치고 들어왔지. 난 이크 하고 중공과 그루먼 사이로 파고들었어. 생각하고 한 행동이 아냐. 호위기로서 본능적인 행동이었지.

그 순간 머리 위에서 총알이 날아왔어. 바람막이가 날아가고 머리에 충격을 받는 순간 눈앞이 캄캄해졌어. 그러나 금방 의식을 되찾고 뒤를 보았어. 중공은 무사했지.

그때 왼팔에서 격심한 통증이 일어났어. 살펴보니 어깨에서 아래로 피가 가득해. 나는 일단 후퇴한 다음에 비행기를 살펴봤어. 날개도 동체도 구멍 투성이였지만 다행히 연료 탱크와 엔진은 무사했어.

공습이 끝나고 나는 거의 한 팔로 조종하며 라바울로 돌아왔지. 도중에 통증과 빈혈로 몇 번이나 의식이 가물거렸지만 있는 힘을 다해 조종간을 잡았어. 그날 중공 여섯 대가 돌아오지 못했고 제로센은 세 대가 사라졌어. 힘든 싸움이었지. 귀환한 제로센은 모두 기체에 탄흔이 있었어.

나중에 안 사실인데 이때도 미야베의 기체에는 단 한 발의 탄흔도 없었다고 해. 그렇게 격렬한 전장에서도 놈은 상처 하나 입지 않았던 거야. 그날은 놈도 분명 엄호대였어. 우리가 열심히 싸우는 동안 놈은 어디에 있었을까? 내가 왼팔에 총알을 맞았을 때 놈은 과연 어디를 날고 있었을까?

결국 왼팔을 잃고 말았지. 본토에 있었더라면 절단하지 않았을지도 몰라.

내가 라바울에 근무한 것은 고작 두 달도 안 돼. 길다고 해야 할지 짧다고 해야 할지 모르겠어. 전투기 조종사로 꼭 일 년 반을 산 셈이야.

전후 내 인생은 고난의 연속이었어.

나라의 명령으로 싸우다 팔 하나를 잃어버린 나에게 세상은 너무도 차가웠어. 소위로 제대했지만 그런 경력은 전후 사회에서 아무 소용이 없었어. 게다가 종전 후에 진급한 이른바 '포츠담 소위'야. 팔 하나로 할 수 있는 일도 없었어. 젊은 시절 입하나 줄이려고 쫓기다시피 집을 나왔는데 결국 고향으로 갈 수밖에 없었어.

그래도 나를 좋게 봐주는 사람이 있어 마누라를 얻었지. 하긴 데릴사위니까 마누라를 얻었다고 말하는 건 정확하지 않을지도 몰라. 만일 팔 하나를 잃지 않았더라면 인생이 더 나았을지도 몰라. 아니, 팔을 잃지 않았더라면 하늘에서 죽었을지도 모르지. 그래도 좋았던 거야. 난 죽음을 한 번도 두려워해본 적이 없으니까. 이런 시골에서 흙을 파며 살아가는 것보다 남자답게 멋지게 사라지는 게 좋지 않았을까?

이 나이가 되어 더욱 절실하게 생각해. 나도 특공대로 죽고 싶었어. 몸만 온전했더라면 분명 그리됐을 거야.

내가 팔을 잃고 삼 년 뒤, 미야베는 특공대로 전사했지. 아마도 그놈, 지원하지 않았을 거야. 명령을 받고 어쩔 수 없이 특공대에 들어갔을 테지. 목숨을 걸고 싸웠던 인간은 이렇게 오래 살고, 그렇게나 목숨을 소중히 여겼던 사내가 죽었어.

이런 걸 인생의 역설이라고 하는 게 아닐까?

6시가 넘었지만 아직도 하늘은 밝았다.

역까지 돌아가는 길에 내 발걸음은 무거웠다. 그건 누나도 마찬가지였을 것이다. 누나의 얼굴이 험악했다.

누나 핸드백 안에는 하세가와의 목소리가 담긴 녹음기가 들었지만 과연 누나가 그것을 다시 들을 것인지 의심스러웠다.

불쾌한 대담이었다. 아니, 대담이 아니다. 하세가와가 일방적으로 말했다.

그 사람은 이야기를 하면 할수록 할아버지에 대한 증오심이 일어나는 듯, 그 감정을 우리를 향해 노골적으로 드러냈다. 그 악의와 적의로 가득 찬 눈길에 나는 압도당하고 말았다.

"기분 나쁜 사람이야."

하세가와의 집을 나와 한참 지난 뒤 내가 말했다.

"그 사람, 자신의 운명을 저주하는 것 같아. 한 팔을 잃은 순간 인생이 끝났다고 생각한 건지도 몰라. 팔을 잃은 것도 할아버지 탓이라 생각하는 모양이야."

누나는 잠시 입을 다물고 있다가 툭 말을 던졌다.

"불쌍한 사람이야."

나는 순간 말을 잃고 말았다.

"전쟁 이야기는 처음 들어봤어. 들으면서 괴로웠어. 그 사람 마음을 알 것도 같아. 아마 전후에도 고생이 심했을 거야."

나는 할 말이 없었다. 오히려 누나의 말을 듣고, 신랄하게 그 사람을 비판했던 내가 부끄러웠다.

우리 둘은 잠시 입을 다문 채 몇 시간 전에 걸었던 그 길을 되짚어 갔다.

"그렇지만 할아버지에 대한 이야기가 지어낸 것 같지는 않았어."

내 말에 누나는 작게 한숨을 내쉬었다.

"그래, 그래서 할아버지가 조금 실망스럽기도 해. 특공대원이었으니까 아주 용감한 사람이라 여겼는데 겁쟁이였다니. 난 반전주의자니까 할아버지가 용감한 군인이 아니길 바라지만, 그것하고는 다른 의미에서 실망했어. 너도 실망했지, 겐다로?"

나는 말없이 고개를 끄덕였다. 할아버지가 겁쟁이였다는 그 사람의 증언이 뇌리에 생생히 떠올랐다. 할아버지는 목숨이 아까워 하늘에서 도망만 쳤던 것이다. 그때 처음으로 '겁쟁이'라는 말을 나 자신에 대한 말로 받아들였다는 사실을 깨달았다. 왜냐하면 난 늘 도망만 쳤으니까. 내 속에 할아버지의 피가 흐르는 것일까?

물론 할아버지는 '죽음'에서 도망치려 했으니까 나하고는 완전히 다르다. 그렇다 하더라도 할아버지가 전투기 조종사의 임무에서 도망쳤다는 것은 분명하다.

그러나 나는 도대체 무엇으로부터 도망치려 하는가?

"아, 조사하기가 싫어졌어."

누나는 누구에게랄 것도 없이 하늘을 올려다보며 중얼거리듯이 말했다. 나도 같은 기분이었다.

진주만

하세가와를 만나고 난 다음 주, 할아버지 집을 찾아갔다. 돌아가신 할아버지에 대해 조사한다는 사실을 알리기 위해서였다.

누나는 일부러 알릴 필요는 없다고 했지만 내가 좋아하는 할아버지한테 숨기고 싶지가 않았다. 말을 한다고 해서 할아버지가 마음이 상하지는 않을 거라고 믿었기 때문이다.

다만 걱정되는 건 있었다. 할아버지는 작년부터 심장이 좋지 않아 요양 중이었다. 오랫동안 해오던 변호사 일도 몇 년 전부터 손을 뗐고 사무실도 다른 사람에게 맡긴 상태였다. 일상생활은 출퇴근하는 가정부가 돌봐준다. 빨리 변호사가 되어 자기 사무실로 오라는 게 입버릇이었는데, 요즘은 그런 말도 없어졌다. 그게 조금 섭섭하기도 했다. 철도원으로 십 년 넘게

근무하며 공부해서 사법시험에 합격한 할아버지다 보니 삼사
년 늦어지는 게 뭐 대수냐고 생각할지도 모른다.

할아버지 집에는 먼저 온 손님이 있었다. 옛날 할아버지 사
무실에서 아르바이트를 하던 후지키 슈이치였다.

후지키는 예전에 사법시험을 준비하던 고학생으로 졸업 후
에도 할아버지 사무실에서 일하면서 공부를 계속했다. 그러나
몇 년 전에 아버지가 병으로 쓰러져 가업인 철공소를 이어받
기 위해 사법시험을 단념하고 고향으로 돌아갔다.

어제 대학 동창회에 참석했다가 오랜만에 할아버지를 찾아
온 것이다.

"후지키 씨, 오랜만이네요."

"아, 오랜만이야."

후지키를 만나는 것도 이 년만이다. 후지키는 도쿄에 오면
반드시 할아버지를 찾아온다.

"겐짱, 정말 많이 컸네. 내가 선생님 사무실을 그만둘 때만
해도 고등학생이었는데."

지난번 만났을 때와 똑같은 말을 한다.

나는 그의 입에서 올해는 시험이 어땠느냐는 말이 나올까
두려웠다. 후지키는 늘 이런 말을 했었다.

"겐짱만큼 머리 좋은 애를 본 적이 없어. 사법시험은 졸업하

기 전에 합격할 거야."

진심으로 그렇게 생각하는 것 같았다. 그는 나를 몹시 아껴 주었다. 그러나 후지키는 나의 현재에 대해 아무 말도 하지 않았다. 내 처지를 배려하는 상냥한 마음을 느낄 수 있었다.

"후지키 씨 철공소는 어떠세요?"

"잘 안 돼."

후지키는 웃으며 말했다.

"하면 할수록 손해만 나. 정말 공장을 접고 싶지만 종업원 때문에 그럴 수도 없는 노릇이고."

후지키는 그리 말하며 흰 서리가 내리기 시작한 머리칼을 손으로 쓰다듬었다. 피로에 지친 중년 남자 같았다. 늘 밝아서 언제까지고 청년으로 살 것 같던 후지키 씨가 그런 모습을 보이는 것이 가슴 아팠다. 사법시험 낙방생, 어쩐지 나의 미래를 보는 듯한 느낌이 들었다.

"후지키 씨는 결혼했나요?"

"아니, 아직. 공장 일을 하는 사이에 어느덧 서른여섯 살이나 되고 말았어."

후지키는 그렇게 말하고 웃었다.

그러다 후지키 씨는 할아버지에게 인사를 하고 돌아갔다.

후지키가 돌아간 다음에 할아버지가 말했다.

"저 애가 사무실에 있었을 때만 해도 아직 현역으로 쌩쌩했는데."

그런 다음 회상에 잠기는 듯한 표정을 지었다.

나는 마음을 다잡고 입을 열었다.

"할아버지, 지금 미야베 규조 할아버지를 조사하고 있어요."

할아버지 얼굴이 한순간 굳어지는 것 같았다. 나는 이크 했
다. 역시 할아버지한테는 불쾌한 일이었던 것이다.

"마츠노의 전 남편 말이지."

나는 누나에게 부탁받았다는 것과 어머니가 자신의 아버지
에 대해 알고 싶어한다는 사실을 서둘러 설명했다.

"키요코가?"

할아버지는 그렇게 말하고 나서, 그렇구나, 하고 작게 중얼
거렸다.

내가 덧붙여 말했다.

"엄마 마음은 나도 이해가 가."

할아버지는 가만히 내 눈을 들여다보았다. 섬뜩하리만치 날
카로운 눈길이었다.

할머니가 세상을 떠났을 때, 할아버지는 할머니 유해를 끌
어안고 꺼이꺼이 울었다. 할아버지가 우는 모습을 본 건 처음
이었다. 병원 간호사도 눈물을 글썽이지 않을 수 없을 만큼 통
곡했다. 할아버지는 마음 깊이 할머니를 사랑했던 것이다.

그런 만큼 할머니가 한때 다른 남자의 아내였다는 사실이

할아버지에게는 견디기 힘든 일이었을지도 모른다. 옛날 남자는 흔히 여자에게 순결을 요구했다고 하는데 하물며 할머니가 다른 남자의 자식까지 두었으니 말할 것도 없다. 할아버지에게 미야베 규조라는 남자는 결코 환영할 만한 존재가 아닐 것이다.

"조사를 해보니까 할머니와 미야베 규조 할아버지의 결혼 생활은 정말 짧았어. 그 할아버지는 결혼하고 거의 군대에 있었으니까."

나는 할아버지 마음을 배려하며 그렇게 말했지만, 할아버지는 가볍게 고개를 끄덕였을 뿐이다.

"그런데 어떤 식으로 그 사람에 대해 조사를 했지?"

"몇몇 전우회에 편지를 보내 미야베 규조를 아는 사람을 찾았어. 지금까지 한 사람에게 이야기를 들었을 뿐이야. 라바울에서 두 달 정도 같이 있었던 사람. 규조 할아버지와 같은 전투기 조종사였어."

"그 사람이 뭐라고 했지?"

나는 잠시 망설이다가 솔직하게 말했다.

"겁쟁이였던 모양이야. 전투에서는 늘 도망만 쳤다고 해."

그리고 자조 섞인 목소리로 덧붙였다.

"내가 박력이 없는 것도 규조 할아버지 피를 물려받아서 그런지 몰라."

"말도 안 되는 소리!"

할아버지가 고함치듯 말했다.

"키요코는 어릴 적부터 얼마나 노력파였는지 모른다. 어떤 경우에도 나약한 소리 한 번 한 적이 없어. 네 아버지가 세상을 떠난 뒤에는 혼자 힘으로 회계 사무실을 운영하면서 너희를 키웠어. 네 누나 게이코도 그 피를 이어받아 빈틈이 없고. 너희한테 겁쟁이 피 같은 건 없어."

"미안. 그런 뜻으로 한 말은 아냐."

머쓱해진 나를 바라보며 할아버지는 상냥하게 말했다.

"겐다로, 넌 네가 생각하는 것보다 훨씬 더 멋진 남자야. 언젠가는 그걸 알 날이 올 거야."

"할아버지는 언제나 나한테 상냥해. 이런 말 하면 좀 뭣하지만."

"피도 물려받지 않았는데, 왜 그러냐는 거지?"

"응, 그게……."

"이 할애비가 너를 좋아하는 건 네 천성이 상냥하기 때문이야. 게이코도 기는 세지만 아주 마음이 착해."

할아버지는 그렇게 말하고 미소 지었다.

"그러고 보면 후지키도 정말 상냥한 사람이지. 그 애는 제가 아무리 괴로워도 남을 위해 애를 쓰는 사람이야. 그런 성격이니까 지금 공장 때문에 고생하는 거지."

나는 고개를 끄덕였다. 분명 후지키는 상냥하고 성실한 남자다.

"그런 사람이야말로 변호사가 돼야 해."

할아버지는 안타깝다는 듯이 말했다.

후지키가 처음으로 할아버지 사무실을 찾아왔을 때, 나는 아직 초등학생이고 누나는 중학생이었다. 그에게 많은 것을 배웠다. 재미있는 소설, 역사 이야기, 위대한 예술가들 이야기. 나도 누나도 그런 이야기를 좋아했다. 그는 나에게 변호사가 얼마나 멋진 직업인지, 할아버지가 얼마나 훌륭한 변호사인지 가르쳐주었다. 내가 변호사가 되고자 한 것도 후지키 씨의 영향인지도 모른다. 어린 나에게 그는 슈퍼맨이었다. 그리고 나는 그가 좋았다.

그러나 애석하게도 그는 우수하지 않았다. 아니, 사법시험에 맞지 않았다. 법률 책보다는 소설이나 음악을 사랑하는 남자였다. 그래서인지 단답형 시험도 통과하지 못했다. 그런 그를 누나는 늘 놀렸지만, 그건 그에 대한 애정의 다른 표현이었다.

후지키는 고향으로 돌아가기 일주일 전에 렌터카에 우리를 태우고 하코네를 한 바퀴 돌았다. 내가 고등학교 3학년이고 누나는 대학교 4학년이었다. 하코네 드라이브는 꽤 오래 전에 내가 부탁한 것이었는데, 정작 부탁한 내가 잊어버린 것을 그는 잊지 않았다. 누나는 그때 차 안에서, 십 년이나 애를 썼는데

꽝이 되고 말았네, 하고 말했다. 그러고는 웃었다. 시골 야마구치에서 곧 무너질 공장 주인이 된다면서? 그때 누나의 비아냥은 분명 애정으로만은 볼 수 없었다. 그러나 후지키는 화도 내지 않고 그냥 당혹스런 표정으로 웃을 따름이었다. 그 대신에 내가 누나의 말에 불같이 화를 냈다.

나는 후지키 씨가 진심으로 행복해지기를 바랐다.

그날 밤 오랜만에 어머니와 저녁을 먹었다.

어머니는 회계 사무실을 운영하다 보니 늘 늦어서 우리와 같이 밥을 먹는 경우가 드물었다. 원래 아버지와 함께 경영하던 사무실이었지만 십 년 전에 아버지가 병으로 세상을 떠나는 바람에 어머니가 사무실을 맡게 되었다.

"엄마는 할아버지에 대해 아는 게 아무것도 없어?"

"네 할머니가 아무 말도 안 했으니까. 어쩌면 좋아서 결혼한 사람이 아니었을지도 몰라. 옛날에는 선을 보고 그냥 결혼하는 경우가 많았으니까."

"좋아했는지 물어봤어?"

"내가 십 대 때 한 번 물어봤지."

"할머니는 뭐라고 했는데?"

어머니는 옛날을 회상하는 듯한 표정을 지었다.

"무슨 대답을 듣고 싶으냐고 했어."

"그건 또 무슨 뜻이야?"

"그 말을 좋아하지 않았다는 의미로 받아들였는데, 지금 생각해보면 그것도 아닌 것 같아."

"좋아했던 걸까?"

"글쎄, 설령 좋아했다 하더라도 있는 그대로 말하지는 않았을 것 같아. 할머니는 지금 할아버지를 사랑했으니까."

나는 고개를 끄덕였다. 내 기억 속의 할머니는 늘 할아버지를 소중히 여겼다. 무슨 일이건 무작정 할아버지에게 매달리며 애교를 부렸다. 할아버지도 그런 할머니를 애지중지했다. 실제로는 할머니가 할아버지보다 연상이었지만, 그렇게 보이지 않았다. 그러니 할아버지와 결혼하기 전에 다른 남자와 결혼한 적이 있었다는 말을 듣고 얼마나 놀랐는지 모른다.

"그 아버지가 엄마를 정말로 사랑했는지 어쨌는지, 엄마는 또 그 아버지를 어떻게 생각했는지 영원한 수수께끼야. 난 아버지가 어떤 청년이었는지 정말로 알고 싶다."

"청년?"

"응. 아버지가 세상을 떠났을 때 스물여섯 살이었으니까. 지금의 겐타로와 같은 나이야."

미야베 규조의 이력을 머릿속으로 그려보았다. 그리고 새삼 젊은 나이에 세상을 떠났다는 것을 실감했다.

어머니가 말했다.

"아버지가 어떤 청년이었는지 엄마한테 듣고 싶었어."

나는 일부러 답하기 어려운 것을 물었다.

"만일 규조 할아버지가 평판이 아주 안 좋은 사람이었다면?"

"그럴까?"

"아니, 그냥 하는 말이야. 조사를 하다가 듣기 싫은 말을 듣게 되었을 때를 가정해서."

"참 어려워."

어머니는 잠시 생각하더니 입을 열었다.

"자식한테 이야기를 남기지 않은 사람이라면, 아마도 그게 바람직하다고 생각했기 때문이 아닐까 싶어."

어머니 말에 나는 마음이 조금 무거워졌다.

다음 주에 시고쿠 마츠야마로 갔다. 할아버지를 아는 새로운 인물을 만나기 위해서였다.

애당초 누나 혼자 가기로 했는데 갑자기 거절할 수 없는 일이 들어와서 도저히 시간을 낼 수 없으니 대신 가 달라고 했다. 거부하고 싶었지만, 프리랜스의 입장이 얼마나 약한지 아느냐고 매달리는 바람에 그만 꺾이고 말았다. 누나가 거짓말을 하는 것 같지는 않았지만, 어느 한 구석에 하세가와 씨한테서 들은 그런 이야기를 다시는 듣고 싶지 않다는 기분이 있었을 것이다.

그래서 나 혼자 시고쿠 변두리까지 여행을 하게 되었다. 물러터진 내 성격에 넌더리가 나긴 했지만, 누나가 두 배의 일당을 제시하기도 해서 혼자 여행을 즐겨보자고 마음을 바꿨다. 적당히 인터뷰를 해치우고 도고 온천에라도 가서 느긋하게 지내볼 작정이었다.

전 해군 중위 이토 간지의 큰 자택은 시내 중심지에 가까운 주택가에 자리 잡고 있었다.

이토는 몸집이 자그만 노인이었다. 그러나 등허리가 쭉 뻗은 것이 움직임도 민첩했다. 분명 여든다섯 나이일 텐데 칠십 대로 보였다.

나는 드넓은 응접실로 안내받았다. 건네받은 명함에 여러 가지 직함이 적혀 있었다. 지역 상공회의소에서 꽤 말발이 센 거물인 듯했다.

"회사를 경영하십니까?"

"아니오, 벌써 아들에게 물려주었지요. 지금은 유유자적하며 살아요. 그리 큰 회사도 아니라오."

가정부가 아이스커피를 들고 왔다.

"이제 곧 8월이구먼요. 8월이 오면 전쟁 때 생각이 나요."

이토는 절절한 어투로 말했다.

"미야베의 손자시라고. 그 사람한테 이런 손자가 있었다니."

그는 내 얼굴을 빤히 들여다보았다.

"전쟁이 끝난 지도 육십 년이나 지나 미야베의 손자가 나를 찾아오다니. 이런 게 인생인 모양이지요."

나는 하세가와의 이야기를 떠올리며 긴장했다. 그래서 빠른 어투로 말했다.

"사실은 제 할아버지에 대해 아무것도 아는 게 없습니다. 할머니는 종전 후에 재혼하셨는데 아무한테도 할아버지에 대해 알려주지 않고 세상을 떠났습니다. 어머니도 할아버지에 대한 기억이 하나도 없다고 합니다. 그래서 이번에 저의 뿌리를 알고 싶어서, 할아버지가 도대체 어떤 분이었는지, 할아버지를 아시는 분을 이렇게 찾아다니며 이야기를 듣고 있습니다."

이토는 조용히 내 이야기를 들었다.

그런 다음 오랜 기억을 되살려내려는 듯 작은 머리를 저었다. 그리고 무엇부터 어떻게 말하면 좋을지 생각하는 듯 천장을 올려다보았다.

내가 먼저 입을 열었다.

"할아버지가 겁쟁이 조종사였다는 말을 들었습니다."

이토는 응?, 하고 나를 바라보았다.

"겁쟁이라고? 미야베가?"

이토는 의문부호를 넣어 그 말을 되뇌었다. 그러나 그것을 부정하지는 않았다. 그는 잠시 생각하며 눈을 위로 떴다.

"물론 미야베는 용감한 파일럿은 아니었어요. 그러나 우수한 파일럿이었던 것만은 사실이에요."

전화로 말했듯이 미야베에 대해 그리 많은 기억을 가진 것은 아니에요. 물론 이야기를 나눈 적은 있어요. 그러나 육십 년도 넘은 옛날 일이라 그 모든 것을 기억해내기는 어려울 것 같아요.

미야베하고는 진주만에서 미드웨이까지 반년 넘게 같은 전장에서 싸웠지요. 우리는 항모 '아카기'의 승무원이었어요.

항모란 비행기를 실은 군함을 말하는데, 항공모함의 약자지요. 함 전체가 작은 비행장 같은 건데, 비행기가 뜨고 내릴 수 있어요. 대동아전쟁 때는 최강의 군함이었어요.

나는 고등학교를 졸업하고 예과련豫科練에 들어갔어요. 어릴 적부터 우리 집 가까이 있는 이와구니의 해군항공대 비행기를 보며 자란 탓에 비행기를 타고 싶었어요. 전형적인 군국소년이라고 할까요. 당시 예과련은 아주 인기가 높아서 경쟁률이 백 대 일 정도나 되었지요. 거기에 합격하고는 얼마나 기뻤는지 몰라요. 예과련 말고 조련操練이란 것도 있어요. 예과련은 처음부터 항공병사로 해군에 들어가는 것이고, 조련은 일반 해군병사 가운데서 항공병을 모집하는 것이에요. 미야베는 조련 출신이었어요.

비행 훈련을 끝내고 처음 배속된 곳이 요코스카 항공대였지요. 거기에 이 년 넘게 근무하다가 1941년 봄에 '아카기'를 탔어요. 그때 비로소 신예 전투기 제로센을 타게 됐지요. 맞아요, 제로센이었어요. 다만 당시 우리는 '신형 전투기' 또는 '제로센零戰'이라 불렀지요.

왜 제로센이라 했느냐고요?

제로센이 정식 채용된 황기皇紀 2600년 끝자리 0을 땄기 때문이에요. 그게 1940년입니다. 지금은 아무도 황기를 사용하지 않지만요. 덧붙여서 그 전해 황기 2599년에 채용된 폭격기는 99식 함상 폭격기, 그 이 년 전에 채용된 공격기는 97식 함상 공격기라고 하지요. 아무튼 진주만 공격의 주력이었어요. 제로센의 정식 명칭은 미츠비시 제로센 함상 전투기입니다.

제로센은 아주 좋은 비행기였어요. 그 무엇보다 전투 성능이 대단했어요. 가장 주목할 점은 선회와 공중돌기라고 할 수 있지요. 선회할 때 반경이 아주 짧아요. 그래서 공중전에서는 절대로 지지 않아요. 그리고 속력이 빠르고. 아마도 개전 초기에는 세계 최고 속력을 가진 비행기였을 겁니다. 다시 말해 빠르면서 선회 능력이 뛰어난 거지요.

원래 전투기에서 이 두 가지 능력은 서로 상반되는 것이에요. 전투 성능을 중시하면 속도가 떨어지고 속도를 올리면 전투 성능이 떨어져요. 그러나 제로센은 이 두 가지를 동시에 갖춘 마법 같은 전투기였던 셈이지요. 호리코시 지로와 소네 요시도시 두 젊은 설계자의 피땀 어린 노력으로 가능했다고 합니다.

그리고 기관총은 7.7밀리미터와 함께 강력한 20밀리미터가 탑재되었어요. 7.7밀리미터 기관총은 비행기에 구멍만 뚫을 뿐이지만 20밀리미터 기관총은 작렬탄이라서 기체에 닿으면 폭발합니다. 상대는 그 한 발에 날아가버리지요. 다만 20밀리미터는 발사 초속이 늦고 탄수가 적다는 게 흠이에요.

그러나 제로센의 가장 큰 무기는 그게 아니에요. 항속거리(航續距離, 항공기나 선박이 한 번 실은 연료만으로 계속 항행할 수 있는 최대 거리)가 터무니없이 길어요.

삼천 킬로미터는 가볍게 날아가지요. 당시의 일인승 전투기 항속거리가 보통 수백 킬로미터였으니 삼천 킬로미터가 얼마나 대단한 숫자인지 상상이 갈 겁니다.

이건 여담인데, 독일은 영국 공략에 실패했지요. 독일에는 해군력이 없었기에 폭격기로 영국을 공략했어요. 이른바 '배틀 오브 브리튼'이라는 거 말입니다. 연일 독일 폭격기가 도버 해협을 건너 영국을 공략했지만 영국 공군의 총력을 기울인 저항에 결국 독일 공군은 영국 공습을 단념하고 말지요.

독일 공군이 영국 공군에게 진 것은 전투기가 폭격기를 충분히 호위하지 못했기 때문입니다. 무거운 포탄을 실은 폭격기는 속도도 늦고 선회 능력도 떨어져 민첩한 전투기의 습격을 받으면 거의 견디지를 못해요. 그래서 폭격기에는 반드시 엄호 전투기가 필요한데, 독일 전투기는 그 임무를 충분히 달성하지 못했어요.

독일은 메서슈미트라는 아주 훌륭한 전투기를 보유했지만 이 전투기에는 치명적인 결함이 있었어요. 항속거리가 짧다는 겁니다. 그래서 영국 상공까지 날아가면 몇 분밖에 싸울 수 없는 거지요. 오래 머물다가는 돌아오는 길에 도버 해협에서 바다로 추락하고 말아요. 고작 사십 킬로미터밖에 안 되는 도버 해협을 왕복하기가 힘들었다는 거지요.

제로센이라면 런던 상공에서 한 시간 이상 싸울 수 있었을 겁니다. 런던 상공을 완전히 장악했을 테지요. 말도 안 되는 가정이긴 하지만 만일 독일 공군이 제로센을 가졌더라면 영국은 정말 큰일이 날 뻔했습니다.

제로센은 애당초 드넓은 태평양 상공에서 싸우기 위해 개발된 전투기였기 때문에 그렇게 대단한 항속거리를 가질 수 있었던 거지요. 바다에 불시착한다는 것은 곧 죽음이지요. 그래서 삼천 킬로미터를 계속 날 수 있는 능력이 필요했던 겁니다. 거기에다 넓은 중국 대륙을 염두에 두기도 했으니까요. 중국 대륙에서 불시착한다는 것도 죽음이라는 건 바다 위나 다름없어요. 명마는 천 리를 달리고 천 리를 돌아온다고 하는데, 제로센이야말로 그런 명마라 해야 할 겁니다.

탁월한 전투 성능, 고속, 그리고 엄청난 항속거리, 제로센은 이 모든 것을 갖춘 무적의 전투기였어요. 그리고 더욱 놀라운 건 육상기가 아니라 좁은 항공모함 갑판에서 이착륙하는 함상기라는 것입니다.

당시 유럽에 견줘 기술력이 떨어진 것으로 알려진 일본이 갑자기 세계 최고의 전투기를 만들어낸 겁니다. 이건 그야말로 일본인의 자랑이라 하지 않을 수 없습니다.

전쟁 체험을 어찌 자랑할 수야 있겠습니까만, 나는 제로센으로 푸른 하늘을 치달렸다는 것을 인생의 자랑으로 여깁니다. 나는 올해 여든다섯 살입니다. 팔십오 년의 인생에서 고작 이 년도 안 되는 시간을 제로센과 함께 보냈지만, 그 이 년이 얼마나 뿌듯한 시간이었는지. 인생의 끝자락에 이르러 더욱더 무게감이 더해갑니다.

아, 젊은 사람에게 이런 말을 한들 무엇하겠습니까? 난 종전 후에는 전투기를 몰았다는 사실조차 잊고 살았습니다. 먹고살기에 바쁘고 가족을 부양하느라 정신이 없었지요. 정말 죽을 힘을 다해 일했습니다.

만년晚年에 이르러 지난 세월을 돌아보고 비로소 젊은 시절의 그 광채를 느끼기 시작한 건지도 모릅니다. 젊은이도 언젠가는 나이가 들어 인생을 돌아볼 때, 지금의 자신과 완전히 달리 보이는 때가 올 테지요.

이야기가 좀 엇길로 가버린 것 같군요.

미야베가 항모 '아카기' 탑승원이 된 것은 1941년 여름입니다. 그는 중국 대륙에서 옮겨 왔어요. 같은 시기에 중국에서 전투기 조종사 몇몇이 항모로 전속되었습니다.

그들이 항모에 배속되면 착함 훈련부터 받습니다. 육상 활주로와는 달리 크게 흔들리는 항모 갑판에 내리는 건 아주 어려운 일이라 처음 하는 사람에게는 공포라 할 수 있어요.

해군 비행기는 육군 비행기와 달리 삼점 착륙(항공기가 항공속도를 상실한 순간에 주강착 장치와 미륜(尾輪)이 동시에 활주로에 접촉하는 착륙)이 기본입니다. 왜냐하면 꼬리 부분의 후크를 갑판의 와이어에 걸어야 하기 때문이지요. 여기에 제대로 걸지 못하면 항모의 짧은 갑판에 내려설 수 없습니다.

그런데 삼점 착륙은 꼬리를 내리기 때문에 기수가 올라갑니다. 그러면 조종석에서 비행갑판이 기수에 가려 보이지 않아요. 보이지 않는 갑판에 느낌만으로 내려서야 하는 거지요. 착함을 서두르다가는 함미에 충돌하고 맙니다. 또한 그것이 두려워 너무 신중하다 보면 와이어에 후크를 걸지 못하고 함수 가까이 설치해둔 제동판에 부딪치고 맙니다. 자칫하면 함수에서 바다로 떨어져요. 실제 착함 실수로 비행기가 바다에 빠지는 일이 드물지 않았어요. 그래서 항모 착함 훈련에는 반드시 '잠자리낚싯대'라는 구축함이 후방에 대기합니다. 착함에 실패해서 바다에 빠진 비행기를 크레인으로 들어 올리는 모습이 마치 잠자리를 잡는 것과 같다고 해서지요.

덧붙여서 드물게 와이어가 끊어지는 경우도 있는데, 그게 아주 무서워요. 끊어진 와이어가 채찍처럼 비행갑판을 때려요. 난 거기에 맞아 다리가 잘려 나가는 정비병을 본 적이 있어요. 그날은 하루 종일 밥을 먹지 못했지요. 그렇지만 그 후로 전장에서 엄청 험한 꼴을 많이 봐서 어지간한 일에는 눈도 깜짝하지 않는 강골이 되었지만요.

우리는 중국에서 온 사람들의 솜씨를 보려고 비행갑판에서 그들의 착함 훈련을 구경했지요.

아니나 다를까 그들의 첫 착함은 서툴더군요. 하나같이 대륙의 하늘에서 싸운 노련한 조종사들이다 보니 어떻게든 해내긴 했지만 개중에는 착함에 실패해서 바다에 빠지는 사람도 있었지요. 우리는 배를 잡고 웃었습니다.

그런 가운데 멋들어지게 착함을 하는 사람이 있었습니다. 낮은 각도에서 홀쩍 한복판 가까이 내려 함수에 가장 가까운 와이어에 걸어서 제동판 바로 앞에 멈추는 겁니다. 아주 이상적인 착함이었지요.

와이어는 함미에서 함수를 향해 열 줄 전후로 설치되었는데 함수에 가장 가까운 와이어에 걸어 멈추면 정비원이 비행기를 옮기기 쉽고 시간을 들이지 않고 후속 비행기가 착함할 수 있어요. 그러나 함수에 가까운 와이어에 걸려고 하다가 실패하면 제동판에 비행기가 부딪쳐서 함수에서 떨어질 위험도 많은 거지요. 그런데 그 비행기는 가장 앞쪽 와이어에 걸어서 착함을 한 겁니다.

나도 모르게 와우 하고 감탄했지요. 그가 바로 미야베였어요. 어쩌다 성공했겠지, 누군가가 말했습니다.

나는 착함을 끝낸 미야베에게 말을 걸었습니다. 계급도 같은 1비조라서 편하기도 했지만 멋진 착함 솜씨에 경의를 표하기 위해서였어요. 미야베는 키가 큰 사람이었어요. 백팔십은 돼 보였어요.

"정말 멋진 착함이었어요."

내 말에 미야베는 빙긋 웃더군요. 그 웃는 얼굴이 정말 푸근했습니다.

"항모 착함은 처음이지만 선임 탑승원이 가르쳐주는 대로 했더니 되더라고요."

첫 착함에서 그 정도로 잘할 수 있다는 것은 기체에 대한 감각이 아주 좋다는 말입니다. 나는 그때까지 서른 번 넘게 착함을 했지만 매번 얼마나 긴장했는지 모릅니다.

"항모에 대해서는 아무것도 모르니 잘 부탁해요."

미야베는 그리 말하고 고개를 숙였습니다. 나는 좀 겸연쩍더군요. 그런 식으로 말하는 군인은 거의 없으니까요. 물론 우리도 상관을 대할 때는 정중하게 말합니다. 그러지 않으면 두들겨 맞으니까요. 그러나 미야베는 같은 계급은 물론이고 아랫사람에게도 정중하게 말합니다. 이런 군인은 제국 해군에 드뭅니다.

　미야베가 탑승원 가운데서 무시당하는 경향이 있었던 것도 아마 그런 말투 때문일 겁니다.

　해군이란 곳은 아주 거친 세계입니다. 특히 조종사 세계는 깡패 집단 같은 성향을 가졌지요. 그건 아무래도 내일을 알 수 없는 신세라는 게 크게 작용하지 않았을까 싶어요. 그런 세계에 몸을 두다 보면 젊은 사람도 다들 그런 분위기에 젖어들고 마는데 미야베만은 그렇지 않았어요.

　나는 왠지 처음 만났을 때부터 미야베가 마음에 들었어요. 나는 미야베와는 반대로 다혈질에다 툭하면 쌈박질을 일삼는 부대에서도 유명한 싸움꾼이었지요. 오히려 정반대 성격이니까 끌린 게 아닐까 싶어요.

　졸병들도 미야베를 깔보는 듯한 태도로 대했는데, 미야베는 그런 데는 신경 쓰지 않고 늘 정중하게 사람을 대했고, 그러다 보니 더더욱 바보 취급을 받은 것 같습니다.

　그러나 면전에서 미야베를 바보 취급하는 놈은 없었어요.

그 이유는 조종 실력 하나만큼은 최고였기 때문입니다.

첫 착함 때 입이 거친 놈들은 운이 좋아서 어쩌다 그리 되었을 거라고 했는데, 그건 큰 착각이었어요. 미야베는 그 뒤로도 반드시 함수 가장 가까운 곳에 착륙했으니까요. 언젠가부터 미야베의 착함은 모든 탑승원들의 본보기가 되었지요. 착함에 관해서는 제국 해군의 최고 실력자일지도 모릅니다.

애당초 착함 능력과 전투 능력은 다릅니다. 그런데 미야베는 모의 공중전에서도 대단했어요. 소문으로는 중국 대륙에서 열 대 이상 격추했다고 해요. 당시는 다섯 대 이상 격추한 사람을 맹자猛者라 했습니다. 외국에서는 에이스라고 부른다고 합니다.

미야베의 경우는 그 실적과 평소의 분위기가 완전히 달라서 오히려 동료들에게 나쁜 인상을 주었던 것 같습니다.

우리를 이해하려면 '함공'과 '함폭'을 알아둘 필요가 있습니다. 귀에 익지 않은 말일 텐데, 일본 미국 할 것 없이 함공과 함폭만큼 스스로 희생해가며 격렬하게 싸운 비행기도 없습니다. 당연히 그 탑승원의 사망률도 가장 높았습니다.

함공이란 세 명이 타는 함상 공격기를 말하는데 주로 어뢰 공격을 하는 비행기입니다. 어뢰가 꼭 잠수함만의 무기는 아닙니다. 어뢰 공격을 '뇌격雷擊'이라 하는데, 이건 전함에게 가장 무서운 공격이에요. 함선 아래쪽에 구멍을 뚫어놓으니까요. 그 구멍으로 물이 흘러들면 함선은 침몰하고 맙니다. 불침전함이라고 불렸던 '야마토大和'나 '무사시武藏'도 어뢰 공격을 받고 침몰했지요.

　함폭이란 두 사람이 타는 함상 폭격기를 말하는데 급강하 폭격을 주 임무로 합니다. 물론 이것도 무서운 공격입니다. 이천 미터 이상의 상공에서 급강하하여 폭탄을 투하하는 겁니다. 폭탄은 함선의 갑판을 뚫고 함선 안으로 파고들어 폭발합니다. 군함의 함내에는 포탄이나 연료가 가득합니다. 거기에 불이 붙으면 대참사가 일어나지요. 또한 추진 기관에 맞아 폭발을 일으켜도 치명적인 손상을 받습니다.

　이러한 항공기 공격에 대항하는 것이 함선의 대공포와 기관총인데, 이건 잘 맞지가 않아요. 초속 백오십 미터 이상의 속도로 날아가는 비행기를 포와 기관총으로 맞춘다는 것은 정말 어려운 일이에요.

　그런 함공이나 함폭으로부터 가장 효과적으로 함선을 지키는 것이 전투기입니다. 전투기는 함선이 당하기 전에 함공이나 함폭을 격추하는 임무를 띱니다. 앞서 말했듯이 함공도 함폭도 무거운 폭탄이나 어뢰를 실었기 때문에 가벼운 전투기 앞에서는 꼼짝도 못합니다. 그래서 그들을 지키기 위해 전투기가 호위를 하지요. 함상 전투기는 적의 함공과 함폭으로부터 함선을 지키는 것과 아군 함공과 함폭을 호위하는 두 가지 임무를 수행하기 위해 만들어진 것입니다.

미야베와 나는 함상 전투기의 탑승원이었습니다.

우리는 '아카기'의 탑승원이 되고부터 맹렬한 훈련을 받았어요.

정말 쉴 틈도 없이 몇 달이나 죽은 듯이 훈련을 받았지요. 그래요. 월화수목금. 그즈음 제1항공대와 제2항공대의 탑승원들 비행시간은 가볍게 천 시간을 넘겼어요. 최고의 조종사들이었어요. 스스로 이런 말 하기가 좀 뭣하지만, 당시 우리 전투 능력은 세계 최고였을 겁니다. 세계 최고의 비행기에 세계 최고의 탑승원이었으니까요.

혹독한 훈련을 끝내고 사에키 만에 집결한 기동부대는 11월 중순에 북쪽으로 침로(針路, 선박이 진행하는 방향)를 잡았습니다.

탑승원에게는 방한복이 지급되었는데 목적지는 알려주지 않았어요. 어떤 특별한 작전을 수행한다는 것은 분명한데 그게 뭔지 도무지 알 수 없었지요.

당시 중일전쟁이 한창이던 때라 중국만 해도 감당하기 힘든 상황이었어요. 그러나 영국과 미국이 일본에 대해 엄청난 압력을 가한다는 사실은 알고 있었습니다. 동맹국 독일이 벌써 영국과 전투상황에 돌입했으니까, 일본도 언젠가는 영국이나 미국과 싸우게 될지도 모른다는 분위기였지요. 그리고 해군은 오랫동안 미국을 가상 적국으로 삼아 훈련을 했었어요.

우리가 도착한 곳은 에토로후 섬 히토캇푸 만이었어요. 11월의 오호츠크 해는 몹시 추웠지요.

차가운 안개 속에서 연합함대 함정들이 늘어서 있었습니다. 정말 장관이었지요.

11월 26일, 항공모함의 탑승원을 전부 모아놓고 비행대장이 '선전포고와 동시에 진주만의 미 함대를 공격한다'고 말했습니다.

놀라운 말이었지만 한편으로는 마침내 올 것이 오고야 말았다는 생각도 들었습니다. 몸 안에서 여태 느껴보지 못했던 긴장감이 솟구쳐 올랐습니다. 다른 탑승원들도 마찬가지였을 겁니다. 진주만 공격이라고 해서 겁먹는 사람은 하나도 없었어요. 저주스럽던 미국에게 한 방을 먹일 수 있게 되었다고 다들 마음속으로 쾌재를 불렀지요.

그 다음 편대와 탑승 계획표가 발표되었어요.

공격대 명부에 내 이름은 없었어요. 눈앞이 캄캄해지는 느낌이었지요. 내 임무는 함대 호위였어요. 적의 공격기로부터 모함을 지키기 위해 함대 상공을 초계하는 임무입니다.

나는 진주만 공격대에 참가하고 싶다고 울면서 비행대장에게 하소연했지요. 그러나 어쩔 수 없는 노릇이었어요. 그걸 알면서도 하소연하지 않을 수 없었습니다. 나 말고도 공격대에서 제외된 탑승원이나 예비대로 편성된 탑승원들이 울면서 상관에게 항의하곤 했지요. 탑승원 편성표가 발표된 그날 밤은 탑승원들끼리 싸움판이 벌어지기도 했습니다. 그런 기분 충분히 이해가 가요. 그렇게 힘든 훈련을 참아낸 것도 오로지 그날을 위해서였으니까요. 작전이 성공한다면 설령 죽는다 해도 후회는 없어요. 특히 함폭이나 함공 탑승원으로 예비대에 편성된 탑승원들의 낙담은 말로 다할 수 없을 정도였지요.

그날 밤 미야베가 나를 후부 갑판으로 불러냈습니다. '아카기'에는 비행갑판 아래 함수와 함미 갑판이 있습니다. 원래는 순양함으로 만들어진 배를 항공모함으로 개조한 흔적이지요.

"이토 씨, 함대 초계는 정말 소중한 임무입니다."

미야베는 1차 공격대 제공대制空隊에 선발되었지요.

"내 마음을 알 수 있어?"

"호위는 공격보다 더 소중하다고 생각해요. 모함을 지킨다는 것은 많은 사람의 생명을 지키는 것이니까요."

"그렇다면 나랑 바꿔."

"바꿀 수 있다면 바꾸고 싶소."

"그럼 바꾸자니까!"

그렇지만 그건 불가능한 일이라는 것을 우리는 압니다. 비행대장이 정한 편성표를 탑승원끼리 의논해서 바꾼다는 것은 말이 안 되지요.

나는 갑판에 주저앉았습니다. 너무 억울했기에 울면서 말이죠. 미야베는 내 곁에 앉았습니다.

나는 멍하니 시커먼 바다를 바라보았습니다. 얼어붙을 듯이 차가운 밤이었지만 난 조금도 춥지 않았어요.

미야베는 아무 말 없이 내 곁에 앉았습니다. 조금씩 마음의 안정을 찾았지요. 아마도 말없이 곁에 있어준 미야베 덕분이었을 겁니다.

갑자기 미야베가 툭 던지듯이 얘기했어요.

"내가 결혼했다는 건 말했지요?"

나는 고개를 끄덕였어요.

"상하이에서 돌아와 오무라에 가기 전에 결혼했어요. 신혼생활은 고작 일주일."

처음 듣는 말이라 나는 조금 놀랐습니다.

"진주만 공격에 참가할 줄 알았더라면 절대로 결혼하지 않았죠."

미야베는 그렇게 말하고 웃었습니다.

이야기는 거기서 끝났지만 그때의 대화가 왠지 뇌리에 또렷이 남았습니다. 왜 그때 미야베는 그런 말을 했을까요?

연애결혼이었냐고요? 아니, 그런 말은 못 들었어요. 다만 우리 세대에는 연애결혼이란 게 거의 없었지요. 주위 사람들이

권해서 이루어지는 경우가 대부분이었지요. 당시에는 전장에 가기 전에 서둘러 결혼하는 경우도 꽤 있었어요. 전사할지도 모르지만 결혼이라도 시키고 싶다는 부모나 친척들의 바람 때문이었을 테지요. 물론 죽기 전에 후손을 만들어두고 싶다는 생각도 있었을 테고요.

그 당시에는 결혼을 그리 심각한 걸로 생각하지 않았어요. 그냥 해야 하는 것 정도라고나 할까요? 왜 해야 하느냐는 생각은 해본 적도 없어요.

요즘 젊은이들은 그리 생각하지 않겠지요. 결혼이란 인생에서 최고의 파트너를 만나는 일이라 여긴다더군요. 내 손녀도 그런 생각을 하는 것 같은데, 서른 중반이나 되었는데도 결혼은 생각도 안 해요. 아마 상대를 만나지 못하면 평생 혼자서 살 것 같아 보여요. 정말 이해가 안 갑니다.

미야베가 서둘러 결혼한 이유는 모릅니다. 혹시 연애결혼이었을지도 모르지요. 진주만 공격에 참가할 줄 알았더라면 결혼하지 않았을 거라는 말은 어느 쪽으로도 해석이 가능하지요.

편성표가 발표된 그날 밤에는 싸움도 벌어지곤 했지만, 이튿날 나를 포함해서 다들 아무런 불만도 보이지 않고 자신에게 주어진 역할에 충실하기 위해 각자 최선을 다했습니다. 나 또한 항모 초계 임무를 다하리라는 각오를 굳혔고 말입니다.

12월 8일, 나는 날이 밝자마자 출격하여 함대 상공을 초계

비행했습니다.

작전 중에 항모 상공에는 적기가 나타나지 않아 난 한 번도 싸워보지 못했지요.

알다시피 진주만 기습은 완벽하게 성공을 거두었습니다.

사상 최초 항공기만으로 두 차례에 걸쳐서 이루어진 함대 공격이었고, 전함 다섯 척을 침몰시키고 세 척을 대파했지요. 기지 항공기 이백 대 이상을 격파하여 엄청난 성공을 거두었어요.

진주만에서 대성공을 거둔 직후 모든 승무원은 축제 분위기에 휩싸였지요. 오직 한 사람, 미야베만은 달랐습니다.

"왜 그래, 미야베? 울적해 보이네."

"오늘 스물아홉 대나 귀환하지 못했다고 하네요."

그건 나도 아는 사실이었습니다.

"애석한 일이야. 그렇지만 그 성과에 견주면 피해는 아주 적은 편이었어."

미야베는 말없이 고개를 끄덕였지요. 그 얼굴을 보고 나는 찬물을 끼얹은 느낌에 사로잡혔어요.

"전쟁이니까 반드시 누군가는 죽게 돼 있어."라고 나는 말했습니다.

"오늘 눈앞에서 함공이 자폭하는 것을 보았어요."

미야베는 조용한 어투로 그렇게 말했지요.

"어뢰 공격을 한 다음 적함의 상공을 통과할 때 대공포를 맞은 모양입니다. 함공은 일단 상공으로 올라갔지요. 나는 그 함공 가까이 다가갔어요. 날개에서 가솔린이 하얀 줄을 그으며 새어 나왔지만 다행히도 불은 붙지 않았어요. 함공은 귀함하는 방향으로 기수를 돌리다가 갑자기 크게 선회하더니 다시금 진주만 쪽으로 돌아갔습니다. 나도 선회해서 그 옆에 나란히 섰지요. 그러자 조종사가 나에게 눈짓으로 아래쪽을 가리켰어요. 그런 다음 급강하해서 적의 전함에 곤두박질쳤어요."

미야베의 말을 듣고 나는 몸을 부르르 떨었습니다. 실제로 귀환하지 못한 전투기 대부분이 자폭했다는 말을 들었기 때문입니다. 우리는 공격 중에 총탄에 맞아 귀환이 불가능할 때는 자폭하라는 명령을 받았습니다. 살아서 포로가 되는 굴욕을 당해서는 안 된다고 배웠기에 그렇게 하는 것이 당연하다고 생각했지요.

"급강하하기 직전에 탑승원 세 명은 나를 향해 웃으면서 경례를 했어요."

"진짜 군인이야."

미야베도 고개를 끄덕였어요.

"일단 상공으로 피한 다음 다시 진주만으로 기수를 돌리기까지 몇 분도 걸리지 않았습니다. 그 사이 그들은 비행기의 피해 상황을 살펴보고 귀함을 포기했을 겁니다. 연료가 부족하다고 판단했거나 엔진이 당했을지도 모릅니다. 어느 쪽이든 그 짧은 시간에 세 사람은 자폭을 결의한 것입니다."

함상 공격기는 조종사, 정찰원, 통신원 셋으로 구성됩니다. 해군에서는 같은 비행기에 타는 탑승원을 페어fair라고 합니다. 페어는 일심동체가 아니면 안 됩니다. 페어의 호흡이 하나가 되어야 완벽한 뇌격이 가능하니까요. 페어의 결속력은 어지간한 우정하고는 비교도 할 수 없을 만큼 강력합니다. 문경지우(勿頸之友, 생사를 같이 하여 목이 떨어져도 두려워하지 않을 만큼 친한 사귐 또는 그런 벗.)라는 말이 있는데, 공격기나 폭격기의 페어는 말 그대로 삶과 죽음을 같이하는 친구입니다.

아마도 기장이 자폭을 결의하고 다른 두 사람에게 전했을 테지요. 그리고 그 결단을 들은 두 사람은 바로 거기에 동의했고 말이죠.

"그들의 웃음 띤 얼굴이 정말 상쾌했습니다. 죽음을 앞에 둔 사람의 얼굴로는 보이지 않았습니다."

"충분한 전과를 올렸기 때문일 거야."

내 말에 미야베는 잠시 생각하더니, 그럴 겁니다, 하고 대답했습니다.

내가 말했어요.

"나도 죽을 때는 충분한 전과를 올리고 만족스럽게 가고 싶어."

미야베는 잠시 말이 없다가 툭 내뱉듯이 말했습니다.

"나는 죽고 싶지 않아요."

그 말에 나는 놀랐지요. 제국 해군의 입에서 그런 말이 나올 줄은 상상도 못 했으니까요.

물론 군인도 죽고 싶지 않은 마음은 마찬가지예요. 사람이라면 당연한 일이지요. 그러나 군인은 그래서는 안 됩니다. 사회생활을 하며 살아가는 사람들이 본능이나 욕망을 제어하듯이 군인은 살고 싶은 욕망을 어떻게 지울 것인가를 생각해야 합니다. 그렇지 않습니까? 목숨 보전을 첫째로 삼으면 전투를 할 수 없어요.

이번 전투는 우리 군의 대승리였지요. 그렇다 하더라도 돌아오지 못한 스물아홉 대와 쉰다섯 명의 희생자가 나왔습니다. 지금이야 알지요. 그때 세상을 떠난 탑승원 가족에게는 대승리의 기쁨보다도 슬픔이 더 컸으리란 것을. 수천 명이 옥쇄한 전투건 고작 한 사람의 전사자를 낸 전투건 유족에게는 그 무엇과도 바꿀 수 없는 가족을 잃었다는 점에서 마찬가지일 테지요. 몇 천 명이 옥쇄했으니까 그 비극의 숫자는 많겠지만 개개인의 비극은 똑같은 것입니다.

그러나 그때는 몰랐어요. 죽고 싶지 않다는 미야베의 말에 그냥 혐오감을 느꼈을 따름이었어요. 제국 해군이라면, 특히 전투기 조종사라면 절대로 입에 담아서는 안 될 말입니다. 우리는 비행기를 탈 때부터 '절대로 방에서는 죽지 않는다'라는 각오를 했습니다.

"왜 죽고 싶지 않은 거지?"

내 질문에 미야베는 조용히 대답했어요.

"난 아내가 있어요. 아내 때문에 죽어서는 안 됩니다. 그래서 목숨이 그 무엇보다 소중해요."

한순간 나는 할 말을 잃고 말았지요. 그때는 정말 불쾌했어요. 도둑놈에게 왜 훔치느냐고 물었더니, 가지고 싶어서라는 대답을 들은 듯한 기분이었으니까요.

"누구든 죽고 싶지 않은 건 마찬가지야. 또한 모두가 가족이 있어. 난 결혼은 안 했지만 아버지 어머니가 계셔."

그래도 죽고 싶지 않다는 말은 하지 않아, 라는 말은 그냥 삼키고 말았지요.

미야베는 쓴웃음을 짓더니, "난 제국 군인의 수치나 다름없겠네요."라고 말했습니다.

나는 그렇다고 대답했지요.

미야베는 말없이 고개를 끄덕였어요.

이토가 갑자기 입을 다물었다.

팔짱을 끼고 눈을 감은 채 아무 말도 하지 않았다. 그러고 꽤 시간이 흐른 다음 중얼거리듯이 말했다.

"미야베는 참 이상한 사람이었어요. 그즈음 우리 탑승원은 비일상적인 세계를 살았지요. 이미 우리는 합리적인 세계와는 상관이 없었습니다. 죽음과 마주한 세상이라고나 할까, 숨을 쉬면서도 반쯤은 죽음이 뒤섞인 그런 세계를 살았어요. 죽음을 두려워하는 감각을 가지고는 살아갈 수 없는 세계였어요. 그런데도 미야베는 죽음을 두려워했지요. 그는 전쟁 중에도 일상 세계를 살았지요. 어떻게 그런 감각을 가질 수 있었을까요?"

이토는 마치 나에게 묻는 것처럼 말했다. 그러나 내가 대답할 수 있는 질문이 아니었다. 혹 이토는 스스로에게 물었는지도 모른다.

"전후에 제대하고 결혼해서 가족을 가지고서야 비로소 미야베가 아내 때문에 죽고 싶지 않다고 한 말을 이해할 수 있었지요. 그러나……."

이토는 강한 어투로 말했다.

"그렇다 하더라도 목숨이 무엇보다 소중하다는 미야베의 그때 그 말에 동의할 수는 없어요. 전쟁은 혼자서 하는 게 아니에요. 때로는 자신을 희생하여 싸우지 않으면 안 될 때도 있는 겁니다."

"전 모르겠어요."

"사실 이런 일이 있었어요. 1942년 2월, 포트다윈 공습 때 미야베는 기관총 고장으로 출격하자마자 기지로 돌아오게 되었습니다. 호위 전투기는 설령 총탄이 없어도 함폭을 호위하지 않으면 안됩니다. 함폭의 입장에서는 곁에 제로센이 있어주기만 해도 힘이 되니까요. 그런데도 미야베는 그냥 귀환하고 말았지요."

"그런 일이 있었습니까?"

"잘난 체하는 게 아니라 나라면 그냥 갔을 겁니다. 설령 그것 때문에 격추되는 한이 있더라도."

나는 말없이 고개를 끄덕였다.

"오해하지 않기를 바라는데, 그의 신념을 비난하는 건 아니에요. 다만 결코 훌륭한 사고방식은 아니라는 거지요. 손자 앞에서 이런 말을 하는 게 미안한데, 이해해주세요."

이토는 그렇게 말하고 깊이 머리를 숙였다. 나는 이토라는 이 노인에게서 따스한 인간적 성의를 느꼈다.

그때 문 두드리는 소리와 함께 품위 있는 노부인이 들어왔다.

"아내입니다."

부인은 과일 접시를 탁자에 내려놓고 천천히 쉬었다 가라고 말하고는 자리를 떴다.

"저 사람하고는 전후에 결혼했지요." 이토는 그렇게 말하고 겸연쩍게 웃었다. "선을 보고 말이죠."

이토는 사이드 테이블 위로 시선을 옮겼다. 거기에는 두 사람이 함께 찍은 사진이 있었다. 여행지에서 찍은 것인 듯했다.

"상냥하신 분 같습니다."

"그게 유일한 미덕이지요. 흠, 그래요. 정말로 나를 위해 살아주었어요."

이토는 절절한 어투로 말했다.

"저긴 어디입니까?"

"하와이지요. 삼 년 전 금혼식 기념 여행을 갔었어요."

하와이라는 말을 듣고 놀랐다. 이토는 내 속내를 읽은 듯이 덧붙였다.

"처음 가보았지요."

나는 다시 한 번 사진을 보았다. 푸른 바다를 배경으로 이토는 차렷 자세로 섰다. 그리고 오른손으로 부인 손을 꼭 잡았다.

"손자가 어릴 때 이런 말을 자주 했었지요. 할아버지는 옛날에 하와이에 가지 않았느냐고. 그렇지만 실제로 난 하와이 상공에는 한 번도 가보지 못했어요. 육십 년이나 더 지났지만 아직도 그게 애석해요."

"그러시군요."

"그러나 하와이 상공에 갔었더라면 아내도 손주도 못 보았을지 몰라요."

이토는 그렇게 말하고 웃었다. 나는 진주만에서 쉰다섯 명의 탑승원이 전사했다는 말을 떠올렸다. 이토도 그 기억을 떠올렸는지 시선을 떨어뜨렸다.

짧은 침묵이 흐른 뒤, 이토가 입을 열었다.

"진주만에서는 참 애석한 일이 있었지요."

"뭔데요?"

"우리 공격이 선전포고 없는 기습이었다는 겁니다."

"선전포고가 늦어진 걸로 압니다."

"그렇지요. 우리는 선전포고와 동시에 진주만을 공격한다고 들었습니다. 그러나 그렇지 않았어요. 이유는 워싱턴의 일본 대사관 직원이 선전포고 암호를 타이핑하는 데 능장을 부려서 그것을 미 국무장관에게 늦게 전달했기 때문이라고 하는데, 전날 대사관 직원들의 송별파티 때 밤늦게까지 마시는 바람에 출근이 늦어졌다는 겁니다."

"그런 일이 있었습니까?"

"일부 대사관 직원의 실수로 우리가 기습을 했다는 오명을 쓰고 말았습니다. 비겁하기 짝이 없는 국민이라는 딱지가 붙고 말았어요. 우리는 선전포고와 동시에 진주만을 공격한다고 들었지요. 그것이 그리되고 말았으니 참으로 억울합니다."

이토는 얼굴을 찌푸렸다.

"당시 미국은 일본에 강한 압력을 가했지만, 국내 여론은 오히려 전쟁 반대였다고 합니다. 우리는 그즈음 이런 말을 들었습니다. 미국이란 나라는 역사도 짧고 민족도 마구 뒤섞여서 애국심이 없고 국민은 개인주의에 젖어 향락만을 좇는다고 말이죠. 우리처럼 나라를 위해, 또는 천황 폐하를 위해 목숨을 건다는 생각은 아예 없다고. 야마토 장관은 초전에 태평양 미 함대를 박살내서 그런 미국 국민의 기를 완전히 꺾어놓을 생각이었지요."

"오히려 정반대 결과가 나온 거로군요."

"그렇습니다. 비열한 기습 때문에 미국 여론은 '리멤버 펄 하버'라는 구호와 함께 하룻밤에 '일본 타도'로 바뀌어, 육해군으로 지원병이 밀물처럼 밀려들었다고 합니다."

이토는 말을 이어갔다.

"게다가 전술적으로도 대성공을 거두었느냐 하면 사실은 그렇지 않았습니다. 3차 공격을 하지 않은 겁니다. 우리 군은 분명 미 함대와 항공대를 격멸했지만, 도크나 석유 저장 시설, 그리고 다른 주요 육상 시설을 그대로 남겨두고 말았습니다. 그런 것들을 완전히 파괴했더라면 하와이는 기지로서 기능을 완전히 잃고 태평양 패권은 완전히 우리에게로 왔을 테지요. 비행대장들은 3차 공격을 요청했습니다. 그러나 그 요청은 받아들여지지 않았어요. 사령관 나구모 추이치南雲忠一 중장은 퇴각을 선택했어요. 지금 생각해보면 나구모 장관은 지휘관 그릇이 아니었어요. 그 뒤 태평양 여기저기서 일본 해군은 몇 번이나 결정적인 찬스를 놓치고 마는데, 그 모든 것이 지휘관의 결단력과 용기 부족에서 비롯한 것입니다."

이토는 크게 한숨을 내쉬었다.

"이야기가 벗어났네요. 이제 와서 해군을 비판해봤자 뭘 어쩌겠습니까? 미야베 이야기로 돌아가지요."

진주만 공격을 끝내고 일본으로 돌아오는 중에 우리는 탑승원실에서 하와이 공격에 참가한 전투기 부대의 멤버들에게 진주만에 대해 들었어요. 많은 탑승원이 그 멋들어진 공격에 대해 이야기했습니다. 우리 항모 호위대는 두근거리는 가슴으로, 또한 선망과 질투가 뒤섞인 기분으로 그 이야기를 들었습니다.

누군가가 불쑥 미야베에게 이렇게 물었어요.

"미국 함선은 어땠어?"

그때 미야베가 대답했어요.

"항공모함이 없었어요."

모두가 눈을 동그랗게 떴지만 미야베는 덤덤하게 말을 이었지요.

"진주만에는 전함밖에 없었어요."

그건 누구나 아는 사실이었습니다. 항모가 없었다는 사실은
공격대 탑승원들에게 참으로 애석한 일이었기 때문입니다. 그
래서 새삼 무슨 말을 하느냐는 생각이 들었던 겁니다.

미야베는 사람들 기분은 상관하지 않고 말을 계속했어요.

"우리가 오늘 한 것처럼 언젠가 미국의 항모가 우리를 칠 겁
니다. 그래서 반드시 항모를 침몰시키고 싶었는데."

"하긴 그래. 언젠가는 미국의 항모와 싸워야 할 테니까."

누군가가 그렇게 말했지요.

"즐거움을 좀 뒤로 미루는 것뿐이잖아."

누군가가 그런 농담을 던지는 바람에 다들 웃었지요. 나도
웃었습니다.

호위대 가운데 한 사람이 우리 몫도 좀 남겨둬야지 하고 말
하자 다른 누군가가 말했습니다.

"맞아, 다음에는 항모 호위가 아니라 공격대에 참가하고 싶
어."

그날 항공 호위대 대원들은 하나같이 옳은 말이라고 맞장구
를 쳤지요. 다 함께 웃으면서요.

그러나 미야베만은 웃지 않고 말했어요.

"언젠가 그런 날이 올 테지요."

"그날이 오면 미국 항모 같은 건 한 주먹감이야. 그렇잖아?"

누군가가 그렇게 말하자 미야베도 비로소 빙긋 웃었지요.

"그럼요. 오늘 처음으로 함폭과 함공 공격을 보았는데, 정말 대단했어요. 그 솜씨가 그야말로 신기였어요. 아마도 미국 항모도 그런 공격을 받으면 견디지 못할 겁니다. 미국의 공격기가 얼마만한 기술을 가졌는지는 모르겠지만, 그 정도 기량은 아닐 겁니다."

평소 기세등등한 사내가 분위기를 타고 내뱉은 말이 아니라 미야베처럼 조용한 사내가 담담하게 하는 말이라 꽤 박력이 있었어요. 다들 그의 솜씨를 아는지라 더욱더 그 말에 무게감이 있었지요.

나는 그때 진주만에서 우리 공격대가 활약하는 모습을 못 본 것이 못내 아쉬웠습니다.

"이길 수 있겠지?"

내가 묻자 미야베는 이렇게 대답했어요.

"제대로 싸운다면 우리가 압승할 겁니다."

미야베의 말은 어떤 의미에서는 맞고 어떤 의미에서는 틀렸습니다.

나구모 사령관이 이끄는 기동부대는 그 후로 태평양을 장악했습니다. 기동부대란 항모부대를 말합니다. 항모는 전함보다

속력이 빠르고 기동성이 높아 그렇게 불렀어요.

　남쪽으로는 뉴기니에서 서쪽으로는 인도양까지, 그야말로 종횡무진이었어요. 그 사이 많은 적함을 항모의 전투기로 침몰시켰지요. '반년 동안 마음껏 휘저어버리겠습니다.'라고 야마모토 이소로쿠 사령관이 말했다는데, 그야말로 무적이었습니다.

　물론 우리 기동부대는 몇 번 적 항공기의 공격을 받았지만 모함을 지키는 제로센 부대가 적을 항모에 접근조차 못하게 했지요. 당시 제로센에게 이길 수 있는 전투기는 없었어요. 이건 자화자찬이 될지 모르겠지만, 나구모 부대의 전투기 탑승원 역량은 그야말로 세계 최고였어요.

　또한 공격대의 기량도 입신의 경지에 이르렀고요. 인도양에서 영국 순양함과 소형 항모를 침몰시켰을 때 급강하 폭격기의 명중률은 구십 퍼센트에 가까웠지요. 이건 거의 경이적인 수치라고 할 수 있어요.

　나구모 함대는 태평양을 제압했어요. 제해권은 가장 센 항모를 보유한 나라가 가지는 것입니다. 그것은 그때까지의 군사 상식을 깨뜨리는 일이었어요.

　오랫동안 세계는 '대함거포주의' 시대여서 해전이란 전함끼리의 싸움으로 결말이 난다고 생각했어요. 전함이야말로 사상 최강의 병기이며 제해권을 가지려면 강력한 전함이 필요하다고 말이지요. 저 대영제국이 세계를 제패한 것도 강력한 전함을 가졌기 때문입니다. 우라가 시市에 온 미국의 구로후네(黒船, 강호시대에 서양에서 오는 함선의 총칭)가 일본의 막부에 얼마나 강한 위협을 가했는지를 보아도 전함이 얼마나 대단한 병기인지 알 수 있지요. 세계 역사는 전함이 만들어낸 것이에요.

항모의 등장은 1차 세계대전 이후였어요. 다만, 그 당시 비행기는 쌍엽기였고 항모는 보조 역할을 수행할 따름이었어요. 비행기에 의한 공격의 유효성은 일부에 지나지 않았는데, 소형 함선을 격침할 수는 있었지만 전함 같은 대형함을 침몰시킬 수는 없었습니다.

그러나 그 후 항공기의 경이적인 발달에 따라 어느새 항모의 힘이 강력해졌습니다.

이것을 세계에 증명한 것이 바로 진주만 공격이지요. 항공기 공격만으로 전함을 한꺼번에 다섯 척이나 침몰시켜 버렸어요. 이 순간 몇 백 년 동안 제해권을 둘러싼 전투의 주역이었던 전함은 그 자리를 항모에게 넘겨주게 됩니다.

바다의 주역이 전함이 아니라 비행기라는 상징적인 전투가 또 하나 있어요.

진주만 공격 이틀 뒤, 말레이 반도 동쪽 해상에서 영국이 자랑하는 동양함대의 신예 전함 '프린스 오브 웨일스'와 순양함

'리펄스'를 항공기 공격으로 침몰시킨 전투지요. 사이공 기지에서 날아오른 96식 공격기 서른여섯 대가 영국 전함 두 척에 어뢰 공격을 감행하여 침몰시킨 겁니다. 처칠이 훗날 '2차 세계대전에서 가장 충격적인 사건'이라고 말한 그 해전입니다.

진주만 공격으로 침몰한 전함은 정박한 상태에서 기습을 당했지만, 영국 전함 두 척은 완전히 전투 상태에서 침몰됐으니 그 충격이란 어떤 의미에서 진주만 이상이라고 해야 할 겁니다. 이 해전에서 호위 전투기를 거느리지 않은 전함은 항공기의 먹잇감에 지나지 않는다는 것이 증명되었지요.

이미 러일전쟁에서처럼 전함끼리 함대 결전을 벌이는 일은 없어지고 말았어요. 진정한 함대 결전은 항모끼리의 싸움입니다. 당시 우리 군의 정규 항모는 여섯 척, 미 태평양함대의 항모는 다섯 척이었어요. 우리는 언젠가 벌어질 항모 결전을 손꼽아 기다렸지요.

그 기회가 미국과 전쟁을 시작한 지 반년 후에 찾아왔어요.

1942년 5월, 뉴기니 포트모르즈비 공략 작전에서 육군 수송선을 지원하던 우리 항모와 이 작전을 저지하려는 미 항모가 정면으로 격돌한 것이지요. 세계 해전 사상 초유의 정규 항모전이었지요. 덧붙여 말하자면 오늘날까지 항모와 항모가 맞붙은 전투는 일본과 미국 외에는 없어요.

애석하게도 내가 탄 '아카기'는 그 전투에 참가하지 않았지요. 우리는 '쇼가쿠翔鶴'와 '즈이가쿠瑞鶴', 적은 '렉싱턴'과 '요크타운'이었어요.

그 산호해 해전에서 우리는 '렉싱턴'을 침몰시키고 '요크타운'을 대파했지요. 우리 측 손실은 '쇼가쿠'가 조금 망가졌고 '즈이가쿠'는 멀쩡했어요. 사상 최초의 항모전에서 일본 해군이 승리한 것이지요.

당시 '아카기'와 '가가加賀'에 속한 제1항공전대 탑승원의 기량이 가장 뛰어났다고들 했지요. 그 다음으로 '히류飛龍'와 '소류蒼龍'의 제2항공전대. '쇼가쿠'와 '즈이가쿠'의 제5항공전대는 탑승원 실력이 조금 떨어진다고 했고요. '나비와 잠자리가 새라면, 제5항공전대도 새'라는 우스꽝스런 노래가 있을 정도였어요. 그래서 산호해 해전을 전해 들은 우리 제1항공전대 탑승원들은 '우리였더라면 두 척 모두 잠재웠을 텐데'라며 애석해했지요.

우리도 빨리 적 항모와 한판 벌이고 싶었어요. 그리고 그 기회는 한 달 뒤에 찾아왔지요.

그래요, 미드웨이 해전입니다.

이 해전은 너무도 유명하지요. 그 결과는 일본군 항모 네 척이 한꺼번에 침몰하고 말아요. 해군이 자랑하는 가장 강력한 제1항공전대의 '아카기', '가가', 제2항공전대의 '히류', '소류'

네 척이지요.

전후에 미드웨이 패전 원인을 분석한 여러 책을 읽어보았어요. 그 모든 것이 우리 군의 자만 때문이었다고 합니다.

미드웨이 작전은 사전에 미군이 꿰뚫어 보았습니다. 암호가 해독되고 만 것이지요. 단지 이때 미군의 암호 해독 팀도 일본군의 공략 목적지인 'AF'라는 장소가 어딘지는 몰랐다고 해요. 그래서 미군은 미드웨이 기지에서 평범한 문장으로 '증류 장치 고장으로 물이 부족하다'라는 가짜 전문을 보냅니다. 일본군은 그날 바로 'AF는 물이 부족한 듯'이라는 뜻을 암호로 보내는데, 바로 거기서 미군은 'AF'가 미드웨이라는 사실을 알아차린 것이지요.

미군은 만반의 준비를 하고 우리를 기다렸습니다. 물론 연합대 사령부는 그걸 예상했었어요. 애당초 미드웨이 섬 공략 작전은 미 항공모함을 불러내 격멸할 목적도 가졌으니까요. 뒤집어 말해 미 항모가 그냥 모습을 드러낸 것이지요.

싸우기 전부터 해군에는 낙관적인 분위기가 만연했었어요. 참모들은 혹시 미 항공모함이 아군을 두려워해서 나타나지 않을까 걱정할 정도였지요. 전후에 안 사실인데, 작전 중에 참모실에서 어떤 사령이 항공모함 갑판 참모 하라다 미노루源田實에게, 미드웨이에 적 항모가 나타나면 어떡할 거냐고 물었더니, 하라다는 '손짓 한 번에 날려버리겠습니다'라고 대답했다고 하는데, 당연히 그랬을 테지요. 또한 그 직전의 일인데 야마구치의 하시라시마에서 참모들이 두 팀으로 나누어 미드웨이 작전 도상연습(圖上演習, 지도 위에 부대나 군사 시설을 표시한 다음, 도구나 부호를 이용하여 실제 작전처럼 옮기면서 하는 군사 연습)을 실시한 결과 일본 항모에 폭탄 아홉 발이 명중하는 결과가 나왔어요. 그때 우가키宇垣 참모장이 '이건 삼분의 일인 세 발로 한다'라 정해버리고 연습을 계속했어요. 물론 작전을 바꾸지 않고 말이지요. 도대체 도상연습을 왜 한 건지 알 수 없습니다.

방심한 증거는 또 있어요. 하와이 먼 바다에 미 항모 출격을 탐지하기 위한 잠수함 부대를 배치해야 하는데, 실제로 배치된 것은 이미 항모가 출격한 다음이었어요. 이것도 아마 미 항모가 출격하지 않을 것이라 예단했기 때문일 겁니다.

그날 일은 육십 년이나 지난 지금도 또렷합니다. 그야말로 해군에게 아니 일본에게 최악의 날이었으니까요. 물론 그 이상으로 비참한 패배는 그 후에도 몇 번이나 반복됩니다. 모든 것이 바로 그 미드웨이 해전에서 비롯됐지요.

그날 나는 아침부터 미드웨이 섬 육상 기지를 공격하기 위해 폭격 편대에 참가하여 폭격을 했습니다.

이 작전은 미드웨이 섬 육상 기지를 공격하는 것이었어요. 나아가 적의 기동부대가 나타나면 그것을 격멸하는 두 가지 목적을 지닌 작전이었어요. 그래서 늘 정찰기가 떠 있었지요.

항모 전투는 정찰 성공의 여부로 결정나지요. 드넓은 태평양 해상을 고속으로 움직이는 기동부대를 적보다 일 초라도 빨리 발견하여 공격해야 합니다. 그것이 바로 항모전의 요체입니다.

아까도 말했듯이 최초의 항모전은 '산호해 해전'이었어요. 사실 이 전투 때 참으로 묘한 일이 있었어요. 미군과 일본군 모두 상대를 발견하여 공격대를 출격시켰지만 쌍방 접전하지 않고 첫 번째 공격은 불발로 끝나게 되는데, 이때 사건이 일어나요.

우리 5항공전대 공격대가 적 기동부대를 발견하지 못하고 야간에 항모로 돌아오는데, 야간 착함이란 게 아주 어려워요. 그래서 첫 전투기가 착함 타이밍을 놓쳐 그냥 항모 위를 지나치게 되는데, 바로 그때 그 항모가 미국의 항모라는 사실을 알게 됩니다. 이때 조종사가 얼마나 놀랐을까요? 하루 종일 찾아헤매도 발견하지 못한 항모였는데, 설마 지금 자신이 내리려 한 그 항모일 줄이야.

고속기동부대의 전투란 것은 이렇게 복잡하고 어려운 것입니다. 항모는 시속 오십 킬로미터로 이동하지요. 두 시간이면 최대 이백 킬로미터나 떨어지고 말아요. 그래서 아군 공격대가 귀환하는 장소도 출격할 때하고는 많이 다른 게 당연하지요. 그래서 아군기가 적 항모에 착륙하려 하는 착각이 일어나는 겁니다. 아마 적 항모도 깜짝 놀랐을 테지요.

그 공격대는 적 항모를 벗어나 아군 항모로 돌아왔는데, 웃지 못할 사건이라고나 할까요.

다음 날 아침, 두 항모는 각각 정찰기를 출격시킵니다. 이때 '쇼가쿠'의 정찰기가 적 항모를 발견한 다음 연료가 아슬아슬할 때까지 적함에 접근하여 그 위치를 알립니다. '쇼가쿠'와 '즈이가쿠'는 즉각 공격대를 발진시키는데, 그 도중에 공격대는 모함으로 귀환하는 정찰기와 스치게 됩니다. 그때 정찰기는 기수를 돌려 아군 공격대를 적 항모까지 유도해줍니다. 정찰기가 귀환 중이라는 것은 연료가 없다는 걸 말해요. 그런 비행기가 아군 공격대를 적이 있는 곳까지 유도한다는 것은 스스로 생명을 포기한다는 뜻이지요.

그 정찰기는 97식 함상 공격기로 기장은 정찰원 스가노 겐조 비조장飛曹長이었습니다. 조종원은 고토 츠구오 1비조이고 통신원은 기시다 세이지로 1비조였습니다. 세 사람은 아군의 필승을 기원하며 스스로 목숨을 던진 것이에요.

죄송합니다. 이 나이에 눈물을 보이다니.

공격대는 결국 스가노 비조장의 희생을 허망하게 하지 않았습니다. 적 기동부대를 급습하여 아까 말했듯이 '렉싱턴'을 침몰시키고 '요크타운'에 치명적인 상처를 주었지요.

그즈음 '쇼가쿠'와 '즈이가쿠'는 적의 공격을 받았지만 제로센이 발군의 능력을 발휘하여 적 폭격기와 공격기를 거의 다 격추시켜 버렸지요. '쇼가쿠'가 폭탄 세 발을 맞긴 했지만 '즈이가쿠'는 무사했습니다. 이때 즈이가쿠를 호위한 사람이 후일 일본 최고의 격추왕이라 불린 이와모토 데츠조 씨입니다.

그러나 그 전투는 전술적으로는 승리했을지 몰라도 전략적으로는 진 싸움이라고 해요. 왜냐하면 일본군의 당초 목적이었던 포트모르즈비 공략 작전이 좌절되고 말았으니까요.

5항공전대의 임무는 육군 상륙부대의 수송선단 호위였지요. 그러나 항모전 이후에 이노우에 시게요시 사령관은 수송선단을 퇴각시켜요. 적 기동부대는 이미 먼 후방으로 물러났음에도 지레 겁을 집어먹고 작전을 중단한 것이지요. 결과적으로 제일선에서 용감하게 싸운 병사들의 노력을 허망하게 만들어버린 결정이었어요. 그 때문에 후일 육군은 포트모르즈비 공략을 위해 병사들에게 편도분의 식량만 제공하여 육로로 오웬스탠리 산맥을 넘는 무모하기 짝이 없는 작전을 결행하여 몇 만 명의 희생자를 내고 마니까 말입니다.

전략적인 견해는 두고라도 어쨌든 산호해에서 벌어진 항모전은, 탑승원 간의 공중전에서는 승리를 거둔 전투였어요. 이어지는 미드웨이에서는 제5항공전대보다 더 강한 제1항공전대와 제2항공전대가 참가하게 되지요. 질 리가 없다고 생각하는 게 당연합니다.

제5항공전대는 미드웨이 해전에는 참가하지 않았어요. 산호해 해전에서 쇼가쿠가 손상을 입고 많은 비행기와 탑승원을 잃었기 때문이지요. 그러나 이것 또한 이상한 일이에요. 적어도 '즈이가쿠'는 상처를 입지 않았고 비행기 보충도 어느 정도 가능했을 테니 말이지요. 연합함대 사령부의 속내는 무작정 항모만 써먹을 필요가 없다는 것이었을 테지요.

이 언저리가 미군과는 완전히 달라요. 미군은 수리에 한 달이 걸릴 '요크타운'을 사흘 만에 응급 처치해서 미드웨이 해전에 참가시키지요. 함에 많은 정비공을 태운 채 출항한 겁니다. 스프루언스 제독은 설령 침몰되는 한이 있어도 미드웨이로 가겠노라고 했다고 합니다. 우리는 미국인들을 까불기만 할 뿐 근성도 없는 놈들이라 생각했는데 사실은 그렇지 않았던 겁니다. 그들에게도 오기라는 게 있어요.

내가 미드웨이 섬 1차 공격에서 돌아와 함내 대기실에서 쉬고 있을 때였어요. 갑자기 갑판 위에 대기하던 공격기 어뢰를 육상용 폭탄으로 바꾸는 작업이 시작되었어요. 아무래도 미드웨이 섬 2차 공격이 결정난 것 같았어요. 그때까지는 적 기동부대에 대비하여 공격기에 함선 공격용 어뢰를 장착했었는데, 정찰 비행 결과 적 기동부대가 주변에 없는 것으로 판단하고 다시 육상 기지 공격으로 작전을 바꾼 것이에요. 지금 생각해 보면 그것이 첫 번째 과오였습니다.

어뢰를 폭탄으로 바꾸는 작업은 구두를 갈아 신듯이 간단한 일이 아니에요. 리프트로 전투기를 격납고로 옮겨 거기서 어뢰를 제거하고 폭탄으로 갈아 끼운 다음 리프트로 비행갑판까지 올려야 해요. 게다가 다루는 대상이 폭탄과 어뢰이다 보니 서두를 수가 없어요. 전투기가 수십 대는 되지요. 어뢰에서 폭탄으로 바꾸는 것만 해도 두 시간은 걸려요. 그 사이 미드웨이 기지에서 공격기가 몇 대 날아왔지만 제로센 호위기들이 간단히 물리쳐버렸어요.

겨우 다 바꾸었을 무렵에 정찰기로부터 적 기동부대로 보이는 함대를 발견했다는 정보가 들어왔습니다. 우리는 마침내 적 항모가 나타났다고 생각했지요. 그런데 비행갑판 위 폭격기에는 육상 공격용 폭탄이 장착된 거예요. 재수가 없어도 정말 이렇게 없을 수가.

나구모 사령관은 다시 육상용 폭탄을 떼어내고 어뢰를 장착하라고 명령했습니다. 올바른 조치라고 생각했지요. 왜냐하면 육상용 폭탄으로는 적함에 상처를 줄 수 있을지언정 침몰을 시키는 건 불가능하니까요. 이번 미드웨이 해전의 최우선 목표는 미 기동부대, 즉 미 항모를 끌어내 한꺼번에 궤멸시키는 것입니다. 미 항모를 모두 물에 잠가버리면 태평양에는 적이 없어져요. 그러기 위해서라도 단 한 방으로 미 항모를 잠재울 수 있는 뇌격, 다시 말해 어뢰 공격이 절대적으로 필요하지요.

전 항모 탑재기의 폭탄을 어뢰로 바꾸기 시작했어요. 방금 끝낸 작업을 다시 하는 겁니다.

우리는 가슴을 졸이며 그 작업을 지켜보았어요. 적 기동부대가 고작 이백 해리 앞에 있으니 아무튼 조금이라도 빨리 공격하고 싶은 마음이었지요. 방금 장착을 바꾸지만 않았더라도 당장 출격할 수 있었을 텐데, 정말 서글픈 마음이 들더군요.

어느새 미야베가 내 곁으로 다가왔어요.

"대체 왜 이리 꾸물거리는 거야? 바로 공격을 가하지 않고."

미야베는 평소와 달리 짜증스런 어투로 말했지요.

"육상용 폭탄으로는 항모를 침몰시킬 수 없으니까."

"침몰시키지 않아도 돼. 아무튼 선수를 쳐야 하는 거야."

"칠 거면 침몰시키는 것이 좋지 않을까? 손상만 입고 그냥 도망쳐버리면 아무 소용이 없잖아."

"그래도 하지 않은 것보다는 나아."

"이번 작전의 목적은 적 항모를 궤멸시키는 거야. 도망치게 해서는 의미도 없어."

"그렇다면 왜 어뢰를 폭탄으로 바꾸었을까? 목적이 항모라면 어뢰를 장착한 채 적 항모를 찾을 때까지 기다려야지."

나는 할 말이 없어지고 말았어요. 듣고 보니 맞는 말이에요. 분명 이번 미드웨이 작전은 두 가지 목적이 있어요. 물론 병법의 관점에서 본다면 되도록 피해야 할 작전이긴 하지만요.

"우물쭈물하는 사이에 적기가 나타날지도 몰라."

미야베가 혼잣말처럼 중얼거렸어요. 어리석게도 나는 그 말을 듣고서야 비로소 깨달았지요. 난 그냥 우리가 일방적으로 적 기동부대를 발견한 것이라고만 생각했더랬지요.

그때 상공 초계기 숫자를 늘리라는 명령이 떨어졌어요. 비행대장이 미야베와 상급 조종사들에게 지시를 내린 겁니다.

미야베는 나에게 가볍게 손을 흔들고는 다녀오겠다고 하더니 갑판 위 제로센 쪽으로 달려갔지요. 미야베하고 대화를 나눈 것은 그것이 마지막이었어요.

미야베를 비롯한 초계기가 날아오른 다음에도 어뢰 장착 작업은 계속되었어요. 그러는 사이에도 적 기동부대가 언제 우리를 발견할지 몰라 가슴을 졸였어요. 적이 저기 있다는 것을 알면서도 공격하지 못하는 그 답답함을 어디다 어떻게 비유할 수 있을까요? 나는 공격대에 배속되지 않았으면서도 안달이 날 지경이었는데 공격대원들은 어떤 심정이었을까요?

갑자기 "적기!"라는 소리가 울렸습니다. 올려다보니 좌현 전방에 십여 대의 적 편대가 낮게 비행하는 모습이 보였어요. 거리는 칠 킬로미터 이상 떨어졌어요. 그때는 이미 호위기들이 적기를 향해 날아가는 중이었지요. 적은 뇌격기였어요. 뇌격기란 어뢰를 장착한 비행기예요. 한 발이라도 맞으면 치명상을 입게 되지요.

온몸으로 긴장과 공포가 치달렸지요. 마음속으로 제발 부탁한다고 호위기를 향해 기도를 올렸어요.

제로센은 뇌격기 무리를 향해 사냥개처럼 달려들었어요. 눈 깜짝할 사이에 뇌격기는 불을 뿜으며 떨어졌어요. 고작 몇 분만에 적의 뇌격기는 모두 격추되고 말았어요. 정말 산뜻한 공격이었어요. 그 장면이 너무 멋지고 산뜻해서 갑판 정비원들과 함께 박수를 쳤지요.

그때 "우현!"이라는 고함이 터져 나왔어요. 돌아보니 우현 방향에서 뇌격기 여덟 대가 접근하는 것이 보였지요. 그러나 제로센 세 대가 벌써 그 뒤에 따라붙었어요. 뇌격기는 사정거리에 들어오기도 전에 불을 뿜으며 차례차례 떨어졌어요. 마지막 남은 두 대가 어뢰를 버리고 상공으로 도망쳤지만 그것조차 제로센의 공격을 받고 추락하고 말았어요.

제로센 편대의 멋들어진 솜씨에 갑판에서 대기하던 탑승원들이 탄성을 질렀지요.

후방에서 '가가'를 습격하던 뇌격기도 모두 제로센 호위대에게 격추당하고 말았고요.

나는 새삼 제로센의 위력을 확인하고 감탄했어요. 아니 제로센의 조종간을 잡은 사나이들의 실력을 확인했다고 할까요? 말 그대로 그들은 일기당천—騎當千의 용사들이었어요.

전투는 띄엄띄엄 계속해서 두 시간이나 이어졌어요. 적 뇌격기는 모두 마흔 기 이상이었는데 거의 다 제로센에게 격추됐어요. 우리 함대는 한 발의 어뢰도 맞지 않았고 말입니다.

그 와중에도 격납고에서는 교체 작업이 진행되었어요.

그때였지요. 감시병의 비명이 터져 나왔어요. 그때의 비명은 평생 잊히지가 않아요.

하늘을 바라보니 폭격기 네 대가 악귀처럼 급강하하고 있었습니다.

난 이제 틀렸다는 절망적인 기분으로 그 악마를 바라보았지요. 네 대의 폭격기에서 폭탄이 떨어져 내리는 것이 보였어요. 아마 한순간의 일이었을 테지만, 마치 슬로모션 영상을 보는 것 같았어요. 폭탄 네 개가 천천히 마치 웃는 듯이 떨어져 내리는 겁니다. 공기를 가르는 그 소리가 마치 악마의 웃음소리 같았지요. 아마도 우리의 방심과 교만을 조롱했을 테지요.

갑판에서 굉음과 폭발이 일어났어요. 내 몸도 날아가 함교에 부딪쳤고요. 함교가 없었다면 바다에 떨어졌겠지요.

거지반은 정신을 잃고 타오르는 갑판을 바라보았어요. 비행기가 불타오릅니다. 탑승원이 불덩어리가 되어 조종석에서 튀어나옵니다. 프로펠러가 돌아가던 비행기가 제어 능력을 잃고 제멋대로 돌아가다가 어떤 놈은 부딪치고, 어떤 놈은 바다로 떨어지고, 갑판 위는 엉망으로 변해버렸지요. 격납고에서도 폭발이 잇달아 일어났어요. 어뢰와 폭탄이 터지면서 화재가 연달아 일어난 거지요. 폭발이 일어날 때마다 거대한 배가 흔들렸어요. 우현 쪽을 보니 '가가'도 타오릅니다. 저 멀리 후방에 또 한 척 불타는 항모가 보였어요. 항모 세 척이 한순간에 당하고 말았어요.

나는 타오르는 갑판에서 도망치려고 아래로 내려갔어요. 거기에 함공 탑승원들이 모여 있었어요. 하나같이 일그러진 표정이었지요.

부상자도 몇 있었어요. 팔이 잘린 사람, 다리가 잘린 사람. 바닥에는 피가 흥건히 고였습니다. 그야말로 아비규환의 지옥이었지요.

격납고에서는 단속적으로 폭발음이 들렸습니다. 우리는 양동이로 물을 날라 불을 끄려고 했지만, 어차피 불바다에 물총을 쏘는 거나 다름없었어요. 그러다 물도 나오지 않아 그냥 손을 놓고 바라만 보았지요.

화염이 수십 미터 위로 솟구치고 그 연기는 수백 미터까지 치솟았어요. 함 전체가 불에 달군 냄비 같았어요. 쇠로 된 계단이 달아올라 군화 바닥이 탈 정도였지요. 난간에 손이라도 댔다가는 그냥 화상을 입고 말아요. 우리는 갑판에 갇힌 채 어쩔 줄 몰라 멍하니 있었을 뿐입니다.

그때 함수 쪽에서 사령부 참모들이 퇴함하는 모습이 보였어요. 내화정(內火艇, 제국해군의 수륙 양용 전차)을 내리고 나구모 사령관이하 많은 장교들이 함선을 떠납니다. 우리는 그 모습을 보고 낙담하고 말았어요. 사령부가 항모를 버린 것이라고, 이제 '아카기'는 이 세상에 존재하지 않는다고.

잠시 후 구축함의 구명정이 다가와 우리를 구조했어요.

우리도 구명정을 타고 '아카기'를 뒤로했지요. 나는 구명정에서 '아카기'를 뒤돌아보았지요. 세상에 이런 불꽃도 있나 싶을 만큼 거대한 불길이 바다를 휘감았지요. 얼마나 거대한 불길인지 백 미터나 떨어졌지만 그 열기를 얼굴에 느낄 정도였어요.

그러나 '아카기'는 침몰하지 않았습니다. 어뢰 공격을 받은 것이 아니라 폭탄을 맞았으니까 함 전체는 불에 휩싸였어도 침몰하지는 않아요. 그게 오히려 단말마의 비명과 함께 고통을 오래오래 끌기만 하는 지옥 같은 느낌을 주었어요. 철판이 새빨갛게 변하면서 줄줄 녹아 흐르고, 검은 연기는 상공 일 킬로미터까지 도달했을 정도였어요.

그와 같은 검은 연기가 두 줄기 더 보였지요. 항모 세 척이 당한 것입니다.

난 울었습니다. 구명정을 탄 다른 탑승원들도 울었습니다.

하늘에는 돌아갈 모함을 잃은 제로센이 허망하게 선회하고 있었어요. 미야베도 아마 그 가운데 있었을 겁니다.

이것이 내가 본 미드웨이 해전입니다.

전투 후에 이때의 일이 '운명의 오 분'이라 하여 유명해집니다. 오 분만 있었더라면 우리 공격기 전부가 장착을 끝내고 발진했을 터이므로 설령 같은 폭격을 당했다 하더라도 갑판 위에서 아군의 포탄이 터지는 일만은 없었을 테니 항모가 침몰하지 않았을 거라고 말이지요. 그리고 우리 공격대는 필살의 공격으로 적 항모를 바다 밑으로 가라앉혔을 것이라고. 그러므로 운이 나빴다고.

그러나 그건 거짓말이에요. 적의 급강하 폭격을 받았을 시점에서도 장착을 끝내려면 많은 시간이 필요했어요. 얼마나 더 시간이 걸릴지 알 수는 없지만 적어도 오 분은 아니었어요.

역사에 '만약'이란 없어요. 그 전투도 운이 나빴던 것이 아니에요. 하려고만 했더라면 더 빨리 발진할 수 있었어요. 육상용 폭탄으로라도 먼저 적 항모를 두들겼어야 했지요. 그렇게 하지 않은 것은 교만이었어요.

또한 그때 미군 뇌격기는 호위기도 없이 왔었어요. 뇌격기가 호위 전투기 없이 공격을 한다는 것은 자살행위나 마찬가지예요. 실제로 제로센은 적 뇌격기를 깡그리 격추시켰지요. 그렇지만 그것이 바로 미끼였던 겁니다. 모함을 지키는 제로센 호위기들이 뇌격기에 정신을 빼앗겨 상공 감시를 소홀히 한 것이지요. 그 틈을 뚫고 뒤이어 나타난 폭격기에게 급강하 공격을 당한 것이지요.

물론 운이 나빴다고도 할 수 있겠지만, 난 그렇게 생각하지 않아요. 나중에 안 일인데, 미국은 일본의 항모부대를 발견했을 때 무작정 빨리 공격부터 한다는 결정을 내리고, 전투기 배치도 고려하지 않은 채 준비된 공격부대부터 순서대로 날려 보낸 것입니다.

나는 그때 미군 뇌격기 탑승원들의 심정을 생각할 때마다 가슴이 뜨거워집니다. 그들은 전투기 호위 없이 출격한다는 것이 무엇을 의미하는지 잘 알았을 것입니다. '제로센'의 공포를 너무도 잘 아는 사람들이었어요. 살아서 돌아갈 수 없다는 것을 각오했을 테지요. 그런데도 그들은 용감하게 출격한 것입니다.

그리고 필사의 각오로 우리 항모를 덮쳤고 제로센 앞에서 하나하나 바다 위로 떨어졌지요. 그러나 그 살신성인의 공격이 항모 호위기 제로센을 저공에 끌어 모아 급강하 폭격기의 공격을 가능하게 한 것이지요.

나는 미드웨이의 진정한 승리자는 미군 뇌격대가 아닐까 생각합니다. 산호해 해전에서 연료가 떨어진 것을 알면서도 아군을 유도한 우리 정찰기 탑승원들도, 미드웨이 해전에서 미군 뇌격대도, 승리를 위해 스스로 목숨을 던진 영웅이라 할 것입니다.

나라를 위해 목숨을 바치는 것은 일본인만의 일이 아니에요. 우리는 천황 폐하를 위해서라는 대의명분이 있었어요. 그러나 미국 사람은 대통령을 위해 목숨을 버리지는 않아요. 그렇다면 그들은 대체 무엇을 위해 싸웠을까요? 그건 바로 나라를 위해서가 아니었을까요?

사실 우리 일본인 또한 천황 폐하를 위해 목숨을 걸고 싸운 것이 아니에요. 그것은 역시 애국정신이었어요.

일본은 이 전투에서 세상 어디서도 찾아볼 수 없는 항모 네 척을 잃었어요. 미국은 항모 한 척만 잃었고요. 그 한 척은 산호해 해전에서 대파한 '요크타운'이지요. 니미츠 제독이 응급조치를 명했지만 만신창이 그대로 미드웨이에 참전한 항모지요. 그리고 일본 항모에 강렬한 일격을 가하고 태평양 아래로 가라앉은 것이지요. 이것이 양키혼이 아닐까요.

그에 비해 같은 산호해에서 싸웠지만 멀쩡한 몸으로 세토우치 만에서 한껏 쉬기만 했던 '즈이가쿠', 그러니 그 해전은 시작하기도 전에 이미 진 거나 다름없었어요.

단 하나, 우리 쪽에도 칭찬받을 만한 것은 있었어요. 오로지 한 척, 적의 공격에서 벗어나 도망친 '히류'의 분투입니다. '히류'는 세 척이 당한 다음 제2항공전대 사령관 맹장 야마구치 다몬 소장의 지휘 아래 말 그대로 고군분투하며 적 항모 세 척과 대치하다가 결국 '요크타운'과 거의 동시에 침몰하고 맙니다. 야마구치 소장도 '히류'와 운명을 같이했어요. 덧붙이자면, 야마구치 소장은 나구모 사령관의 어뢰 장치 교체에 격하게 반대하면서 즉각 공격대 발진을 주장한 사람이지요. 진주만 때도 3차 공격을 감행하자고 강렬하게 주장했고 말이지요.

또한 '히류'의 공격대 비행대장 도모나가 죠이치 대위는 연료 탱크에 구멍이 난 다음에도 97함상 공격기로 편도 연료만 실은 채 용감히 출격했다고 해요.

이것이 스포츠라면 '요크타운'과 '히류' 승무원들은 싸움을 끝낸 다음 서로의 건투를 찬양하고 우정을 나누었을지도 모르지요. 그러나 이건 전쟁이에요. 서로를 죽여야하는. 결국 서로에게 많은 사상자를 내고 말았지요.

일설에는 미드웨이 해전에서 숙련 조종사를 많이 잃은 것이 일본의 가장 큰 손실이라는 말도 있는데, 그건 정확한 말이 아니에요. 마지막까지 싸웠던 '히류'의 탑승원들은 거의 모두 전사했지만, 앞서 가라앉은 세 척의 항모 탑승원 다수는 구조되었지요.

미야베 말인가요? 아마도 연료가 떨어질 때까지 하늘에서 싸우다 바다에 불시착했을 테지요. 혹시 '히류'에 귀함한 다음 '요크타운' 공격에 참가했을지도 모르지요.

아무튼 그 사람도 살아서 일본으로 돌아왔지요. 다만 나는 그 후 한 번도 만나지 못했어요. '아카기'에서 날아올랐던 그때가 그를 본 마지막이었어요. 미야베는 미드웨이 이후에 많은 탑승원들과 함께 라바울에 배속되었다는 말을 들었어요.

나는 폭탄 폭풍을 받았을 때 눈을 다쳐 시력이 0.2까지 떨어져 결국 전투기를 탈 수 없게 되었지요.

일본으로 돌아온 다음에는 예과련의 교관이 되었지요. 만일 눈을 다치지 않았더라면 그 다음에도 여러 곳을 전전하다가 아마 살아남기 힘들었을 거예요. 실제로 라바울에 배속된 많은 항모 탑승원들은 솔로몬 바다에서 전사하고 말았어요.

솔로몬 바다야말로 탑승원들의 묘지였으니까요. 1942년 후반부터는 '라바울 전속명령서'를 편도 티켓이라고들 했지요.

미야베는 그런 지옥의 전장에서 일 년 이상이나 살아남았다고 들었어요. 혹시 겁쟁이 기질 때문에 오래 살았을지도 모르지요. 용감한 전사부터 죽어나가는 것이 하늘의 세계였으니까요.

미야베는 산호해 해전에서 귀환을 포기하고 아군기를 인도했던 스가노 비조장이나 미드웨이 해전에서 편도 연료만 주입하고 출격한 도모나가 대위 같은 사람은 아니었어요. 그러나 겁이 많다고 해서 결코 비난받을 일은 아닐 겁니다.

다만, 이것만은 말해두고 싶어요. 미야베의 조종 기술은 최고였어요. 내 입으로 말하기가 좀 뭣하지만, 개전 당시 제1항공전대에 배속된 것은 일류 탑승원이란 증거입니다. 그 후 과달카날 같은 지옥의 전장에서 살아남을 수 있었던 것도 그가 진정 실력을 갖춘 조종사였기 때문이에요.

눈앞에 놓인 아이스커피의 얼음이 녹은 지 오래였다. 나는 잔을 드는 것도 잊고 있었다. 전 해군 중위 이토 간지의 이야기에 나는 압도되고 말았다. 지금까지 태평양전쟁을 제대로 알지 못했던 나에게는 그 모든 것이 놀라웠다.

항모 전투라고는 해도 결국 인간들의 전투였다. 전투력 차이만이 승패를 결정짓지 않는다. 용기와 결단력, 거기에 냉정한 판단력이 승패와 생사를 가른다.

그렇다 하더라도 당시의 병사들은 그 얼마나 비정한 세계를 살아야 했던가! 고작 육십 년 전에 그런 싸움이 현실에서 벌어졌다. 할아버지도 그런 전장에 있었던 병사 가운데 한 사람이었다.

이토는 할아버지를 겁쟁이이긴 했어도 대단한 솜씨를 갖춘 파일럿이었다고 했다. 그 말이 나에게 얼마쯤 위로를 주었다.

"미야베는 특공대로 전사했는가요?"

불쑥 이토가 물었다.

"1945년 8월에 남서제도 바다에서 전사했습니다."

"8월이라고요. 종전 직전이군요. 그즈음에는 미야베 같은 일류 조종사까지 특공기에 태웠지요."

"일류 조종사가 특공대가 되는 건 드문 일인가요?"

"특공으로 전사한 탑승원은 대부분 예비학생이거나 신참 비행병이었어요. 육해군은 특공용으로 그들을 속성 훈련시켜 몸을 던지게 한 거지요."

이토는 고통스런 표정으로 말했다.

"나도 교관으로 많은 예비생을 훈련시켰지요. 제대로 된 조종사로 키우자면 최소 이 년은 걸리는데, 그들은 일 년도 안 되어 비행 훈련을 마쳤어요. 몸만 던지면 그만인 탑승원이라면 그 정도로 충분하다는 거겠지요."

이토의 눈에 다시 물기가 반짝였다.

"정말 처참한 이야기네요."

"그래요. 그러나 전술적으로 보자면 숙련된 비행사를 단 한 번의 특공으로 끝장낸다는 것은 옳지 않아요. 숙련된 비행사들에게는 특공기가 적 함대에 도착할 때까지 호위 역할이 주어졌어요. 또한 숙련된 비행사에게는 본토 방위의 역할도 있었어요. 그러나 종전 직전에는 이미 패배가 결정난 상태에다 일 억 총 옥쇄(玉碎, 부서져 옥이 된다는 뜻으로, 명예나 충절을 위하여 깨끗이 죽음을 이르는 말), 전기특공(全機特攻, 모든 전투기가 특공에 나선다는 뜻)이라는 분위기가 팽배해서 미야베 같은 일류 조종사도 출격 명령을 받게 되지 않았을까요?"

나는 처음으로 할아버지의 허무했을 내면을 조금이나마 이해한 듯한 느낌이 들었다. 중일전쟁 때부터 전장으로 내몰려 싸우다가 마지막에는 특공으로 버림받고 말았다. 그렇게나 살아 돌아오기를 바랐던 할아버지는 얼마나 허망한 마음이었을까?

"한 가지만 물어보고 싶어요. 할아버지가 혹시 할머니를 사랑한다는 말을 하지 않으셨나요?"

이토는 아득한 눈길로 허공을 보았다.

"사랑한다는 말은 하지 않았어요. 우리 세대는 사랑이라는 말은 쓰지 않았지요. 미야베도 마찬가지일 겁니다. 그는 아내를 위해서라도 죽고 싶지 않다고 말했어요."

나는 고개를 끄덕였다.

이토가 말을 이었다.

"우리 세대한테는 그 말이 사랑한다는 말과 다름없을 겁니다."

라바울

"놀랐어."

수화기 건너편에서 들려온 누나의 첫마디였다.

이토의 말을 녹음한 기록을 보낸 다음 날 누나에게서 전화
가 왔다.

"단숨에 다 들었어."

누나는 흥분한 목소리로 말했다. 누나는 할아버지가 뛰어난
조종사였다는 증언을 기뻐했지만 그것보다도 할아버지가 할
머니를 사랑했다는 사실에 감동한 것 같았다.

누나는 간단히 감상을 이야기한 다음에 오늘 밤 만날 수 있
느냐고 했다. 지금 일하는 신문사 사람이랑 같이 저녁 먹지 않
겠느냐는 것이었다.

"우리가 조사하는 일에 관심이 있대. 그래서 같이 식사라도 하고 싶대."

나는 딱히 일정도 없었기에 좋다고 했다.

약속 장소인 아카사카 호텔에 도착했지만 누나밖에 없었다. 신문사 사람에게 급한 일이 생겨 조금 늦어진다는 것이었다.

누나와 나는 먼저 레스토랑에 들어가 식사를 하면서 기다리기로 했다.

"할머니는 첫 남편한테 사랑받았던 거야."

주문을 하고 나서 누나가 절절한 목소리로 말했다.

"할머니는 어땠을까?"

내 질문에 누나는 잠시 생각하는 표정을 지었다.

"할머니는 할아버지를 정말로 좋아했으니까. 할아버지를 만나기 전에 사랑하는 사람이 있었다니 상상이 안 가."

나는 고개를 끄덕였다.

"그렇지만 사람 마음속은 알 수 없어. 혹시 할머니도 미야베 씨를 사랑했을지도 몰라."

누나는 할아버지를 미야베라 불렀다.

"그렇지만 고작 사 년간의 결혼 생활에다 같이 지낸 시간도 거의 없었으니까 전사했다 해도 금방 잊을 수 있지 않았을까?"

내 말에 누나는 긍정도 부정도 하지 않았다.

잠시 후 양복 차림의 키 큰 남자가 들어왔다. 신문기자 다카야마 류지였다. 그는 늦은 것을 사과한 다음 갑작스런 일이 생겨 오래 있을 수 없다고 말했다.

다카야마는 온화한 얼굴이었다. 서른여덟 살이라고 들었는데, 젊어 보였다.

"겐다로 씨로군요. 이번 일로 누님께 신세 많이 지고 있어요."

다카야마는 웨이터에게 주문을 한 다음 푸근한 미소를 머금고 말했다. 누나에게서 뛰어난 신문기자라는 말을 들었기에 자신감에 가득 차고 무슨 일이건 그냥 밀어붙이는 타입일 걸로 생각했는데 오히려 부드럽고 상냥한 분위기를 띤 남자였다.

그는 내년 전후 60주년을 맞이하여 전후를 되돌아보는 특집을 기획하고 있다 했다. 그래서 특공으로 전사한 할아버지를 조사한다는 누나 말을 듣고 그 조사에 흥미를 느꼈다고 덧붙였다.

"전후 특집 가운데서도 가미카제 특공은 반드시 정리해야 할 주제라고 생각해요. 가미카제 특공대는 정말 가련한 사람들이에요."

다카야마는 그렇게 말하고 잠시 망설이는 듯 눈을 감았다가 테이블 위에서 깍지를 꼈다.

"그렇지만 가미카제는 반드시 과거의 문제라고 할 수 없습니다. 정말 비극적인 일이긴 하지만 9.11 테러를 보아도 알 수 있듯이 지금 예전의 가미카제 특공 같은 폭탄 테러가 세계 곳곳에서 벌어집니다. 왜 이런 일이 일어날까요?"

다카야마가 작게 한숨을 내쉬었다. 그리고 조금 몸을 앞으로 기울이며 말했다.

"난 그걸 알기 위해 일본의 가미카제 특공을 지금 좀 다른 시각으로 해석할 필요가 있다고 생각해요."

"다카야마 씨는 자폭 테러의 테러리스트와 일본의 가미카제 특공대가 같은 구조를 가진 사건이라고 본다는 겁니까?"

내 질문에 다카야마는 고개를 끄덕였다.

"세계사적으로 보아도 조직적인 자폭 공격은 아주 드문 일인데, 예전의 가미카제 특공과 현재의 이슬람 근본주의에 의한 자폭 테러가 대표적인 것이죠. 이 양자에 어떤 공통점이 있다고 보는 건 자연스런 일이라고 생각해요. 실제로 미국 신문에서는 과거와 현재의 자폭 테러를 '가미카제 어택'이라고 부릅니다."

다카야마는 내게 대답하기보다는 누나의 얼굴을 바라보며 말했다.

누나가 이전에 '그 사람 십팔번인데'라며 말했던 특공대에 대한 의견이 바로 이 신문기자의 관점이었던 것이다. 애당초 '특공 = 테러'를 주장하는 평론가가 적지 않다는 것은 나도 할아버지를 조사하면서 인터넷 등을 통해 아는 사실이었다. 그리 드문 견해만은 아닌 듯했다. 텔레비전에서 유명한 보도 캐스터 몇 명이 그런 발언을 한 모양이다. 애석하게도 특공대에 대한 지식이 없는 나로서는 긍정도 부정도 할 수 없는 문제였다.

다카야마가 말했다.

"특공대원의 수기를 읽어보면 많은 대원이 종교적인 순교 정신으로 스스로 목숨을 바친 것을 알 수 있어요. 출격 날을 참으로 기쁜 날이라고 적은 대원도 있어요. 그렇지만 이건 딱히 놀랄 일이 아니에요. 전쟁 전의 일본은 현인신(現人神. 사람의 모습을 하고 나타나는 신. 천황을 뜻함)이 지배하는 신의 나라였으니까 많은 젊은이들이 나라를 위해 목숨을 바치는 데 기쁨을 느낀 것은 당연할지도 모르지요."

다카야마는 눈을 감고 고개를 숙였다.

"이건 분명히 말해 순교 정신이에요. 그리고 그들의 순교 정신이야말로 현대 이슬람 과격파의 자폭 테러와 공통된 그 무엇이 있는 것이 분명해요."

다카야마의 주장은 탄탄한 논리로 무장한 것이었다. 그러나 나로서는 그 말을 그대로 받아들이기 힘들었다. 아마도 할아버지가 테러리스트라는 것을 인정하고 싶지 않았기 때문일 것이다.

다카야마가 누나에게 물었다.

"할아버님이 가미카제 특공조종사였던 거죠?"

누나가 고개를 끄덕였다.

"돌아가신 할아버님에 대해 이런 말을 하는 게 좀 가슴 아프긴 하지만."

"괜찮아요. 말씀하세요."

다카야마는 잠시 망설이는 듯하다가 누나의 말에 고개를 끄덕이더니 말을 이었다.

"나는 가미카제 특공대원들이 국가와 천황을 위해 목숨을 바친 광신적인 애국주의자라고 생각해요."

누나는 고개를 끄덕였지만, 나는 반박하고 싶었다.

"할아버지는 목숨을 소중히 여긴 사람이었던 것 같습니다. 가족을 생각하며."

"어느 시대건 가족에 대한 사랑은 있습니다. 그러나 전쟁 전에는 천황 폐하가 현인신이라는 교육이 행해졌고, 많은 사람들이 그것을 받아들였지요. 그렇지만 그건 할아버님 탓이 아닙니다. 그 시대 탓이지요."

"잘은 모르겠지만 할아버지는 가족보다 천황 폐하를 더 소중히 여기진 않았다고 생각합니다."

다카야마는 고개를 끄덕이며 커피 잔을 입으로 가져갔다.

"아마 그 시대를 잘 몰라서 그럴 겁니다. 전쟁 전 일본은 광신적인 국가였어요. 국민 대부분이 군부에 세뇌되어 천황 폐하를 위해 죽는 것을 아무렇지도 않게 생각하고 오히려 기뻐했을 정도였어요. 우리 저널리스트는 다시금 이 나라가 그렇게 되지 않도록 하는 데 사명감을 느낍니다."

"그렇지만 전후에 살아남은 할머니가 천황 폐하 만세를 외치는 걸 본 적이 없어요."

"그건 세뇌에서 벗어났기 때문이지요. 전후 많은 사상가나 우리의 선배 저널리스트들이 국민을 각성시켰기 때문이지요. 내가 신문기자가 된 건 그런 선배들의 뒤를 따르기 위해서입니다. 그리고 지금도 진실된 저널리스트의 길을 걷고자 합니다."

다카야마는 그렇게 말하고 조금 입을 비틀며 웃었다. 성실한 사람인 것 같았다. 누나는 그런 다카야마의 옆얼굴을 뿌듯한 눈길로 바라보았다.

나는 다카야마의 말을 머릿속에서 되새겨보았다. 그의 말이 대체로 정론인 듯이 여겨졌다. 그러나 마음 한 구석에서 뭔가가 아니라는 느낌이 들었다. 그러나 그게 무엇인지 알 수 없었다.

잠시 생각하고 나는 말했다.

"일본인과 이슬람 과격파가 같은 정신 구조를 가진 것 같지는 않은데요."

"일본인 전부라고는 말하지 않았어요. 어디까지나 특공대원과 자폭 테러리스트의 공통점을 말하는 겁니다."

"혹시 특공대원을 특별한 사람이라 생각하는 건 아닌가요?"

다카야마는 순간 고개를 갸웃했다.

"무슨 뜻인지?"

"특공대원이 그렇게 특별한 사람들이었을까요? 난 오히려 평범한 일본 사람이 아니었을까 하는 생각이 드는데요. 우연히 그들은 비행기 파일럿이 되었을 뿐, 보통 사람이랑 다를 바가 없지 않았을까요?"

다카야마는 눈을 감고 잠시 침묵했다.

"이건 기본적인 것인데, 특공대에 지원한 군인은 징병으로 군대에 간 병사들이 아닙니다. 일반 병사처럼 소집 영장을 받고 전장으로 끌려간 사람이 아니에요. 나도 가미카제 특공이 징병된 사람들로 이루어졌다면 다른 관점으로 보았을 겁니다. 그러나 당시 비행병은 모두 지원한 군인이었어요. 예비학생들도 소년 비행병도 모두가 그렇습니다. 노골적으로 말하자면, 특공대원들은 스스로 군인이 되고자 했고 싸우기를 희망한 사람들입니다."

그런 건가, 하고 나는 생각했다.

"분명 할아버님은 열다섯 살에 해군에 들어갔지요. 그것은 다시 말해 징병이 아니라 지원이라는 것입니다."

내가 대답하기 전에 누나가 끼어들었다.

"다카야마 씨는 징병과 지원병은 애당초 정신 구조가 다르다고 말하는 거네요. 스스로 지원한 군인이기에 특공을 받아들일 바탕이 되어 있었다고."

"바로 그거예요, 사에키 씨. 그러나 사실은 완전히 다른 것이 아니라 지원병은 처음부터 나라를 위해 몸을 바칠 마음이 보통 사람보다 강하지 않았을까 하는 것이지요."

다카야마의 말에는 일리가 있었다. 분명 징병과 지원을 같은 수준에서 논할 수 없는 건지도 모른다. 할아버지의 내면에는 특공을 받아들일 만한 뭔가가 있었을까? 애당초 할아버지는 왜 해군에 지원했을까?

하세가와는 현실에서 벗어나고자 해군에 입대했다고 말했고, 이토는 비행병을 동경하여 해군에 입대했다고 말했다. 할아버지 또한 비행병을 동경하여 군국 소년이 되었을까.

"그런데 사에키 군에게 부탁이 있어요. 할아버지를 조사하는 이 과정을 기사로 작성해도 될까요?"

"나에 대해서 말입니까?"

"누님한테도 말했지만 그보다는 젊은 남자가 좋다고 생각해요. 어떤 형식으로 할 것인가는 아직 정하지 않았지만 전쟁을 모르고 자란 현대의 젊은이가 특공대로 전사한 할아버지의 흔적을 따라 전우들을 찾아다니는 것, 꽤 의미 있는 기획이라 생각합니다."

"그건 좀."

나는 거절하려 했다.

"괜찮지 않을까, 겐다로?"

누나가 옆에서 끼어들었다.

"조금 생각할 시간을 주세요."

"물론이지요. 천천히 생각해보세요."

다카야마가 돌아간 뒤에 나는 누나에게 말했다.

"어떻게 된 거야? 나에 대해 기사를 쓰겠다니. 애당초 그게 목적이었어?"

"아냐. 다카야마 씨가 오늘 갑자기 꺼낸 말이야. 내 이야기를 듣고 필이 꽂힌 모양이야."

누나가 거짓말을 하는 것 같지는 않았다.

"저 사람, 누나에게 반한 거야?"

누나는 부정하지 않았다. 누나는 옛날부터 남자한테 인기가 있었다. 올해 서른 살이지만 나이보다 훨씬 젊어 보이고 게다가 미인이다.

"저 사람 독신?"

"그럼. 다만, 돌싱이야."

누나 말로는, 다카야마는 올해 처음 일을 통해 알게 된 사람인데 다카야마의 소개로 신문사 계열 주간지에 기사 일거리도 받았다고 한다. 내년 종전 60주년 프로젝트에 참가해 달라고

요청한 것도 그 사람이었다.

"반했으니까 일거리도 주고 그러는 거지."

"그런 식으로 말하지 마."

"그럼 누나는 어때? 저 사람 좋아?"

누나는 응, 하고 대답했다.

"잘 모르겠어. 싫진 않아. 괜찮은 사람이란 생각은 들어."

"그가 접근한 거야?"

"꽤 적극적이야." 하고 누나는 쓴웃음을 지었다.

"그렇지만 적극적으로 접근하는 거, 그리 싫지는 않아. 게다가 이제 슬슬 자리를 잡아야 할 나이도 됐고, 결혼 상대로는 더없이 좋으니까."

"타산打算으로 결혼하는 것 같아."

나는 뚱한 표정을 지었다.

"나 같은 일을 하는 사람을 이해해주는 남자 그리 없어. 남자는 누구랑 결혼하든 인생에 별 차이가 없어. 그렇지만 여자에게 결혼은 완전 달라. 말하자면 가장 결정적인 취직 문제야. 그렇잖아? 어떤 남자랑 결혼하는가, 그것이 앞으로의 활동과 생활을 결정지으니까. 신중하게 선택하는 것을 타산이라고 하는 거야!"

미안, 나는 사과했다. 누나가 바로 말했다.

"괜찮아. 내가 너무 심각하게 받아들인 것 같아 오히려 미안해. 그렇지만 나를 포함해서 어지간해서는 결혼 안 하는 여자들을 결혼 프리터 같은 존재라고 해야 할지도 몰라."

누나는 그렇게 말하고 웃었지만 그 표정은 쓸쓸해 보였다.

다카야마를 만난 그 주말, 나와 누나는 전 해군 비행병 조장 이자키 겐지로를 찾아갔다.

이자키는 도쿄의 대학병원에 입원 중이었다. 이자키의 딸이 연락을 주었다. 이번에 나는 처음부터 인터뷰에 동행할 생각이었다. 이토의 이야기를 듣고부터 할아버지를 조사하는 일에 흥미를 느꼈던 것이다.

병원에 도착하자 로비에 이자키의 딸이라는 오십 대 여성이 기다리고 있었다.

"이자키의 딸입니다. 에무라 스즈코라고 합니다."

여자가 자기 소개를 했다. 그리고 옆에 선 젊은이를 아들이라고 소개해주었다.

젊은이는 거만하게 턱을 까딱했다. 나이는 스무 살 전후. 황금색으로 물들인 머리에 알로하 셔츠 차림이었다. 왼손에 오토바이용 헬멧을 들고 있었다. 페인트로 화려하게 색칠한 헬멧이었다.

"아버지가 편찮으셔서 그리 오래 이야기할 수는 없어요."

"무리하지 않도록 할게요." 하고 누나가 말했다.

"미야베 씨에 대해서는 저도 아버지한테 들었습니다. 아버지는 자신이 살아남은 게 미야베 씨 덕분이라고 하셨습니다."

"그러셨다고요?"

"난 그런 말 들은 적 없는데."

젊은이가 퉁명스럽게 말했다. 에무라 씨는 그 말을 무시했다.

"아버지는 전우회에서 미야베 씨 손자에게서 연락이 있었다는 말을 듣고 많이 놀라셨어요."

"그날 밤 울었잖아."

젊은이가 놀리는 듯한 말투로 끼어들었다.

"아버지 몸 상태가 아주 안 좋아서 의사 선생님은 흥분하지 않게 조심하라고 했지만, 꼭 만나야 한다고 고집을 부리시네요."

"감사합니다."

누나는 깊이 머리를 조아렸다.

"실은 아버지가 손자에게도 들려주고 싶다고 해서 제 아들을 데리고 온 거예요. 괜찮을까요?"

"아, 물론 괜찮습니다."

젊은이는 "짜증 나." 하고 중얼거렸지만, 그 어머니 에무라의 귀에는 닿지 않은 듯했다.

1인 입원실이었다. 문을 열고 들어가니 침대 위에 여윈 노인이 정좌를 하고 있었다.

그 모습을 보고 에무라가 황망히 말했다.

"아빠, 그렇게 앉아도 괜찮아요?"

"괜찮아." 노인은 힘차게 대답하고 누나와 나를 향해 고개를 숙였다.

"이자키 겐지로입니다. 이런 꼴로 실례해야겠군요."

이자키는 환자복 차림이라 미안하다면서 누나와 나를 가만히 바라보았다.

"이 나이에 미야베 씨 손자를 만나다니."

"전 할아버지가 돌아가시고 삼십 년 후에 태어났어요." 하고 누나가 말했다.

"미야베 씨는 특공으로 전사했다고 하더군요."

"네."

이자키는 눈을 감았다.

"연락을 받고 요 일주일 미야베 씨에 대해 여러 기억을 떠올려 보았지요. 침대에 누워 육십 년 전 전쟁의 나날들, 오랫동안 깊은 곳에 묻힌 것들, 잊었던 것들 모두 말이지요."

그런 다음 손자를 향해 말했다.

"세이치, 너도 같이 들어."

"나랑 아무 관계도 없잖아."

"관계는 없지만 너도 꼭 들어주기를 바라."

세이치는 알았다며 손사래를 쳤다. 이자키는 내 쪽으로 고개를 돌리고 다시 한 번 자세를 고쳤다.

"미야베 씨를 만난 건 라바울에서였지요."

이자키는 천천히 이야기를 시작했다.

내가 이바라키 현 야타베에서 조종 연습생 교육을 받고 처음 배속된 곳은 타이난 항공부대입니다. 1942년 2월, 스무 살, 만으로 열여덟 살이었지요.

나는 고등소학교를 졸업하고 지역의 제사製絲 공장에서 일하다가 열다섯 살 되던 해 해군에 들어갔어요. 첫 일 년은 전함 '기리시마'의 포수로 있다가 항공병 전속 지원자를 모집한다기에 조종 시험을 치른 다음 항공병이 되었지요.

왜 해군에 들어갔느냐고요?

글쎄, 왜 들어갔을까요? 당시는 스무 살이 되면 징병되었고 어차피 군대에 들어갈 거면 해군 쪽이 좋다고 생각했지요. 제사 공장에서 일 해봐야 월급도 적고 일은 힘들고 미래도 밝지 않고. 지금 생각해보면 그런 이유로 목숨을 잃을지도 모를 군대에 지원한다는 건 이상한 이야기일 테지요. 그렇지만 당시는 보통 그랬지요. 다만 지금 생각해보면 해군에 들어간 배경에는 가난이 있었어요.

미국과 싸우는 전쟁은 한 해 전 12월에 시작되었지요. 진주만에 대해서는 야타베 항공대에서 들어 알았어요.

이듬해, 필리핀 클라크 기지로 갔지요. 그곳은 예전에 미군 항공기지였지만 개전 이틀째 타이난 항공대의 공습으로 미군은 항공기를 모두 잃었고 그러다 일본군에게 점령당했지요. 타이난 항공대 제로센 부대 서른네 기가 미군 전투기 예순 기를 거의 추락시켰다고 해요. 아군 피해는 고작 네 기였고 말이죠.

내가 필리핀에 갔을 때는 미군이 전멸한 상태라 정말 편했어요.

타이난 항공대라면 역전의 용사가 모인 부대인데, 난 그야말로 햇병아리였어요. 당시 내 계급은 1등 비행병, 졸병이죠. 해군은 병, 하사관, 장교 순으로 계급이 정해져요.

클라크 기지에 도착하자마자 선배 하사관이 공중전을 하자고 하는 겁니다. 물론 모의 공중전이지요. 실제로 공중전을 하듯이 상대의 후방으로 파고드는 겁니다.

"한참 실전에서 멀어졌어. 가볍게 연습을 해두고 싶어."

그 하사관은 그렇게 말했지만 내 실력을 알아보려는 것이었어요. 다른 선배들이 웃었습니다.

"잘 부탁드립니다."

나는 고개를 숙이긴 했지만 모의 공중전에는 꽤 자신이 있었지요. 야타베에서 일이 등을 다투는 실력이었으니까요. 그래서 선배에게 솜씨를 보여주고 싶었어요.

공중전은 내가 유리한 위치에서 시작되었어요. 미리 그렇게

정한 겁니다. 핸디를 받았다고 하면 될 겁니다. 공중전에서는
고도가 높은 쪽이 압도적으로 유리하지요.

나는 높은 곳에서 공략해 들어갔어요. 상대는 멋들어지게
선회해서 도망쳐요. 그렇지만 내가 유리한 데는 변함이 없어
요. 속도를 올려 상대의 꽁무니를 파고들었지요. 상대는 빙글
돌아 도망치려 합니다. 내가 따라갑니다. 그런데 갑자기 상대
의 기체가 보이지 않는 겁니다. 그런 건 처음이었어요. 상대 기
체가 흔적도 없이 사라져버렸어요. 뒤를 돌아보니 어느새 상
대는 내 꽁무니에 착 달라붙은 겁니다.

선배는 내 곁으로 나란히 서서 창을 열고 다시 한 번 하자고
신호를 보냈습니다. 바라던 바였지요.

다시 내가 유리한 위치에서 시작했지요. 그런데 이번에도
똑같은 결과였어요. 내가 상대를 추격하는데 어느새 상대가
내 뒤에 달라붙은 겁니다. 다시 한 번 했지만 세 번째도 같은
결과였어요.

기지로 돌아온 나를 보고 고참 하사관이 웃었습니다.

"그런 솜씨로는 목숨이 몇 개라도 부족해."

나를 상대해준 사람은 하야시 3비조였습니다. 나보다 한 살
위였어요.

"졌습니다."

나는 솔직하게 인정했습니다.

"하야시 선배, 정말 대단하십니다."

"나 같은 건 타이난 항공대에서도 하수야. 미야자키 비조장이나 이타이 1비조 같은 선배는 나 같은 건 비교도 안 돼."

"그렇습니까?"

"첩첩산중이지."

하야시 3비조는 웃으며 내 어깨를 툭 쳤습니다. 나는 그만 자신감을 잃고 말았지요.

비행기 조종은 핸들을 돌리면 그 방향으로 움직이는 자동차하고는 달라요. 선회하려면 풋 바를 사용하여 기체를 기울여야 하고 방향타 다루는 것도 속력과 복잡하게 얽혀 있어요. 그리고 전투기에는 수평만이 아닌 수직 움직임도 있지요. 난 그때까지만 해도 조종에는 꽤 자신이 있었는데, 일류들의 실력은 상상을 넘어선 것이었어요.

선배들과 그 후로도 모의 공중전을 많이 했습니다. 야타베 항공대에서 했던 모의 공중전하고는 차원이 달랐어요. 이것이 바로 실전 훈련인가 생각했지요. 물론 나도 열심히 공부했습니다. 내가 그 전쟁에서 겨우 살아남을 수 있었던 것은 선배들과 했던 소중한 훈련 덕분이라 생각해요.

선배라고는 하지만 모두가 스무 살을 조금 넘긴 사람들입니다. 하사관 가운데 가장 연장인 사카이 사부로 1비조는 당시 스물다섯 살이었을 겁니다. 내 눈에는 큰 어른으로 보였어요.

지금 돌이켜보면 다들 정말 젊었어요.

그즈음 나구모 기동부대는 하나하나 남방의 섬을 침공하고, 해군은 거기에 전진 기지를 설치했어요. 그렇게 만들어진 기지에 항공대가 진출했지요.

이윽고 타이난 항공대에 라바울 진출 명령이 내려왔습니다. 라바울은 적도를 지나 뉴브리튼 섬에 있지요. 뉴기니의 북동입니다. 당시는 라볼이라 했어요. 1942년 2월에 점령한 섬인데 일본에서 육천 킬로미터나 떨어진 기지입니다. 그리고 그곳이 남태평양의 최전선 기지가 되었어요.

우리는 1942년 봄에 수송선을 타고 라바울로 갔습니다.

항해 중에 잠수함 공격이 있을지도 모른다고 해서 라바울에 도착할 때까지 얼마나 마음을 졸였는지 모릅니다. 수송선은 '고마키마루'였어요. 그런 수송선을 소형 구잠정(주로 폭뢰로 적의 잠수함을 공격하는 작고 빠른 함선) 한 척이 호위해요. 적 잠수함을 만나면 그걸로는 힘도 쓰지 못해요. 수송선은 라바울에 도착한 이튿날 적 항공기 폭격을 받고 항에서 침몰하고 말았습니다. 나중에 그 배에는 '고마키산바시'라는 이름이 붙었어요.

나중에 생각해보았더니, 만일 이 항해 때 '고마키마루'가 침몰했다면 타이난 항공대, 아니 제국 해군은 큰 타격을 입었을 겁니다. 뛰어난 전투기 탑승원을 한꺼번에 잃었을 테니까요. 이때 연합함대의 대다수 함정은 트럭 섬에 정박하고 있었으니 탑승원을 지키기 위해서라도 구축함 한두 척 정도 내주었더라면 좋았을 텐데 하는 생각이 들더군요. 그러나 상층부에서는 탑승원 따위 얼마든지 보충할 수 있다고 생각한 것 같습니다.

라바울은 정말 아름다운 곳입니다.

파랗고 투명한 바다와 새파란 하늘, 해안에는 야자나무가 무성하고 멀리 화산이 보입니다.

비행장 가까이에는 오래된 마을이 있고 서양인들이 살던 집들이 남아 있었습니다. 물론 서양식 가옥이고 꽤 멋진 마을이었어요. 그러나 그 마을 말고는 섬은 거의 자연 그대로입니다. 비행장이라고는 하지만 그냥 드넓은 초원이에요. 우리가 왔을 때만 해도 아직 비행기는 없었고 만(灣)에 수상기 몇 대가 있을 뿐이었지요. 라바울에는 천연의 아주 좋은 항구가 있었는데, 그곳이 나중에 함선 정박지가 되었어요.

나는 남해의 낙원에 온 듯한 기분이 들었습니다. 이 땅이 후일 탑승원의 묘지라 불리게 될 줄은 꿈에도 생각하지 못했지요.

그 후, '카스가마루'라는 개조 항모에 제로센이 보급되고, 우리는 그 비행기를 수령하러 가서 거기서 처음으로 항모에서 발함을 경험했지요. 발함은 생각보다 간단했습니다.

"항모도 그리 복잡한 건 아니네요." 하고 라바울로 돌아와서 선배 하사관에게 말했습니다. 그랬더니 선배가 나무라듯이 말

하더군요,

"착함을 한 다음에 그런 말을 하도록 해."

그때는 선배가 괜히 겁을 준다고 생각했는데, 나중에 항모 탑승원이 되고서야 착함이 얼마나 어렵고 무서운 것인지를 뼈저리게 알게 되었지요.

그 뒤 우리는 라바울에서 다시 남쪽 뉴기니 라에라는 기지로 이동했어요. 그곳은 같은 뉴기니의 포트모르즈비를 공략하기 위해 만들어진 전진 기지였어요. 라바울에서 포트모르즈비까지는 사백 해리 이상의 거리인데 항속 거리가 긴 제로센이라도 힘들다고 해서 만든 기지이지요. 사백 해리는 약 칠백 킬로미터입니다.

라에는 라바울에서도 가장 변방이에요. 여기서도 전쟁 전부터 오스트레일리아 사람들이 작은 마을을 조성했는데, 우리 군의 공격으로 마을 대부분이 불타버렸습니다. 그래도 집 몇 채는 멀쩡하게 남아서 우리 탑승원들은 그 집에 간이침대를 놓고 머물렀습니다.

포트모르즈비는 라에와 마찬가지로 뉴기니에 있고 오웬스탠리 산맥을 끼고 정남쪽에 위치한 곳입니다. 우리는 매일 중공을 호위하면서 바다를 넘어 포트모르즈비를 공격했지요. 중공이란 두 대의 발동기를 단 중형 공격기를 말합니다. 당시 주력은 7인승 1식 육상 공격기였지요.

포트모르즈비에 주둔하는 항공기 부대는 미국과 영국의 항공기가 주력이지요. 우리는 거기서 매일 영미 전투기와 싸웠습니다.

나는 여기서 처음으로 공중전을 경험했어요.

제3소대의 3번 기로 참가한 포트모르즈비 공습 때였습니다. 이즈음 일본 전투기 부대의 소대는 3기 편성으로 소대장이 두 기를 이끌고 싸우는 전법입니다. 내 임무는 적 기지 상공을 제압하는 것이었어요.

포트모르즈비 상공에서 갑자기 소대장이 급선회를 시작했습니다. 2번 기도 거의 동시에 선회했습니다. 나는 서둘러 뒤를 따랐지만 2번 기의 움직임이 너무 빨라서 멀리 떨어지고 말았지요. 중대 전체가 급속하게 움직이기 시작했습니다. 무슨 일인지 도무지 알 수가 없었어요. 그래도 아무튼 소대장 전투기를 따라가지 않을 수 없습니다. 당시 제로센에 무전기가 달려 있긴 했지만 이건 거의 아무 역할도 하지 못했어요. 우리는 이심전심으로 싸운 셈인데, 거기에도 한계가 있어요. 그때 당시 좋은 무전기가 있었다면 정말 편하게 싸울 수 있었을 겁니다.

아무튼 소대장기와 2번 기가 아래위로 움직입니다. 난 무작정 그 뒤를 따릅니다. 내가 어디를 날아가는지도 모릅니다. 몇 분이 지난 뒤 두 대는 수평비행으로 들어가고 그제야 나도 따라잡을 수 있었습니다.

무슨 일인지도 모른 채 기지로 돌아왔는데, 거기서 비로소 우리가 적기와 공중전을 했다는 사실을 알게 되었습니다.

정말 놀랐지요. 적기라고는 그림자도 보지 못했으니까요. 소대장에게 물어보니 적기가 열 대 정도였다고 합니다. 게다가 소대장과 2번 기가 한 대를 격추했다고 하니 마치 귀신에 홀린 듯한 기분이었지요. 이때 공중전에서 열 기 가까운 적기를 떨어뜨렸다는 것입니다.

얼마나 기가 죽었는지 모릅니다. 적기를 보지도 못했는데 공중전이라니요. 그러나 2번 기의 하야시 3비조에게서 "나도 처음에는 적기를 보지도 못했어."라는 말을 듣고 조금 위로가 되긴 했지요.

참 이상하게도 두 번째 공중전 때는 적기가 뚜렷이 보였습니다. 첫 전투 때는 흥분했던 겁니다. 첫 전투에서 격추되지 않으면 오래 살아남는다는 말이 있는데, 아마도 관련이 있는 것 같아요. 두 번째 공중전도 포트모르즈비 상공이었어요.

적의 요격기와 벌인 공중전인데 이때는 내 눈에도 적기의 편대가 보였어요. 그러나 출격 전에 오노 소대장이 절대로 편대를 벗어나지 말라고 다짐을 주어서 줄곧 소대장 기를 따라

다녔지요.

간헐적으로 난전이 벌어졌어요. 소염탄이 날아다니고 비행기가 떨어지는 모습이 눈에 들어왔습니다. 그렇지만 난 그게 적기인지 아군기인지조차 모릅니다. 오로지 소대장 뒤를 따라다니는 것만 생각했습니다. 소염탄은 불타며 날아가는 탄환인데 기총탄 네 발 가운데 한 발이 들어 있습니다. 빛을 내며 날아가므로 탄도가 확인되니까 그걸 보면서 조준을 수정하는 겁니다. 적기의 기관총에도 소염탄이 있어서 그게 이쪽을 향해 날아오는 것이 보이지요.

소대장과 2번 기가 적기 하나를 격추하는 걸 봤어요. 소대장은 다시 다른 한 대를 격추했습니다. 눈앞에서 펼쳐지는 그 멋진 격추 장면을 보고 나도 투지를 불태웠어요. 나도 적기를 떨어뜨리고 싶었습니다. 아군의 일방적인 공격으로 나도 여유를 가질 수 있었지요.

둘러보니 오른쪽 아래 천오백 미터 정도에 적기가 나타났습니다. 적은 나를 발견하지 못했어요. 나는 소대장 기에서 떨어져 나와 적기를 쫓았습니다. 적기는 아직 모릅니다. 격추할 수 있다고 생각했지요.

긴장과 환희가 온몸으로 퍼집니다. 그 순간 나는 실수를 하고 맙니다. 적기가 조준기에 포착되기 전에 총을 쏘고 만 것입니다. 적은 바로 눈치를 채고 기체를 빙글 돌렸습니다.

그것을 보고 난 당황하고 말았지요. 무작정 총을 쏘아대며 적기를 쫓았어요. 갑자기 적이 공중에서 회전했습니다. 그 순간 내가 쏜 기관총을 맞고 적기는 불을 뿜으며 떨어졌습니다.

첫 격추에 몸이 떨렸습니다. 적기가 빙글빙글 돌며 바다로 떨어지는 것을 확인했지요. 와! 속으로 소리를 질렀지요. 문득 주위를 둘러보았습니다. 비행기가 하나도 보이지 않아요. 너무 열중하다 보니 그만 편대에서 멀리 떨어지고 만 겁니다. 기체를 비스듬히 눕히면서 뒤를 돌아보니 적기 두 대가 내 뒤를 추격하는 게 보였어요. 등허리가 얼어붙는 것 같았습니다.

나는 다급하게 급강하하며 도망치려 했습니다. 그때 일장기를 단 제로센이 내 곁에 붙었습니다. 오노 소대장이었지요. 적이라고 생각했는데 아군기였던 겁니다. 그 뒤에 하야시 3비조기가 보였습니다.

사실 두 사람은 내가 편대를 벗어나 적기를 추격하는 것을 보고 지원하려고 따라온 것입니다. 나에게 첫 경험을 시켜주자고, 그러나 위험한 순간이 오면 즉각 대처하기 위해 지켜보았던 것입니다. 기지에 도착하고서야 그런 사실을 알았습니다.

나의 첫 번째 격추는 소대의 웃음거리가 되었습니다. 무려 오백 미터나 떨어진 거리에서 기총 사격을 시작했다는 겁니다. 그런 거리에서 맞을 리 없지요. 적기에게 자신의 존재를 알리는 것뿐입니다. 그러나 적도 동체를 뒤집는 결정적인 잘못을 범하고 말았어요. 고도 차가 있는데 아래쪽에서 몸체를 뒤집어 대항하려는 것은 자살행위나 다름없습니다. 적기는 뒤늦게 그걸 깨닫고 선회하려 했지만 그것도 최악의 선택이에요. 그래서 고스란히 기관총 세례를 받게 된 것이지요. 선배들 말로는 초짜끼리 붙은 거라고 합니다.

나는 그 한 번의 공격으로 총알을 모두 소진하고 말았는데, 그것도 선배들의 웃음거리가 되었습니다.

"한 대 떨어뜨리는데 총알을 다 써버리다니, 도대체 총알을 얼마나 실어야 되는 거야."

오노 1비조는 배를 잡고 웃었습니다.

오노 1비조도 하야시 3비조도 참 좋은 상관이었지요. 두 사람 다 중일전쟁 때부터 싸운 역전의 용사였는데, 두 사람 다 그해 과달카날 전투에서 전사하고 말았습니다.

라에에서는 정말로 많은 경험을 쌓았어요. 비행 훈련에서는 배울 수 없었던 귀중한 경험을 했지요. 전투기 탑승원에게 공중전이야말로 가장 큰 경험이지요. 다만 학교 공부와 다른 점은 한 번 실수로 목숨을 잃는다는 것이에요. 학교 시험에서는 실패해도 낙제만 하면 되지만, 공중전에서 낙제는 바로 죽음을 뜻하지요.

그런 만큼 우리는 있는 힘을 다했어요. 라바울에서 많은 에

이스가 탄생한 것도 어떤 의미에서는 당연합니다. 그들은 죽음이라는 체에 걸려 살아남은 사람들이기 때문이지요. 저 유명한 사카이 사부로 씨, 니시자와 히로요시 씨, 사사이 준이치 중위 모두 그런 지옥을 거쳐 격추왕이 된 조종사들입니다.

사사이 중위는 해군사관학교 출신 탑승원입니다. 격추왕 가운데 사관학교 출신은 참으로 드물어요. 사실 해군 격추왕 대부분은 병사에서 단련된 예과련이나 조련 출신 하사관 탑승원입니다. 사관학교 출신 장교는 조종 기술이나 공중전 기술에서 하사관에게 못 미쳐요. 그러나 중대 이상의 편대를 이루는 분대장 지휘관은 반드시 사관학교 출신이어야 합니다. 그러나 실제로는 경험이 풍부한 하사관 탑승원이 장교보다 솜씨도 좋고 판단력도 뛰어납니다. 그런데도 제국 해군에서는 아무리 솜씨가 뛰어나도 하사관은 절대로 중대 이상을 지휘할 수 없게 되어 있었지요.

분대장의 판단 잘못으로 전투에서 곤란을 겪은 예는 헤아릴 수 없을 만큼 많아요. 미야자키 기타로 비조장이나 사카이 1비조였더라면, 그런 생각을 하게 되는 장면이 얼마나 많았는지 모릅니다.

하늘 위에서는 계급이란 아무 소용이 없어요. 경험과 능력, 그것만이 모든 것을 말해주는 세계이지요. 개중에서도 경험이란 것은 그 무엇과도 바꿀 수 없는 무기예요. 당시 라바울 전사들은 수많은 실전을 통해 그 귀중한 경험을 가질 수 있었어요. 그건 정말로 목숨을 걸고 손에 넣은 것입니다. 그러나 사관학교 출신 장교들은 경험도 없는 주제에 자존심만 높아서 하사관이나 병사들에게 배우려 하지 않아요. 그런데 사사이 중위만큼은 달랐습니다. 그는 적극적으로 사카이 1비조와 같은 하사관과 친밀하게 지내며 기꺼이 부하에게 가르침을 구하는 사람이었습니다. 사카이 1비조 또한 사사이 중위에게서 계급을 넘은 우정 같은 것을 느낀 듯합니다. 사카이 1비조의 가르침을 받으면서 사사이 중위는 하루가 다르게 실력이 늘었어요.

　해군 항공대에서 병사와 하사관에 대한 냉대는 정말 어처구니가 없을 정도였습니다. 장교는 당번병이 딸린 개인실에서 느긋하게 지냈지만 하사관 이하는 내무반에서 새우잠을 잤어요. 숙소도 멀리 떨어져 있어서 두 계급은 거의 교류가 없었어요. 식사도 하늘과 땅만큼 차이가 있었습니다. 같은 하늘에서 싸우는 탑승원인데도 마치 다른 세상을 살아가는 사람들 같았습니다.

　물론 항공병이라 식사만큼은 풍족했습니다. 정비원이나 병기원은 열악했지만요. 요컨대 군대라는 곳은 철저한 계급세계라는 거지요. 나는 나중에 항모를 타게 되었는데, 거기서는 장교 전용 '건룸(gun rom, 하급장교실)'이라는 우아한 방이 있었어요.

조금 창피한 이야기지만, 라바울에는 위안소가 있었어요. 위안소도 장교와 하사관 이하들이 사용하는 곳이 달랐지요. 하사관이나 병사들이 상대하는 위안부를 어떻게 장교가 사용할 수 있느냐는 것이지요.

참고로 사카이 사부로 씨는 소위가 되는 데 십 년 이상이 걸렸습니다. 그런데 사관학교를 졸업한 사람은 금방 소위를 답니다. 지금의 관료 가운데 대졸과 고졸의 차이라고나 할까요. 그것도 사병 출신 소위는 특무사관이라 해서 사관학교 출신 사관보다 낮게 보았지요. 그것이 해군이라는 조직이었습니다.

나는 비조장까지 올라갔는데, 이건 종전 때 일계급 특진을 받았기 때문이에요. 포츠담 병조장이지요.

다시 이야기를 돌리지요.

태평양전쟁 초기에 제로센의 능력은 압도적이었어요.

공중전에서는 절대로 지지 않는다고 해도 과언이 아닙니다. 적 파일럿은 참으로 용감했지요. 제로센에 대해 정면승부를 걸었는데, 그건 자살행위나 다름없었어요. 제로센의 공중전 능력은 특별해서 대부분 적기는 전투에 돌입해서 세 번 선회하는 사이에 격추되고 맙니다. 파전巴戰이란 서로 상대의 꼬리에 붙으려고 빙글빙글 돌며 싸우는 걸 말합니다. 저쪽에서는 '도그 파이트dog fight'라고 한다고 해요.

이즈음 격추된 적기에서 건져낸 서류에 아주 놀랄 만한 내용이 들어 있었다고 합니다. 거기에는 비행 중에 임무 수행을 포기하고 퇴각해도 좋은 경우를, 첫째 뇌우를 만났을 때, 둘째 제로센을 만났을 때로 정해두었다는 것입니다.

나는 전후에 연합군 파일럿 몇 사람을 만났는데, 그 가운데 포트모르즈비에서 싸웠다는 찰리 번즈라는 오스트레일리아 파일럿이 있었어요. 아주 성격이 밝은 사내로 키가 백구십 센티미터나 되는 거구였어요. 그가 이런 말을 했어요.

"제로 파이터는 정말 무서웠어. 믿을 수 없을 만큼 빠르고 그 움직임을 도무지 예측할 수가 없었지. 그야말로 도깨비불 같았어. 우리는 싸울 때마다 열등감을 느꼈어. 그리고 제로 파이터하고는 절대로 공중전을 벌이지 말라는 명령이 떨어졌었고."

"그런 명령서가 있었다는 소문을 들은 적이 있어."

"우리는 일본의 신형 전투기 코드 네임이 '제로'라는 걸 알았지. 이름이 아주 음침해. 제로는 아무것도 없다는 뜻이잖아. 게다가 그 전투기는 믿기 힘들 만큼 재빨라서 마치 마술을 부리는 것 같았지. 저게 바로 동양의 신비로구나 하는 생각도 했었어."

나는 우리도 죽을 힘을 다해 싸웠다고 말해주었어요. 피나는 훈련을 했다고요.

"우리는 제로를 모는 놈은 인간도 아니라고 생각했었지. 악마가 아니면 전투 머신이라고 말이야."

난 인간이라고 말해주었어요. 지금은 먹고 살기 위해 싸운다고 말이죠. 운송회사를 경영하면서 제로가 아니라 트럭을 몬다고 하자 그는 배를 잡고 웃었습니다.

"난 지금 목장에서 말을 타고 다녀."

찰리는 오스트레일리아의 목장주 아들이었습니다.

그하고는 그 후에도 편지를 주고받았는데, 오 년 전에 노환으로 세상을 떠났다는 소식을 가족한테서 받았지요.

거듭 말하지만, 제로센은 정말로 무적의 전투기였어요. 연합군에게는 제로센과 겨룰 만한 전투기가 없었어요. 영국 공군이 자랑하는 스피릿 파이어도 제로센의 적수는 아니었지요. 저 유명한 '배틀 오브 브리튼' 때 독일의 메사슈미트로부터 런던을 지켰다는 그 비행기도 제로센 앞에서는 속절없이 격추당했으니까요.

그건 아마도 적이 제로센과 싸우는 법을 몰랐기 때문일 겁니다. 제로센과 공중전에서 이길 수 있는 전투기는 존재하지 않았어요. 연합군은 그것도 모르고 정면 승부를 걸었으니 비극적인 최후를 맞이할 수밖에요.

아마도 일본이라는 나라를 깔보았을 겁니다. 항공기라는 것은 그 나라의 공업기술의 집약입니다. 삼류 국가 노란 원숭이들이 어떻게 우수한 전투기를 만들 수 있겠느냐는 거지요. 분명 당시의 일본은 자동차도 제대로 만들지 못한다는 평을 받았지요. 그런데 제로센은 그런 삼류 국가가 만들어낸 기적의 전투기였습니다. 젊은 설계자들이 죽을 만큼 노력해서 만들어낸 걸작품이었어요. 적은 그것도 모르고 달려든 겁니다.

그러나 제로센도 불사신의 전투기는 아닙니다. 총에 맞으면 불을 뿜고 추락하고 말아요. 제로센의 약점은 방어가 약하다는 겁니다. 정공법으로 싸워서는 절대로 지지 않는 전투기지만 난전이 벌어지면 유탄에 맞을 수도 있고 눈앞의 적기를 쫓다가 다른 전투기의 공격을 받을 수도 있어요.

가장 두려운 것은 기습입니다. 사각死角에서 다가와 급습을 하면 제로센이라도 견디지를 못해요. 사카이 사부로 1비조에 버금간다는 미야자키 기타로 비조장도 기습에 당하고 말았어요. 그날 미야자키 비조장은 병상에서 일어나 공격에 참가했는데, 한순간의 방심으로 그만 격추되고 말았어요. 그의 전사 소식은 온 국민에게 알려졌고, 이계급 특진을 추서받았지요. 얼마나 그가 소중한 존재였는지 알 수 있습니다.

특히 기습이 위험할 때가 있어요. 아군 폭격기가 공습을 끝내고 일정한 자리에 모였을 때입니다. 제로센과의 공중전에서 일방적으로 당하기만 했던 적은 정면으로 승부를 걸어서는 승산이 없다는 것을 알고, 이런 기습 작전이나 잠복 전법을 구사했지요.

포트모르즈비의 전투가 시작되고 한 달 정도가 지나자 연합군은 동등한 전력일 때는 절대 싸우지 않는 전법을 쓰기 시작했어요. 두 배의 병력이 있을 때만 공중전을 벌이는데, 우리는 이 대 일 정도의 차이라면 싸울 자신이 있었지요. 나도 라에에서 싸우면서 나름 기량을 습득했지요. 4월부터 넉 달 동안 라에 기지 전투기 부대의 격추 수는 삼백 대를 넘어섰고, 그 사이 우리가 입은 피해는 고작 이십 대에 지나지 않았지요.

찰리도 그런 말을 했는데, 당시 영미의 파일럿들은 우리 제로센 탑승원을 '악마'라 불렀다고 합니다. '조종간을 잡은 악마'라고 말이죠. 그건 결코 과장이 아니었어요. 라에의 숙련된 탑승원들은 정말 강했습니다. 사카이 씨나 니시자와 씨는 우리 눈에도 귀신 같았으니까요.

두 사람에 관련된 재미있는 에피소드가 있습니다.

사카이 1비조와 니시자와 1비조, 그리고 오타 1비조 세 사람이 적 기지 상공에서 편대로 곡예 비행을 했어요. 오타 1비조는 사카이 1비조와 짝을 이루었는데 그 사람 역시 누구에게도 지지 않는 격추왕이었어요. 당시 세 사람 합쳐서 일백 기 이상의 적기를 격추하지 않았을까요? 공중돌기는 사카이 씨가 예전부터 하려고 계획한 듯, 그날 출격 전에 '오늘 한다'라고 두 사람에게 선언했다고 합니다.

공습과 공중전이 끝나자 세 대는 절묘한 호흡으로 적 비행장 상공에서 편대를 이루어 거기서 공중돌기를 해 보였던 것입니다. 그것도 세 번 연속으로. 정말 대단한 공중뒤집기였어요. 세 대가 마치 한 몸인 듯 일사불란한 움직임을 보였어요. 우리는 얼이 빠져 그냥 멍하니 바라만 보았어요.

세 대는 더욱 대담하게 고도를 내리더니 다시 한 번 기체를 뒤집었습니다. 정말 눈부신 뒤집기였어요. 그 세 사람이 모이니까 저런 편대비행도 할 수 있구나 하고 감탄했지요.

놀랍게도 그 사이 비행장에서 단 한 발의 대공포도 올라오지 않았다는 것입니다. 두 번째 편대 뒤집기를 할 때는 고도가 아주 낮았기 때문에 고사포를 쏘면 맞힐 확률이 아주 높았지요. 쏘지 않은 것은 아마 그들의 기사도 정신이나 유머 정신 때문이 아닐까 싶어요. 만일 정반대 입장이었더라면 사관학교 출신 장교가 얼굴을 벌겋게 하고서는 쏴! 쏴! 하고 외쳤을 테지요.

오타 1비조는 "놈들은 진정한 사나이야."라며 적의 태도를 칭찬했습니다.

며칠 후 라에 비행장이 적의 공습을 받았는데, 이때 적기에서 편지가 떨어졌습니다. 편지에는 '며칠 전 편대비행 뒤집기는 정말 멋졌어. 다음에는 환영해 줄게.' 그런 글이 적혀 있었다고 합니다.

목숨을 건 살벌한 전장에서도 그런 여유가 있었던 겁니다.

이것 또한 라바울 탑승원들의 뛰어난 솜씨를 말해주는 에피소드라고 보아야 하지 않을까요?

당시 라바울 항공대의 제로센 부대의 힘은 말 그대로 세계 최고였다고 생각해요.

미야베 씨는 1942년 7월 중순에 라에로 전입되었어요.

그즈음, 탑승원들이 속속 본토에서 라바울로 날아왔지요. 그 가운데 몇 사람이 전 항모 탑승원이었어요.

발표되지는 않았지만 6월에 미드웨이에서 항모 네 척이 침몰되었다는 소식이 탑승원들 사이에 은밀히 퍼져나갔지요. 정말 큰일이라는 위기감도 느꼈지만 그리 심각하게 생각하지는 않았어요. 우리는 거의 지는 법을 몰랐고, 영미의 전투기 성능도 그리 대단하지 않았기 때문입니다.

이번에 전입하는 사람들 가운데 제1항공함대의 전투기 탑승원이 있다는 말을 듣고 우리도 경쟁심을 품었어요. 항모 탑승원이었다면 우수할 테지만 매일 공중전을 치르지는 않았을 거라고 말입니다. 그렇지만 우리에게는 매일 목숨을 걸고 싸운다는 자부심 같은 것이 있었지요. 그리고 솔직히 말해 정말로 대단한 조종사라면 항모를 침몰하게 두지는 않았을 거라는 마음도 있었고요.

미야베 일행은 중공(1식 육공, 해군을 대표할 폭격기)의 유도를 받아 제로센을 타고 본토에서 타이완, 필리핀, 트럭 섬을 경유하여 장장 육천 킬로미터를 날아서 라바울에 도착했지요.

모든 대원에게 인사를 하고 해산을 하는데 한 탑승원이 나를 불렀습니다. 그 사람이 바로 미야베였어요.

"잘 부탁합니다."

미야베 씨는 키가 큰 사람이었어요. 계급장을 보니 1비조입니다. 하사관 가운데서도 가장 높은 계급이지요.

나는 황망히 "저야말로 잘 부탁드립니다." 하며 고개를 숙였지요.

미야베 씨가 웃으면서 물었어요.

"라바울의 전투는 좀 어때요?"

나는 어떻게 대답해야 할지 몰라 우물쭈물했지요.

"적 전투기의 공격이 좀 어떻습니까?"

"셉니다. 적도 꽤 우수하니까요."

"그럼 앞으로 많이 가르쳐주세요."

나는 미야베 씨의 정중한 말투에 당황하고 말았어요. 군대라는 곳은 계급이 모든 것입니다. 1비조와 1비병은 하늘과 땅 차이라고 할 수 있어요.

나는 큰소리로 대답했습니다.

"저는 이자키 1등 비행병입니다!"

"이자키 1비병이로군요. 나는 미야베 규조 1비조입니다. 잘 부탁합니다."

미야베 씨는 그렇게 말하고 가볍게 고개를 숙였습니다. 나는 어떤 태도를 취해야 좋을지 몰라 우물쭈물했어요. 짧은 군대 생활에서 그런 상관은 처음이었으니까요. 이 사람이 아주 귀한 집안에서 자랐거나 아니면 바보거나 둘 중 하나라고 생각했지요.

"미야베 1비조는 항모를 타셨습니까?"

미야베 씨는 순간 입을 다물었어요. 나는 곧 미드웨이 해전이 기밀이라는 사실을 떠올리고 서둘러 화제를 바꾸려 했습니다. 그러나 내가 입을 열기도 전에 미야베 씨가 먼저 말을 했어요.

"아카기를 탔더랬어요."

그러고는 바로 "이제는 탈 수 없게 되었어요."라고 말하는 거예요. 소문이 진짜였던 겁니다.

"미군은 만만치가 않아요. 아주 강한 상대입니다."

미야베 씨는 또렷한 어투로 그렇게 말했습니다. 나도 그 이상은 묻지 않았어요. 우리 사이에 잠시 침묵이 흘렀어요.

그런 다음 나는 이곳의 전투가 어떻게 되어가는지를 이야기했어요. 적이 우리와 마찬가지로 편대 공중전을 펼친다는 것, 늘 기습 기회를 노린다는 것, 공중전이 끝난 뒤 집합하는 순간을 노리는 경우도 있다는 것 등을 설명했지요. 미야베 씨는 하나하나 진지한 표정으로 들었어요.

미야베 씨의 태도가 정말 뜻밖이었어요. 사실 중국 대륙에서 싸운 역전의 용사 가운데는 어깨에 힘을 잔뜩 주고 우리 이야기를 제대로 듣지 않는 사람이 꽤 있었지요. 중국에서 공중전은 일대일로 붙었어요. 그러나 여기서 적은 무선으로 연계하면서 편대 공중전을 펼칩니다. 그런 현실을 모른 채 중국 상공에서처럼 일대일의 공중전을 상정하고 적기를 깊이 추격하다가 다른 전투기에 당하는 경우가 종종 있었지요.

다음 날 포트모르즈비로 출격했지요.

우리는 제공대로 출격했어요. 3소대 9기 편성이었어요. 미야베 씨는 하시모토 1비조의 2번 기였어요. 내가 3번 기고요.

그날은 뉴기니 일대에 구름이 끼었어요. 구름이란 놈은 비행기 탑승원에게는 정말 귀찮은 존재예요. 왜냐하면 구름 저편의 적이 보이지 않기 때문이지요. 정면의 구름이라면 그런대로 괜찮지만 옆이나 뒤쪽 구름은 정말 음침해요. 구름 속에서 갑자기 나타난 적기에게 속절없이 당할 위험이 있으니까요. 물론 우리도 그것을 이용하여 싸울 수 있지만, 보통 잠복하다가 기습을 가하는 쪽이 유리하지요.

나는 비행 중에 몇 번 미야베 씨를 보았지요. 미야베 씨는 안

절부절못하는 듯이 보였어요. 늘 주위를 살피고 때로는 기체의 각도를 바꾸기도 하면서 사주경계를 철저히 하는 겁니다. 몇 번이나 기체를 뒤집기도 하고 사각이 있는 아래쪽도 열심히 살피는 거예요. 나는 정말 조심성 많은 사람이라 생각했어요. 우리 라바울 탑승원들도 조심성이라면 결코 누구에게도 뒤지지 않는 편인데, 미야베 씨의 조심성은 누가 봐도 도를 넘어선 것이었습니다.

출격해서 한 시간 가까이 지났을 즈음, 모두가 그 기묘한 행동을 보고 웃었지요. 질서정연하게 편대 비행을 하는 가운데 한 기만 잠시도 쉬지 않고 비행 각도를 바꾸는 등 온갖 기행을 벌이니 눈길을 끌 수밖에요.

이 사람은 대단한 겁쟁이거나 매사에 신경질적일 만큼 신중하거나 둘 중 하나라고 생각했지요.

눈앞에 오웬스탠리 산맥이 보였습니다. 사천 미터 높이의 장대한 산맥이지요. 그야말로 뉴기니를 세로로 뚝 잘라버리는 산맥이지요. 이 산맥을 끼고 남쪽에 포트모르즈비가 있고 북쪽에 라에가 있어요.

사실 나는 그 산을 좋아했어요. 뭔지 모를 준엄한 아름다움을 갖춘 산이었지요. 묘한 이야기지만 그 위를 날 때마다 용기가 솟구쳤어요.

오웬스탠리 산맥을 넘어 곧 포트모르즈비가 보일 지점에 이르렀을 때 갑자기 상공의 구름 틈새에서 적기가 나타났어요. 그야말로 기습이었지요. 우리는 급선회를 했지만 편대의 맨 후방에 위치한 우리 소대는 선회가 늦어지고 말았지요. 적의 1번 기가 나를 노리고 달라붙었어요. 나는 적에게 바로 등을 보인 자세로 있었지요. 나는 속으로 당했다고 비명을 질렀어요.

그때 나를 노리던 적 전투기가 갑자기 불을 뿜으며 떨어져 나가는 겁니다. 그 파편이 내 전투기를 때렸어요. 다음 순간 내 눈앞으로 제로센이 맹속력으로 가로지르는 것입니다. 2번 기의 미야베였지요. 미야베 기는 다시 한 대를 더 격추한 다음, 선회하여 도망치려는 적기의 배후로 파고들어 단 한 번의 사격으로 또 한 대를 떨어뜨렸지요. 고작 몇 초 사이에 일어난 일이었어요.

이 무슨 귀신 같은 솜씨! 번개 같은 속도!

소름이 돋았어요. 방금 내 곁에서 날던 미야베 기가 언제 적을 공격할 수 있는 위치로 이동했는지 도무지 알 수 없었지요.

다시 편대를 이룬 우리 제로센 부대는 적 전투기에 맹공을 퍼붓기 시작했지요. 적은 유리한 위치에 있었기에 처음에는 우리가 많이 고전했지만 곧 전세를 뒤집어버렸어요. 나도 태세를 고치고는 한 대를 떨어뜨렸어요.

적은 열세에 빠지자 바로 물러났지요. 우리는 깊이 추격하지 않고 다시 편대를 갖춘 다음 그대로 포트모르즈비 상공으로 날아갔어요. 이번 기습에서 아군에게는 아무런 피해도 없었던 것 같았어요.

포트모르즈비 상공에는 적 요격기는 보이지 않고 대공 포화뿐이었지요.

공습을 마치고 기지로 돌아온 다음 나는 바로 미야베 씨에게 인사를 하러 갔습니다. 미야베 씨는 푸근하게 웃을 뿐이었어요.

"그때 구름 속에 적이 있다는 것을 알았습니까?"

"그래요, 구름 사이로 적기가 조금 보였지요. 바로 대장에게 알리려고 기총을 쏘았지요. 그런 다음 상승해서 편대 앞으로 나가려고 하는데 적의 강하가 빨라서 그럴 여유가 없었어요. 좀 더 빨리 알렸더라면 기습을 받지 않았을 텐데 말이죠."

나는 마음속으로 신음하고 말았어요. 오늘 제로센 부대는 라바울의 에이스들이었어요. 나를 포함해서 그 누구도 발견하지 못한 적의 잠복을 재빨리 발견하고 오히려 반격을 가했으니, 최고의 조종사라고 감탄하지 않을 수 없었지요.

다만 한 가지 마음에 걸리는 게 있었어요. 그 후 난전이 벌어졌을 때 미야베 씨의 전투는 기습을 받았을 때의 그 무서운 전투력과는 많이 다른 것 같았어요. 소대장을 지원하는 역할에 철저하긴 했지만 그것만으로는 설명이 안 되는 것이 있는 듯한 느낌이 들었지요. 뭐랄까, 마치 적극적으로 싸울 생각이 없는 듯이 보였어요. 적을 공격하기보다는 자신이 격추당하지 않으려고 노력하는 것 같았다는 거지요.

미야베 씨는 우리 부대의 이야깃거리가 되었어요. 잠시도 쉬지 않고 사방을 살피며 비행하는 그 모습 때문이지요.

한번은 탑승원들이 모여 이야기를 나누는데 이런 말이 나왔어요.

"신중한 건 좋지만, 도가 좀 지나쳐."

어느 고참 탑승원이 말했습니다.

"우리도 적이 있을 만한 곳에서는 충분히 사주경계를 해. 그러나 그 자식은 라바울을 날아오르는 순간부터 그래. 기지에 돌아올 때까지 줄곧 그 모양이라니까."

"저래서는 신경이 버티지를 못하지."

"엄청 험한 꼴을 당한 적이 있는 모양이야."

"아니면 선천적으로 겁쟁이든지."

그 자리에 있던 몇 사람이 웃었지요. 나도 웃었습니다.

그러나 웃지 않는 사람이 있었어요. 니시자와 히로요시 1비조였습니다.

"우리도 반드시 배워야 할 자세야."

니시자와 히로요시 1비조가 그렇게 말했어요. 그러자 모두가 입을 다물어버리는 겁니다.

니시자와 1비조는 라바울에서도 으뜸을 다투는 공중전의

달인이니까요. 나중에 '라바울의 마왕'이라고 해서 미군에게는 공포의 대상이었지요. 이 사람과 사카이 1비조의 눈은 견줄 데가 없었다고 해요. 늘 상대보다 먼저 발견하고 공격을 가했다고 해요.

공중전이란 것은 서로 몸을 붙들고 싸우는 유도와 비슷한 점도 있긴 하지만, 무엇보다 상대를 먼저 발견하고 우위에서 공격을 가하는 것이 요점입니다. 하늘 위에서는 일 초라도 먼저 적을 발견하면 정말 유리하지요. 그런 의미에서 눈이 가장 큰 무기라고 할 수 있어요. 다만 눈이 좋다는 것은 시력만을 두고 하는 말이 아닙니다. 집중력이라고 할까? 일종의 감 같은 것이 필요하지요. 상하좌우 삼백육십 도로 열린 하늘에서 겨자 씨만한 적기를 발견하기는 그리 간단한 일이 아니에요. 시력이 좋다고 해서 발견할 수 있는 것이 아니니까요.

아무튼 이때는 니시자와 1비조의 한마디에 모두 입을 다물어버렸습니다.

그래도 적지 않은 사람이 미야베 씨의 신중한 그 태도가 겁쟁이 성격에서 온 것이라고 생각하는 것 같았어요.

나 말인가요? 흠, 솔직히 말해 그렇게 생각했지요. 신중하다는 것과 겁이 많다는 것은 거의 비슷하지만, 미야베 씨는 겁이 많은 쪽이었을 것 같아요.

그래서 첫 출격 때의 활약도 겁쟁이였기에 가질 수 있는 행운이었을 것이라고. 목숨을 구해준 사람을 아주 제멋대로 평가한 것이지요.

얼마 지나지 않아 미야베 씨는 소대장이 되었고, 내가 그 호위를 하는 임무를 맡았어요.

나는 그 참에 미야베 씨한테 말을 편하게 놓아달라고 부탁했지요.

"소대장이니까 상관답게 말을 놓으시지요."

"어색한가요?"

"그것도 있지만 다른 소대 사람들이 이상하게 생각합니다."

미야베 소대장은 잠시 생각하다가 웃으며 말했습니다.

"좋아, 그렇게 하지."

소대장이 되어서도 미야베 씨는 집요하리만치 사주경계를 철저히 했어요.

아무튼 잠시도 쉬지 않고 뒤를 열심히 돌아봐요. 그때마다 비행기의 각도를 바꾸니까 호위기로서 신경이 안 쓰일 리 없지요. 게다가 틈만 나면 뒤집기도 하고 말이지요.

비행기란 놈은 아래쪽이 거의 사각이에요. 그러나 대부분의 적은 위쪽에서 고도를 이용하여 공격을 가해오기 때문에 아래쪽은 그리 신경을 쓸 필요가 없어요. 그런 만큼 아래쪽을 소홀히 하는 경향이 많아서 어떤 의미에서는 가장 위험하다고 해야 할지도 모르지요. 사실 사카이 씨 같은 사람은 적을 발견하면 잠시 후하방으로 파고들어 적의 아랫배를 치는 공격법을 자주 구사했어요. 아래쪽 공격이 위험한 이유는 기습 전에 적에게 발견될 경우 불리한 위치에서 공격을 받게 되기 때문이지요. 앞에서도 말했듯이 전투기의 싸움에서는 상대보다 높은 위치에 있는 것이 훨씬 유리해요.

경계를 철저히 해서 안 좋을 건 하나도 없다는 것을 잘 알면서도 미야베 씨의 신중한 태도는 누가 봐도 지나칠 정도였어요.

내가 미야베 씨를 겁쟁이라 생각하는 또 하나의 이유가 있는데, 그것은 바로 전투 방식입니다. 미야베 소대장의 호위기가 되어 알게 된 사실인데, 미야베 소대장은 결코 공중전 지역에 오래 머물려 하지 않는다는 겁니다. 난전이 벌어지면 재빨리 그곳을 벗어나 자기처럼 난전 지역을 벗어난 적기를 노리는 거지요.

당시에는 나도 젊었기 때문에 난전이 벌어지면 한 대라도 더 떨어뜨리려고 있는 힘을 다했지요. 그러나 소대장이 공중전 지역을 이탈하면 따르지 않을 수 없어요. 적을 떨어뜨릴 찬스를 보고도 몇 번이나 포기했는지 모릅니다. 그럴 때마다 억장이 무너지는 것 같았어요.

그러나 소대장 기를 벗어나 적을 깊이 추적한 적이 한 번 있었어요.

중공을 공격하고 도망치려는 P40의 배후로 파고들었지요. 적은 급강하하여 벗어나려 했지만 나는 빙글 돌아 꼬리를 잡으려 했지요. 적은 죽을힘을 다해 도망쳤지만 난 놓치지 않았어요. 해면 바로 위까지 추격해서 7.7밀리미터 기총과 20밀리미터 기총을 발사하여 적기를 바다에 빠뜨려버렸어요. 그때였습니다. 내 기체 옆으로 소염탄이 치달리는 겁니다. 뒤에서 적이 쏜 것이지요.

뒤를 돌아보니 P40 두 대가 내 꼬리에 달라붙은 겁니다. 아까 뒤를 돌아봤을 때는 없었는데.

거리는 꽤 있었지만 적기가 급강하를 하니 점점 가까워지는 거지요. 소염탄이 옆으로 스치는 것이 보였어요. 좌우 어디로 도망친들 당하게 되어 있어요. 나는 죽음을 각오했지요.

다음 순간, 나를 노리던 소염탄이 사라져버렸어요. 뒤를 돌아보니 적기 한 대가 불을 뿜으며 빙글빙글 돌면서 떨어지는 겁니다. 다른 한 대는 급강하해서 도망쳤습니다. 내 뒤로 제로센이 보였어요. 소대장이었습니다. 미야베 씨가 내 목숨을 구한 것도 이로써 두 번째입니다.

과달카날로 돌아와 나는 미야베 소대장에게 말했어요.

"소대장님, 오늘 감사합니다."

"잘 들어, 이자키."

미야베 소대장은 진지한 표정으로 말했어요.

"적을 격추하는 것보다 적에게 격추당하지 않는 것이 더 중요해."

"예."

"미국 병사 목숨하고 자네 목숨을 바꾸고 싶어?"

"아닙니다."

"그럼 적 몇 명이라면 자기 목숨이랑 바꿀 수 있지?"

나는 잠시 생각해보았어요.

"열 명 정도라면 괜찮지 않을까요?"

"멍청한 놈."

미야베 소대장은 처음으로 웃었습니다. 그리고 평소와는 달리 거침없이 말하는 겁니다.

"네 목숨이 그렇게 싸구려야?"

나도 모르게 웃고 말았지요.

"설령 적기를 떨어뜨리지 못하더라도 살아남는다면 언젠가는 적기를 공격할 기회를 가질 수 있어. 그러나……."

소대장의 눈은 웃지 않았어요.

"한 번 추락하면 그걸로 끝장이야."

"예."

소대장은 마지막에 명령조로 말했어요.

"그러므로 무조건 살아남는 것을 첫째로 생각하도록."

이때의 미야베 소대장 말이 마음 깊은 곳까지 울렸습니다.

그야말로 죽음을 각오한 직후였던 만큼 더욱더 무겁게 마음에 다가왔을지도 모릅니다.

그 후 내가 이후로 몇 번에 걸쳐 아슬아슬한 공중전에서 살아남을 수 있었던 것도 미야베 소대장이 해주었던 그때 그 말 덕분이었어요.

내가 미야베 소대장에게 배운 것은 그것만이 아니에요.

소대장은 늘 밤중에 숙소를 벗어나 한 시간쯤 어딘가로 가는 겁니다. 돌아올 때는 온몸이 땀으로 흥건하고 숨을 헐떡거렸어요. 미야베 소대장은, 이걸 뭐라고 해야 할까, 아무도 없는 곳에 가서 자위라도 하고 오는 걸까 생각했지요.

우리는 모두 스무 살 전후의 건강한 젊은이였으니까요. 내일을 모르는 시간을 살아가긴 하지만 성욕이란 것이 있지요. 아니, 늘 죽음과 마주하고 살다 보니 더욱더 욕망이 강했을지도 몰라요. 아, 그건 모를 일이겠군요. 우리의 청춘은 단 한 번뿐이니까 그 밖의 인생과 비교한다는 것은 불가능하지요.

부끄러운 이야기지만 난 몇 번이나 그걸 했었어요. 밤에 침상에서 하는 경우도 있지만 변소에서 할 때도 있었지요. 때로는 숙소에서 멀리 떨어져 주위에 아무도 없는 들판에서도 하고요. 라바울에는 위안소가 있어서 몇 번 간 적이 있는데, 거기서도 변경에 해당하는 라에에는 그것도 없어요. 나도 성욕에 고통받았으니까 미야베 소대장처럼 결혼한 사람이라면 더 격렬한 욕망을 느꼈을 테지요.

그래서 소대장이 밤중에 나가더라도 어딜 가는지 물어보지 않았어요.

어느 날 저녁 나절, 숙소에서 꽤 떨어진 강에서 혼자 낚시를 하고 돌아오는 길이었지요. 풀밭에서 신음소리가 들리는 겁니다. 처음에는 놀랐다가 금방 호기심이 생겨 천천히 다가갔어요.

풀숲에서 한 남자가 뭔가를 들어올리고 있었어요. 미야베 소대장이었지요. 소대장은 상반신을 벗고 오른손으로 부서진 비행기 기총의 총신을 잡고 몇 번 들어 올리는 겁니다. 나는 살짝 다가간 탓에 말을 걸 수도 없고 해서 그냥 엿보기만 하는 꼴이 되고 말았어요.

미야베 소대장은 온몸이 벌게질 정도로 움직였어요. 마지막에서는 비명 같은 것을 질렀어요.

잠시 휴식을 취한 다음 이번에는 가까운 나뭇가지에 발을 걸고 거꾸로 매달리는 겁니다. 그런 자세로 오래도록 견뎠어요. 얼굴이 새빨개질 정도로. 얼마나 시간이 흘렀을까요. 기억나지 않지만 꽤 오랜 시간이 흘렀던 것 같아요.

이윽고 나도 미야베 소대장이 왜 그런 행동을 하는지 알게 되었어요. 공중전을 위한 단련이었어요. 전투기는 선회나 공중뒤집기를 할 때 몸에 중력이 걸려 조종간이 얼마나 무거워지는지 모릅니다. 전투기 조종사는 무거워진 조종간을 한 손으로 조종하면서 싸우는 거지요. 우리도 평소 팔 힘을 기르기 위해 팔굽혀펴기를 하거나 철봉을 하지만 그런 단련은 듣도 보도 못한 것이었어요. 그리고 거꾸로 매달리기는 공중전에서 선회나 뒤집기 때 머리에 피가 몰리는 경우를 대비한 훈련이었을 겁니다.

미야베 소대장이 떠난 다음 나는 소대장이 들던 총신을 들어보고는 아연해지고 말았지요. 도저히 들어 올릴 수가 없어요. 아무리 힘을 넣어도 총신은 땅바닥에 달라붙어 꼼짝도 하지 않았어요.

이번에는 두 손으로 총신을 잡고 들어 올려봤어요. 그러고도 있는 힘을 다해서야 겨우 들 수 있었지요. 이것을 한 손으로 들어올렸다 내렸다 했으니, 도대체 팔 힘이 얼마나 좋으면. 미야베 1비조의 화려한 비행 기술도 그런 괴력이 뒷받침됐던 겁니다.

다음 날 나는 숙소를 나서는 미야베 소대장을 불렀습니다.

"같이 가도 되겠습니까?"

소대장은 좀 놀란 표정을 지었지만, 금방 웃음을 띠었습니다.

"봤구만."

"죄송합니다. 엿볼 생각은 아니었는데, 낚시하고 돌아오는 길에 우연히 보았습니다."

"괜찮아. 딱히 비밀도 아닌데 뭘."

소대장은 전날의 그 장소로 가서 같은 훈련을 반복했지요. 소대장이 힘을 쓰는데 가만히 보고 있을 수만은 없어서 나도 열심히 팔굽혀펴기를 했지요.

단련을 끝내고 우리는 땅바닥에 앉았어요.

"소대장님, 정말 대단합니다. 저는 어제 저걸 들어 올리다가 허리 삐는 줄 알았습니다."

"다 습관이야. 그리고 끈기. 계속하면 언젠가는 힘이 붙게 돼."

"그렇습니까?"

소대장이 나를 배려하여 하는 말이라는 것을 알았지요.

"소대장님, 정말 대단하십니다."

"대단하기는. 이런 건 다들 하는 일이야."

"그렇습니까?"

"사카이 씨도 니시자와 씨도 모두 해."

"몰랐습니다."

미야베 소대장은 웃었어요.

"누가 일부러 사람들 보는 데서 이런 걸 하겠는가."

그러고 보니 사카이 씨는 틈만 나면 숙소의 대들보 같은 것을 잡고 팔운동을 했어요. 사카이 씨의 취미라고 생각했던 내가 정말 바보 같다는 생각이 들었지요. 사카이 씨 같은 사람은 선천적으로 조종의 천재라고 생각했던 겁니다.

나도 항공대 연습생 시절에는 장거리달리기, 수영, 철봉 등 매일 운동을 했더랬어요. 그러나 탑승원이 되고부터는 의무도 없어지고 하니까 게으름을 피운 거지요. 이제는 편해졌다고 말입니다. 정말 부끄러운 일이었어요. 생각해보면 모든 것이 스스로를 위한 일이었어요.

"그렇지만 힘들죠?"

나는 스스로를 변명할 양으로 소대장에게 물었어요.

"즐거운 건 아냐. 그렇지만 죽음의 고통에 비한다면 아무것도 아니야."

무슨 야단을 맞는 듯한 기분이 들었지요.

"소대장님은 매일 하십니까?"

미야베 소대장은 말없이 고개를 끄덕였어요.

"출격한 날도 말입니까?"

소대장은 다시 고개를 끄덕였어요. 나는 탄복하고 말았습니다. 출격한 날 밤은 손가락 하나 움직이고 싶지 않을 만큼 피곤합니다. 그런데도.

"오늘은 정말 하기 싫다는, 그런 날은 없습니까?"

소대장은 거기에는 대답하지 않고 천천히 가슴 호주머니에서 종이봉투 하나를 꺼냈습니다. 봉투 속에는 접은 종이조각이 있었어요. 그것을 펼치자 그 안에서 한 장의 사진이 나왔는데, 그 위에 셀로판지가 붙었어요.

"가족사진이에요."

"잠깐 좀 볼게요."

미야베 소대장은 보물처럼 그걸 나에게 건네주었지요. 나도 두 손으로 정중하게 받아 들었어요. 젊은 부인이 막 태어난 아기를 안은 사진이었어요.

"사진관에서 찍었다고 해요."

미야베 소대장의 말이 정중하게 변했다는 것을 알았지요. 둘만의 공간이란 것도 있겠지만, 부인과 아기를 떠올리면서 원래의 상냥한 성격이 드러난 것일 테지요.

사진 속의 여자는 미인이었어요. 그때 부러움을 느꼈던 기억이 납니다.

"키요코라고 해요. 맑을 淸에 아들 子."

"키요코 씨, 정말 미인이십입니다."

소대장은 조금 겸연쩍어하면서 웃었습니다.

"아내는 마츠노라고 하고요. 키요코는 아기 이름입니다."

나는 너무 창피해서 그만 얼굴이 발개지고 말았지요. 서둘러 정말 귀여운 아기라고 말했습니다.

"6월에 태어났어요. 미드웨이에서 돌아오자마자 태어났는데 휴가를 얻지 못해 만나지 못했어요. 그래서 아직 한 번도 보지 못한 셈이에요."

미드웨이에서 살아남은 병사들이 한동안 감금 상태에 놓였다는 소문이 사실이라 생각했습니다.

"괴로워서 이젠 다 내려놓고 싶다는 생각이 들 때, 이걸 보지요. 이걸 보면 용기가 솟구쳐요."

미야베 소대장은 그렇게 말하고 조금 멋쩍은 듯이 웃었어요.

"이런 걸 봐야 용기가 난다니, 정말 서글프지요."

"그렇지 않습니다."

나는 그렇게 위로했지만 미야베 소대장은 이미 내 말을 듣지 않았습니다. 날카로운 눈길로 사진을 노려보았어요.

그런 다음 미야베 소대장은 사진을 가슴 호주머니에 넣고 중얼거리듯이 말하는 겁니다.

"딸을 만나기 전에는 절대로 죽지 않을 겁니다."

평소의 온화한 표정에서는 상상도 할 수 없을 만큼 무서운 얼굴이었지요.

그날 이후로 미야베 소대장을 바라보는 내 눈이 바뀌었어요. 살아남는 것이 얼마나 중요한지를 깨닫게 되었다고나 할까요.

미야베 소대장의 말이라면 뭐든 믿게 되었어요.

미야베 소대장은 출격하기 전에 꼭 이런 말을 했어요.

"절대로 편대에서 벗어나지 마."

"어떤 일이 있어도 내 곁을 떠나면 안 돼."

내가 지금 이렇게 그대들과 이야기를 나눌 수 있는 것도 미야베 씨의 가르침을 그대로 따랐기 때문이에요.

하늘에서 벌어지는 난전은 정말 무서운 것이에요. 언제 뒤에서 총알이 날아올지 몰라요. 그건 운입니다. 나도 젊은 시절에는 만일 그런 일이 일어난다면 운명이니 어쩔 수 없다고 생각했어요. 그러나 미야베 씨는 그런 운에 자신을 맡기지 않으려 했지요.

그때까지 나는 언젠가는 사카이 씨 같은 격추왕이 되겠다고 생각했지만, 미야베 소대장을 호위하고부터는 살아남는 것이야말로 가장 중요한 일이라 여기게 되었지요.

그러나 이윽고 살아남는 것조차 어려운 싸움이 시작되었어요. 과달카날 섬을 둘러싼 전투였어요. 과달카날 전투와 비교하면 포트모르즈비 전투는 아이들 장난 같은 것이었습니다.

과달카날 전투야말로 탑승원에게는 진정한 지옥의 시작이었어요.

과달카날은 남태평양에 떠 있는 솔로몬 제도의 작은 섬이에요. 라바울이 위치한 뉴브리튼 섬에서 동쪽으로 떨어진 곳이지요. 정글에 뒤덮인 외로운 섬. 태평양전쟁이 없었다면 그 이름도 존재도 영원히 알려지지 않았을지도 모릅니다.

당시 일본군은 미국과 오스트레일리아의 연락선을 끊으려 했어요. 그러기 위해 과달카날에 비행장을 건설하여 남태평양을 사정권에 두려 했던 거지요. 그래서 1942년 여름에 과달카날로 진출해 거기에 비행장을 만들기 시작했어요. 비행장이 완성되면 라바울의 비행기는 거의 다 과달카날로 옮길 예정이었어요.

해군 공병대가 땅을 개척하고 한 달도 안 되어 활주로를 만들자마자 과달카날은 미군의 맹공을 받아 그냥 빼앗기고 말았어요. 미군은 활주로가 완성되기를 기다린 것이에요. 과달카날에 있던 일본군 대부분은 공병대였기 때문에 상대가 되지 않았어요. 눈 깜짝할 사이에 전멸하고 말았어요.

물론 이런 이야기는 모두 전투가 끝나고 나서야 알게 된 사실이에요. 당시는 과달카날이라는 이름도, 하물며 거기에 해군이 기지를 건설했다는 사실도 몰랐지요.

대본영(大本營, 태평양전쟁 때 일본 천황의 직속으로 군대를 통솔하던 최고 지휘부. 1944년 7월에 최고전쟁지도회의로 이름을 고쳤다.)도 설마 미군이 그런 작은 섬을 본격적으로 공격하리라고는 상상하지 못했던 것 같아요. 소규모 전투라고 여겼을 테지요. 그런데 그 이름도 없는 섬이 태평양전쟁 최대의 격전지로 변하는 겁니다.

1942년 8월 7일, 운명의 날이 다가옵니다.

우리는 마치 그날을 미리 대비하기라도 한 듯이 며칠 전에

라에에서 라바울로 돌아왔어요. 비행기 정비와 탑승원의 휴식을 겸해 약 반수의 탑승원이 라바울로 돌아온 것입니다.

과달카날을 빼앗겼다는 정보는 그날 아침에 라바울로 전달되었어요. 서둘러 라비 공습을 거두어들이고 과달카날의 적 수송선단을 공격하게 되었지요.

"과달카날, 그거 어디야?"

나는 같은 분대의 사이토 3비조에게 물었습니다.

"몰라. 그런 섬에 비행장이 있다는 말, 듣지도 못했는데."

탑승원 가운데서 그 섬을 아는 사람은 아무도 없었지요. 그러나 그러는 사이에 과달카날의 건너편 툴라기 섬에서는 수비대가 옥쇄했다는 정보가 들어와 우리 부대에도 아주 무거운 공기가 감돌기 시작했어요.

우리는 사령부 앞에 모여 항공지도를 하나씩 받았어요. 들여다보니 라바울에서 오백육십 해리나 떨어진 곳이었어요. 오백육십 해리는 천 킬로미터나 됩니다.

"무리야."

그렇게 중얼거리는 사람이 있었어요. 미야베 소대장이었지요.

"이런 거리를 날아가서는 싸우지 못해."

미야베 씨는 비통한 목소리로 말했어요. 그때 누군가 고함치는 소리가 들렸습니다.

"방금 누가 무리라고 했어?"

한 젊은 장교가 험악한 얼굴로 다가왔어요.

"너 방금 뭐라고 했어!"

장교는 말이 끝나자마자 미야베의 얼굴을 갈겼지요.

"오늘 아침 아군이 툴라기 섬에서 옥쇄했다. 툴라기 비행정 부대도 전멸했단 말이야. 군인이라면 명복을 빌기 위해서라도 싸워야 하는 거 아냐!"

"죄송합니다."

미야베 씨가 사죄를 했지만 장교는 다시 한 번 미야베 씨를 때렸어요. 미야베 씨의 입이 터졌습니다.

"너 미야베지. 네놈 소문은 나도 들었어. 겁쟁이 자식!"

장교는 마구 고함을 질렀습니다.

"앞으로 한 번만 더 이런 겁쟁이 흉내를 내면 가만두지 않겠어!"

장교는 그렇게 말하고 자리를 떠버렸습니다.

"소대장님, 조심해야 합니다. 그런 말은."

나는 머플러로 소대장의 입에 묻은 피를 닦아주었습니다.

미야베 씨는 울적한 눈길로 작게 중얼거렸지요.

"이번 전투는 여태까지와는 완전히 다를 거야."

"과달카날을 아세요?"

"아니, 몰라. 그러나 오백육십 해리라는 거리는 알아."

미야베 씨는 작게 말했어요.

"제로센이 싸울 거리가 아니야."

그날 아침, 제공대에 편성된 사람은 사사이 중위, 사카이 1비조, 니시자와 1비조, 오타 1비조를 비롯한 라바울의 달인들이었지요. 미야베 씨 이름은 없었어요. 당연히 내 이름도 없었고요.

사카이 사부로 1비조, 몇 번이나 언급한 사람인데, 그 당시에도 해군 비행사 가운데 그 이름을 모르는 사람이 없을 만큼 유명했지요. 그야말로 천재적인 격추왕이었어요. 당시에 벌써 적기를 쉰 대 이상 격추했지요. 한낮에도 별을 볼 수 있을 만큼 눈이 좋은 사람이고, 공중전 기술이 신의 경지에 들었다는 사람이었지요. 니시자와 1비조는 후일 미군이 가장 두려워한 격추왕이 되었어요. 그리고 사사이 중위, 오타 1비조도 대단했습니다.

그 밖에도 다카즈카 도라 비조장, 야마사키 이치로혜 2비조, 엔도 마스아키 2비조 등 그날 아침의 과달카날 공격대에 선발된 제로센 부대의 멤버는 모두 에이스급이었지요.

오백육십 해리나 떨어진 적지를 공격한다는 것이 얼마나 위험한지를 사령부도 인식한 듯해요. 가장 뛰어난 열여덟 명의 조종사가 그날의 공격에 참가했어요.

오전 7시 50분, 산 위의 부나카나우 비행장에서 1식육공 스물일곱 대가 날아오르고 산 아래 같은 비행장에서는 제로센 열여덟 대가 날아올랐지요. 그러나 한 대는 엔진 고장으로 돌아왔습니다.

열입곱 대의 제로센은 라바울 상공에서 편대를 꾸려 새파란 동쪽 하늘을 향해 날아갔습니다. 일본 해군의 최고 탑승원들이 편대를 짠 그날의 광경은 지금도 잊히지 않아요. 참 아름다운 편대였지요. 우리는 보이지 않을 때까지 손을 흔들었어요.

그날 늦게 99식 함상 폭격기 아홉 기도 출격했습니다. 그러나 99식 함폭은 항속거리가 짧아 처음부터 편도 공격을 각오하고 출격한 것입니다. 과달카날의 적 수송선단을 공격한 다음에는 예정 해역에 불시착하여 비행정의 구조를 기다린다는 계획이었지요. 그 결사의 출격을 알고는 몸이 졸아드는 것 같았지요.

"괜찮겠지요?"

나는 제로센 편대를 보낸 다음에 곁에 선 미야베 씨에게 물었습니다.

"사카이 씨나 니시자와 씨가 있으니 험한 꼴은 당하지 않을 거야."

미야베 씨는 그러고는 덧붙였지요.

"그래도 편도 오백육십 해리는 쉬운 게 아니야. 순항속도巡航速度, 배나 항공기 따위의 연료 효율을 가장 높여 경제적으로 항행할 때의 속도)로 세 시간 넘게 걸려. 과달카날 상공에서 전투 시간은 십 분 남짓

밖에 안 돼."

"그렇게 짧습니까?"

"돌아올 연료를 생각한다면 그 이상의 공중전은 위험해. 중공은 제로센보다 항속거리가 길고 정찰원이 도중에 항로 계산을 하니까 괜찮지만, 제로센은 조종사 혼자라서 방위를 잃고 항로를 잘못 잡으면 귀환하지 못할 위험도 있어."

"그렇지만 중공을 따라가니까 벗어날 염려는 없지 않을까요?"

"가는 건 괜찮지. 그러나 과달카날 상공에서 공중전을 벌이다 편대에서 벗어나면 혼자 힘으로 라바울까지 귀환해야 해. 오백육십 해리나 떨어진 곳에서 지도와 컴퍼스만으로 방향을 잡는다는 건 그리 만만하지가 않아."

나는 미야베 씨의 말을 듣고 전 항모 탑승원다운 분석이라고 생각했지요. 표시도 하나 없는 드넓은 바다 위를 적 함정을 찾으며 수백 해리를 날아 공격한 다음 다시 모함으로 돌아오는 운동을 거듭해온 사람만이 할 수 있는 말이었어요.

그날 오전은 기지 전체에 무거운 공기가 깔렸지요.

출격 초기에 과달카날 수비대의 명복을 빌어준다고 한껏 기세를 올리던 기지의 탑승원들도 냉정을 찾고 보니 그렇게 멀리 떨어진 섬을 공격하는 일이 무엇을 뜻하는지 알게 됐던 것이지요.

지도를 보면 섬을 따라 동쪽으로 날아가 도착할 수 있는 위치라서 편대에서 벗어나더라도 역으로 되짚으면 돌아올 수야 있겠지만, 두꺼운 구름이 덮였을 때는 이정표가 될 만한 섬이 보이지 않을 겁니다. 그런 경우는 지도와 컴퍼스만으로 길을 찾아야 해요.

오후 3시경, 귀에 익은 폭음이 들렸어요. 숙소를 나가 하늘을 보니 아군기가 보였어요. 과달카날에서 공격대가 돌아온 것입니다. 출격한 지 일곱 시간이 지났어요.

비행기는 편대도 이루지 않고 삼삼오오 내려왔습니다. 대부분의 중공에는 총에 맞은 흔적이 있었고요. 격렬한 전투였다는 것을 알 수 있었지요.

충격적인 것은 제로센의 숫자였어요. 열 대만 귀환한 것입니다. 제로센 일곱 대가 당했다니.

활주로에 내려선 제로센 탑승원들의 얼굴에는 짙은 피로가 깔렸습니다. 니시자와 1비조도 볼이 쏙 들어가 비행기에서 내리기도 힘들어하는 것 같았지요. 나중에 안 일이지만 그날 니시자와 1비조는 그루먼 여섯 대를 격추하는 분투를 보였다고 합니다.

그들은 바로 전투 보고를 하러 지휘소로 향했습니다.

나는 니시자와 1비조에게 달려갔지요.

"사카이 1비조는?"

"그 선배라면 돌아올 거야."

니시자와 1비조는 그렇게 말했습니다.

"선배는 그리 간단히 당할 사람이 아니야."

니시자와 1비조는 웃으며 내 어깨를 툭 쳤습니다. 그러나 그늘이 짙게 깔린 그 얼굴에서 억지로 지어낸 웃음이라는 걸 알 수 있었지요.

실제로 적지의 상공에서 마구 흩어져 귀환할 때도 각자 알아서 온 것이었어요. 그래서 딱히 걱정할 필요는 없다고 생각했지만, 귀환하지 않은 일곱 대 가운데 사카이 1비조가 들었다는 사실이 나를 불안하게 했지요.

사카이 1비조는 소대장입니다. 앞에서도 말했듯이 소대는 세 대 편성이에요. 사카이 1비조는 아주 뛰어난 소대장이지요. 지금까지 호위기를 한 대도 잃지 않았어요. 사카이 사부로 씨에 대해 사람들은 수십 대 격추라는 사실만을 두고 말들을 하지만, 난 그것보다는 그가 단 한 사람의 부하도 잃지 않았다는 사실을 더 높이 평가했습니다. 니시자와 씨 또한 단 한 대도 잃지 않았어요. 마지막 공중전 때 처음으로 부하를 잃었다던가 그랬지요.

아무튼 그런 사카이 1비조가 소대기들을 내버려두고 편대를 벗어났다는 것은 이상한 일이 아닐 수 없습니다.

잠시 후 라바울 동쪽에 있는 부카 섬에 제로센 다섯 대가 불시착했다는 소식이 들어왔습니다. 연료가 떨어져 라바울까지 올 수 없었던 겁니다. 그러나 그 가운데도 사카이 1비조는 없다는 소식이었지요.

그로부터 한 시간이 더 지난 다음에도 사카이 1비조는 돌아오지 않았어요. 이미 연료가 다 떨어진 시간대였지요.

오후 4시가 넘어서 갑자기 비행장 저편에 제로센 한 대가 나타났습니다. 기지에서 소동이 일어났지요.

그 제로센은 흔들거리며 착륙 자세를 취했어요. 뭔가 이상했지요. 사카이 1비조라면 저런 이상한 착륙 태세를 보일 리가 없어요.

제로센은 천천히 내려왔어요. 자세히 보니, 방풍이 날아가고 없어요. 방풍이 없다는 것은 조종석을 맞았다는 말이기도 합니다.

제로센은 마치 초짜 조종사가 모는 비행기처럼 지면에서 튀어 오르기도 하며 내려섰지요. 그대로 주욱 미끄러지다가 이윽고 멈추었습니다.

비행대장 나카지마 소좌와 사사이 중위가 날개를 타고 올라 부서진 방풍을 열고 사카이 1비조를 좌석에서 끌어내렸습니다. 그 모습을 보는 순간 우리 모두 숨을 딱 멈추고 말았지요. 얼굴은 온통 검은 피로 뒤덮이고 상반신도 피투성이였어요.

사카이 1비조는 비행기에서 내리자마자 날카로운 목소리로 외쳤어요.

"보고합니다."

그러자 사사이 중위가 "치료부터!" 하고 고함을 질렀습니다.

사사이 중위와 니시자와 1비조가 사카이 1비조를 끌어안았지요. 나도 사카이 씨의 몸을 뒤에서 받쳤어요. 온몸에서 피 냄새가 진동했지요.

"아니, 그 전에 보고부터."

사카이 1비조는 또렷한 음성으로 그렇게 말했습니다. 나는 이 사람 정말 귀신일지도 모른다고 생각했지요.

니시자와 1비조가 "선배, 지금 상처가 중하다는 걸 몰라요?" 하고 외쳤지만, 사카이 1비조는 지휘소까지 스스로 걸어갔습니다. 사카이 1비조는 지휘소에 보고를 마치고는 바로 의무실로 옮겨졌어요.

사카이 1비조 이야기는 곧 탑승원들 사이에 퍼졌지요. 사카이 1비조는 과달카날 공격이 끝나고 돌아오는 도중에 적의 함상 폭격기 편대를 전투기 편대로 오인하고 후방 공격을 가하려 했어요.

사카이 1비조나 되는 사람이 큰 실수를 한 것입니다. 전투기의 후방은 완전히 무방비지만 함상 폭격기는 뒤쪽 좌석에 회전식 기관총을 두 정 갖추고 사수가 대기합니다. 사카이 1비조는 그 함상 폭격기 편대 여덟 대 한가운데로 뒤에서 치고 들어간 것입니다. 폭격기의 회전식 기관총은 고정된 기관총에 비해 명중률이 아주 낮지만, 여덟 대에서 기관총을 한꺼번에 쏘아댔습니다. 사카이 1비조는 열여섯 정의 기관총에서 퍼부어대는 총알의 빗발 속으로 파고든 것입니다.

기관총은 사카이 기의 조종석을 날려버리고 그 가운데 한 발이 사카이 1비조의 머리를 스친 것입니다. 그리고 조종석 유리 파편이 두 눈에 박혀 다치고 만 것이지요.

사카이 1비조는 희미하게 보이는 눈으로, 게다가 머리에 충격을 받아 왼쪽 팔이 마비된 상태에서 오른팔 하나로 라바울까지 날아온 것입니다. 머리에 피를 흘리며 말입니다.

"사카이 1비조가 아니면 돌아올 수 없었을 겁니다. 정말 대단한 사람입니다."

미야베 소대장이 그렇게 말했습니다. 떨리는 목소리로.

"정말 사카이 씨, 대단한 분이에요."

소대장은 그 말을 몇 번이나 되풀이했습니다. 나는 그냥 고개만 끄덕이고요.

"그러나 우리는 사카이 씨하고는 달라. 니시자와 1비조나 사카이 1비조는 진정한 명인이지. 아무도 그런 흉내를 낼 수 없어. 이 싸움은 정말 힘들 거야."

소대장의 목소리에서 다가올 가혹한 전투를 예감한 비장함이 묻어났습니다.

그날 중공은 다섯 대가 돌아오지 않았고, 제로센은 부카 섬에 불시착한 비행기를 포함해서 여섯 대가 돌아오지 않았어요. 더욱이 편도 공격을 감행한 아홉 대의 함폭기는 정말 비참했지요. 공격을 끝낸 후 예정 해역에 불시착하기로 약속하고 출격했지만 비행정에 구출된 사람은 네 명뿐이었어요. 열네 명의 숙련된 탑승원이 생명을 잃은 것입니다.

다음 날 오전 8시, 나는 미야베 소대장의 2번 기로 과달카날을 향해 출격했지요. 출격한 제로센은 모두 열다섯 대. 그것이 라바울에서 날아오를 수 있는 제로센 전부였지요. 중공대는 스물세 대. 그날은 모두 어뢰를 장착했어요. 들어보니 그 전날 공격에서 중공은 폭탄을 장착했다고 합니다. 처음에는 포트모르즈비를 공격할 예정이었답니다. 갑자기 라바울의 수송선단으로 목표가 바뀌었지만 어뢰로 바꿀 시간이 없었다고 합니다.

우리 제로센 부대는 중공을 따라 날아갔습니다. 날고 또 날아도 보이는 것이라고는 구름과 바다뿐입니다. 과달카날이 얼마나 먼 곳인가를 실감하는 순간이었지요.

중공은 속도가 늦어요. 제로센과는 차이가 많이 나서, 제로센은 '바리캉이발기 비행'이라고 해서 지그재그로 비행합니다. 항속거리가 제로센 쪽이 짧은 만큼 될 수 있으면 연료를 절약해야 하므로 지그재그 비행이 그리 기분 좋은 것은 아니지요. 돌아올 때는 혼자 날아야 할지도 모르고. 나도 날아가면서 컴퍼스와 자로 지도에 위치를 표시하기도 했지요.

출격 전에 미야베 소대장은 집요하게 말했습니다.

"싸움은 공중전만이 아니야. 귀환하는 것도 싸움이라는 걸 명심하도록."

해상에서 자신의 위치를 잃고 돌아오지 못하는 비행기도 적지 않다는 말을 들었습니다. 귀환하지 못한다는 것은 곧 죽음을 뜻하지요.

시계를 보니 11시가 되려고 합니다. 이제 곧 과다카날입니다.

구름을 빠져나오니 저 멀리 과달카날 섬이 보입니다.

과달카날 바다 위를 보는 순간 나도 모르게 숨을 멈추고 말았어요. 거기에는 헤아릴 수 없이 많은 함정이 섬의 항구를 가득 메우고 있었습니다. 미군은 작은 섬 하나를 빼앗는데도 이렇게 많은 함정을 보내는가 싶어 아연해지고 말았지요. 이런 적을 중공 스물세 대로 공격해봤자 과연 얼마나 효과를 거둘 수 있을지.

나는 암담한 기분이었지만 일단 공격에 들어가면 단호하지 않을 수 없습니다. 나는 새삼 투지를 일깨우며 날아갔습니다.

그날 나는 중공의 호위 임무를 맡았어요. 호위기에는 두 가지가 있는데, 하나는 제공대, 다른 하나는 호위대입니다. 제공대는 상공에서 적을 제압하는 일을 목적으로 하고, 호위대는 중공을 적 전투기의 공격에서 지켜내기 위해 중공대에 착 달라붙어 다니는 것이지요.

전방에 적 전투기가 나타났어요. 먼저 출격한 제공대가 적과 싸웁니다. 제공대는 적기가 중공에 다가오지 못하게 싸우는데, 그 공격을 피해 적 전투기가 중공을 향해 다가옵니다.

적은 처음 보는 그루먼이었어요. 전투 후에 안 사실인데, 이때의 미군 전투기는 '사라토가', '엔터프라이즈', '호네트' 세 척의 항모 탑재기였어요. 미군은 과달카날을 확보하려고 보유한 모든 항공모함을 투입한 것입니다.

적기는 고도를 이용하여 상공에서 덮쳐왔어요. 적의 전법은 '일격이탈一擊離脫'이었습니다. 위에서 돌격하여 사격을 가하고는 그대로 아래쪽으로 도망치는 단순 무식한 전법이지요.

적 전투기는 제로센을 상대하지 않아요. 중공대만을 목표로 파고듭니다. 우리도 중공대 엄호가 주 임무니까 공중전보다도 적 전투기를 쫓아내는 데 주력합니다. 게다가 호위기는 중공에서 벗어날 수 없어요. 적은 제로센 편대가 중공에서 떨어지기만을 기다려요. 호위기의 사명은 설령 내가 당하더라도 중공을 지키는 것입니다.

제공대 역시 돌아가는 연료 문제도 있고 해서 깊이 추격하지 않아요. 아래쪽으로 도망친 적은 다시 기수를 돌려 상승해서는 같은 공격을 반복하지요.

상공에 위치한 적 전투기를 향해 제공대가 다가가는데, 적기는 그것을 피해 중공을 덮쳐요. 몇 번이나 그런 공격을 받았어요.

우리 호위기는 있는 힘을 다해 중공을 지켰지만, 집요한 반복 공격으로 하나둘 떨어져 나갔습니다. 적 함선을 눈앞에 두고 중공이 불을 뿜으며 떨어졌지요. 그것만큼 애달픈 일도 없을 겁니다.

중공으로 불리는 1식육공은 해군을 대표하는 폭격기인데, 방어가 아주 약한 것이 흠이었어요. 그래서 미군이 그 폭격기를 '원 숏 라이터'라고 불렀을 정도지요. 속력이 늦고 폭격기이면서도 연료 탱크에 방탄 기능도 없고 조종석을 지키는 철갑도 없어요. 그래서 적 전투기의 공격에 맥없이 무너지고 말지요. 덧붙여서 1943년에 연합함대 사령관 야마모토 이소로쿠 대장이 타고 가다 격추된 비행기가 바로 1식육공이었어요.

그래도 중공대는 적 수송선단 가까이 접근했지요. 적 전투기가 흩어지는가 했더니 이번에는 아래쪽에서 대공 포화가 폭풍처럼 불어옵니다. 호위기도 대공 포화를 피해 상공으로 후퇴하는데, 중공대는 그런 포탄의 비를 뚫고 뇌격을 가하기 위해 고도를 내립니다.

이윽고 중공대는 해면을 스치듯 하며 뇌격 침로를 잡아요. 중공이 하나둘 불을 뿜으며 바다로 추락하는 가운데, 그래도 용감한 중공대는 그 포화 속으로 파고듭니다. 그야말로 죽음을 각오한 돌격이지요.

적 수송선의 동체에 필살의 어뢰가 명중하는 장면을 보았습니다.

뇌격이 끝나고 물러나는 중공대에게 다시 적 전투기가 공격을 가합니다. 제로센 부대도 다시 적 전투기를 공격합니다. 적 전투기가 너무도 집요하여 제로센 부대도 고전을 면치 못합니다.

그날 보고된 바로는 적함 두 척 격침, 수송선 아홉 척 격침. 화려한 전과였지만, 전후 미군의 기록을 보니 구축함과 수송선을 각각 한 척 잃었을 뿐이었어요.

그날 내가 출격한 시각은 오전 8시, 귀환한 시각은 오후 3시였어요. 조종석에 일곱 시간이나 앉아 있었던 셈이지요. 처음으로 체험한 과달카날까지의 출격은 견디기 힘들 만큼 피로를 동반하는 것이었어요. 라바울에 돌아왔을 때는 의식이 아득해지는 것 같았습니다. 그런 경험은 처음이었지요. 온몸의 뼈가 제자리를 벗어나는 것 같아서 비행기에서 내리는 것도 힘들 정도였지요. 막사로 향하는데 땅이 흔들리는 듯한 느낌이 들었어요. 그냥 땅바닥에 쓰러져 잠들어버리고 싶은 기분이었어요.

그날 돌아오지 못한 전투기는 중공 열여덟 대, 제로센 두 대였어요. 중공은 스물세 대 출격하여 고작 다섯 대만이 돌아왔고요.

이틀 사이에 무려 99함폭이 아홉 대, 1식육공이 스물세 대,

제로센 여덟 대가 사라졌습니다. 라바울 공격기 대부분, 그리고 제로센 반 가까이가 사라진 것입니다. 탑승원 손실은 약 백오십 명. 1식육공의 승무원은 일곱 명이니까, 한 기가 떨어지면 일곱 명이 목숨을 잃어요. 조종사, 정찰병, 정비병, 통신병 등 각각의 분야에서 일류 솜씨를 가진 사나이들, 몇 년에 걸쳐 단련된 귀중한 탑승원들입니다. 그들이 고작 이틀 사이에 백오십 명이나 사라진 것입니다.

나는 새삼 미야베 씨가 한 말을 되새겨보았습니다.

그러나 그날의 손실은 결코 예외적이고 특수한 것이 아니었습니다.

과달카날

"조금 쉬어도 될까요?"

이자키는 그렇게 말하고 침대에 누웠다. 딸 에무라 스즈코가 차임벨을 눌러 간호사를 불렀다.

"괜찮으신가요?"

내 말에 이자키는 누운 채 오른손을 들었다.

"조금 아프네요."

이자키는 간호사에게 말했다. 간호사는 주사를 놓았다. 잠시 이자키는 눈을 감고 누워 있었다.

"그럼 여기서 정리하도록 할게요."

누나가 스즈코에게 말했다. 그 말이 떨어지기가 무섭게 이자키가 말했다.

"잠깐만. 아직 해야 할 이야기가 있어요."

"아빠, 괜찮아요?"

딸 스즈코가 걱정스런 목소리로 말했다.

"괜찮아. 이제 안 아프네."

이자키는 몸을 일으켰다. 그러나 그 얼굴은 고통으로 일그러진 채였다.

"저희는 다음에 날을 잡아 오도록 하겠습니다."

"그건 안 돼요. 팔십 년이나 살았으니 몸 여기저기가 이상해지는 것도 당연하지요."

간호사가 의자에 앉았다. 마침 근무시간이 끝났으니까 잠시 여기 있겠다고 했다.

"간호사가 계시니 마음이 놓여."

이자키는 웃으며 말했지만 그건 어디를 보나 억지웃음이었다. 스즈코는 그런 아버지를 걱정스런 눈길로 바라보았다.

"젊은 시절에는 체력 하나는 자신이 있었는데. 라바울에 있을 때는 여기 있는 세이치 나이였지요."

세이치라는 청년의 표정이 순간 굳어졌다.

"이자키 씨는 저희 할아버지랑 아주 긴밀한 관계였던 것 같습니다."

누나가 말했다.

"몇 번이나 말했듯이 내가 살아남은 것은 오로지 미야베 소대장의 편대에 소속됐던 덕분이지요. 그리고 살아남았기에 오히려 죽음이 얼마나 두려운 것인지 알게 되었어요. 지금에야 하는 말이지만 라바울에 왔을 때만 해도 죽음 따위 조금도 두렵지 않았어요. 열아홉 살 젊은이가 생명의 소중함을 진정 알 리가 없지요. 좀 이상한 비유가 되겠지만, 몇 푼도 안 되는 돈을 들고 노름을 하러 가서 어차피 질 거라며 전액을 한 번에 걸어버리는 것 같은 것이었어요. 그런데 무슨 영문인지 계속 이기니까 어느새 두려움이 생기고, 절대로 지고 싶지 않다는 생각을 하기 시작하는 그런 일이랑 같다고나 할까요."

"알 것도 같습니다."

"1942년 가을부터 미드웨이 해전에서 살아남은 탑승원들이 하나둘 전입해오기 시작했습니다. 그러나 그 노련한 탑승원들에게도 라바울은 가혹한 장소였습니다."

"조종사의 묘지라고 하더군요."

누나의 말에 이자키는 고개를 끄덕였다.

"그렇지만 사에키 씨, 우리는 그래도 행복했었어요. 진짜 지옥을 맛본 사람은……."

이자키는 조용히 숨을 내쉬었다.

"과달카날 섬에서 싸운 육군 병사들이었어요."

과달카날 섬 육군 병사의 전투에 대해서 아시는지. 아, 그렇군요. 요즘 젊은이들은 아무것도 모를 테지요.

　미야베 소대장 이야기는 아니지만, 과달카날 섬에서 싸운 육군 병사에 대해서 젊은이들도 꼭 알아주었으면 좋겠어요. 아니, 일본인이라면 이 비극을 절대로 잊어서는 안 되지요. 세이치도 꼭 알아두었으면 좋겠어.

　그리고 과달카날 섬 육군 병사의 싸움을 몰라서는 미야베 소대장이나 내가 있던 라바울 항공대가 목숨을 걸고 싸운 이유가 무엇인지 이해할 수 없을 테니까요.

　그 섬에서 무슨 일이 벌어졌는지 안 것은 전쟁이 끝난 후였지요. 그리고 그것을 알았을 때, 과달카날이야말로 태평양전쟁의 축소판이라는 사실을 깨닫게 되었지요. 대본영과 일본군의 가장 어리석은 본질이 이 섬의 전투에서 모두 드러나지요. 아니, 일본이라는 나라의 가장 말도 안 되는 부분이 나타난 전장입니다.

　그러므로 과달카날에 대해서 모든 일본 사람이 반드시 알아두어야 합니다!

　그리고 반년에 걸친 이 전투야말로 태평양전쟁의 진정한 분수령이었어요.

8월 7일에 미군이 과달카날 섬을 공격했을 때, 대본영은 단순한 국지전으로 인식했던 것 같아요. 미군은 방어가 약한 과달카날이라도 부숴두자는 생각으로 공격을 가하는 것이라고 판단한 듯합니다. 이것도 전후에야 안 사실입니다.

우리 라바울 항공대가 즉각 미 수송선단을 공격했다는 건 앞에서 말한 대로인데, 대본영은 다음 달 과달카날 섬의 비행장을 탈환하려고 육군 부대를 파견합니다. 이것이 비극의 시작이지요.

대본영은 적군의 상황도 제대로 파악하지 않고 미군 병력을 이천 정도로 상정하여 고작 구백의 병사를 보낸 것입니다.

이천이란 숫자가 어디서 나온 것인지는 잘 모르겠지만 놀라운 것은 그 반의 병력으로 섬과 비행장을 탈환할 수 있다고 판단했다는 것입니다. 제국 육군은 스스로를 그 정도로 강하다고 생각했을까요? 그런데 실제로는 미 해병대 병력은 일만 삼천이나 되었어요.

전후 읽어본 책에 따르면 돌격 전날 육군 상륙부대는 벌써 승전의 기분에 젖었다고 합니다. 지휘관 이치키 대좌도 아주 자신만만하게 이 작전 명령을 받았을 때 사령관에게, '과달카날뿐만 아니라 건너편 툴라기 섬을 공격해도 좋으냐'고 물었다고 합니다.

이 전투가 일본 육군과 미 해병대 최초의 대결이었어요. 육군 병사들은 겁쟁이 양키 따위 모조리 죽여버리겠다는 기분이었을 테지요. 당시 우리는 미군이 얼마나 겁쟁이에다 나약한 존재인지 귀에 딱지가 앉도록 교육받았지요. 놈들은 가정이 첫째고 나라에 돌아가면 즐거운 생활이 기다린다, 놈들은 전쟁을 싫어하고 무엇보다 목숨을 소중히 여기는 국민이다, 그러므로 진짜 험악한 전투가 벌어지면 놈들은 그냥 항복하고 만다, 포로가 될 정도면 깨끗하게 죽음을 택한다는 제국 군인과는 결사의 각오가 다르다. 따라서 싸워서 질 리가 없다고, 적군의 반으로 충분하다고 생각한 것도 그런 선입견 때문일 겁니다. 이치키 부대의 병사들이 '내일은 낙승'이라고 웃었다는 것도 이해가 가지요.

그러나 그 결과는 말하기도 괴롭지만, 이치키 부대는 최초의 야습으로 전멸하고 말았습니다. 미군의 압도적인 화력 앞에 일본군의 육탄 돌격은 통하지 않았어요.

일본 육군의 전투에서 기본은 총검 돌격입니다. 죽을 각오로 적진에 뛰어들어 총검으로 적병을 찔러 죽이는 전투 방식이지요. 그에 비해 미군은 중포, 거기에 중기관총과 경기관총입니다. 미군은 일본 병사를 향해 포탄을 소나기처럼 퍼붓고 백병전을 펼치려는 일본군을 향해 기관총을 쏩니다.

그렇게 싸워 이길 리 없지요. 말하자면 일본군은 전국시대 나가시노 전투에서 오다 노부나가의 철포대를 향해 돌격한 다케다의 기마군단 같은 존재였습니다. 도대체 왜 이렇게 어리석은 작전을 펼쳤을까요? 참모본부는 무슨 생각을 했을까요? 전국시대 같은 전투 방식으로 미군에 이기리라 판단한 근거가 도무지 어디서 온 것인지 모를 노릇입니다.

나는 종전 후, 이 전투 직후에 찍은 사진을 본 적이 있습니다. 전투가 끝난 다음 날 아침, 모래사장에 수많은 일본 병사가 쓰러진 사진이에요. 파도가 피를 씻어버렸는지 시체에 핏자국은 보이지 않았어요. 표정까지 뚜렷이 찍힌 사진이었어요. 그들은 모두 고향에 어머니 아버지가 있거나 아내와 자식이 있었을 것입니다. 나는 눈물이 앞을 가려 그 사진을 바라볼 수 없었습니다.

돌격한 약 팔백 명 중 칠백칠십 명이 하룻밤에 목숨을 잃었다고 해요. 이치키 부대장은 군기를 불태우고 자결했습니다. 미군 사상자는 손으로 꼽을 정도였다고 합니다.

이치키 부대 전멸 보고를 접하고 대본영은 이번에는 오천 병사를 파견했어요. 그 정도면 처리할 수 있을 거라고 말이지요.

그러나 미군은 그보다 많았습니다. 일본군을 격퇴하긴 했지만 앞으로 일본군이 더 늘어날 것으로 예상하고 수비대를 일만 팔천으로 증강한 것입니다.

대본영 참모들의 작전은 그야말로 닥치면 닥치는 대로였지요. 처음부터 적 병력이 어느 정도 규모인지 정찰도 해보지 않고 제멋대로 추산하고 판단해서 일천도 안 되는 병력으로 충분할 것이라고. 그래서 안 되니까 이번에는 오천이면 되겠지 하는 안이한 발상. 이건 절대로 취해서는 안 될 전법입니다. 대본영의 엘리트 참모들은 이런 초보적인 전법도 몰랐던 것입니다. '적을 알고 나를 알면 백전백승'이라는 유명한 손자병법이 있는데, 적도 모르고 싸우려 했으니 이건 말이 안 되지요.

더 서글픈 일은 그런 닥치면 닥치는 대로 전법으로 병사들이 장기將棋 말처럼 소모되었다는 것입니다.

두 번째 공격에서도 일본군은 초전에 박살이 났고, 많은 병사들이 정글 속으로 도망쳐 들어갔습니다. 그런 그들에게 이번에는 기아가 덮칩니다. 과달카날 섬을 '기아섬'이라 부르는 것도 그런 사연 때문이지요. 그 후 대본영은 연이어 병력을 투입했고 그 병사들 대부분이 배고픔에 허덕이게 됩니다. 그리고 전투가 아니라 굶어 죽어갔어요.

'기아섬'의 병사들은 이런 판단을 내렸다고 합니다.

'설 수 있으면 한 달, 앉을 수 있으면 삼 주, 누운 사람은 일 주, 누운 채 소변을 보는 사람은 사흘, 말을 못하는 사람은 이틀, 눈을 깜빡이지 못하는 사람은 하루 목숨.'

결국 총 삼만 이상의 병사를 투입하여 이만 명이 이 섬에서 목숨을 잃었어요. 이만 명 가운데 전투에서 죽은 사람은 오천입니다. 나머지는 굶어 죽은 것입니다. 산 사람의 몸에 구더기가 끊었다고 해요. 얼마나 비참했는지 상상할 수 있을 테지요.

덧붙여서 일본군이 배고픔에 허덕인 작전이 또 있어요. 뉴기니에서도 레이테에서도 루손에서도 임팔에서도 몇 만의 장병이 굶어 죽었습니다.

왜 굶었는가? 지휘부가 식량을 마련해두지 않았기 때문입니다. 일본 육군은 작전 계획에 맞추어 식량을 조달하지 않고 병사를 전장에 보냈어요. 작전 계획은 수 일 안에 적진을 탈환하여 거기서 식량을 빼앗아 충당하고 또한 적진을 손에 넣은 다음에 식량을 보충한다는 사고방식입니다. 식량이 없으니 병사들은 죽을힘을 다해 싸울 것이라고 생각한 것일 테지요. 이치키 부대 다음으로 파견된 가와구치 부대 병사들은 미군 식량을 '루스벨트 급식'이라 하며 거기에 기댔다고 합니다.

그러나 전쟁은 그리 간단히 계획한 대로 되는 것이 아니지요. 사실, 지금 말한 많은 전장에서 적진을 격멸하기는커녕 자신들의 부대가 박살이 나고, 그 다음은 정글에서 굶주림과 싸우지 않으면 안 되었습니다. 병참은 전투의 기본입니다. 병참이란 군대의 식량이나 탄약의 보급을 가리킵니다. 그런데 대본영 참모들은 그런 것조차 생각하지 않았어요. 그들은 모두 육군대학을 우수한 성적으로 졸업한 수재들이었어요. 당시 육군대학의 상위권은 도쿄대 법학부 상위권에 결코 뒤지지 않았습니다.

이렇게 과달카날에 삼만이 넘는 장병이 고립하고 말았으니 그들을 그냥 내버릴 수는 없었던 것입니다. 해군은 많은 함정을 보내 과달카날에 탄약과 식량을 보급하는 임무를 수행했지만 속도가 느린 수송선은 섬에 접근하기도 전에 과달카날 비행장에서 날아오른 항공기의 공격을 받아 침몰하고 맙니다.

마침내 궁여지책으로 고속 구축함에 식량을 실어 보냅니다. 쌀 따위를 드럼통에 넣고 밤에 로프로 해안을 향해 흘려보내는 거지요. 구축함 함장들은 '생쥐 수송'이라고 자조했다고 해요. 그러나 목숨을 건 이 수송도 구축함 한 척으로 이만이 넘는 병사들의 며칠분 식량밖에 공급할 수 없었어요. 그리고 많은 구축함이 잠복한 적의 공격으로 격침되기도 했습니다. 또 많은 드럼통이 미군의 기관총 사격을 받고 물에 가라앉고 말았습니다.

마지막에 가서는 잠수함이 목숨보다 더 소중한 어뢰를 내려놓고 쌀을 옮겼습니다.

그 사이에도 솔로몬 바다에서는 수많은 해전이 벌어졌습니다. 연합함대가 미군을 격파한 전투가 있는가 하면 그 반대로 미 함대가 일본 함정을 격침시킨 전투도 있었어요.

그러나 과달카날의 해전에서는 처음부터 결정적인 기회가 있었지요.

8월 7일에 미군이 과달카날을 급습했다고 말했는데, 그때 라바울에 있던 제8함대는 곧장 과달카날의 적 수송선단을 공격하려고 출격합니다. 그리고 다음 날인 8일 밤, 수송선단을 호위하는 미 함대와 사보 섬 해역에서 조우하게 됩니다. '제1차 솔로몬 해전'이라는 전투였는데, 이 전투에서 미가와 군이치 사령관이 이끄는 제8함대는 미 순양함 함대를 거의 완전히 격파합니다. 일본 해군의 주특기인 야간 기습에 성공한 것이지요.

그러나 미가와 함대는 즉각 철수해버립니다. 이때 더 앞으로 나아가 적 수송선단을 공격했더라면 거의 궤멸시켰을 것입니다.

순양함 '도리우미'의 하야카와 함장은 수송선단 격멸을 위하여 전진하자고 강력하게 요청했지만 미가와 사령관은 그것을 무시해버립니다.

미가와 사령관은 미군 항공모함을 두려워한 것입니다. 수송선단을 격멸하더라도 아침에 미 항모의 함재기 공격을 받게 될 테니 호위 전투기가 없는 함대로서는 절망적인 상황에 빠지고 만다고.

그러나 사실 이때 과달카날을 지원하러 온 미 항모 세 척은 '기아섬'에서 멀리 떨어져 있었습니다. 전날 7일 사카이 1비조나 니시자와 1비조의 분전, 그리고 이날 오전 중 나와 미야베 소대장이 참가한 라바울 제로센 부대의 결사 공격에 의해 미 항모 탑재 전투기 부대가 상당한 피해를 입었기 때문입니다. 항모를 지휘하는 플레처 제독은 일본 항모 부대가 다가온다는 것을 감지하고 많은 전투기를 잃은 현재 상황에서는 일본 항모의 공격을 막을 수 없다고 판단하여 동쪽으로 피해버린 것입니다. 라바울 제로센 부대의 이틀에 걸친 결사적인 전투가 미 항모를 멀리 쫓아낸 것이지요.

그러나 미가와 함대는 이 승기를 잡지 못합니다. 이때 적 수송선단은 거의 중포를 장착하지 않았고, 미가와 함대가 공격하면 미 수송선단은 무기와 탄약 대부분을 바다에 버릴 수밖에 없었습니다. 그렇게 된다면 그 다음에 벌어질 이치키 부대나 가와구치 부대의 전투는 전혀 다른 양상을 띠었을 것입니다. 제일선의 장병이 목숨을 걸고 싸우는데도 사령부의 나약한 기세 탓에 기회를 놓치고 말았으니 정말 안타까운 일입니다.

이것도 전후에 들은 이야기인데, 미가와 장관이 제8함대 사령관으로 부임할 때 나가노 군사령부 총장에게 '우리나라는 공업이 발달하지 못했으니 가능한 한 함선을 침몰시키지 않도록 하라'는 당부를 받았다고 해요. 도대체 무슨 생각일까요? 병사나 탑승원의 목숨은 장기 말처럼 가벼이 여기면서 비싸다는 이유로 군함만 소중히 여기다니.

또 하나, 아주 기분 나쁜 소문이 떠돌았어요. 함대 사령관에게 최고의 명예인 금치金鵄훈장을 수여하는 심사 점수로 가장 큰 것이 해전에서 군함을 침몰시키는 것이었다고 합니다. 전함을 최고점으로 이하 순양함, 구축함으로 이어진다고 하는데, 수송선 따위는 몇 척을 침몰시켜도 점수가 되지 않는다고 합니다. 그러나 함정을 잃으면 크게 점수가 깎이는 거예요. 미가와 장관이 순양함 및 구축함을 격침한 다음, 수송선 따위에 눈길도 주지 않고 물러난 것이 그 때문이라고 하면 좀 지나친 말일까요?

아무튼 미가와 함대의 철수는 과달카날 전투에서 큰 후회로 남게 됩니다.

그 이후에도 일본 함대는 몇 번인가 미 함대에 심각한 타격을 줍니다. 8월에 우리 잠수함 '伊26'이 미 대형 항모 '사라토가'를 뇌격하여 전투 불능 상태에 빠뜨리고 9월에 같은 '伊19'가 미 항모 '와스프'를 격침시킵니다.

10월 26일 미드웨이 이후 벌어진 항모 대결 '남태평양 해전'에서 우리 항모 탑승원들이 귀신처럼 공격하여 미 항모 '호네트'를 격침시키고 항모 '엔터프라이즈'를 대파합니다. '호네트'는 도쿄 공습을 행한 항모지요. 이때 항모 탑승원들은 생환을 보장할 수 없는 장거리 비행을 감행하여 다수의 희생자를 내면서 '호네트'를 격침한 것입니다.

사실 일본군은 몰랐지만, 남태평양 해전 직후 미군은 태평
양에서 행동할 수 있는 항모가 한 척도 없는 위기 상황에 빠졌
습니다. 그날은 미국의 해군기념일이었다고 하는데, '사상 최
악의 해군기념일'이라 불렀다고 합니다. 이때 미군의 과달카
날 수비대는 철수를 고려했다고 합니다.

　전후, 미국의 전쟁사가戰爭史家 대부분이 '이때 일본 연합함대
모든 병력을 투입했더라면 과달카날을 손에 넣었을 것'이라고
합니다. 그러나 여기서도 제국 해군은 병력을 찔끔찔끔 보내
천재일우의 기회를 놓칩니다. 오히려 절체절명의 순간에 전
병력을 투입한 것은 미군이었습니다.

　세계 최대의 전함 '야마토'는 라바울 북쪽 고작 천 수백 킬로
미터 떨어진 트럭 섬에 온존했지만 과달카날에는 한 번도 출
격하지 않았습니다. 야마모토 사령관 이하 사령부 참모들은 군
악대가 연주하는 가운데 호화로운 점심을 먹으면서 제일선에
서 싸우는 장병들에게 명령을 내렸습니다. 수병들이 '야마토'
를 뭐라고 했는지 아는지요? '야마토 호텔'이라고 했답니다.

　그러나 전선에서 싸우는 병사들은 죽을힘을 다했습니다. 룽
가 해역에서는 '생쥐 수송'을 하는 구축함이 미 해군 순양함
네 척의 기습을 받았는데, 구축함 한 척을 잃었지만 오히려 중
순양함 한 척을 침몰시키고 세 척을 대파하는 전공을 올립니
다. 본래 중순양함과 구축함은 상대가 되지 않아요. 대형 트럭

에 경자동차가 부딪치는 거나 다름없습니다. 그러나 지휘관 다나카 라이조 사령관은 과감한 역습으로 중순양함을 물리쳤던 것입니다.

이건 여담인데, 이 정도 전과를 올린 다나카 사령관은 이 해전 후에 영문도 모르고 좌천을 당합니다. 미 해군 쪽에서는 '일본 해군에서 가장 용감한 불굴의 장수'라고 최고의 찬사를 바친 사람을 말입니다. 덧붙여서 '伊26' 잠수함도 '사라토가'를 석 달이나 전투 불능 상태에 빠뜨렸지만, 어뢰 한 발 명중 이라는 이유로 함장 이하 승무원들에게 아무런 명예도 주지 않았습니다. 그들은 그 한 발을 위해 많은 어려움을 견뎌야 했고, 더욱이 뇌격 후에는 열두 시간에 걸쳐 집요한 폭뢰 공격을 받으며 생환했는데도요.

도대체가 제국 해군은 제일선에서 목숨을 걸고 싸운 병사들에게 냉정했습니다. 해군사관학교 출신 장교는 어떤 잘못을 저질러도 출세했지만 바닥에서 올라온 역전의 용사는 결코 대우를 받지 못하는 조직이었습니다.

우리 같은 병사나 하사관 따위는 처음부터 도구에 지나지 않았어요. 고위 지휘관에게는 하사관의 생명 따위 총알이나 마찬가지였던 것입니다.

대본영이나 군사령부 놈들은 인간도 아닙니다!

죄송합니다. 흥분하고 말았네요. 다시 돌아가지요.

물론 전과를 올린 전투도 있었고 반대로 격파당한 전투도 적지 않습니다.

사보 섬 해역의 야간전투에서는 미 함대의 레이더 사격으로 중순양함이 침몰하고, 제3차 솔로몬 해전에서도 구식 전함 두 척을 레이더 사격에 잃고 맙니다. 이때도 연합함대는 '야마토'를 내보내지 않고 전투력이 약한 전함만 출격합니다.

그러나 개개의 해전보다도 더 힘들었던 것은 수송 작전이 거의 제대로 되지 않았다는 것입니다.

그것은 제공권이 없었기 때문이지요. 항공기로 함대 호위를 하려 해도 라바울에서 오백육십 해리나 떨어졌습니다. 나중에 라바울과 과달카날 사이에 있는 부겐빌 섬 부인Buin에 항공 기지를 설치했지만 조금 여유가 생긴 정도일 뿐 제공권을 회복할 만한 거리는 아니었습니다.

나머지는 항공모함에 의한 지원인데, 강력한 적 육상 항공 기지에 항모가 접근하는 것은 위험한 행위입니다. 하물며 미드웨이에서 항모 네 척을 잃은 지금 군사령부나 연합함대 사령부는 그런 위험한 작전을 짤 수 없었을 겁니다. 사실은 했어야 할 일이었지만.

도대체 왜 일본 육해군은 보급도 제대로 할 수 없는 그런 전투를 벌였을까요?

아무튼 싸움은 시작되었습니다. '기아섬' 비행장을 탈환하려면 적 항공부대를 섬멸하는 게 절대적인 조건입니다.

그리고 그 임무를 담당한 것이 우리 라바울 항공대입니다. 라바울이 '탑승원들의 무덤'이라 불리게 된 것도 그 후의 일입니다.

라바울 항공대는 과달카날 전투가 시작된 이후 급속히 소모되기 시작해요.

연일 출격이 이어집니다. 그때마다 적지 않은 미귀환기가 생깁니다.

1식육공의 중공대에서 가장 많은 전사자가 나왔습니다. 1식육공은 방어가 약해서 미군이 '원 숏 라이터'라 불렀다고 하지요. 제로센도 방어가 아주 약한 전투기였지만 탁월한 선회 능력과 전투력이 어느 정도 보충해주었어요. 그러나 1식육공은 속도가 늦어 전투기에게 추격당하면 견딜 수가 없습니다.

1942년 가을에 이르면 중공대 1식 육공 출격기는 반 가까이가 돌아오지 않게 됩니다. 출격기 모두가 돌아오지 않는 경우도 있었어요.

중공대 탑승원들은 이미 삶을 포기했을 정도였습니다. 그럴만도 하지요. 출격하면 반 이상의 확률로 격추당하니까요. 더욱이 그런 출격이 몇 번이나 이어졌습니다. 그들의 얼굴에서 생기가 사라지고 온몸에서 짙은 피로가 묻어났어요. 그러나 그들은 마지막 순간까지 용감했습니다. 불평 한 마디 없이 주어진 임무를 수행했습니다. 나중에 가미카제 특공대 사람들도 스스로의 운명을 받아들이고 출격했지만, 라바울 중공대 또한 죽음을 전제로 하고 싸웠어요.

제로센 가운데서도 한 대 두 대 미귀환기가 나오기 시작했지요. 탑승원의 침실에는 주인 잃은 물건이 남았고 그것들은 모두 고국의 가족 앞으로 보내졌습니다. 유품 가운데는 유서도 있었어요. 탑승원 가운데는 유서를 쓰는 사람, 안 쓰는 사람이 있었습니다. 나는 만에 하나를 생각해서 유서를 써두었지만, 유서를 쓰면 전사할지도 모른다고 쓰지 않은 사람도 적지 않았습니다.

전투 직후에는 오히려 동료를 잃은 슬픔이 그리 크지 않았습니다. 저녁 식탁이 문제예요. 같이 밥을 먹던 동료가 밤이면 없어요. 저녁에는 반드시 전 대원의 식사가 준비됩니다. 식당에서는 누가 어디에 앉는지 어느새 자리가 습관처럼 정해져요. 마치 회사의 회의에서 대체로 앉는 자리가 정해지듯이 말이죠. 그거랑 마찬가집니다.

저녁 시간에 빈자리가 있으면 거기 앉은 남자가 돌아오지 않았다는 것입니다. 그 사람이 평소 옆자리에 앉았을 경우에는 견디기가 힘들어요. 어제까지, 아니 오늘 아침에도 농담을 주고받던 사람이 지금 없는 것입니다. 비행기 탑승원은 죽으면 유해도 없지요. 격렬한 전투라도 벌어진 날이면 한꺼번에 몇이나 자리에서 사라집니다. 그래서 저녁 식사 자리에서는 농담이 나오지 않는 거지요.

9월 어느 날, 야타베 항공학교 선배였던 히가시노 2비조가 아침 식사 자리에서 큰 소리로 이렇게 말하는 겁니다.

"딱 한 번이라도 좋으니 맛있는 찹쌀떡을 먹고 싶어!"

그 말을 듣고 나도 모르게 찹쌀떡 생각을 하며 침을 꿀꺽 삼키고 말았지요. 라바울에 온 이후로 찹쌀떡 한 조각 먹어보지 못했으니까요.

"목숨을 걸고 싸우잖아. 찹쌀떡 정도는 먹게 해주어야 하는 거 아닌가?"

히가시노 2비조의 농담에 다들 웃었습니다.

그날 밤 식탁에 찹쌀떡이 올라왔어요. 히가시노 2비조의 말을 듣고 취사병들이 열심히 찹쌀떡을 빚었던 것입니다. 그러나 그 저녁 자리에 히가시노 2비조의 모습은 없었습니다. 아무도 그의 식탁에 놓인 떡에 손을 대지 않았습니다.

이윽고 그런 풍경이 당연한 일상이 되었습니다.

과달카날의 초전에서 중상을 입은 상태로 귀환한 사카이 1비조는 결국 한 눈을 잃고 귀국했습니다. 사카이 1비조에 버금가는 '라바울의 격추왕' 사사이 준이치 중위도 과달카날전이 시작되고 삼 주일도 지나지 않아 영영 돌아오지 않는 몸이 되고 말았습니다. 9월에는 베테랑 다카즈카 도라 1비장, 젊지만 공중전의 달인이었던 우토 카즈시 3비조가 돌아오지 않았고, 10월에는 사카이 1비조, 니시자와 1비조와 함께 포트모르즈비에서 편대 공중돌기를 선보였던 오타 도시오 1비조도 돌아오지 않았습니다.

정말 믿을 수 없는 현실이었습니다. 어제 오늘 부임한 신참이라면 또 모를까 일본 해군 항공대가 자랑하는 달인급 탑승원이 연달아 돌아오지 않는 사람이 되어버린 것입니다.

그러나 생각해보면 당연한 일인지도 몰라요. 무엇보다 우리는 매일 왕복 천 킬로미터 이상을 날아서 적지 상공에서 싸웠으니까 말입니다. 한 번 출격하면 일곱 시간 가량 조종간을 잡아야 해요. 게다가 그 시간 동안 죽음과 늘 같이해야 합니다. 긴장과 피로가 얼마만 한 것인지 짐작이 갑니다.

'기아섬과달카날 섬'에 도착하기까지의 시간도 안심할 수만은 없어요. 언제 어디서 적이 나타날지 모릅니다. 그렇게 적지 상공에 도착하면 이번에는 적 요격기가 기다리지요. 적은 우수한 레이더로 우리의 공격을 미리 탐지하고 늘 유리한 위치에서 기다리지요. 당시 레이더 기술에는 큰 차이가 있었어요.

불리한 위치에서 싸워야 하니 제로센이라도 보통 힘든 일이 아니지요. 게다가 제로센 편대는 중공을 호위할 의무도 있어요. 마음껏 싸울 수 없습니다. 게다가 돌아올 연료를 가득 채워서 기체가 무거워 움직임이 경쾌하지 못해요.

아군의 폭격이 끝나면 추격하는 적기를 피해 다시 천 킬로미터를 날아 돌아와야 해요. 돌아오는 길에도 적기가 기다리는 경우가 있으니 한순간도 마음을 놓을 수 없지요. 그런 육체적 정신적 피로는 여태 겪어보지 못한 일이었어요. 게다가 귀로에서 아군 편대에서 벗어날 경우는 스스로 지도를 보고 항로를 계산하면서 비행해야 합니다.

전투 중에 총에 맞으면 설령 격추는 당하지 않았다 해도 곧 중대한 손상으로 발전할 가능성이 많아요. 거듭 말하지만 라바울과 과달카날의 거리는 천 킬로미터입니다. 항공기란 놈은 아주 섬세한 기계지요. 아주 사소한 발동기 고장이라도 일어나면 비행 자체가 불가능해집니다.

또한 연료 문제도 있지요. 앞에서 말했듯이 제로센의 연료는 과달카날까지 겨우 왕복할 수 있을 정도입니다. 과달카날 상공에서 공중전을 벌여 연료를 소비하면 돌아올 연료가 부족합니다. 그리고 연료 탱크에 총을 맞아 연료가 새버려도 귀환하지 못하지요. 조금만 옆길로 벗어나도 치명적인 결과를 초래하고 말아요.

중상을 입은 채 홀로 과달카날에서 돌아온 사카이 사부로 같은 경우는 거의 기적이라 할 만합니다. 그런 조종사는 그리 흔하지 않아요.

한 번 출격하면 그 피로가 하루 이틀에 풀리지 않아요. 그러나 피로가 풀리기도 전에 다시 출격 명령이 떨어집니다. 일주일에 세 번 네 번 출격하는 일도 드물지 않았지요. 나를 포함해서 많은 탑승원이 거의 한계에 다다른 상태에서 싸웠습니다. 피로에서 오는 착각으로 격추된 탑승원도 많았을 것입니다. 사사이 중위가 격추되었을 때도 분명 그는 중대장으로서 닷새 연속 출격했어요. 사사이 중위뿐만 아니라 충분한 휴식만 주어졌어도 죽지 않았을 탑승원이 적지 않았을 것입니다.

나는 출격하지 않는 날은 무작정 잤습니다. 이것도 미야베 씨가 가르쳐준 지혜였어요.

"이자키, 잘 들어. 시간이 나면 자. 많이 먹고 무조건 자. 얼마나 쉬느냐의 싸움이야."

나는 미야베 소대장의 가르침을 충실히 따랐지요. 시간만 나면 오로지 잤습니다. 정말 이상한 일이에요. 자는 것도 하나의 기술입니다. 반드시 자야 한다고 생각하면 주위가 아무리 시끄럽고 밝아도 자게 되더라고요.

나는 전후에 운송업을 시작했는데, 사원에게 잠을 많이 자라고 입에 침이 마르도록 말했지요. 정신력이나 오기로 차를 몰 생각은 절대로 하지 말라고. 그 덕분인지 모르겠지만 우리

운송회사는 한 번도 큰 사고를 내지 않았습니다.

그러나 미야베 소대장은 일부 탑승원들에게 욕을 먹기도 했지요. 그것은 중공 호위 임무 때의 전투 방식 때문이었어요.

우리는 중공 호위 임무 때는 목숨을 걸고 지키라는 지시를 받아요. 필살의 폭탄을 싣고 적 비행장으로 향하는 중공을 지켜 그들의 폭격을 성공시키는 것이 중공 호위대의 임무니까요. 그 임무를 수행하다 우수한 제로센 탑승원들이 전사하고 말았습니다.

그러나 미야베 소대장은 중공을 공격하는 적 전투기를 쫓아내기는 하지만 스스로 총알받이가 되어 지키는 경우는 결코 없었고, 우리에게도 그것을 허락하지 않았지요. 그런 전투 방식이 일부 탑승원 입장에서 볼 때는 '교활한 놈'이 되는 것입니다. 미야베 소대장의 편대에 자주 소속되었던 나도 다른 사람처럼 그런 생각을 했었지요.

내가 어떤 생각을 했느냐고요? 참 대답하기 곤란한 질문입니다.

제로센은 혼자 타고 중공은 일곱 명이 탑니다. 한 사람을 희생하여 일곱 명을 살린다면 전술적으로 타당한 말일지도 모릅니다. 그러나 미야베 씨처럼 뛰어난 탑승원을 잃으면 더 많은 희생자가 나오지 않을까요? 이게 대답이 될는지 모르겠어요. 애당초 미야베 씨 자신이 어떤 생각을 가졌는지 모르겠습니다. 아마도 그 사람은 스스로 죽고 싶지는 않았을 겁니다.

 1942년 후반부터 미군이 제로센과 벌이는 전투 방식이 완전히 달라졌습니다.

 그 전까지 미군은 제로센과 거의 정면 대결을 펼치지 않았는데, 1942년 이후에는 노골적으로 제로센을 피했습니다. 일대일 대결을 철저히 회피하고 두 대 한 팀으로 대결하는 미군의 새로운 전법은 우리를 당혹스럽게 만들었지요.

 전후 꽤 시간이 흐른 다음에 안 사실인데, 미군은 1942년 7월에 제로센 한 대를 손에 넣고 그것을 분석하여 제로센에 대비하는 전법을 짜낸 것이었어요. 알류샨 작전에서 제로센 한 대가 아쿠탄 섬에 불시착했지요. 탑승원은 불시착하면서 세상을 떠나고, 그 후 이 기체가 미군 초계기에게 발견된 것입니다.

 그때까지 제로센은 미군에게 수수께끼 같은 전투기였어요. 그래서 제로센 기체를 확보하려고 애를 썼지만 잔해밖에 손에 넣을 수 없는 상황이었는데, 거의 멀쩡한 제로센을 발견하고는 환호했던 것입니다.

 제로센을 미국 본토로 가져가서 철저하게 연구했어요. 그래서 그때까지 미군에게 신비의 전투기였던 제로센의 베일이 모두 벗겨진 거지요.

 미군 항공 관계자는 테스트 결과를 보고 경악했다고 해요.

옐로 몽키라 부르며 경멸했던 '잽(Jap, 영어로 일본인을 가리키는 Japanese의 약어)'이 정말 무서운 전투기를 만들어냈다는 사실을 알고 놀란 것이지요. 그리고 그들은 현 시점에서 제로센과 대등하게 싸울 전투기가 없다는 것을 인식했다고 합니다. 그들로서는 놀라지 않을 수 없는 결론이었다고 해요.

그러나 미군은 동시에 제로센의 약점도 찾아냈어요. 방탄 장비가 하나도 없다는 것, 급강하 속도에 제한이 있다는 것, 고공에서 성능이 저하된다는 것 등이지요. 그리고 미군은 제로센의 약점을 철저히 이용하는 전법을 짜냅니다.

미군은 제로센을 앞에 두고 절대로 해서는 안 될 '세 가지 금기'를 모든 조종사에게 지시했다고 해요. '제로센과 정면 대결해서는 안 된다', '시속 이백 마일 이하에서 제로센과 같이 움직여서는 안 된다', '저속 때는 상승 중에 제로센을 따라잡으려 해서는 안 된다', 이 세 가지입니다. 이 '금기'를 어기면 반드시 제로센에게 격추당한다고 말이죠.

이렇게 하여 미군은 제로센에 대해 철저한 일대일 대결 회피 작전을 구사하지요. 그리고 제로센 한 대에 맞서 반드시 두 대 이상으로 싸우도록 명령을 내렸습니다.

이 전법을 가능하게 한 것은 미군의 방대한 물량입니다. 전투기의 대량 생산을 배경으로 한 새로운 전법 앞에 우리는 소모되지 않을 수 없었어요.

미군은 물량으로 밀어붙이는 동시에 조종사의 목숨을 아주 소중히 여겼어요.

가을에 접어들 즈음, 라바울에 미군 조종사 포로가 잡혀왔어요.

과달카날 섬 공중전에서 격추된 미군기 탑승원이 우리 구축함에 구조되어 포로가 된 것인데, 그가 놀라운 진술을 했습니다. 그들은 일주일 전투를 하면 후방으로 물러나 충분히 휴식을 취하고 다시 전선으로 온다는 것입니다. 그리고 몇 달 싸우면 다시 전선에서 제외된다고 말입니다.

그 이야기를 들었을 때 우리 탑승원들은 참으로 묘한 감정을 품지 않을 수 없었어요. 우리에게 휴가 같은 건 주어지지 않았어요. 연일 출격하지 않으면 안 되는 형편이었지요.

실제로 숙련된 탑승원도 빗살처럼 하나하나 빠져나갔지요. 아니, 오히려 숙련된 탑승원부터 목숨을 잃었다고 할까요. 왜냐하면 신참 조종사라면 귀중한 전투기를 잃을지도 모르므로 숙련된 탑승원이 먼저 출격해야 했기 때문이에요. 탑승원보다도 비행기를 소중히 여겼어요. 거듭 말하지만, 편도 세 시간 이상의 거리를 이동하여 적이 기다리는 하늘에서 중공대를 호위하면서 싸우고 다시 세 시간 이상 날아서 돌아옵니다. 그것을 매일 반복해요. 체력과 집중력이 떨어지지 않을 수 없지요. 우리는 한 번이라도 잘못을 범하면 끝장입니다. 실수하지 않으면 된다는 그런 가벼운 세상의 일이 아니에요. 한 번의 실패로 모든 것이 끝장나는 겁니다. 프로야구에서 '한 번의 실투가 모든 것을 뒤집어버렸다'라는 말을 하곤 하는데, 전투기 조종사의 실수는 말 그대로 끝장입니다.

이야기가 바뀌는데, 전후에 나는 독일 격추왕의 기록을 보고 놀라고 말았어요. 삼백오십 대를 격추시킨 하르트만을 필두로 이백 대 이상을 격추한 에이스가 무려 열 명이나 된다는 거예요. 일본 해군에서는 상상도 할 수 없는 일이지요. 그러나 그것은 그들이 독일 상공에서 싸웠기에 가능한 일이었을 겁니다. 지리적인 이점이라고 할까요? 설령 격추되더라도 조종사는 탈출할 수 있고, 발동기가 고장이 나도 불시착을 하면 돼요. 하르트만도 몇 번이나 격추되어 낙하산을 타고 탈출했습니다. 또한 적을 맞이하여 싸운 것도 큰 이점이었을 테지요. 다가오는 적을 맞이하여 싸우니까 잠복할 수도 있었고 연료 걱정도 하지 않아요. 그러나 우리에게는 두 번의 기회란 없었지요. 그런 가운데서 백 대 이상 적기를 격추시킨 이와모토 데츠조 씨나 니시자와 히로요시 씨는 정말로 달인이라고 하지 않을 수 없어요.

아무튼 1942년 후반부터 아주 격렬한 전투가 시작되었어요. 부족한 비행기도 충분히 보충되지 않았어요. 탑승원 보충은 말할 나위도 없었고요. 아니, 아주 힘든 상황이었습니다. 비행

기는 새로이 보급받으면 되지만 숙련된 탑승원은 그 무엇으로
도 대신할 수 없어요. 탑승원 하나를 양성하려면 몇 년이 걸립
니다. 그런 탑승원의 보충은 불가능한 일이지요.

　제로센에게 구축함을 호위하라는 명령이 떨어질 때도 있었
어요. 구축함의 생쥐 수송 이야기는 앞에서 했었는데, 발이 빠
른 구축함이라도 야간에만 과달카날에 도착할 수는 없는 법입
니다. 해가 뜬 시간에 '기아섬'에 다가갈 필요가 있었는데, 그
렇게 되면 '기아섬'에서 적 항공기가 공격을 가해요. 그래서 부
인 기지에서 세 대의 제로센이 구축함 상공을 호위했지요. 제
로센 세 대는 연료가 버텨줄 때까지 호위하다가 다른 세 대와
아슬아슬하게 임무를 교대하는 것입니다. 그러나 부인에는 야
간 착륙 설비가 없어요. 그래서 나중에 날아온 세 대는 야간에
구축함 가까이 불시착하게 되었는데, 그 세 대의 조종사들은
거친 파도에 휩쓸려 목숨을 잃고 말았어요. 그들 모두가 몇 년
에 걸쳐 양성된 소중한 탑승원이었습니다.

　'기아섬'에서 배고픈 병사들을 살리기 위해 구축함 승무원
들이 목숨을 걸고 식량을 나르고 또한 그것을 지키기 위해 라
바울 항공병도 목숨을 걸고 싸웠던 것입니다.

　남태평양에 뜬 작은 섬을 둘러싼 전투는 미일의 총력전 양
상을 띠기 시작했지요.

　그러나 적은 아무리 두들겨도 끄떡도 하지 않고 버팁니다.

그 물량이 무한하지 않을까 싶을 정도였어요.

처음 과달카날로 날아갔을 때, 수많은 적 함정을 보고 압도 당했다고 말한 적이 있는데, 또 한 가지 잊을 수 없는 광경이 있었어요. 1942년 9월에 우리 군의 공습과 제로센 부대의 분투로 큰 전과를 올린 적이 있습니다. 많은 적기를 격추하고 지상의 항공기를 다수 격파했지요. 그러나 이틀 뒤 다시 '기아섬' 비행장을 보았더니 이틀 전과 똑같은 수의 항공기가 있는 것이 아닙니까? 그것을 보았을 때 몸을 부르르 떨고 말았어요. 우리가 무슨 죽지 않는 괴물과 싸우는 것이 아닌가 하는 두려움이 일더군요.

그와 더불어 기억나는 것이 있어요. 미야베 소대장이 낙하산을 타고 내려오는 미 조종사를 쏜 것입니다.

그건 과달카날 전투가 시작되고 이 주일 정도 지난 9월 20일의 일이었을까요. 그날 과달카날 공습을 끝내고 라바울로 돌아오는 도중에 갑자기 그루먼 두 대가 기습 공격을 해왔지요. 과달카날에서 백 해리 정도 떨어진 곳이었을 겁니다. 구름 위에서 갑자기 나타난 그루먼이 급강하하여 우리 편대를 공격했지요. 불의의 습격이었어요. 내 눈앞에서 제로센 하나가 불을 뿜는 것이 보였어요.

나는 황급히 급강하하며 그 뒤를 쫓았는데 눈 깜짝할 사이에 놓치고 말았어요. 제로센은 급강하 속도가 느리지요. 어쩔 도리가 없어 그냥 혀만 찼습니다.

그때 한 대의 제로센이 그루먼에 접근하는 것이 보였어요. 미야베 소대장이었습니다. 소대장은 적의 기습을 알고 재빨리 급강하하여 밑에서 치고 올라온 것입니다. 소대장의 기관총이 불을 뿜는 것이 보였어요. 그루먼 한 대가 폭발했습니다.

그때 다른 그루먼 한 대가 기체를 뒤집더니 소대장을 덮쳤습니다. 소대장도 허를 찔린 것 같았어요. 순간 공중 충돌이 일어나지 않나 싶었지요. 소대장은 간발의 차이로 비켜났습니다. 다음 순간 그루먼이 불을 뿜었습니다. 떨어지는 기체에서 탑승원이 탈출하여 낙하산을 펴는 것이 보였습니다.

나는 마른침을 삼켰지요. 새삼 소대장이 얼마나 대단한지를 깨달은 것입니다.

그러나 그 직후에 더욱더 놀랄 일이 벌어졌어요.

소대장 기가 크게 선회하더니 낙하산을 타고 탈출한 미 병사 쪽으로 기수를 돌려 기총을 발사하는 것입니다. 낙하산은 갈가리 찢어지고 그 병사는 쭈그러진 낙하산과 함께 떨어졌습니다.

그것을 보고 난 얼굴을 찌푸렸지요. 그렇게까지 할 필요가 있느냐고 말이죠. 물론 우리는 동료 하나를 잃었지만 그건 전장에서 일상적으로 일어나는 일입니다. 그렇다고 해서 저항할 힘도 없는 상태에 빠진 조종사를 쏘아 죽일 필요는 없지 않은

가 하고 말입니다.

몇 사람이 그 광경을 보았어요.

라바울로 돌아왔을 때 편대장이 미야베 소대장에게 고함을
질렀습니다.

"자네는 말이야, 무사도 정신을 몰라."

다른 탑승원들은 아무 말도 하지 않았지만 그 눈길만은 미
야베 소대장을 비난하고 있었습니다. 나는 같은 편대원으로서
정말 난감한 심정이었습니다.

"격추된 적의 생명까지 빼앗을 필요는 없지 않은가."

"예."

미야베 소대장은 짧게 대답했습니다.

"우리 전투기 탑승원은 사무라이여야 해. 쓰러진 적을 죽창
으로 찌르는 짓 따위 다시는 하지 말도록."

"예."

그 이야기는 부대 전체로 퍼져나갔습니다. 많은 탑승원이
숙덕거리는 소리를 들었습니다. 그 대부분은 '사내답지 못하
다'라는 것이었어요.

3번 기의 고야마 1비병도 소대장의 행위에 분노를 느낀 듯,
나한테 '미야베 소대장 편대에서 벗어나고 싶어'라고 투덜거
렸습니다.

"말도 안 되는 소리 하지도 마. 지금까지 소대장이 얼마나 도

와주었는지 생각해봐."

"그것하고는 다른 문제야. 이자키는 소대장의 행동을 어떻게 생각해?"

"눈앞에서 동료가 죽었어. 복수하고 싶은 건 당연하잖아."

"복수는 격추로 달성되었다고 봐야 하지 않을까? 탑승원의 목숨까지 빼앗을 필요는 없다고 생각해."

나는 무슨 말을 하면 좋을지 몰랐습니다.

고야마는 이전부터 미야베 소대장에 대해 불만을 가졌습니다. 다른 대원들이 '교활한 놈들'이라고 욕하는 것을 견딜 수 없었던 것이지요.

훗날, 나는 마음을 크게 다잡고 직접 미야베 소대장에게 물었습니다.

"소대장님, 물어볼 게 있습니다."

"뭔데?"

"며칠 전 왜 낙하산을 쏘았습니까?"

소대장은 내 눈을 똑바로 보고 말했습니다.

"탑승원을 죽이려고."

솔직히 말해 나는 소대장에게서 후회한다는 말을 듣고 싶었지요. 그런데 예상도 못 한 말을 듣고 맙니다.

"우리는 지금 전쟁을 해. 전쟁은 적을 죽이는 것이야."

"예."

"미국의 기술력이나 생산력은 정말 대단해. 전투기 같은 건 금방 만들어버려. 우리가 죽여야 할 상대는 탑승원이야."

"아, 그렇지만."

그때 소대장은 고함치듯이 말했습니다.

"나는 나를 살인자로 생각한단 말이야!"

나는 저도 모르게 옛! 하고 대답했습니다.

"미군의 전투기 조종사들도 살인자이긴 마찬가지고. 중공이 한 대 떨어지면 일본군 일곱 명이 죽어. 그러나 중공이 함선을 폭격하면 더 많은 미군이 죽어. 미군 탑승원은 그것을 막기 위해 중공 탑승원을 죽여."

"예."

그렇게 화를 내면서 말하는 소대장의 모습은 지금까지 본 적이 없었지요.

"나의 적은 항공기지만 진정한 적은 탑승원이라고 봐. 가능하다면 공중전이 아니라 지상에서 총을 쏘아 죽이고 싶어!"

"예."

"그 탑승원의 솜씨는 아주 대단했어. 우리의 귀로를 미리 예상하고 구름 속에 가만히 숨었던 거지. 그런 다음 습격을 가했을 때 총알 한 발이 내 조종석 창을 뚫었어. 한 뼘만 옆으로 갔어도 내 몸을 꿰뚫었을 거야. 놀라운 솜씨야. 혹시 우리 비행기 몇 대는 떨어뜨린 놈일지도 몰라. 운이 좋아서 내가 이겼을 뿐이야. 그놈을 살려두면 나중에 우리 병사 몇을 죽일지 몰라. 그리고 그중 하나가 나일지도 모르고."

그런 거였냐고 생각했습니다.

이것이 전쟁이라는 것을 처음 깨달은 듯한 기분이었습니다. 우리의 싸움은 장난이 아닙니다. 어차피 서로 죽고 죽이는 싸움입니다. 전쟁이란 자신이 죽지 않고 하나라도 더 많은 적을 죽이는 것입니다.

그렇다고 해도 소대장이 그렇게 흥분한 모습은 처음 보았습니다. 나는 그 모습을 보고 소대장은 낙하산 병사를 쏠 때 정말로 고통스러웠을 것이라 생각했습니다.

이 이야기에는 아주 놀라운 후일담이 있어요.

사실 그때의 미군 파일럿은 살아났어요. 전후 1970년에 미국 세인트 루이스에서 열린 '2차 세계 대전 항공 쇼'에서 만났지요.

이 항공 쇼에는 미국, 독일, 일본의 모든 전투기 조종사들이 대거 참가했어요. 그 지역신문에 '위대한 재회'라고 대대적으로 보도된 기념식이었는데, 이때 과달카날의 캑터스Cactus 항공대에 소속되었던 미 해병대 조종사도 많이 출석했어요.

거기 몇몇 미국 조종사들이 내게 말을 걸어왔습니다. 참 이상하게도 만나는 순간, 마치 오랜 옛 친구를 보는 듯한 느낌이

드는 겁니다. 일본기를 스무 대 이상 격추시킨 에이스와도 만났어요. 냉정하게 생각한다면, 스무 명 이상의 동포를 죽인 사내인 셈인데 왠지 증오심이나 원한이 일어나질 않아요. 시간이 모든 것을 씻어버린 것일까요? 아니면 하늘 위에서 정정당당하게 싸웠기 때문일까요? 그쪽도 나와 같은 감정이었던 것 같아요.

그들은 하나같이 '제로센 파이터들은 정말 강했어.'라고 했지요.

나는 거기서 과달카날의 핸더슨 비행장에 있었다는 토니 베일리라는 전 해병대 대위와 만났습니다. 토니는 1942년부터 1943년에 걸쳐 과달카날에 근무했다고 해요. 그야말로 나와 같은 시기에 같은 전장에 있었던 것입니다.

서로 수첩을 펼쳐 맞춰보니 같은 날에 싸운 것이 일곱 번이나 되었지요. 우리는 서로를 껴안았습니다. 정말 이상한 일이지요.

그때 토니는 이상한 이야기를 했습니다. 한 번 제로센에 격추되었다는 것이에요. 혹시 네가 아니냐는 것입니다.

자세히 들어보니 그날이 1942년 9월 20일이었습니다. 내가 출격한 그 날이에요.

토니의 이야기는 충격적이었습니다. 그날 그는 귀환하는 일본기를 공격하려고 편대를 이루어 구름 속에 숨어서 기다렸다고 해요. 그러나 습격하는 순간 한 대의 제로센에 발견되어 한 대가 바로 격추되었다는 겁니다. 동료의 죽음을 본 토니는 도 망치지 않고 반격을 가했습니다. 그러나 정면에서 공격을 받 아 엔진에 총을 맞고 낙하산을 타고 탈출했다는 것입니다.

나는 그 이야기를 듣는 순간 온몸이 부르르 떨렸습니다.

"그때 조종사가 자네 아니었어?"

토니의 질문에 나는 고개를 저으며 되물었습니다.

"자네 혹시 그때 낙하산을 타고 떨어지다가 총격을 받지 않 았던가?"

토니는 오옷! 하고 소리를 지르며 두 손을 벌렸습니다.

"어떻게 그걸 알아?"

"봤으니까. 죽었다고 생각했지."

"나도 그랬지. 그러나 낙하산에 구멍이 났지만 다행히 바다 에 떨어져서 죽지는 않았어. 운이 좋았던 거지."

"다행이야."

"나를 쏜 조종사를 알아?"

"우리 소대장이었어."

그는 다시 오옷! 하고 소리를 질렀습니다.

"살아 있는가?"

"전사했지."

"격추됐어?"

"아니, 가미카제로."

그 순간 그는 입을 쩍 벌렸습니다. 그리고 혼잣말처럼 뭐라고 중얼거렸습니다.

그 말을 통역이 전해주었어요. 그의 안타까운 심정이 그대로 전해오는 것 같았지요. 다음 순간 토니는 얼굴을 마구 일그러뜨리며 눈물을 흘렸습니다.

"그 사람 이름은?"

"미야베 규조."

토니는 미야베 규조, 하고 몇 번이나 중얼거렸습니다. 그리고 말했어요.

"그를 만나고 싶었는데."

"원한 때문에?"

"내가 왜 원한을?"

"낙하산 타고 떨어지는 너를 쐈으니까."

"그건 전쟁이니까 당연해. 우리는 전쟁 중이었어. 그는 포로를 쏜 것이 아냐."

그렇구나, 하고 나는 고개를 끄덕였어요.

"그는 자네를 정말 무서운 조종사라고 했지. 그리고 자네를 쏘았다는 사실 때문에 괴로워했어."

토니는 눈을 감았습니다.

"미야베는 진짜 에이스였어. 나는 그 후에도 몇 번 제로센과 싸웠지만 그런 조종사는 만나지 못했지."

"훌륭한 사람이었어."

토니는 잘 안다는 듯이 몇 번이나 고개를 끄덕였어요.

"과달카날의 미군 조종사는 아주 강했어."

내 말에 토니는 고개를 저었어요.

"우리가 이긴 것은 그루먼 덕분이야. 그루먼만큼 튼튼한 비행기는 없었지. 내가 지금 이렇게 살아있는 것도 조종석의 배면판 덕분이야."

"몇 번이나 그루먼을 명중시켰는데 도무지 추락하지 않더구먼."

"우리는 늘 제로센을 두려워했지. 42년 당시 일본의 비행기는 수는 적어도 조종사 녀석들 솜씨가 어찌나 좋은지 말이야. 마주칠 때마다 우리 비행기는 구멍투성이가 되고 말아. 몇 대가 망가졌는지 몰라. 우리는 열 번 두들겨 맞고 한 번 앙갚음하는 그런 싸움을 했던 거야. 그러나 그 한 발의 펀치에 제로센은 불을 뿜었지."

정말 정확한 표현이라고 생각했습니다.

"과달카날에서 우리 공군에 많은 에이스가 탄생했지. 이렇게 말하는 나도 그중 한 사람이지만."

토니는 심술궂게 웃으며 말했습니다.

"제로센의 조종사들은 정말 대단했어. 이건 결코 입에 발린

소리가 아냐. 기체에 몇 번이나 구멍이 뚫렸는지 몰라. 진짜 대단한 조종사도 몇 있었지."

나는 그만 눈물을 흘리고 말았어요. 그가 많이 놀라는 것 같았어요.

"라바울 하늘에서 죽어간 동료들이 지금 그 말을 들으면 기뻐할 거야."

그는 몇 번이나 고개를 끄덕였다.

"내 동료들도 많이 죽었지만 지금쯤 천국에서 농담을 주고받을 거야."

진심으로 그러기를 바랐어요. 눈앞에 있는 이렇게 좋은 사내와 목숨을 걸고 싸웠다는 과거가 슬펐습니다.

토니는 밝은 사람이었어요. 손자가 다섯이나 된다고 하면서 사진을 보여주었지요. 지금도 건강히 지내는지 모르겠습니다.

미야베 소대장 편대에서 나가고 싶다고 했던 고야마 1비병은 얼마 지나지 않아 전사했습니다.

미야베 소대장의 3번 기였던 고야마 1비병은 10월 어느 날 과달카날 상공에서 소대장의 명령을 무시하고 너무 멀리까지 적을 추격했지요. 그루먼 두 대를 격추하는 수훈을 세웠지만 그날이 그의 마지막 전투가 되었습니다.

공중전 후에 우리 소대 세 대만 라바울로 향했어요.

한 시간 정도 비행했을 때 고야마 1비병이 미야베 소대장 기 곁에 나란히 붙더니 손짓으로 돌아간다는 뜻을 내비쳤습니다.

나도 그의 비행기에 다가갔습니다. 아무래도 연료가 부족한 듯, 그는 돌아갈 수도 없으니 이대로 과달카날로 가서 자폭하 겠다는 뜻을 내비친 것입니다.

우리 전투기 조종사들은, 아니 전투기 조종사뿐만 아니라 해군 비행기 탑승원들은 비행기 문제로 귀환이 어려울 때는 적 함대 또는 적 기지를 향해 자폭하라는 교육을 받았지요. 특 히 적지 상공에서 총에 맞았을 때는 반드시 그렇게 하라고 했 습니다. 나 자신 과달카날에서 총을 맞은 중공이 적 비행장으 로 떨어지는 장면을 몇 번이나 보았습니다. 당시는 그것이 당 연한 일이었고, 나도 그럴 때는 망설임 없이 적 기지나 함선에 자폭할 생각이었지요.

지금 생각해보면 그런 정신적 토양이 가미카제 특공대를 만 들었지 않았나 싶어요.

그러나 지금 눈앞에서 전우가 고작 연료 부족 때문에 자폭 해야 하는 현실을 보고 나는 무슨 방법이 없을까 고민했습니 다. 고야마는 야타베 일 년 후배로 한솥밥을 먹은 동료입니다. 라바울에서 가장 친한 동료였어요.

소대장을 보았더니 그는 손짓으로 신호를 보내고 있었어요.

당시 우리 전투기에는 무전기는 있었지만 거의 아무런 역할도 못 하는 장치였습니다. 잡음만 나오고 대화는 할 수 없었어요. 그래서 탑승원들끼리 수신호를 주고받을 수밖에 없었지요. 진주만에서도 무전을 믿을 수 없어 공격대끼리 신호탄을 사용하기도 했습니다.

얼마나 버틸 수 있느냐는 미야베 소대장의 질문에 고야마는 부인으로부터 일백 해리 전방 정도라고 대답했습니다. 백 해리를 킬로미터로 바꾸면 백팔십 킬로미터 정도입니다. 미야베는 무조건 귀환하라고 지시했어요. 고야마 1비병은 알았다고 대답했습니다.

나는 그를 격려하려고 바싹 붙어서 내 날개로 그의 날개를 살짝 쳤지요. 그는 나를 쥐어박을 기세로 주먹을 들어 올렸습니다. 웃음 가득한 얼굴로 말입니다. 나도 웃었지요. 참 이상한 일이에요. 인간은 그런 때일수록 웃는 겁니다.

소대장 기는 천천히 고도를 올렸습니다. 항공기는 높은 고도를 유지하는 것이 연료 소모가 적어요. 공기 저항과 발동기 내의 공기 혼합 비율 때문이지요. 또한 연료가 떨어졌을 때 높은 곳에 있는 것이 활공 거리가 늘어나요. 그 대신에 공기가 적고 기온이 낮아 탑승원에게는 편치 못한 비행이 됩니다. 게다가 급격한 상승은 연료 소모가 심합니다.

소대장 기는 그런 것을 고려하여 천천히 고도를 올린 것입니다.

또한 스로틀(throttle, 내연기관에서 기화기에 장치하여 흡입 공기량을 조절하는 밸브)이나 속도에 대해서 고야마에게 자세한 지시를 내렸습니다.

고야마는 아주 밝은 표정이었어요. 내 웃음에 웃음으로 대답해주었어요.

제로센은 아무 일도 없었다는 듯 곧장 라바울을 향해 날아갔습니다. 이윽고 부겐빌 섬이 보였습니다. 조금만 가면 됩니다.

우리는 섬까지 삼십 해리 지점에 다가왔습니다. 부인까지는 일백 해리 정도, 곧 떨어지리라 생각했던 비행기가 여기까지 온 것입니다. 조금만 가면 됩니다. 앞으로 십 분만 날 수 있으면 생환합니다.

나는 고야마가 죽으리라 생각하지 않았어요. 지금 눈앞에서 이렇게 웃는 사내가 죽는다니, 믿을 수 없는 일이었어요.

그러나 아슬아슬한 순간이었습니다. 부인 바로 앞에서 갑자기 고야마 기가 낙하하기 시작한 겁니다.

소대장과 나는 그 뒤를 따랐지요. 강하할 때도 소대장 기는 선회하면서 경계를 소홀히 하지 않았어요. 정말 대단한 분입니다.

강하하는 고야마 기의 프로펠러는 멈춘 상태였어요. 그대로 천천히 강하하여 해상에 착륙했습니다. 비행기는 잠시 떠 있었어요. 고야마는 잠시 후 조종석에서 빠져나와 날개 위에 서서 위를 올려다보았어요. 나는 그 위를 선회하며 있는 힘을 다해 고야마 이름을 불렀습니다. 아마도 그도 큰 소리로 나를 불렀을 테지요. 하얀 머플러를 흔들며 뭐라고 외치는 것이 보였어요. 그 얼굴에는 웃음이 가득했습니다.

고야마의 비행기는 이윽고 머리부터 아래로 잠겼어요. 마치 물구나무서기를 하는 듯이 가라앉았지요. 가라앉기 전에 고야마는 바다로 뛰어들었습니다. 구명조끼는 일곱 시간 버틸 수 있다고 해요. 나는 휴대한 식량을 머플러에 싸서 아래로 던졌습니다.

나는 몇 번이나 그 위를 선회했어요.

그러나 언제까지고 머물 수는 없지요. 나도 연료가 거의 바닥나고 말았습니다. 나는 마지막으로 크게 선회한 다음 귀환했습니다. 고야마도 헤엄을 치면서 나에게 경례를 했습니다.

나는 기수를 올려 그 자리를 벗어났습니다. 그 사이 소대장은 조금 뒤에서 기다렸습니다. 소대장은 갑자기 나타날지도 모를 적기에 대비했던 것입니다.

우리는 부인 비행장에 착륙하여 고야마 1비병의 착륙 해상을 알려주었지요. 바로 수상기가 날아갔지만 한 시간 후 그냥 돌아왔습니다. 착수 지점에는 이미 고야마 1비병의 모습은 보이지 않았고, 상어 몇 마리가 헤엄치고 있었다고 합니다.

나는 그 말을 듣고 가슴이 미어지는 것 같았습니다. 고야마가 상어밥이 되었다니, 믿을 수가 없었습니다. 얼마나 아팠을까. 얼마나 허무했을까.

마지막으로 본 고야마의 웃음 띤 얼굴이 뇌리에 되살아났습니다. 그렇게 애써 날아와 몇 걸음을 남겨두고 목숨을 잃다니, 너무도 안타까웠습니다. 만일 무전만 제대로 되었더라면 사전에 구조를 요청할 수 있었는데. 또한 폭격기처럼 전신電信이라도 장착했더라면 살 수 있었을 텐데, 그런 생각을 하니 더욱더 가슴이 미어터지는 것 같았지요.

숙소로 돌아가는데 갑자기 분노가 치밀어 올랐습니다.

"소대장님. 왜 고야마를 자폭시키지 않았습니까?"

미야베 소대장이 발걸음을 멈추었습니다.

"고야마는 상어밥이 되느니 적지에 자폭하는 것이 더 명예롭고 행복했을 겁니다."

"그 시점에는 구조될 가능성이 있었어."

"구할 수 있다고 생각했습니까?"

"그건 나도 몰라. 그러나 살 수 있었을지도 몰라. 자폭하면 반드시 죽지만."

"그렇지만 사실은 죽었습니다. 그렇다면 전투기 조종사답게 마지막을 맞이하게 해야 하지 않았습니까?"

나는 회한의 눈물을 흘리며 말했어요. 미야베 소대장은 발을 동동 구르는 나를 가만히 바라보았어요.

"죽는 건 언제나 가능한 일이야. 살려는 노력은 해야 하지 않겠는가?"

"어차피 우리는 살아남을 수 없습니다. 만일 내가 총을 맞으면 망설이지 않고 자폭하도록 해주세요."

그 순간 미야베 소대장이 내 멱살을 거머쥐었습니다.

"이자키!"

소대장이 말했습니다.

"바보 같은 소리는 하지도 마. 목숨은 하나뿐이야."

그 기세에 눌려 나는 아무 말도 하지 못했습니다.

"넌 가족도 없어? 네가 죽으면 슬퍼할 사람이 없느냔 말이야! 너, 고아는 아니겠지?"

소대장 눈에서 불똥이 튀었습니다.

"대답해, 이자키!"

"고향에 부모님이 계십니다."

"그것뿐인가?"

"동생이 있습니다."

그 순간 갑자기 다섯 살 먹은 동생 다이치의 얼굴이 뇌리에 떠올랐습니다.

"네가 죽어도 가족이 슬퍼하지 않을 거라고 생각해?"

"아닙니다."

그때 다이치의 울먹이는 얼굴이 떠올랐습니다. 내 눈에서

맑은 눈물이 흘러나오기 시작했습니다.

"그렇다면 죽지 마. 아무리 괴로워도 살아남도록 노력해."

소대장은 내 옷에서 손을 떼더니 막사 쪽으로 걸어갔습니다.

소대장이 화내는 모습을 본 것은 그것이 처음이자 마지막이었어요. 그러나 그때 소대장이 한 말은 내 가슴에 깊이 새겨졌습니다.

그로부터 일 년 후, 다시금 미야베 소대장의 말이 뇌리에 되살아났습니다.

그때 나는 라바울을 떠나 항모 '쇼가쿠'의 탑승원이었지요.

1944년 마리아나 해전에서 잠복한 적 전투기와 격렬한 공중전을 벌인 끝에 나는 연료 탱크에 총을 맞았습니다.

불이 붙지 않은 것이 다행이지만 이미 항모로 귀환할 수 없는 형편이었지요. 아니, 그 전에 무수한 적기에 둘러싸여 격추당하는 것은 시간문제였어요. 게다가 이때 신예 전투기 그루먼 F6F는 이전의 F4F보다 우수해서 제로센과 대결할 수 있을 정도였어요. 그런 성능을 가진 전투기가 수적으로도 우세했으니 더 말할 것도 없지요. 수많은 격전에서 살아남은 나였지만 마침내 운이 다한 것입니다.

나는 어차피 격추될 거면 적기 하나라도 데리고 가자는 심정으로 충돌을 결심했어요.

그때 갑자기 미야베 소대장의 화난 목소리가 뇌리에 울렸습니다.

"이자키!"

그 목소리가 또렷이 내 고막을 때렸던 겁니다.

"이 자식, 아직도 못 알아들어?"

동시에 동생 다이치의 얼굴이 떠올랐습니다.

다음 순간 나는 급강하하여 탈출을 시도했습니다. 그루먼이 바짝 따라붙었지요. 급강하 속도는 그루먼이 훨씬 빨라요. 나는 몇 번이나 급선회를 하여 공격을 피하면서 해수면 가까이까지 내려와 해수면을 스치듯 날았습니다. 적은 위에서는 조준을 할 수 없어요. 바다에 처박히고 말기 때문입니다. 그러나 나를 추격하는 그루먼 두 대의 탑승원도 대단한 실력자였습니다. 나의 꼬리에 바짝 붙어 기관총을 쏘는 겁니다. '이것도 따라 할 거야?'라고 속으로 외치며, 나는 프로펠러가 수면에 닿을 만큼 바짝 붙어 비행했습니다. 그루먼 한 대가 바다와 충돌했습니다. 다른 한 대는 추격을 포기하고 급상승했고요. 나는 해수면을 따라 계속 비행했지요. 그루먼은 그 후로도 삼십 분이상이나 상공에서 나를 추격했지만 이윽고 포기한 듯 기수를 돌려 날아가버렸습니다. 기어코 그루먼을 뿌리친 것입니다.

그러나 나는 운이 다한 듯했습니다. 연료가 없었어요.

나는 바다 위에 불시착했습니다.

그런 다음 바다로 뛰어들었지요. 아마도 괌에서 이십 해리 정도 떨어진 지점이었을 겁니다. 육지까지 헤엄을 칠 수밖에 없습니다. 섬 방향을 잘못 잡으면 죽는 수밖에 없지요. 도중에 힘이 빠져도 죽어요. 상어를 만나도 죽은 목숨입니다. 그러나 지금은 아직 살았습니다. 살아남기 위해서 싸울 수 있습니다.

바지를 벗고 속옷을 풀어 길게 늘어뜨렸지요. 상어는 자기보다 큰 놈한테는 달려들지 않는다고 배웠으니까요.

아홉 시간을 헤엄쳐서 마침내 괌 섬에 이르렀습니다. 구명조끼는 일곱 시간 만에 못 쓰게 되고 그 다음에는 맨몸으로 헤엄쳤습니다. 나한테 그런 힘이 있었다니 참 신기했습니다.

몇 번이나 포기하려는 나를 일으켜 세운 것은 동생의 얼굴입니다. '형, 형……' 하고 울면서 나를 부르는 다이치의 얼굴입니다.

그러나 진정으로 나를 구한 것은 미야베 소대장이 아니었을까요?

이야기를 라바울로 돌리지요.

미야베 소대장이 그때 제로센의 날개를 매만지며 한 말을 잊을 수 없습니다.

"난 이 비행기를 만든 사람이 밉다네."

나는 놀랐습니다. 제로센이야말로 세계 최고의 전투기니까 말입니다.

"죄송하지만, 제로센은 아주 훌륭한 전투기라고 생각합니다. 항속거리 하나만 보아도."

내 말을 가로막듯 소대장이 말했습니다.

"물론 대단한 항속거리지. 천팔백 해리나 나는 비행기라니, 상상도 못할 정도야. 여덟 시간이나 날 수 있다는 건 정말 대단한 일이지."

"그건 정말 뛰어난 능력이라 생각합니다."

"나도 그렇게 생각해. 이 드넓은 태평양에서 어디까지고 지칠 줄 모르게 날아가는 제로센은 정말 대단하지. 나 자신, 항모를 탔을 때는 그야말로 천 리를 달리는 명마를 탄 듯한 뿌듯한 심정이었어. 그렇지만……."

거기서 미야베 소대장은 힐끗 주위를 살폈습니다. 아무도 없다는 것을 확인한 다음 이렇게 말했어요.

"지금 이 뛰어난 능력이 바로 나를 고통스럽게 해. 오백육십 해리를 날아서 싸우고 다시 오백육십 해리를 날아서 돌아와야 해. 이런 무서운 작전을 가능하게 한 것도 제로센의 그런 뛰어난 능력 때문이야."

소대장이 하고자 하는 말을 알 수 있었습니다.

"여덟 시간이나 날 수 있다니 정말 대단한 전투기라고 생각해. 그러나 그것을 조종하는 탑승원을 고려하지 않은 비행기지. 여덟 시간 동안 탑승원은 한순간도 긴장을 풀 수 없어. 우리는 민간 항공기 조종사가 아니야. 언제 적이 달려들지 모를 전장에서 여덟 시간 비행은 체력의 한계를 넘어. 우리는 기계가 아니야. 산 인간이지. 여덟 시간이나 날도록 비행기를 만든 사람은 이 비행기에 사람이 탄다는 것을 상정想定하지 않았을 것이야."

나는 할 말을 잃고 말았습니다. 소대장 말이 맞습니다. 분명 여덟 시간 동안 조종석에 앉는 것은 체력의 한계를 넘는 일입니다. 우리는 그것을 정신력으로 메웠습니다.

지금이야 그때 미야베 씨가 한 말이 옳다는 것을 압니다. 지금도 제로센을 말할 때 많은 사람이 그 경이적인 항속 거리를 칭찬해요. 그러나 그 항속거리 때문에 얼마나 무모한 작전이 자행되었는지 몰라요. 전후 항공자위대의 전투기 교관에게 이런 말을 들었지요. 전투기 탑승원의 체력과 집중력 한계는 한 시간 반 정도라고. 그렇게 본다면 우리는 세 시간 이상 날아서 라바울에 도착했을 때 이미 체력과 집중력이 거의 떨어진 셈이에요. 물론 그 교관은 제트 전투기를 두고 한 말이지만, 프로펠러기라도 그리 조건은 다르지 않을 것입니다.

몇 번이나 하는 말이지만 정말 가혹한 전투였습니다.

과달카날 섬을 둘러싼 전투는 1943년 2월에 끝납니다. 1942

년 8월에 시작된 전투는 반년의 격전을 거쳐 막을 내리지요.

대본영은 '기아섬' 탈환을 포기하고 섬에 남은 약 일만의 병사를 구축함에 태워 철수합니다. 그때 구축함 승무원들은 피골이 상접한 '기아섬' 병사들을 보고 말문이 막혔다고 해요.

반년에 걸친 과달카날 섬 전투에서 수많은 전사자가 나왔어요. 육상 전투에서 전사자는 약 오천, 아사자는 약 일만 오천이나 되었어요.

해군도 많은 피를 흘렸어요. 침몰 함정 스물네 척, 유실된 항공기 830대, 전사한 탑승원 2362명. 그런 희생을 치르고 마침내 과달카날 전투에서 패배를 선언한 것입니다.

그리고 전투가 끝났을 때, 해군이 자랑하는 보석과도 같았던 숙련된 탑승원 대부분이 사라졌어요.

지금 생각해보면 이때 일본의 패배는 명확해졌어요. 그러나 미국과의 전쟁은 그 후로도 이 년이나 더 이어집니다.

과달카날 섬을 잃었어도 솔로몬 해역은 여전히 미일 쌍방의 전력이 부딪치는 중요한 전선이었습니다.

4월에 야마모토 이소로쿠 사령관은 적 항공기를 격멸시키기 위해 '이ˋ' 작전을 발령합니다.

얼마 되지 않은 모함기와 탑승원을 라바울 주변 기지에 집결시키고 총력을 기울여 적 항공기를 쳐부수는 작전이지요.

이 작전을 위해 야마모토 사령관 스스로 진두지휘를 하려고 라바울에 옵니다. 우리 전선의 병사에게 연합함대 사령관이 직접 말을 거는 것입니다. 탑승원들의 사기가 올라갔습니다.

'이니' 작전은 성공적이어서 당초 15일을 예정하였으나 13일로 종료하게 돼요. 그러나 많은 항공기와 탑승원을 잃었습니다.

그러나 비극은 그 다음에 일어납니다. 작전을 종료한 후 라바울에서 부인 섬 기지로 향하던 야마모토 사령관이 탄 1식육공기가 적 전투기에게 격추당하고 마는 것이지요.

미군은 무전을 도청하여 일본군의 암호를 모두 해독하고 사령관 기를 기다렸던 것이지요. 제로센 여섯 대가 사령관이 탄 비행기를 호위했지만, 구름에 숨어 기다리던 적의 기습을 막지 못했어요.

야마모토 사령관의 죽음은 전 해군에게 말로 다할 수 없는 충격을 주었어요.

이때 사령관 호위에 실패한 탑승원 여섯 명의 비극도 반드시 알아두어야 합니다.

그들은 그 후 매일 징벌적 출격을 감행하여 고작 넉 달 사이에 네 명이 전사하고 한 명이 오른손을 잃었습니다. 고작 한 사람, 스기타 쇼이치는 용감하게 싸워 백 대 이상을 격추하는 화려한 전과를 올려요. 마치 야마모토 사령관에 대한 복수라도 하는 듯이 귀신같은 기백을 보였다고 해요. 그러나 종전되던 해, 규슈의 가노야 기지에서 전사했습니다. 그의 마지막에 대해서는 전후에 전해 들었지요. 그날 적 전투기 공습에 스기타 쇼이치 상비조는 요격하기 위해 비행기에 오르려 했다고 합니다. 적이 바로 코앞에 닥쳤는데 말이지요. 사카이 소위가 이미 늦었으니 내리라고 고함을 쳤다고 해요. 그렇습니다, 과달카날에서 기적적으로 살아 돌아온 사카이 1비조 그 사람이지요. 당시 343항공대의 소위였습니다. 사카이 소위의 제지에도 불구하고 스기타는 용감하게 시덴카이(紫電改, 1944년 이후 일본 해군이 제로센의 후속 전투기로 도입했다.)를 타고 활주로를 달렸습니다. 이륙하는 순간 상공에서 급강하한 적기의 기총 사격에 맞아 활주로에서 부서지고 만 것입니다.

내가 항모 '쇼가쿠'에 배속된 것은 '이い' 작전 종료 후에 궤멸한 항모 탑승원을 보충하기 위해서였어요. '쇼가쿠'는 진주만 이래로 역전의 항모였어요. 자매함인 '즈이가쿠'와 함께 제1항공전대를 이끌었고 기동부대의 중심에 있었지요. 그러나 기동부대에는 옛날의 기세는 이미 없어지고 지금은 거대한 힘으로 밀어붙이는 미 기동부대와 절망적인 싸움을 기다리는 신세였을 따름입니다.

미야베 소대장은 계속 라바울에 남았습니다. 그 전 해 11월에 하사관 이하 호칭이 바뀌어 미야베 1비조는 상등비행병조가 되었습니다. 나는 일등비행병에서 비행병장이 되고 동시에 한 계급 올라 이등비행병조가 되었어요. 2비조는 병사가 아닌 하사관입니다.

과달카날 탈환 작전은 끝났지만 라바울은 여전히 태평양의 요충지였어요. 아니, 지금은 적의 반격을 홀로 떠맡은 가장 주요한 기지입니다. 실제로 이즈음 뉴기니에서 날아온 적 항공기의 공습이 매일 이어졌어요.

그야말로 여기도 지옥, 저기도 지옥이었지요.

내가 항모 탑승원이 되어 라바울을 떠나게 되었을 때, 미야베 상비조와 하나부키 산을 바라보며 이야기를 나누었습니다.

"이자키, 죽지 마."

미야베 상비조는 그렇게 말했습니다.

"안 죽습니다."

"설령 항모가 침몰해도 경솔하게 자폭 같은 건 하지 마."

"절대로 안 죽습니다. 라바울에서 일 년도 넘게 살아남았습니다. 허무하게 죽지는 않을 겁니다. 게다가 전 소대장 덕분에 두 번이나 목숨을 건졌습니다. 그런 목숨을 잃는다는 건 소대장님한테 너무 죄송한 일이 아닙니까?"

미야베 상비조가 웃었습니다.

이때 하나부키 산이 연기를 뿜어내는 것이 보였습니다.

"오늘은 아주 거세구만."

미야베 상비조가 말했습니다.

"저 산을 보는 것도 오늘이 마지막일지 모릅니다."

미야베 상비조는 내 말에 아무런 대답도 하지 않았습니다. 날마다 질리게 보아온 하나부키 산도 오늘이 마지막이라는 생각을 하니 괜스레 가슴이 뭉클해서 뇌리에 또렷이 새겨두고 싶었습니다.

지금도 눈을 감으면 그 산의 모습이 떠올라요. 이건 여담인데, 전후 오십 년이 다 되어 그 산이 대폭발을 일으켜 마을이고 비행장이고 모두 화산재에 묻혀버렸다고 해요. 그때를 추억할 아무것도 남지 않았어요. 이제 전쟁 같은 거 모두 잊어버리라고 그 산이 말하는 것일까요?

전쟁이 끝나고 언젠가는 다시 한 번 라바울에 가보리라 하면서도 오늘까지 갈 기회를 잡지 못했어요. 그러나 회한은 없어요.

"우리 할아버지는 도쿠가와 막부의 신하였지."

갑자기 미야베 상비조가 중얼거리듯이 말했습니다.

"어린 시절 할아버지에게 옛날이야기를 자주 들었어. 어릴 적에 할아버지 손을 잡고 우에노에 가면 반드시 우에노 산에서 쇼기다이의 일원으로 관군과 싸운 이야기를 들려주었어. 우에노뿐만 아니라 할아버지와 거리를 걸으면 '이 거리는 옛날에……' 하고 이야기가 나오는 거야. 참 신기해. 에도 시대 이야기라면 연극이나 설화 같은 느낌이 들지만, 그 시절에 할아버지는 사이고 다카모리 같은 사람이랑 싸웠던 거야."

미야베 상비조는 참 이상하다는 듯이 웃었어요.

"그때는 어린 마음에 참 무서운 이야기라는 생각을 했더랬지. 할아버지 몸에 그때 총에 맞은 상흔이 있었어. 몸속에 탄알이 박혀 있다는 거야."

"정말 그랬어요?"

"지금 이렇게 손자가 미군과 싸운다는 것을 알면, 할아버지는 많이 놀라시겠지."

미야베 상비조는 즐거운 표정으로 말하고 또 웃었지요.

"나도 언젠가 손자에게 이 전쟁 이야기를 할 날이 올까? 마루에 걸터앉아 따스한 햇살을 쬐면서 이 할아버지가 옛날에 전투기를 타고 미국과 싸웠다고."

나는 그 이야기를 들으며 참 이상한 기분에 젖어들었어요. 미야베 상비조의 말처럼 몇 십 년 후의 일은 상상도 할 수 없지만, 그런 날이 언젠가는 올 수 있다는 것을 실감하고 뭐라 말할 수 없는 기묘한 느낌에 사로잡혔더랬어요.

나는 이렇게 말했습니다.

"그때 일본은 어떤 나라가 되어 있을까요?"

미야베 상비조는 아득한 눈길로 하늘을 올려다보았습니다.

"할아버지가 전하는 에도 시대 이야기가 나에게 옛날 설화처럼 들렸듯이 손자에게도 내 이야기가 마치 옛날이야기처럼 들릴지도 몰라."

나는 상상해보았지요. 어느 햇살 따스한 날, 마루에 걸터앉은 내 곁으로 손자가 다가와, '할아버지, 옛날이야기 좀 해줘.' 하고 어리광을 부려요. 그리고 그 손자에게 할아버지는 '옛날에 남쪽 섬에서 전쟁을 했는데……'라고 말해요.

"평화로운 나라가 되었으면 좋겠습니다."

그렇게 중얼거리는 내 말에 내가 놀라고 말았습니다. 내 입에서 나온 말이라 생각되지 않았지요. 목숨을 걸고 싸우는 전투기 조종사가, 하물며 죽음을 각오하고 싸우는 나 자신이 이런 말을 하다니.

미야베 상비조는 아무 말 없이 깊이 고개를 끄덕였습니다.

다음 날, 아침 일찍 라바울을 떠나는 나를 미야베 상비조는 모자를 흔들며 전송해주었어요.

이륙한 후 비행장 상공을 선회하는데 미야베 상비조가 뭐라고 외치는 것이었습니다. 그 입 모양을 보니 '죽·지·마'라는 말이었어요. 그것이 내가 본 미야베 상비조의 마지막 모습이었습니다.

나는 경례를 하고 라바울을 뒤로했어요.

미야베 씨가 특공으로 전사했다는 소식을 들었습니다.

종전 이듬해의 일이었지요. 나는 울었습니다. 회한의 눈물이었지요. 그렇게 훌륭한 사람을 특공으로 죽이는 나라 따위 망해버리라고, 진심으로 그렇게 생각했습니다.

이야기의 후반부부터 누나는 소리 죽여 울었다.

이자키는 그런 누나를 가만히 바라보았다. 그 눈에서도 아까부터 눈물이 흘러내렸다. 그리고 조용히 말했다.

"난 암에 걸렸어요."

나는 고개를 끄덕였다.

"여섯 달 전에 의사에게 앞으로 석 달이라는 선고를 받았지요. 그런데 어찌된 영문인지 아직 살아 있어요."

이자키는 우리 쪽을 똑바로 바라보며 말했다.

"왜 오늘까지 살았는지 이제야 알았어요. 이 이야기를 두 사람한테 전해주기 위해서 산 것입니다. 라바울에서 헤어질 때 미야베 씨가 나에게 그런 이야기를 한 것은 언젠가 내가 미야베 씨를 대신해서 손자들에게 그 이야기를 해주라는 뜻일 겁니다."

그때 이자키의 손자가 큰 소리로 울음을 터뜨렸다. 그는 사람 눈을 아랑곳하지 않고 흐느꼈다. 스즈코와 간호사도 몇 번이나 손수건으로 눈가를 훔쳤다.

이자키는 창밖의 하늘을 바라보며 말했다.

"소대장님, 당신의 손자 손녀를 만났습니다. 정말 훌륭한 젊은이들입니다. 손자는 당신을 닮았어요. 소대장님, 보고 있나요?"

누나는 두 손으로 눈을 가렸다. 이자키는 눈을 감고 몸을 침대에 뉘었다.

"죄송합니다. 조금 피곤하네요."

"괜찮으세요?"

간호사가 곁으로 다가갔다.

"고맙습니다."

나는 그렇게 말하고 자리에서 일어섰다. 그러나 이자키의 귀에 내 말이 닿지 않는 것 같았다. 정말로 마지막 힘을 다 짜내 이야기를 해준 것이다.

나는 눈물을 닦는 누나의 어깨에 손을 올렸다. 누나는 말없이 고개를 끄덕이고 자리에서 일어섰다.

"피로하실 거예요. 잠시 안정을 취하는 게 좋을 것 같네요."

간호사가 말했다. 이자키는 벌써 평온한 얼굴로 잠들어 있었다.

나는 잠든 이자키에게 깊이 머리를 조아리고 병실을 나왔다.

로비까지 왔을 때 스즈코와 그 아들이 우리를 따라왔다.

"아버지한테서 이런 이야기는 처음 들었어요."

"나, 할아버지 이야기를 들은 건 처음입니다."

그의 눈에는 아직도 눈물이 고여 있었다.

"할아버지, 너무했어. 손자한테 옛날이야기도 한 번 해주지 않고 말이야. 마루에 걸터앉아 할아버지 이야기를 듣고 싶었는데."

그러고 그는 울면서 어머니 쪽을 바라보았다.

"엄마, 미안해, 나."

그 다음은 무슨 말을 하는지 알아들을 수 없었다. 그런 아들을 보고 스즈코도 울었다.

"오늘은 우리에게도 소중한 날입니다. 정말 감사합니다."

스즈코는 눈물을 닦더니 깊이 고개를 숙였다.

"아버지가 그 전쟁에서 살아남은 것은 미야베 씨 덕분입니다. 아버지 이야기를 듣고 감동했습니다. 정말 감사드립니다."

나는 무슨 말을 해야 좋을지 몰라서 그냥 머리만 조아릴 따름이었다.

내가 부끄러웠다. 이유는 모른다. 그냥 오로지 부끄러웠다. 마지막에 이자키 씨가 말한 '당신을 닮은 아주 훌륭한 젊은이입니다'라는 말이 가슴을 찔렀다.

병원을 나설 때까지 누나는 말이 없었다. 나도 입을 열지 않았다.

길가로 나와 잠시 걸은 다음 누나가 툭 말을 던졌다.

"할아버지는 정말 훌륭한 분이었어."

"응. 나도 그렇게 생각해."

"할아버지는 엄마를 보았을까? 할머니를 만났을까?"

"몰라. 줄곧 전장에 있었을 테니까."

"조사해보면 알 수 있을까?"

나는 대답할 말이 없었다.

"나, 진지하게 조사해볼 생각이야."

"지금까지는 진지하지 않았고?"

누나는 내 말을 무시했다.

지하철 역 입구에서 누나와 헤어졌다. 우리의 방향은 정반대였다.

헤어질 때 누나가 말했다.

"할머니는 그렇게나 할아버지 사랑을 받았으니, 정말 행복한 사람이야."

누나의 눈가에 다시 눈물이 맺히는 것을 보았다. 그러나 내가 무슨 말을 하기도 전에 누나는 그럼 갈게, 하고 계단을 내려갔다.

나는 누나가 한 말을 반추해 보았다. 할머니는 정말로 행복했을까? 할아버지에게 사랑받아서 행복했을까?

그건 내가 알 수 없는 일이었다.

누드 사진

"조사는 잘 돼가?"

이자키를 방문한 다음 날, 저녁 식사 자리에서 갑자기 어머니가 물었다. 할아버지에 대해 아직 어머니한테는 말하지 않았다. 전체적인 것을 파악하기 전까지는 말하지 말자는 누나의 뜻에 따라서였다. 특히 할아버지가 비난받을 만한 발언은 숨기자는 데 나와 의견이 일치했다.

다만 요 이 주일 사이 세 사람을 만났다는 것은 알렸다.

"그렇게나! 할아버지를 기억하든?"

어머니의 목소리가 긴장했다.

"여러 이야기를 들었어. 자세히 정리해서 이야기할 테지만, 할아버지는 뭐라고 할까, 할머니와 어머니를 정말 사랑했던 것 같아."

어머니의 눈에 기쁨의 빛이 떠올랐다.

"할아버지는 생전에 아내를 위해서 절대로 죽지 않겠다고 입버릇처럼 말했던 모양이야."

어머니는 다문 입에 힘을 주고 천장을 올려다보았다. 나는 말을 이었다.

"그리고 할아버지는 아주 대단한 조종 실력을 갖춘 조종사였고, 또 겁쟁이로 보일 만큼 목숨을 소중히 여긴 사람이었대."

"모순인 것 같아, 그건."

"난 도무지 알 수 없어. 그렇게나 목숨을 소중히 여긴 사람이 왜 해군에 입대했는지. 게다가 항공병을 지원했어. 당시 비행기 탑승원은 아주 위험해서 친척들이 비행기만은 절대로 타지 말라고 했다는데."

"그건 하나도 안 이상해."

어머니는 젓가락을 내려놓고 가만히 내 얼굴을 바라보았다.

"아마도 젊은 혈기 때문이 아닐까 싶어. 십 대 시절은 모험심이 많아서 위험한 일도 아무렇지 않게 생각하니까. 난 오히려 그런 아버지가 결혼한 다음부터 어머니나 나를 위해 목숨을 소중히 여겼다는 것이 너무 기뻐. 아버지는 엄마하고 나를 사랑했던 거야."

말미에 이르러 어머니는 목이 메는지 말꼬리를 흐렸다. 어

머니의 눈에 물방울이 반짝 맺혔다. 나는 어머니 얼굴을 보지
않으려고 밥을 입속으로 밀어 넣었다.

"조사는 계속되는 거니?"

"응, 할아버지를 아는 분이 아직 몇 있거든."

"그거 정말 대단한 일 아니니?"

어머니 말대로였다. 조사를 시작할 때만 해도 할아버지를
아는 사람이 한 사람이라도 있으면 다행이라고 여겼는데, 이
미 세 사람이나 만나지 않았던가. 신비로운 힘이 작용하는 듯
한 느낌이 들 정도였다.

어머니는 힘내라고 격려해주었다.

방으로 돌아와 새삼 할아버지에 대해 생각해보았다. 이 주
일 전까지는 전혀 정체를 알 수 없었던 할아버지가 지금 그림
자처럼 내 뒤를 따라다니는 듯한 느낌이 들었다.

마치 뒤를 돌아보면 모습이 보일 듯한 느낌이다.

사흘 뒤, 누나를 만났다. 와카야마에 사는 전 해군 정비병조
장 집으로 가기 위해서였다. 평일이었지만 누나는 일부러 일
하나를 취소했다고 한다.

비행기 안에서 나는 어머니와 나눈 대화에 대해 이야기했
다. 누나는 고개를 끄덕였다.

"알 것도 같아. 젊은 시절 두려움을 몰랐던 청년이 할머니를

사랑하게 된 다음부터 목숨을 소중히 여겼다는 건 정말 멋진 일이라고 생각해."

나는 모호하게 대답했다.

"왜 그래? 뭐 마음에 걸리는 거라도 있어?"

"아니, 할머니를 사랑하면서 목숨을 소중히 여기는 건 알겠어. 그렇지만 군대에 간 것이 젊은 혈기 때문이라는 건 도무지 이해가 안 가."

"왜?"

"미야베 규조의 이미지에 맞지 않는다고 할까, 그런 느낌이 들어. 그렇지만 느낌만 그럴 뿐, 사실은 어릴 때는 군국 소년이었을지 몰라."

"군국소년이 아니기를 바라는 거니?"

"솔직히 말해, 그래. 아마도 신문사 다카야마 씨한테 들은 말이 마음에 걸리는 것 같아."

누나는 아무 말도 하지 않았다.

"할아버지가 마지막에 특공대에 들어간 것은 나라를 위해 한 몸을 바치는 데 어떤 기쁨을 느꼈기 때문이 아닐까 하는……."

"나는 아니라고 생각해. 할아버지는 특공에 들어갔을 때도 결코 기뻐하지 않았다고 생각해."

누나는 그렇게 말하고 낮은 목소리로 덧붙였다.

"다카야마 씨는 잘못 생각하는 거야."

간사이 국제공항에서 전차를 타고 '와카야마 고가와'라는 역에서 내렸다. 역전 로터리로 나서자 "사에키 씨." 하며 말을 거는 사람이 있었다.

"나가이의 아들입니다."

햇볕에 그을린 오십 대 작업복 차림의 남자가 그렇게 말했다. 일부러 마중을 나온 것이다.

"아버지를 만나러 일부러 도쿄에서 여기까지, 정말 고생이 많았소."

차 안에서 남자는 웃음 띤 얼굴로 말했다.

"그러고 보니 아버지가 전쟁에 참가했더랬어. 지금은 힘없는 노인이지만 젊은 시절에는 미국하고 전쟁을 했다니, 그거 정말 대단해. 댁의 할아버지와 라바울에서 같이 있었다고?"

"예."

"아버지가 어디까지 기억하는지는 모르겠지만 좋은 이야기가 나왔으면 좋겠는데."

"감사합니다."

전 해군정비병조장 나가이 기요다카의 집은 농가였다. 크고 오래된 건물로, 그 앞에는 커다란 정원이 있고 정원수들도 손질이 잘 되었다.

나가이는 지팡이를 짚고 우리를 기다렸다.

"아버지, 괜찮아?"

"아무렇지도 않아."

나가이는 웃었다.

"그럼 난 농협에 볼일이 있어서."

그런 다음 아들은 우리를 향해 말했다.

"돌아갈 때 핸드폰으로 전화를 주게. 역까지 바래다줄 테니까."

그렇게 말하고 차를 타고 가버렸다.

나와 누나는 남향의 커다란 방으로 안내받았다.

"미야베 씨 일은 잘 기억하지요."

나가이가 말했다.

"라바울에서 만났어요. 난 제로센 발동기, 엔진 말이지요, 그걸 정비하는 병사였어요."

비행기라는 놈은 차와 달라서 시동을 걸면 바로 달려나가는 것이라 늘 정비를 해두어야 하지요. 몇 시간 비행을 하면 발동기를 해체해서 정비를 해요. 제로센의 경우는 아마 백 시간 비행하고 해체해서 정비한 것 같아요.

라바울은 화산섬이고 우리가 하나부키 산이라 부르는 화산이 늘 연기를 뿜어내는 바람에 비행장은 화산재로 가득했지요. 비행기가 날아오를 때는 활주로에서 모래먼지가 피어올라 눈도 뜨지 못해요.

아침에 일어나서 맨 먼저 하는 일이 빗자루로 날개에 쌓인 화산재와 야자잎을 쓸어내는 일입니다. 그렇기 때문에 발동기 안에도 미세한 화산재가 파고들어 정비하기가 여간 힘든 게 아니었어요. 정비 불량으로 도중에 발동기가 멈추어버리면 탑승원이 죽게 되니까 우리도 죽을힘을 다했지요.

내 동기생 오무라 히라스케라는 병장은 자신이 정비한 제로센이 발동기 고장으로 돌아오는 도중에 바다에 추락하여 탑승원이 죽었을 때 할복 자살을 하려 했을 정도였어요. 솔직히 말해 난 거기까지는 못 가지만, 아무튼 정비할 때는 온 신경을 곤두세웁니다. 그래도 이륙하자마자 발동기 이상으로 돌아오는 비행기가 가끔 생기지요. 그럴 때면 정말로 죽고 싶은 심정이었어요.

난 단순한 정비병에 지나지 않았지만 제로센을 타고 같이 싸우는 기분이었어요. 내가 정비한 비행기가 출격해서 돌아오지 않을 때는 정말 가슴이 아팠어요. 내 아들을 잃은 기분이라고나 할까요. 그 탑승원의 생명도 사라지고 마니까 그 회한이 이중으로 무겁지요. 혹시 내가 정비를 잘못해서 공중전 때 패한 건 아닌지, 돌아오는 길에 발동기 고장으로 바다에 떨어진 것은 아닌지, 그런 생각을 하면 가슴이 찢어지는 것 같았지요.

출격한 탑승원이 모두 돌아오는 날은 거의 없습니다. 아침에 힘차게 웃었던 사람이 저녁이면 이 세상에서 사라지는 일이 허다했지요. 처음에는 충격을 받아 목구멍으로 밥알이 넘어가지 않았지만 곧 익숙해지고 말았지요. 라바울에서는 그런 일이 너무도 당연하니까요. 그렇지만 육공은 한 대가 추락하면 일곱 명이 죽으니까 정말 안타깝지요. 육공 탑승원은 페어라는 짝이 있어서 '무슨 무슨 가족'이라는 말로 부르기도 했어요. 다들 사이가 좋았어요. 죽을 때는 가족과 함께라고요. 라바울에서는 육공 탑승원이 일천 명 이상이나 죽었어요.

지금 생각해보면 항공병들, 정말 불쌍해요. 매일처럼 과달카날까지 출격해서 싸웠으니까, 그냥 죽으라는 말이나 같았어요.

참모들은 가볍게 '탑승원은 소모품'이라고 했다는데, 아마도 진심이었을 겁니다. 덧붙여서 '정비병은 비품'이었다고 합니다.

그렇지만 사실을 말하자면 난 항공병이 되고 싶었어요.

그 무엇보다 항공병은 씩씩하고 호쾌하고 정말 멋져 보였어요. 난 저게 바로 '사나이'라고 생각했지요. 그 당시 내 나이 열아홉 살. 죽는 것 따위 하나도 두렵지 않았으니까요. 정말 꼬맹

이였지요. 물론 공습도 무서웠고 병에 걸려 죽는 것도 두려웠어요. 그렇지만, 뭐라고 할까요, 공중전에서 당당하게 죽는 건 멋진 일 아니겠어요? 하긴 지금 생각하면 이만저만한 착각이 아니지만, 그즈음엔 그렇게 생각했지요. 여기가 본토라면 조종사 시험이라도 볼 수 있었을 텐데, 얼마나 억울한지요.

그러나 만일 항공병이 되었더라면 살아남지 못했을 겁니다. 그러니까 참 다행이었다고나 할까요.

또 하나, 참 비참한 이야기지만 항공병은 식사가 아주 좋았어요. 정비병하고는 비교도 할 수 없을 만큼 맛있고 영양가 높은 식사를 할 수 있었지요. 라바울에서 제대로 먹지 못하는 정비병 입장에서 보자면 정말 부러운 처지였어요.

우리 정비병의 즐거움 가운데 하나는 항공병의 공중전 이야기입니다. 돌아온 탑승원이 오늘 몇 대를 격추했다는 이야기를 듣는 게 정말 즐거웠지요. 난 늘 이야기해 달라고 졸랐지요. 개중에는 이야기하기 좋아하는 탑승원도 있어서 공중전 이야기를 손짓 발짓으로 자세히 알려주어요. 난 가슴을 두근거리며 그 이야기를 들어요. 듣는 가운데 내가 싸운 듯한 기분에 젖어들기도 했지요.

미야베 씨는 항공병 가운데서도 좀 특이한 사람이었어요.
어떤 부분이 달랐는가, 꼭 집어서 말하기는 어렵지만 어딘지 모르게 용맹하고는 거리가 먼 사람 같았어요. 말도 정중하게 하고, 마치 요즘 시절의 예의바른 회사원 같다고 할까요. 어느 한 구석 전투기 조종사다운 데가 없었지요. 그 사람은 아무리 떼를 써도 공중전 이야기를 절대로 해주지 않았어요.

그 사람에 대해서는 별로 좋지 않은 소문이 있었지요. 무슨 소문이더라, 잘 생각이 안 나네요.

좀 확실히 말해달라고요? 흠, 뭐 '겁쟁이' 같다는 말이 나돌았던 것 같은데.

그 사람을 그렇게 말하는 탑승원이 몇몇 있었던 것은 사실이에요. 다만 솔직히 말하자면, 나도 그런 소문이 그리 틀린 것은 아니라고 생각했어요.

왜냐하면 그 사람은 기체에 총을 맞고 돌아오는 일이 거의 없었으니까요. 아무리 우수한 조종사도 늘 상처 하나 없이 돌아오는 일은 없어요. 특히 중공의 호위 임무를 맡으면 상처 하나 없이 돌아오기가 힘들어요. 생각해보면 그것 때문에 뛰어난 조종사가 많이 죽었지요.

그렇지만 그 사람은 대체로 상처 하나 없이 돌아오니까 적어도 몸을 던져 중공을 호위하지는 않았을 겁니다. 그래서 일부 사람이 뒤에서 욕하는 말이 옳다고 생각했지요.

또 하나, 미야베 씨를 '겁쟁이'라고 생각한 이유가 있어요. 그건 늘 총알을 남겨서 돌아온다는 겁니다. 이게 무슨 말이냐

하면, 그리 공중전을 벌이지 않았다는 것이에요.

제국 해군의 항공병이라고 해도 전부가 훌륭한 군인은 아니고, 개중에는 이런 놈도 있다고 말하는 사람도 꽤 있었어요. 이를테면 '오늘 한 대 격추했다'고 자랑했는데, 나중에 비행기를 정비해보니 총알이 하나도 소모되지 않은 겁니다. 총알 하나 소모하지 않고 어떻게 적기를 격추시킬 수 있을까요? 무슨 공기로 사냥하는 귀신도 아닐 텐데.

신참 탑승원은 총알을 고스란히 남겨서 오는 경우가 흔히 있지요. 다시 말해 공중전을 하지 않았다는 겁니다. 신참이라 너무 긴장한 나머지 적기가 어디에 있는지 눈에 들어오지도 않아요. 공중전이 벌어지면 그냥 도망치기에 급급하니까요. 그래도 무사히 돌아오면 다행이지요. 마치 내가 본 듯이 말하지만, 숙련된 조종사에게서 모두 전해 들은 이야기입니다.

그리고 지휘관 기機도 대체로 총알을 남겨오는 경우가 많아요. 해군 항공대의 지휘관은 솜씨 좋은 하사관을 무슨 경호원처럼 편대에 두어서 고공에서 공중전을 벌이지 않고 지휘만 하는 경우가 많으니까요. 당시의 비행기에는 제대로 된 무전이 없어서 공중 지휘도 불가능한데 말이지요.

그렇게 미야베 씨의 비행기를 정비하다가 이 사람은 별로 공중전을 벌이지 않는다고 생각했어요. 아마도 몇몇 사람이 말하듯이 도망치는 데 아주 뛰어난 실력을 발휘하는 사람이라고요.

또 하나, 이건 개인적인 감정인데, 미야베 씨와 관련해서 짜증스런 일이 있었어요.

그 사람은 비행기 정비에 대해 잔소리가 많았다는 겁니다. '뭔지 모르지만 위화감이 든다'라는 말을 자주 했었지요. 그건 정비를 다시 해달라는 말과 같아요. 그 사람, 발동기에 대해 신경질적일 만큼 세심했어요. 아니, 발동기뿐만 아니라 보조날개나 다른 것들이 조금만 이상한 듯하면 바로 찾아와요. 아마 이런 부분도 그가 '겁쟁이'라는 말을 듣는 원인이 아닐까 생각합니다.

아까도 말했듯이 제로센의 발동기는 비행 백 시간이 지나야 분해해서 정비하는 것이 원칙이었어요. 그런데 미야베 씨는 백 시간도 되지 않았는데 분해 정비를 해달라는 겁니다. 그 사람은 발동기 소리에 정말 민감했어요. 조금이라도 이상하다고 느껴지면 바로 정비병을 찾아오는데, 정비병 가운데 노골적으로 미야베 씨를 미워하는 사람도 있었을 정도예요.

그렇지만 미야베 씨가 그냥 신경질적이었던 것만은 아니에요. 그 사람이 발동기가 이상하다고 말할 때는 많은 경우 어떤 불량한 부분이 발견되었어요. 그게 또 정비병들의 신경을 거슬리게 하는 것이기도 했지요.

그렇지만 정비병에게 감사의 말을 잊지 않는 사람이기도 했지요. 여러분 덕분에 잘 싸울 수 있었습니다, 이게 그 사람의 입버릇이었지요.

그러나 입이 거친 정비병들은 제대로 싸우지도 않고 잘 싸웠다고 하기는, 하고 뒤에서 욕을 했습니다.

그런데 무슨 영문인지 모르지만 미야베 씨는 나를 마음에 들어 했어요.

"나가이가 정비해주면 마음이 놓여요."

그 사람에게 그런 말을 들으면 정말 기분이 좋았어요. 인간이란 그런 겁니다.

솔직히 말하자면 난 정비 기술에 자신이 있었으니까 나를 인정해주면 정말 기분이 좋았어요. 당시 해군에서 병사를 칭찬해주는 하사관은 거의 없었지요. 그래서 난 미야베 씨의 겁쟁이 같은 부분은 싫었지만 인간적으로는 좋아했습니다.

미야베 씨의 기체 정비는 참 편했어요. 기체에 무리를 주지 않고 비행했기 때문이지요.

항공기라는 놈은 아주 정밀한 기계라서 거칠게 비행하면 우리는 바로 알아차립니다. 이를테면 억지로 급강하를 한 기체는 날개 금속이 찌그러지거나 미세한 금이 가기도 해요. 또한 기관총도 연속 발사를 하면 총신이 뜨거워져 고장의 원인이 됩니다. 심할 때는 프로펠러에 자신이 쏜 총알이 맞는 기체도 있어요. 기관총은 프로펠러가 회전하는 틈을 지나 나아가지요. 이건 프로펠러 회전과 동조시켜 쏘기에 가능한 일인데, 총신이 뜨거워지면 그 열로 총알이 폭발하여 프로펠러에 닿는 경우도 있어요.

그러나 미야베 씨의 기체는 늘 깨끗했습니다.

정비병으로서 기체를 소중히 여기는 것만큼 기쁜 것도 없지요. '탈이 없어야 명마'라는 말이 있는데, 좋은 의미건 나쁜 의미건 미야베 씨한테 꼭 들어맞는 말이라 할 것입니다.

제로센은 좋은 비행기였지만 1943년경부터 질이 떨어집니다. 아주 조금이긴 하지만 제작이 거칠어져요. 그렇지만 그건 정비병이 아니고서는 눈치 챌 수 없을 정도였습니다.

그런데 놀랍게도 미야베 씨는 그것을 꿰뚫어보는 겁니다.

"최근 보급되는 제로센의 질이 좀 떨어진 것 같지 않나요?"

어느 날 발동기를 정비하고 있는데 미야베 씨가 말을 걸어왔습니다. 나는 내심 미야베 씨의 혜안에 탄복했지만, 솔직하게 그렇다고 대답하지는 못했지요.

"딱히 변한 건 없습니다."

나는 정비하던 손길을 멈추고 직립 부동자세로 대답했지요.

"그런가요? 내가 너무 예민한 건가?"

미야베 씨는 그렇게 말하고 살짝 고개를 숙였습니다. 나는 조금 미안한 생각이 들었어요.

"이전보다는 조금 제작이 거칠어진 것 같긴 하지만 비행에 는 별 영향이 없습니다."

"그렇다면 마음이 놓이네요."

"미야베 비조장은 어떤 부분이 마음이 걸리십니까?"

나의 질문에 미야베 씨는 의아한 표정을 지었어요.

"타보면 알지요."

그 말에 정말 감탄했지요.

"이건 어디까지나 소문이지만." 하고 나는 낮은 목소리로 말 했지요.

"솜씨 좋은 직공이 줄어들었다고 합니다. 육군이 징병 영장 을 발부해서 공장 직공까지 병사로 차출된다고 합니다."

"그렇습니까?"

"제로센은 잘 아시다시피 곡선이 아주 많은 비행기입니다. 바깥뿐 아니라 내부 구조도 곡선이 많습니다. 이런 미묘한 곡 선을 선반으로 깎으려면 아주 솜씨가 좋아야 합니다. 그런 직 공이 차출돼버리면 생산에 곤란이 생길 겁니다."

"잘 몰랐네요. 그런 명인들이 제로센을 만들었군요. 듣고 보 니 제로센은 정말 아름다운 비행기입니다."

미야베 씨는 그렇게 말하고 제로센의 날개를 쓰다듬었습니 다. 그러고는 중얼거리듯이 말했지요.

"전쟁이란 것은 공장에서부터 전투를 시작하는 거로군요."

"네, 한 대의 비행기를 완성하기 위해 많은 사람의 보이지 않는 노력이 필요하다고 생각합니다."

나는 정비병의 존재도 은근히 내세워 말했지요.

"그래요. 공장의 직공과 정비병이 얼마나 소중한 존재인지 몰라요."

그 말에 내가 부끄러워지고 말았어요.

"내가 이런 말하기가 뭣하지만 뛰어난 직공을 대신할 사람이 그리 많지는 않을 겁니다. 일본에서는 중학생이나 부녀자들이 공장에 근로 동원이 된다고 하는데, 그런 사람들이 일류 직공을 대신할 수는 없습니다."

"그렇다면 앞으로 더 나빠질 테지요."

"그럴 가능성이 있습니다. 그렇지만 더 무서운 것은."

나는 말을 꺼내놓고는 금방 후회하고 말았습니다.

"뭔가요?"

나는 마음을 다잡고 말했습니다.

"발동기 문젭니다."

"발동기도 숙련된 직공이 필요하겠지요."

"그렇기도 하지만 발동기를 만드는 공작 기계가 소모되었다는 것입니다."

"공작 기계?"

"발동기는 아주 정밀한 기계라서 백분의 일 밀리미터 단위로 금속을 정확하게 깎는 공작 기계가 필요합니다. 좋은 공작 기계가 없으면 좋은 발동기를 만들지 못합니다. 그 공작 기계가 소모되면 생산이 떨어집니다."

"그 공작 기계는 일본제가 아니로군요."

나는 말없이 고개를 끄덕였습니다. 사실 이건 연습 항공대의 교원에게 들은 이야기예요. 그 교원은 옛날에 발동기 제작 공장에 근무한 적이 있어서 거기서 본 미국제 공작 기계를 칭찬했어요. 그는 자주 이런 말을 했어요.

"일본에는 그렇게 좋은 공작 기계가 없어." 하고.

내 말에 미야베 씨는 하아, 하고 한숨을 길게 내쉬었지요.

"우리가 그런 나라하고 전쟁을 벌였군요."

"그렇지만 제로센의 '사카에' 발동기는 일제입니다. 미국 공작 기계를 사용하지만 이렇게 훌륭한 발동기를 만든 것은 일본인입니다. 게다가 이 '사카에' 발동기를 단 제로센은 일본인이 만들었습니다."

"그렇지만 곧 미국도 뛰어난 전투기를 만들 테지요. 거기에 대항할 전투기를 만들려고 하면 '사카에' 발동기보다 더 훌륭한 발동기가 필요하지 않을까요?"

"그럴지도 모르겠지만 미국도 그렇게 간단히 좋은 전투기를 만들지는 못할 겁니다."

"그리되면 좋겠지만."

미야베 씨는 불안한 표정으로 그렇게 말했지요.

그러나 미야베 씨의 불안은 불행하게도 맞아떨어졌어요. 제로센을 능가하는 전투기 '그루먼 F6F'가 라바울 상공에 나타난 것은 1943년 말이었어요.

전투기 말고 미야베 씨가 한 말? 라바울에서는 전투 말고는 달리 아무것도 없었으니까요.

아, 그렇지. 생각나요. 미야베 씨는 바둑을 좋아했어요. 깜빡했네요.

우리 정비병은 짬이 생기면 화투를 치거나 장기를 두거나 바둑을 두었어요.

정비병은 출격 전과 출격 후가 아주 바빠요. 그렇지만 그 밖의 시간은 비교적 여유로웠어요. 점심 식사 후에 낮잠 시간이 되면 정비과 막사의 차양이 만들어주는 그늘 아래 각 과의 장기나 바둑 애호가들이 모입니다. 물론 1943년에 이르면, 여유롭게 바둑 둘 시간도 없었지만 말이지요.

42년 가을이었어요. 평소처럼 막사 앞에서 정비병이 하수바둑을 두고 있는데 갑자기 함대 사령부 참모 츠기노 소좌가 정비과 막사에 나타난 겁니다. 라바울에는 항공대만이 아니라 군항도 있어서 많은 함정이 정박해요. 또한 육군의 주둔지이기도 해서 상당수의 육군 병사도 있었고요.

함대 사령부의 소좌는 우리 같은 졸병에게는 구름 위의 존재이니까 긴장하지 않을 수 없었어요. 그런데 츠기노 소좌는 우리에게 편히 쉬라고 하더니 풀밭에 털썩 주저앉아 바둑 구경을 하는 겁니다. 그리고 몇 판을 본 다음 정비과에서 가장 센 하시타 병조에게 '한 판 부탁해도 될까?' 하고 말하는 겁니다. 그 말을 듣고 하시타는 눈을 동그랗게 떴고, 우리도 깜짝 놀랐지요. 소좌라는 존재는 졸병이 말을 걸 수 없는 상대입니다. 그런 사람이 바둑을 한 수 두자고 하다니, 말도 안 되는 소리지요. 하시타 병조가 울상을 지으며 우리를 바라보던 장면이 떠오릅니다.

우리에게는 정말 숨 막히는 시간이었어요. 소좌 앞이라 평소처럼 농담도 하지 못합니다. 바둑을 볼 때도 직립 부동자세예요. 소좌는 우리에게 다시 말했지요. 편히 쉬라고.

"바둑을 둘 때는 계급이 필요 없어. 공습경보가 울리기 전까지만."

그 말을 듣고 다들 웃었어요. 그즈음에는 아주 드물게 포트모르즈비에서 공습이 감행되기도 했어요. 적기 출현이라는 말이 떨어지면 우리 정비병은 발동기를 돌려요. 요격할 여유가 없을 경우나 요격에 나가지 못하는 기체가 있을 때는 그것을 숨겨야 하지요.

그렇지만 편히 쉬라 한다고 쉴 수가 없어요. 우리를 멀뚱히 바라보던 소좌가 다시 말했지요.

"그럼, 명령한다. 편히 쉬어!"

그제야 우리는 바닥에 주저앉거나 평상에 자리를 잡았어요.

이렇게 말하면 츠기노 소좌의 실력이 화초바둑인 것 같지만 아니었어요. 실력이 아주 대단해서 정비과에서 가장 강하다는 하시다 병조를 사정없이 깨버리는 겁니다. 츠기노 소좌는 '난 프로에게 두 점 놓고 두지.' 하고 말했어요. 그게 어느 수준인지 난 알 수 없었지만, 정비에서 가장 강한 하시다 병조를 간단히 물리치는 것을 보면 상당한 수준인 것만은 분명해요.

그 후로 가끔 소좌는 정비병 바둑을 보러 오기도 했지요. 올 때는 만두 같은 선물을 가지고 와서 우리는 정말 좋았어요. 그러나 소좌는 대체로 구경만 했을 뿐이지요.

소좌는 정말로 바둑을 좋아해서 장기보다 높이 평가하는 것 같았어요.

한번은 이런 말을 했어요.

"야마모토 사령관은 장기를 좋아했지만 바둑은 몰랐어. 만일 바둑을 알았더라면 이번 전쟁에서 좀 달리 싸웠을 거야."

정말 아슬아슬한 발언이 아닐 수 없어요. 장기와 바둑을 비교하면서 야마모토 사령관을 비판한 것으로 받아들일 수도 있으니까 말이지요.

"소좌님께 묻고 싶습니다. 장기와 바둑은 어떻게 다릅니까?"

누군가가 그렇게 물었어요.

소좌는 이렇게 대답했어요.

"장기는 적 대장의 목만 치면 끝장이지. 설령 병력이 부족하거나 아무리 불리하더라도 적의 대장 목만 잘라버리면 그걸로 끝나는 것이야."

"네."

"말하자면 고작 이천을 거느린 오다 노부나가라도 이만 오천을 거느린 이마가와 요시모토를 물리칠 수 있다는 것이지. 본래는 이천이 이만 오천을 이길 수는 없어. 그러나 총대장 요시모토의 목만 따면 그만이야. 그것이 바로 장기."

"바둑은 다른가요?"

소좌는 흠, 하고 고개를 끄덕이며 말했어요.

"바둑은 원래 중국에서 발생한 놀이지. 361집이라는 숫자에서 일 년의 점을 치는데 사용한 듯한데, 그게 언젠가 전쟁놀이로 변했다고 해. 그러다 드넓은 중국 대륙을 두고 싸우는 놀이로 발전했지. 말하자면 바둑은 나라를 빼앗는 싸움이야."

"태평양을 두고 미국과 다투는 것과 비슷한 건가요?"

"그렇다고도 할 수 있지. 예전에 러일전쟁에서는 연합함대가 발틱함대를 쳐부수어 승리했지. 연합함대는 그 이래로 적의 주장, 즉 주력 함대를 쳐부수면 전쟁에서 이긴다고 믿었지. 그러나 이번 전쟁은 적의 주장을 잡는다고 해서 끝나는 것이 아니야."

소좌의 말이 무겁게 우리들 가슴에 울렸어요. 현실적으로 무지막지한 물량 공세를 퍼붓는 미군과 태평양을 다투어 이긴다는 것이 쉬운 일이 아니라는 생각이 들었기 때문이지요.

나는 눈앞의 바둑판을 바라보았어요. 전후, 나도 바둑을 즐기게 되었는데, 그즈음은 아무것도 몰랐지요. 그러나 그 국면을 바라보면서 참 이상한 인상을 받았습니다. 바둑판 위 여기저기 흩어진 흑백의 돌이 태평양의 섬들처럼 보인 것이지요. 내가 전후에 바둑을 두게 된 것도 이때의 이상한 체험 때문이에요.

츠기노 소좌는 중얼거리듯이 말했어요.

"야마모토 사령관도 참 힘든 전쟁을 시작했어."

왜 이런 이야기를 길게 하느냐 하면, 아까 미야베 씨가 바둑을 좋아했다는 말을 했는데, 딱 한 번 미야베 씨가 바둑을 둔 적이 있어서지요. 그 상대가 다름 아닌 츠기노 소좌였어요.

그날도 우연히 츠기노 소좌가 정비과 막사에 놀러 왔지요. 그리고 평소처럼 대원들의 바둑을 구경했어요.

그때 불현듯 소좌는 미야베 씨에게 눈길을 던지며 말을 걸었어요.

"자네, 바둑 두나?"

정비병에 섞인 항공병을 보고 신기하다고 생각한 모양입니다. 그랬지요. 미야베 씨도 우연히 우리들 바둑을 구경하러 온 것이었어요.

미야베 씨는 그렇다고 대답했어요. 소좌는 좋아, 한 판 두지, 하고 말했습니다.

미야베 씨는 "잘 부탁합니다." 하고 머리를 깊이 숙이더니 소좌 앞에 앉았어요.

"선을 잡겠습니다."

미야베 씨는 그렇게 말하고 검은 돌을 자기 앞으로 끌어당겼어요. 우리는 모두 놀랐어요. 정비병 가운데서 가장 센 하시다 병조도 소좌에게 선은커녕 두 점을 놓고도 힘들어 했으니까요.

그러나 소좌는 딱히 기분 나쁜 표정도 짓지 않고 말없이 흰 돌을 잡았어요.

이렇게 대국이 시작되었지요. 처음에 소좌는 거침없이 돌을 놓아갔습니다. 거기에 대해 미야베 씨는 한 수 한 수 천천히 두었어요.

반상의 형세를 설명할 수 있으면 좋겠지만, 내가 바둑을 배운 것은 전후입니다. 반상에서 일어난 싸움을 도무지 이해할 수 없었던 시절이에요. 다만 중반에 이르러 갑자기 츠기노 소좌의 장고長考가 눈에 띄기 시작했다는 거예요. 거기에 비해 미야베 씨는 처음과 다름없이 두어나갔어요. 소좌가 두면 조금 틈을 두었다가 돌을 천천히 반상에 올려놓았지요. 그 손동작이 너무도 부드러워서 거의 아무런 소리도 나지 않았어요. 정비병들처럼 돌이 부서져라 반상에 내리꽂는 일도 없어요.

종반에 이르러 소좌가 끙끙 신음 소리를 내기 시작했지요. 그 모습을 보고 우리는 소좌가 질지도 모른다는 생각을 했어요. 그렇게 된다면 박수갈채를 받아야겠지요. 소좌에게 원한이 있어서가 아니라, 설령 오락이라 하더라도 하사관이 장교를 이긴다는 것은 정말 통쾌한 일이 아닐 수 없으니까요. 우리들 사이에서 기대감이 부풀어 올랐지요.

다 둔 다음 정리해보니 소좌의 한 집 반 승이었어요.

나를 포함해서 주위 병사들이 입을 모아 소좌의 승리를 축하했지만 내심 낙담하고 말았지요.

"감사합니다."

미야베 씨는 그렇게 말하고 머리를 깊이 조아렸어요.

그러나 소좌는 말없이 바둑판을 노려보기만 해요.

"자네 이름은?"

미야베 씨는 자리에서 벌떡 일어나 이름과 계급을 복창했습니다.

"미야베 1비조인가? 한 판 더 둘 수 없겠나?"

"넷!"

미야베 씨는 깊이 머리를 조아렸습니다.

소좌는 빙긋 웃더니 이번에는 자신이 흑을 잡는 게 아닙니까? 다들 놀라고 말았지요. 잘 아실지 모르겠지만, 바둑은 상수가 백을 잡아요. 흑을 잡으면 유리하므로 백을 잡은 상대는 그것을 만회할 기량을 갖추어야 하지요. 현재 프로 바둑에서는 먼저 두는 쪽이 여섯 집 반을 공제해주는데, 당시는 그런 공제 제도가 없었어요.

미야베 씨는 "아니, 이건 좀."라고 말하며 흑을 가져오려 했지요.

"아냐, 내가 흑을 잡아야 해."

소좌는 미야베 씨의 손을 물리쳤지요. 미야베 씨는 할 수 없이 백돌을 끌어당겼습니다. 놀라운 일이 그 다음에 일어났어요. 소좌가 흑돌을 잡더니 반상에 두 점을 내려놓는 겁니다.

"이래도 부족할 것 같지만 부탁하겠네."

미야베 씨는 조용히, "네, 잘 부탁드립니다." 하고 말했어요.

프로에게 두 점을 놓는다고 큰소리를 쳤던 소좌가 두 점을 놓는다는 것은 미야베 씨의 실력이 프로 기사와 같다는 게 아닙니까?

이 대국은 아까와는 달리 처음부터 서로 한 수 한 수 신중하게 놓았어요.

그리고 중반에 이르러 싸움이 갑자기 끝나고 말았어요. 소좌가 돌을 던진 겁니다. 바둑을 모르는 나로서는 당연히 무슨 영문인지 몰랐고, 꽤 바둑이 강한 정비병조차 고개를 갸웃했지요. 그러나 미야베 씨는 딱히 놀라는 기색도 없이 조용히 고개를 숙였습니다.

"도저히 상대가 안 되는구먼."

소좌가 말했어요.

"미야베 1비조는 프로에게 배웠는가?"

"네, 세고에 겐사쿠 선생을 사사했습니다."

"세고에 선생인가? 우칭위안吳淸源의 스승이시지."

우칭위안이란 이름은 나도 알아요. 중국에서 건너온 영재 소년으로 전전 일본 바둑 애호가들을 열광케 한 사람이에요. 그 이름은 바둑을 모르는 사람들 사이에서도 잘 알려졌지요. '새끼 게이샤가 남몰래 연모하는 우칭위안'이란 시가 있을 정도였지요. 우칭위안은 아마 지금도 살아 있을 겁니다. 아흔이 넘은 지금도 바둑을 연구한다니 정말 대단해요.

내가 '세고에 겐사쿠'라는 이름을 지금도 기억하는 것도 그런 추억이 있어서지요.

"전문 기사가 되려고 한 것인가?"

츠기노 소좌가 물었어요.

"아닙니다. 저는 그러고 싶었지만 아버님이 허락하지 않았습니다."

"그런가?"

소좌는 더는 묻지 않았어요. 그리고 돌을 정리한 다음 이렇게 말했어요.

"고맙네. 아주 좋은 공부를 했어. 또 기회가 있으면 한 수 가르쳐주시게."

미야베 씨는 깊이 머리를 조아렸어요.

그러나 다시는 둘 수 없었어요. 이 주일 뒤, 츠기노 소좌는 새로이 배치된 구축함 '아야나미'를 타고 그해 말 과달카날 섬 포격 야전에서 함선과 함께 운명을 같이하고 말았으니까요.

소좌가 사관 숙소로 돌아간 다음 미야베 씨도 막사를 벗어나 야자나무 아래에 앉았어요.

나는 그 뒤를 따라가서 미야베 씨 곁에 앉았어요.

"미야베 1비조는 바둑을 본격적으로 공부했습니까?"

"아버지가 좋아해서 처음에는 곁에서 그걸 보고 배웠지요. 그러는 사이에 바둑이 좋아져서 중학교 들어가기 전에 프로 기사가 되려고 생각했어요."

"아버지가 반대하셨나요?"

"아버지는 장사를 했는데, 나에게 뒤를 잇게 할 생각이었어요. 아버지가 반대했지만 난 계속 바둑 공부를 했지요. 아버지에게 숨기고 세고에 선생 문하에 들어갔어요. 사례금을 낼 수 없었지만 선생께서는 필요없다고 그냥 오라고 하셨지요. 난 그냥 선생님의 배려를 받아들였어요."

"좋은 선생님입니다."

"그런데 알고 봤더니 아버지가 나 몰래 선생님께 사례비를 주셨던 것 같아요. 아버지도 누구 못지않은 바둑 애호가여서 내가 전문 기사가 되는 건 반대였지만 강해지기를 바랐던 것 같아요."

"그래서 어떻게 됐는데요?"

"그 후 아버지가 주식에 손을 댔다가 망하고 말았어요. 큰 빚을 남기고 파산한 거지요. 아버지는 체권자에게 죽음으로 사죄하겠다며 목을 매었어요."

나는 괜한 걸 물었다고 후회했지요. 그러나 미야베 씨는 담담하게 말을 이었어요.

"남은 사람이 정말 힘들었어요. 난 중학교를 중퇴했는데, 어머니는 병에 걸려 곧 세상을 떠났어요. 고작 반년 만에 난 천애 고아의 몸이 되고 말았지요. 돈도 없고 기댈 사람도 없고 친척도 없는 몸으로 뭘 어떻게 하면 좋을지 몰라 하다가 해군에 지원했지요."

처음 들어보는 미야베 씨의 과거였어요.

"세고에 선생은 생활을 돌봐줄 테니 제자로 들어오라고 하셨습니다. 그러나 세고에 선생님 댁도 윤택하지 않다는 것을 알기에 거절했어요. 지원병 시험에서 떨어지면 어디 가게 견습 점원이라도 할 생각이었지요."

미야베 씨도 우리와 그리 다르지 않다는 생각이 들었어요. 해군 하사관은 대체로 농가에서 식구 하나 줄일 생각으로 입대한 사람들이 대부분이었으니까요. 농가의 차남 아래로 태어난 사람은 도회지에 견습 점원으로 가든가 군대에 들어가든가, 그것 말고는 살아갈 길이 없었어요. 중학교에 가는 사람은 얼마 되지 않았지요. 사실 해군병학교 생도를 보아도 가난한 집 아이들이 많았어요. 병학교는 수업료가 들지 않으니까 고등학교에 가지 못하는 우수한 아이들이 병학교에 많이 갔었지요. 그즈음의 일본은 정말 가난했어요. 지금은 상상도 할 수 없을 만큼 계급 사회였지요.

미야베 씨는 농가의 차남은 아니었지만 집안이 무너지면서 군대에 들어갈 수밖에 없었던 것이지요.

이런 나도 원래는 소작농의 셋째 아들이었어요. 초등학교를 졸업하고 타지로 가서 간장공장에서 일했는데 그 공장이 망하는 바람에 해군에 지원한 거예요. 요즘 사람들은 상상도 못 할 일인데, 우리는 먹고살기 위해 해군에 들어간 셈이에요.

"전쟁이 끝나면 전문 기사가 될 생각인가요?"

그런 내 물음에 미야베 씨는 빙긋 웃었지요. 그 웃음은 '전쟁이 끝나면'이라는 나의 가정이 재미있어서였을 테지요.

"무리에요. 전문 기사가 되기에는 소중한 시간을 너무 소모하고 말았어요."

"그렇지만 노력한다면."

"전문 기사가 되려면 십 대 시절에 얼마나 많이 공부하느냐에 달렸어요. 난 그걸 하지 못했어요. 난 벌써 스물세 살이에요. 가령 지금 전쟁이 끝나고 앞으로 죽을 만큼 노력한다 해도 전문 기사가 되기 힘들어요."

"참 애석합니다."

"그리 안타까울 것도 없어요."

미야베 씨는 산뜻한 어투로 말했어요.

"어린 시절에는 자그만 일에 슬퍼하기도 기뻐하기도 했지요. 중학 시절에는 일류 고등학교에 가느냐, 전문 기사가 되느냐 정말 심각하게 고민했어요. 그리고 그 꿈이 무너져 크게 슬퍼했지요. 그렇지만 아버지 어머니가 세상을 떠난 일에 비한다면 아무것도 아니에요."

그렇게 말하고 미야베 씨는 웃었어요.

"그렇지만 지금 생각해보면 그것조차 그리 대단한 일도 아니었어요. 이 전쟁에서는 정말 무서운 일이 일상적으로 일어나잖아요. 매일 많은 남자들이 죽어가지요. 본국에서는 전사 통지를 받아드는 가족이 또 얼마나 많을까요?"

나는 맞장구를 칠 수도 없었지요. 전사는 어디까지나 '명예로운 전사'이므로, 그것을 기뻐해야 마땅하고, 공공연히 슬퍼할 수는 없었기 때문이지요. 미야베 씨의 말은 자칫 반국민적 발언이 될 수도 있는 것이었어요.

당황하는 내 얼굴을 보고 미야베 씨는 조금 슬픈 표정을 지었어요. 그리고 약간의 틈을 두고 말했어요.

"지금 나의 가장 큰 꿈이 뭔지 아나요?"

"뭔데요?"

"살아서 가족에게 돌아가는 일이지요."

난 그 말에 아주 크게 실망했다는 기억이 나요. 이것이 해군 항공대 전투기 탑승원이 할 말인가 하고 생각했지요. 이 사람이 '겁쟁이'라는 소문이 사실이라고 새삼 생각했지요.

그 당시 나에게 '집'이니 '가족'이니 하는 것은 반드시 벗어나야 할 어떤 대상이었어요. 아버지 어머니도 나를 내보내는 존재였어요. 그러므로 거기로 돌아가고 싶다는 건 정말 나약한 생각이라 여겼어요. '가족'이 '남자가 지켜야 할 것'이라는 사실을 도무지 이해하지 못했으니까요.

전쟁이 끝나고 결혼한 후에야 그 말을 이해할 수 있게 되었습니다. 아니, 그때도 아직 몰랐어요. 자식을 가지고 나서 비로소 내 인생이 나만의 것이 아님을 알았지요. 남자에게 '가족'이란 목숨을 바쳐 지켜야 할 것임을 말이지요. 그때 미야베 씨가 말한 '가족에게 돌아간다'라는 말의 진정한 무게를 알게 된 거지요. 정말 부끄러운 일입니다.

이야기가 좀 바뀌는데, 지금 나에게 가장 큰 즐거움은 뭘까요? 바둑입니다. 일주일에 한 번 노인회에서 바둑을 두는 것이 가장 큰 즐거움이지요.

만일 가능하다면, 미야베 씨에게 한 수 배우고 싶은 마음 간절합니다.

1943년 여름 이후 라바울도 매일 공습을 받게 돼요. 예전에 타이난 항공대의 용사들이 있던 라에의 비행장도 적에게 떨어지고 주변 섬들도 하나하나 빼앗기고 라바울도 함락되기 직전이었어요.

그리고 43년 말에 '그루먼 F6F'를 보고 망연자실했던 기억이 나요. 기체도 튼튼했지만 그 가운데서도 발동기가 정말 거대해서 거의 괴물처럼 보였어요. 추락한 충격으로 부서지기는 했지만 우리 정비장은 출력 약 이천 마력으로 추정했어요. 제로센의 두 배나 됩니다. 그 힘을 바탕으로 한 중무장과 두터운 방탄 장비가 아주 인상적이었어요.

정비장의 지휘 아래 부서진 발동기를 분해하여 연구해보았지요. 너무도 정밀하게 제작되었다는 사실을 알았어요. 정비장은 고개를 저으며 말했지요.

"일본 기술로는 도저히 만들기 어려운 발동기야."

적의 우수한 전투기는 그루먼뿐만이 아니었어요. 비둘기를 뒤집어놓은 듯한 날개를 단 'F4U 코르세어'도 출력이 높은 발동기를 단 강력한 신예 전투기였어요. 우리 정비병들도 시대가 바뀌어간다는 것을 실감하지 않을 수 없었지요.

항공병들의 이야기를 들어보아도 미군 신예 전투기는 아주 우수하다고 했어요.

그러나 라바울의 제로센 탑승원들은 이렇게 우수한 적의 전투기에 용감히 맞섰어요.

다만 이즈음에는 과달카날까지 날아가 공격하는 것과는 달리 적을 맞이해서 싸우는 전투였기에 지리적 이점을 살릴 수 있었지요. 연료를 걱정하지 않아도 되고 탄약이 떨어질 걱정도 없었지요. 다급하면 낙하산을 타고 탈출할 수도 있어요. 이전에는 아무도 낙하산을 소지하지 않았지만 이즈음부터는 많은 탑승원이 낙하산을 달고 다녔지요.

그러나 결코 쉬운 싸움은 아니었던 것 같아요. 아까도 말했듯이 적 신예 전투기 그루먼 F6F나 F4U 코르세어는 제로센보다 우수한 전투기인데다 무엇보다 압도적으로 수가 많았어요. 한 번 공습에 이백 대 정도가 날아오는데, 거기에 맞서 출격하는 우리 쪽은 오십 대 정도였으니까요. 적은 아무리 떨어져도 바로 바로 보충되지만 우리는 몇 대를 보충하는 것도 곤란한 지경이었고, 무엇보다 탑승원 보충이 되지 않았어요.

제로센은 점점 궁지에 몰립니다.

제로센 부대의 탑승원 면면은 한 달만 지나면 반 수 이상이 바뀌어버려요. 니시자와 히로요시 씨나 이와이 츠도무 씨를 비롯한 몇 명만이 변함없이 남았어요. 니시자와 씨는 제국 해군 최고의 격추왕으로 이름을 날린 사람이었고, 이와이 씨도 최고급이에요. 이와이 씨는 1940년 제로센 첫 출전에 참가한 열세 대의 조종사 가운데 한 사람이지요. 아군은 상처 하나 입지 않고 중국 공군기 스물일곱 대를 격추시킨 전설의 공중전 주역이에요. 후일 교관을 할 때는 예비학생들에게 '제로파이터 가드'라는 찬사를 받았다고 하는데, 그 공중전 기술이 신기에 가까웠다고 해요.

니시자와 씨도 이와이 씨도 '미군기는 최초의 사격만 피하면 그리 어렵지 않아.'라고 말했다는데, 그 사람이기에 할 수 있는 말이었을 테지요. 공중전에서는 결코 지지 않을 자신이 있었던 겁니다.

유명한 이와모토 데츠조 씨도 그즈음에 라바울에 있었는데, 내가 있던 동비행장과는 꽤 떨어진 토베라 비행장을 근거로 했기 때문에 한 번도 만날 기회가 없었지요. 니시자와 씨와 나란히 달인의 경지에 들었다는 그 사람을 만나지 못한 게 참 애석해요.

그리고 변함 없는 얼굴 가운데 미야베 씨가 있었지요. 지금 생각해보면 그 전장에서 살아남을 수 있었다는 것은 그냥 겁을 먹고 조심해서만은 아니었을 겁니다.

아까도 말했듯이 43년 후반부터 주로 적을 맞아 싸웠기에 라바울에도 적기가 많이 떨어졌어요.

그들은 대체로 낙하산을 타고 탈출하지요. 내가 해군 탑승원이라면 자폭할 경우라도 그들은 낙하산을 타고 내려와요. 그들은 포로가 된다는 것을 조금도 부끄러워하지 않았어요. 놀라운 일이었지요. 우리는 처음부터 '살아서 모욕당하지 않아야 한다'라는 교육을 받았으니까요.

어느 때, 라바울을 공습한 미군 B17 폭격기를 아군 고사포 부대가 격추시켰어요. B17은 비행장에서 먼 곳에 떨어졌지요.

탑승원들은 추락 전에 낙하산을 타고 탈출했는데, 고도가 낮은 탓에 낙하산이 완전히 펴지지 않아 모두 바다나 섬에 추락사하고 말았어요.

그 가운데 한 사람이 라바울 비행장 가까이에 떨어졌어요. 우리 정비병과 탑승원들이 가보니 낙하산이 나무에 걸렸어요. 미군은 큰 상처를 입지 않았지만 숨이 끊어진 상태였지요.

우리는 미군의 시체를 나무에서 끌어내렸어요. 그때 한 사람이 크게 고함을 지르면서 손을 흔들었어요. 그 손에 사진 한 장이 있었지요.

"이 자식, 이런 걸 들고 전쟁을 하러 왔네."

그는 그것을 우리에게 보여주었습니다. 그것은 벌거벗은 백인 여자 사진이었어요. 상반신만 말이죠. 우리는 드러난 가슴을 보는 순간 큰 충격을 받고 말았어요. 미군이 그런 사진을 가지고 있다는 것보다도 여자가 벌거벗었다는 그 자체에 충격을 받은 거지요. 나는 여자 나체 사진을 그때까지 한 번도 보지 못했으니까요.

한순간 나는 전장이라는 사실도 잊고 백인 여자의 가슴을 멍하니 바라보았지요. 처음에는 떠들썩하던 동료들도 모두 입을 굳게 다물고 말았어요.

손에서 손으로 전해져 그 사진이 미야베 씨에게로 넘어갔어요. 미야베 씨도 우리와 마찬가지로 입을 다물고 가만히 바라보다가 갑자기 사진 뒷면을 살펴보는 겁니다. 미야베 씨가 뒷면을 가만히 바라볼 때, 참 어이가 없게도 나는 뒤편에도 그런 그림이 있는 줄로 여겼지요.

미야베 씨가 그 사진을 미군의 가슴 호주머니에 넣더군요.

이름은 잊었지만 다른 항공병이 그것을 다시 끄집어내려고 하자 미야베 씨가 '그만둬!' 하고 소리쳤어요. 그렇지만 그 사람은 들은 척도 하지 않고 호주머니에 손을 넣었지요. 그때 미야베 씨가 그를 때렸습니다. 맞고 깜짝 놀라는 그 병사보다 때린 미야베 씨가 자신의 행동에 더 놀란 듯했어요.

"미안하네."

미야베 씨는 일그러진 얼굴로 그렇게 말했어요.

"왜 그래?"

"사진은 이 사람의 아내야."

미야베 씨는 쥐어짜는 듯한 목소리로 말했어요.

"'사랑하는 남편에게'라는 글이 있어. 애인인지도 몰라. 그냥 같이 묻어주고 싶어."

그 말에 맞은 사람도 입을 다물었어요.

그런 다음 미야베 씨는 그에게 다시 한 번 사과하더니 혼자 비행장 쪽으로 걸어갔어요.

나는 죽은 미군을 보았습니다. 스무 살을 갓 넘었을까 말까 한 젊은이였어요. 아까 보았던 사진 속 여자 얼굴이 뇌리에 선명히 남았지요. 부끄러워하는 듯, 어딘지 모르게 긴장한 듯한 웃음을 띤 얼굴이었어요. 전장으로 가는 남편을 위해 용기를 내 찍은 사진이었을 테지요.

그러나 그 남편은 지금 남태평양의 작은 섬에서 죽었고, 집에서 남편이 돌아오기를 기다리는 아내는 아직 그것을 몰라요. 그리고 그 사진은 죽은 남편과 함께 섬의 정글에 묻혔어요.

나는 지금도 그때 일을 떠올리곤 해요. 전장에서 많은 시체를 보았지요. 헤아릴 수도 없이. 전우의 시체도 미군의 시체도. 그 대부분은 기억에서 지워져버렸어요.

그러나 그때의 일만은 왠지 강렬하게 기억에 남았어요.

그 후에 본국에 있는 그의 아내는 남편의 죽음을 알았을 테지요. 불경한 이야기가 되겠지만, 그 아름다운 가슴이 그 후 누군가의 사랑을 받았을까, 그런 상상도 하게 돼요. 이렇게 말하면 아주 음탕하다고 할지 모르겠지만, 나에게는 그렇지가 않아요.

사랑하는 자를 남기고 죽은 사람에게는 그것이 얼마나 애절한 일인지 모르는 겁니다.

나는 종전 이듬해 고국으로 돌아와 아는 사람의 소개로 반려를 얻을 수 있었어요. 결혼하려고 애쓴 것은 아니에요. 다만 생활이 안정되니까 이제 가정을 꾸려도 되지 않을까 하는 정도였어요. 상대도 적령기라서 나를 만나고는 흔쾌히 결혼을 승낙했고요. 물론 개나 고양이가 아닌 만큼 선을 보는 자리에서 서로에게 나쁜 인상을 받지 않았으니까 결혼했을 테지요. 그렇지만 결혼을 결정할 때의 마음은 아직도 잘 기억합니다.

사랑이라는 감정이 일어난 것은 결혼하고 일 년이나 지난 뒤였지요.

어느 날 밤, 나는 아무 생각 없이 아내를 바라보았어요. 알전구 불빛 아래서 아내가 찢어진 내 바지를 기워요. 당시 나는 우체국 직원으로 매일 편지를 배달하기 위해 자전거를 탔어요.

능숙한 손놀림으로 바지를 깁는 아내를 그렇게 바라본 적이 없었지요. 나는 내가 입고 있는 셔츠를 보았습니다. 팔꿈치 부근에 기운 자국이 있어요. 가만히 보았더니 한 땀 한 땀 그렇게 정성스러울 수가 없는 겁니다.

나는 그것을 보는 순간, 말로 표현하기 힘든 사랑을 느꼈어요. 이 여자, 일가친척도 없고 잘생기지도 못한 이 여자, 내 몸을 보살피고 나를 위해 밥을 짓는 이 여자.

아내에게는 내가 첫 남자였어요. 나도 모르게 꼭 끌어안고 말았습니다. 아내는 앗, 하고 비명을 질렀어요. 바늘이 내 손을 찌를까 걱정해서였지요. 나는 그냥 끌어안았습니다.

그때 비로소 아내의 이름을 불렀지요. 아내는 갑작스런 일에 놀라면서도 부끄러운 듯 작은 목소리로 '네!' 하고 대답했습니다. 그 순간 나는 아내를 사랑하기 시작한 것이에요.

그때 내 가슴속에 떠오른 것이 무엇이었을까요? 놀라지 마세요. 바로 그 미군이었습니다. 그리고 그 사진을 가슴 호주머니에 넣어주던 미야베 씨의 모습이었습니다.

나는 아내를 안았지요. 미친 듯이 안았어요. 나중에 들어보니 그때 내가 울었다고 합니다. 기억에는 없어요. 그러나 아내가 그렇게 말하니 그랬을 테지요.

그때 자식이 생겼어요. 두 분을 마중하러 간 그 애 말입니다. 그래 봬도 이 지역 구의원입니다.

그런데 그 아이가 그때 만들어진 걸 어떻게 아느냐고요? 아내가 그리 말했으니까요. 여자는 그런 걸 안다는구먼요.

자식은 나의 보물입니다.

미야베 씨를 생각하며 울었던 적이 또 한 번 있어요.

자식이 초등학교에 들어간 후 첫번째 운동회 때였어요. 1955년이었지요.

아이들이 하얀 체조복을 입고 운동장을 달려요.

나도 아내도 운동장 한 구석에 자리를 깔고 자식을 응원했어요. 다들 즐거운 표정입니다. 어른도 아이도 정말로 즐겁게 웃었습니다. 자식은 달리기 시합에서 꼴찌에서 두 번째로 들어와 낙담하는 표정이었지만 난 그것조차도 즐거웠지요.

그때 그 즐거운 분위기 와중에 불현듯 이상한 기분에 젖어들었어요. 뭔가가 나를 다른 세계로 끌어가는 듯한 참 이상한 느낌이었지요. 그때 갑자기 깨달은 겁니다. 십 년 전 이 나라가 전쟁을 치렀다는 것을.

지금 내 주위에서 웃는 사람들 모두가 얼마 전까지만 해도 총을 든 병사였다는 사실을.

지금은 모두 회사원이나 장사치로 하루하루 가족을 위해 열심히 일하고 있지만 십 년 전만 해도 다들 나라를 위해 목숨을 걸고 싸우던 사나이들이라는 것을.

그때 갑자기 미야베 씨가 떠올랐지요. 미야베 씨도 살았더라면 이렇게 자식과 함께 운동회에 참가했을 거라고요. 해군 항공병도 아니고 제로센 탑승원도 아닌, 그냥 온화한 한 아버지로서 운동장을 달리는 딸에게 응원을 보냈을 테지요.

아니, 그것은 미야베 씨 하나만의 일이 아닐 테지요. 과달카날의 백병전에서 쓰러지고, 임팔(인도와 미얀마 국경 지대에 있는 험준한 산악 지대)의 정글에 파묻히고, 전함 야마토와 함께 침몰한 장병들, 그 전쟁에서 사라진 수많은 남자들 모두가 그런 행복을 빼앗기고 말았어요.

나는 흘러내리는 눈물을 멈출 수 없었어요. 아내가 이상하다는 표정을 지었지만, 아무 말도 하지 않았어요.

나는 일어서서 교정 끝까지 걸어갔어요. 뒤에서는 아이들의 즐거운 환호성이 들려와요. 그것이 또 내 가슴을 후벼 파는 겁니다.

나는 커다란 느티나무 옆에 쭈그리고 앉아 울었지요.

조금 전부터 누나가 내 곁에서 코를 훌쩍인다. 내 몸도 뻣뻣하게 굳었다.

잠시 침묵을 두었다가 나가이 씨는 말했다.

"43년 말에 이르러 라바울은 이미 기지로서 역할을 다하지 못하고 탑승원들도 모두 철수하고 말았지요. 남은 우리를 공격하는 미군 항공기도 없었어요. 우리는 매일 터널을 파며 다가올 지상전에 대비했어요. 그러나 미군은 라바울 따위 눈길도 주지 않고 곧장 사이판으로 향했어요. 그때 미군이 라바울을 공격했다면 내 목숨도 없었을 테지요. 보급로를 차단당한 라바울은 일본과 미국 모두에게 잊힌 섬이 되고 말았어요. 나는 종전까지 라바울에 있었는데, 정말 견디기 힘든 시간이었어요."

나는 고개를 끄덕이는 게 고작이었다. 나가이 씨는 말을 이어갔다.

"그러나 다행히 목숨을 건졌습니다. 나는 전후 열심히 일했어요. 살아 돌아온 기쁨이 일하는 즐거움으로 바뀌었지요. 나만이 아니에요. 많은 남자들이 살아남았다는 안도감과 일하는 행복감을 진심으로 즐겼던 것이지요. 아니, 남자만이 아니라 여자도 마찬가지였을 겁니다."

나가이는 한마디 한마디 되새김질하듯 말했다.

"일본은 전후 멋지게 부흥했어요. 그렇지만 사에키 씨, 그것은 살아간다는 것, 일한다는 것, 그리고 가족을 먹여 살린다는 것이 얼마나 기쁜 일인지를 아는 남자들이 있었기에 가능했던 것이지요. 진정 이 행복은 미야베 씨 같은 남자들이 흘린 고귀한 피 덕분이에요."

나가이는 그렇게 말하고 눈물을 닦았다.

나도 누나도 말을 잃었다. 방에 침묵이 흘렀다.

"다만 한 가지, 마음에 걸리는 게 있어요."

나가이는 불현듯 떠올랐다는 듯이 말했다.

뭔가요, 묻는 나에게 그는 팔짱을 끼면서 대답했다.

"미야베 씨는 무엇보다 목숨을 소중히 여긴 사람이었습니다. 비록 겁쟁이라는 욕을 먹기도 했지만 오로지 사는 길을 선택한 사람이었지요. 그런 사람이……."

나가이는 살짝 고개를 갸웃했다.

"왜 특공에 지원했는지 정말 이상하기 짝이 없는 일이에요."

광기

나가이를 만난 다음, 나는 태평양전쟁 관련 책을 끌어모아 읽었다. 수많은 전장에서 어떤 싸움이 전개되었는지를 알고 싶어서였다.

읽을수록 분노가 치밀었다. 거의 모든 전장에서 병사와 하사관들은 총알처럼 소모되었다. 대본영이나 군사령부의 고급 참모들에게 병사들의 목숨 따위는 고려 대상이 아니었을 것이다. 병사들에게 가족이 있고 사랑하는 사람이 있다는 것을 상상도 해보지 않았을 것이다. 그래서 그들에게 항복을 금하고 포로가 되는 것을 금하고 자결과 옥쇄를 강요했을 것이다. 있는 힘을 다해 싸우다 패하면 '죽어라' 하고 명령한 것이다.

과달카날에서 전멸한 이치키 부대의 경우에도 전투가 끝나고 날이 샌 해안에는 많은 부상병이 있었다. 미군이 다가오자 그들은 움직일 수도 없는 상황에서 마지막 힘을 짜내 총을 쏘았다고 한다. 그리고 총탄이 없는 자는 수류탄으로 자살했다고 한다. 어쩔 수 없이 미군은 전차로 부상병을 짓밟았다. 그런 일이 거의 모든 전장에서 반복되었다.

항공병 대부분도 죽을 힘을 다해 싸운 것은 마찬가지다. 총격을 받아 귀환이 어려워지면 자폭하라는 교육을 받았다. 조련과 예과련의 명부는 수많은 전사자 명부로 바뀌었다.

그 얼마나 위대한 세대였던가! 용감하게 그 전쟁을 치르고 전후에는 잿더미로 변한 조국을 처음부터 다시 일으켜 세웠다.

다만 특공에 관해서는 알 수 없는 부분이 몇 가지 있었다. 모두가 지원이었다고 적힌 책이 있는가 하면 강제로 지원서를 받았다고 쓴 책도 있었다. 과연 할아버지는 어느 쪽이었을까?

어느 쪽이든 할아버지들의 청춘에는 자유롭게 삶을 노래할 여유도 없었고 그럴 분위기도 아니었음은 분명하다.

전 해군 중위 다니가와 마사오는 오카야마의 노인 시설에 있었다.

누나가 같이 가고 싶다고 했다. 어느새 이 작업의 주도권이 내게로 옮겨온 것이다. 전우회에 연락하는 일을 포함해서 모든 일을 내가 했기 때문이다.

신칸센을 타고 오카야마로 갔다.

"누나에게 말해두고 싶은데……"

나는 자리에 앉자마자 지난번부터 하고 싶었던 말을 꺼냈다.

"다카야마 씨가 말한 거 있잖아. 할아버지에 대한 조사 활동을 기사로 낸다는 거, 그거 정식으로 거절할래."

누나는 고개를 끄덕였다.

"다카야마 씨가 기분 나빠할지는 모르겠지만 할아버지 일을 기사로 내는 건 싫어."

"다카야마 씨라면 이해해줄 거야."

그렇게 말하는 누나의 표정에 미묘한 변화가 있었다.

"다카야마 씨랑 무슨 일 있었어?"

누나는 아냐, 하고 창밖으로 눈길을 돌렸지만 거짓말한다는 것을 알 수 있었다. 누나는 옛날부터 감정을 바로 드러내는 성격이다. 그래서 저널리스트에 맞지 않는다고 생각했다.

"무슨 말 들었어?"

누나는 체념한 듯이 어깨를 으쓱했다.

"결혼을 전제로 사귀고 싶다고 해서."

나는 놀라서 누나의 얼굴을 보았다. 그러나 그 표정으로는 좋아하는지 아닌지 알 수 없었다.

"오케이했어?"

누나는 고개를 저었다.

"좀 기다려달라고 했어."

"한번 퉁겨본 거야?"

"설마. 무슨 어린애도 아니고. 결혼 문제니까 간단히 대답할 수 없었을 뿐이야."

"진짜로 어떻게 생각해?"

"다카야마 씨, 정말 좋은 사람이고 내 일도 이해해줘. 그래서 좋지 않을까 생각 중이야."

내가 무슨 말을 하려는데 누나가 가로막고 나섰다.

"이 이야기는 여기서 끝!"

나는 알았다고 했다. 그런 다음 눈을 감고 잠을 청하려 했지만, 마침내 누나도 결혼을 하는가 생각하니 묘하게 흥분되어 잠이 오지 않았다. 다카야마가 누나에게 잘 어울리는 사람인지 어떤지 판단이 서지 않았다. 내가 판단한들 어떻게 할 수 있는 일도 아니니까.

몇 번 눈을 살짝 뜨고 누나를 살펴보았지만 누나는 줄곧 창밖만 바라보았다. 서른 살 어른 여자의 옆얼굴이었다. 내 누나지만 정말 예쁘다는 생각이 들었다.

그때 갑자기 팔 년 전 광경이 떠올랐다.

흐느끼는 누나를 후지키가 열심히 달래는 광경이다. 후지키가 고향으로 돌아가기 하루 전이었다. 하코네 드라이브를 한 다음 주였다. 내가 할아버지 사무실에 놀러 가서 오랜만에 옥상으로 올라갔을 때 그 장면을 보았다. 옥상에는 나무를 심은 화분이 몇 개 있는데, 나는 거기서 나만의 시간을 즐거이 보내곤 했었다.

그때 옥상 문 가까이서 여자 울음소리가 들리는 듯했다. 나는 살금살금 걸어 문을 열지 않고 유리 너머로 옥상을 엿보았다. 그랬더니 거기에 누나가 쭈그리고 앉아 우는 모습이 보였다. 그 곁에는 후지키가 당혹스런 표정으로 서 있었다. 후지키가 무슨 말을 하는 듯했지만 들리지는 않았다. 후지키가 무슨 말을 하려 할 때마다 누나는 울면서 고개를 저었다. 처음에는 누나가 후지키에게 무슨 안 좋은 일을 당했는가 생각했지만 아무래도 그건 아닌 듯했다. 누나는 마치 어린아이가 떼를 부리듯이 울었다. 성정이 드센 누나가 그리 우는 모습은 내 기억에 처음이었다. 그리고 그런 누나를 바라보는 후지키도 슬픈 표정이었다. 나는 조용히 계단을 내려갔다.

두 사람 사이에 무슨 일이 있었는지 모른다. 그때 여대생이던 누나는 소녀처럼 후지키를 사랑했던 것이다.

요양소는 오카야마의 교외에 있었다. 바로 뒤가 산이고 자연이 풍성한 곳이었다. 하얀 현대식 건물이 아파트처럼 보였다.

그 요양소는 누나 말로는, 입소할 때 몇 천만 엔을 내면 죽을 때까지 머무를 수 있다고 했다. 아마도 인터넷으로 조사한 듯했다.

안내 창구로 가서 다니가와 씨를 만나고 싶다고 하자 직원이 우리를 응접실로 안내했다. 작은 회의실 같은 분위기를 풍기는 응접실로 한가운데에 책상이 놓였다.

잠시 후 간병인과 함께 휠체어를 탄 노인이 다가왔다.

"다니가와라네. 이렇게 앉아서 미안하이."

노인이 말했다. 우리는 고개를 숙여 인사했다.

"몇 년 만에 찾아오는 사람인지 모르겠어."

다니가와는 그렇게 말하고 웃었다.

간병인이 우리에게 차를 따라주었다. 다니가와는 찻잔을 조심스레 집어 들고 조용히 차를 마셨다.

"전쟁 이야기는 거의 해본 적이 없다네. 무용담을 늘어놓는다고 생각할까 두렵기도 하고, 불쌍하다고 동정하는 건 더더욱 싫어서. 하물며 재미로 이야기하는 건 상상도 할 수 없지. 아마도 그 전쟁에서 싸웠던 사람 대부분이 그럴 것이야."

누나가 뭐라고 말하려 하자 다니가와는 손짓으로 제지했다.

"자네들이 무슨 말을 하고 싶은지는 잘 알아. 정말로 후세에 전해야 할 이야기인지도 모르지. 그것이 그 전쟁에서 싸운 사람의 의무인지도 모르고. 전쟁 체험을 이야기하는 많은 사람은 어떤 의무감 때문에 그 고통스런 기억을 다시 떠올리는 것일 게야."

다니가와는 찻잔을 테이블에 내려놓았다.

"나도 이제 얼마 남지 않았어. 아내를 먼저 보내고 혼자가 된 이후로 몇 년이나 그것을 생각해봤지. 그러나 아직 답이 나오지 않아. 이러다 마지막을 맞이할지도 모르겠어."

다니가와는 내 눈을 바라보며 말했다.

"그러나 오늘은 이야기하도록 하지."

나는 미야베를 중국 상하이 제12항공대에서 만났어. 미야베는 아주 용감하고 두려움을 모르는 전투기 조종사였지. 조종 기술이 정말 대단했고 공중전에서는 정말 강했지. 일단 적에게 달라붙으면 절대로 놓치지 않았어. 누군가가 '미야베는 자라 같다'라는 말을 했더랬지.

그즈음 상하이에는 아카마츠 사다아키 씨, 구로이와 도시오 씨, 가시무라 간이치 씨와 같은 고수들이 많았어. 이와모토 데츠조 씨도 있었지만 당시만 해도 그냥 그랬어.

아카마츠 씨한테는 많이 맞기도 했었지. 메이지 태생의 호걸이면서 술에 취하면 감당이 안 되는 사람이야. 주사가 얼마나 심했던지 예전에 받은 표창장까지 취소당하기도 했지. 아카마츠 씨는 전후에 많은 문제를 일으켜 평판이 아주 나쁘지만, 비행기 조종이라면 누구도 따라잡을 수 없는 고수였어. 본인이 주장하는 삼백오십 대 격추는 허풍이지만 공중전 실력만은 진짜였지.

구로이와 씨는 단기 공중전의 달인이고 젊은 시절의 사카이 사부로 씨를 모의 공중전에서 어린애 다루듯 한 것으로 유명해. 태평양전쟁 전에 제대하여 민간 항공사에 들어갔지만 전쟁 중에 수송기를 조종하다가 1944년 말레이시아 바다에서 사라지고 말았어. 전투기 조종간을 잡기만 하면 절대로 격추당하지 않는 사람이야.

가시무라 씨는 편익비행片翼飛行으로 유명한 사람이야. 난창南昌 공중전에서 96함전의 한쪽 날개를 잃은 상태에서도 멋들어지게 조종해서 귀환한 고수야. 당시 신문에도 났었고 전쟁 전에 전국에서 가장 유명한 해군 탑승원이 되었어. 물론 공중전 기술도 초일류였고. 몇 번 모의 공중전을 해보았지만 나 같은 건 도저히 상대가 안 됐어. 그러나 가시무라 씨도 43년 과달카날에서 전사했지.

그런 가운데서도 미야베의 조종 실력은 선배들에게 결코 뒤지지 않았어. 아카마츠 씨 같은 사람한테 '저 자식, 천재야.'라는 말을 듣기도 했고.

그 반대로 구로이와 씨 같은 사람은 '저런 곡예를 하다가는 목숨이 몇 개 있어도 모자라지.'라고 말했더랬어.

미야베하고는 딱히 사이가 좋은 것도 나쁜 것도 아니었어. 나이가 같고 해군도 같은 시기에 들어갔지만, 조종 연습생이 된 것은 미야베가 먼저였고 경력도 미야베가 나보다 더 길어. 실력 차가 너무 뚜렷해서 경쟁심 같은 건 거의 없었다고 할까. 다만 한 가지 자랑하자면 태평양전쟁이 시작되기 전의 조련은 아주 수준이 높았지. 내가 들어갈 때는 팔천 명이 시험을 봐서 오십 명이 합격하고 마지막까지 남아서 선상기 탑승원이 된 사람은 스무 명 정도였어. 경쟁률이 거의 사백 대 일이었지. 내 자랑하는 것 같아 좀 그렇지만 고르고 골라서 뽑은 인재들이었어.

41년 봄에 우리는 귀국해서 항모를 탔지. 그러나 미야베는 '아카기', 나는 '소류'로 헤어져 진주만 공격에서 반년 동안 같은 함대에서 생활했지만 만나지는 못했지.

그 사이 우리는 정말 열심히 싸웠더랬어. 우리가 가는 곳에 적수가 없었으니까. 결국 그것이 좋지 않았던 것 같아. 최고위급들에게 무슨 짓을 해도 질 리 없다는 자만심을 심어주고 말았으니까.

그러나 우리 탑승원은 방심하지 않았지. 왜냐하면 늘 최전선에서 싸웠으니까. 기동부대로 연전연승이지만 탑승원 손실이 제로는 아니야. 아무리 압승을 거둔다 해도 돌아오지 않는 전투기가 반드시 있어. 진주만에서도 스물아홉 대가 돌아오지 못했어. 그러므로 우리는 늘 죽을힘을 다해야 했지. 하늘 위에서는 조금만 방심해도 목숨을 잃으니까.

미드웨이에서도 우리 제로센 부대는 적의 기지 항공기와 항모의 함상기를 백 대 이상 격추했어. 그 해전의 패인은 나구모 제독과 하라다의 지휘 실패였어.

미드웨이에서 돌아온 다음 우리 탑승원은 국내에서 한 달 정도 연금 상태였지. 항모 네 척 침몰에 대해서는 철저한 함구령이 내려졌고. 누설했다가는 군법회의에 회부될 것 같은 분위기였어. 참 어이가 없지. 국민에게 사실을 알리지 않고 어떡하겠다는 건지. 아니, 한 걸음 더 나아가 육군에게도 알리지 않았다고 해. 그래서 과달카날 전투 때도, 왜 미국보다 해군력이 더 강한데 제해권과 제공권을 갖지 못하는지 육군이 이상하게 생각했다는 거야.

난 그 후 새로이 편성된 항공함대에 배속되었어. 항모를 타지 못한 대부분 병사는 라바울로 갔어.

나는 개조 항모 '히요'를 타고 과달카날 탈환 작전에 참가했지. '남태평양 해전'에도 참가했는데, 그때는 정말 힘들었어. 수차례에 걸친 공격으로 '호네트'를 침몰시켰지만 많은 역전의 용사, 특히 함폭과 함공의 우수한 조종사들이 많이 전사하고 말았어.

결국 과달카날을 되찾지 못했어. 반년에 걸친 전투 가운데 미드웨이 해전에서 살아남은 탑승원 태반이 솔로몬 바다에 떨어지고 만 거야. 귀중한 숙련 조종사 팔할이 거기서 목숨을 잃었을 거야. 제국 해군은 회복 불가능한 일을 저지르고 만 거야.

나는 그 후 국내에서 반년 정도 교원 생활을 하다가 인도네시아의 티모르 섬 쿠팡 기지에 배속되었지. 거기서 오스트레일리아의 포트다윈 공격에 참가했더랬어.

그즈음 동남태평양 주도권은 완전히 미국에게 넘어갔지. 라바울은 미국의 반격 작전의 초점이었어. 그런 상황에서 오스트레일리아를 공격한다는 것도 도무지 앞뒤가 맞지 않아.

라바울을 탑승원의 무덤이라고들 했는데, 43년 후반에 이르러서는 오히려 살아남은 소수의 조종사가 하나같이 초일류여서 적의 공격을 잘 막아냈지. 왜냐하면 얼마 전까지만 하더라도 과달카날까지 천 킬로미터나 날아가 공격했지만, 이제는 공격해오는 적을 기지에서 요격하는 입장이었으니까. 말하자면 홈그라운드에서 싸운 거지.

그즈음의 라바울에는 이와모토 데츠조 씨가 있었을 거야. 이와모토 씨는 태평양전쟁에서 일본과 미국을 합해 최고의 격추왕이었어. 격추시킨 비행기 수가 모두 합쳐 이백 대를 넘었을지도 몰라.

니시자와 히로요시도 있었고. 니시자와는 한때 본토로 돌아갔다가 43년에 라바울로 복귀했을 거야. 니시자와는 이와모토 이상으로 달인이었을지도 몰라. 적이었던 미군조차 높이 평가했을 정도니까. 지금도 미 국방성에 니시자와의 사진이 걸려 있어. 그런 조종사는 어디서도 찾아보기 힘들어.

거기에 이와이 츠토무도 고마치 사다무도 있었을 테고. 고마치는 젊었지만 아주 뛰어난 사람이야. 아무튼 수는 적었지만 초일류가 몇 있었지. 간단히 격추당할 사람들이 아니야. 미야베도 그 가운데 한 사람이었어.

니시자와 같은 용사들의 분투로 라바울은 버틸 수 있었지만, 결국 중과부적이었어. 거기에 제해권을 잃다 보니 보급이 제대로 이루어지지 않아. 그래서 마침내 라바울도 손을 들게된 거야. 그렇게 되다 보니 적도 군이 라바울을 공략할 필요가 없어진 거야. 결국 미국은 라바울을 고립시키고 한 발 더 나아가 사이판을 공격하기 시작했지.

미군은 단숨에 일본의 심장부를 파고들었던 거야.

44년 초에 나는 필리핀에 배속되어 항모 '즈이가쿠'의 탑승원이 되었어. '즈이가쿠'는 진주만 때부터 참가한 항모였어. 산호해에서 항모 '렉싱턴'을 가라앉히고 남태평양에서 항모 '호네트'를 침몰시켰지. 그렇지만 자신은 한 번도 상처를 입지 않은 행운의 항모였어. 나는 '즈이가쿠' 승무원이 되었을 때, 천

운이 따른다고 생각했지. 이 함선에 탄 이상 살아남을 수 있을지도 모른다고 말이야. 군대란 곳은 의외로 운이 많이 작용해.

항모 승무원은 각 기지에서 끌어모아 구성해.

나는 거기서 생각지도 못한 사람을 만났어. 미야베를.

서로 많이 놀랐지. 그즈음은 이미 중일전쟁에서 살아남은 사람도 거의 모두 전사해버렸기에 오랜 전우를 만나는 것만으로 얼마나 반가웠는지 몰라.

미야베와는 딱히 사이가 좋았던 건 아니지만 그렇게 재회하니 옛 친구를 만난 듯이 기뻤어. 미야베도 그렇게 느낀 것 같아.

"자네, 살아 있었구먼."

"다니가와 씨도 무사해서 다행입니다."

"어이, 동기끼리 말투가 뭐 그래. 내가 말하기 힘들잖아. 말 트고 지내자니까."

미야베는 빙긋 웃었지. 십 년에 걸친 해군 생활에서 우리는 비조장이란 계급장을 달았어. 준사관이지.

"그럴게, 다니가와."

우리는 서로 어디서 어떻게 싸워왔는지에 대해서는 아무 말도 하지 않았지만, 지금까지 살아남은 것이 얼마나 대단한 일인지를 잘 알았지.

"이번에는 총력전이겠지."

"힘든 싸움이 될 거야." 하고 미야베는 말했어.

"이번에는 살아남기 힘들지도 몰라."

내 말에 미야베는 입을 꾹 다물었어.

공격해오는 미 기동부대를 맞이하여 싸우는 일본의 기동부대는 미드웨이 이래 역전의 함선인 '쇼가쿠'와 '즈이가쿠' 그리고 새로 만든 대형 항모 '다이호'를 중심으로 한 아홉 척의 항모였어. 물론 정규 항모는 세 척뿐이고 나머지는 상선을 개조한 소형 항모였지. 반면에 미군은 대형 항모 '에섹스'급이 계속 투입되었어. 정찰기 정보에 따르면 적의 항모는 십여 척이라고 해. 이미 적군과 아군의 전력 차이는 비교가 안 될 만큼 벌어지고 만 거야. 그리고 이 '에섹스'급 항모는 말도 안 되게 튼튼해서 전쟁이 끝날 때까지 일본 해군은 단 한 척도 침몰시키지 못했어.

그러나 적이 아무리 강해도 싸우지 않을 수 없어. 그게 전쟁이야.

한 가지 위안이 되었다면 '쇼가쿠', '즈이가쿠', '다이호'라는 제1항공전대에 탑재된 비행기가 모두 최신예기였다는 것이야. 전투기는 신형 제로센 52형, 함폭은 스이세, 함공은 덴산이었어. 이미 구식이 된 99함폭이나 97함공으로는 싸울 수도 없는 상황이 되었으니까. 그런 신형 비행기의 존재가 얼마나 마음 든든했는지 몰라. 특히 스이세 함폭은 적 전투기보다 빠르다고 하니 아주 좋은 전력이 되리라 생각했지.

거기에 새로 건조된 '다이호'는 전함에 버금가는 사만 톤급 대형 항모여서 비행갑판에 철판이 깔리고 오백 톤급 폭탄의 급강하 폭격에도 견딜 수 있게 제작되었다고 해.

"다이호가 있었더라면 미드웨이에서 이길 수 있었을 텐데."

나는 '즈이가쿠'의 갑판에서 멀리 '다이호'를 바라보며 미야베에게 말했지. 미드웨이 해전에서 항모 네 척 모두가 오백 킬로그램 폭탄 때문에 침몰했으니까. 미야베는 웃으면서 말했지.

"좀 다르게 말해야 하지 않을까 싶어. 미드웨이에서 당했으니까 이런 항모를 만들지 않았을까?"

"하긴 맞는 말이야."

"난 그것보다도 방어력이 높은 전투기가 있었으면 좋겠어."

그런 바람은 나도 마찬가지였어. 방탄판이 없어서 얼마나 많은 우수한 조종사가 속절없이 죽어야 했던가. 고작 한 발의 유탄으로 목숨을 잃어야 하다니 너무도 허망하다는 생각을 했더랬지.

그루먼 F6F 같은 비행기는 7.7밀리미터 기관총으로는 일백 발을 쏘아도 끄떡도 하지 않아. 쿠팡 기지에 있을 때 격추된 F6F의 잔해를 본 적이 있어. 그때 동판의 두께에 입이 쩍 벌어지고 말았거든. 특히 탑승원의 등 뒤에 달린 두꺼운 방탄판은 7.7밀리미터 기관총으로는 뚫을 수 없는 것이었어.

미군은 탑승원의 생명을 얼마나 소중히 여기는지 모른다고 감탄하지 않을 수 없었지.

또한 미군은 공습할 때는 반드시 도중에 잠수함을 배치해. 귀환하지 못하고 불시착한 탑승원을 구출하기 위해서야.

그런 이야기를 나누는데 미야베가 이런 말을 했지.

"격추당한 다음에도 전장에 복귀할 수 있으면 실패를 교훈으로 삼을 수 있다는 거지."

"우리는 한 번 실패하면 끝장이란 거네."

"그것도 그렇지만 그들은 그런 경험을 쌓아 숙련된 탑승원을 기르는 거야."

"우리는 오히려 숙련 탑승원이 줄어드는데."

이즈음 미군 탑승원의 기량은 개전 초기와는 비교가 안 될 정도로 높아졌어. 덧붙여서 신예 전투기 그루먼 F6F나 F4U 코르세어의 성능은 제로센보다 좋았어. 그들은 그렇게 뛰어난 전투기를 몰면서 무전을 사용하여 치밀하게 편대공중전을 펼쳐. 그것도 수적으로 압도하는 입장에서.

거기에 비해 우리 쪽 탑승원 대부분은 비행 경험 이 년 미만의 젊은이들이었어. 기량의 저하는 전력에서 그냥 드러났지. 특히 필리핀 타우이타우이 정박지에서 발착함 훈련을 보고는 얼마나 낙담했는지 몰라. 착함 실패가 계속되는 거야. 아마 쉰 대 이상의 비행기와 그 정도 수의 탑승원이 목숨을 잃었을 거야. 발착함 훈련만으로 항모 한 척 정도의 전력을 잃은 거야.

"도대체 이게 무슨 꼴이야."

나는 탑승원 대기실에서 미야베와 둘만 남았을 때 그렇게 말했지.

"착함도 제대로 못 하는 탑승원을 데리고 무슨 전쟁을 하겠다는 건지."

미야베는 의자에 앉아 팔짱을 꼈어.

"아마도 훈련 기간을 줄여서 전장으로 보냈을 거야. 요전에 젊은 탑승원에게 비행시간을 물었더니 백 시간이라고 했어. 백 시간으로는 항모 착함이 무리야."

"백 시간 정도로는 비행하는 게 고작이지."

미야베는 고개를 끄덕였어. 내가 말했지.

"우리가 진주만에 갔을 때는 모두 천 시간 이상이었어."

미야베는 눈을 감으며 말했어.

"다시 말해 이제 제1항공전대는 옛날과 완전히 다르다는 것이야."

이윽고 발착함의 훈련이 중지되었어. 이대로 훈련을 계속하다가는 많은 비행기와 탑승원만 잃게 될 것이기 때문이지. 게다가 또 하나, 타우이타우이 만 외곽은 적 잠수함이 출몰하는 곳이라 그런 데서 발착함 훈련을 한다는 것은 너무도 위험해. 함정이 잠수함을 경계할 때는 갈지자로 항해하는데, 항공기 발착 때 항모는 맞바람을 받으며 직진해. 이것은 잠수함에게 절호의 공격 기회를 제공하는 거야.

우리 구축함은 대잠對潛 능력이 크게 부족했어. 바닷속을 마구 헤집고 다니는 적 잠수함을 잡을 수 없었던 거야. 자칫하다가는 구축함이 오히려 잠수함에게 당할 수도 있었어. 고양이가 생쥐에게 당하는 셈이지. 이건 적의 우수한 병기와 전자탐지기 때문이야. 다시 말해 테크놀로지의 차이지. 사령부는 고작 발착 훈련 때문에 귀중한 항모를 위험에 빠뜨릴 수 없다고 판단했을 거야.

발착 훈련을 중지한다는 명령이 떨어진 날 밤, 나는 미야베를 갑판으로 불러냈어.

"훈련을 중지하다니, 어떡하자는 거지?"

갑판 위로 미지근한 바람이 불어왔어. 열대의 밤이야. 우리 둘은 갑판에 걸터앉았어.

미야베는 이렇게 말했어.

"참모들은 발함만 하면 된다고 생각할 거야. 실제로 발함은 어지간히 되니까."

"그렇다면 공격은 한 번으로 족하다는 건가?"

미야베는 고개를 끄덕이며 이렇게 말하는 거야.

"한 방에 모든 것을 걸겠다는 거지."

나는 암담한 기분에 빠지고 말았어.

훈련 중지는 탑승원에게는 큰 아픔이야. 탑승원의 기량은 훈련을 통해 향상되는 것이니까. 스포츠의 트레이닝이나 다름 없지.

중요한 전투를 앞두고 우리 조종사들은 한 달 가까이 비행기를 탈 수 없었던 것이야.

44년 6월, 마침내 미군이 사이판을 공격하기 시작했어.

우리 참모들이 예상하지 못한 일이었던 듯해. 사이판이나 괌의 여러 섬에 일본군의 육상 기지가 갖추어졌고 항공기도 꽤 많아서 설마 미군이 침공할까 생각했을 것이야. 이것도 방심이라 할 수 있어.

미군 기동부대는 그런 기지에 엄청난 수의 항공기를 보내 폭격을 가했지. 일본군 기지 항공기는 하나하나 격파되어 거의 궤멸 상태였어.

그러나 사이판은 일본군으로서는 절대 빼앗길 수 없는 곳이야. 과달카날 섬이나 라바울은 태평양전쟁이 시작된 이후에 점령한 섬이지만 사이판은 달라. 이곳은 전쟁 전부터 일본의 통치령으로 일본인 거리가 있고 민간인도 많이 살아. 거기다 사이판을 빼앗기면 본토가 신형 폭격기 B29의 공격권 안으로 들어가게 되지. 그래서 일본군은 무슨 일이 있어도 지켜야만 하는 섬이었어.

미군의 사이판 상륙을 알고나서 연합함대 사령관은 즉각 '아ぁ' 작전을 발령했지. '아ぁ'호 작전이란 미 기동부대 격멸 작전이야.

오자와 지사부로 사령관이 이끄는 제1기동부대는 타우이타우이에서 사이판 해역으로 향했어.

그리고 18일, 마침내 수색기가 미 기동부대를 발견하게 돼. 하지만 일몰이 가까웠고 거리가 너무 멀어서 공격은 다음 날로 미루었지.

이튿날, 미 기동부대와 거리는 사백 해리로 가까워졌어. 이 시점에서 우리 기동부대는 아직 미 함대에 발견되지 않았지. 우리에게 아주 좋은 기회였어. 그러나 설령 발견되었다 해도 별 문제가 아니었지. 왜냐하면 일본 항공기는 미 항공기보다 항속거리가 길고 상대가 날아올 수 없는 거리에서 공격할 수 있었으니까. 그건 복싱에서 리치가 긴 선수가 더 유리한 것과 같아.

이것이 저 유명한 오자와 사령관의 '아웃레인지' 전법이야. 미 기동부대가 공격이 불가능한 거리에서 공격을 하니까 리스크가 하나도 없는 전법인 셈이지.

이렇게 말하면 그야말로 이상적인 작전인 듯이 들리겠지만 항공대에게는 그렇지가 않아. 탑승원에게 사백 해리라면 약 칠백 킬로미터야. 적 상공에 도달할 때까지 두 시간 이상 바다

위를 날아야 해. 하와이처럼 움직이지 않는 육상 기지라면 또 모를까, 상대는 고속으로 움직이는 기동부대야. 적 함대 상공에 다가갈 동안 백 킬로미터를 이동하는 상대야. 과연 적 기동부대 상공까지 갈 수 있을지 없을지도 몰라. 숙련된 탑승원이 유도하지만 도중에 적 요격 편대를 만나 우리 편대가 흩어지면 많은 탑승원은 적 기동부대 상공에 도착하지도 못하게 돼.

거기에다 우리 공격대 대부분은 신참이나 다름없어. 물론 투지 하나만은 왕성하지. 전투에 지칠 대로 지쳐버린 고참보다는 훨씬 강렬한 전투 의욕을 가졌어. 그러나 하늘 위는 마음만으로 되는 곳이 아니야. 순수하게 항공기 성능과 조종 기술이 말을 하는 세계지.

아무튼 이렇게 하여 공격대가 발진했지.

주축함 '다이호'의 메인 마스트에는 어제 Z기를 걸었어. 예전에 도고 헤이하치로 연합함대 사령관이 러시아와 동해 해전 직전에 걸었다는 영광의 깃발이야. 이번 전투에서는 진주만 공격 이후 한 번도 건 적이 없는 Z기가 크게 펄럭이는 거지. 그야말로 '황국의 흥망이 이 한판에 있다'라는 것이야.

우리 탑승원의 각오도 한층 단단했다고 할까.

이렇게 하여 6월 19일 이른 아침, 먼저 제3항공전대에서 1차 공격대가 항모를 날아올랐지. 다음으로 제1항공전대에서 2차 공격대가 발진했어. 나는 2차 공격대 스이세의 호위기였더랬어.

이날 우리 기동부대에서는 여섯 차례에 걸쳐 공격대를 출격하여 그 총계가 사백 대를 넘을 대단한 규모였지. 이런 공격은 예전에 없던 일이야. 진주만 공격을 훨씬 넘어서는 규모였어. 게다가 항공기는 제로센 52형, 스이세 함폭, 덴산 함공과 같은 신예기들이었지.

그렇지만 슬프게도 조종하는 탑승원들이 진주만 때와는 달랐지. 발함 직후에 명백해졌어. 밀집 대형으로 아름답게 편대 비행조차 하지 못해. 이미 옛날 해군 항공대가 아니었어.

결과 말인가? 자네가 상상하는 그대로야.

적은 고성능 레이더로 우리 공격대를 백 해리 밖에서 파악한 상태였어. 거기다 비행 고도가 어느 정도인지 그것까지 알았다고 하니 놀랄 일이지. 물론 이런 사실은 전후에야 모두 알게 되었어. 오자와 사령관 이하 참모들이 미군 레이더의 성능을 어느 정도 알았는지 난 몰라. 아마 아무것도 몰랐을 것이야. 그러나 우리는 몸으로 그것을 알게 되었어.

미군은 기동부대의 모든 전투기를 출격시키고 우리 공격대가 오기를 기다렸던 것이야. 아웃레인지 전법으로 선제공격을 가할 작정이었는데 오히려 기습 공격을 당하는 입장이 되어버린 거지.

우리보다 두 배나 많은 공격기들이 높은 하늘에서 기습해왔어. 난 아슬아슬하게 그 습격을 피하긴 했으나 다른 비행기들은 눈 깜짝할 사이에 불을 뿜으며 추락했지. 나는 어떻게든 그루먼의 꼬리를 잡아보려 했지만 한 대를 추격하면 다른 놈이 뒤에서 공격을 하는 터라 제대로 전투를 할 수 없었어.

하나 둘 우리 비행기가 떨어졌어. 미숙한 조종사들은 적에게 쫓기기만 하다가 선회 한 번 제대로 못 하고 속절없이 적의 먹이가 되어버렸어.

이때의 전투를 미 병사들이 뭐라고 했느냐면, '마리아나의 칠면조 사냥'이라고 불렀다고 해.

칠면조라는 새에 대해서는 잘 모르지만, 이 새는 움직임이 아주 느려서 어린아이라도 간단히 총으로 잡을 수 있다고 해. 미 전투기 조종사에게 이때의 일본군 항공기는 칠면조나 다름없었던 거지.

적 전투기 제1진을 뚫고 나간들 2진이 기다려. 적은 몇 단에 걸쳐 전투기 부대를 배치해두었던 거야.

결국 그 선을 넘은 것은 고작 몇 대에 지나지 않아. 꽤 많은 공격기가 격추당했어.

나는 그래도 몇 대의 스이세 함폭을 호위하며 적 기동부대

상공에 이르렀어. 스이세는 속도가 있었기에 어떻게든 돌파할 수 있었던 것 같아. 그러나 느린 덴산 함공은 아마도 거의 격추당하지 않았을까.

적 함대 상공까지 가서 나는 전율하고 말았어. 대형 항모가 몇 척이나 모여 있는 거야. 열 척은 돼 보였어. 일본이 이 해전에 투입한 정식 항모는 세 척. 거기에 맞서 미군은 세 배나 되는 대형 항모를 갖추었어. 항속거리 따위 아무 문제도 아니었지. 중량급 복서에 도전하는 경량급 복서 같았다고나 할까.

함대 상공에는 수많은 적의 호위기가 기다리는 거야. 나는 체념하고 말았지. 내 운명도 여기서 끝이라고 느꼈어. 어차피 죽을 바에는 내 비행기를 희생시키더라도 함폭이 한 발이라도 명중탄을 떨어뜨리게 하고 싶었어.

나는 스이세 함폭을 공격하는 적 전투기에 거의 충돌할 기세로 돌격했지. 나의 기백에 겁을 먹었을까? 적 전투기의 총격이 스이세까지 이르지 못했어. 나는 스이세에 착 달라붙어 적 전투기를 쫓았어. 다급하면 몸으로 때울 심산이었지.

스이세가 급강하하는 것을 보았어. 함대가 맹렬한 대공 포화를 쏘아 올려. 마치 하늘을 향해 포탄의 우산을 펼치는 것 같은 포격이었지. 하늘이 새카맣게 보이더군. 스이세는 그 속으로 용감하게 파고들어 가. 힘 내, 하고 난 기도했지. 설령 수레 앞에 버티고 선 사마귀가 되더라도 한 발만이라도 날려다오,

하고. 쓰러지는 한이 있더라도 한 번만 칼을 휘둘러줘!

그러나 다음 순간 믿을 수 없는 일이 벌어졌지. 스이세 함폭이 하나하나 불을 뿜으며 떨어지는 거야. 미군의 대공 포화가 마치 조준기를 단 총처럼 폭격기를 명중시키는 것이야. 나는 떨어지는 스이세를 멍하니 바라보았어.

결국 스이세 함폭은 거의 전과를 올리지 못했지. 이미 내가 할 일은 없어진 거야. 그런 나를 향해 그루먼이 덮쳤어. 나는 거의 본능적으로 적의 공격을 피했어. 반격 따위 생각지도 못했고. 내 한 몸 지키는 게 고작이야. 상대는 마치 쥐를 앞에 두고 장난치는 고양이처럼 나를 요리조리 가지고 놀아. 한 대를 피하면 다른 전투기가 간발의 틈도 주지 않고 다가와. 나는 오로지 적탄을 피하는데 급급할 뿐이었지.

겨우 적 함대 상공을 벗어나자 그루먼도 더 이상 추격해오지 않았어. 아마도 함대 호위 임무 때문이었을 것이야. 집요하게 추격했더라면 난 버티지 못했을 거야.

나는 모함으로 돌아가기로 했어. 주위에는 아군기가 하나도 안 보여. 괌 섬의 기지로 돌아가려 하다가 일부러 모함으로 향했지. 그 결단이 내 목숨을 구한 셈이야. 우리 뒤에 출격한 제3차 공격대는 적 항모를 발견하지도 못한 채 모함으로도 돌아가지 못하고 괌으로 향했는데, 괌 상공에서 잠복한 적 전투기의 공격을 받아 거의 추락하고 말았으니까.

내가 모함으로 돌아와 보니 아군 항모는 한 척밖에 남지 않았어. '다이호'와 '쇼가쿠'의 모습이 안 보이는 것이야. 적의 공격기가 아직 오지도 않았을 텐데.

나는 '즈이가쿠'에 착함하여 비행장에게 전투 상황을 보고했지.

적 전투기의 요격에 많은 공격기를 잃었고, 내가 보기엔 적 기동부대에 대한 공격 성과는 거의 없었다고 말이야.

비행장은 그 말을 듣더니, 그런가, 하고는 입을 꾹 다물었어.

나는 보고를 끝낸 다음 승무원들에게 '다이호'와 '쇼가쿠'에 대해 물었지. 그러자 두 척은 적 잠수함의 어뢰 공격을 받아 침몰하고 말았다는 것이야. 온몸에서 힘이 빠져나갔지. 우리가 총 전력을 투입한 공격이 실패로 끝났을 뿐만 아니라 우리 항모가 두 척이나 침몰하고 말았다니.

대패라고 생각했지.

잠시 후 제로센 한 대가 돌아왔어. 미야베였지. 다른 편대는 하나도 돌아오지 않았어. 그 공중전에서 편대를 거느리고 돌아온다는 것은 불가능한 일이야. 미야베도 몇 발을 맞았지. 비행기에서 내리는 미야베의 온몸에 피로가 잔뜩 묻어 있었어.

전투 보고를 끝낸 미야베는 나를 보더니 놀라는 표정이었어. 그런 다음 눈짓으로, 살아서 다행이야, 라고 말하는 것을 알았어.

우리 둘은 탑승원 대기실에 들어갔어. 텅 빈 그 방으로. 오늘 출격한 거의 모든 탑승원이 돌아오지 않았던 것이야.

　"거의 다 당한 것 같아."

　"아마도 레이더일 거야. 적의 레이더 성능이 아주 좋은 것 같아." 미야베는 말했지.

　"적 상공에는 도착했었나?"

　미야베는 고개를 끄덕였어.

　"그럼, 그걸 봤어?"

　미야베는 약간의 틈을 두고 대답했지.

　"봤지."

　"전투 보고 때 말했어?"

　"일단 말은 했지만 비행장도 참모들도 아, 그러냐고 무덤덤했어."

　"나도 그랬는데. 열심히 보고했지만 제대로 받아들이는 것 같지가 않았어."

　"보지 않은 자는 알 수 없을 거야."

　"그거, 도대체 뭐였을까?"

　미야베는 고개를 저었다.

　"뭔지는 모르지만, 엄청나게 무서운 것이라는 건 알았지. 이제 항모를 침몰시킨다는 건 불가능할지도 몰라."

　우리의 대화는 적의 대공 포화에 대한 것이었어. 아주 높은 확률로 폭격기를 떨어뜨리는 거야, 그게. 도저히 믿을 수 없을 정도로. 뭔지는 모르겠지만 말도 안 되는 신무기가 개발되었을지도 모른다는 생각이 들었어.

우리의 추측은 정확했어.

그 비밀 병기는 '근접 신관'이라 부르는 것이었어. '매직 퓨즈'라든지 'VT 퓨즈variable time fuse'라 불리는 이 신관은 포탄 앞이 소형 레이더와 같아. 포탄 주위 약 십 미터 이내에 항공기가 들어오면 신관이 작동하여 폭발하는 무서운 무기였지.

이런 사실도 전후 몇 년이나 흘러서 안 것이야. 미군은 이 'VT 퓨즈' 개발에 맨해튼 계획과 같은 정도의 자금을 쏟아 부었다고 해. 맨해튼 계획이란 원자탄 개발 계획이라는 건 잘 알 테지?

그것을 알았을 때 미군과 일본군의 사상이 완전히 달랐다는 사실을 깨달았어. 'VT 퓨즈'란 간단히 말해 방어 병기야. 적의 공격으로부터 어떻게 아군을 보호할 것인가. 일본군에게는 존재할 수 없는 사고방식이지. 일본군은 적을 어떻게 공격할 것인가만 생각하고 무기를 만들었어. 가장 대표적인 것이 전투기야. 쓸데없이 길기만 한 항속거리, 뛰어난 공중전 성능, 거기에 강력한 20밀리미터 기관총, 그렇지만 방어 능력은 무無에 가까워.

'사상'이 근본적으로 달랐던 거야. 일본군은 처음부터 철저한 인명 경시 사상으로 일관했던 거야. 그리고 그것이 나중에 가미가제 특공으로 연결되었음이 분명해.

일본군은 당시 이 'VT 퓨즈'의 존재에 대해서는 눈치도 못 챘지. 그러나 살아남은 스이세 함폭대 대원들은 본능적으로 'VT 퓨즈'의 작동 원리를 직감했던 것 같아.

"갑자기 눈앞에서 폭발해. 포탄에 비행기가 가까이 있으면 폭발하는 장치가 있는 것 같아."

이것은 귀환한 스이세 함폭의 어느 조종사가 내게 한 말이야. 그는 진주만 이후로 살아남은 함폭 탑승원이었지. 그런 만큼 그 말에는 신빙성이 있었어.

그러나 참모들은 전선의 탑승원들이 아무리 말을 해도 수수께끼 같은 신병기의 존재를 믿으려 하지 않았지. 다만 대공포의 숫자가 늘어났을 것이라는 정도로밖에 생각하지 않았어. 설령 'VT 퓨즈'의 존재를 알았다 한들 효과적인 대처 방법도 없었을 테지만.

제국 해군이 총력을 투입한 '마리아나 해전'은 첫날에 항공기 삼백 대 이상을 잃고 항모 두 척을 잃었어. 몇 시간 만에 거의 모든 전력이 궤멸된 것이야. 한편 미군의 피해는 거의 없는 거나 다름없었지.

이틀째, 이번에는 도주하는 우리를 향해 미 기동부대가 공격을 가할 순서야. 헤아리기도 힘든 적 함재기가 우리 함대를 공격하는 거지. 나도 요격에 나섰지만 벌떼처럼 달려드는 데야 방법이 없어. 폭격기를 요격하기는커녕 적 전투기 공격에 내 한 몸 지키기도 벅차. 몇 백이나 되는 적기를 십여 대로 맞선다는 것은 불가능한 일이야.

이 전투에서 '즈이가쿠'는 폭탄에 맞아 조금 부서졌어. '즈이가쿠'가 폭탄을 맞은 것은 처음이었지. 개조 항모 '히요'와 급유함 두 척을 잃고 겨우 도망칠 수 있었던 거야.

나는 바다에 불시착하여 구축함에 구조되었어. 미야베도 어느 구축함에게 구조되었을 테지.

이렇게 하여 건곤일척의 승부수를 던졌던 마리아나 해전에서 연합함대는 전력의 태반을 잃고, 적의 사이판 상륙을 저지하지 못했어.

그후 사이판의 일본군은 거의 전멸하고 민간인이 많이 희생되었지. 사이판 곳에서는 많은 일본인이 몸을 던져 죽었어. 전쟁 후 그 절벽 위에서 떨어지는 일본인 모습을 찍은 미군의 영상을 보았을 때, 나는 엉엉 울고 말았어. 용서해달라고, 마음속으로 얼마나 빌었는지 몰라.

마리아나에서 본토로 온 '즈이가쿠'는 독dock에서 수리를 받았어. 우리 탑승원들은 일단 각지의 항공대로 배속되었고. 그즈음에 짧은 휴가를 얻었지. 미야베가 그 후 어느 항공대에 갔는지 기억이 안 나. 그러나 미야베와 헤어질 때의 대화는 기억해.

"가족을 만나는 것도 정말 오랜만이야." 미야베가 말했어.

"다니가와는 어떡할 거야?"

"내 휴가는 사흘뿐이라 오카야마까지 갔다가 돌아오면 시간 다 가고 말아. 다음에 장기 휴가를 받아서 가지 뭐."

미야베는 잠시 생각하다가 이렇게 말했어.

"마음에 담아둔 사람 없어?"

"여자?"

미야베는 고개를 끄덕였어.

"그런 건 없어. 내가 만나는 여자는 위안소 여자뿐이야."

"고향에도 없고?"

"없지."

나는 그렇게 말하고 웃었지만, 바로 그때 생각지도 않았던 소녀의 얼굴이 하나 떠오르는 거야.

"하나 있어. 어릴 적에 친했던 여자애. 아무것도 모르는 어린 시절 일이야. 벌써 어디 시집이라도 갔을 거야."

그렇게 말하면서도 난 조금 쓸쓸한 기분이었지. 나는 스물다섯 살이었지만, 열다섯 살 때부터 줄곧 해군에서 살았어. 해군 말고는 아무것도 몰라. 군대 말고는 아무것도 아는 게 없는 청춘이었어.

미야베하고 대화는 그것뿐이었어. 그러나 그 대화가 내 인생을 바꾸었지.

나는 기사라즈에서 잠시 교관 생활을 하다가 가을에 다시 전선으로 배치되었지. 필리핀이었어.

다시 전선으로 가게 되었을 때 수송선 사정으로 일주일 휴가를 받았어.

나는 오랜만에 고향으로 돌아갔지. 고향에서는 마을 사람들이 환영회를 열어주었어. 나는 진주만 공격에 참가한 탑승원이라는 이유로 이 년 전부터 마을에서 영웅이 되었다고 해.

마을 사람들이 전황에 대해 묻는 바람에 얼마나 곤란했는지 몰라. 대본영의 발표는 거짓말뿐이었기 때문이야. 그러나 마을 사람들은 그것을 믿고 나에게 화려한 승전 이야기를 듣고 싶어했어. 본국에서는 도무지 위기감 같은 건 찾아볼 수 없었어. 물자가 많이 부족한 상황이었지만 당시는 아직 본토에 대한 공습도 없었으니 후방의 국민이 전쟁의 무서움을 피부로 느낄 리 없지.

이런 사람들에게 마리아나에서 일어난 일은 입이 찢어져도 해줄 수 없어. 게다가 휴가를 받을 때 해전 상황에 대해 절대 말해서는 안 된다는 명령도 있었고.

그때 일을 돕기 위해 온 사람 가운데 아름다운 한 여자가 있었어. 초등학교 동급생 시마다 가에였어. 미야베에게 말한 그 소녀야.

"마사오 씨, 정말 멋진 군인이 되었네요."

그녀가 나를 보더니 대뜸 그렇게 말하는 거야.

"고마워요."

그 말 한마디가 고작이었어. 당시 나는 아직 여자를 몰랐어. 동료들이 몇 번 위안소에 같이 가자고 했지만 솔직히 한 번도 가지 않았어.

"마사오 씨가 나라의 영웅이 되다니, 믿기지 않아."

그녀는 그렇게 말하고 깔깔 웃었어.

"나도 믿기지 않는데요, 뭐."

내가 반쯤 얼어붙은 표정으로 말하자 그녀는 더 소리 높여 깔깔 웃었어.

"나, 옛날에 마사오 씨를 울린 적이 있거든요."

"나도 기억해요."

아마도 초등학교 1학년 때였어. 가에는 기가 센 여자애였는데, 그때 사소한 일로 다투다가 가에한테 머리를 두들겨 맞고 울었던 거지. 어린 마음에 굴욕적인 추억이라 꽤 오랜 세월 뚜렷이 기억했더랬지.

"그렇지만 지금은 영미의 전투기를 격추하는 거죠?"

"예."

"나라를 위해 수고가 많으시네요."

가에가 두 손을 바닥에 짚고 깊이 머리를 조아리는 거야. 그러고 자리를 벗어나서는 다시는 돌아오지 않았어.

연회 중에도 내 마음은 그녀의 영상으로 가득했지. 아마도 술이 들어간 탓일 거야. 나는 연회가 끝나자 촌장에게 시마다 가에가 아직 독신이냐고 물었어.

"자네, 가에가 마음에 드는가? 나이는 좀 들었지만 우리 마을 최고 미인이지."

"누구 정해진 상대라도 있나요?"

"그런 거 없을 거야. 자네, 가에를 잡고 싶은가?"

나도 모르게 예, 하고 대답하고 말았지.

촌장은 잘 알았다고 했어. 그 자리에서는 그것뿐이었어. 다음 날 집에서 쉬고 있는데 촌장과 가에의 아버지가 찾아왔어. 우리 아버지와 형과 이야기를 나누더니 나와 가에의 결혼을 결정해버리는 거야. 이야기가 급진전되어 이틀 후에 결혼식을 잡았어. 내가 부대에 돌아온 것은 사흘 뒤야.

이제 와서 이거 안 된다고 발뺌할 수는 없잖아. 나는 각오를 굳혔지.

이틀 후, 나는 집에서 결혼식을 올렸어. 가에와는 그날 이후 한 번도 만나 이야기를 나누지 않았는데 말이야. 잔치가 끝나고 새벽이 다 되어서야 우리는 둘만의 시간을 가질 수 있었어.

가에는 잘 부탁한다면서 깊이 머리를 조아렸지. 나도 잘 부탁한다고 조용히 고개를 숙였어. 나는 긴장했어. 전장에서도 그렇게 긴장한 적이 없었다 싶을 정도로 말이야.

그러나 나는 마음을 굳게 먹고 말했어.

"가에 씨에게 해두어야 할 말이 있어요."

"예."

"대본영에서는 일본이 이기는 듯이 말하지만 사실은 지고 있어요."

가에는 말없이 고개를 끄덕였어. 그 모습을 보고 마을 사람들도 대본영의 발표를 그대로 믿지 않는다는 것을 알았지. 공습을 받지는 않지만 전황이 악화되고 있음을 느끼고 있었던 거야.

"난 내일 귀대합니다. 다음은 어디로 갈지 몰라요. 만일 이번에 전장으로 간다면 살아 돌아올 수 없을지도 모릅니다."

"예."

"식까지 올리고 이런 말하기가 참 뭣하지만, 경솔한 내 말 한마디 때문에 정말 이렇게 되어버려 죄송합니다. 만일 내가 전사하면 당신은 미망인이 되고 말아요. 그때는 우리 집안은 신경 쓰지 말고 다른 남자를 만나 행복하게 살아요."

"살아 돌아올 수는 없나요?"

"약속은 할 수 없습니다. 난 가에 씨를 처녀인 채로 두고 싶

어요. 만일 내가 돌아오지 않으면 다른 남자를 만나야 하니까
요."

가에는 내 말을 가만히 듣고 있다가 한참 생각한 다음에 말
했어.

"왜 나를 신부로 삼고 싶다고 했나요?"

"좋아하니까요."

"내가 왜 마사오 씨한테 시집을 왔는지 아세요?"

"왜 그랬습니까?"

"좋아하니까요."

그 말을 들었을 때 가에를 위해서라면 죽어도 회한이 없다
고 생각했지.

나는 그날 밤 가에를 안았어.

참 재미도 없는 이야기를 해버렸구먼. 미안하이.

다음 날 나는 가에와 헤어져 마을 사람들의 전송을 받으며
고향을 떠났어.

그리고 사흘 뒤, 나는 다시 일본을 떠났지.

미군의 다음 공격 목표는 필리핀의 레이테 섬이었어.

연합함대는 레이테에 상륙한 미군을 공격하기 위한 작전을
펼쳤어. '첩1호捷—號' 작전이란 놈이야.

나는 루손 섬 마발라캇 기지에 배치되었어.

마발라캇, 참으로 그 울림이 음침하지. 하긴 지명에 무슨 죄가 있을까. 그러나 나는 지금도 그 발음만 들어도 가슴에 검은 그림자가 드리워져.

내가 도착한 지 얼마 안 된 어느 날 밤, 하사관 이하 탑승원 모두가 지휘소 앞에 집합했지. 우리 탑승원들 앞에서 부대장이 말하는 거야.

"여러분을 이렇게 모이게 한 건 다른 이유가 아니야. 지금 일본은 미증유의 위기 상황에 놓였다. 전황이 심각할 만큼 불리하다고 하지 않을 수 없다. 그래서 앞으로 미군에 대한 필살의 특별 공격을 감행한다."

무슨 뜻인지 곧바로 알 수 있었지. 몸을 던져 공격하라는 말이야.

"그러나 특별 공격은 필살의 작전이기에 지원자만이 참가하게 될 것이다."

공기가 팽팽하게 부풀어 올랐어. 숨을 쉬기도 힘들 만큼 무거운 침묵이 지휘소 주위를 휘감았지.

"지원자는 한 걸음 앞으로!"

부대장 곁에 있던 하사관이 큰 소리로 외쳤어. 그 한마디에 그러마고 앞으로 나설 수 있는 그런 일이 아니었지.

"지금 여기서 죽을 사람, 앞으로 나와!"라고 하는 것이나 다름없으니까. 바로 대답할 수 있는 일이 아니지. 아무리 죽음을 각오했다 하더라도 그것과는 다른 문제야.

"나올 거야, 안 나올 거야?"

한 장교가 목소리를 높였어. 그 순간, 몇 사람이 한 걸음 앞으로 나섰지. 그러자 무슨 마법에라도 걸린 듯 모두가 한 걸음 앞으로 나아가는 거야. 나도 어느새 동료들과 같이 움직였어.

전후에 이때의 상황을 묘사한 글을 읽은 적이 있어. 장교의 말에 탑승원들이 서로 앞을 다투어 자신을 보내달라고 나섰다고 하는데, 새빨간 거짓말이야!

그랬어. 그것은 명령 아닌 명령이었어. 생각해서 판단할 여유도 주지 않았지. 군인의 습성으로 상관의 말에 반사적으로 따른 것일 뿐이야.

막사에 돌아오니 사태의 심각성이 절절히 다가오는 거야. 맨 처음 떠오른 얼굴이 가에였어. 그녀와 한 약속을 어기게 되리라 생각했지. 울먹이는 가에의 얼굴이 아니라 화를 내는 얼굴이 떠올랐어. 옛날 어릴 적, 나를 때렸던 가에의 얼굴이 떠올랐어. 나는 마음속으로 수도 없이 용서를 빌었지.

여태 한 번도 유서 같은 건 쓸 생각도 안 했지만 처음으로 썼지. 뭐라고 썼는지 기억나지 않아. 그러나 첫 시작은 아직도 기억해. '사랑하는 가에에게'라고.

나는 솔직히 말해 죽음을 두려워하지 않았어. 이건 오기를 부려 하는 말이 아니야. 진주만 공격 때부터 내 목숨은 없는 거라고 생각했으니까. 나보다 뛰어난 조종사가 얼마나 많이 죽었던가. 나 자신 지금까지 백 회 가까운 공중전에서 몇 번이나 기체에 총을 맞았더랬어. 다행히 치명상은 아니었지만 십 센티미터 정도만 옆으로 벗어났어도 격추되고 말았을 거야. 그런 일이 몇 번 있었어. 오늘까지 살아남은 건 행운에 지나지 않아. 언젠가 나도 전우의 뒤를 따르게 되어 있어.

그러나 죽음을 각오하고 출격하는 것과 죽음을 정하고 출격하는 것은 완전히 달라. 지금까지는 설령 가능성은 적더라도 일말의 희망을 걸고 싸웠어. 그러나 특공에 들어가면 행운도 뭣도 없어. 살아남으려는 노력도 존재할 수 없고. 출격하면 그냥 죽는 거야.

지원한 이상 산뜻하게 죽어야 해. 다만 가에가 마음에 남아. 결혼하는 게 아니었다고 깊이 후회했지. 그러나 한편으로는 가에를 지키기 위해서라면 죽을 수 있다고 생각했어.

제1항공대 사령관 오니시 다키지로가 마발라캇에 도착한 것은 우리가 지원한 다음이었을 거야.

기록에 따르면, 마발라캇에 부임한 오니시 다키지로 사령관이 특공을 제안하여 세키 유키오 대위를 대장으로 임명했다고 하는데, 그건 말이 안 돼. 그 전에 하사관 일동에게 특공지원을 받으라는 지시가 내려졌기 때문이야. 오니시 사령관이 도착하기 전에 특공 작전이 결정됐다고 봐야 해.

그런 다음 얼마 뒤 특별공격대의 탑승원 명단이 발표되었어. 세키 대위를 대장으로 하는 스물네 명이었지.

내 이름이 없다는 것을 알고 가슴을 쓸어내렸어. 지원한 이상 늦건 빠르건 특공에 참가하게 되겠지만, 그래도 마음이 놓였어. 그리고 그런 나를 혐오했지.

선택된 탑승원에게는 뭐라 말할 수 없는 감정이 일어났어. 불쌍하다거나 운이 없다는 감정하고는 달라. 이런 심정, 이해할 수 있을지.

그들은 얼굴빛 하나 바뀌지 않았어. 그들이야말로 진정한 사무라이였지. 나라면 과연 그런 모습을 보일 수 있을까 자문해보았어. 선택되지 않은 다른 탑승원들도 그런 생각이었을 거야.

오니시 사령관이 선발된 특공대원 앞에서 훈시를 했어.

"일본은 심각한 위기에 처했다. 이런 위기에서 일본을 구할 수 있는 자는 장관도 대장도 군 총사령관도 아니다. 물론 나 같은 사람도 아니다. 오로지 여러분 같은 순수하고 힘찬 젊은이들뿐이다. 일 억 국민을 대신하여 여러분께 부탁한다. 성공을 기원한다. 여러분은 이미 목숨을 버리고 신이 되었으므로 욕망이 없을 것이다. 다만, 육탄으로 얻은 성과를 스스로 알 수 없다는 것이 애석할 것이다. 내가 그것을 잘 확인해서 반드시 여러분의 혼령에게 보고드리도록 하겠다."

그렇게 훈시를 끝내고 연단에서 내려와 특공대원 하나하나의 손을 잡았어.

특별공격대를 '가미카제 특별공격대'라 했지. 그때는 가미카제가 아니라 '신푸新風'라고 했어. 물론 그 뒤로 '가미카제'라 부르게 되지만. 그리고 부대마다 '시키시마敷島 부대' '야마토大和 부대' '아사히朝日 부대' '야마자쿠라山櫻 부대'라는 이름이 붙었어. 이 명칭들은 18세기 말의 국학자 모토오리 노리나가本居宣長의 '敷島の大和心を人間はば朝日に匂ふ山桜花(일본의 마음이 무엇이냐고 사람들이 묻는다면 아침 햇살에 빛나는 벚꽃이라고 할까나)라는 시에서 유래한 것이야.

그즈음, 연합함대에서는 '첩1호' 작전이 발령되었어. 미군의 필리핀 상륙 작전을 연합함대가 총력으로 저지하는 작전이지.

일본은 이미 아슬아슬한 벼랑 끝으로 몰린 상태였어.

사이판을 점령한 미군의 다음 목표는 필리핀이야. 필리핀이 미군 점령하에 들어가면 남쪽과 연락이 완전히 끊어지고 말아. 그렇게 되면 석유 등의 자원도 끊어져. 그러므로 육군도 해군도 필리핀을 사수하지 않으면 안 되는 것이야.

연합함대는 미군의 필리핀 상륙부대를 치기 위해 출격했지.

적 수송선단을 격퇴시키는 것, 그것이 연합함대에게 주어진 사명이었어. 그 목적을 위해 연합함대는 정말 대단한 아이디어를 냈어. 기동부대를 미끼로 삼아 미 기동부대를 끌어낸 다음 그 사이에 전함 '야마토'와 '무사시'를 비롯한 해상 함대를 레이테 만으로 돌격하게 하여 적의 수송선단을 일거에 쓸어버린다는 것이었어. 그야말로 살을 떼어주고 뼈를 깎는 필사의 작전이었지.

애당초 나 같은 기지 탑승원은 전체 상황이 어떻게 돌아가는지 알지도 못하고, 오로지 명령에 따라 싸울 뿐이야.

특별 공격은 레이테 만으로 침공하는 수상水上부대를 측면에서 지원하기 위한 것이었어. 미 항모의 비행갑판을 특공으로 파괴하면 함상기의 발착이 불가능해져. 그렇게 되면 수상부대는 하늘에서 공격을 받지 않고 레이테 만으로 침입할 수 있다는 거지.

우리 쪽에 항공기가 충분하다면 기지 항공대에서 수상부대를 지원하고 또는 미 기동부대를 직접 칠 수 있지만, 이미 일본의 기지 항공대는 그런 대규모 공격을 할 수 없을 만큼 피폐해지고 말았지.

그런 상황에서 특공이 태어난 것이야.

세키 유키오 대위가 이끄는 시키시마 부대는 10월 21일에 출격했어. 그러나 그날은 접전하지 못하고 기지로 돌아왔어. 다음 날도 출격했지만 또 접전 없이 기지로 돌아왔어.

정말 잔혹한 일이라고 생각해.

세키 대위에게는 갓 결혼한 아내가 있었어. 그 아내를 두고 죽는다는 것이 얼마나 고통스러웠을까. 그는 출격 전에 친한 사람에게 '나는 나라를 위해 죽는 것이 아니다. 사랑하는 아내를 위해 죽는다'고 말했다는데, 그 심정을 알 것 같아. 세키 대위 외의 대원들도 모두 죽음을 앞에 두고 나름대로 죽음에 대한 의미를 생각하고 깊은 갈등 끝에 마음을 안정시키고 출격했을 테지.

그런데 적을 발견하지 못하고 다시 귀환할 때 그 기분은 어떠했을까? 고작 얼마간의 삶을 즐길 수 있다는 것이 그들에게 얼마나 고통스러운 일이었을까? 오늘 저녁이면 세상에 없다고 생각한 몸으로 다시 밤을 지내는 것이 얼마나 고통스러웠을까?

그러나 세키 대위를 비롯하여 대원들은 우리에게 결코 그런 고통스런 모습을 드러내 보이지 않았지. 얼마나 대단한 사나이들인가.

그들은 네 번째 출격에서 마침내 돌아오지 않았어.

그날, 시키시마 부대를 엄호한 것은 전날 클라크 기지에서 불려온 니시자와 비조장이 이끄는 제로센 네 대였어. 예전에 '라바울의 영웅'이라 불리던 니시자와 히로요시 바로 그 사람이야. 그가 불려온 것은 아마도 특공기 엄호와 더불어 적기까지 유도하려는 목적 때문이었을 거야.

세키 대위가 이끄는 시키시마 부대 다섯 대는 모두 육탄 공격에 성공하여 호위 항모 세 척을 대파하는 큰 전과를 거두었지. 그것이 세브 섬 기지에서 날아온 전보 내용이었어. 사상 초유의 특공은 대성공으로 끝났어. 전과 보고를 올린 사람은 니시자와 비조장이었어. 이때 니시자와의 보고는 아주 정확했더랬어. 전후, 미군 발표로는 한 척 침몰, 두 척 대파였지.

니시자와 비조장은 적 전투기로부터 시키시마 부대를 보호하고 대공 포화 속에서 그들이 돌격해 들어가는 것을, 목격한 다음 추격해오는 그루먼 F6F 두 대를 격추하고 세브 섬 기지로 돌아온 것이야.

이것은 후일 세브 섬 기지에 있던 탑승원에게 들은 이야기인데, 제로센에서 내려선 니시자와 비조장에게서 풍기는 살기에 기가 질려 아무도 말을 걸지 못했다고 해.

덧붙여서 종전까지 행해진 항공특공작전 과정에서 이때의 공격이 가장 큰 성과였어. 미군의 의표를 찌른 것이 큰 성공의 요인이겠지만, 니시자와라는 일본 해군 최고의 전투기 조종사가 엄호했다는 것이 아주 큰 힘이 되었을 것이야. 아이러니하게도 이때 거둔 대성공이 군사령부에게 '특공이야말로 최고의 카드'라는 생각을 심어주고 말았어.

그날 밤 니시자와는 동료에게 중얼거리듯이 말했다고 해.

"나도 곧 그 친구들 뒤를 따를 거야."

니시자와는 그날 출격에서 대공 포화에 2번 기를 잃었어. 그가 편대 비행기를 잃은 것은 이때가 처음이래. 지금까지 수도 없이 출격하여 백 대 이상의 적기를 격추시킨 남자의 가장 위대한 업적은 지금껏 단 한 명의 부하도 잃지 않았다는 것이었어. 그런 사람은 그 말고 사카이 사부로뿐이야. 아니, 그 지옥의 라바울에서 일 년 이상이나 싸워 끝까지 한 대의 편대도 잃지 않았으니 니시자와는 사카이 이상이라고 평가받아 마땅할지도 몰라.

니시자와가 뒤를 따르겠다고 말한 건 세키 대위의 시키시마 부대를 두고 한 말이겠지만, 잃어버린 편대에 대해 한 말인지도 모르겠어. 니시자와의 그 말은 현실이 되고 말았지.

다음 날, 마발라캇 기지로 돌아가려는 니시자와 비조장에게 기지 사령관은 '제로센을 두고 가라'고 말해. 탑승원만 마발라캇 기지로 돌아가라는 것이었어. 니시자와는 다른 탑승원 둘과 함께 더글러스 수송기를 타고 마발라캇으로 향했어. 그리고 그 수송기는 적 전투기에 격추당하고 말아. 미군 조종사들이 '라바울의 마왕'이라며 두려워했던 사나이의 허망한 최후였어.

니시자와는 그 얼마나 허망했을까. 제로센 조종간을 잡고만 있었더라면 절대로 격추되지 않았을 남자가 마지막으로 탄 것이 무기도 없고 느려터진 수송기였다니.

이렇게 하여 일본이 낳은 최고의 격추왕이 특공 다음 날 세상을 떠나. 스물네 살의 젊은 나이였어.

세키 대위는 전쟁의 신으로 일본에 그 이름을 떨쳤지. 세키 대위는 편모슬하에서 자란 사람이었어. 하나뿐인 아들을 잃은 어머니는 전쟁 신의 어머니로 칭송받았다고 해. 그러나 전후에 이르러 돌변하여 전쟁 범죄자의 어머니로서 마을 사람들에게 따돌림 당하고 행상으로 근근이 생활을 꾸리다가 나중에 초등학교 잡역부로 취직하여 1953년 인부들 방에서 쓸쓸히 홀로 숨을 거두었어. 마지막에 이런 말을 남겼다고 하지.

"유키오의 묘라도."

전후 민주주의 세상은 조국을 위해 산화한 특공대원을 전범으로 취급하고 묘를 세우는 것도 허락하지 않았어. 세키 대위의 아내는 전후에 재혼한 것으로 알아.

그럼 '첩1호'에 대해 살펴보기로 하지. 지금 말하는 것은 내가 당시에 직접 보고 들은 것이 아니야.

시키시마 부대가 특공 출격을 거듭할 즈음, 레이테 만을 목표로 나아가던 구리타 함대는 시부얀Sibuyan 해에서 적 항모기의 맹렬한 공격을 받게 돼. 그런 파상공격으로 많은 함정이 피해를 입었는데, 그 가운데서도 공격은 '무사시'에 집중되었어.

'무사시'는 '야마토'의 자매함으로 불침不沈전함으로 불리던 세계 최대의 전함이야. 그러나 총 수백 대에 이르는 미 함상기의 공격에 그 대단한 '무사시'도 만신창이가 되고 말아.

한편 오자와 지사부로 사령관이 이끄는 항모부대는 미 기동부대의 구리타 함대에 대한 공격을 자기 쪽으로 돌리기 위해 레이테 만을 목표로 남진했어. 적의 기동부대에게 일부러 모습을 드러내기 위해 무수히 전신 신호를 보내고 많은 수색기를 날려 보냈어.

마침내 적 기동부대를 발견하여 공격대를 보냈지. 이 공격은 특공이 아니었지만 실질적으로는 특공에 가까운 것이었어. 왜냐하면 다시는 돌아오지 못할 공격이기 때문이야. 항모는 미끼 역할이었기에 침몰할 운명이었어. 다시 말해 공격대에게 돌아올 모함은 없는 거지. 탑승원들은 적 기동부대를 공격하고 난 다음 귀환하기 어려운 경우는 제각기 필리핀 기지로 향하라는 명령을 받았다고 해. 그러나 드넓은 태평양 위에서 해상 비행에 익숙하지 않은 젊은 탑승원들에게는 불가능한 일이었어. 하물며 적의 강력한 항모에서 발진하는 전투기의 요격에서 살아남을 가능성도 희박해.

사실 이때의 공격대는 대부분 적 전투기에 의해 격추되었어.

그러나 오자와 사령관의 결사 작전은 성공을 거두었어. 헐시가 이끄는 미 기동부대는 오자와 함대를 발견하고 그것이 주력부대라 오인한 것이야.

그즈음 구리타 함대는 일시적으로 방향을 틀었기 때문에 헐시는 구리타 함대의 피해가 막심하여 철수했다고 판단한 거지. 헐시는 구리타 함대를 추격하지 않고 전력을 기울여 오자와 함대로 향했어.

오자와 함대는 미 기동부대가 자신의 위치를 파악한 것으로 판단하자마자 거침없이 북상하여 헐시가 따라오게끔 만들었어. 헐시는 일본의 기동부대를 공략하기 위해 오자와를 추격했어.

헐시가 이렇게 판단한 것은 당연한 일이었어. 진주만 이래로 태평양의 전쟁은 늘 항모가 주력이었으니까. 게다가 오자와 함대에는 연합함대의 최대 항모 '즈이가쿠'가 있었거든. 진주만 작전에 참가하여 대단한 전과를 올리고 그 후 미 항모를 두 척이나 침몰시킨 항모야. 미군에게 과거 삼 년에 걸쳐 많은 고통을 준 무서운 항모였지.

미 기동부대의 공격은 처절할 정도였다고 해. 오자와 함대 대부분은 거의 속절없이 가라앉고 말았어. 진주만 이후 산전 수전 다 겪은, 우리 연합함대 최고의 행운아 '즈이가쿠'도 마침내 엔가노 갑Cape Engano 앞바다에 가라앉고 말아.

그러나 오자와 사령관의 목숨을 건 대작전은 성공했어. 헐시가 그 미끼를 덥석 물었기에 레이테 섬 주변 해역은 텅 비었던 것이야.

사실 그 무렵 적기의 공습에서 벗어난 구리타 함대는 다시 레이테로 나아갔어. 구리타 함대는 적의 항공 공격과 잠수함 공격으로 '무사시'를 비롯하여 몇 척의 함정을 잃고 남은 함정도 대파된 상태였지만 세계 최강의 '야마토'는 건재했고 또 많은 함정이 힘을 비축한 상태였어.

소형 호송 항모 여섯 척과 구축함 일곱 척으로 구성된 미 함대는 갑자기 사마르 앞바다에 일본 함대가 나타난 것을 보고 아연실색하고 말았지. 연막을 피우고 구축함의 어뢰를 버리고 있는 힘을 다해 도망쳤다고 해. 믿음직한 고속 기동부대는 오자와 함대를 추격하는 중이었고 미 함대는 전멸을 각오했다고 해.

한 팔을 내어주고 적의 심장을 노린 일본 해군의 결사 작전이 결실을 거둔 것이야.

그런데 미군에게 기적이 일어났지. 구리타 함대가 갑자기 방향을 틀어버린 거야. 이것이 역사에서도 유명한 '구리타 함대의 수수께끼'야.

도대체 왜 구리타 함대는 방향을 틀었을까? 훗날 온갖 설이 난무했지만 여기에 대해 구리타 사령관은 전후에 단 한마디 변명도 남기지 않고 세상을 떠나고 말았어.

구리타 장관은 헐시의 기동부대가 오자와 함대라는 미끼를 물고 필리핀 북쪽으로 가버렸다는 사실을 모르지 않았을까? 격렬한 항공기 공격을 받았기에 적 기동부대가 아직 가까이 있다고 판단했을지도 몰라. 그리고 이대로 레이테로 돌격하면 함대는 전멸할 것이라 생각했을지도 몰라.

역사에는 '만약'이 없다고 하지만 만일 그때 구리타 함대가 레이테로 돌격했다면 거의 벌거숭이나 다름없는 미 수송선단은 전멸했을 거야. 그러면 미군의 필리핀 침공 작전은 심각한 차질을 빚었겠지. 대량의 물자와 인원을 잃고서 미군은 그 작전을 수정하는 데 일 년 이상을 허비했을 테지. 적어도 그 후에 일어난 레이테 섬 육상 전투에서 일본 육군 수십 만에 이르는 전사자는 나오지 않았을 것이야.

그러나 구리타 함대의 돌출 행동으로 미군에게 일격을 가할 마지막 기회를 놓치고 말았어. 오자와 함대의 희생이 허망해지고 만 거지. 또한 적 공격기의 공격을 한 몸에 받아 수리가오Surigao 해협에 가라앉은 '무사시'의 분투도 허망해졌어.

시키시마 부대의 특공이 이루어진 것은 구리타 함대 사건 다음 날이었어. 그러나 승기는 이미 물 건너가버렸지.

당초 특공은 레이테의 '첩1호' 작전을 위한 것이었어. 구리타 함대의 레이테 돌격을 엄호하기 위해 적 항모의 갑판에 결사적인 육탄 공격을 감행하여 비행갑판을 못 쓰게 만들어버리면 적 함상기의 공격도 없어질 것이야. 그러므로 특공은 어디까지나 레이테에 한정된 작전이었어.

그런데 구리타 함대가 사라지고 '첩1호' 작전이 실패로 끝난 다음에도 특공은 끝나지 않았어.

특공이 홀로 굴러가기 시작한 것이야. 사령관들이 광기에 휩싸여버린 것일까?

마발라캇에서도 연일 특공기가 출격했어. 나는 무슨 영문인지 특공에는 선발되지 않고 호위 임무만 맡았지. 이제는 드물어진 숙련된 조종사였기 때문인지는 모르겠지만 특공 호위 또한 가혹한 임무였어. 일본군의 필사적인 공격을 받은 미군은 요격 태세를 한층 강화했어. 성능 좋은 미 전투기 수십 대가 기다리는 그 하늘에서 고작 몇 대의 호위기로 특공기를 지키기는 어려운 일이야. 많은 호위기가 특공기를 지키느라 희생되었지. 중일전쟁 이래의 고참 미나미 요시미 소위도 돌아오지 못한 사람이 되었어.

미나미 요시미 소위는 역전의 용사였지. 진주만 공격 때부터 수많은 해전을 거친 그야말로 해군 항공대의 보물과도 같은 전투기 조종사였어. 하사관 출신으로 인간적으로도 매력적인 인물이었어. 상냥하고 조용한 성격이었는데 상하이 시절에서부터 난 많은 것을 배웠어. 레이테 해전에서는 항모 탑승원이었지만 돌아갈 모함을 잃고 구사일생으로 필리핀에 도착했지. 결국 특공 호위 임무를 수행하다 목숨을 잃었어.

나도 죽음을 각오했지.

며칠 후 공격에서 돌아오는 도중에 발동기 고장으로 니콜스 기지에 착륙했지. 거기서 미야베와 재회했어. 듣자니, 미야베도 '즈이가쿠'에 탔다가 적 기동부대를 공격한 다음 이 비행장에 내렸다는 것이야.

미야베도 특공에 대해 알고 있더군. 세키 유키오 대위의 시키시마에 대한 이야기가 전군에 알려졌기 때문이야. 니콜스 기지에서는 아직 특공이 한 대도 출격하지 않았지만, 탑승원들의 사기는 바닥을 알 수 없을 만큼 가라앉아 있었어.

전후 특공에 대해 기술한 책에서 시키시마 부대의 특공이 전군에 알려졌을 때, 모든 탑승원의 사기가 하늘을 찌를 듯했다고 쓴 글이 적지 않았는데, 결코 그렇지는 않아. 탑승원의 사기는 떨어졌지. 당연히!

내가 니콜스 기지에 도착한 다음 날, 전 탑승원에게 집합 명령이 떨어졌어.

사령관이나 비행대장들의 긴장한 모습에서 이곳에도 올 것이 오고야 말았다고 생각했지. 아마도 다른 탑승원 모두 그런 생각을 했을 것이야.

사령관은 지금 일본이 심각한 위기에 빠졌다고 거창한 말로 운을 뗀 다음 말했지.

"특별 공격에 지원할 사람은 앞으로."

모두가 한 걸음 앞으로 나왔어. 이미 시키시마 부대 이야기를 들은 탑승원들이라 각오를 하고 있었을 테지. 나도 마발라캇에서 그랬던 것처럼 한 걸음 나아갔어. 이제 와서 안 하겠다고 할 수도 없는 거니까.

그때 나는 믿을 수 없는 광경을 보았어. 단 한 사람, 그 자리에서 움직이지 않는 사내가 있었지. 미야베였어.

비행대장이 벌겋게 달아오른 얼굴로 사령관을 대신하여 고함을 질렀어.

"지원할 사람은 앞으로!"

그러나 미야베는 꼼짝도 하지 않았어. 새하얗게 질린 표정으로. 비행대장은 군도를 뽑더니 다시 외쳤어.

"지원자는 앞으로!"

그래도 미야베는 움직이지 않았지. 비행대장은 분노를 참지 못해 몸을 부르르 떨었어.

"미야베 비조장."

비행대장이 고함치듯 불렀어.

"너는 목숨이 아까우냐?"

미야베는 대답하지 않았어.

"어떻게 된 거야? 대답하지 못해!"

미야베는 외치듯이 말했지.

"목숨이 아깝습니다."

비행대장의 입이 무슨 믿기 힘든 괴물이라도 본 듯 쩍 벌어졌지.

"너는 그래도 제국 해군의 군인이라 할 수 있는가!"

"군인입니다."

미야베는 또렷한 목소리로 대답했어. 비행대장은 사령관 쪽을 바라보았어.

사령관은 조용한 목소리로 "해산!" 하고 말했지.

장교가 해산을 명령하자 탑승원들은 열을 지어 숙소로 돌아갔어. 아무도 미야베에게 말을 걸지 않았어.

다음 날, 출격은 없었지만 부대는 묘한 분위기에 휩싸였어. 어제 있었던 '특공 지원'이 모두의 마음을 무겁게 짓눌렀던 거야.

나는 미야베를 불러 비행장에서 조금 떨어진 언덕 위로 올랐지. 우리는 아무 말도 하지 않았어.

언덕 위에 이르러 나는 풀밭에 앉았어. 미야베도 앉았고.

이윽고 미야베가 입을 열더군.

"난 절대로 특공에 지원하지 않아. 아내에게 돌아가겠다고 약속했기 때문이야."

나는 말없이 고개를 끄덕였지.

"오늘까지 싸운 것은 죽기 위해서가 아니야."

나는 아무 말도 할 수 없었어.

"아무리 가혹한 전투라도 살아남을 확률이 조금은 있기에 필사적으로 싸워. 하지만 반드시 죽을 것이 결정된 작전은 절대 싫어."

그런 생각은 나도 마찬가지야.

그러나 지금 생각해보면 말이야, 그 당시 몇 천 명이나 되는 탑승원이 있었을 텐데 이런 속내를 입에 담은 사람이 과연 몇이나 되었을까? 그러나 미야베의 그 말이야말로 거의 대부분 탑승원들 마음속에 있던 진실한 바람이 아니었을까?

그러나 그때는 미야베의 말이 무서웠어. 뭔지 모를 음침한 공포를 느꼈던 것 같아. 지금 생각해보면 그것은 자신의 진실한 모습을 똑바로 바라보는 것에 대한 두려움이었어.

갑자기 미야베가 물었지.

"다니가와는 처음 지원한 거야?"

"두 번째야. 처음은 마발라캇에서."

미야베가 말했어.

"내게는 아내가 있어."

"나도 아내가 있어."

내가 그렇게 말하자 미야베가 놀란 표정을 짓더군. 나는 일본을 떠나기 나흘 전에 결혼했다는 사실을 알렸어.

"부인을 사랑해?"

미야베의 물음에 나도 모르게 고개를 끄덕였어. 그런가? 나는 아내를 사랑하는 것인가? 하고.

"그렇다면 왜 특공에 지원했지?"

미야베는 비난하듯이 말했어.

"나는 제국 해군의 탑승원이니까."

나는 버럭 고함치듯이 말했어. 그리고 울었어. 전투기 조종사가 된 이후 처음으로 울었어. 미야베는 아무 말도 하지 않고 나를 지긋이 바라보았지.

내가 눈물을 거두자 미야베는 이렇게 말했어.

"잘 들어, 다니가와. 특공 명령을 받으면 어디든 좋아. 섬에 불시착해."

나는 놀랐어. 군법회의에 회부되어 틀림없이 사형 선고를 받을 만한 무서운 말이었으니까.

"네가 특공으로 죽은들 전황에는 아무런 도움도 안 돼. 그러나 네가 죽으면 네 아내의 인생은 크게 바뀌고 말아."

내 뇌리에 가에의 모습이 떠올랐어.

"아무 말 하지 마. 난 특공 명령이 떨어지면 갈 거야."

미야베는 더 이상 입을 열지 않았어.

그때 경보가 울리고 이어서 먼 곳에서 폭음이 들렸지. 적기의 공격이었어.

우리는 방공호로 달려갔지. 비행장의 정비병들이 서둘러 비행기들을 엄폐호 속으로 옮기려 했어. 이즈음에는 공습을 와도 요격기가 출격하지 않았어. 몇 대로 요격을 나가 적의 대편대에게 당하는 것보다는 비행기를 보존하는 전술을 선택한 것이야. 니콜스 기지에는 이동이 가능한 비행기가 몇 대뿐이었어.

그러나 이날은 운이 나빴지. 적 전투기를 늦게 발견하는 바람에 많은 항공기가 총격을 받은 거야. 결국 이날 공습으로 니콜스 기지에서 이동 가능한 비행기는 모두 사라지고 말았지.

이윽고 니콜스 기지 탑승원들의 본국 귀환이 결정되었어.

우리는 클라크 기지에서 온 수송기를 타고 타이완을 경유하여 규슈 오무라에 도착했지. 거기서 탑승원들은 각자 소속된 항공대로 돌아가게 되었어.

미야베하고는 오무라에서 헤어졌지. 마지막으로 어떤 대화를 나누었는지 기억나지 않아. 미야베와는 그 후 다시 만나지 못했어.

나는 이와쿠니에서 교관 생활을 한 다음 요코스카 항공대로 옮겨가 본토 공습전에서 싸웠어. 45년 3월부터는 규슈 남부에서 많은 특공기가 오키나와로 날아갔지. 종전 말기에는 '전기특공'이라는 말이 떠돌았어. 그즈음에 이르러서는 아예 지원 없이 무조건 특공 명령이 떨어졌다고 해.

나도 언젠가는 특공 명령을 받을 것이라 생각했지만 다행히 그날은 오지 않았고 미자와에서 종전을 맞았어. 미야베가 특공으로 죽었다는 사실을 안 것은 시간이 꽤 흐른 다음이었어.

전쟁이 끝나고 고향으로 돌아와보니 나를 바라보는 마을 사람들 눈길이 이상했어. 무슨 더러운 것을 만난 듯한 눈길로 나에게 다가오려 하지도 않아. 마을 사람들이 나 모르는 곳에서 '저 자식 전범이야.' 하고 수군거렸지. 어느 날 강둑을 걸어가는데 마을 아이들이 '저기 전범 간다.' 하면서 강 저편에서 나를 향해 돌을 던지는 거야.

억울해서 견딜 수가 없었어. 어제까지만 해도 '귀축영미鬼畜英米'라고 외치던 사람들이 갑자기 '아메리카 만세', '민주주의 만세'라고 하는 거지. 마을의 영웅이었던 나는 마을의 애물단지가 되어버렸어. 아버지는 세상을 떠났고 형이 가계를 이었어. 형은 가에와 둘이서 독채에 사는 나를 귀찮은 존재로만 여겼어.

누가 흘린 악담인지는 모르겠지만 진주만 공격에 참가한 조종사는 전범으로 교수형을 당할 거라는 말이 나돌았어. 전범을 숨겨준 사람이나 마을도 벌을 받을 것이라고. 그 말을 듣고 나는 마음을 굳혔어.

그러던 어느 날, 형이 쌀 다섯 되를 주면서 도쿄로 도망치라고 하는 거야. 쫓아내기에 아주 좋은 구실이었던 거야. 나는 가에를 데리고 고향을 떠났어.

도쿄로 나온 것이 10월 말. 온통 불에 탄 들판이었어. 나와 가에는 양철로 둘러친 움막 같은 곳에서 지냈지. 매일 일거리를 찾아 헤매고 다녔지만 아무것도 없었어. 다섯 되의 쌀도 곧 바닥이 드러나고 나는 일용 노동자로 겨우 입에 풀칠을 했더랬어.

그 당시는 정말 어려웠어. 거리에는 주둔군 병사가 가득했어. 미국 병사는 일본 여자를 데리고 다녔어. 고작 석 달 전에 미군 전투기와 싸웠다는 것이 거짓말 같았어.

그때 겨우 풀칠이라도 할 수 있었던 것은 봉재 기술자를 찾는다는 전단지를 보고 나와 가에가 자그만 양복점에 들어갔기 때문이야. 우리 둘은 한 평이나 됨직한 창고 같은 곳에서 지냈는데, 움막과 견주면 천국이나 다름없었어.

이듬해 나는 해군 전 상관의 배려로 수도국 임시 직원이 되었어. 그러나 일 년 후 공직 추방에 걸려들어 해고되고 말았지. 십일 년에 걸친 해군 생활로 나의 최종 계급은 중위였지만, 그것 때문에 직업군인으로 취급당한 거지. 내가 일자리를 잃자 가에는 나를 위로했어.

"직업군인이라니 너무해. 일본을 위해 목숨을 걸고 싸운 사람을 마치 돈 벌려고 싸운 사람처럼 말하다니, 절대로 용서할 수 없어."

그때 가에의 말만큼 나를 기쁘게 한 것은 없었지. 나는 이 여자를 위해 살리라 결심했어.

나는 장사를 하려고 마음먹었어. 온갖 장사에 손을 댔지. 몇 번이나 사기를 당하고 배신당했어. 전후 사람들은 전쟁 전 사람들과는 완전히 인종이 달랐어. 사기를 당한 날 밤, 전쟁에서 죽은 전우들을 떠올리고 그들이 행복할지도 모른다고 생각한 적도 있어. 이런 일본을 보지 않아도 되니까 그들이 행복하고 부럽다고.

그러나 그것은 종전 직후의 혼란과 빈곤에 따른 일시적인 현상이었어. 원래 일본인에게는 사람을 연민하는 정이 있고 따스한 마음이 있었어. 자신이 살기에도 빠듯한 시절에도 남을 도우려는 사람이 있었지. 그렇기에 우리 부부도 그 비참한 시대를 살 수 있었던 거야. 도쿄에 작은 빌딩 하나를 가질 수 있었던 것도 많은 사람들의 도움 덕분이었어.

정말로 일본인이 변해버린 것은 그로부터 한참이나 지난 뒤였어.

일본은 민주주의 나라가 되고 평화로운 사회를 만들었지. 고도 경제 성장기를 거쳐 사람들은 자유와 풍요를 노래했어. 그러나 그 그늘에서 소중한 것을 잃고 말았지. 전후 민주주의와 번영은 일본인에게서 '도덕'이란 것을 빼앗아버렸어.

지금 거리에는 자기만 좋으면 만사형통이라는 사람이 넘쳐나. 육십 년 전에는 그렇지 않았더랬어.

내가 너무 오래 산 것 같아.

해가 기울어지고 응접실은 어둠에 싸였다.

몇 시간 이야기를 들었는데 아주 오랜 시간이 흐른 것 같았다. 이야기할 때의 다니가와는 마치 청년 같았다. 찬란하게 빛나는 튼실한 젊은이로 보였다. 그러나 지금 내 눈앞의 다니가와는 휠체어를 탄 여윈 노인이었다.

나는 다니가와의 가느다란 팔을 보았다. 당장이라도 부러질 것 같은 팔이다. 예전에 이 팔로 제로센의 조종간을 잡고 하늘을 가로지르며 적과 싸웠다.

육십 년 세월을 생각하니 가슴이 뜨거워졌다.

다니가와는 조용히 말했다.

"지금도 내가 그때 니콜스 기지에서 보았던 것이 실제로 있었던 일인지 의심할 때가 있어. 혹시 꿈이 아니었을까 하고."

"할아버지의 특공 거부 말씀인가요?"

"그건 명령이 아니었으니까 항명은 아니지만, 결국 그것도 일종의 항명일 거야."

"항명이 뭔데요?"

"명령을 거부하는 것. 군대에서는 사형에 해당하는 죄야."

나는 신음했다. 할아버지는 정말 어떤 남자였던가.

"그렇지만 정말 모르겠어. 왜 미야베가 종전 그해에 특공 명령을 받고 불시착하지 않았느냐는 거야. 그때 나에게 불시착하라고, 절대로 육탄 돌격은 하지 말라고 했던 본인이 왜 육탄 돌격을 감행했는지."

다니가와는 그렇게 말하고 팔짱을 꼈다.

"레이테에서는 소수의 숙련 비행사가 특공으로 산화했지만 아마도 그건 혼란 속에서 일어난 일일 것이야. 특공은 아니었지만 미나미 소위는 오자와 함대에서 출격하여 기동부대를 공격한 다음 필리핀 에티아게 기지에 도착해 거기서 가혹한 특공 호위 임무를 맡았다가 전사했지."

"특공으로 전사한 것이나 다름없네요."

다니가와는 고개를 끄덕였다.

"그때는 오자와 함대에서 이와이 츠토무 소위도 필리핀으로 날아와서 자칫 특공으로 차출될 뻔했다고 해. 그러나 45년 3월부터 시작된 오키나와 특공에서는 숙련 조종사를 제외했지. 숙련 조종사는 교관이나 본국 방위에 필요했으니까."

"그렇다면 젊은 조종사가 특공에 차출되었다는 거로군요."

"특공 대부분은 종전 그해 오키나와 전투에서 실행된 것이야. 그때 특공으로 목숨을 잃은 사람은 대부분 예비학생이나 어린 비행병이었지. 나는 숙련 조종사를 특공으로 보낸 건 잘못이라고 생각해. 물론 숙련 조종사도 신참 조종사도 생명의 가치는 똑같으니까 예비학생이라 해서 특공을 해도 좋다는 말은 아니야. 그렇다 하더라도 미나미 씨를 전사하게 만든 상층부를 도저히 용서할 수 없었어."

다니가와는 목소리를 높여 말했다.

"비겁한 인간들이 있었지. 자신도 곧 간다면서 많은 부하에게 특공을 명령하고는 전쟁이 끝나자 얼씨구나 하고 살아남은 인간들이야."

다니가와는 책상을 쳤다. 재떨이가 소리를 냈다. 나는 놀랐다.

"미안. 조금 흥분하고 말았네."

"괜찮습니다."

다니가와는 가슴 호주머니에서 약을 꺼내 입에 머금었다. 누나가 일어서서 방 안 세면대에서 컵에 물을 담아 다니가와에게 건넸다.

"고맙네."

다니가와는 컵을 받아 들고 약을 먹었다.

그런 다음 잠시 틈을 두었다가 말했다.

"모르겠어. 왜 미야베가 불시착을 하지 않았는지. 미야베의 솜씨라면 그리 어려운 일도 아닌데."

"그렇게 한 조종사도 있습니까?"

다니가와의 표정이 조금 어두워졌다.

"적을 만나지 못했다거나 발동기 고장이라는 이유로 돌아온 특공대원도 있었지."

"그렇다면 그건……."

누나의 말에 다니가와는 크게 고개를 저었다.

"의도적인 것인지 아닌지는 몰라. 다만, 그런 조종사가 있었어."

침묵이 흘렀다.

나는 입을 열었다.

"할아버지는 오키나와 쪽 해상에서 전사하셨어요. 만일 할아버지 비행기의 발동기가 고장났더라면 어디에 불시착했을까요?"

"키카이 섬이야. 규슈 남부에서 날아오른 특공기가 발동기 고장으로 작전 수행이 어려운 경우에는 그 섬에 내리게 돼 있어."

"그런 게 있었군요."

"그러나 종전 직전 키카이 섬 상공도 적의 제공권 아래 있었으니까 아무리 미야베라도 무거운 폭탄을 싣고서는 불시착하기 어려웠을지도 몰라."

나는 고개를 끄덕였다.

"어쨌든 육십 년이나 지난 일이야. 진상은 모르지."

다니가와는 크게 한숨을 내쉬었다. 그런 다음 손을 뻗어 벽의 스위치를 눌러 불을 밝혔다. 어두운 방이 환해졌다.

다니가와는 천천히 호주머니에서 사진 한 장을 꺼냈다.

"마누라 사진이야. 오 년 전에 세상을 떠났어. 나를 위해 얼마나 애썼는지 몰라. 전장에서 고향으로 돌아갔을 때, 가에는 내 모습을 보고 큰 소리로 울었지. 그렇게 드센 여자가 그런 눈물을 보인 것은 이전에도 이후에도 없었어."

부인 사진을 보는 다니가와의 눈에 눈물이 맺혔다.

"미야베의 그때 그 말이 없었더라면 이 여자와 맺어지지 않았을지도 몰라."

"정말 사랑하셨네요."

누나의 말에 다니가와는 깊이 고개를 끄덕였다.

"자식은 없었지만 정말 행복한 인생이었어."

노인 시설을 나와 누나는 손수건으로 눈가를 훔쳤다.

"나, 너무 가슴이 아파. 할아버지는 다른 사람을 다 행복하게 만들어주고 혼자 죽은 거야. 그런 거, 너무해. 너무 불공평해."

"할아버지 혼자 죽은 건 아냐. 그 전쟁에서 무려 삼백만이나 되는 사람이 죽었어. 병사들만 이백삼십만이 전사했고. 할아버지는 그 가운데 한 사람에 지나지 않아."

누나는 아무 말도 하지 않았다.

택시 안에서도 누나는 입을 다문 채였다.

차에서 내려 역 플랫폼으로 걸어갈 때 누나가 갑자기 달려들 듯한 기세로 말했다.

"아까 이백삼십만 가운데 한 사람이라고 했는데, 할머니한 테 할아버지는 세상에 하나밖에 없는 남편이었어. 그리고 엄마한테도 오로지 하나뿐인 아버지였고."

"할머니에게 할아버지가 오로지 하나뿐인 남편이었던 것처럼 세상을 떠난 이백삼십만 명에게도 제각기 누구와도 바꿀 수 없는 사람이 있었을 거야."

누나는 놀란 눈으로 나를 바라보았다.

"이런 말 하면 웃을지도 모르지만, 나, 지금 그 전쟁에서 세상을 떠난 많은 사람들의 슬픔이 절절히 가슴에 닿아와."

누나는 깊이 고개를 끄덕이며 말했다.

"안 웃어."

신칸센에서도 우리는 말이 없었다.

누나는 줄곧 뭔가를 생각하는 듯했고 나도 나름대로 다니가와 씨의 이야기를 머릿속에서 되새겼다. 눈을 감자 할아버지 모습이 떠오를 것 같았다. 그러나 그것은 아지랑이처럼 가물거리기만 할 뿐 뚜렷한 윤곽을 그리지 못했다.

신오사카를 지나 얼마 후 갑자기 누나가 입을 열었다.

"전쟁에 참가했던 사람 이야기를 들어보니, 정말 병사들을 소모품 취급한 것 같아."

나는 고개를 끄덕였다.

"영장 한 장으로 얼마든지 보충할 수 있다고 생각했겠지. 옛날에 어떤 상관이 부하들 앞에서 너희보다 말이 더 소중하다고 말했다고 해. 너희 같은 인간은 1전 5리로 얼마든지 갈아 치울 수 있다고."

"1전 5리?"

"소집 영장, 그러니까 엽서 한 장 값. 다시 말해 육군 병사도 해군 병사도, 그리고 조종사도 군 상층부에게는 고작 1전 5리의 엽서 한 장 값 정도로 얼마든지 끌어모을 수 있는 대상에 지나지 않았다는 거지."

"그런데도 다들 나라를 위해 용감히 싸웠어."

누나는 분노한 표정으로 고개를 끄덕였다.

잠시 침묵이 흐른 다음 누나가 입을 열었다.

"잠시 내 말 들어볼래?"

"응."

"나, 태평양전쟁에 대해 조사를 좀 해봤어. 거기서 한 가지 마음에 걸리는 게 있었어."

"뭔데?"

"해군 사령관들의 나약한 태도."

"일본군이라면 오로지 강경 돌격 작전으로 일관한 거 아닌가?"

"강경하다기보다는 무모하다고 할까, 죽기 살기로 싸운 것 같아. 과달카날도 그랬고 뉴기니 전투도 그랬고 마리아나 해전도 레이테 해전도 그래. 유명한 임팔도 그랬고. 그렇지만 절대로 잊지 말아야 할 것은 이런 작전을 짠 대본영이나 사령부 사람들은 절대로 죽을 걱정이 없었다는 거야."

"병사들이 죽는 작전이라면 얼마든지 마구 세울 수 있었다는 말이네."

"그럼. 그런데 자기 자신이 전선 지휘관이 되어 죽을 가능성이 있을 때는 정말 나약해져. 이기는 전투에서도 반격이 두려워 금방 물러나버려."

"정말이지 참."

"나약하다고 할까, 신중하다고 할까, 이를테면 진주만 공격 때 현장 지휘관은 3차 공격대를 보내자고 하는데 나구모 사령관은 뒤도 돌아보지 않고 도망쳐버려. 산호해 해전에서도 적 항모 렉싱턴을 침몰시킨 다음 이노우에 사령관은 포트모르즈비 상륙부대를 뒤로 물리고 말아. 원래 이 작전이 상륙부대 지원에 있었는데도 말이야. 과달카날 첫 전투인 1차 솔로몬 해전에서도 미가와 사령관은 적 함대를 물리친 다음 그것으로 만족했는지 적 수송선단을 추격하지 않고 철수해버렸어. 애당초 적 수송선단 격파가 목적이었는데도. 이때 수송선단을 모두 파괴했다면 이어지는 과달카날의 비극은 없었을지도 몰라. 헐시가 말했듯이 일본군이 한 걸음만 더 앞으로 내디뎠으면 대항하기 힘들었던 전투가 꽤 있었다고 해. 그런 나약함이 드러난 가장 결정적인 사건이 레이테 해전에서 구리타 사령관의 철수였어."

누나의 입에서 자세한 전쟁 이야기가 나오는 것을 듣고 놀라지 않을 수 없었다. 꽤 많은 책을 읽은 것 같았다.

"왜 그런 나약한 군인이 많았을까?"

내가 물었다.

"아마도 개인적인 자질 문제였을 테지만, 해군의 경우 그런 사령관이 너무 많았던 거야. 그러니까 혹시 구조적인 문제였을지도 모른다는 생각이 들어."

"사령관들은 해군병학교를 나온 우수한 사관 가운데서도 선발되어 해군대학을 졸업한 엘리트들이야. 말하자면 추리고 추린 엘리트지. 이건 내 개인적인 의견인데 그들은 엘리트이기에 나약했을지도 몰라. 혹시 그들의 머리에 출세라는 것이 달라붙었는지도 모르지."

"출세? 전쟁을 하면서?"

"억측일지는 모르겠지만 그런 낌새가 너무 많아. 개개의 전투를 잘 살펴보면, 어떻게 적을 물리칠 것인가가 아니라 어떻게 하면 큰 실수를 저지르지 않을까를 먼저 생각하고 싸운 것 같아. 이를테면 이자키 씨가 말했듯이 해군 사령관의 훈장 심사에 필요한 점수 말이야. 군함을 격침하는 것이 가장 점수가 많으니까 점수가 적은 전투에는 별 관심이 없는 거야. 함정 수리용 독dock을 파괴해도 석유 탱크를 파괴해도 수송선을 격침해도 그리 큰 점수를 받을 수 없어. 그래서 늘 그런 걸 뒤로 돌려버려."

"그렇다 하더라도 그걸 출세지상주의라 생각할 수는 없지 않을까?"

"물론 심한 억측일지도 몰라. 그렇지만 십 대 중반에 해군병학교에 들어가서 격렬한 경쟁을 뚫고 올라간 엘리트들이잖아. 좁아터진 해군 세계의 경쟁 속에서 살아가며 몸속 깊이 출세욕이 배어들었다고 보는 것이 그리 부자연스럽지는 않을 거야. 특히 특출한 능력을 보였던 엘리트들에게 그런 경향이 더 강했을 것 같아. 태평양전쟁 당시의 사령관급은 모두 쉰 살 이상이야. 사실 해군은 러시아와 전쟁을 치른 이후로 사십 년 가까이 해전을 치르지 않았어. 다시 말해 사령관급은 해군에 입대해서 태평양전쟁에 이르기까지 줄곧 실전 한 번 경험하지 못하고 해군의 출세 경쟁 세계에서 살아온 셈이야."

나는 속으로 신음 소리를 냈다. 내가 생각지도 못했던 누나의 풍성한 지식에 놀랐지만 그 이상으로 감탄한 것은 그 날카로운 분석적 시각이었다.

누나는 말을 이었다.

"당시 해군에 대해 조사해봤더니 어떤 점에 눈길이 가더라.

일본 해군의 인사는 기본적으로 해군병학교의 석차, 성적순인데, 그게 모든 것이야."

"졸업 성적이 평생을 결정한단 말이지?"

"그래. 다시 말해 시험 우등생이 그대로 출세하는 거야. 지금의 관료와 마찬가지로. 그 다음은 큰 실수만 저지르지 않으면 출세해. 극단적인 말인지도 모르겠지만 종이 시험 우등생은 매뉴얼에는 강한 반면에 매뉴얼이 없는 상황에는 아주 약하다는 거야. 그리고 또 하나, 자신의 생각이 잘못되었다는 생각을 못 한다는 것."

나는 기대고 있다가 등을 곧추세웠다.

"늘 예측 불가능한 상황에 대처해야 할 지휘관을 오로지 시험 성적으로 평가한다는 말이네."

"난 일본 해군의 나약함이 그런 데서 비롯된 것이 아닌가 생각해."

나는 크게 고개를 끄덕였다.

"미국은 어때?"

"거기까지는 조사해보지 않았지만 출세에 관해서는 미국도 마찬가지인 모양이야. 해군사관학교의 졸업 석차가 크게 좌우해. 다만 그건 어디까지나 평상시의 경우이고 일단 전쟁이 벌어지면 전투 지휘에 뛰어난 인물이 발탁되는 것 같아. 태평양함대 사령관 니미츠는 수십 명을 젖히고 위로 올라선 사람이야. 물론 실책에 대한 책임도 확실해. 일본군의 공격으로 진주만 함대를 잃었다는 이유로 태평양함대 사령관 킴멜은 해임된 것은 물론이고 대장에서 소장으로 강등당해. 진주만에서 패배가 과연 킴멜의 책임인지 아닌지 미묘하기는 하지만 미군에게는 실패에 대해 엄격하게 책임을 지우는 원칙이 있는 것 같아. 또 하나, 미 해군에는 나약한 지휘관이 거의 없어. 모두 놀라울 만큼 공격적이야."

누나가 얼마나 조사를 많이 했나 하는 생각이 들었다. 옛날부터 한 번 빠져들면 깊이 파고드는 타입이긴 했지만 이번 조사에서도 꽤 집중한 것 같았다. 원래 머리는 나쁘지 않다.

"그래, 미군의 강점이 그런 데 있었을지도 몰라."

"지금 일본 해군에 대해 말했는데, 제국 육군도 마찬가지였던 것 같아. 육군대학과 해군대학은 어떤 의미에서 도쿄대 이상으로 어려웠던 것 같아. 사관에서 선발되어 시험을 봤다는 것만으로 관보에 올랐을 정도이니 아마도 정말 어려웠을 거야. 왜 이런 말을 하느냐 하면, 예전의 일본 군대에 대해 조사하면 할수록 지금의 일본 관료 조직과 통하는 점이 있다는 느낌이 들어서야."

나는 새삼 누나의 얼굴을 바라보았다. 나는 지금까지 누나의 본질을 몰랐을지도 모른다.

"사실 나도 군대에 대해 조사하다가 깨달은 게 있어."

"뭔데?"

누나가 눈을 크게 뜨며 물었다.

"누나한테도 말했지만 일본 해군의 고급 장교들이 책임을 지는 방식이야. 그들은 작전에 실패해도 아무도 책임을 지지 않았어. 미드웨이에서 결정적으로 잘못 판단해 항모 네 척을 잃은 나구모 사령관도 그래. 마리아나 해전 직전에 친미항일 게릴라에 사로잡혀 중요한 작전 서류를 미군에게 빼앗긴 참모장 후쿠도메 중장도 그렇고. 후쿠도메 중장은 적의 포로가 되었는데도 상층부는 그걸 불문에 부쳤어. 이것이 일반 병사였다면 절대로 그냥 넘어가지 않았을 거야."

"병사에게는 포로가 될 바에는 자결하라고 명령해두고서 자기들은 나 몰라라 한 거야."

"고급 장교들한테 책임 추궁을 안 하는 건 육군도 마찬가지였어. 과달카날에서 말도 안 되는 작전을 거듭했던 츠지 마사노부도 책임을 지지 않았거든. 너무나 어처구니없는 임팔 작전으로 삼만이나 되는 병사를 아사시킨 모다구치 중장도 공식적으로는 아무런 책임도 지지 않았어. 덧붙이자면, 츠지는 옛날에 노몬한Nomonhan에서 치졸한 작전으로 수많은 아군 전사자를 내고도 오히려 출세한 사람이야. 그 대신에 현장 하급 장교들이 책임을 졌어. 많은 연대장급이 자살을 강요당했어."

"말도 안 돼!"

"노몬한 전투 때 츠지 같은 고급 참모가 제대로 책임을 졌더라면 나중에 과달카날의 비극은 없었을 거야."

누나의 얼굴이 분노로 일그러졌다.

"그런데 왜 책임을 지우지 않았을까?"

"그 사정은 잘 모르겠지만, 혹시 관료 조직화되어서 그런 건지도 몰라."

내 말에 누나는 고개를 끄덕였다.

"그랬어. 책임을 지우지 않는 것은 엘리트끼리 서로 보호해준 탓인지도 몰라. 동료의 실패를 추궁하면 자신이 실패했을 때도 당하고 마니까."

"맞는 말이라고 생각해. 임팔 작전에서 모다구치의 명령을 어기고 군대를 철수한 사토 유키히로 사단장은 군법회의에도 회부되지 않고 정신적 장애를 일으켰다는 이유로 면책되었어. 군법회의를 열면 모다구치 총사령관의 책임 문제로 비화될 테니까. 그러니까 모다구치를 보호하기 위해 사토 사단장의 정신 상태를 문제 삼아 군법회의를 열지 않은 거야. 나아가 군법회의를 열면 모다구치의 작전을 인정한 대본영의 고급 참모들 자신도 책임을 져야 하니까. 참고로, 모다구치의 임팔 작전을 받아들인 그들의 상관 가와베 중장은 대장으로 승진했어."

"최악이야. 그런 사람들을 위해 일반 병사들은 목숨을 걸고 싸운 거야."

"책임에 대해 말해보자고. 진주만 공격 때 야마모토 이소로쿠 사령관이 '절대 습격이어서는 안 돼'라는 말을 남기고 출격했는데도 선전포고가 늦어져 결과적으로 비겁한 기습이 된 것은, 워싱턴 주미 대사관 직원의 직무 태만 때문이었다는 이토 씨의 말 기억나? 그게 마음에 걸려 조사해보았더니 전후에 아무도 그 책임을 지지 않은 거야."

"윗사람들이 파티 같은 걸 했다지 아마?"

"그랬어. 송별 파티에서 잔뜩 마시고 다음 날 일요일 늦게 출근했다는 거야. 전날 외무성에서 '대미각서'라는 13부로 이루어진 아주 중요한 전보가 왔는데도 그걸 타이핑도 하지 않고 파티에서 놀았다는 거지. 다음 날 날아온 선전포고 전보를 보고 서둘러 '대미각서'부터 타이핑하기 시작했는데, 그게 늦어져서 진주만 공격이 시작된 다음에 헐 국무장관에게 넘겼어. 선전포고 전문은 고작 여덟 줄에 지나지 않았는데도."

"징계를 받아 마땅한 실수야, 그건."

"그 정도로는 용서가 안 돼. 그 실수 때문에 '일본인은 비겁하게 기습이나 하는 민족'이라는 처참한 오명을 덮어쓰게 됐잖아. 그게 얼마나 심각한 일인지. 이를 테면 원폭을 떨어뜨린 데 대해서 미국 사람들은 '비겁한 일본에게 당연한 일'이라고들 해. 9.11 때도 미국의 미디어들은 '진주만과 똑같은 테러'라고 했어. 일본에 그렇게나 오욕을 뒤집어씌웠는데도 당시 주미 대사관의 고급 관료는 아무도 책임을 지지 않았어. 어떤 관료는 통신요원의 잘못으로 치부하려 했어. 전날 '야근을 할까요?'라고 물었던 사람을 말이야. 필요 없으니 그냥 퇴근하라고 말한 사람이 전후에 이르러 그 사람에게 책임을 전가하려 했던 거야."

누나는 한숨을 내쉬었다.

"결국 당시의 고급 관료는 아무도 책임을 지지 않았을 뿐만 아니라 그 가운데 몇 사람은 전후에 외무성 사무차관까지 올라갔어. 만일 그때 그들의 책임을 제대로 물었더라면 '비겁한 민족'이라는 오명은 쓰지 않았을 테고 명예도 회복할 수 있었을 거야. 미국인도 그게 '속임수 공격이 아니었다'라고 생각할 테고. 그러나 지금에 이르기까지 외무성은 공식적으로 잘못을 인정하지 않으니까 국제적으로 진주만 기습 공격은 일본인의 비겁한 속임수로 인정되는 거야."

누나는 머리를 감싸 쥐었다.

"일본은 대체 어떤 나라야?"

그 물음에 나는 대답할 말이 없었다. 누나도 대답을 기대한 것은 아닐 것이다. 나는 말했다.

"군대나 일부 관료를 생각하면 속이 문드러지는 기분이지만 이름도 없는 사람들은 늘 힘을 다했어. 이 나라는 그런 사람들이 지탱하는 거야. 그 전쟁에서도 병사나 하사관은 잘 싸웠어.

전쟁에서 잘 싸우는 게 좋은 일인지 나쁜 일인지는 모르겠지만, 그들은 자신의 임무를 다했어."

누나는 그렇게 말하고 어두운 창밖을 바라보았다. 유리에 비친 그 얼굴이 험악했다. 누나는 툭 말을 던졌다.

"한 팔을 잃은 그 하세가와 씨도 가슴 깊은 곳에 풀리지 않은 울분이 있었던 것 같아."

"나라를 원망할 수 없으니까 할아버지에게 그런 감정을 전가한 것인지도 몰라."

"아마 주변 사람들도 그에게 냉담했을 테고. 팔을 잃은 그 사람에게 그동안의 고생을 위로해주기는커녕 직업군인의 자업자득이란 악의적인 눈길을 던졌을지도 몰라."

나는 고개를 끄덕였다.

"그래서 그 사람이 할아버지를 나쁘게 말하는 것도 이해해주도록 해."

"알았어."

누나는 비로소 웃음을 보였다. 그러나 금방 표정이 어두워졌다.

"그렇지만 일본 군대의 높은 사람들은 정말로 병사의 목숨을 도구처럼 다루었어."

"그 가장 대표적인 것이 특공이고."

나는 할아버지의 허망한 마음을 생각하며 눈을 감았다.

며칠 뒤 누나에게 핸드폰으로 연락을 했다.

"전 특공대원하고 연락이 닿았어."

수화기 건너편에서 누나가 놀라는 기색이 역력했다.

"그 사람이 할아버지를 안대."

그러나 누나의 대답은 뜻밖이었다.

"안 갈래."

"왜?"

누나는 대답하지 않았다.

"전 특공대원 이야기를 듣고 싶다고 했잖아."

"듣고 싶지. 하지만 이제 더는 슬픈 이야기 듣고 싶지 않아."

누나는 화난 듯이 말했다.

"나, 나름대로 특공에 대해 조사해봤어. 괴로워서 도저히 책을 읽을 수 없었어."

"그 심정 나도 알아."

"그러니까 할아버지를 아는 전 특공대원 이야기 속에 할아버지가 특공에 지원했을 때 이야기가 나올지도 몰라. 그런 이야기, 도저히 들어줄 수 없어. 너는 아무렇지도 않게 들을 수 있니, 겐다로?"

"그건 나도 괴롭기는 마찬가지야. 그렇지만 난 이번 일이 무슨 운명의 작용 같은 게 아닐까 생각해. 육십 년 동안이나 아무도 몰랐던 미야베 규조라는 사람이 지금 내 앞에 모습을 보이기 시작한 거야."

수화기 건너편에서 누나는 마른침을 삼켰다.

"이거, 거의 기적이 아닌가 싶어. 전쟁에 참가한 사람들이 역사의 무대에서 사라지려 해. 그야말로 이때 이런 조사를 시작했다는 것이 뭔지 모를 운명의 작용이라는 느낌이 든단 말이야. 앞으로 오 년만 지나면 미야베 규조는 역사의 저편으로 영원히 사라져버릴 거야. 그러니까 나는 할아버지를 아는 모든 사람에게 이야기를 들어야 한다고 생각해."

누나는 잠시 틈을 두었다가 말했다.

"겐다로, 너 정말 변했어."

"그렇지만 듣기 괴롭다는 누나 마음 잘 알아. 나도 마찬가지야. 이번에는 나 혼자 갔다 올게."

누나는 말이 없었다.

"다카야마 씨한테는 연락했어?"

나는 운전을 하면서 조수석에 앉은 누나에게 물었다.

전 해군 소위 오카베 마사오의 집은 치바 현 나리타였다. 나는 어머니 차를 빌렸다.

"아직, 그렇지만 받아들일 생각이야."

취재를 하루 앞두고 누나는 같이 가겠다고 했다.

나는 고속도로에 들어선 다음 말했다.

"누나, 후지키 씨를 좋아했었지?"

누나는 놀란 눈으로 나를 바라보았다.

"지금이니까 하는 말인데 나, 누나가 후지키 씨 앞에서 우는 모습을 우연히 보았어."

누나는 말이 없었다. 우리 사이에 긴 침묵이 흘렀다. 나는 에어컨을 더 세게 틀었다.

잠시 침묵이 흐른 다음 누나가 입을 열었다.

"웃지 않고 들어줄 거지? 나는 후지키 씨를 좋아했었어. 그가 사법시험에 합격하고 그 사람 아내가 되는 게 꿈이었거든. 그랬는데 그 사람이 사법시험을 포기하고 시골로 내려간다기에 얼마나 충격 받았는지 몰라. 난 취직이 결정된 상태였고. 그래서 무조건 가지 말라고 졸랐던 거야."

"후지키 씨와 사귀었던 거야?"

누나는 고개를 저었다.

"손도 잡지 않았어. 고백을 받은 것도 아니고, 둘이서 데이트한 적도 없어. 그래서 연인도 뭐도 아무것도 아냐."

"그랬구나."

"억지로 말하면, 그때 내가 운 것이 사랑의 고백이었을지도 몰라."

누나는 그렇게 말하고 조금 슬픈 표정으로 웃었다.

"그렇지만 그 사람 가버렸어. 같이 가자거나 기다려달라는 말도 하지 않고."

후지키라면 절대로 그런 말을 하지 않을 것이라는 생각이 들었다. 고생할 게 뻔한데 같이 가자고 말할 사람이 아니다.

"후회는 없어?"

"후회? 왜? 난 내 선택이 옳았다고 생각해. 그때 같이 시골로 가자는 말을 해주지 않은 게 정말 다행이라고 생각해. 그때는 어렸으니까 만일 그런 말을 들었더라면 취직이고 뭐고 그냥 따라갔을지도 몰라."

누나는 그렇게 말하고 소리 높여 웃었다. 그런 다음 내게 물었다.

"후지키 씨 공장, 아주 힘들다는 거 알아?"

나는 고개를 끄덕였다.

"만일 후지키 씨랑 결혼했으면 정말 고생 많았을 거야."

누나는 핸드백에서 담배를 꺼내 불을 붙였다. 난 좀 놀랐다.

"담배 피워?"

"엄마 앞에서는 안 피워."

누나는 그렇게 말하고 창을 열었다. 뜨거운 바람이 들어왔다.

"어제 후지키 씨한테서 결혼해주지 않겠느냐는 전화가 왔었
어."

순간, 누나가 무슨 말을 하는지 알아듣지 못했다.

"나, 그 남자와 결혼할지도 모른다고 후지키 씨한테 편지했
거든. 편지 쓴 건 처음이야. 그러고 열흘이나 지나서 갑자기 후
지키 씨한테서 전화가 온 거야."

"무슨 말을 했기에!"

나는 누나를 향해 고함을 질렀다. 누나는 깜짝 놀란 표정을
지었다. 차간 거리가 좁아져 다급하게 브레이크를 밟았다.

"차인 거 복수한 거야?"

"복수 같은 거 생각해 보지도 않았어. 정리하고 싶었을 뿐이
야. 그건 그거고 앞이나 제대로 보고 운전해!"

"그래서 뭐라고 했어?"

"당연히 거절이지."

나는 추월선으로 차를 밀어 넣고 힘껏 액셀을 밟았다. 누나

오카 379

가 입을 다물었다. 후지키 씨 마음을 생각하니 가슴이 아렸다.

　그러고부터 우리 둘은 고속도로를 빠져나갈 때까지 한마디
도 나누지 않았다.

　전 해군 소위 오카베 마사오는 네 번이나 치바 현 의원을 지
낸 사람이었다. 그전에는 오랜 세월 현의 교육위원이었다. 처
음에 그런 경력을 알고는 많이 놀랐지만 가만 생각해보니 딱히
이상한 일도 아니었다. 당시에는 젊은이 모두가 군대에 갔고
전후 일본을 지탱한 사람들 대부분이 군인 출신이었던 것이다.
그 가운데 전 특공대원이 있다 한들 하나도 이상하지 않다.

　오카베의 집은 나리타의 한적한 주택가에 자리 잡았다. 너
무 아담하고 소박해서 현의원을 네 번이나 지낸 사람의 집으
로는 보이지 않았다.

　"평범한 집이네."

　누나도 내 말에 고개를 끄덕였다.

　문 옆에 달린 벨을 누르자 바로 현관문이 열리고 자그마한
노인이 고개를 내밀었다.

　전 특공대원은 머리가 훌러덩 벗겨진 노인이었다. 방긋방긋
웃는 느낌이 좋았다. 전 현의원이라 해서 위압적인 인물로 상
상했던 터라 조금 김이 빠지고 말았다.

"아내는 구민회관에 꽃꽂이를 가르치러 다니지요. 나 혼자라 대접도 제대로 할 수 없을 것 같소."

오카베는 그렇게 말하고 우리를 방으로 안내했다.

"노친네 둘이서 살다 보니 젊은 분들한테 내줄 게 없구먼요."

그러면서 사이다를 따라주었다.

"괜찮습니다. 신경 쓰지 마세요." 하고 나는 말했다.

눈앞에 앉은 이 작은 노인이 전 특공대 조종사였다니 도무지 이미지가 맞지 않았다. 하긴 애당초 정해진 특공 조종사 이미지가 있는 건 아니지만.

"미야베 씨는 정말 훌륭한 교관이었지요."

오카베는 불쑥 말을 꺼냈다.

"교관이라면요?"

"연습항공대의 교관이었어요. 같은 교관이라도 장교는 교관, 하사관은 교원이라 합니다. 군대란 곳은 그런 명칭에도 장교와 하사관을 구별하는 법이지요."

"할아버지가 교관을 했다는 말은 처음입니다."

"미야베 씨가 츠쿠바의 연습항공대에 교관으로 부임한 것은 1945년 초의 일이에요."

나는 비행과 예비학생이었어요. 예비학생이란 한마디로 말해 대학 출신의 사관인 셈이지요.

원래 해군은 소수의 예비학생을 채용했지만 1943년부터는 그 수가 많이 늘어났지요.

그때는 지금처럼 아무나 대학에 가는 시대가 아니었어요. 백 명에 하나도 대학에 가기 힘든 시절이었으니까요. 당시에 대학생이라면 대단한 엘리트였어요. 그래서 처음에는 군대도 그런 엘리트를 받아들이지 않았지만 43년경에는 전황도 좋지 않고 젊은 병사도 부족한 실정이었지요. 43년은 과달카날 전투에서 패배하고 야마모토 이소로쿠 사령관이 전사한 해예요.

그래서 지금까지 징병을 면제받았던 대학생들이나 구제舊制 고등학생(중학교 4년제를 졸업하고 대학가기전 고교 2년제 학생)들을 학도병으로 받아들였지요. 자연계 학생을 제외한 모든 대학생이 징병 대상이 되었어요. 우리도 이윽고 국민개병제 시대로 접어들었다고 생각했지요.

우리 대학생 대부분도 징병 유예 조치에 마음이 아주 불편했어요. 같은 나이의 젊은이들이 군대에 가서 싸우고 매일 죽어나가는데도 태평하게 공부만 할 수 있는가 하는 생각이 들었어요. 물론 개중에는 병역을 회피하려고 대학에 적을 둔 사람도 있었고요. 이를테면 당시 '직업야구'라 불린 프로야구 선수 가운데는 야간대학에 적을 두어 징병을 회피하는 사람도 있었어요. 그러나 대다수 대학생들은 자신의 특권을 그리 기뻐하지만은 않았지요.

43년 제1회 학도 출진에서 십만이 넘는 학도병이 나왔어요. 전국의 대학이 텅 비어버렸다고 해요. 10월에 메이지신궁 외원경기장에서 '출진학도 장행회壯行會'가 열렸지요. 차가운 비가 내리는 가운데 오만 여학생의 전송을 받으며 이만 오천 학도병이 행진했지요.

운명이란 참으로 야릇한 것이에요. 특공대 대부분은 그해의 학도병 중에서 선발되었으니까요. 왜냐하면 해군도 육군도 학도병 가운데서 비행 학생을 선발했기 때문이지요.

비행기 조종은 자동차처럼 간단한 것이 아니에요. 조종하기 전에 외워야 할 내용이 아주 많아요. 그래서 전쟁 전 조련 또는 예과련의 비행 연습생들은 아주 어려운 시험을 통과해서 가려진 우수한 소년들이었어요. 항공대는 그 정도로 우수한 인재가 필요했지요. 그런 점에서 대학생들은 풍부한 지식과 높은 지성을 가졌기에 좋은 차출 대상이었어요. 빠른 시간에 비행 요원으로 만들 수 있는 좋은 자원이었던 것이죠. 그래서 속성 특공용 조종사로 양성되었어요. 특공으로 전사한 사람들은 사천사백 명 이상입니다. 그 반 가까이가 이런 비행 예비학생 출신의 조종사였어요.

그해의 학도 출진 가운데서 뽑힌 것이 예비생 13기, 나중에 해군 특공의 주력이 된 사람들이에요. 나는 다음 해 14기 비행과 예비학생이었어요. 이 14기에서도 많은 특공대원이 나왔어요.

최초의 특공대는 레이테에서 세키 대위가 이끈 시키시마 부대라는 것이 일반적인 인식이지만, 사실 진짜 특공 제1호는 같은 레이테 야마토 부대의 구노 코후 중위입니다. 구노 중위는 11기 예비학생이었어요.

세키 대위의 시키시마 부대가 돌격한 것은 10월 25일이고 구노 중위의 야마토 부대가 돌격한 것은 21일이에요. 이날 야마토 부대도 시키시마 부대도 적을 발견하지 못해 전기全機 기지로 귀환했지만, 구노 중위만 귀환하지 않고 단독으로 적을 추적하여 기어이 돌아오지 않는 몸이 되고 말았어요.

사실은 구노 중위야말로 특공 제1호인데, 그 명예는 그에게 주어지지 않았습니다. 전과가 확인되지 않았기도 했고 또 하나 큰 이유는 구노 중위가 예비학생 출신의 장교였기 때문이지요. 해군으로서는 '특공 제1호'의 영예를 해군병학교 출신 장교에게 주고 싶어 세키 대위를 제1호로 발표한 것이지요. 이 것만 보아도 해군이 얼마나 병학교 사관을 중시하고 예비학생을 가벼이 여겼는지를 알 수 있어요.

그럼에도 13, 14기 예비학생을 특공대원으로 양성하기 위해 많은 수를 탑승원으로 만들었지요.

숙련된 조종사가 특공에 가는 경우는 거의 없었어요. 44년 필리핀 지역에서는 숙련 조종사도 몇 명 특공 명령을 받았지만 다음 해 45년 오키나와전에 이르면 그런 경우는 없어졌어요. 그즈음은 전쟁 초기부터 활약한 숙련 조종사가 거의 없어져서 그런 존재가 아주 소중하게 된 것이지요.

숙련 조종사는 본토 방공 전투에 투입되거나 또는 특공대 호위기로 출격하거나 연습생 교원이 되는 것이 보통이었지요. 몇 번이나 말했듯이 소모품에 지나지 않은 예비학생이나 예과련의 소년 비행병을 특공으로 삼았어요.

내가 제14기 예과 비행 학생이 된 것은 44년 5월이었습니다. 시키시마 부대 세키 대위의 특공은 반년 후의 일인데, 아마도 그 전부터 해군은 특공 작전을 진지하게 검토했을 겁니다. 13기와 14기의 예비학생들을 특공요원으로 삼으리라 결정해두었던 것 같아요. 물론 내가 알 수 있는 범위의 일이 아니에요.

우리는 공중전 방법이나 폭격 방법도 배우지 않았어요. 그런 걸 배워봐야 써먹을 데가 없었기 때문이지요. 우리는 그냥 폭탄을 끌어안고 적함에 부딪칠 따름이니까요.

비행 훈련은 정말 가혹했어요. 이삼 년 걸릴 훈련을 일 년도 안 되는 시간에 해야 하니까 가르치는 쪽이나 배우는 쪽이나 죽을힘을 다할 수밖에 없었지요. 어쨌든 군은 하루라도 빨리 비행기를 태워 특공 작전에 써먹어야 했으니까요.

다만 하사관 교원이 아주 친절하게 가르쳐주었지요. 우리 예비학생은 준사관과 하사관의 중간 위치라서 계급으로는 교원보다 위였어요. 그리고 훈련 기간을 마치면 바로 소위가 됩니다. 전쟁 경험도 없는 장교인 셈이지요. 일반 병사는 장교가 되려면 십 년 이상이나 근무해야 하니까 생각해보면 정말 불합리한 일이에요.

또한 연습항공대에서도 배우는 쪽이 가르치는 쪽보다 계급이 위라서 서로 대하기가 아주 곤란했어요. 교원도 우리를 함부로 다루지 못했지요. 엄하게 가르치고 싶어도 계급 차가 있으니 어쩔 수 없었던 것 같아요. 설령 그렇다 하더라도 우리는 특공용 탑승원으로 교육받았기 때문에 결국 그리 큰 차이도 없었어요.

우리는 자신들이 특공 요원이라는 것도 모르고, 하루라도 빨리 제대로 된 탑승원이 되어 적기를 격추시키자는 결의 하에 훈련에 열심이었으니 정말 웃기는 일이지요.

그러나 44년 10월에 시키시마 부대에 관한 사실을 알고 그 후에도 필리핀에서 가미카제 특공대가 연달아 출격한다는 뉴스를 듣고서야 혹시 우리도 특공으로 가는 게 아닌가 하는 생각을 하게 되었지요.

미야베 씨가 교관으로 부임해온 것은 우리 교육이 거의 끝날 즈음이었지요. 아마도 45년 초였을 겁니다.

아직도 첫인상이 떠올라요. 온몸에서 묘한 분위기를 풍겼지요. 츠쿠바 항공대에는 전선에서 온 탑승원이 몇 있어서 하나같이 사선을 넘어선 사람 특유의 처절함이 풍겼는데, 미야베 씨도 그런 분위기를 강하게 풍기는 사람이었어요.

이상하게도 처절한 전장에서 돌아온 사람일수록 전쟁 이야기를 하지 않아요. 오히려 별로 실전을 경험하지 않은 탑승원이 전장 이야기를 많이 하는 경향이 있었어요. 미야베 씨 또한 전장 체험에 대해서는 거의 말을 하지 않았지요. 화려한 무용담은 전혀 들을 수 없었던 겁니다.

미야베 교관의 계급은 소위였는데 늘 우리에게 정중한 어투로 말했어요. 소수의 해군병학교 출신 교관은 대체로 말투가 난폭하고 화가 난 듯이 고함을 지르는 것이 보통이었지만 미야베 교관은 학생에게 한 번도 큰소리를 낸 적이 없었어요. 애당초 소위라고는 하지만 미야베 씨의 경우 '특무소위'라고 해서 한 단계 낮은 장교였어요. 하사관에서 올라온 장교는 '특무사관'이라고 해서 해병 출신의 사관보다 낮게 취급되었지요. 언젠가 어떤 나이든 특무중위에게 해병 출신의 젊은 소위가 화를 내는 모습을 본 적이 있어요. 그것이 군대라는 곳입니다.

우리 선배들 또한 '예비사관'이라든지 '스페어'라 불리면서 해병 출신 사관보다 한 단계 낮게 취급받았어요. 그런 만큼 특무사관에 대해 어떤 동정심을 느꼈지요. 그러나 그런 우리도 하사관들 눈으로 보면 특권 계급에 지나지 않았을 겁니다.

다만 미야베 교관은 말투가 정중한 것 말고는 아주 엄격한 교관이었어요. 우리에게 합격점을 잘 주지 않는 교관으로 유명했으니까요. 다른 교원이라면 충분히 합격시킬 텐데도 미야베 교관은 '불합격'을 주는 일이 많았지요.

그래서 나를 포함해서 몇 예비학생들에게 평판이 좋지 않았어요.

"전장을 경험한 사람 눈으로 보면 우리 비행 솜씨는 거의 병아리 수준에 지나지 않겠지만, 이건 잘난 체하는 놈들보다 더 나빠."

"우리가 사관 후보라는 것 자체가 마음에 들지 않을 테지만 이런 식으로 사람을 골탕 먹일 필요까진 없잖아."

나도 미야베 교관의 행태에서 어떤 고집 같은 것을 느꼈지요. 누군가 말했듯이 그 자신 십 년이나 고생해서 단 소위 계급장을 예비학생이 아무런 고생도 하지 않고 그냥 얻는 현실에 대해 불만을 품었다고 생각했던 거죠. 그 마음은 충분히 알겠지만 우리 탓은 아니지요.

미야베 교관이 온 다음부터 우리의 과정 이수 스피드가 뚝 떨어졌어요. 그래서 어느 날 예비학생 몇 명이 선임 교관에게 하소연했지요.

그 다음 날 우리는 미야베 교관에게 선회 훈련을 받았는데 교관은 역시 전원에게 '불합격' 판정을 내렸지요. 반 정도를 불합격 처리하면 모를까 전원을 불합격시킨다는 것은 노골적인 심술이었어요.

우리는 다시 선임 교관에게 하소연했어요. 그러나 미야베 교관의 태도는 조금도 변하지 않았지요. 그는 철저하게 불합격 처분을 내렸어요. 참 대단하다는 생각이 들기도 하더군요. 이 교관은 의외로 지조가 있는 사나이일지도 모른다고 말이죠. 그러나 미야베 교관은 곧 떠나고 말았어요.

그렇지만 교관이 부족하다 보니 다시 미야베 교관도 불러들인 것 같아요. 다만 미야베 교관은 비행 훈련을 담당하면서도 실기 합격 여부는 다른 교관이 판단했지요. 아마 상관의 명령이었을 겁니다.

여기에 미야베 교관도 마음이 많이 상한 것 같았어요. 그도 그럴 것이 학생에게 점수도 줄 수 없는 선생이 선생일 수 없기 때문이지요. 미야베 교관은 자부심에 상처를 입었을 겁니다. 그 후로 한층 더 우리를 정중하게 대했어요. 우리는 내심 그거 잘 됐다며 쾌재를 불렀지요.

다만 미야베 교관이 '아주 잘했습니다'라고 말할 때의 그 불편한 표정이 우리를 짜증스럽게 만들었지요.

어느 날 나는 선회 훈련을 마친 다음 미야베 교관에게서 잘했다는 칭찬을 받았는데, 그 표정이 결코 진심에서 우러난 것이 아님을 알 수 있었어요. 그날은 나름대로 꽤 잘했다고 생각했기에 나도 모르게 말을 뱉어내고 말았어요.

"교관님은 우리가 잘하는 게 기분 나쁩니까?"

미야베 교관은 놀란 표정으로 이렇게 말했어요.

"그럴 리가 있나요. 혹시 그렇게 보였다면 제 잘못입니다."

미야베 교관은 그렇게 말하고 깊이 머리를 숙이는 겁니다. 그 태도에 대해서도 난 은근히 기분이 나빴지요.

"정말 그렇게 생각한다면 좀 즐거운 표정으로 말해야 하지 않겠습니까?"

미야베 교관은 말이 없었어요.

"아니면 정말로 우리가 형편없다고 생각하십니까?"

거기에 대해서도 미야베 교관은 대답하지 않았어요.

"정말 어떻게 생각하십니까? 혹시 우리를 골탕 먹이고 싶은 겁니까?"

그때 미야베 교관은 이렇게 말했지요.

"솔직히 말해 오카베 학생의 조종은 완전 엉터리라고 생각해요."

나는 얼굴이 벌겋게 달아오르고 말았어요.

"어떤 점에서요?"

나는 겨우 입을 열어 따져 물었지요.

"오카베 학생이 전장에 가면 금방 격추당하고 말아요."

나는 말을 되받고 싶었지만 입이 떨어지지 않았어요.

"내가 여러분에게 불합격을 주는 것은 결코 골탕을 먹이기 위해서가 아니에요. 나는 전장에서 많은 탑승원이 목숨을 잃는 걸 보았어요. 나보다 더 솜씨가 좋은 노련한 탑승원도 많이 격추당했어요. 제로센은 더 이상 무적의 전투기가 아닙니다. 적의 전투기는 우수한 데다 보유 대수도 우리보다 훨씬 많아요. 전장은 정말로 험악합니다. 내가 지금 잘난 체하는 것 같나요?"

"그런 건 아닙니다."

"마리아나에서도 레이테에서도 수많은 젊은 탑승원이 충분한 훈련도 받지 못하고 실전에 투입되었어요. 그리고 그 대부분이 첫 출격 때 전사했습니다."

담담하게 말하는 미야베 교관의 말에 나는 아무런 말도 할 수 없었어요.

"비행대장에게도 이런 말을 했지요. 그러나 받아들이지 않더군요. 오히려 어느 정도만 되면 합격시키라고 명령했어요. 아무튼 지금은 탑승원이 부족하니까 한 사람이라도 더 많은 탑승원을 배출해야 한다고 말이죠."

나는 고개를 끄덕였지요.

"여러분처럼 뛰어난 학생들을 가르치면서 느낀 점인데, 솔직히 말해 여러분은 탑승원이 될 사람들이 아니에요. 더 훌륭한 일을 할 사람이라 생각합니다. 나는 가능하다면 여러분이 살아남기를 바라요."

그때 미야베 교관이 한 말은 전후에도 오래오래 내 가슴에 남았지요. 많이 괴로울 때, 늘 그때 미야베 교관이 한 말을 떠올렸어요.

"건방을 떨어 죄송합니다. 사과드립니다."

미야베 교관은 그렇게 말하고 고개를 숙이더니 숙소 쪽으로 가버렸어요.

나는 정말 부끄러웠어요. 천박한 정신으로 미야베 교관을 가늠하려 했던 나 자신을 용서할 수 없었어요.

2월 말에 이르러 우리의 모든 교육 과정이 끝났어요. 고작 일 년도 안 되는 짧은 교육 기간이었지요. 예전의 예과련 교육 기간은 이 년 이상이었으니 우리가 얼마나 속성이었는지 알 수 있어요.

그날 밤 우리는 종이 한 장을 건네받았어요. 거기에는 '특공대에 지원할 것인가?'라는 질문이 적혀 있었어요. 제출은 다음 날이었고요.

마침내 올 것이 왔나, 하고 생각했지요. 그러나 실제로 그 종이를 받았을 때의 충격은 나의 각오를 훨씬 넘어서는 것이었어요.

나는 예비학생으로 입대했을 때부터 죽음을 각오했어요. 그것은 동기들과 몇 번이나 나누었던 이야기였어요. 다만 그것은 어디까지나 목숨을 걸고 싸운 결과로서 죽음이었지요. 완전히 죽음이 결정된 특별공격대에 지원하는 것은 나의 각오를 넘어선 것이었어요.

그러나 작년부터 특공이 실시되었다는 사실을 알았기에 특공지원서를 앞에 두고 당황하지는 않았지요. 1944년 가을에 레이테 섬에서 시키시마 부대의 작전이 신문 지상에 크게 보도되었고 그 후에도 가미카제 특별공격대의 사연이 매일 신문이나 대본영 발표로 보도되었어요. 따라서 혹시나 하는 마음은 있었지요.

처음 특공대 뉴스를 들었을 때의 충격 말인가요? 확실히 말해 그 정도로 충격은 없었어요. 다만 마음의 끈을 꽉 조였다고나 할까요.

아마도 그즈음은 인간의 죽음에 대해 둔감해지지 않았을까 싶어요. 신문에서도 '옥쇄'라는 단어가 드물지 않게 나타나기 시작했어요. 옥쇄의 뜻? 전멸을 의미하는 말이에요. 한 부대 모두가 죽는 것이에요. 전멸이라는 말을 '옥쇄'라는 말로 바꾸어 비참을 감추려는 것이지요. 당시 일본군은 그렇게 말을 바꾸는 짓을 자주 했어요. 도회지에서 시골로 피난하는 일을 '소개疎開'라 하고 퇴각을 '전진轉進'이라 했어요. 그러나 '옥쇄'는 정말로 처참한 말이죠. 거기에는 죽음을 비유적으로 미화하려는 의도가 있었어요. 이윽고 신문에 '일억 옥쇄'라는 말이 빈번하게 나오기 시작했어요.

매일 신문을 통해 수많은 죽음을 보노라면 생명이 얼마나 가벼운 것인지 모른다는 생각을 하게 되죠. 매일 전장에서 몇 천이나 되는 생명이 사라지는 가운데 열 명 정도 특별공격대가 있다 한들 그리 충격적인 일도 아니지요.

그러나 정작 내가 그런 처지에 놓이고 보니 사태는 완전히 달라지고 말았어요. 인간이란 존재는 정말 자기 편한 대로 생각하는 생물인 모양입니다.

나는 부모를 생각했어요. 나를 사랑해주었던 부모를. 그리고 열 살 터울의 여동생을 생각했어요. 내가 죽으면 부모는 견딜 수 있을지 몰라도 여동생은 슬피 울며 무너지고 말 것이에요. 여동생은 나를 그 무엇보다 사랑했으니까요.

"세상에서 오빠가 제일 좋아. 아빠보다도 엄마보다도 오빠가 좋아."

여동생은 입버릇처럼 그런 말을 했었지요.

여동생은 약간의 지적 장애를 가진 아이에요. 그런 아이들 대부분이 그러하듯이 순진하기 그지없어서 무엇인가를 의심하는 법이 없어요. 그런 만큼 더 가련하고 사랑스러웠지요.

만일 내게 애인이나 아내가 생긴다면 또 다른 생각을 했을테지만 다행히 나는 독신이었어요. 마음에 둔 여자도 없었고요. 그래서 그때 부모와 여동생만이 내 마음을 무겁게 짓눌렀던 거지요.

부모님은 참고 견뎌낼 수 있을 거라 생각했어요. 그리고 나의 불효를 용서해줄 것이라고. 조국을 지키다가 죽은 것을 자랑으로 여길 것이라고요. 그러나 여동생에게는 너무 미안했어요. 또한 부모님이 나이가 들어 언젠가 세상을 떠나면 여동생을 돌봐줄 사람이 없어지고 말아요. 그것이 마음에 남을 따름이었어요.

내가 지원서를 앞에 두고 어떻게 마음을 정했는지 아무런 기억도 없어요. 마음 깊은 곳에서 명확히 각오를 굳히고 결단을 내렸는지조차 지금은 알 수 없어요.

새벽이 다 되어서 '지원합니다' 칸에 동그라미를 쳤지요. 많은 학생들이 지원한다고 했을 거라는 생각이 그렇게 하도록 만들었을 테지요. 나 혼자 비겁자가 되고 싶지 않았어요. 이름을 적을 때 글이 비뚤어지지 않게 신경 쓴 기억이 나요. 그런 때도 그런 생각을 했다니, 참.

비행 학생들은 모두 '지원합니다'를 선택했지요. 그러나 나중에 몇 사람이 '지원하지 않습니다'라고 썼다는 말을 들었어요. 지원하지 않는다고 쓴 사람들은 상관에게 개별적으로 불려가 설득당했다고 해요. 당시 일본 군대에서 상관의 설득이란 거의 명령이나 다름없었지요. 그것을 거역하기는 불가능한 일이에요.

우리를 가리켜 생각 없는 사람이라고 할지도 모르겠습니다. 그러나 오늘날처럼 자유로운 분위기 속에서 자란 사람에게는 이해되지 않는 일일 테지요. 아니 현대에도 과연 회사나 조직 속에서 자신의 목을 걸고 상사에게 당당히 '아니요'라 말할 수 있는 사람이 과연 얼마나 될까요? 우리의 상황은 그것보다 훨씬 더 험악했지요.

'지원하지 않습니다'를 선택한 사람이 있었다는 말을 들었을 때, 난 그들 또한 어차피 설득당해 지원하게 될 테니 처음부터 지원하는 게 좋았을 텐데, 라는 생각을 했지요.

그러나 지금은 확신해요. '지원하지 않습니다'를 택한 사람들은 정말 훌륭했다고.

자신의 삶과 죽음을 단 한 점의 망설임 없이 스스로의 의지로 정한 사람이야말로 진정한 사나이였다고 생각해요. 나를 포함해 많은 일본인이 그런 사나이였더라면 전쟁은 더 빨리 끝났을지도 몰라요.

그들을 지원하게 한 것은 혹시 상관이 아니라 우리 자신이었을지도 모르지요.

우리는 결코 즐겁게 죽음을 받아들이지는 않았지요. 하지만
그 시대는 그것 말고 선택의 여지가 없었어요. 군부는 특공대
를 지원하지 않는 사람을 결코 용서하지 않았을 겁니다. 실제
로 그런 소문이 들렸지요. 다른 연습항공대에서 특공에 지원
하지 않은 사람을 전선의 보병 부대로 보내거나 또는 거의 절
망적인 전투에 투입했다는 거예요. 소문이니까 어디까지가 진
실인지는 모르지요. 그렇지만 그 시대를 살았던 나에게는 그
게 진실에 가까웠을 것이라는 생각이 들어요.

그 당시 군부는 병사의 목숨 따위 아무렇지도 않게 생각했
지요. 아까 특공대에서 산화한 젊은이가 사천사백 명이라고
했는데 오키나와전에서 전함 '야마토'의 해상특공 때에는 한
번의 출격으로 똑같은 수의 병사가 목숨을 잃었어요.

'야마토'의 출격은 절망적인 일이었어요. 오키나와 해안에
상륙한 미군을 포격한다는 말도 안 되는 작전을 위해 출격했
던 겁니다. 그런 게 어떻게 가능하겠어요? 항공기 호위도 없이
한 척의 전함과 몇 척의 호위함이 오키나와에 도착할 수 있다
는 생각 자체가 말도 안 되는 거지요.

다시 말해 '야마토' 역시 특공이었던 것입니다. 그리고 이 특
공은 '야마토' 승무원 삼천삼백과 그 밖의 소형 함정 승무원들
을 물귀신처럼 붙들고 사라져버렸지요. 이 작전을 세운 참모

들은 인간의 목숨 따위 손톱만큼도 생각하지 않았을 겁니다. 삼천삼백의 승무원들에게서 어머니나 아내, 거기에 자식이나 형제를 가진 인간의 모습을 상상해보지 못했을까요? 질 게 뻔한 전투인데도 그냥 질 수는 없으니 특공작전이라도 펼쳐 우리의 의지를 보여야 한다는 군부의 기묘한 체면을 위해 '야마토'와 몇 척의 경순양함, 구축함, 수천의 병사가 소비된 겁니다.

연합함대의 자부심이라고 할 '야마토'조차 특공으로 버리는 작전을 세운 군사령부나 연합함대 지휘관이 예비학생을 소비하는 데 주저할 리 없지요. 잘만 되면 병사 하나와 비행기 한 대로 군함 한 척을 침몰시킬 수 있을지도 모른다고. 그렇게 한 발 명중시키겠다고 수십 대가 떨어져도 어쩔 수 없는 일이라고 생각했을 테지요.

그런데 특공을 지원했다고 해서 바로 특공대원이 되는 것은 아니에요. 지휘부의 생각은 특공 지원은 당연한 일이니 절차를 밟아두는 데 지나지 않았던 거지요. 일단 특공을 지원하게 해두면 특공 요원으로 필요할 때 언제든 사용할 수 있으니까요.

우리는 교육 기간을 끝내고 임관한 다음에도 계속 훈련을 받았어요. 그즈음에는 특공 요원이 있어도 항공기가 부족했어요. 아니 항공기만이 아니었지요. 연료가 부족해서 만족스럽게 연습조차 할 수 없는 상황이었어요.

오키나와 특공작전이 시작된 것은 그 무렵이었어요.

45년 3월에 들어서는 오키나와 주변 해역의 미 함대를 목표로 규슈 각 기지에서 매일 특공기가 출격했지요. 그 모든 일이 신문에 대대적으로 보도되었어요.

4월 어느 날, 우리 14기 예비사관 중에 열여섯 명의 이름이 특공대원으로 발표되었지요. 내 이름은 거기에 없었어요. 선택받은 자는 우수한 기량을 가진 자들이었어요.

그 열여섯 명의 이름 속에 내 친구 다카하시 요시오가 있었지요. 그는 게이오 대학 동기생이었어요. 문학을 사랑하던 사내였지요. 국문학자가 되겠다는 꿈을 키우던 친구였어요. 그리고 유도의 달인으로 3단 자격을 가진 건아였지요. 백팔십 센티미터나 되는 키에 그야말로 문무를 겸비한 사나이였어요.

다카하시와는 잊지 못할 추억이 있어요.

그가 우리 집에 놀러왔을 때 우연히 여동생이 울면서 돌아왔어요. 같이 있던 이웃 여자애한테 물어보니 학교에서 돌아오는 길에 중학생들한테 '바보'라는 말을 듣고 머리를 두들겨 맞았다는 것이에요. 여동생이 남의 놀림을 받았다는 소리를 듣고 수도 없이 울분을 느꼈던 나였지만 그때는 특히 더 화가 치밀었어요. 머리가 모자란다고 해서 남한테 맞아야 할 이유는 없지 않은가 하고.

나는 이웃 여자애한테 그놈들이 어디 중학생들이냐고 물었지요.

그때 나는 놀라운 장면을 보았어요. 다카하시가 여동생의 머리를 쓰다듬으며 우는 겁니다.

"어이쿠 불쌍한 카즈코, 아무 잘못도 없는데."

그렇게 말하며 다카하시가 눈물을 뚝뚝 흘리는 겁니다.

나는 다카하시의 상냥한 마음에 감동했지요. 나는 이 남자를 위해서라면 뭐든 해줄 수 있다고 생각했어요.

지금, 그 다카하시가 특공대원으로 뽑힌 겁니다.

나는 다카하시에게 대신 나가겠다고 했어요.

"바보 같은 소리!"

다카하시는 웃으면서 그렇게 말했어요.

"제발, 내가 나갈게."

"안 돼."

나는 그의 멱살을 거머쥐었어요.

"내가 갈 거야!"

나는 화를 내며 말했어요.

"안 돼!"

다카하시도 고함치듯이 말했지요. 나는 그를 밀어 넘어뜨리려 했어요.

"바꿔, 나랑."

"싫어."

다카하시는 그렇게 말하고 오히려 나를 집어던졌어요. 나는 벌떡 일어서서 그의 허리에 매달렸어요. 그는 또 나를 집어던 졌어요. 나는 다시 일어나 울면서 달려들었지요. 그도 울면서 나를 몇 번이나 집어던졌어요.

마침내 나는 힘이 빠져 바닥에 엎드린 채 울었습니다.

"오카베, 넌 살아남아. 카즈코를 위해서라도 절대 죽지 마."

다카하시는 그렇게 말하고 내 어깨를 안아주었습니다. 그도 울었어요.

이날은 우리만 운 것이 아니었어요. 밤에 술기운이 들어가 자 뽑히지 않은 자는 통곡을 하며 뽑힌 자를 붙들고 대신 나가 겠다고 외쳤지요. 그 가운데에는 특공에 보내달라고 울면서 비행장에게 하소연하는 자도 있었어요.

뽑힌 자도 뽑히지 않은 자도 울었어요.

선발된 열여섯 명은 다음 날부터 옥탄가 높은 실전용 항공 연료를 넣은 비행기로 훈련을 받기 시작했어요. 말 그대로 죽 기 위한 훈련이었지요.

그들은 정말 대단했어요.

특공대원으로 선발되었으니 죽음을 선고받은 것이나 다름 없지요. 그러나 그들은 결코 우리 앞에서 두려움을 드러내지 않았어요. 어두운 표정을 보이지도 않았고요. 오히려 밝은 표 정으로 거침없이 행동했어요.

그것이 본심이었을 리는 없지요. 그들이 그런 미소를 보인 것은 우리를 배려해서였어요. 죽음을 앞에 둔 사람이 남은 자들의 마음을 배려하다니. 도대체 어떻게 된 사람들인가요?

그들의 교관이 미야베였어요. 미야베 교관은 그들이 특공대원이라는 사실을 당연히 알았지요.

언제였던가, 다카하시가 미야베 교관에 대해 이렇게 말하는 겁니다.

"그 사람 진짜 마음이 깊어."

나는 그게 무슨 의미냐고 물었지요.

"그 사람, 우리를 가르치는 것이 너무 괴로워 견디지를 못해. 그게 너무 절절히 다가와. 우리가 죽는다는 사실을 참을 수 없는 거야."

"그렇구나."

"나는 그런 미야베 교관의 고통스런 얼굴을 보는 게 너무 괴로워."

나는 이전에 미야베 교관에게 들은 말을 다카하시에게 전했지요. 다카하시는 응응, 하며 고개를 끄덕였어요. 작은 목소리로, 그런 사람이었어, 라고 말했지요.

그런 다음 이런 말을 했습니다.

"소문이지만 미야베 교관이 필리핀에서 특공을 거부했다고 하던데."

정말 놀라운 말이었어요.

"아마 사실일 거야. 나는 그 사람을 존경해."

나는 아무 말도 하지 못했지요. 그리고 다카하시는 슬픈 표정으로 말했어요.

"우린 너무 나약해."

5월 초 다카하시 일행은 규슈 코쿠분 기지를 날아올랐지요. 비행기가 부족해 열여섯 명 중 열한 명만이 제로센 열한 대를 타고 갔어요. 유도 비행은 미야베 교관이 맡았어요.

출발 전에 다카하시는 나에게 말했지요.

"다녀올게."

나는 할 말이 떠오르지 않았어요.

"……."

"기죽지 마라."

다카하시는 그렇게 말하고 활짝 웃었어요. 그 웃음 띤 얼굴이 얼마나 상쾌하고 눈이 부시던지.

그리고 다카하시는 활주로 쪽으로 달려갔습니다.

나중에 안 일이지만 이 열한 명은 그 후 한 달도 되지 않아 모두 사망했지요.

미야베 교관은 그대로 코쿠분 기지에 남아 거기서 특공 호위기로 몇 번 출격했다고 해요. 그리고 종전 직전에 특공으로 전사했다는 소문을 들었어요.

나는 그 후 이바라키 현 가미노이케 기지에 배속되어 거기서 오카(櫻花, 벚꽃이라는 뜻) 탑승원이 되었어요.

혹시…… 오카라는 말 알아요? 인간이 조종하는 로켓 폭탄을 말하는데.

아니, 그건 비행기가 아니에요. 정말로 폭탄이죠. 스스로 날아오를 수 없고 착륙도 할 수 없어요. 선회도 할 수 없고, 오로지 똑바로 떨어질 수만 있을 따름이에요. 1식육공에 매달려 상공에서 적함으로 날아가는 인간 로켓이지요.

세상에 어떻게 그런 비인간적인 무기까지 만들 수 있느냐는 생각이 들어요.

내가 받은 훈련은 오로지 급강하였어요. 고공에서 낙하하여 목표물로 곧장 치고 들어가는 것. 오로지 그것뿐이에요. 그러기 위해서 제로센을 사용하여 급강하 훈련을 했지요.

오카를 타고 급강하 훈련은 딱 한 번 하지요. 오카에는 착륙용 바퀴가 없으므로 기체에 썰매를 달고 고공에서 무서운 속도로 낙하하여 지상 부근에서 수평으로 비행하다가 활주로에 착지하는 겁니다. 여기에 성공한 자는 'A'급으로 오카 탑승원으로 등록되지요. 그리고 성공한 자부터 순서대로 규슈로 보내졌어요.

착지 훈련에 실패한 사람도 있느냐고요? 실패하면 거기서 죽지요.

많은 사람이 착지에 실패하여 목숨을 잃었어요. 수평 비행을 할 수 없어 땅바닥에 충돌하는 기체, 활주로를 크게 벗어나 방벽에 충돌하는 기체, 썰매가 부러져 활주로와 마찰열로 불타오르는 기체, 로켓 분출 장치 고장으로 추락하는 기체.

실전보다 더 무서운 훈련이었지요.

나도 했어요. 그 공포는 아직도 잊히지가 않아요. 모기(母機, 1식 육공)에서 오카로 옮겨 탈 때는 발이 꼬일 정도였어요. 1식육공의 바닥이 열리면 엄청난 풍압 때문에 날아가버릴 것 같아요. 그런 가운데 오카의 조종석으로 옮겨 타요. 물론 생명선 같은 것도 없이. 만일 이때 약간의 착각이나 고장으로 오카가 낙하하면 그냥 죽는 거지요.

그러나 이 공포조차 낙하할 때의 공포에 비한다면 아무것도 아니에요. 모기서 떨어져 나온 순간 오카는 엄청난 기세로 삼백 미터 정도 낙하하지요. 그 마이너스 중력이 너무도 강렬해서 온몸의 피가 머리로 솟구쳐 머리가 터져버릴 것 같아요. 그리고 입으로 내장이 튀어나올 것 같은 느낌에 사로잡혀요. 까무러칠 듯한 의식을 겨우 붙들어 매고 있는 힘을 다해 조종간을 당겨 기체를 세우고 비행장의 목표 지점으로 활공해야 하지요. 그 아슬아슬한 지점에서 다시 조종간을 당겨 이번에는 수평 비행으로 옮겨야 해요. 상상을 넘어선 중력으로 눈앞이 캄캄해져요. 자칫 실신할 뻔하기도 해요. 기체를 세우지 못하고 세상을 떠난 동료들은 이때 정신을 잃었기 때문일지도 몰라요. 오카가 착지했을 때의 충격 또한 대단해요. 몸이 그냥 땅바닥에 내동댕이쳐진 듯한 느낌이지요.

나는 여든 해를 살았지만 지금까지 그렇게 무서운 경험은 해보지 못했어요.

그러나 실제로 특공에 뽑혀 적함으로 돌진한 사람은 그보다 더 큰 공포를 맛보았을 테지요.

7월에 나는 오카 대원으로 나가사키 오무라 기지로 갔어요. 그즈음은 가고시마나 미야기 등의 규슈 남부 기지들은 공습을 받아 기지로서 기능을 잃은 거의 상태였어요. 그래서 가고시마 기지들은 오로지 특공 출격 때만 사용되었지요.

오무라에서 미야베 교관의 모습을 본 것 같기도 해요. 그러나 이야기를 나누었는지 기억에 없어요. 그때의 일은 무슨 꿈이라도 꾼 듯 모든 것이 뿌옇기만 하니까요. 아침에 발표되는 탑승원 명단에 내가 없다는 것을 알면 오늘 하루 살아남았구나, 하는 생각을 했다는 기억이 나긴 해요.

그러나 출격 명령이 나오기 전에 전쟁은 끝나고 말았지요.

전쟁이 끝났을 때의 기분 말인가요? 물론 안도의 한숨을 내쉬었지요. 하지만 동시에 너무 늦었다는 생각이 들었어요. 나만 살아남았다는 회한 같은 기분과 앞서 간 친구들에게 미안한 생각도 들었어요. 그런 생각이 오래오래 지워지지 않았어요. 지금도 마찬가지고 말입니다.

긴 침묵이 흘렀다. 멀리서 매미 우는 소리가 들렸다.

"오카를 생각해낸 사람, 인간도 아니에요!"

누나가 울먹이는 목소리로 그렇게 말했다.

오카베는 깊이 머리를 끄덕였다.

"그런데 십 년 전에 우연히 오카를 보았어요. 미국 여행을 할 때 스미소니언 박물관에서 보았지요. 오카가 천장에 매달려 있었어요. 너무 작아서 깜짝 놀랐지요. 그러나 그 이상으로 충격적인 것이 있었어요. 거기에 붙은 이름입니다. 뭐라고 적혀 있었을까요? …… 바카보무."

"바카보무?"

누나가 되물었다.

"BAKA-BOMB, 다시 말해 '바보 폭탄'입니다. 나는 아들 며느리가 곁에 있다는 것도 잊고 울어버렸습니다. 너무 가련하고 억장이 막혀서, 아무리 울어도 눈물이 멈추지를 않았어요. 그렇지만 그 'BAKA'라는 말, 너무 정확하지요. 모든 특공 작전 자체가 미쳐버린 군대가 생각해낸 역사상 가장 엄청난 '바보 작전'이었으니까요. 그러나 그것만으로 울었던 것은 아닙니다. 그런 말도 안 되는 작전으로 죽은 다카하시를 비롯한 동료들이 너무 애처롭고 불쌍해서 눈물이 그치지 않았던 겁니다."

갑자기 오카베가 얼굴을 마구 찡그리며 훌쩍훌쩍 울기 시작했다.

그의 회한과 허망함이 그대로 전해졌다. 나도 'BAKA'라는 말에 큰 충격을 받았다. 마치 할아버지가 '바보'라고 조롱받는 듯한 기분이었다.

"그리고 오카를 중심으로 한 가미카제 부대에서 오카 전사자는 백오십 명 이상, 가미카제 부대 전체 전사자는 팔백 명 이상입니다. 왜냐하면 오카를 실은 1식육공의 탑승원도 포함되니까요."

"모기와 같이 격추되었단 말이죠?"

내 질문에 오카베는 그렇다고 대답했다.

"오카의 중량은 이 톤 정도나 되지요. 1식육공이 오카를 매달고 날면 속력이 나지 않으니, 그냥 날 잡아 가세요, 하는 것이나 다름없어요. 오카의 사정거리는 최대 삼십 킬로미터입니다. 그러나 오카를 실은 1식육공이 적 전투기의 요격을 피해 함대 삼십 킬로미터까지 접근한다는 건 거의 불가능한 일이지요. 오카를 고안한 사람들은 항공전의 실태를 아무것도 몰랐던 겁니다."

오카베는 억울하다는 듯이 말했다.

"최초의 오카 공격은 45년 3월이었는데, 열여덟 대의 1식 육공에 열다섯 대의 오카를 싣고 출격했는데, 모두 적 전투기 공격을 받아 격추당하고 말아요. 이때 신라이神雷 부대 지휘관 노나카 고로 소좌는 이 작전이 무모하다면서 심하게 반대했지만 우가키 마토메 사령관은 작전을 강행했어요. 노나카 소좌는 출격할 때 제로센 호위기를 일흔 대 붙여 달라고 했지만 실제로는 서른 대만 지급되었어요. 노나카 소좌는 살아남기 힘든 작전에 부하들만 보내는 것을 견디다 못해 스스로 지휘관이 되어 출격했지요."

누나가 아아, 하고 소리쳤다.

"노나카 소좌를 아는 사람들은 하나같이 그를 정말 훌륭한 장교라고 합니다. 자식들, 한 방에 다 날려버릴 거야, 입버릇처럼 말하던 큰형님 같은 군인이었고, 진심으로 부하를 사랑한 사람이었다고 해요. 사람들은 그 부대를 '노나카 가문'이라 불렀고, 많은 부하들이 아버지처럼 그를 따랐다고 하지요."

"정말 훌륭한 분이었네요."

"노나카 소좌는 스스로 출격하지 않아도 될 입장이었지요. 그래도 출격했어요. 그것은 부하들만 희생양으로 삼을 수 없다는 마음도 있었고, 자신의 목숨을 버려 상층부에 작전 자체가 얼마나 터무니없는가를 알리려는 뜻도 있었을지 몰라요."

"진정한 의미에서 군인이었네요."

오카베는 고개를 끄덕였다.

"그러나 노나카 부대가 전멸했는데도 오카를 매단 신라이 부대가 몇 번이나 출격을 감행했다는 겁니다. 당연히 그 대부분이 적의 기동부대까지 가지도 못하고 모기와 함께 추락했지요. 이 신라이 부대는 총 팔백이나 되는 전사자를 내고 말았어요."

우리 사이에 잠시 침묵이 흘렀다.

이윽고 누나가 물었다.

"오카베 씨는 왜 특공을 받아들이셨나요?"

"받아들였다는 건?"

"특공에 들어갈 때 어떤 식으로 스스로를 납득시켰느냐는 거죠."

"정말 어려운 문제네요."

오카베는 팔짱을 꼈다.

"죽음을 받아들이려면 그 죽음을 넘는 숭고한 목적이 없으면 안 된다고 생각해요. 오카베 씨에게 그런 고차적인 목적은 무엇이었느냐는 거예요."

누나의 질문은 의외였다. 혹시 미리 생각해둔 질문이었을지도 모른다.

오카베는 잠시 침묵을 지키다가 이윽고 입을 열었다.

"이거 뭔가를 미화하는 말로 들릴지 모르겠지만, 내 죽음으로 가족을 지킬 수 있다면 기쁘게 목숨을 바치리라 생각했지요."

"죽음으로 가족을 지킬 수 있다고 생각했나요?"

오카베는 말없이 누나를 바라보았다.

"특공대의 죽음은 개죽음이라 말하고 싶은 건가요?"

"아닙니다."

누나는 약간 당황하며 고개를 저었다. 오카베는 말했다.

"조금 다른 이야기를 해도 될까요?"

"예."

"미국은 자유주의 국가입니다. 어느 나라보다도 국민의 목숨을 소중히 여기는 나랍니다. 그러나 그 미국도 2차 세계대전에서는 자유주의를 지키기 위해 나치 독일과 싸웠어요. 그리고 1943년에 독일 군수공장을 폭격하려고 B17이 전투기 호위 없이 대낮에 폭격을 감행했어요. 전투기 호위가 없었던 이유는 당시 미국에는 항속거리가 긴 전투기가 없었기 때문입니다. 또한 한낮에 폭격을 한 것은 야간에는 공장을 정조준할 수 없기 때문이지요."

"예."

"그러나 이건 아주 위험한 임무입니다. B17은 독일 공군의 격렬한 공격으로 매번 사십 퍼센트 이상 격추당하고 맙니다. 네 번 출격하고 살아 돌아온 비행사는 없다고 합니다. 그래도 미군은 히틀러와 나치를 무너뜨리려고 낮 폭격을 그만두지 않았어요. 그리고 미군 병사들 또한 용감하게 독일 하늘로 돌격했습니다. B17 탑승원의 전사자는 오천을 넘었다고 해요. 이 숫자는 사실 가미카제 특공 전사자 사천을 넘어섭니다."

"그렇게나."

"이것이 전쟁입니다. 미군 병사들이 조국의 승리를 믿고 목숨을 걸고 싸운 것처럼 우리도 목숨을 걸었습니다. 설령 자신이 죽는다 해도 조국과 가족을 지킬 수 있다면 그 죽음은 무의미하지 않다, 그렇게 믿고 싸웠어요. 전후 평화로운 세상에서 살아온 그대들에게는 이해되지 않는 일일 겁니다. 그렇지만 우리는 그렇게 믿고 싸웠어요. 그런 생각이 없다면 어떻게 특공으로 죽음을 선택할 수 있겠습니까? 자신의 죽음이 무의미하고 무가치하다 생각하고 죽어갈 수 있을까요? 죽어간 동료들에게 너의 죽음은 개죽음이라고는 죽어도 말할 수 없지요."

누나는 입을 꾹 다물었다.

방 안의 공기가 무겁게 우리 어깨를 눌렀다. 이윽고 오카베가 침묵을 깼다.

"설령 그렇다 하더라도 나는 특공을 부정합니다. 결코 인정할 수 없습니다."

오카베는 강한 어조로 말했다.

"특공은 백 퍼센트 죽는 작전입니다. 미국의 B17 폭격기 탑승원들도 많은 전사자를 냈지만 그들에게는 살아 돌아갈 가능성이 있었습니다. 그러므로 용감히 싸운 것입니다. 반드시 죽는 작전이 아닙니다. 이건 전후에 어떤 사람에게 들은 이야기인데, 5항함의 사령관이고 전기특공을 주장한 우가키가 특공 출격을 앞에 둔 대원들 한 사람 한 사람의 손을 잡고 눈물을 흘리며 격려한 다음, '질문 있나?' 하고 물었다고 합니다. 그때 미드웨이에서 싸웠던 고참 탑승원이 물었어요. '적함에 폭탄을 명중시키지 못하면 돌아와도 됩니까?' 그러자 우가키 장관은 '안 돼' 하고 쏘아붙였다고 합니다."

나도 모르게 읍, 하고 신음 소리를 내고 말았다.

"이게 특공의 진실입니다. 이기기 위한 작전이 아니었습니다. 특공의 목적은 탑승원의 육탄 돌격입니다. 그리고 오키나와전 후반부터는 특공을 지원하건 지원하지 않건 일상적인 명령으로 작전이 전개된 겁니다."

가미카제 어택

전 해군 중위 다케다 다케노리하고는 시라가네 호텔에서 만났다. 이번 만남을 위해 그 사람이 손수 호텔을 잡은 것이다.

놀랍게도 다케다는 나도 아는 대기업의 사장을 역임한 사람이었다. 누나도 그 이름을 듣고 누군지 알았다. 그는 도쿄대학 재학 중에 비행 예비학생이 되었다가 전후에 복학하여 대학원을 졸업한 뒤 기업에 들어가 전후 경제 부흥의 일선에서 활약한 사람이었다.

경제계의 거물이 전 특공대원이었다니 신기하다는 생각이 들었지만, 오히려 다케다의 경력으로 보건대 해군으로 복무했던 일 년 남짓한 기간이 오히려 예외적인 시간이었을지도 모른다.

누나와 로비에서 만나기로 했지만 조금 늦어질 거라는 메일이 와서 일단 다케다의 방으로 전화를 걸었다.

이윽고 다케다가 부인과 같이 내려왔다.

"다케다입니다."

낭랑한 목소리였다. 다케다는 장신이었다. 백발에다 하얀 콧수염도 길렀다. 신사라는 말이 꼭 들어맞는 노인이었다. 도무지 여든이 넘은 나이로는 보이지 않았다.

"사에키 겐다로라고 합니다. 미야베 규조의 손자입니다."

나는 동행이 늦어질 거라는 사실을 알리고, 일부러 호텔을 잡아주셔서 감사하다고 인사를 했다.

"아니요. 가끔은 이렇게 아내하고 호텔에서 하루를 보내기도 하지요. 한동안 집에만 틀어박혀 있었는데 마침 좋은 기회라고나 할까요."

다케다는 그렇게 말하고 부인 쪽을 바라보며 웃었다.

"그럼 동행이 오실 때까지 차라도 한 잔 하실까요?"

우리 셋은 라운지로 향했다.

테이블에 앉아 주문을 끝내자마자 누나가 나타났다. 그런데 놀랍게도 그 곁에는 다카야마가 있었다.

"다카야마 씨도 꼭 다케다 님 이야기를 듣고 싶다고 해서 같이 왔는데 괜찮으시겠습니까?"

다케다는 대답하지 않고 내 쪽을 바라보았다.

"누나, 좀 실례잖아. 이건 개인적인 이야기니까. 다카야마 씨하고는 아무 관계도 없고."

누나는 당황스런 표정을 지었다. 그렇지만 이것만은 절대로 누나에게 양보할 수 없다.

다케다가 말했다.

"아, 괜찮아요. 어서 앉으세요."

"그럼 실례하겠습니다."

다카야마는 정중히 머리를 조아리고 테이블에 앉았다. 그리고 명함을 다케다에게 건네주고 자기소개를 했다.

"신문기자군요."

다케다는 명함을 보고 중얼거리듯이 말했다. 표정에 살짝 그늘이 지는 것 같았다.

"오늘은 취재가 아닙니다. 어디까지나 개인적인 이야기에 동석하고 싶을 따름입니다. 잘 부탁드립니다."

다카야마는 머리를 깊이 숙였다. 다케다는 말없이 고개를 끄덕였다.

잠시 후 차가 나왔다.

"이야기는 나중에 방에서 천천히 나누도록 하지요."

다케다의 말에 다카야마와 누나는 웨이터에게 차를 주문하였다.

"단, 전화로도 말했듯이 나의 특공 체험에 대한 이야기는 하지 않을 겁니다. 어디까지나 미야베 규조 씨에 대한 것만 말할 거예요."

다케다는 홍차에 밀크를 부으며 말했다.

갑자기 다카야마가 끼어들었다.

"왜 특공 이야기는 하지 않는다는 거지요?"

다케다는 다카야마를 바라보았다.

"나는 다케다 씨가 전 특공대원이었다는 사실에 관심을 가졌습니다."

"난 특공대원이 아니오. 특공 요원이었을 뿐이지요. 특공대원이란 특공대로 선발된 사람을 두고 하는 말이에요."

"감히 말씀드리자면, 저는 다케다 씨 같은 분이 특공 체험을 말해주는 것이 아주 귀중한 일이라고 생각합니다."

"특공 체험은 말하고 싶지 않소이다. 특히 당신한테는."

"왜요?"

다케다는 크게 숨을 토해내고 다카야마의 얼굴을 바라보며 말했다.

"나는 당신이 다니는 그 신문사를 신뢰하지 않아요."

다카야마의 표정이 굳었다.

"그 신문사는 전후에 변절하여 인기를 얻었지요. 전쟁 전의 모든 것을 부정하고 대중에게 영합했어요. 그리고 사람들에게서 애국심을 박탈했고 말입니다."

"전쟁 전의 과오를 검증하고 전쟁과 군대를 부정한 것입니다. 그리고 사람들의 잘못된 애국심을 올바른 방향으로 이끌었습니다. 평화를 위해서 말입니다."

"평화라는 말을 그리 가볍게 입에 담지 말았으면 좋겠는데."

다케다의 말에 다카야마의 얼굴색이 바뀌었다.

잠시 후 무거운 공기를 깨뜨리며 다카야마가 입을 열었다.

"한 가지 여쭤보겠습니다. 특공대원은 특공 요원 중에서 선발한 것입니까?"

"그래요."

"특공 요원은 지원입니까?"

"그런 형식인 셈이지."

"그렇다면 다케다 씨도 지원하신 겁니까?"

다케다는 거기에는 대답하지 않고 찻잔을 입으로 가져갔다.

"그렇다면 선생님께서도 열렬한 애국주의자였던 시절이 있었다는 겁니까?"

찻잔을 든 다케다의 손이 멈추었다. 다카야마는 그냥 말을 이어갔다.

"선생님은 전후에 대단한 기업가가 되셨는데, 그런 선생님께서도 애국주의자였던 시절이 있었다는 것이 저한테는 아주 흥미로운 일입니다. 그 시대는 선생님 같은 분도 그러셨듯이 모든 국민이 세뇌되었던 게 아닐까요?"

다케다는 찻잔을 내려놓았다. 잔이 스푼에 부딪쳐 큰 소리가 났다.

"난 애국자였지만 세뇌당하지 않았소. 세상을 떠난 동료들 또한 그랬고."

"저는 특공대원이 일시적으로 세뇌를 당했다고 생각합니다. 그건 그들 탓이 아니라 시대 때문이었고 군부 때문이었습니다. 그러나 전후 그 세뇌는 해소되었습니다. 그러므로 전후 일본은 민주주의를 이루었고 그런 만큼 부흥도 빨랐다고 생각합니다."

다케다는 낮은 목소리로 중얼거렸다.

"무슨 말도 안 되는……."

다카야마는 거듭 확인이라도 하려는 듯이 말했다.

"저는 특공이란 테러라고 생각합니다. 감히 말하자면 특공대원은 일종의 테러리스트였습니다. 그건 그들이 남긴 유서를 읽어보면 알 수 있습니다. 그들은 나라를 위해 목숨을 버려야 하는 현실을 한탄하기보다 자랑스럽게 생각했습니다. 나라를 위해 힘을 다하고 나라를 위해 죽어가는 것을. 거기에서 일종의 영웅주의도 읽어낼 수 있습니다."

"닥치지 못해!"

갑자기 다케다가 벌컥 화를 냈다. 웨이터가 놀란 표정으로 다가왔다.

"아무것도 모르면서 함부로 말하지 마! 우리는 세뇌 같은 건 당하지 않았어."

"그러나 특공대원의 유서를 읽어보면 이건 명백히 순교 정신입니다."

"멍청한 놈! 그런 유서가 특공대원의 진짜 마음이라고 생각해?"

다케다의 얼굴이 벌겋게 달아올랐다. 주변 사람들이 우리 쪽을 바라보았지만 다케다는 그런 눈길을 조금도 의식하지 않았다.

"그 당시 편지는 대부분 검열을 받았어. 때로는 일기나 유서까지. 전쟁이나 군부에 대한 비판을 절대 허락하지 않은 것이야. 또한 군인답지 않게 나약한 내용을 적는 것도 허락하지 않았어. 특공대원들은 그런 엄격한 제약 속에서 문장의 행간에 자신의 마음을 담아두었어. 그건 읽으려고 하면 누구나 읽어낼 수 있어. 보국이니 충효니, 그런 말에 속아서는 안 돼. 기쁘게 죽는다고 썼다고 해서 진정 기쁘게 죽었다고 생각해? 그래도 신문기자라고 할 수 있어! 자네에게 상상력, 아니 인간의 마음이란 게 있기라도 해?"

다케다의 목소리가 분노로 떨렸다. 다케다의 부인이 살짝 남편의 팔에 손을 올려놓았다.

다카야마는 도전적인 자세로 몸을 앞으로 내밀었다.

"기쁘게 죽음을 받아들이지 않는 사람이 일부러 그렇게 쓸 필요는 없었을 겁니다."

"유족에게 남기는 편지에 '죽고 싶지 않다! 괴롭다! 슬프다!' 그렇게 쓸 수 있겠어? 그것을 읽는 부모가 얼마나 슬퍼할지 상상이 안 가는가? 소중하게 기른 자식이 그런 고통 속에서 죽어갔다는 것을 알았을 때 얼마나 슬퍼하겠어! 죽음을 앞에 두고, 부모에게 상쾌한 마음으로 죽어가는 자신의 모습을 보여주고 싶은 아들의 마음을 모른단 말이야?"

다케다는 외쳤다.

"죽고 싶지 않은 마음을 쓰지 않아도 사랑하는 가족이라면 그 마음을 알아. 왜냐, 많은 유서에는 사랑하는 사람에 대한 가없는 그리움과 사랑이 적혀 있으니까. 기꺼이 죽음을 택한 사람이 그렇게나 절절한 사랑을 편지에 담을 수 있다고 생각해?"

다케다는 눈물을 흘렸다. 아까부터 웨이터도 그 자리에 멈춰 선 채 바라본다.

"신문기자라고? 자네는 죽어가는 사람이 무너지는 마음을 억지로 붙들고 얼마 남지 않은 시간에 가족에게 쓴 그 문장의 진정한 속내를 읽어낼 수 없어?"

눈물을 흘리며 말하는 다케다를 바라보며 다카야마는 입가에 냉랭한 미소를 머금었다.

"저는 거기에 적힌 문장을 있는 그대로 받아들입니다. 문장이란 것이 그런 게 아닙니까? 출격날에 오늘은 생애 최고로 기쁜 날이라고 적은 특공대원도 있습니다. 또한 천황에게 이 한 몸 바치는 기쁨을 노래한 사람도 있습니다. 그런 내용을 적은 대원이 아주 많습니다. 그렇다면 그들은 순교하는 마음으로 자폭하는 테러리스트와 다를 바 없지 않습니까?"

"바보 같은 자식!"

다케다는 손바닥으로 탁자를 쳤다. 찻잔이 소리를 내며 흔들렸다. 웨이터가 저도 모르게 한 걸음 다가왔다. 아까부터 주위 사람들의 시선이 이쪽으로 쏠렸다.

"테러리스트라고? 말도 안 되는 소리 하지 마. 자폭하는 테러리스트들은 일반 시민을 살육 대상으로 삼아. 아무 죄도 없는 일반 시민의 목숨을 노리는 것이야. 뉴욕 비행기 테러도 그런 거 아니었나? 어디 대답해봐."

"그렇습니다. 그러므로 테러리스트입니다."

"우리가 특공으로 공격한 대상은 아무 죄도 없는 시민이 살아가는 빌딩이 아니야. 폭격기나 전투기를 실은 항공모함이야. 미 항모는 우리의 국토를 공습하여 일반 시민을 무차별적으로 죽였어. 그런 그들을 두고 무고한 시민이라는 건가?"

다카야마는 한 순간 대답할 말을 잃은 듯했다. 다케다는 말을 이었다.

"항모는 무서운 살육 병기야. 우리가 공격한 것은 그런 최강의 살육 병기였어. 그것도 특공대원들은 성능이 떨어지는 항공기에 무거운 폭탄을 싣고 얼마 되지 않는 호위기의 엄호 같지도 않은 엄호를 받으며 출격한 거야. 몇 배나 되는 적 전투기의 공격망을 겨우 뚫었다 해도 우산살처럼 허공에 펼쳐지는 적의 대공 포화를 견뎌야 해. 아무 방비도 없는 무역센터 빌딩으로 돌격하는 놈들과는 애당초 달라!"

"그러나 신념을 위해 목숨을 버렸다는 점에서는 똑같다고 볼 수 있으므로……."

"입 닥쳐!"

다케다는 다카야마의 말을 가로막았다.

"아무것도 모르고 떠들어대는 얼간이 같은 놈. 그러고도 너희들이 정의의 편이라고 할 수 있나! 난 그 전쟁을 일으킨 장본인이 다름 아닌 신문사라고 봐. 러일전쟁이 끝나고 포츠머스 강화회의가 열렸지만 강화 조건을 둘러싸고 많은 신문사가 분노를 표명했어. 이런 조건은 절대로 받아들일 수 없다고 지면에 논조를 펼쳤지. 국민 대부분은 신문사의 선동에 휘둘려 전국 각지에서 반정부 폭동이 일어나. 히비야 공회당이 불타고 강화조약을 맺은 고무라 주다로는 여론의 비난을 받아. 반전을 주장한 곳은 국민신문의 도쿠도미 소호뿐이야. 그 국민신문도 불타버렸어."

다카야마가 무슨 말인가를 하려 했다. 다케다는 그 말이 나오기도 전에 다시 입을 열었다.

"난 이런 일련의 사건이야말로 일본의 분수령이었다고 생각해. 그 사건 이후로 국민 대부분은 전쟁 참여의 길로 나아갔어. 그리고 5.15 사건이 일어나지. 침략 노선을 약화하고 군축으로 나아가려는 정부 수뇌부를 군부의 청년 장교들이 죽인 것이야. 대화를 나누면 이해할 것이라고 말하는 수상을 무작정 저격해버렸어. 이것이 군사 쿠데타가 아니고 무엇인가? 그런데 많은 신문사는 그들을 영웅으로 칭송하고 그들의 감형을 주장했어. 신문사에 속아서 감형 탄원 운동이 국민운동으로 변질되고 재판정에 칠만이 넘는 탄원서가 쌓여. 그 여론에 이끌려 주동자들은 아주 적은 형량을 받아. 이 이상한 감형이 나중에 2.26 사건으로 이어졌다고 해. 지금도 2.26 사건의 주모자들에 대해 '나라를 사랑하는 우국충정의 지사'라고 생각하는 경향이 강해. 얼마나 당시의 여론이 대단했는지를 알 수 있어. 그 후로 군부의 뜻에 반기를 드는 자는 없어지고 말아. 정치가건 저널리스트건 하나같이. 그때부터 일본은 군국주의 일색으로 변해버렸고, 이게 아니라는 걸 깨달았을 때는 이미 모든 것이 늦어버렸어. 군부를 이런 괴물로 만든 것은 신문사이고 거기에 선동당한 국민이었던 것이야."

"물론 전쟁 전에는 저널리즘이 실패한 건 맞습니다. 그러나 전후는 그렇지 않습니다. 광신적인 애국주의는 시정되었습니다."

다카야마는 가슴을 활짝 펴고 말했다.

다케다 부인이 다시금 남편의 팔에 손을 올려놓았다. 다케다는 부인 쪽을 바라보며 가볍게 고개를 끄덕였다. 그런 다음 중얼거리듯이 말했다.

"전후 많은 신문이 국민에게 애국심을 버리라는 논조를 펼쳤지. 마치 나라를 사랑하는 것이 죄라도 되는 양. 얼핏 보면 전쟁 전과 정반대의 경향을 보이는 것 같았지만, 스스로를 정의로 규정하고 어리석은 국민에게 가르침을 베풀려는 듯한 태도는 똑같았어. 그 결과 어떻게 되었지? 오늘날 이 나라만큼 자신의 나라를 경멸하고 이웃 나라에 알랑거리는 매국노 같은 정치가나 문화인을 배출하는 곳은 없어."

그리고 다카야마를 향해 단호한 어투로 말했다.

"자네의 정치 사상에 대해서는 말하지 않겠네. 그러나 쓰레기 같은 이데올로기 관점에서 특공대를 논하지 말아줬으면 좋겠어. 죽음을 결의하고 자신이 죽은 다음의 가족과 국가를 생각하고 남은 자의 마음을 배려하며 쓴 특공대원들의 유서에서 행간을 읽어낼 줄 모르는 사내를 저널리스트라고 부르고 싶지 않아."

다케다의 말에 다카야마는 힘주어 몸을 뒤로 젖혔다. 그리고 팔짱을 끼고 말했다.

"아무리 표면에 덧칠을 하더라도 대부분의 특공대원은 테러리스트였습니다."

다케다는 지긋이 다카야마를 바라보았다. 그리고 조용히 말했다.

"자네 같은 사내들을 두고 입만 나불대는 선동꾼이라고 하는 거야. 그만 가주게."

"알았습니다. 실례하겠습니다."

다카야마는 분연히 일어섰다. 누나는 한순간 망설이다가 바로 그 뒤를 따랐다.

"자네는 가지 않는가?"

다케다는 혼자 남은 나에게 물었다.

"제 할아버지는 특공대로 세상을 떠났습니다."

"그렇다고 했지. 미야베 씨의 손자라고."

"제 할아버지의 최후를 모릅니다. 우리 집에는 할아버지의 유서도 없습니다. 그렇지만 지금 다케다 씨의 말을 듣고 할아버지의 아픔을 얼마만큼 알 것 같은 기분입니다."

다케다는 천천히 고개를 저었다.

"특공대원들의 고통은 특공대원이 아니면 알 수 없어요. 나 같은 특공 요원과 그들 사이에는 하늘과 땅만큼의 거리가 있지요."

그때 누나가 돌아왔다.

"다카야마 씨는 돌아갔습니다. 저도 남아서 이야기를 들어도 괜찮겠습니까?"

"관심이 있다면 괜찮소."

"관심 있습니다."

다케다는 고개를 끄덕이더니, "그럼 자리를 옮기지요." 하고 자리에서 일어섰다.

몇 분 뒤, 우리는 다케다의 방으로 자리를 옮겼다. 일류 호텔의 스위트룸은 처음이었다.

다케다 부인이 차를 타주었다. 맛이 좋은 차였다.

다케다는 흥분을 가라앉히려는 듯 말없이 차를 마셨다. 우리도 말없이 차를 마셨다.

이윽고 다케다가 조용히 입을 열었다.

"미야베 씨 이야기를 하기 전에 꼭 말해두어야 할 게 있어요."

전쟁이 끝나자 특공대원은 온갖 찬양과 수모의 대상이 되었습니다. 나라를 위해 목숨을 바치려 한 진정한 영웅이라 찬양받은 적도 있었고 비뚤어진 광신적 애국자라고 욕을 먹은 적도 있었지요.

그러나 어느 쪽도 진실과는 거리가 멉니다. 그들은 영웅도
아니고 광인도 아니에요. 피할 수 없는 죽음을 어떻게 받아들
이고 그 짧은 인생에 어떤 의미를 주어야 할지 고뇌한 인간이
에요. 나는 그런 모습을 곁에서 지켜보았습니다. 그들은 가족
을 생각하고 나라를 생각했습니다. 그들은 바보가 아니에요.
특공 작전으로 전황을 뒤집을 가능성이 없다는 것 정도는 알
았지요.

그들은 2.26사건의 광신적 청년 장교가 아니에요. 죽음의 영
웅주의에 도취한 사내들도 아니었지요. 개중에는 죽음을 받아
들이기 위해 스스로 그런 환상에 젖어든 사람이 있을지도 모
릅니다. 그러나 설령 그런 사람이 있었다 하더라도 누가 그것
을 비난할 수 있겠어요. 받아들이기 힘든 죽음을 눈앞에 두고
스스로 납득하려고, 또는 공포에서 도망치려고 그런 죽음의
영웅주의에 젖은들 그게 뭐 어떻단 말입니까.

특공대원 가운데는 대원으로 뽑혔다고 정신이 회까닥해진
사람은 하나도 없었어요. 출격에 직면하여 통곡하는 사람도
없었고요. 이미 마음은 맑게 가라앉아 있었습니다.

사형을 선고받은 범죄자 대부분이 집행 당일 두려움 때문
에 절규한다는 말을 들었습니다. 스스로 걷지도 못해 간수들
의 부축을 받으며 형장으로 가는 자도 있다고 하지요. 자신의

잘못으로 그런 지경에 빠졌는데도 죽음을 받아들일 수 없었던 겁니다.

사형 반대론자 중에 그런 심리적 공포감이 너무도 잔혹하다고 말하는 사람이 있어요. 그럴 거예요. '이제 너를 죽이겠다'는 선고를 받고, 그날이 언제 올까 하는 공포 속에서 살아간다는 것은 상상을 초월하는 고통일 거예요. 아침에 문이 열리고 간수가 데리러 오는 날이 죽는 날이잖아요. 오지 않으면 생명이 하루 연장되지만, 그것은 공포가 하루 늘어나는 일이기도 하지요. 언젠가는 오고야 말 그날까지 이어지는 고통과 두려움, 그야말로 지옥입니다.

특공대원들도 선발되는 순간부터 똑같은 상황이지요. 아침에 지휘본부 칠판에 탑승자로 적히는 순간이 죽는 날입니다. 이름이 없으면 하루를 더 살겠지요. 그날이 언제 올지 몰라요. 이름이 적히면 인생이 끝납니다. 사랑하는 사람과 만날 수 없고, 하고 싶은 일도 할 수 없어요. 미래가 몇 시간 안에 닫히고 마는 거예요. 그것이 얼마나 공포스러운 일인지, 아무리 상상해 봐도 모르겠어요. 아마 내 상상을 넘어서는 공포였을 것이에요.

그러나 특공대원들은 기꺼이 그것을 받아들였습니다. 내 앞에서 웃으며 비행기에 오르던 친구들이 있었어요. 그 상태에 이르기까지 그들은 얼마나 많은 갈등을 겪었을까요. 그것조차 상상하지 못하는 인간이라면 그들을 말할 자격이 없습니다. 내가 특공대원과 특공 요원이 완전히 다르다고 말하는 것도 이 때문이에요.

물론 우리 특공 요원도 각오를 다졌지요. 요원으로 지명되면 기꺼이 산화하겠다고. 그러나 그런 처지에 놓인 사람과 그렇지 않은 사람은 완전히 달라요.

우리 가운데서 천황 폐하를 위해 목숨을 바친다고 생각하는 자는 하나도 없었어요.

전후에 문화인이나 지식인들이 그럽디다. 전쟁 전에서는 일본인 대부분이 천황을 신이라 믿었다고. 말도 안 되지요. 그런 인간은 아무도 없어요. 군부의 실권을 쥔 청년 장교들조차 그런 믿음을 갖지 않았습니다.

거듭 말하지만, 일본을 그런 나라로 만든 원흉은 신문기자들이에요.

전쟁 전에 신문은 대본영 발표를 그대로 받아 적어 보내고, 매일 전의를 고취하는 기사를 썼어요. 전후에는 미국 GHQ (General Headquarters, 미 점령군 사령부)가 일본을 지배하자, 이번에는 GHQ가 시키는 대로 민주주의 만세를 외치는 기사를 써대며 전전戰前의 일본이 얼마나 어리석은 나라였는가를 강조했어요. 마치 국민 전부가 무지몽매했다는 식의 글이었지요. 자기야말로 정의라 믿고 민중을 내려다보며 가르치려는 태도에 구역질이 납니다.

이야기가 좀 딴 길로 벗어나고 말았군요.

이 나이에 그런 불평을 터뜨린들 무슨 소용일까요. 다만 아까 그 사람을 보고 그 당시 군대에 있던 많은 장교들 모습이 떠올랐을 뿐이에요. 자신이 속한 조직을 절대적으로 믿고, 스스로 생각해보지도 않으면서 자신이 하는 일은 늘 정당하다는 신념 아래 오로지 조직을 위해 충성을 다하는 타입 말입니다.

특공 작전을 지휘한 많은 사람들도 그랬어요. 그들은 이렇게 말했지요.

"자네들만 죽음으로 내몰지는 않아. 나도 반드시 뒤를 따를 것이야."

그러나 그런 식으로 말한 놈들치고 그 뒤를 따른 인간은 거의 없었어요. 전쟁이 끝나자 모두가 나 몰라라 하며 마치 자신에게는 아무런 책임도 없는 듯이 행동했지요. 아니, 오히려 '특공대원은 지원이었다. 그들은 순수한 마음으로 나라를 위해 목숨을 바쳤다.'라고 말하는 작자들도 많았답니다. 특공대원을 치켜세워서 자신들의 책임을 회피한 것이에요. 아니면 양심의 가책을 조금이나마 덜기 위해서이던가. 그들의 이런 궤변 때문에 특공대원들에 대한 폄훼가 시작된 겁니다.

지금 특공대원의 뒤를 따른 사람은 거의 없었다고 했는데, '특공의 아버지'라 불리던 오니시 다키지로 중장은 종전 다음 날 할복자살했습니다. 이 죽음을 '책임 있는 행동'이라며 멋진 죽음이라 찬양한 사람이 적지 않지만 적어도 내가 보기엔 멋진 죽음은 아니에요. 앞날이 창창한 수많은 젊은이들의 목숨을 빼앗고 노인 하나가 자살했다고 해서 책임이 줄어들 리 있겠습니까?

백보를 양보해서 레이테 전투만은 어쩔 수 없는 결사의 작전이었다고 할 수 있을지도 모르겠어요. 그러나 오키나와전투 이후의 특공은 아무 의미도 없었어요. 죽을 용기가 있다면 왜 '내 목숨을 걸고 특공에 반대한다!'고 주장하며 할복하지 못했을까요?

특공 작전은 오니시 중장이 44년 10월에 제안하여 채택된 것이라고 하는데 과연 사실일까요? 그 자신은 특공을 '통솔의 외도'라 불렀지요.

해군은 특공 병기 '가이텐回天'이나 '오카' 등을 44년 말부터 사용했는데, 그 개발은 44년 초로 거슬러 올라갑니다. 신무기 개발은 군의 방침이 정해지지 않으면 불가능한 일이에요. 그렇다면 오니시 중장은 희생양에 불과합니다. 그러나 오니시 중장은 한마디 변명도 하지 않았어요. 아마도 많은 관계자를 감싸며 죽었을 겁니다. 감쌀 생각이었다면 차라리 젊은 병사들을 감싸야 하지 않겠습니까.

'가이텐'이란 인간 어뢰를 말합니다. 현대 어뢰는 컴퓨터가 장착되어 적함이 도망을 쳐도 정확히 추격해서 명중시키는데, '가이텐'은 그 컴퓨터 역할을 인간에게 맡긴 거예요. 이런 작전은 어느 나라 어떤 군대도 구사한 적이 없지요.

해군에는 애당초 '특공'의 바탕이 있었는지도 모릅니다. 전쟁 초기 진주만에서 갑표적(甲標的, 배터리와 디젤 엔진으로 움직이는 기습용 이인승 특수 잠항정)을 동원한 특별 공격 같은 것이 벌어졌기 때문이에요.

해군은 진주만 공격 때 갑표적을 잠수함에 탑재하고 하와이 근해까지 옮겨서 진주만으로 돌진했지요. 그러나 경계가 삼엄한 미 군항에 소형 잠수정이 잠입한다는 것은 거의 불가능에 가깝습니다. 어쩌다 성공하더라도 그곳을 탈출하여 먼 바다에 대기하는 잠수함으로 돌아가기는 더욱 어려워요. 다시 말해 이것은 특공대와 거의 다를 바 없지요. 열 명의 갑표적 대원들은 생환을 보장받지 못하고 출격했습니다. 그리고 실제로 다섯 척 모두가 생환하지 못했어요. 훗날의 '특공'이 이때 비롯되었다고 할 수 있습니다.

여담이 되겠지만 이때 한 척이 만 입구에 좌초하여 한 사람이 포로가 되었대요. 대본영은 전사한 아홉 명을 '9군신'이라 찬양하며 대대적으로 발표했지만 살아남아 포로가 된 사카마키 소위의 존재는 무시해버렸습니다. 하지만 얼마 후 사카마키 소위 이름이 알려지게 되자 그의 집에 돌이 날아왔고, '비국민', '왜 자결하지 않았느냐'라는 비난의 편지가 전국에서 날아들었다고 하지요.

사카마키 소위의 함정은 항해에 절대적으로 필요한 자이로 컴퍼스gyrocompass가 고장 나고 말았어요. 그때 모함 잠수함장이 어떡할 거냐고 물었지요. 그러자 그는 가겠다고 하고는 그냥 출격했답니다. 어떡할 거냐고 묻는데 거부할 군인이 어디 있겠어요, 그 시절에? 왜 함장은 '출격 중지'를 명령하지 않았을까요? 사카마키 소위는 결국 자이로컴퍼스 고장으로 함정을 제대로 조종할 수 없어서 방향을 잃고 좌초하고 만 것이에요. 동승했던 한 사람은 죽었대요.

비국민으로 불리던 사카마키 소위와 달리 9군신의 집에는 영웅으로 찬양하는 마을 사람과 어린아이들이 줄을 이었다고 해요. 그러나 전쟁이 끝나자 돌변하여 '전쟁 범죄자'를 배출한 집안으로 마을 사람들에게 경원당했다고 합니다. 이런 에피소드를 들으면 마음이 그렇게 언짢을 수 없어요.

특공과 관련한 사람이나 사건 때문에 울분이 솟구치는 일이야 얼마든지 있지만, 결코 용서할 수 없는 일이 있습니다. 5항함 사령관 우가키 마토메가 그런 경우지요. 우가키는 종전이 확실시된 이후 자신이 죽을 자리를 찾아 열일곱 명의 부하를 데리고 특공에 나섰어요. 괜히 죽을 필요도 없는 젊은이들을 데리고 말입니다. 거기에 딸려 들어간 대원 중 한 사람 나카츠

루 대위의 아버지가 '죽을 거면 혼자서 죽지'라고 말했다는데, 지당한 말씀입니다.

잊어서는 안 될 사람도 있어요. 특공을 과감히 반대한 미노베 타다시 소좌예요.

미노베 소좌는 45년 2월 기사라즈에서 지휘관 팔십여 명이 모인 오키나와 관련 연합함대 작전회의 석상에서 수석 참모들이 내린 '전력특공' 명령에 정면으로 반대한 사람입니다.

군인은 '상관의 명령이 바로 천황의 명령'이라 세뇌된 사람들 아닙니까. 항명죄로 군법회의에 회부되면 사형당할 수 있어요. 그러나 미노베 소좌는 목숨을 걸고 과감히 반대했지요. 게다가 고함을 치며 화를 내는 상관에게 '여기 스스로 돌격할 수 있는 분 있습니까?' 하고 반격했습니다. 그리고 '연습기까지 특공에 나서는 것은 말도 안됩니다. 거짓말 같으면 연습기를 타고 공격해보세요. 제로센을 타고 전부 격추시켜 보이겠습니다.' 하고 말했습니다.

나는 전후에 미노베 소좌가 이때 한 말을 전해 듣고, 제국 해군에도 이렇게 용기 있는 지휘관이 있었는가 하고 진심으로 감동했어요. 만일 그 회의때 미노베 소좌 같은 사내가 좀 더 있었더라면 혹시 오키나와 특공은 없었을지도 모르지요.

미노베 타다시의 이름이 일본인에게 널리 알려지지 않은 것이야말로 저널리즘의 태만 아닐까요.

왜 그가 알려지지 않았느냐고요?

그것은 그의 전후 경력과 관련이 있는 것 같아요. 미노베 소좌는 전후 자위대 간부가 되었습니다. 자위대를 악이라 여기는 진보 저널리스트들이 자위대 간부를 칭찬할 수는 없었을 것입니다. 또 하나, 미노베는 특공 그 자체를 완전히 부정하지 않았지요. 전후에 그는 '특공 말고 효과적인 공격 방법이 없을 때는 특공이라도 해야 한다'고 말했대요. 이 말이 '특공 긍정'으로 받아들여졌을지도 모릅니다. 그러나 미노베 소좌는 자기 부대에서 특공기를 단 한 대도 내보내지 않았어요.

미노베 타다시라는 이름은 일본보다 오히려 해외에서 높이 평가받는다고 합디다. 애석한 일이지요. 미노베 타다시야말로 진정 멋진 일본인이에요. 절대 잊어서는 안 될 사람입니다.

신토 사부로 소좌도 멋진 전투기 지휘관이었어요. 신토는 제로센이 중국 대륙에서 화려하게 데뷔했을 당시 열세 대의 제로센 지휘관이었지요. 그 후, 라바울에서 싸우고 마리아나와 레이테를 전전하다가 전쟁이 끝나던 해에는 가고시마 203항공대의 비행대장이었습니다. 상부에서 '전기특공'을 외쳐도 한 대의 특공도 내보내지 않았어요. 전투 303비행대 오카시마 키요쿠마 소좌도 사령부로부터 '국적國賊'이라고 욕을 먹으면서도 특공기 출격을 단호하게 거부했다고 하지요. 해군병학교 출신 장교 중에서 멋진 사람들이 있었던 것입니다. 다만 애석하게도 그 수가 너무 적었어요.

미야베 씨 이야기로 돌아가지요.

그 사람은 정말 훌륭한 교관이었어요. 많은 예비학생이 그를 흠모했지요. 점잖은 태도와 정중한 어투가 도무지 군인답지 않았지요. 그러면서도 온몸에 뭐라 말하기 힘든 카리스마가 넘쳐났어요. 우리는 그것이야말로 달인의 분위기라고 생각했습니다.

우리는 공중전 훈련을 받지 못했어요. 예비학생 전원이 특공용 조종사였기 때문이지요.

교육이 끝나는 날 특공 지원서를 써야 했어요. 이것은 지원서 형식을 띤 명령이었습니다. 그래서 그런 명령을 내린 사람들은 지원서를 내세워 그들 스스로 특공을 지원했다고 했고, 육십 년이나 지난 지금까지 아까 그 기자와 같은 말을 해대는 사람이 있는 겁니다.

단호히 말하지만, 일부 예외를 제외하고 특공은 명령이었습니다. 지원한다고 적을 때 갈등과 고통에 대해서는 말하고 싶지 않아요. 설령 말을 한들 이해도 안 되겠지만.

우리는 비행 학생 과정을 마치고 소위로 임관했지만 실전에 배치되지 않고 계속 조종 훈련을 받았어요. 그즈음은 항공 연료가 없어서 비행 훈련도 제대로 받지 못한 채 형식적으로 졸업장을 받았을 따름이지요.

훈련 중에도 우리가 타는 비행기는 '고추잠자리'라 불리던 쌍엽 연습기 아니면 구식 96함상 전투기였어요. 그런 연습기에 질 나쁜 가솔린이나 송진에서 빼낸 기름, 에틸알코올 따위를 연료로 삼아 날았지요. 나중에 알게 된 사실이지만 실전에서도 옥탄가 높은 가솔린을 사용하지 못했다고 합니다.

여담인데, 전후 미군이 일본의 전투기 성능을 테스트했을 때 육군 4식전투기에 미군의 고옥탄가 가솔린을 넣었더니 P51 무스탕보다 더 좋은 성능을 냈다고 해요. P51은 2차 세계대전 때 최강 전투기로 알려진 비행기잖아요. 그 이야기를 들으니 전쟁이란 결국 한 국가의 종합 전력 아니겠습니까. 하나 둘이 뛰어났다 해서 어찌해볼 수 있는 그런 것이 아니니까요.

그래도 우리는 잘 싸웠어요. 미력하나마 나라를 위해서라면, 하고 지원했지요. 조국을 지키기 위해 이 한 몸을 바친다는 생각, 이런 생각이 광신적인 애국인가요?

특공 요원이 된 다음부터 훈련 때 처음 제로센을 탔습니다. 연습기와는 완전히 다른 뛰어난 성능에 깜짝 놀랐어요. 이것이 미군기를 사정없이 떨어뜨린 제로센인가 생각하니 조종석에 앉은 것만으로도 감격할 정도였지요.

그러나 우리 훈련은 제로센으로 급강하하는 것뿐이었어요. 특공 훈련이에요. 폭탄을 싣고 적함을 향해 돌격하는 오로지 죽기 위한 훈련. 그래도 우리는 진지하게 훈련에 임했어요.

왜? 인간이란 그런 거니까.

어느 날 급강하하다가 선회하는 훈련을 할 때 내가 보기에도 참 잘했다는 생각이 들 때가 있었지요. 훈련이 끝나고 비행장에서 미야베 교관에게 말했어요.

"오늘 잘하지 않았습니까?"

"아주 놀라워요. 아주 잘했어요."

미야베 교관은 웃으면서 칭찬해주었어요.

"정말입니까?"

"정말이지요. 괜히 하는 말이 아니에요. 다케다 씨를 비롯해서 여러분은 정말 대단합니다. 해군이 대학생들을 비행사로 삼은 이유를 알겠습니다. 그러나……"

미야베 교관의 얼굴에서 웃음이 사라졌어요.

"잘하는 사람부터 전장으로 보냅니다."

무슨 뜻인지 알겠더라고요. 전장에 간다는 것은 특공을 한다는 의미지요. 미야베 교관은 말했어요.

"나에게 조종 훈련이란 살아남기 위한 훈련이었습니다. 어떻게 적을 무찌를 것인가, 어떻게 적의 마수에서 벗어날 것인가. 모든 전투기 조종사의 훈련은 그런 목적을 위해서입니다. 그러나 여러분은 다릅니다. 오로지 죽기 위해서만 훈련을 합니다. 그것도 잘하는 사람부터 가야 합니다. 그렇다면 끝까지 서투른 것이 좋습니다."

나는 뭐라고 대답해야 할지 몰랐어요.

"여러분은 일본을 위해 필요한 사람들입니다. 이 전쟁이 끝나면 반드시 필요한 사람들입니다."

미야베 교관은 힘찬 목소리로 그렇게 말했지요.

그러나 나는 확인했습니다. 미야베 씨야말로 일본에 가장 필요한 사람이라고. 이 사람은 결코 죽어서는 안 된다고.

"전쟁은 끝날까요?"

"끝납니다. 가까운 시기에."

"이길까요?"

미야베 교관은 웃었어요. 참으로 쓸쓸한 웃음이었습니다.

"그건 모르지요. 나는 진주만 이후 태평양에서 미군과 싸웠습니다. 그들의 힘은 정말 놀랍습니다."

"물량 말입니까?"

"물량만이 아닙니다. 모든 것이 우리 군을 넘어섭니다."

"제로센은?"

"개전 초기에는 무적의 전투기였지요. 제로센을 타는 한 질 수 없다고 생각했습니다. 그러나 43년 후반부터 미군은 마침내 제로센에 지지 않는 전투기를 내보냈습니다. 그루면 F6F와 F4U 코르세어입니다. 이 전투기는 제로센보다 성능이 뛰어납니다."

충격적인 말이었습니다. 우리는 그때까지 제로센이야말로

세계 최강의 전투기라고 배웠으니까요. 제로센이야말로 미군의 모든 전투기를 격파할 수 있는 최고의 전투기라고.

"제로센은 너무 오래 싸웠어요. 중일전쟁 때부터 오 년이나 제일선에서 싸웠어요. 몇 번 개조를 했지만 성능이 비약적으로 향상되지는 않았습니다. 제로센의 비극은 그 뒤를 이을 후속기가 없다는 것입니다. 제로센은 예전에는 무적의 전사였지만 지금은 노병입니다."

미야베 교관이 말하는 제로센과 미야베 씨가 하나로 겹쳐 보였어요. 제로센이야말로 미야베 교관의 또 다른 모습이 아닐까 하고 말입니다.

전황이 하루가 다르게 악화되는 가운데서도 우리는 매일 열심히 훈련했습니다. 훈련이긴 하지만 목숨을 걸어야 했어요. 급강하는 자칫 죽음으로 이어지는 훈련이지요. 실제로 비행 훈련 중에 많은 학생이 죽어갔습니다.

가장 친한 친구 이토도 그래서 죽었어요. 급강하 훈련에서 기수를 끌어올리지 못하고 그냥 땅바닥에 충돌하고 만 것입니다. 이토는 성격이 밝아 모두에게 인기가 있었지요. 야한 노래를 잘 불렀어요. 힘든 훈련을 끝내고 다들 맥이 빠졌을 때 그 특유의 목소리로 우리를 즐겁게 해주었습니다. 그 사내가 내 눈앞에서 죽다니, 충격이라는 말로도 부족한 일이었어요.

그때 교관이 미야베 씨였지요. 비행기에서 내리는 미야베 씨의 얼굴이 파랗게 질렸어요.

그날 밤 학생 전원이 모였습니다. 병학교 출신의 중위가 신경질적인 목소리로 외쳤지요.

"오늘 사고가 있었다는 건 여러분도 알 것이다."

우리는 죽은 그 친구에게 조의를 표할 줄로만 알았지요. 그러나 중위의 입에서 나온 말은 그게 아니더라고요.

"죽은 예비사관은 정신이 해이했다. 그런 정신으로 어떻게 전장에서 싸우겠나!"

중위는 버럭 고함을 지르더니 군도를 바닥에 내리쳤어요. 이토를 일부러 예비사관이라 부른 것은 우리들에 대한 명백한 멸시였습니다.

"고작 훈련을 받다가 목숨을 잃는 놈은 군인 자격이 없어. 소중한 비행기를 부숴버리다니! 너희들, 다시는 이런 일이 없도록 해!"

우리는 속으로 한스러운 눈물을 흘렸습니다. 이것이 전쟁인가? 이것이 군대인가? 인간의 목숨이 여기서는 비행기보다 못하다는 것인가?

그때였지요.

"중위님!"

미야베 교관의 목소리가 들렸어요.

"전사한 이토 소위는 아주 훌륭한 군인이었습니다. 군인답지 못한 사람이 아니었습니다."

얼어붙는다는 말이 있는데, 바로 그런 장면을 두고 하는 말일 것입니다.

중위는 분노 때문에 벌겋게 달아올라 몸을 부르르 떨었어요.

"너!"

중위는 단상에서 내려서더니 미야베 교관을 두들겨 패기 시작했어요. 미야베 씨는 그 자리에 우뚝 선 채 그 주먹을 그냥 받아 냈어요. 중위는 계속해서 주먹을 날렸고, 코와 입에서 피가 터져 나왔지만 미야베 교관은 결코 쓰러지지 않았지요.

중위는 키가 작은 사람이었습니다. 그 남자가 힘껏 주먹을 날려도 미야베 교관은 쓰러지기는커녕 오히려 위에서 중위를 내려다본 채 꼼짝도 하지 않았습니다. 중위는 기가 죽은 표정이었어요.

"이토 소위는 훌륭한 군인이었습니다."

"특무사관 주제에 정말 건방져!"

중위는 그렇게 말하고 다시 한 번 주먹을 날린 다음 몸을 획돌려 막사 쪽으로 가버렸습니다. 비행대장이 당혹스런 표정으로 '해산!' 하고 외치고 우리는 흩어졌습니다.

미야베 교관의 얼굴은 엉망이었지요. 입술이 몇 군데나 터지고 눈 위에서 피가 흘러내렸어요.

우리는 모두 감동했지요. 이토의 명예를 지켜준 미야베 교관에게 진심으로 감사했습니다.

그때 그런 생각이 들었어요. 내가 특공을 나가서 이 사람을 지킬 수 있다면 그렇게 하겠노라고.

나만 그런 생각을 한 것이 아니었어요. 실제로 미야베 교관을 목숨 걸고 지키려고 한 사내가 있었지요.

이토가 죽은 지 얼마 되지 않아서였습니다.

미야베 교관은 예비사관 세 대를 거느리고 급강하 훈련을 하고 있었어요. 그때 저공으로 날아가는 미야베 교관 뒤에서 F4U 코르세어 네 대가 구름 사이에서 급습을 했습니다.

공습경보는 없었고, 아마 근해의 항모에서 날아온 함재기의 정찰이었을 겁니다. 그즈음에는 함재기가 드물지 않게 본토로 날아오는 일이 있었으니까요. 경계병이 발견했을 때는 이미 저공 비행으로 접근한 뒤였지요.

미야베 교관은 전혀 준비가 되어 있지 않았습니다. 적기가 나타난 것도 모르고 방금 급강하 훈련을 한 예비사관의 비행기를 엄호하며 날았지요.

F4U 코르세어는 점점 거리를 좁혀왔어요. 우리는 목소리를 높여 외쳤지만 미야베의 귀에 닿을 리 없었겠지요.

그때 바로 앞에서 하강하다가 상승하던 예비학생의 제로센이 미야베와 F4U 코르세어 사이로 파고드는 게 아니겠어요. 예비사관의 비행기에는 기관총이 없어 적기를 공격할 수 없는데도 말이지요. 그럼에도 그는 오로지 미야베 교관을 구하려는 일념으로 적기에 부딪칠 듯 그 사이로 파고든 것입니다.

네 대 가운데 두 대의 F4U 코르세어는 연습기를 피하려고 방향을 틀었지만 나머지 두 대는 그냥 미야베 기를 향해 날아갔습니다. 전투기가 기총을 발사했지요. 미야베 교관은 그 순간 눈치를 챈 듯 기체를 옆으로 틀었지만 이미 때가 늦은 듯이 보였어요.

그러나 예비사관이 모는 제로센이 그 총알을 받았어요. 미야베 교관이 F4U 코르세어를 피하고는 아래쪽에서 기관총을 쏘자 적기 한 대가 그냥 불길에 휩싸였어요.

다른 F4U 코르세어 한 대는 일단 선회한 다음 상승하며 도망치려 했지만 이미 미야베 기가 꼬리를 잡은 다음이었지요. 저공에서 벌어진 공중전이라 적의 특기라 할 만한 급강하는 불가능했습니다.

적은 뒤로 돌아 미야베 기를 향해 돌격했어요. 두 전투기가 엇갈리는가 싶더니 적기는 비스듬히 기울어져 그냥 바닥에 곤두박질치고 말았어요. 낙하산 탈출도 불가능했지요. 아마 정면으로 조종석에 맞았을 겁니다. 후방에 있던 F4U 코르세어 두 대는 상공으로 도망쳤습니다. 어쩌면 상공으로 유인하려 했던 걸까요? 그러나 미야베 교관은 더 이상 추격하지 않았어요.

미야베 교관은 나머지 예비학생의 비행기들을 상공으로 모아 자신이 고도를 잡고 충분히 엄호하면서 차례차례 착륙시켰습니다.

마지막으로 미야베 교관이 내려섰는데, 나는 그 기체를 보고 소름이 돋았어요. 두 날개와 동체가 벌집이었지요. 나중에 조사해보고 안 사실이지만 날개 안의 탱크에서 일 센티미터 옆으로 기총에 맞은 자국이 있었더라고요. 만일 탱크에 맞았더라면 미야베 기는 불덩이로 변했을 것입니다.

"방심했어."

미야베 교관의 목소리가 떨렸어요. 새파랗게 질린 얼굴이었습니다.

"누가 나를 구했지요?"

미야베 교관을 구한 예비사관의 조종석에는 탄흔이 가득했어요. 뚜껑이 다 날아가버리고 계기도 엉망으로 망가졌어요. 탑승자도 총에 맞았지만 기적적으로 목숨은 건졌어요.

미야베 교관은 들것에 실려 가는 예비사관 쪽으로 달려갔습니다.

"왜 그런 바보 같은 짓을 하고 그래요?"

예비사관은 들것에 누운 채 피투성이 얼굴을 들어 올렸지요.

"무사하셨네요."

"왜 그런 말도 안 되는 짓을 했어요?"

"미야베 교관님은 우리나라에 필요한 분입니다. 절대로 죽어서는 안 됩니다."

그 말을 들었을 때 나는 가슴이 터질 것 같았어요. 그 마음이 아플 만큼 전해져왔다고 할까요. 그는 미야베 교관을 위해서라면 죽어도 좋다고 생각했을 겁니다. 그것이 바로 내 마음이었기 때문이지요.

그렇다 하더라도 미야베 교관의 공중전 솜씨는 정말 끝내줬어요. 성능이 더 뛰어난 F4U 코르세어를 순식간에 두 대나 격추시켰으니까요. 그야말로 일본 해군의 보물이라 생각했지요.

그러나 해군은 그런 그에게 살아남을 권리마저 주지 않았습니다.

미야베 교관은 그 후 얼마 안 있어 예비사관을 데리고 규슈 기지로 이동했습니다.

이때 규슈로 간 예비사관 모두 전사했다는 소식을 들었지요.

그리고 얼마 후에 나도 규슈로 가라는 명령을 받았어요.

도착해보니 가고시마의 코쿠분 기지였지요. 결국 나도 죽는구나, 하고 생각했어요. 그러나 특공 명령은 바로 내려오지 않았어요. 특공 요원으로 대기하는 신세였지요. 우리가 타고 온 제로센은 다른 특공대원이 타고 출격했습니다.

그때는 코쿠분에서도 매일 특공기가 출격했어요. 많은 전우들을 보냈지요. 다음은 내 차례라고 생각해 부모님께 유서를 썼습니다. 가기 전에 한 번이라도 뵙고 싶었지만 보나 마나 불가능할 테니까요.

오키나와전이 끝난 다음 코쿠분 기지는 몇 차례 미군의 공습을 받았습니다. 폭격과 지상 포격으로 많은 비행기가 망가졌지요. 나를 포함해서 몇몇은 오이타의 우사 항공대로 전출 명령을 받았어요.

기지를 나설 때 나이 든 부부가 내게 어떤 예비사관의 소식을 물어왔어요. 그 소위는 며칠 전 특공으로 출격했었지요. 그 사실을 두 사람에게 알리자, 남자는 고개를 떨구었고 여자는 바닥에 주저앉았습니다. 남자는 그 소위가 아들이라고 하더군요.

"코쿠분에 있다는 소문을 듣고 찾아왔는데, 늦고 말았어요."

아버지는 애달픈 목소리로 말했어요.

"웃으면서 출격했습니다. 사나이답게 날아갔지요."

"고맙소. 그 말을 들으니 마음이 한결 편안해졌습니다."

아버지는 그렇게 말하고 다시 머리를 깊이 숙였어요. 바닥에 주저앉았던 어머니가 흐느껴 울었습니다.

"외동아들이었지요."

아버지는 누구에게랄 것도 없이 툭 던지듯이 그렇게 말했어요. 그런 다음 그는 아내를 끌어안듯 일으켜 세우고는 다시 나에게 고개를 숙이고 기지를 떠났어요.

코쿠분에서 그리 드물지 않은 광경이었지요.

특공대원 출격은 가족에게 알리지 않게 되어 있었습니다. 남은 전우들이 기지 바깥 사람에게 부탁해서 편지 따위로 가족에게 알리는데, 출격 전에 소식이 닿는 경우는 거의 없어요. 많은 가족이 출격한 다음에 찾아와서 큰 슬픔만 끌어안은 채 기지를 떠납니다.

기지에서 남편의 죽음을 전해 들은 한 젊은 부인을 보았습니다. 코쿠분에서도 우사에서도 사와야마에서도 보았어요. 슬픔과 충격으로 일어서지 못하는 여인도 있었지요. 그런 여자들을 보면서 내가 결혼하지 않아서 얼마나 다행인지 모른다고 생각했지요. 그러나 동시에 사랑하는 여자도 없이 죽어가야 하는 나 자신이 불쌍하다는 생각이 들기도 했어요.

우사에서도 나는 특공 요원이었습니다. 지명된 사람부터 죽어가는 건 마찬가지였지요.

그때의 기분이요? 정말 무서웠지만 아무 기억도 나지 않아요.

다만 전우를 보낼 때 그 애절한 마음만은 아직도 가슴에 남아 있어요. 그 슬픔만은 잊으려야 잊을 수 없지요.

코쿠분에서도 우사에서도 미야베 씨를 만날 수 없었습니다.

잠시 침묵이 흘렀다.

다케다의 부인이 먼저 입을 열었다.

"당신이 특공 이야기를 한 건 처음이에요."

부인의 말에 다케다는 크게 고개를 끄덕였다.

"특공 이야기는 아무한테도 하지 않았지. 누구에게 말한들 이해할 수도 없을 테고, 오히려 괜한 말로 오해받는 건 정말 참을 수 없는 일이니까."

"나도 그럴 거라 생각하신 거예요?"

다케다는 고개를 저었다.

"몇 번 이야기할까 말까 망설였지. 그렇지만 오늘까지 하지 못했어. 내 고통이나 슬픔을 알아주었으면 하는 바람이 있었던 반면에 당신한테만은 알리고 싶지 않다는 생각도 있었지."

"저도 지금까지 당신한테 말하지 않은 게 있어요."

다케다의 부인이 남편의 눈을 바라보며 말했다.

"제가 당신하고 직장에서 만나 결혼한 것이 1950년이었죠. 당신이 전 특공대원이었다는 소문은 들었지만, 전 상상이 잘 안 됐어요. 직장에서 늘 밝게 웃는 분이었으니까요."

다케다는 고개를 끄덕였다.

"당신은 결혼하기 전에도 특공대 이야기를 하지 않았어요. 그렇지만 결혼한 다음에 얼마나 놀랐는지 몰라요. 매일 밤 당신이 몸부림을 쳤거든요. 악몽에 시달리는지 밤중에 갑자기 고통스럽게 울부짖는 거예요. 낮에는 결코 보인 적이 없는 무서운 얼굴로, 때로 비명도 지르고요. 저는 그걸 보았을 때, 당신이 얼마나 고통스런 일을 당했을까, 하고 생각하며 울었어요."

"난 몰랐어. 왜 말하지 않았지?"

"말을 한들 어떻게 할 수 있는 일도 아닌걸요. 제가 당신의 고통을 짊어질 수도 없으니까요. 그런 상태가 십 년도 넘게 이어졌어요. 큰애가 중학생이 되었을 무렵에야 그런 몸부림도 없어졌지요. 당신이 편히 잠든 모습을 보고서, 이제야 당신이 전장에서 벗어났다고 생각했죠."

다케다는, 고마워, 하고 낮은 목소리로 말하더니 아내의 손을 꼭 잡았다.

헤어질 때 다케다가 말했다.

"미야베 씨는 정말 훌륭한 분이었어요. 그분하고는 고작 몇 달만 같이했지만 결코 잊을 수 없어요."

"감사합니다."

"그 사람이야말로 반드시 살아남아야 마땅했습니다."

"정말 고마운 말씀입니다."

다케다는 진지한 표정으로 말했다.

"미야베 교관이 규슈로 향하는 제로센에 타려 할 때, 무사하시라며 제가 말을 걸었지요."

"네."

"그러자 미야베 교관이 갑자기 무서운 표정으로, 난 절대로 죽지 않을 겁니다, 하는 겁니다. 나는 미야베 교관의 눈 속에서 처절한 집념을 보았어요. 그래서 이 사람은 절대로 죽지 않을 것이라 생각했어요."

"그렇지만 전쟁은 할아버지에게 삶을 허락하지 않았습니다."

"전쟁이 아니야."

누나가 날카롭게 외쳤다.

"할아버지는 해군에게 살해당한 거야."

다케다는 고개를 끄덕였다.

"아가씨 말대로 해군이 그 사람을 죽였을지도 모르지요."

아수라

"놈은 죽을 운명이었어."

전 해군 상등비행병조 가게우라 가이잔은 내 눈을 똑바로 바라보며 말했다.

"그놈이 전쟁에서 살아남으려 애썼다는 건 나도 알아. 그러나 그런 희망을 스스로 끊어버렸지."

가슴이 쿵쿵 뛰었다. 나는 가게우라의 얼굴에서 감정을 읽어내려 했지만 도저히 읽을 수 없었다.

가게우라 가이잔은 전직 야쿠자였다. 나카노의 한적한 주택가에 자리 잡은 그의 집 대문에는 문패가 없었고, 주위 벽에는 CCTV 카메라가 몇 대 매달려 있었다. 본인은 은퇴한 몸이라고 했지만 그래도 집을 방문할 때 많이 망설였다. 누나는 같이 가고 싶다고 했지만 살인 전과를 가진 그 사람에게 데려가고 싶지 않았다.

인터폰을 누르자 머리를 빡빡 민 젊은이가 나왔다. 말투는 정중하지만 눈매가 아주 날카로웠다. 이름과 용건을 알리자 정중한 태도로 나를 응접실로 안내했다.

응접실은 그리 호화롭지 않아도 벽과 천장의 인테리어가 아주 고급스러웠다. 방 안에는 어떤 장식품도 없었다.

가게우라는 키가 큰 사람이었다. 나이는 일흔아홉 살인데 전혀 그 나이로 보이지 않았다. 머리숱이 듬성듬성하긴 하지만 피부에 윤기가 흐르는 데다 몸놀림이 경쾌해서 예순 살 정도나 될까 싶었다.

가게우라의 뒤에는 현관에서 보았던 남자가 붙어 있었다. 경호원일지도 모른다.

"자네가 미야베 손자인가?"

가게우라는 표정 하나 바꾸지 않고 말했다. 조용하고 낮은 목소리였으나 박력이 있었다.

나는 살짝 기가 죽었지만, 애써 힘을 내 이번 방문의 목적을 이야기했다. 내 말을 듣고 나서 가게우라가 말했다.

"난 놈을 아주 싫어했지."

나는 말없이 고개를 끄덕였다. 그것은 전화 통화할 때 이미 느낀 바였다. 게다가 할아버지를 싫어하는 군인이 있다 해도 이상하지 않다고 생각했기에 그렇게 노골적인 말에도 동요하지 않았다.

"벌써 육십 년이나 지난 과거의 전쟁이야. 그때 만난 사람들은 거의 다 잊었어. 그러나 그놈만은 아직도 뚜렷이 기억하지."

나는 미야베가 싫었어. 얼굴만 봐도 두드러기가 날 정도였다고.

놈이 특공 출격한 날이 기억나. 내가 호위기를 몰았으니까.

애석하게도 마지막 순간은 보지 못했어. 오키나와 전투 이후에 특공기는 거의 미 함대에 접근하지 못했으니까. 기동부대와 한참 떨어진 곳에서 적 전투기의 삼단 방어에 막히고 말았지. 무거운 폭탄을 짊어지고 적 함대로 다가간다는 것은 거의 불가능한 일이야. 가벼운 호위기조차 돌아오지 못하는 경우가 많았으니까. 아마 놈도 적 전투기에게 당했을 거야.

거듭 말하지만 난 정말 그놈이 싫었어.

무슨 이유냐고? 딱히 이유는 없어. 자네도 준 것도 없이 괜히 미운 놈이 있을 거 아냐. 존재 자체가 왠지 무작정 마음에 걸려 견딜 수가 없는 그런 놈이 있는 법이지. 내게는 미야베가 그런 존재였어.

미야베는 아내와 자식 사진을 늘 소중히 간직했어. 요즘이
야 젊은이들이라면 다들 그러니까 아무도 신경 쓰지 않겠지.
나도 그런 걸 두고 뭐라고 하고 싶지는 않아. 어차피 물러터진
미지근한 세상이 아닌가. 오로지 회사에만 목이 매여 사는 나
약한 월급쟁이가 부적 대신에 마누라 사진을 지하철 정기권과
같이 지갑에 넣고 다니는 건 오히려 귀여워. 그러나 육십 년 전
은 그렇지 않았어. 우리는 목숨을 걸고 싸우는 사람이야.

요즘도 목숨을 거네 어쩌네 그런 말을 사용하는데, 그건 그
냥 말뿐이야. '열심히'라는 말을 좀 화려하게 한 거라고 보면
되겠지. 웃기지 말라고 그래. 진짜 목숨을 거는 게 어떤 건지
가르쳐주고 싶은 심정이야. 그 당시 우리는 말 그대로 목숨 걸
고 싸웠어. 놈은 그런 전장에서 요즘 월급쟁이들이 하듯이 사
진을 들여다보며 '살아서 돌아가고 싶다'는 말을 중얼거렸어.
목숨 걸고 싸우는 사람 옆에서 아무렇지도 않게 그런 말을 하
다니.

실제로 들어보았느냐고? 물론 확실히 들은 기억은 없어. 그
러나 말을 하지 않아도 놈이 그런 생각을 한다는 건 누가 봐도
명백했어.

내가 가스가우라 예과련을 나온 것은 1943년 초야.

처음에는 타이완에서, 다음은 필리핀에서 근무했지. 또 자바

로 갔다가 보르네오의 발릭파판으로 갔어. 전황은 거의 절망적이었어. 그러나 나에게는 그딴 건 아무래도 좋았어. 난 전투기 조종사의 본분을 다하면 그만이었으니까. 전투기 조종사의 본분? 적기를 한 대라도 더 떨어뜨리는 것이야.

나의 첫 전장이 발릭파판이었다는 게 얼마나 다행인지 몰라. 거기에는 유전이 있어 연료가 풍부했기에 얼마든지 훈련을 할 수 있었지. 내 솜씨가 좋아진 것은 오로지 그 덕분이었어.

발릭파판에서 첫 전투에 나섰고 나는 적기를 떨어뜨렸어. 스피릿 파이어(spitfire, 영국제 전투기)였지. 그 당시 일본에서 같이 간 동기생 탑승원은 거의가 첫 공중전에서 죽었어. 나중에 온 놈들도 마찬가지였고. 마치 죽기 위해 온 것 같았어. 세 번의 공중전을 거쳐 살아남은 사람은 별로 없었어. 적 전투기는 제로센을 능가하는 성능을 가졌고 조종사의 기량도 대단했어. 게다가 레이더까지 갖추었고 수적으로도 우리를 압도했지. 숙련된 조종사조차 살아남기 힘든 전장이었어.

나는 그 와중에 첫 일주일에 네 번 출격해서 두 대를 격추시켰어.

나를 쳐다보는 눈이 완전히 달라졌지. 이거 자랑은 아니지만 나한테는 전투기를 모는 재능이 있는 것 같아. 첫해 반년 사이에 미확인을 포함해서 열 대 가까운 적기를 떨어뜨렸으니까.

내가 라바울로 간 것은 1943년 가을이었어.

그 당시 라바울은 예전의 영광스런 라바울 항공대가 아니었어. 주위 섬들을 차례차례 미군에게 빼앗기고 그 무렵에는 오로지 방어에만 주력했지. 라바울 전근 명령은 편도 차표라 불릴 정도였어.

연일 공습이 있었어. 그 규모는 정말 대단했어. 전투기, 폭격기 합쳐서 백오십 대에서 이백 대 정도가 매일같이 날아왔으니까. 많을 때는 삼백 대 정도 되었던가. 우리는 고작 오십 대. 대부분 요격전이었어. 그렇지만 그건 내 성질에 잘 맞았지. 느려터진 폭격기 호위 같은 건 정말 싫었어. 꼭 사슬에 발이 묶인 듯한 느낌이라고나 할까. 그렇지만 요격전은 자유롭게 공중전을 펼칠 수 있잖아. 마치 물을 만난 물고기 같았다고나 할까.

요격전은 기본적으로 빠른 놈이 이겨. 적기 출현 소식이 전해지면 탑승원은 재빨리 전투기를 향해 달려가. 정비병이 시동을 걸어둔 비행기에 올라타고 상공으로 올라가지.

나는 큰 비행기를 상대하지 않았어. 내 적은 오로지 전투기야. 요격기의 본분은 기지를 공습하는 폭격기를 격추하는 것일 테지만, 그건 내 알 바 아니야. 나는 내 방식으로 싸워.

적 전투기는 정말 튼튼했지. 7.7밀리미터로는 도저히 떨어뜨릴 수 없어. 20밀리미터를 퍼부어야 격추가 가능한데, 그건 초속이 늦고 사정거리가 짧아서 잘 맞지 않아. 그렇지만 나는 그 20밀리미터로 적을 떨어뜨렸지.

어떻게 했냐고? 직관 사격이야. 조준기에 들어오지 않는 적을 쏘는 거지.

알겠어? 비행기는 아주 빠르게 움직여. 게다가 공중전이다 보니 내 비행기도 움직이지. 조준기에 들어온 비행기를 아무리 쏘아댄들 위아래로 흘러서 잘 맞지 않아. 그래서 상대방이 움직일 위치를 예측하고 아무것도 없는 공간을 향해 쏘는 거야. 그러면 거기에 적기가 알아서 들어온단 말이지.

이런 건 아무도 비행 훈련에서 가르쳐주지 않아. 아니, 숙련된 탑승원 중에도 이런 식으로 쏘는 놈이 과연 몇이나 될까. 일종의 곡예 사격이라고나 할까. 내가 이런 말을 하기는 좀 그렇지만, 나한테는 천부적인 자질이 있었던 것 같아. 내가 듣기로는 독일의 마르세유Hans Joachim Marseille도 직관 사격의 달인이었다고 해.

나는 이런 훈련을 매일 습관처럼 했지. 날아가는 파리를 손으로 잡아채는 연습을 거듭했어. 그렇게 하다 보니 어느새 백발백중으로 잡아챌 수 있게 된 거야. 그런 내 솜씨는 우리 부대에서도 아주 유명했지. 그래서 나를 따라 많이들 시도해보았지만 아무도 성공하지 못했어.

나는 라바울에서 스무 대 이상을 격추했어.

공식 기록은 아니야. 당시 해군은 개인 기록을 인정하지 않았으니까. 격추는 부대 단위로 기록될 뿐이야. 너무도 일본다운 방식이라고 할까. 개인의 공적 같은 건 아예 인정도 하지 않아.

해군은 왜 개인 기록을 인정하지 않았을까? 그건 아마 이런 게 아니었을까 싶어. 만일 개인 격추 기록을 공개하면 누가 솜씨가 가장 좋고 누가 멍청한지 그냥 드러나버려. 무능한 장교한테는 정말 곤란하기 짝이 없는 일이야. 그러면 지휘 계통이 서지 않아.

편대를 지휘하는 분대장은 실력에 상관없이 장교가 맡아. 드물게는 우수한 놈도 있었지만 대체로 해병 출신은 경험도 없고 무능했어. 지휘관이 잘못된 판단을 내려 편대 전체가 위험에 빠지는 경우도 많았어. 나도 몇 번이나 위험에 처했지. 하지만 군대라는 곳은 상관의 명령이 절대적이야. 저쪽으로 가면 위험하다는 것을 알면서도 편대 지휘관이 날아가면 따라가지 않을 수 없어. 그러면 아니나 다를까, 적기의 기습을 받고 말거든.

격추 숫자를 밝히면 무능한 지휘관이 유능한 부하들을 거느린다는 사실이 만천하에 드러나고 말 테지.

미군은 다르대. 조종사는 전원이 장교이고 그것도 우수한 자가 지휘관이 된다고 해. 개인의 격추 실적을 공표하고 당당히 표창도 한다고 말이야. 그러니 모든 조종사가 스코어를 올리려고 있는 힘을 다해 싸울 수밖에. 두 대가 합동작전으로 한 대를 격추하면 한 사람당 0.5점을 주었다고 해. 정말 미국다운 방식이 아닌가. 그러면 동료들과 힘을 모아 싸우지 않겠어. 열성이 달라질 테지. 그런 정신 상태가 아니고서는 절대로 싸움에서 이길 수 없어.

제국 해군은 그렇지 않았어. 아무리 우수한 조종사라도 하사관은 절대로 지휘관이 될 수 없어. 소대장까지가 고작이야. 내 계급은 일등비행병. 바닥에서 세 번째 졸병이었지. 아무리 적기를 많이 떨어뜨려도 진급하지 못해. 제국 해군에서는 절대로 개인을 앞에 내세우는 법이 없어.

그런 관습에 과감히 날을 세운 사내가 있었지. 이와모토 데츠조 같은 사람은 자기 전투기에 격추 마크를 멋대로 그려 넣었어. 놈의 전투기에는 벚꽃이 많이 그려져 있었어. 멀리서 보면 그 부분의 색깔만 도드라질 정도로.

겉보기엔 후줄근한 아저씨였지만 일단 하늘로 올라가면 비행기째 빛을 내는 것 같았어. 자기 스스로 '천하의 떠돌이'라 불렀지. 참 신기한 사내였어.

언젠가 신형 야간 비행기 '겟코우月光'로 B17을 격추한 조종사가 포상으로 군도를 받은 적이 있었어. 그러자 니시자와 히로요시 같은 자는 '난 몇 대나 떨어뜨려야 저런 군도를 받을 수 있을까' 하고 비꼬듯이 말했다고 그래. 니시자와는 조용한 사내였지만 온몸에서 뭐라 말하기 힘든 카리스마를 뿜어냈어.

그놈은 절대로 자신의 무공을 드러내놓고 자랑하지 않았어. 그런 놈이 그런 말을 했다니. 그건 전선에서 목숨 걸고 싸우는 제로센 조종사들이 너무나 홀대 받는 현실에 대한 불만의 토로였을 거라고. 생각건대 놈이야말로 제국 해군의 진정한 명검이었어. 그러나 해군은 그런 보물을 필리핀에서 수송기에 태워 죽이고 말았지. 개 같은 놈들!

나는 기체에 격추 숫자를 그려 넣지는 않았지만 내가 떨어뜨린 대수는 모두 기억해. 누가 알아주지 않아도 상관없어. 그냥 나만 알면 되는 거야. 나는 적기를 격추할 때마다 마음속으로 헤아렸지. 언젠가는 백 대, 이백 대까지 가리라고. 당시 니시자와와 이와모토는 격추 백 대를 넘어섰다고 했지. 나는 두 사람을 목표로 삼았어. 놈들은 중일전쟁에서 싸운 역전의 용사였어. 몇 년에 걸쳐 격추 수를 하나씩 늘린 거야. 나는 완전 신참이고. 그렇지만 언젠가는 따라잡고 말리라 다짐했어.

공식 기록이 없었으니 각자의 격추 숫자는 개인의 입에서 나온 대로 인정했더랬지. 니시자와와 이와모토의 격추 대수도 동료들과 허심탄회하게 이야기를 나누는 도중에 나온 말이 퍼져나간 것이야. 그리고 그들이라면 그 정도는 격추했을 것이라고 다들 인정했기 때문에 그 숫자가 신빙성을 띠고 널리 퍼졌을 테지. 잔뜩 부풀려서 자랑해본들 동료들이 알아주지 않으면 인정받지 못해. 거짓말이 통하지 않는 세계니까.

나는 공중전이 정말 좋았어. 하늘 위야말로 내가 살아가야 할 세계였어. 설령 적에게 격추당한다 해도 억울하지 않아.

나는 전후에 야쿠자가 되었어. 야쿠자를 동경해서가 아니야. 오히려 떼거리 힘을 믿고 폭력을 휘두르는 놈들을 누구보다 경멸했지. 그러나 전후의 쓸쓸하고 거칠기만 했던 삶이 나를 그런 세계로 이끌었어. 죽을 자리를 찾아 헤매던 끝에 문득 정신을 차려보니 그런 무뢰배가 되어 있었던 거야.

사람을 죽인 적도 있어. 감옥에도 몇 번이나 들락거렸고, 내 목을 노리는 습격도 몇 번이나 받았지. 그렇지만 악운도 운인지 이 나이까지 살아남았어. 그러나 이 사바세계의 목숨을 건 싸움 따위는 창공에서 벌어지는 전투에 비하면 아이들 장난 같은 것이야. 돈으로 처리할 수 있는 일도 있고, 경호원으로 지킬 수 있는 목숨도 있어.

하늘 위에서는 어떤 타협도 없어. 단 한 치의 판단 미스로 목숨을 잃고 말아. 나보다 기량이 뛰어난 적을 만나면 기꺼이 죽어야 해.

적 전투기의 성능은 분명 대단했지만 그들은 일격이탈의 단순한 공격방법밖에 몰랐어. 최초의 일격만 피하면 무서울 것도 없지. 놈들은 함부로 공중전을 벌이려 하지 않았어. 이미 구식이긴 하지만 제로센의 무서운 전투 능력을 너무도 잘 알았기 때문이야.

그러나 나는 적을 공중전으로 끌어들였어. 적의 기습을 받으면 일부러 위험한 하강비행을 해서 적이 따라오게 했지.

이런 식으로 싸운 놈은 별로 없을 거야. 이와모토 같은 사람은 공중전을 별로 하지 않았어. 그놈은 일격이탈의 명수였어. 누구보다 빨리 적기를 발견하고 그 배후로 파고들어 뒤쪽 위 방향에서 일격을 날린 다음 도망쳐버리는 미군과 똑같은 전법을 썼지. 말하자면 치고 빠지기의 달인이었다고 할까. 정공법을 특기로 하는 니시자와하고는 정반대였어. 생각건대 이와모토는 공중전에 거의 미친 사람이었어. 적기를 날려 보내는 것, 오직 그것 하나에 인생을 건 사내였어. 나도 공중전에 모든 것을 건 사람이야. 내가 처음 전투기를 탄 것은 1943년이었어. 이때 이와모토는 벌써 오 년이나 전장을 누빈 베테랑이었어.

니시자와가 마사무네의 명검이었다면 이와모토는 무라마사의 날렵한 검이었다고나 할까. 물론 내가 보기에 그렇다는 거야. 그리 틀린 말은 아니라고 봐.

요도妖刀 무라마사는 그 칼을 든 사람을 무서운 살육자로 만들어버린다지. 이와모토에게 제로센은 무라마사였을지도 몰라. 이와모토는 전후 사회에 적응하지 못하고 세상에서 잊힌 채 전쟁에서 얻은 상처를 끌어안고 불우하게 살다 죽었다고 해. 전후 일본은 격추왕이 살아갈 만한 세상이 아니었을지도 몰라.

나는 나라를 위해 싸운 것이 아니야. 물론 국민을 위해서도 가족을 위해서도 아니야. 하물며 천황 폐하를 위해서는 더더욱 아니지. 결코 그런 것들을 위해 싸우지 않았어.

나에게는 가족이 없어. 그래서 누군가를 위해 싸운다는 건 있을 수 없는 일이야.

나는 서자로 태어났어. 어머니는 첩이었어. 어머니는 어린 시절에 어머니를 잃고 열다섯에 아버지를 여의었어. 살기 위해서 첩이 되었을 테지. 내 아버지는 신흥 무역상이었어.

어머니는 내가 중학교에 들어간 해 세상을 떠났어. 그때 아버지가 나를 거두었지. 커다란 저택에는 아버지의 본처와 배다른 형들이 있었지만, 놈들은 더러운 쓰레기라도 보듯이 나를 대했어. 아버지에게서는 사랑도 받지 못했고 성도 물려받지 못했어. 오히려 귀찮은 존재로 취급당했지. 아버지는 그 집안에 데릴사위로 들어간 사람인데 성격이 나약해서 부인한테 꼼짝도 못했어. 경멸받아 마땅한 사람이었어.

진주만 공격이 감행되었을 때 나는 중학교 5학년이었어. 이듬해 중학교를 졸업하자마자 예과련에 들어갔지. 미국과 전쟁을 벌인 이후 예과련은 신입생을 대거 모집하기 시작했어. 그래서 나 같은 열등생도 들어갈 수 있었던 거야.

그 후로 나는 단 한 번도 가족을 만나지 않았어. 아니, 처음부터 나한테는 가족이 없었지.

나는 비행기 탑승원이 되었을 때부터 '사무라이'로 살리라고 마음먹었어. 그건 내 어머니의 말이었어. 어머니의 할아버지는 나가오카 번의 무사였는데 보신전쟁(戊辰戰爭, 1868년 일본의 메이지 정권과 에도 막부 사이에 벌어진 내전) 때 죽었다고 해. 그 아들은 역적이라는 오명을 쓰고 메이지 유신 이후 힘들게 살아야 했고. 그리고 빈곤 가운데서 열다섯 살 어머니를 남기고 세상을 떠났어.

어머니는 어린 나에게 자주 이런 말을 했더랬어.

"너한테는 사무라이의 피가 흘러. 무사로서 당당하게 살아야 해."

그래서 나에게 그 전쟁은 나를 위한 싸움이었어. 누구를 위해 싸우지 않았어. 오로지 나만을 위해 싸운 것이야.

미야모토 무사시가 오로지 자신을 위해 싸운 것처럼 나도 한 전투기 조종사로 살았을 따름이야.

나에게는 친구도 없었어. 어릴 적부터 친구 따위 가질 수도 없었어. 우정이 뭔가. 그런 건 그냥 낯이 익은 관계가 아닌가. 세상의 우정이란 것은 늘 같이 놀고 마시는 것이 아닌가. 그런 상대가 필요하다는 생각은 단 한 번도 해본 적이 없어.

아내? 이 나이가 되도록 결혼해본 적이 없어. 물론 자식도 없고.

여자는 있었지. 여자가 아쉬웠던 적은 없어. 동거한 여자도 있었지. 물론 전쟁이 끝난 후의 이야기야. 전쟁 중에는 연인도 없었고 마음에 둔 여자도 없었어. 오로지 전장에서 싸우는 것만 생각했어. 처음 만난 여자는 거리의 창부였어.

자식을 갖고 싶다는 생각도 해본 적이 없어. 나에게는 형제가 없었으니까 가게우라 가는 내 대에서 끊어질 것이야.

그런데 그게 뭐 어쩌라고. 자식 따위 어차피 위로의 대상일 뿐이야. 자신이 살아온 흔적을 거기서만 찾고자 하는 사내가 자식을 만들어 평생 소중히 아끼는 것이 아닌가.

나는 자식을 만들지 않았어. 여자가 몇 번 임신을 하긴 했지만 그때마다 지우게 했지. 마흔 살 때 아는 사람한테 말을 듣고 정관수술을 했어. 얼마나 기분이 산뜻하던지. 이제 세상에 근심거리가 없어졌다는 느낌이었어. 이제는 언제라도 죽을 수 있겠다 싶었지. 더 빨리 했더라면 좋았을 거라는 생각까지 들었어.

자식 같은 건 한 번 만들어버리면 남자로서 살아갈 수 없어. 물론 결혼도 마찬가지. 여자란 뜬구름 같은 세상의 놀이 상대에 지나지 않아. 몇 년이나 같이 산 여자가 있었지. 그러나 나는 단 한 번도 그 여자를 사랑하지 않았어. 그 여자도 나를 사랑하지 않았을 거야.

미야베는 죽느냐 사느냐를 가르는 전장에서도 무엇보다 가족을 생각하는 사내였어. 무사가 전장에서 칼을 휘두를 때 가족을 생각할까? 지금 나라가 풍전등화의 위기에 처했는데 아내와 자식을 가장 소중히 여기는 사내라니, 도저히 용서할 수 없었어.

그놈이 그냥 나약하기만 한 인간이었다면 나도 웃어넘겼을 테지. 그런 놈이 발군의 솜씨를 가진 전투기 조종사라는 소문을 듣고 난 도저히 참을 수 없었어.

가족을 소중히 여기면서 공중전에서 누구보다 뛰어난 솜씨를 발휘한다니, 도저히 참을 수 없는 일이었어.

미야베의 실력을 직접 본 적은 없어. 그러나 니시자와를 비롯한 많은 고참 탑승원들이 미야베를 높이 평가했더랬지. 그런데 놈의 격추 대수는 수수께끼야. 백 대 가깝다는 둥, 열 대 정도라는 둥 의견이 다양했어. 그놈은 전투 보고 때 격추에 대해서는 아무 말도 하지 않았으니까. '격추 확실'로 인정되는 경우는 적기가 공중 폭발을 일으키거나, 탑승원이 탈출하거나, 기체가 바다에 곤두박질치는 것이 확인될 때야. 그 밖에 떨어지는 것을 보았다든가 불을 뿜었다든가 하는 것은 모두 '불확실'로 분류돼.

어느 날 나는 미야베에게 직접 물어보았어.

"미야베 비조장은 적기를 얼마나 격추했습니까?"

"기억나지 않아요."

놈의 대답은 아주 명쾌했지. 미야베의 말투는 느끼할 만큼 정중했어. 세 계급이나 아래인 나한테도 마치 상관을 대하듯이 말했으니까. 거기에 또 부아가 치밀었어.

나는 물고 늘어졌지.

"온갖 소문이 다 있습니다. 열 대 정도라고 하는 사람도 있고 백 대라고 하는 사람도 있습니다. 어느 말이 맞습니까?"

"열 대는 분명 넘을 겁니다."

뜻밖의 대답이었어. 나는 미야베의 대답을 듣고 나서 대충 격추 대수를 추정해볼 생각이었으니까. 웃으며 얼버무릴 경우는 격추 대수가 별 게 없다는 말이야. 대수가 엄청 많으면 허풍을 떠는 것이고. 그러나 미야베의 대답은 이도저도 아니었어.

미야베가 말했어.

"적기를 아무리 많이 떨어뜨려도 단 한 번 내가 떨어지면 모든 게 끝장이지요."

나는 순간 할 말을 잃고 말았지.

"항공대에게 적기를 얼마나 떨어뜨렸는가는 중요하지 않을 겁니다. 전쟁은 서로에게 상처를 주는 싸움입니다. 이쪽의 손실이 적다 해도 상대의 손실이 크면 사령부는 이겼다고 판단합니다. 우리의 손실이 한 대에 상대 손실이 열 대라면 대승입니다. 그런데 그 한 대가 나라면 어떻게 될까요?"

미야베의 질문에 나는 당황했어.

"나는 내 싸움을 할 따름입니다."

미야베는 내 말을 듣고 웃으며 말했어.

"나도 그래요. 그래서 몇 대를 떨어뜨렸느냐는 것보다 내가 떨어지지 않도록 있는 힘을 다해 싸우지요."

마치 내가 웃음거리가 된 듯한 기분이었어.

나는 공중전을 진검 승부라고 생각했어. 죽음 따위 조금도 두려워하지 않았어. 있는 기술을 다 발휘해 싸우다 지면 어쩔 수 없다고 생각했지. 미야베의 말은 그런 내 생각을 완전히 부정하는 것이었어.

그렇지만, 하고 입을 여는 내 어깨를 잡고 미야베는 말했어.

"가게우라 일비는 미야모토 무사시를 좋아하는 것 같은데 무사시는 일생에 몇 번 도망을 친 적이 있어요. 그리고 또 하나, 무사시는 이길 수 없는 상대하고는 절대로 싸우지 않았어요. 그거야말로 검술의 진리가 아닐까요?"

내 얼굴이 빨개지는 것을 느꼈어. 이 자식이 지금 내가 머플러에 적어 넣은 '검선일여劍禪一如'란 말을 조롱하는 거라고. '너 같은 놈은 내 눈에는 어린애에 지나지 않아'라고 말하는 듯한 느낌이 들었지. 검선일여는 미야모토 무사시가 한 말이야.

미야베가 자리를 떠난 후 나는 머플러를 마구 찢어버리고 울분을 참지 못해 눈물을 흘렸어. 절대로 미야베에게 뒤지지 않는 비행사가 되리라 다짐하면서 말이지.

놈에 대한 나의 저주는 예사로운 것이 아니었어.

눈을 뜨건 감건 온통 미야베 생각뿐이었어. 꿈에 나타날 때도 있었어. 놈이 웃는 소리에 밤중에 식은땀을 흘리며 벌떡 일어나는 일도 있었고.

마침내 어느 날 나는 미야베에게 말했지.

"미야베 비조장님, 부탁이 있습니다."

미야베는 평소와 같은 그 무덤덤한 표정으로 무슨 일이냐고 물었어.

"모의 공중전을 한번 해보고 싶습니다."

"그러지 않아도 됩니다. 가게우라 군은 솜씨가 아주 훌륭하니까요."

"미야베 선배님의 솜씨는 최고라고 들었습니다. 한 수 가르쳐주십시오."

"모의 공중전은 어차피 연습에 지나지 않아요. 실전이 아니에요. 실전은 그대가 나보다 더 잘해요."

"부탁합니다!"

"여긴 전선이에요. 지금 우리 군은 그런 여유도 없고, 사령부도 허락하지 않아요."

나는 미야베 앞에 무릎을 꿇었어.

"부탁합니다!"

"거절이오!"

미야베는 힘주어 말하더니 잰걸음으로 가버렸어.

나는 굴욕감에 몸을 떨었지. 그 후로 육십 년이나 더 살았지만 그때만큼 비참했던 적은 없었어. 나는 그 자리에서 놈한테 달려들 기세였어. 정비병들이 멀리서 우리를 지켜보았는데, 그들이 보지만 않았더라도 그리 했을지 몰라.

그로부터 며칠 동안 나는 뭔가에 홀린 듯이 미야베와 싸우는 일만 생각했어. 내가 미군 탑승원이라면 미야베와 공중전을 벌일 수 있을 텐데, 그런 생각마저 들었다니까.

며칠 뒤, 전투기를 향해 달리는 내 곁에 미야베가 있었어.

나는 폭음에 뒤지지 않을 만큼 큰 소리로 외쳤어.

"미야베 비조장님, 오늘 전투가 끝나면 모의 공중전 한번 해주십시오."

미야베는 달리면서 내 쪽을 보지 않고 안 된다고 외쳤어. 나는 고함치듯 말했어.

"미야베 비조장님이 안 하시면 제가 하겠습니다."

미야베는 힐끗 나를 보았어. 그전까지 보지 못했던 험악한 표정이었지. 그러고는 한마디 대답도 하지 않고 비행기 쪽으로 달려갔어.

그날의 방공 전투 상대는 B17 삼십여 대와 그루먼 약 백오십 대였어. 요격에 나선 제로센은 사십 대. 적의 숫자가 압도적으로 많았지만 기지 상공에서 싸우는 것이라 우리한테 유리한

점이 있었지.

적은 삼천 미터 상공에서 폭격을 시작했어. 우리 요격대는 폭격을 끝낸 적기를 공격했어. 그루먼이 그것을 막으려고 우리를 덮치고. 나는 일단 아래쪽으로 후퇴하는 척하며 적기를 끌어들였어. 아니나 다를까 적이 나를 따라왔어. 나는 바로 기수를 올려 선회전旋回戰으로 들어갔지. 상대는 계속 나를 따라왔어. 짧은 선회로 적기 꽁무니에 붙었어. 깜짝 놀란 적기는 급강하하며 도망치려 했지. 나는 그 순간을 기다린 참이었어. 적기가 도망치려는 방향을 가늠하여 20밀리미터 기관총을 쏘았어. 적기는 그 총알 속으로 빨려들듯 날아갔어. 퍽, 노란 불꽃이 일었어. 탑승원이 낙하산을 타고 탈출하는 것을 곁눈으로 보고는 바로 다른 적기를 찾아 나섰어.

위쪽에서 제로센 두 대가 B17을 공격하는 것이 보였어. 나는 기수를 올려 그쪽으로 날아갔지. 공격에 참가하기 위해서가 아니야. B17을 공격하는 제로센을 잡아채려는 그루먼을 공격하기 위해서야.

제로센 뒤에 달라붙어 기관총을 난사하는 그루먼의 꼬리에 달라붙어 20밀리미터와 7.7밀리미터 기총을 쏘았어. 그루먼이 떨어지고 동시에 제로센도 떨어졌어.

B17은 결국 도망치고 말았어.

요격전은 몇 분 만에 끝났어. 저 아래 해수면에 비행기가 떨어져 생긴 커다란 파문이 퍼져나갔어. 어느 쪽 비행기가 더 많이 떨어졌는지는 몰라.

내 주위에는 아군기가 없었어.

라바울로 돌아오려 하는데 아래쪽에 제로센 하나가 보였어. 미야베였지. 나는 결단을 내렸어.

바로 급강하하여 미야베 기 꼬리에 달라붙었어. 그리고 천 미터 거리를 두고 기총을 발사했지. 절대로 맞을 거리가 아니야. 그 사격은 공중전을 하자는 내 의사 표시였어.

미야베는 기수를 올리더니 선회했어. 내 기체와 한순간 마주보는 자세였지만 거리가 너무 가까웠어. 그대로 우리는 스쳐 지났고 거리는 금방 이천 미터나 벌어졌어. 그 상태에서 우리는 크게 선회하여 서로 마주 보았어. 손발이 척척 맞아떨어졌지.

미야베도 모의 공중전에 응한 것이야. 고도는 서로 같아. 이른바 동위전同位戰이라는 놈이지.

우리는 거리를 좁혀갔어. 나는 미야베의 꼬리에 붙으려고 왼쪽으로 크게 선회했어. 그도 나처럼 크게 선회했고. 점점 거리가 가까워지고 서로가 서로의 꼬리에 붙으려 했어. 파전巴戰이라는 놈이야. 영어로는 '도그 파이트'라고 해. 개 두 마리가 서로 상대의 꼬리를 물려고 빙글빙글 도는 데서 비롯한 이름이지.

서로 날개를 기울이고 급선회를 계속했어. 절구통 속을 빙글빙글 돌듯 제로센 두 대가 뱅뱅 돌아가. 몸속에 엄청난 중력이 걸려. 내장이 터지고 눈알이 찌부러질 것 같은 고통이 엄습하지. 이 중력의 고통을 맛보지 않은 사람은 결코 이해하지 못해. 그야말로 죽을 것 같은 고통이야. 자신의 몸에 수백 킬로그램의 돌덩어리가 매달린 것 같다면 이해가 될지도 모르겠어. 등 근육과 배 근육을 단련하지 않은 사람은 등뼈가 부러져. 얼굴 근육이 뒤로 밀려가면 이건 정말 인간의 얼굴이 아니야. 안구도 엄청난 압력을 받아 해골처럼 눈알이 안으로 푹 꺼지고 말아. 시야가 급속하게 좁아져 마치 망원경을 거꾸로 보는 듯한 느낌이야. 이 중력의 고통을 이기지 못하고 선회를 포기하는 순간 공중전은 끝나.

모의 공중전이라고는 하지만 나는 죽어도 선회를 그만두지 않을 생각이었어. 설령 죽어도 좋다고. 나는 고통에 겨워 비명을 지르면서도 정수리 뒤쪽에 있는 미야베 기를 노려보며 힘을 다해 조종간을 끌어당겼어.

그런데 갑자기 놈이 선회를 그만두더니 수평 비행으로 바꾸는 거야. 이겼다! 나는 놈의 꼬리를 잡으려 했어. 조준기에 놈의 기체가 빨려들었어. 바로 그 순간 놈의 기체가 공중제비를 돌았어. 불리한 위치에서 더구나 느린 속력으로 기체를 뒤집는 것은 자살행위나 다름없어. 나는 그대로 놈을 추격했지. 눈

을 치뜬 채 놈의 비행기를 쫓으며 조종간을 끌어당겼어. 공중
제비 돌기를 멈추는 순간, 놈의 기체는 마땅히 내 조준기 안으
로 들어와야 했어. 그때 놈의 목숨은 내 손 안에 들어온 거나
마찬가지야.

그때 믿을 수 없는 일이 일어났어. 놈의 기체가 사라져버린
거야. 조준기 안에는 물론이고 내 시야에서 아예 사라져버렸어.

나는 기체를 뒤집으면서 머리를 굴렸어. 놈의 기체는 어디
로 가버린 것일까? 반사적으로 급강하에 들어갔지. 그때 등허
리에 서늘한 바람이 불었어. 뒤를 돌아보았지. 놈이 뒤에 착 달
라붙은 것이야.

그 충격은 지금도 잊히지 않아. 나는 전후에 몇 번이나 생과
사의 갈림길에 섰었지. 이제 죽었구나, 하고 체념한 것이 한두
번이 아니야. 그러나 그때만큼의 공포는 아니었어.

놈의 기체는 거의 내 기체에 닿을 정도였어. 조준이고 뭐고
아무것도 할 수 없었어. 발사 레버를 당기기만 해도 내 비행기
는 훅 가버리는 거야. 승부는 결정 났어. 나는 돌아버릴 것 같
았어. 요즘 말로 패닉에 빠지고 만 거지.

놈은 뒤를 돌아보는 내 얼굴을 확인하자 속도를 올려 내 옆
에 나란히 서더니 그대로 앞으로 날아가버렸어. 그때 놈의 기
체가 내 조준기에 들어왔어. 앗, 비명을 질렀을 때는 이미 늦었
어. 나도 모르게 발사 레버를 당기고 만 것이야.

변명 따위 하고 싶지 않아.

나는 해서는 안 될 짓을 해버렸어. 내가 한 짓거리는 검도도
장에서 죽도 시합에 진 다음, 상대가 등을 돌리는 순간 진검으
로 뒤통수를 친 거나 다름없는 짓이었으니까.

나는 놈이 미웠어. 그런 놈한테 완벽하게 지고 말았어. 그놈
을 쓰러뜨릴 절호의 기회가 보이자 그냥 쳐버린 거라고 해도
할 말이 없어. 비겁한 놈이라 욕을 먹어도 어쩔 수 없어.

그러나 정말로 놀란 것은 다음 순간이었어. 내가 쏜 총알이
조준기 안에 든 그놈의 기체가 무서웠는지 피해서 날아 간 거
야. 나는 무슨 악몽이라도 꾸는 듯한 기분이었지. 마치 마계에
빨려든 듯한 기분이었어. 놈은 마물이다!

놈은 재빨리 기체를 미끄러뜨리더니 다시 내 뒤에 달라붙었
어. 나는 이번에는 돌아볼 수도 없었어. 도망칠 생각도 하지 않
았어. 미야베에게 당하고 싶었어. 기총 발사 레버를 당겨버린
순간부터 나는 살 가치도 없는 인간이 되고 말았지. 미야베의
총알을 맞고 싶었어. 진짜 전투기 조종사에게 격추당하는 것
이 내 꿈이었어. 미국인이건 일본인이건 상관없어.

그러나 미야베는 쏘지 않았어.

"쏴!"

나는 고함을 질렀어.

"쏴! 쏴!"

나는 있는 힘을 다해 외쳤어.

놈이 쏠 마음이 없다는 것을 알고 나는 크게 선회하여 급강하를 시작했어. 이렇게 된 이상 자폭하는 수밖에. 그러나 믿을 수 없는 일이 일어났어. 놈의 기체가 내 앞으로 다가와 가로질러 가는 거야. 나는 급선회하여 놈의 기체를 피했지. 놈은 조종석 방풍을 열고 손짓으로 그만두라는 신호를 보냈어.

그 신호를 보는 순간, 나는 자폭할 의지마저 잃고 말았어. 나는 조종석에서 알았다는 신호를 보냈어. 자폭은 비겁한 놈의 행동 양식이야. 비행장으로 돌아가 대원들 앞에서 놈의 기체를 향해 기관총을 발사했다는 사실을 밝히고 산뜻하게 배를 가르리라 마음먹었어. 미야베에게 사죄할 생각은 없었어. 사죄해서 될 일이 아니야. 말로 사죄해서 뭘 어쩌겠어. 그냥 배를 가르는 것이 내 마음을 알리는 유일한 방법이야.

기지 활주로에 착륙해 조종석에서 내려 지휘소로 향하는 나에게 이어 착륙한 미야베가 달려왔어. 그리고 말했어.

"잘 들어. 아무 말도 하지 마. 이건 명령이다."

미야베는 험악한 표정으로 그렇게 말했어.

"너는 나를 쏘았다. 그러나 나는 살아남았다. 그러니까 아무 말도 하지 마."

그런 다음 한마디 덧붙였어.

"개죽음은 하지 마."

놈은 이미 알았던 거야. 내 마음을 완전히 읽었던 거지. 내 속에서 죽음의 결의가 쪼그라들었어.

나는 죽지 않았어.

비겁한 놈이라고 생각하나? 내 할아버지라면 배를 십자로 갈랐을 테지. 목을 쳐줄 동조자도 없이. 그러나 나는 배를 가르지 않았어. 왜? 내 목숨은 이미 내 손을 떠나 놈의 것이라고 생각했기 때문이야.

그런데 놈의 그 기술은 도대체 무엇이었을까?

대답은 금방 나왔어. 왼쪽으로 파고든 것이야. 일본 해군 전투기 조종사의 비술이지. 적기가 뒤에 달라붙었을 때 공중제비를 돌다 정점에서 왼쪽으로 틀어 오히려 적기의 뒤에 달라붙는 기술이야. 비행 연습생 시절에 몇 번 들은 적이 있었어. 그러나 교관 가운데 그런 기술을 가진 놈은 없었어. 옛날에 모의 공중전에서 딱 한 번 그 기술을 본 적이 있다고 어느 교관이 말했어. 그 기술을 구사한 사람은 중일전쟁 때부터 활약한 숙련된 조종사였다고 했지.

"공중전에서 비행기가 사라졌다. 그건 마법과도 같은 기술이다."

그리고 이렇게 덧붙였어.

"이제 해군 항공대에서 이 기술을 구사할 수 있는 사람은 거의 남지 않았을 것이다."

그날 미야베가 보여준 기술이 바로 그것이었어. 그야말로 귀신같은 솜씨였지. 비행기로 그런 움직임을 보일 수 있다는 것이 믿기지 않았어.

그렇지만 더 놀라운 일은 그 뒤에 벌어졌지. 내 조준기는 놈의 기체를 분명히 잡았어. 그런데 내가 쏜 총알은 목표물을 벗어나버렸어. 그것도 금방 이해할 수 있었어. 놈의 기체가 미끄러진 것이야.

이건 좀 어려운 설명인데, 요컨대 놈은 똑바로 날지 않았던 거야.

우리가 비행기 탑승원이 되어 처음 배우는 것은 똑바로 나는 방법이야. 처음 비행기를 조종하는 사람은 대체로 기체를 한쪽으로 기울어지게 해. 이걸 미끄러뜨린다고 표현하지. 훈련생은 우선 이것을 철저하게 고쳐. 비행기 탑승원의 기본 중의 기본이라고 해도 좋아. 기체가 미끄러지면 기총으로 적의 전투기를 맞힐 수 없어. 게다가 폭격기 폭탄은 절대로 명중할 수 없고 뇌격기의 어뢰도 맞지 않아. 그러므로 똑바로 나는 방법을 철저하게 익힌다고.

놈은 내 앞에서 날아갈 때 기체를 미끄러뜨렸던 거야. 지금 나는 본능적으로 놈을 추적해. 그러나 놈의 기체를 똑바로 따라가다 보니 내 기체도 자연히 기울어진 거야.

이해할지 모르겠지만 나는 놈의 기체 뒤를 따라붙었어. 제로센 두 대가 일렬종대로 날아가는 거지. 그러나 사실은 두 기체는 평행 상태로 미끄러진 것이야. 나는 그 상태로 쏘았어. 다행히 총알은 크게 벗어나버렸어.

놈은 내 앞에 아무 조심성 없이 나선 것이 아니었어. 나를 시험한 것이야.

왜 놈이 진주만에서 오늘날까지 살아남았는지 알았어. 이런 기술을 가진 놈이 미군 파일럿에게 격추당할 리 없지. 그야말로 아수라 같은 전투기 조종사였어.

나는 엄청난 패배감에 사로잡혔어. 공중전에서 무참히 패배한 데다 시험을 당하기까지 했어. 그런 사실을 깨닫자 내 속에서 시커먼 분노가 소용돌이쳤어. 언젠가 반드시 놈을 격추시키고 말리라 다짐했어. 그날 밤 컴컴한 방에서 미야베의 기체가 불을 뿜으며 떨어지는 모습을 보았어.

내겐 미국이건 일본이건 아무래도 좋았어. 내 적은 전투기 조종사였어. 나는 누구에게도 지지 않는 전투기 조종사가 되고자 했지. 그것이 나의 꿈이었고 동경이었어. 거듭 말하지만 죽는 것 따위 하나도 두렵지 않았어. 있는 힘을 다해 싸우다 격추당한다면 그건 오히려 큰 기쁨이야. 공습에서 당하거나 말라리아나 댕기열 따위로 허망하게 죽는 것보다 훨씬 산뜻하잖아. 하물며 늙어 죽는다는 건 말도 안 돼. 안 그래?

그러나 나는 하늘 위에서 죽지 못했어. 전후에도 나는 몇 번이나 목숨을 건 적이 있어. 그렇지만 단 한 번도 죽음을 두려워한 적은 없어. 내 몸에는 칼자국이 몇 개나 있어. 총에 맞은 상처도 있어. 그러나 죽음의 신에게 미움을 받았는지 한 번도 죽지 않았어. 이 나이가 되도록 살리라고는 상상도 못 했는데 말이야.

내 옆에 있는 이 남자는 조직의 간부가 수행하라고 보낸 젊은 조직원인데, 따지고 보면 조직이 내 경호원으로 보낸 셈이지. 쓰잘데없는 배려야. 내 목숨을 원한다면 얼마든지 줄 수 있어. 그러나 그런 일이 벌어지면 쓸데없는 전쟁이 시작될 거야. 그것 때문에 곁에 두는 것일 뿐이야.

나는 미야베에게 한 번 졌어. 그러나 진짜로 진 건 아니야. 놈은 나를 떨어뜨리지 않았어. 그래서 나는 진짜로 진 것이 아니야. 편리한 사고방식이라고? 아니야. 이건 변명이 아니야. 놈은 나를 죽이지 않았어.

나는 그날 이후로 목숨이 아까워졌어. 허망하게 죽을까 봐 두려웠지. 내가 평생 목숨을 아까워한 것은 오로지 그때뿐이었어.

미야베의 비행기를 격추할 날이 오기까지 절대로 죽지 않으리라고. 그날이 오기까지는 죽어도 죽지 않으리라고. 내 꿈은 미야베와 싸워 내 기총으로 놈의 기체를 벌집으로 만들어버리고 놈을 날려버리는 것이었어.

그게 불가능하다는 것은 잘 알아. 그러므로 내 바람은 미야베보다 오래 살아남는 것이었어. 미야베가 언젠가 적기에 격추당했다는 소식을 듣고 놈을 비웃어주리라 다짐했지. 그때야말로 나의 승리가 완성된다고.

놈은 죽었어. 내가 이겼어.

이런 말을 하는 내가 저주스러운가? 그러나 나의 저주는 착각이었어. 놈은 특공으로 죽었지. 내가 죽이지 않았어.

라바울 항공대 탑승원들은 곧 본국으로 귀환했지. 모든 탑승원은 재편성되었어. 나와 미야베도 헤어지게 되었어.

이상한 말이지만 '미야베, 절대로 죽지 마.' 하고 기도했어. 너는 내 눈앞에서 죽어야 하니까. 나는 그날까지 절대로 죽지 않을 거야.

나는 이와구니 기지에서 교원 노릇을 했지. 꾸역꾸역 들어온 예비학생을 가르치기 위해서였어. 구역질이 날 정도로 지겨웠어. 예비학생 훈련 기간은 일 년. 일 년으로 조종사를 양성한다니 말도 안 되는 소리지. 놈들은 우수한데다 열성적이었지만 그래도 일 년으로는 무리야. 이런 어중간한 조종사를 많이 만들어서 뭘 하겠냐는 생각이 들었어. 그러나 군은 놈들을 애당초 특공 요원으로 모집한 것이야.

나는 전선으로 보내달라고 비행대장에게 수없이 하소연했지만 그 바람은 이루어지지 않았어.

44년 10월, 나는 병아리들을 거느리고 한반도 원산으로 갔어. 거기서도 교원 생활을 했어.

시키시마 부대에 대해 들은 것도 그즈음이었어.

나는 특공 같은 건 절대로 사양이야. 적에게 격추당해 죽는 것은 어쩔 수 없지만 특공으로 죽는 건 싫었어. 나는 전투기 조종사로 죽고 싶었어. 죽을 때는 나를 능가하는 실력자에게 죽고 싶었지.

훗날 사령부는 원산에서도 특공 지원병을 모집했어. 전원에게 봉투와 종잇조각을 나눠주었어. 종이에는 '열망합니다', '지원합니다', '지원하지 않습니다' 세 항목이 있고 그 가운데 하나에 동그라미를 치게 했지.

사령관이 말했어.

"어디까지나 각자의 자유의지이다. 지원하지 않는다고 써도 좋다. 잘 생각하고 선택하도록."

나는 '열망합니다'에 동그라미를 쳤어. 다른 곳에 동그라미를 치면 어떤 꼴을 당할지 모르니까. 군대란 그런 곳이야. 전선으로 가는 건 좋지만 비행기를 빼앗기고 맨몸으로 섬 수비대 같은 데로 가는 건 정말로 싫어.

실제로 특공 명령이 떨어지면 어떡하느냐고? 그때는 그때야. 그때 생각해도 늦지 않아. 다만, 아, 그럼 죽어주지요, 하고 죽기는 싫었어.

이듬해 1월, 원산 항공대에 갑자기 특공대가 만들어졌어.

제1진에 내 이름은 없었어. 예비학생 출신 장교를 중심으로 편성된 십여 명이 본국으로 날아갔지. 규슈 특공 기지에서 출격한다는 것이었어. 대원들은 뒤에 남은 동료에게 작별 인사를 하고 웃으며 날아갔어.

그 뒤로도 2차, 3차 특공대가 편성되어 본국으로 날아갔어.

나는 그들을 보내면서 이런 짓까지 해야 하다니, 일본은 끝났다고 생각했지. 무엇보다 실전 경험이 없는 신참 탑승원으로는 아무런 효과도 낼 수 없어. 적의 요격기에게 격추당할 것이 뻔해.

얼마 후에 나도 본국으로 옮겨 가게 되었어. 나가사키 오무라 기지였지. 특공대로서가 아니야. 나는 거기서 특공대 제공대와 호위대에 편성되었어.

군은 개인의 격추 대수를 공인하지 않았지만 그래도 내가 상당수의 적기를 떨어뜨렸다는 것을 분명히 알았던 거야. 그즈음에는 개전 이래로 싸운 숙련된 탑승원이 거의 남지 않아서 라바울에서 돌아온 나도 고참 탑승원에 속했지.

3월에 미 함대가 오키나와 주변에 나타났고, 가노야에서 매일 특공기가 출격했어.

특공 대부분은 예비학생이나 예과련의 소년 비행병이었어.

예비학생들은 정말 불쌍했지. 군대에 들어오자마자 장교가 되어 대접을 받는 것까지는 좋았지만 그들은 오로지 비행기 조종법만 배운 특공대원일 따름이야. 그러므로 놈들은 거의 적 함대에 떨어지지 못했을 거야. 일 년도 안 되는 훈련으로 마음껏 조종할 수 있을 만큼 비행기는 만만한 놈이 아니야.

수많은 적 전투기의 공격을 피할 수 없을 거야. 아니, 그 무거운 폭탄을 실으면 숙련된 비행사라 해도 피하기 힘들지.

그즈음의 해군은, 육군도 마찬가지지만, 오로지 특공을 출격시키는 것만을 목적으로 하는 집단인 것 같았어. 구식 96기나 수상기 따위도 특공으로 나섰어. 심할 때는 연습기도 특공에 투입되었다고 해.

나는 가볍게 남을 동정하는 인간이 아니지만, 놈들만은 정말 불쌍하다는 생각이 들어. 일본을 위해, 가족을 위해, 고뇌 끝에 죽어갔지만 그 죽음은 아무런 보상도 받지 못하고 그냥 개죽음으로 끝나고 말았어. 그 죽음에는 아무런 가치도 없어.

특공 출격이란 것은 그 나름대로 치열하고 처절한 것이겠지만, 그렇게 매일 떠나는 것을 보노라면 그냥 일상적인 일이 되어버려. 정비병들도 처음에는 울면서 모자를 흔들어주었지만 어느새 일상의 일인 듯 무덤덤해졌지.

냉혹하게 들릴 테지. 그러나 인간이란 한 번 익숙해지면 신경이 마비돼버려. 특공 명령을 내리는 쪽도 처음에는 자기 살을 깎는 듯한 고통을 맛보았겠지만, 어느새 사무적으로 편성표를 만들었을 것이야. 그게 나쁘다고 말하고 싶지는 않아. 인간이란 그런 거니까.

하지만 특공을 나서는 자의 사정은 그렇지 않아. 목숨은 하나뿐이니까.

놈들은 정말 대단했어. 대학 출신의 예비사관이니까 아주 나약하리라 생각했는데 하나같이 사나이다운 게 아닌가.

입으로는 거창하게 떠들어대다가 정작 전장에 서면 벌벌 떨고 마는 사관학교 출신 장교는 얼마든지 보았어. 그러나 예비사관들은 조종은 서툴러도 하나같이 당당하게 죽었어. 사관학교 출신 장교가 특공 명령을 받고, "나도 가야 합니까?" 하고 큰 소리로 묻는 모습을 몇 번이나 보았어. 정말 지질한 놈이 아닌가.

나는 전후에 많은 야쿠자를 보았지만, 예비학생이 그들보다 훨씬 더 강했어. 놈들은 추리고 추려진 병사가 아니야. 어중이떠중이 모집된 예비학생이야. 한 해 전까지만 해도 보통 대학생이었어. 그런데 그 사내다운 태도는 무엇인가? 그냥 대학생이 그렇게 강해질 수 있단 말인가?

사랑하는 사람을 위해 죽는다는 마음이 평범한 사내를 그렇게나 강하게 만든 것일까?

자네는 어떻게 생각하나?

알 리가 없지. 이런 미지근한 세상에 푹 절어 사는 인간에게 놈들의 강인함을 이해하라는 것은 무리겠지. 사실은 나도 잘 몰라.

특공대에는 열일곱, 열여덟 살의 소년 병사도 있었어. 눈들이 해맑았어. 기꺼이 죽겠다고 용감하게 말했지만 마음 깊은 곳에서는 얼마나 큰 두려움과 싸웠을지. 아침에 보면 대부분 눈이 부어올랐어. 본인도 모르는 사이에 이불 속에서 울었을 테지. 그러나 그런 나약함을 아무에게도 보이지 않았어. 씨발, 뭐 그딴 놈들이 다 있어!

그렇지만 감히 다시 말하겠어.

놈들의 죽음은 아무런 의미도 없었어. 특공이란 군의 체면을 위한 작전에 지나지 않았어. 오키나와 전투 때는 이미 해군에는 미군과 싸울 함대 같은 건 없는 거나 마찬가지였어. 그렇다면 손을 들고 항복해야 마땅한데 그렇게 하지 않았어. 왜냐하면 아직 비행기가 남았으니까. 그렇다면 그 비행기를 전부 특공으로 사용하면 되지 않느냐는 거였지. 특공대원은 그렇게 살해당했어.

'야마토'도 그랬지. 오키나와에 상륙한 미군과는 싸워 이길 수가 없었어. 그렇다고 해서 그냥 내버려두고 볼 수도 없었지. 오키나와에서 육군이 승산 없는 싸움을 하는데 해군이 손가락을 물고 바라볼 수는 없어. 다른 함대가 전부 당하고 '야마토'만 남아 있어도 될까. 그렇다면 질 걸 알면서도 출격할 수밖에 없었을 거야.

전후에 나는 몇 번 도박장을 열었는데 아마추어일수록 열을 올려. 있는 돈 없는 돈 모두 잃어버리면 머리에 피가 솟구쳐 동전까지 전부 걸어버려.

군사령부 놈들에게는 함대건 비행기건 병사건 모두가 도박 자금이나 마찬가지였어. 이길 때는 찔끔찔끔 돈을 걸다가 대박의 기회를 놓치고 말아. 그러다 간당간당한 지경에 이르면 꼭지가 돌아 한 방에 승부를 걸어버려. 그야말로 전형적인 아마추어의 방식이야.

그렇다면 '야마토'의 특공은 완전히 헛지랄이었던가? 오키나와 전투에서 죽은 특공대원은 완전히 헛지랄에 지나지 않았던가? 그렇지는 않았을 것이야.

오키나와에서 많은 병사와 시민이 절망적인 싸움을 벌였어. 압도적인 미군을 상대로 옥쇄를 각오하고 싸웠지. 가봐야 쓸데없는 일이라고 그들의 죽음을 허망하게 지켜봐야만 했을까? 죽는다는 걸 알면서도 도우러 가는 게 무사 아닌가?

내가 지금 무슨 말을 하나. 에잇, 씨발. 오늘따라 내가 왜 이러지.

'야마토'의 해상 특공은 정말로 헛지랄이었을까? 결과적으로는 헛지랄이었지. 그러나 이토 제독과 삼천여 명의 승무원들은 오키나와를 위해 순직했어. 가미카제 특공대도 그랬고.

그들은 군사령부와 연합함대 사령부를 위해 죽임을 당했지만 그들 자신은 나라를 위해 오키나와를 위해 목숨을 바쳤어.

그만두자고. '야마토' 이야기는 이제 지겨워.

내 임무는 특공기 호위였어. 특공기에 달려드는 적기를 격추시키는 일이야. 그러나 그 당시는 이미 중과부적. 이길 가능성은 하나도 없었어. 미군은 기동부대 저 멀리 감시용 구축함을 몇 척이나 보내 레이더로 특공기를 포착했어. 적기는 특공기의 고도까지 알고 있더군. 우리가 삼천으로 가면 사천, 오천으로 가면 육천, 그런 식으로 늘 우리를 하늘 위에서 기다렸어.

그리고 수적으로 우세한 입장에서 공격을 해. 숙련된 조종사가 탄 호위기는 그 공격을 피할 수 있었지만 특공기는 도무지 상대가 안 돼. 대부분 첫 번째 일격에 떨어지고 말아.

적의 기동부대까지 날아가는 특공기는 거의 없었어.

그래서 특공기 가운데는 적의 기동부대까지 갈 수 없다고 판단하고 감시 전선을 친 구축함으로 돌격하는 자도 있었어. 항모를 노리다가 하릴없이 격추당하는 것보다는 보람이 있다고 할 수 있겠지.

구축함도 그런 특공기를 견디다 못해 갑판에 '항모는 저쪽이다'라는 표시를 하기도 했지. 처음 그것을 보고 나는 어이가 없었지만 나중에는 감탄하고 말았어. 그런 유머를 발휘할 줄 아는 군대야말로 진정 강인한 군대가 아닐까.

특공기는 결국 단 한 척의 항모도 침몰시키지 못했지만 구축함이나 수송선 같은 소형 함선은 몇 척 침몰시켰지. 기동부대 저 멀리 앞쪽에서 특공기의 공격을 고스란히 감당한 미국의 구축함 승무원들도 정말 대단했어.

우리 호위기의 임무는 특공기를 지키는 것이지. 여차하는 순간에는 총알받이로 나서 호위를 철저히 하라는 명령을 받았지만, 그것만은 죽어도 싫었어.

호위기가 할 수 있는 일은 특공기를 공격하는 적기를 쫓아내는 것뿐이야. 그러나 아무리 쫓아내도 적기는 끝도 없이 공격을 해와. 그때마다 한 대 두 대 특공기는 떨어져나갔어.

눈앞에서 모든 특공기가 격추당하는 일도 있었지. 참으로 서글픈 일이야. 세상에서는 특공기라고 하면 적함에 부딪쳐 화려하게 산화하는 모습을 상상하는 모양인데, 실제로는 거기 이르기도 전에 적 전투기의 공격을 받아 추락하는 게 대부분이었어. 마리아나에서 미군은 일본의 공격기를 아주 맛있게 떨어뜨리면서 '마리아나의 칠면조 사냥'이라고 조소했다는데, 오키나와 전투에서 특공기 사냥은 그것보다 더 쉬웠을 거야.

적 기동부대까지 돌격한 놈은 거의 손가락으로 꼽을 정도야. 설령 대공 포화에 당했다 하더라도 거기까지 간 것 자체로 대단한 일이었어.

특공기가 몽땅 격추당하면 호위기가 자유롭게 공중전을 펼칠 수 있느냐 하면 그렇지도 않았어. 많은 적기에게 포위당해 자기 한 몸 지키는 게 고작이었어. 그것도 상대는 제로센보다 훨씬 성능이 뛰어난 그루먼 F6F나 F4U 코르세어였지. 최소한 적과 수적으로 대등하다면 어떻게 싸워볼 수야 있겠지만 중과부적, 도저히 이길 수가 없어.

내가 적기의 꼬리에 달라붙어 공격을 가할라치면 다른 적기가 바로 내 꼬리에 달라붙어. 눈앞의 적을 공격할 수는 있지만 자신도 죽어야 해. 게다가 적기는 몇 발 맞은들 추락하지 않지만 나는 한 발만 맞아도 끝장이야.

적 탑승원의 기량도 이 년 전 라바울 때하고는 비교가 안 돼. 그래서 호위 전투기도 격추당하는 일이 많았어. 호위기가 한 대도 귀환하지 못하는 경우도 있었어.

게다가 당시는 비행기 가동률도 극단적으로 떨어졌어. 본토의 공장이 공습을 당해 만족스럽게 항공기를 만들 수 없었으니까. 날지 못하는 비행기가 버글버글했고, 발진을 해도 도중에 고장을 일으키는 비행기도 많았어. 실제로 매일 출격하는 특공기 몇 할이 발동기 불량으로 돌아왔어. 키카이 섬에 불시착한 비행기도 적지 않았어. 운 나쁜 놈은 그 전에 바다에 떨어졌고.

나는 특공대원 호위 임무를 하는 동안에도 미야베를 잊지 않았어.

밤에 활주로 가까운 둑에 누워 별을 올려다보며 가끔 미야베를 떠올렸지. 지금쯤 놈도 이 별을 보지 않을까? 나는 마음속으로 되뇌었어. '죽지 마, 미야베.' 하고.

네가 죽을 때는 내가 이 눈으로 지켜봐야 한다고 말이야.

오키나와 전투는 석 달 가까이 계속되었어.

그 사이 몇 번 호위 임무를 수행했지. 또는 제공대로서 특공기 앞에 출격하여 진을 친 적 전투기와 공중전을 벌이기도 했어. 때로는 적기를 격추하고 귀환했어.

6월 말에 오키나와는 미군에게 완전히 점령당했어. 육군을 포함해 이천 대가 넘는 특공기가 산화했어.

3월에 이오지마를 빼앗기고 오키나와를 점령당한 시점에서 일본의 방어선은 무너졌어.

그 전부터 일본의 도시는 매일 사이판에서 날아오는 B29의 공습을 받았고, 이오지마를 빼앗기고부터는 P51(Mustang, 머스탱)

이 호위 전투기로 날아오기 시작했지. 이 전폭기 대편대 앞에서 일본 각 기지의 방공전투대는 이미 마차 앞에 선 사마귀에 지나지 않았어.

나도 몇 번이나 방공전에 가담했는데 P51은 정말 대단한 전투기였어. 그야말로 괴물이었어.

강하다는 정도의 말로는 부족했어. 제로센하고 성능 차이는 어른과 어린아이였어. P51의 순항속도는 시속 육백 킬로미터. 제로센은 최고 속도조차 육백 킬로미터가 안 돼. 순항속도란 연료가 가장 적게 소모되는 비행 방식으로 날아갈 때의 속도야. 참고로, 제로센의 순항속도는 삼백 킬로미터가 고작이야. P51의 최고 속도는 칠백 킬로미터가 넘어. 방탄도 무장도 제로센과는 비교가 안 돼. 게다가 이 괴물은 이오지마에서 일본 본토까지 거침없이 날아와 마음껏 전투를 벌인 다음 이오지마로 돌아가. 예전에 제로센이 날아간 라바울과 과달카날보다 긴 거리를 날아오는 거지.

P51의 고도 성능은 대단해서 고도 팔천 미터에서 가볍게 공중전을 벌일 수 있어. 일본 전투기는 그 정도 고도가 되면 나는 것조차 벅차. 산소가 희박한 고공에서 발동기는 비명을 질러. 게다가 탑승원은 추위 때문에 공중전을 견디지 못해. 조종석에 산소마스크가 있지만 방한 설비는 없어. 마이너스 몇 십 도의 세계에 견딜 조종석이 아니야. 그러므로 P51이 B29를 호위

하면 우리는 그냥 손을 놓을 수밖에 없어. 고도 팔천 미터에서 P51에 이길 수 있는 전투기는 이 세상에 존재하지 않았으니까.

우리는 죽을 각오로 싸웠지만 요격을 하러 날아오른 우리 전투기는 매번 무참히 격추당해야 했어.

P51이나 그루먼은 유유히 저공으로 내려와 지상의 모든 시설에 총격을 퍼부었어. 건물, 기차, 자동차, 그리고 사람. 놈들은 도망치는 민간인에게도 태연히 총알을 퍼부었어. 아마 일본인 같은 건 인간도 아니라고 생각했을 테지. 짐승이라도 사냥하는 기분으로 쏘았을 거야.

그러나 놈들이 저공으로 내려왔을 때가 기회였어. 나는 한 번 P51을 격추시킨 적이 있어. 45년 6월의 일이었지. 적기 공습경보가 울리고 요격을 위해 날아오르긴 했지만 적기를 찾지 못하고 기지로 귀환하는 도중에 열차를 공격하는 P51 넉 대를 발견했더랬어.

나는 위쪽에서 P51을 향해 곤두박질쳤지. 적은 나의 존재를 바로 알아차렸어. 놀랍게도 넉 대 가운데 한 대만이 나를 향해 날아왔어. 나머지 석 대는 그냥 구경만 했지. 일본 전투기를 얕보았던 거야.

그 당시 일본군 탑승원은 이제 겨우 신참 신세를 벗어난 상태라 고성능 미군 전투기와 싸울 상대가 안 되었어. 더욱이 P51은 무적의 전투기야. 나를 향해 날아온 놈은 무전으로 이건 내가 떨어뜨릴 테니 너희는 구경만 하라고 말했을 테지. 나머지 석 대는 느긋한 기분으로 지켜보았음에 분명해. 낮은 고도임에도 P51은 싸움을 걸어왔어.

하지만 나는 신참이 아니야. 지옥의 라바울에서 살아남은 사나이야. 게다가 제로센은 저공에서 강해. 나는 P51이 소나기처럼 퍼붓는 연발 사격을 피하고 날카롭게 선회하여 꼬리에 달라붙었어. 적은 기체를 미끄러뜨리며 도망치려 했지만 이미 늦었어. 나의 20밀리미터 기총 사격에 명중한 적기는 날개가 날아가버렸어.

동료가 떨어지는 것을 보고 나머지 석 대가 편대를 지어 위에서 나를 향해 돌진해왔지. 나는 위로 솟구쳐 공격을 피했어. 끝자리에 선 한 대가 나를 따라왔어. P51은 높은 마력을 살려 점점 거리를 좁혀왔어. 그때 나는 공중제비를 돌았어. 적은 그래도 따라왔어. 멍청한 놈! 나는 짧게 선회하여 적기 뒤에 바짝 붙었지. 적은 서둘러 급강하하려 했어. 그것이 놈들의 상투적인 방법이지만 나는 훤히 꿰뚫어보았어. 나는 직관 사격으로 적이 급강하하는 방향에다 20밀리미터를 쏘았어. P51은 내가 쏜 총알의 표적 속으로 빨려들어 갔지. 20밀리미터 총알이 P51의 기체에 박혔어. 조종석의 방풍이 날아가는 게 보였어. P51은 빙글빙글 돌며 추락했어.

나머지 두 대가 위에서 내 쪽으로 협공을 해왔지. 나는 기수를 올리고 한 대를 겨냥해서 돌격했어. 적은 모래를 흩뿌리듯 이 기총을 난사했지만 나는 축선(軸線, 회전하는 물체의 중심이 되는 선)을 똑바로 보고 있었어. 소이탄은 모두 위쪽으로 흘렀어. 적은 내가 육탄 돌격을 하는 줄로 오해하고 오른쪽으로 도망치려 했지. 이것은 자살행위야. 나는 있는 대로 기총을 발사했어. P51은 배에서 검은 연기를 뿜더니 산 쪽으로 떨어졌어.

남은 한 대는 저 멀리 도망쳐 버렸고.

그것이 나의 유일한 P51 격추 경험이야. 딱히 자랑거리도 못돼. 상대는 저공에서 제로센에 공중전을 시도하는 잘못을 범한 데다 조종 기술도 미숙했어. 고공에서 제대로 된 기술을 익힌 놈이었다면 절대로 그런 결과가 나오지 않았을 테지.

전후에 알게 된 일인데, 유명한 아카마츠 사다아키는 P51의 대편대에 홀로 달려들어 한 대를 격추하고 돌아왔다고 해. 놈은 희대의 허풍쟁이지만 이때만큼은 수많은 목격자가 있었어. 게다가 놈의 공중전 솜씨는 경지에 들어섰어. 중국전쟁 이후로 살아남은 인간들 가운데는 대단한 괴물도 있었던 거야.

나는 P51을 상대할 수 없다고 생각한 적은 없었어. 일대일이라면 지지 않을 자신이 있었고, 설령 놈들이 다수라 하더라도 격추당하지 않을 자신도 있었어. 놈들의 공격은 일격이탈이니까 그 일격만 피하면 그리 무서운 상대도 아니야. 다만 이쪽에서 격추시키는 것이 쉽지 않다는 것뿐이지. 그렇다고해도 젊은 탑승원 솜씨로는 P51의 공격을 피하기가 어려울 거야.

45년 봄 이후로 도쿄, 오사카, 나고야, 후쿠오카와 일본의 주
요 도시는 B29의 융단 폭격으로 불바다가 되었어. 그런 정보
는 가노야에 있어도 알 수 있었어. 이제 어느 모로 보나 전쟁에
서 이길 수 없다는 것은 불을 보듯 뻔한 사실이었어. 군수공장
은 대부분 파괴되고 전쟁을 계속할 수조차 없는 형편이었어.

5월에는 독일이 항복했지. 세계를 상대로 싸우는 나라는 일
본 하나뿐이었어. 그 목숨도 이제 꺾이려는 참이야. 그즈음 규
슈 남부의 항공 기지는 오키나와에서 날아오는 미군 공습으로
심각한 타격을 입고 항공기 대부분을 규슈 북부 기지로 옮겼
어. 나도 오무라로 옮겨갔지.

7월에는 해군의 모든 항공대가 특공대로 편성되었어. 젊은
탑승원은 전부 특공, 숙련된 탑승원도 폭격대로 편성되었어.
전투기 임무는 이미 끝났다고 선언한 것이나 다름없었지.

8월에는 히로시마에서 신형 폭탄이 터졌다는 소문이 퍼졌
어. 소문으로는 한순간에 도시가 사라져버렸다는 것이었어.
이윽고 나가사키에서도 신형 폭탄이 터졌다고 해. 오무라는
나가사키에 가까웠기에 그 참상이 바로 전해졌어. 그러나 나
는 그 말을 듣고도 동요하지 않았어. 나는 나의 싸움을 할 따름
이었으니까. 설령 마지막 한 대가 남아도 미군기를 마주하고
싸울 것이라고.

종전 직전에 나는 가고시마로 가라는 전출 명령을 받았어. 가고시마에서 출격하는 특공기를 호위하는 임무였지.

나는 거기서 꿈에도 그리던 사내를 만났어. 맞아. 미야베였지. 거의 일 년 반 만의 재회였어.

그러나 미야베의 얼굴을 보았을 때, 놈인 줄 알아보지 못했어. 얼굴이 완전히 바뀌어버린 거야. 볼은 쏙 들어가고 수염이 덥수룩하고 눈만 괴이쩍게 빛났어. 이전의 놈은 치밀해 보이는 성격에 수염도 깨끗이 밀고 다녔어. 계급장을 보니 소위더라고.

미야베를 만났을 때 내 솔직한 기분을 말해줄까? 정말 기뻤지. 왠지는 모르지만.

아마 일 년 넘게 너무도 많은 죽음을 보았기 때문이었을지도 몰라. 숙련된 탑승원도 억지스런 특공 호위 임무를 하다가 많이 죽었어. 미야베, 다행히도 살아남았구나, 하는 기쁨이었을 것이야.

"미야베 소위님."

나는 말을 걸었어. 그러나 미야베는 힐끗 눈길을 주었을 뿐 한마디도 하지 않았어.

"나도 솜씨가 많이 늘었습니다. 이제는 호락호락하게 지지 않을 겁니다."

미야베는 이상하다는 표정으로 나를 보더니 어물쩍 고개를 끄덕이고는 아무 말도 하지 않고 등을 돌려버렸어.

놈은 나를 기억하지 못하는 거야. 내 속에서 일 년 전의 분노와 굴욕감이 되살아났어.

이 사내의 죽음을 보고 싶다고 진심으로 바랐어. 그리고 내가 오늘까지 살아남은 것은 이 사내의 죽음을 이 눈으로 보고 싶었기 때문이라는 것을 떠올렸지.

다음 날 새벽, 탑승원들이 지휘소 앞에 모였어. 활주로에는 어제 규슈 각 지역에서 날아온 다양한 비행기가 늘어섰어. 모든 비행기에 시동이 걸렸어.

어둠 속 발동기 돌아가는 폭음 같은 소리를 들으며 나는 지휘소 앞 칠판에 적힌 특공대원과 제공대 탑승원 편성표를 보았지. 내 이름은 어제 들었던 대로 호위대에 들어 있었어.

사령관의 인사가 끝난 다음 마지막 술잔을 들고 특공대원들이 비행기를 향해 걸어갔어. 아무 생각 없이 그들의 모습을 보는데, 순간 내 몸이 얼어붙었어. 특공대원 가운데 미야베의 모습이 있는 것이 아닌가!

다음 순간 나는 달려갔지. 미야베를 따라잡고 말했어.

"미야베 소위님."

미야베는 퍼뜩 정신을 차리고 돌아보았어.

"특공에 나갑니까?"

미야베는 어중간하게 고개를 끄덕였어. 나는 할 말을 잃고 말았지.

"가게우라가 호위해준다니 마음이 놓여."

미야베는 빙긋 웃더니 내 어깨를 툭 쳤어. 그런 다음 폭탄을 매단 제로센을 향해 걸어갔지.

생각지도 못한 일이었어. 설마 미야베가 특공을 나가다니. 나는 어이가 없어 멍하니 미야베의 뒷모습만 바라보았어.

몇 분 후에 모든 비행기가 날아올랐어.

내 눈은 미야베의 비행기만을 쫓았어. 이상하게도 미야베가 탄 제로센은 52형이 아니고 오래된 21형이더라고. 진주만 시절의 구식 제로센이야. 그런 낡은 제로센이 어디에 남아 있었을까? 그 동체에 이백오십 킬로미터짜리 폭탄이 매달렸어.

내 머릿속에는 단 한 가지 생각뿐이었어. 반드시 미야베를 지킨다. 그것뿐이었지.

무슨 일이 있어도 미야베의 비행기를 지킨다. 적의 총탄을 한 발도 맞지 않게. 미야베를 향해 달려드는 적기는 모두 떨어뜨린다. 총알이 떨어지면 몸으로라도 부닥치리라.

그런데 내 기체가 갑자기 큰 소리를 냈고, 발동기는 연기를 뿜어내기 시작했지.

"이런 멍청이! 어서 정신 차리지 못해!"

나는 고함을 질렀어. 그러나 발동기는 원상을 회복하지 못했어. 미야베 편대는 점점 멀어져 갔어. 나는 뒤에 남았고.

나는 있는 힘을 다해 외쳤어. 의미도 모르고 무작정 외쳤어. 씨발, 개 같은 일본, 망해라! 제국 해군 개똥이다! 군대, 엿 먹어라! 군바리 새끼들, 다 자빠져라!

있는 힘을 다해 외친 다음 쉬어터진 목으로 중얼거렸어.

"미야베 씨, 용서해주세요!"

내가 그렇게 중얼거린다는 것을 퍼뜩 깨달았을 때, 내 볼에는 눈물이 줄줄 흘러내리고 있었어.

며칠 후 전쟁이 끝났어.

천황의 목소리가 나오는 방송을 듣고 나는 땅에 엎드려 울었어. 통곡했지. 몇몇이 나처럼 울었지만 나만큼 소리 내어 우는 자는 없었어. 그러나 나는 일본이 졌다고 운 것이 아니야. 일본 같은 건 아무래도 좋았어. 어차피 질 줄 알았으니까.

내가 운 까닭은 다른 게 아니야. 미야베 때문이었어. 일주일만 더 살았더라면 목숨을 구했을 텐데. 놈이 그렇게 사랑하던 아내한테 돌아갈 수 있었을 텐데.

전쟁이 끝난 후 나는 야쿠자가 되었어. 미친 세상에 복수하고 싶었어. 힘센 놈들이 다스리는 세상이 싫었어.

사람도 죽였어. 지금 여기 이렇게 살아가는 것이 이상하리만치 몇 사람이나 죽였어.

미야베를 잊었지. 오늘날까지 기억하지 않았어.

"내 이야기는 여기까지야."

가게우라는 퉁명스럽게 말했다.

그는 이야기 도중에 선글라스를 꼈기 때문에 그 표정을 볼 수 없었다. 가게우라 뒤에 있던 젊은 남자가 다문 입에 힘을 꽉 주었다.

"그때……."

갑자기 가게우라가 중얼거리듯이 말했다.

"놈의 눈은 죽음을 각오한 눈이 아니었어."

그리고 가게우라는 천장을 올려다보았다.

나는 대답할 말이 없었다. 가게우라는 할아버지가 마지막까지 삶의 끈을 놓지 않았다고 말하고 싶은 것일까? 가게우라는 팔짱을 끼고 나를 바라보았다. 그러나 선글라스 저편의 눈이 어디를 보는지는 알 수 없었다.

잠시 후 가게우라가 말했다.

"자네 할머니는 죽었다고 했지."

"육 년 전에 돌아가셨습니다."

"행복하셨는가?"

"그랬을 겁니다."

가게우라의 표정이 순간 확 밝아진 듯이 보였다. 그러나 그 것은 내 착각이었을지도 모른다.

"그거, 아주 다행이야."

"할머니를 본 적이 있으신가요?"

"없어."

가게우라는 말이 떨어지기 무섭게 대답했다.

"놈의 가족한테는 관심 없어."

가게우라는 갑자기 벌떡 일어섰다.

"내 이야기는 여기까지. 돌아가."

화난 듯한 목소리로 말했다. 즉각 자리에서 일어서지 않을 수 없을 만큼 강력한 목소리였다.

나는 일어서서 감사의 인사를 했다. 그 순간 예상하지 못한 일이 일어났다. 가게우라가 나를 끌어안은 것이다. 나는 어떡 하면 좋을지 몰라 그냥 가만히 있었다. 여윈 노인의 몸에서 온 기가 전해졌다.

가게우라는 포옹을 풀더니, "미안하이, 용서하시게." 하고 말 했다.

"난 말이야, 젊은이를 좋아해."

가게우라는 빙긋 웃으며 그렇게 말하더니 경호원 청년에게 현관까지 배웅하라고 지시하고는 방을 나가버렸다.

청년은 나를 현관까지 바래다주었다. 마지막에 그가 말했다.

"좋은 이야기를 들려주셔서 감사합니다."

청년은 깊숙이 머리를 조아렸다.

나도 머리를 숙이고는 가게우라의 집을 떠났다.

마지막 순간

뜨거운 여름이 끝나려 한다.

할아버지를 찾아 떠난 여행도 이제 막을 내리려는 참이다.

여름이 끝나자마자 어머니가 읽을 수 있게 할아버지 이야기를 정리하기 시작했다. 녹음기를 컴퓨터에 연결하고 반복해서 할아버지에 관한 이야기를 들었다. 할아버지 이야기는 내가 정리하고 싶다고 누나에게 말했다. 거부당할지도 모른다고 생각했는데 누나는 흔쾌히 승낙해주었다.

"이번 조사는 처음부터 끝까지 겐다로가 힘을 썼잖아. 네가 정리하는 게 당연하지."

이 이야기를 서둘러 쓸 생각은 없다. 할아버지를 미화할 생각도 없었지만, 할아버지의 올바른 모습을 제대로 그려낼 수 없는 상태에서 서둘러 문장을 만들기도 싫었다. 그러나 녹음기에 기록된 증언을 몇 번 듣는 사이에 어머니에게 이 모든 증언을 다 들려주는 게 맞다는 생각이 들었다.

에무라 스즈코에게서 이자키 겐지로의 부고를 받은 것은 8월 중순이었다.

"평온하게 돌아가셨습니다."

장례식장에서 스즈코가 말했다. 향을 올릴 때 이자키의 손자 세이치를 보았지만 처음에는 누군지 알아볼 수 없었다. 병실에서 보았던 청년과 같은 사람으로 보이지 않았기 때문이다. 긴 머리를 짧게 자르고 노랗게 물들였던 머리칼이 검은색으로 바뀌었다. 말을 나누지는 않았지만 그는 나를 보더니 머리를 숙였다.

나에게도 미미하나마 변화가 있었다.

오랜 시간 먼지를 뒤집어쓴 법률책을 다시 읽게 되었다. 사법시험에도 다시 한 번 도전해보자는 마음이 일어났다.

사회와 사람을 위해 일하는 변호사를 꿈꾸던 그 마음을 되살려낸 것이다. 오랫동안 그런 풋내 나는 동기와 꿈을 떠올리는 것 자체가 부끄러운 기분이었는데 지금은 진심으로 그런 생각을 한다는 것이 정말 신기하다.

8월 말에 누나가 술자리를 청했다. 누나가 술을 마시자고 하다니 참 드문 일인데, 그 얼굴을 보는 순간 무슨 일이 있다는 것을 알았다.

"다카야마 씨에게서 다시 청혼을 받았어."

자리에 앉아 맥주를 주문한 다음 누나가 무덤덤하게 말했다.

"누나는 어떻게 대답했어?"

누나는 말이 없었다.

"난 그 사람을 매형이라 부르고 싶지 않아."

"그런 말 하지 마. 그때 일은 다카야마 씨도 반성한다고 했어. 다케다 씨한테 자기 회사에 대한 비판을 듣고 화가 나서 그랬다고."

"그렇지만 그 사람은 할아버지를 모욕했어. 직접적인 것은 아니지만 특공대원 모두를 모욕한 거야."

"다카야마 씨는 반성했어. 다케다 씨 말을 듣고 자신의 생각이 잘못되었다는 것을 깨달았대. 겐다로는 믿기 힘들겠지만 눈물을 흘리며 말했어."

그가 그랬다니 도저히 상상이 안 갔지만, 누나가 거짓말을 할 리는 없다.

"누나는 그 사람과 결혼해서 행복할 거라고 생각해?"

누나는 내 말투에 조금 기분이 나빠진 듯했다.

"행복할 거야. 다카야마 씨는 나를 사랑하니까. 그리고……."

"결혼 상대로서 조건도 좋고?"

"그럼 안 되는 거니?"

나는 고개를 저었다. 여자에게 결혼은 '현실'이다. 게다가 다카야마는 누나를 사랑한다. 그가 편협한 사고방식을 가졌을지 모르지만 그렇다고 해서 나쁜 사람이라고 할 수는 없다. 오히려 그 정도나 되는 엘리트가 자신의 잘못을 인정하고 눈물을 흘렸다니 의외로 진솔한 사람일지도 모른다.

또한 누나에게는 책을 내고 싶은 강렬한 꿈이 있다. 그는 그 꿈을 떠받쳐줄 수 있는 존재다.

"한 가지 마음에 걸리는 게 있는데. 누나는 아직 핵심적인 걸 말하지 않았어."

"뭔데?"

"다카야마 씨를 사랑하느냐 하는 거."

누나는 대답 대신에 말없이 맥주를 마셨다. 잔이 비었다. 누나는 잔 테두리를 손가락으로 더듬었다.

"후지키 씨는 어떡해?"

누나의 낯빛이 바뀌었다.

"후지키 씨가 누나한테 결혼하고 싶다고 말했다면, 아마도 그 사람 죽을 각오로 용기를 짜냈을 거야."

누나는 고개를 숙였다. 그런 다음 낮은 목소리로 자기도 그렇게 생각한다고 말했다.

"나, 정말로 나쁜 짓을 하고 말았어."

"누나는 어린애 같은 복수심에서 그런 짓을 하지 않았을까? 그렇지만 스스로 그 잘못을 안다면 더는 말하지 않을게. 다만 후지키 씨에게 정식으로 사죄했으면 좋겠어."

누나는 고개를 끄덕였다.

"누나의 인생은 누나 거니까 결혼에 관해서는 더 아무 말도 안 할게. 누나 스스로 좋다고 생각한 대로 정하면 돼."

누나는 알았다고 대답했다.

나는 이야기를 내 쪽으로 옮겨갔다. 다시 한 번 죽을 각오로 공부해서 내년에 사법시험에 도전할 생각이라고 말했다. 누나는 좀 놀란 표정을 짓더니 방긋 웃으며 힘내라고 격려해주었다.

시험에 대한 조바심은 없다. 지금 생각해보면 처음 사법시험을 보았을 때는 공명심에 들떠 있었다. 그리고 실패가 초조감을 낳았고, 마지막에는 애인에게 차이기도 해서 너무 비장했다. 그러나 지금은 나 자신도 의아할 만큼 침착하게 공부한다. 최선을 다하고 하늘의 뜻을 기다리자는 기분이다. 떨어지면 다른 일거리를 찾을 생각이다. 취직하는 것도 나쁘지 않다. 아니, 오히려 사회에 나가 일하는 게 맞는다는 생각이 든다. 그런 마음이라면 할아버지처럼 서른 살을 넘어서도 재도전할 수 있을 것이다.

"그런데 할아버지는 왜 특공에서 죽었을까?"

갑자기 누나가 물었다.

"이건 내 상상인데……"

나는 말을 하다가 그만두었다.

"말해봐. 괜찮아."

"가게우라가 한 말, 야마토가 침몰할 걸 알면서도 오키나와로 향했을 거라는 이야기. 개죽음이지만 오키나와에서 싸우는 사람들을 못 본 척할 수 없어서 그랬다고."

누나는 심각한 눈길로 나를 바라보았다.

"할아버지는 수많은 특공기를 보냈고, 그 중에는 자신이 가르친 학생도 많다 보니 자기 혼자 살아남을 수 없다고 생각했을지도 몰라."

누나는 시선을 테이블로 옮기고 눈앞의 맥주잔을 가만히 바라보았다. 그리고 작은 목소리로 중얼거렸다.

"난 그렇게 생각하지 않아."

나는 다음 말을 기다렸지만 누나는 아무 말도 하지 않았다.

"가게우라 씨 이야긴데, 나, 그 사람 마음 잘 알 것 같아."

갑자기 누나가 말했다.

"그 사람, 할아버지를 진심으로 동경했던 거야."

나는 그럴지도 모른다고 생각했다.

누나가 물었다.

"그럼 할아버지에 대한 조사는 끝난 거야?"

"사실은 며칠 전 오랜만에 전우회 사람한테서 전화가 왔었어. 규슈 가노야 기지에서 통신병으로 근무한 사람인데, 그 사람이 할아버지를 조금 기억한다고 그래. 그렇지만 그 사람도 그리 대단한 걸 기억하는 건 아닌 모양이야. 기억의 끝자락에 살짝 걸친 정도라고나 할까?"

"그래서 안 가는 거야?"

"아니, 할아버지가 마지막으로 날아오른 그곳을 보러 가고 싶어. 그 참에 만나볼 생각이야. 거기서 할아버지를 찾는 여행은 끝나는 거고."

"언제 가?"

"이번 주말."

누나는 잠시 생각하다가 힘차게 말했다.

"나도 같이 가도 돼? 아니, 꼭 같이 가고 싶어."

예전의 해군 가노야 기지는 지금 자위대 기지로 바뀌었다. 오스미 반도의 한가운데 자리 잡았는데 남서쪽으로 가이몬다케 산이 보인다.

가까운 기리시마가오카라는 작은 산 중턱으로 활주로가 보인다. 들어보니 당시의 활주로 그대로 사용한다고 한다. 육십 년도 더 된 엄폐호도 그대로다.

그 옛날 할아버지가 보았던 그 풍경 그대로라니, 가슴이 찡했다.

자위대 기지 근처에 예전 해군 항공대 자료를 전시한 전시관이 있다. 처음으로 진짜 제로센을 보았다. 생각보다 자그만 비행기였다. 관내에는 특공대 유서 등이 전시되었는데 도저히 읽을 수가 없었다.

나는 더 이상 견딜 수 없어 전시관을 나왔다. 누나는 유서 몇 장을 읽더니 금방 눈이 빨개져버렸다. 나는 느낌을 묻지도 않았고 누나도 말이 없었다. 누나와 나는 특공대원의 슬픔이나 고통에 대해 동질의 감정을 느꼈다.

그런 다음 우리는 특공대 위령탑을 참배하고 가노야 시를 떠났다.

전 해군 일등병조 오니시 야스히코의 집은 가고시마 시내에 있다. 가노야와는 가고시마 만을 사이에 두고 정반대쪽이다. 가노야에서 버스와 여객선을 갈아타고 세 시간이나 걸렸다.

오니시는 작은 여관을 운영했다. 그렇지만 지금은 아들에게 맡기고 은퇴한 몸이었다.

누나와 나는 여관 안으로 들어섰다. 남향으로 햇살이 잘 드는 응접실에서 작은 정원이 내다보였다.

오니시를 만나자마자 그가 표준어를 사용한다는 사실에 놀랐다.

누나가 말했다.

"가고시마 사투리를 사용하지 않으시네요?"

오니시가 웃으며 말했다.

"난 원래 도쿄 출신이지요."

오니시는 책상 위에 오래된 노트를 펼쳤다. 노트마다 표지가 누렇게 색이 바래고 너덜너덜했다.

"전후에 당시의 기억을 떠올리며 쓴 것이지요."

오니시는 페이지를 넘기면서 말했다.

"내가 있던 가노야 기지에서 떠난 특공대원들의 이름도 빼놓지 않고 적어두었어요."

가노야는 1944년에 왔으니까 벌써 육십 년이나 흘렀네요. 그렇지만 아직도 이 지역 사투리가 낯설어요. 그러나 숙박업을 하다 보니 표준어를 쓰는 게 오히려 편리할 때가 많아요.

전쟁이 끝나고 도쿄로 돌아갈까 했지만 우리 집은 공습으로 불에 타버렸고 가족은 치바의 친척집에 의지하는 신세여서 돌아간들 아무 희망도 없는 처지였는데, 마침 아내를 만나 그냥 주저앉고 말았지요. 아내는 가노야 기지의 방공호 내부 시설에서 여자 정신대로 일했어요. 그렇지만 전쟁 중에는 한 번도 말을 나눈 적이 없어요. 처음 말을 나눈 것은 전쟁이 끝난 뒤였어요.

원래 아내의 친정에서 운영하던 여관이었는데, 오빠 둘 모두 전사하는 바람에 내가 데릴사위가 되어 가업을 이은 것이 지요. 지금도 우리는 사이좋게 잘 지내요.

가고야에서 내 임무는 통신이었어요.

통신병은 다른 부대와 연락하고 공격대와 교신하는 등 여러 가지 일을 하는데, 45년 봄부터는 특공기의 전신을 받는 것이 가장 중요한 임무였어요. 그건 정말 괴로운 일이었습니다.

그즈음 특공부대에는 전과戰果 확인기가 거의 따라붙지 못했어요. 특공기가 멋들어지게 적함에 부딪쳤다 해도 그것을 보고 알려주는 사람이 없으면 이쪽은 아무것도 모르지요.

필리핀 때는 반드시 전과 확인기가 나갔지만 오키나와전 당시에는 그런 것을 보내봤자 격추당할 게 뻔해서 아예 보내지도 않았어요.

시키시마 부대가 특공을 나갈 때 오니시 사령관이 이렇게 말했다고 해요. 너희들의 전과는 반드시 천황과 국민에게 보고될 것이니 안심하라고. 그러나 이 말은 휴지 조각이 되어버렸어요. 특공대원은 아무도 알아주지 않는 가운데 외롭게 죽어간 것입니다. 정말 가련해요.

그래서 전과 확인을 어떻게 하느냐 하면 특공대원 자신이 하는 겁니다. 특공기에 무선전신기를 부착해서 특공 순간을 전신으로 전하게 하는 것이에요. 당시 일본 해군의 무선전화는 잡음이 아주 심해서 도무지 써먹을 수 없는 물건이었지만, 모스부호는 보낼 수 있었어요. 그래요, '타, 투'로 타전하는 것입니다.

특공기는 적 전투기를 발견하면 '타'를 연속으로 칩니다. 그리고 마침내 항모에 돌입할 때는 '투'를 길게 쳐요. 그걸 길게 누르면 이제 돌격한다는 것을 의미하지요. 그리고 부딪치는 순간까지 계속 누릅니다.

그 신호음을 들으면 등허리가 얼어붙는 듯한 기분에 사로잡혀요. 그 소리는 탑승원이 바로 이 순간 목숨을 걸고 돌격한다는 신호지요. 그 소리가 사라졌을 때 그들의 목숨도 사라져요. 그러나 우리에게 그 죽음을 애도할 여유는 없었어요. 특공기가 '투'를 누르기 시작해서 소리가 사라질 때까지 시간을 재서 그 기체가 멋지게 공격에 성공했는지 아니면 대공 포화에 맞고 떨어졌는지를 판단하지 않으면 안 되었으니까요. 그 소리가 빨리 사라지면 대공 포화에 당했다고 판단하지요. 그러나 길게 이어지다가 사라졌을 때는 멋지게 성공했다고 판단합니다. 다시 말해 우리 통신병은 그 소리로 전과를 확인해야 하지요.

특공대원들이 이 세상에 남긴 마지막 메시지가 사령부에 전과를 알리는 신호인 셈입니다. 지금 돌이켜보면, 이 무슨 잔혹한 짓인가 하는 생각이 들어요. 원래 전과 확인은 다른 사람이 정확히 하고, 특공기는 오로지 적함을 공격하는 데 전념해야 해요. 그런데 죽기 직전까지 자신의 죽음을 신호로 삼아 전과 확인 작업까지 해야 하다니. 이건 너무도 비정한 일이 아닌가요.

그러나 특공대원들은 정말 대단한 사내들이었습니다. 그들 대부분은 돌격할 때 긴 신호를 보냈어요. 죽기 직전까지 자신의 임무에 충실하려고 했지요. 적 전투기의 엄청난 요격을 피하고, 그물 같은 대공 포화의 폭풍 속에서 비행기를 조종하면서 적 함선을 향해 내리꽂히는 순간까지 신호를 보냅니다. 이건 도무지 상상이 안 가는 일이에요. 게다가 전신기가 허벅지에 고정되어 그것을 누르려면 왼손으로 조종간을 잡아야 해요. 지금 죽음을 눈앞에 둔 극한 상황에서 그런 냉정함을 유지해야 한다니. 교육을 통해 몸에 익힌 것도 아닌데. 평생 단 한 번 죽으면서 그들은 그렇게 했던 겁니다.

당시에는 이런 생각을 하지 못했어요. 그러나 지금은 그들 마음이 얼마나 강인했는지를 압니다. 죽음을 눈앞에 두고 어쩔 줄 몰라 허둥대는 사람은 하나도 없었어요.

나는 몇 번이나 긴 신호음을 들었습니다. 의식을 집중하고 온몸의 신경을 곤두세워 그들이 보내는 마지막 신호를 들었어요. '투' 소리가 길게 늘어지면 숨을 딱 멈춰요. 그 소리가 멈추기까지 시간의 무게는 그 무엇에도 비유할 수 없지요. 그 소리가 멈춘 순간, 한 젊은이의 목숨이 사라진 것입니다. 그때의 슬픔과 공포를 뭐라고 표현하면 좋을지. 가슴에 못 같은 것이 박히는 느낌이라고나 할까요?

내 귀에는 지금도 그 소리가 매달려 있어요. 그 소리가 몇 헤르츠인지는 모릅니다. 그러나 지금도 간혹가다 그 비슷한 소리를 들으면 몸이 뻣뻣하게 굳어버려요. 심장의 고동이 빨라지고 서 있기도 힘들어요. 나는 음악을 싫어합니다. 많은 악기 가운데 그때의 긴 신호음과 비슷한 소리가 가끔 들리기 때문이지요. 그 소리가 들리면 견딜 수 없어요.

미야베 씨 말인가요?

그 사람은 기억납니다. 진주만 이래로 역전의 용사니까 가노야 기지에서도 다들 한 수 접어주는 사람이었지요.

사실은 나도 비행기를 타는 것이 꿈이었어요. 그래서 예과련에 응시했지만 애석하게도 떨어지고 말았어요. 이런 말을 하면 돌아가신 분들에게 큰 실례가 되겠지만, 오히려 낙방해서 다행이었다고 생각해요. 그때 예과련에 합격했더라면 틀림없이 특공에 나가 죽었을 테지요.

미야베 소위와 나는 통신실에서 자주 얼굴을 마주쳤습니다.

미야베 소위는 분대장이었으니까 통신실에 와서 정찰대와 공격대의 통신 상황 같은 것을 묻곤 했어요. 미야베 씨는 소위였지만 이른바 특무소위입니다. 사관학교 출신처럼 어깨 힘도 주지 않고 우리 같은 사병한테도 가벼운 태도로 말을 걸기도 해서 난 그 사람을 정말 좋아했어요.

미야베 소위는 가노야에서 특공 호위 임무를 수행했습니다.

호위기는 특공기가 아니에요. 특공기가 무사히 적 항모에 도착할수록 적 전투기의 공격을 막아주는 것이지요. 나는 일 개 통신병이니까 비행기에 대해서는 모릅니다. 그러나 성능이 훨씬 뛰어난 데다가 수적으로도 훨씬 많은 적 전투기의 공격으로부터 특공기를 지킨다는 것이 얼마나 힘든 일인지 충분히 상상이 갑니다.

실제로 귀환하지 못하는 호위기도 많았어요. 모두 다 돌아오지 못하는 경우도 있었고요. 다시 말해 특공기가 아니라도 특공대와 다름없었다는 겁니다. 그 당시는 잽싼 정찰기조차도 돌아오지 못하는 경우가 있었습니다.

언젠가 미야베 소위에게 물어본 적이 있어요.

"호위기도 특공기나 다름없지 않습니까?"

미야베 소위는 한마디로 그 말을 부정했습니다.

"완전히 다르지요. 물론 이런 상황 아래서는 호위 임무도 정말 힘들어요. 그렇다 해도 우리는 구사일생의 가능성이라도 있지요. 설령 절망적인 상황이라고 해도 살아남기 위해 싸울 수가 있습니다. 그러나 특공대원들은 십사영생입니다."

십사영생+死零生, 그 당시 가미카제 특공대를 두고 흔히 하는 말이었지요. '필사'라는 말이 있는데, 이 말은 반드시 죽는다는 뜻이지만 실제로는 그렇지 않아요. 그러나 십사영생은 처음부터 죽음이 결정된 것입니다. '죽을 각오를 하면 귀신도 피해간다'라는 말이 있는데, 십사영생은 그런 각오조차 넘어선 것입니다.

특공 가운데서도 가장 비참했던 것이 신라이 부대였어요.

신라이 부대란 오카櫻花 부대를 두고 하는 말입니다. 수많은 특공 가운데서도 그렇게 말도 안 되는 특공은 없을 겁니다. 1식육공에 인간폭탄 오카를 싣고 가는데, 그런 말도 안 되는 작전이 세상에 어디 있습니까. 3월에 처음 출격한 열여덟 기의 1식육공 신라이 부대는 단 한 기도 돌아오지 못했습니다. 호위 제로센도 서른 기 가운데 열 기밖에 돌아오지 못했고요. 호위 전투기가 부족해서 몇몇 사령부 간부와 참모들이 우가키 중장에게 작전 연기를 요청했지만 중장은 그것을 거부했다고 합니다. 1식육공을 이끌고 간 노나카 소좌는 '이런 말도 안 되는 작전은 없다'라는 말을 남기고 출격했다고 해요.

그날 나는 1식육공의 타전을 기다렸어요. 그러나 끝내 단 하나의 타전도 받지 못했습니다. '적 전투기 발견'이라는 타전조차도. 이건 참으로 묘한 일이에요. 1식육공에는 전문 통신병이 탔어요. 적 전투기의 요격을 받았다 해도 '적기 출현'이라고 타전하는 게 보통입니다. 그러나 열여덟 기 가운데서 단 하나의 타전도 없었던 겁니다.

난 이것이 노나카 소좌의 무언의 항의였다고 생각해요.

그 후에도 신라이 부대 공격은 몇 번이나 계속되었어요.

아마도 5월이었을 겁니다. 미야베 소위는 그날 가노야에 와서 처음으로 신라이 부대 호위 명령을 받았지요. 오카를 실은 1식육공 여섯 대에 호위 제로센이 여섯 대입니다. 1식육공 한 대는 오카를 싣지 않은 유도기였어요. 미야베 소위는 침울한 표정으로 출격했지요.

결국 미야베 소위 혼자만 돌아왔습니다. 미야베 소위는 1식육공이 모두 격추당했다고 보고했어요. 미야베 소위의 기체에도 수많은 탄흔이 있었지요. 특히 꼬리 부분은 말 그대로 구멍이 숭숭 뚫린 수세미 같았습니다. 미야베 소위가 그런 상태로 돌아오는 경우는 거의 없었어요.

그날 밤 내가 통신실을 나서 막사로 돌아가려 하는데 활주로 가까운 둑에 누가 앉아 있는 것이 보였습니다. 달 밝은 밤이었어요. 미야베 소위였어요.

미야베 소위는 나를 알아보고 손을 흔들었습니다.

"무라타, 이리로 와."

미야베 소위가 날 불렀지요. 무라타는 내 옛날 성입니다.

"좀 앉겠습니다."

나는 미야베 소위 곁에 앉았습니다.

그때 미야베 소위에게서 술 냄새가 풍겼습니다. 그 곁에 큰 술병이 놓여 있는 게 아니겠습니까?

"자네도 마실 텐가?"

미야베 소위는 술병을 잡고 나에게 건네주었어요.

"잔이 없으니까 그냥 불어."

나는 술맛도 모르는데 괜히 술을 낭비하고 싶지 않다고 말했습니다. 미야베 소위는 더는 권하지 않고 술병을 들더니 병나발을 불었지요.

"오카 같은 게 성공할 리 없지."

미야베 소위가 내뱉듯이 말했습니다. 그 목소리가 너무 커서 나는 깜짝 놀랐지요.

"특공기도 기동부대에 접근하기 힘든데 오카를 매단 중공이 다가간다는 것은 불가능한 일이야."

"특공기도 어렵습니까?"

"미군은 레이더로 우리를 찾아내고 많은 전투기로 우리를 맞이하지. 호위기 몇 대로 돌파할 수는 없어. 하물며 특공기는 무거운 폭탄을 매달았어. 조종사는 경험도 없는 신참뿐이고."

"그렇지만 개중에는 기동부대까지 가는 비행기도 있습니다."

나는 통신을 담당하는 처지라 그런 점에서는 양보할 리가 없지요.

"물론 가끔은 돌파하는 비행기도 있어. 그러나 수십 대 가운데 한 대 있을까 말까. 오키나와전에서는 이천 대 이상 특공기가 날아갔는데 돌파 통신을 친 비행기가 얼마나 돼?"

그 말에 대답할 말이 있을 리 없지요. 나 자신 그때까지 몇십 번이나 돌파 무전을 들었지만 이천 대나 되는 특공기 가운데 몇 할이 성공했느냐고 한다면 마음이 암담해지고 맙니다.

"운 좋게 적 전투기의 추격을 피해 적 항모에 도착했다 해도 엄청난 대공 포화가 기다려. 나는 몇 번이나 특공기가 돌격하는 모습을 보았지. 미군의 대공 포화는 상상하기 힘들 정도야. 그런 실태를 사령부는 하나도 몰라. 아니, 알면서도 모르는 척하는 거지."

미야베 소위는 울었습니다.

"급강하로 부딪치는 것도 기술이 필요해. 진주만에서 활약한 예전의 함폭 항공기 조종사라면 성공할 테지만, 젊은 탑승원으로는 무리야. 적의 대공 포화를 피하려면 가능한 한 깊이 파고들어야 하지. 얕게 파고들었다가는 제대로 대공 포화에 당하고 말아. 그러나 깊은 각도로 파고들어 급강하하면 속도가 너무 빨라서 기체가 떠버려. 그걸 억제하려 해도 속도가 너무 빠르다 보니 플랩(flap, 비행기의 양력을 일시적으로 높이기 위해 날개에 다는 장치)이 무거워져. 거기에 방향타도 잘 듣지 않아. 몸으로 부닥치기 직전에 각도와 방향을 바꾸려 해도 제대로 되지 않지. 그러다 보면 바다에 곤두박질치고 말아."

미야베 소위는 마치 비행 연습생을 가르치는 듯이 말했습니다. 술기운이 오른 겁니다. 미야베 소위의 그런 모습은 처음이었습니다.

미야베 소위는 갑자기 술병을 잡더니 활주로를 향해 집어던졌습니다. 병은 달빛을 받으며 크게 포물선을 그리더니 바닥에 떨어져 산산조각 났습니다.

"오늘 내 눈앞에서 중공 여섯 대가 모두 추락했지. 나는 아무것도 할 수 없었어."

미야베 소위는 그렇게 말하더니 고함을 질렀습니다. 몸이 부르르 떨릴 만큼 무서운 비명이었어요.

"오늘 오카의 탑승원 가운데 츠쿠바에서 나한테 배운 병사가 있었어. 출격 전에 내 얼굴을 보더니 미야베 교관이 호위하니까 마음이 놓인다고 말했지. 그러나 내 눈앞에서 그 친구를 태운 1식육공은 불을 뿜으며 떨어졌어. 중공의 탑승원들은 나에게 경례를 하면서 떨어졌어."

미야베 소위는 나를 노려보듯 하며 말했습니다.

"한 대도 지키지 못했어."

미야베 소위는 비통한 목소리로 말했습니다.

"단 한 대도 지키지 못했단 말이야!"

"어쩔 수 없는 일이었습니다."

"어쩔 수 없는 일이라고!"

미야베 소위는 고함을 질렀습니다.

"몇이나 죽었다고 생각해! 호위기는 특공기를 지키는 것이 임무야. 설령 자신이 죽는 한이 있어도. 그러나 나는 그들을 죽음으로 내몰았어."

미야베 소위는 무릎을 끌어안고 머리를 떨구었습니다. 그 어깨가 가늘게 떨렸습니다.

나는 할 말을 잃고 말았어요. 미야베 소위의 가슴속에 자신을 책망하는 어두운 절망이 꿈틀대는 것을 느낄 수 있었습니다.

"내 목숨은 그들의 희생으로 지금 여기 있는 거야."

"죄송하지만, 그건 아닌 것 같습니다."

"아냐. 그들이 죽어서 내가 살아남은 것이야."

그 말을 들었을 때, 미야베 소위의 마음이 얼마나 갈가리 찢겨지고 있는지를 알았지요. 그 사람, 마음이 너무 순수했던 겁니다.

미야베 소위는 말없이 일어서더니 막사 쪽으로 비틀거리며 걸어갔습니다. 나는 그 등을 향해 한마디 위로의 말도 던질 수 없었어요.

오키나와전 후반부터 미야베 소위는 완전히 변해버렸습니

다. 수염도 깎지 않고 눈만 괴이쩍게 번득였습니다. 원래 키가 크고 여윈 사람이었는데, 더 여위어갔습니다. 볼에서 살이 쏙 빠지고 인상도 완전히 바뀌었지요. 그리고 웃음이 사라져 버렸습니다.

특공기 호위를 나설 때마다 미야베 소위는 생명을 스스로 갉아먹는 것 같았지요.

어느 날 정오 무렵, 나는 활주로에 선 미야베 소위를 보고 오싹하는 느낌을 받은 적이 있습니다. 아지랑이 속에 선 미야베 소위가 마치 이 세상 사람이 아닌 것처럼 보였어요. 이미 그 몸이 저편으로 한 발 들이민 것 같았어요.

오키나와가 점령되고 나서도 특공은 간헐적으로 행해졌습니다.

그러나 오키나와에서 대량의 미군기가 매일 공습을 가해오자 가노야를 비롯한 규슈 남부 각 지구는 항공기와 탑승원 대부분을 규슈 북부 기지로 이동시켰어요. 그리고 특공대를 보낼 때만 가노야 기지를 이용했어요. 나는 가노야에 남았습니다.

나도 곧 일본이 질 것이라 생각했어요. 8월에는 히로시마와 나가사키에 신형 폭탄이 떨어졌고, 일본은 곧 망할지도 모른다는 일종의 절망적인 분위기가 감돌았어요.

오키나와전 후반부터 '전기특공'의 목소리가 높아지는 가운데 사령부는 예사롭게 특공 명령을 내렸어요. 예비학생이나 소년 비행병 이외의 예과련 출신의 고참 탑승원이나 사관학교 출신 탑승원에게도 특공 명령이 내려왔지요. 명령을 거부하면 바로 항명죄입니다.

다만 그즈음은 출격을 해도 발동기 불량으로 돌아오는 비행기가 꽤 있었어요. 또는 적 함대에 도착하기 전에 바다에 추락하는 비행기도 적지 않았다고 해요. 가노야를 날아오르자마자 추락한 비행기를 나도 직접 본 적이 있습니다. 정비병이 있는 힘을 다해 정비를 해도 평균 셋 중에 하나는 발동기 불량으로 돌아왔어요. 심할 때는 거의 모든 비행기가 돌아올 경우도 있었습니다. 이제 일본에는 재료도 연료도 없었던 것입니다.

그런 상황에서 마침내 미야베 소위에게도 출격 명령이 떨어졌어요.

출격하는 날 아침, 나는 미야베 소위에게 작별 인사를 하러 갔습니다. 날이 새기 전이었습니다.

온통 새카만 어둠이라 누가 누군지 알아볼 수 없었지만, 이윽고 미야베 소위의 모습을 발견했습니다.

나는 무슨 말을 해야 좋을지 알 수 없었어요. 내 입에서 겨우 나온 말이 '행운을 빕니다'라는 것이었습니다. 미야베 소위는 고개를 끄덕였지만 그 표정이 어떠했는지 너무 어두워 볼 수 없었습니다.

이윽고 비행기 시동이 걸리고 특공대원들이 각자의 비행기로 향했지요.

그때 기묘한 일이 일어났습니다.

미야베 소위가 한 예비사관에게 다가가서 이렇게 말하는 것이었습니다.

"비행기를 바꾸지요."

미야베 소위의 비행기는 제로센 52형입니다. 예비사관의 제로센은 구식 21형이었습니다. 당시 21형은 아주 드물어서 아마도 어느 기지에 고물로 방치된 것을 정비해서 가져온 듯 했어요. 나도 구식 제로센은 처음 보았습니다.

미야베 소위는 그 21형을 타고 싶다고 했어요. 옛날, 라바울에서 탔던 21형을 타고 가고 싶다는 것이에요. 52형과 21형의 성능은 비교가 안 됩니다. 52형이 마력이 높아 속도도 빨라요. 애당초 21형은 전투 성능이 좋긴 하지만, 특공기는 전투 성능과 아무 관계가 없지요. 속도가 빠르고 마력수가 높은 것이 유리합니다.

미야베 소위의 말을 듣고, 예비사관도 그런 사실을 잘 알기에 양보하지 않았습니다.

"미야베 소위가 52형을 타야 합니다. 미야베 소위는 저보다 훨씬 기량이 뛰어납니다. 솜씨 좋은 조종사가 당연히 좋은 전투기를 타야지요."

예비사관은 단호한 어투로 그렇게 말했어요.

미야베 소위는 알았다면서 자신의 비행기로 걸어갔습니다. 그러나 곧 돌아와서 다시 비행기를 바꾸어 달라고 부탁하는 겁니다.

미야베 소위는 발동기 소리에 지지 않을 만큼 큰 소리로 말했습니다.

"물론 내 기량은 일류라고 생각합니다. 그러므로 21형을 타도 충분합니다."

나는 그 말을 들었을 때 내 귀를 의심했습니다. 도저히 미야베 소위의 성격에 어울리지 않는 말이었기 때문이었지요. 미야베 소위는 그런 식으로 자신의 기량을 자만하는 사람이 아니에요. 아니, 결코 그런 말을 할 수 있는 사람이 아닙니다.

그때 나는 이 사람도 마지막 순간에는 자신의 솜씨를 자랑하고 싶은 거로구나, 하고 생각했습니다.

그러나 미야베 소위가 21형을 타겠다고 한 것은 혹시 어떤 고집이었을지도 모릅니다. 나 같은 우수한 탑승원에게 특공을 명령한 일본 해군에 대한 분노 같은 것이 아니었을까요?

좋아, 특공을 가주지. 단, 구식 21형을 타고 가주겠노라고.

어쩌면 미야베 소위 자신이 말했듯이 그리운 옛날의 21형을 타고 싶었을지도 모릅니다.

돌이켜보건대 제로센은 제국 해군을 상징하는 전투기였으

니까요. 개전 초기에는 무적의 전투기였지만 뒤를 잇는 전투기가 없어 그냥 그대로 일선에서 활약했습니다. 예전의 천리마가 나이 들어 쇠약해지고 만 거지요. 21형은 탄생하고 나서 이 년에 걸쳐 중국 대륙과 태평양을 마구 휘저으며 무수한 제로센 신화를 만든 전투기입니다. 미야베 소위는 21형을 보고 오랜 전우를 만난 듯한 기분에 젖었을지도 몰라요.

미야베 소위와 젊은 예비사관은 짧은 대화를 나눈 다음, 마침내 예비사관이 고집을 꺾어 비행기 교환이 이루어졌지요. 그때의 장면을 아직도 또렷이 기억합니다. 두 사람의 대화가 기묘했기 때문이기도 했지만, 나중에 일어난 일이 내 뇌리에 강하게 남았기 때문입니다.

출격은 날이 새기 전에 이루어졌습니다. 그리고 미야베 소위는 돌아오지 않았습니다.

오니시는 심각한 표정으로 입을 꾹 다문 채였다. 오랜 침묵이 흐른 다음 오니시는 말했다.

"이 이야기에는 별로 유쾌하지 않은 후일담이 있습니다."

"뭔데요?"

오니시는 그 말을 해야 할지 망설이는 듯했다.

"말씀해주세요. 뭐든."

내 말에 오니시는 마음을 굳힌 듯 입을 열었다.

"그때 폭탄을 싣고 특공 출격한 제로센은 여섯 대였는데 한 대만 발동기 고장으로 키카이 섬에 불시착했습니다."

등허리로 찬바람이 지나가는 것 같았다.

"혹시 그게?"

"그래요. 원래 미야베 소위가 탈 비행기였습니다. 제로센 52형. 탑승원은 미야베 씨한테 21형을 양보한 사람입니다."

나는 할 말을 잃고 말았다.

"만일 미야베 씨가 비행기를 바꾸자고 말하지 않았더라면 살아남은 사람은 미야베 씨였을지도 몰라요."

"말도 안 돼!"

누나가 비명처럼 소리를 질렀다.

"이런 것이 운명인가요? 미야베 씨는 마지막으로 운명의 여신에게 버림받은 것입니다."

"너무해!"

누나가 외쳤다.

나는 멍해지고 말았다.

"운명이라고는 하지만 할아버지는 스스로 죽음의 길을 선택한 것이 아닐까요?"

내 말에 오니시는 아무 말도 하지 않았다.

할아버지는 마지막 출격에서 그리운 21형을 보고 그걸 타고 죽으리라 생각했던 것일까? 진주만에서도 과달카날에서도 21형을 타고 싸웠던 할아버지였기에 오랜 전우와 함께 죽고 싶다고 생각했던 것일까? 만일 그때 21형이 보이지 않았더라면 할아버지는 그냥 그 비행기를 타고 출격하여 혹시 살아남을 수 있었을까?

21형은 할아버지를 죽음의 세계로 이끈 사신이었던가? 세상에는 그런 무서운 운명도 있는 것인가?

아니, 아닐 것이다. 그럴 리 없다. 너무도 잘 짜인 우연이 아닌가!

그 순간, 내 가슴에서 전류가 흘렀다.

"오니시 씨, 그 사람 이름은?"

나는 눈을 부릅뜨고 물었다.

오니시는 순간 말뜻을 알아듣지 못한 표정이었다.

"불시착한 탑승원 이름이 뭡니까?"

오니시는 돋보기안경을 끼더니 눈앞의 노트를 펼쳤다.

"아, 여기 있네."

오니시가 손가락으로 가리켰다. 거기에는 1945년 8월의 날짜와 함께 특공으로 죽은 사람들 이름들이 적혀 있었다. 나는 노트를 들여다보았다. 다섯 대원의 이름 곁에 '키카이 섬 불시착'이라는 글자와 한 남자의 이름이 있었다.

"이거로군요."

오니시는 돋보기 초점이 맞지 않는지 금방 읽지 못했다.

"좀 봐도 될까요?"

오니시가 고개를 끄덕이는 것을 보면서 나는 그의 손에서 노트를 받아들었다. 거기에는 또박또박 쓴 글씨로 '오이시 겐이치로 소위, 23세. 예비학생 13기, 와세다 대학'이라 적혀 있었다.

나는, 아아아, 하고 소리를 냈다.

"어, 왜 그래?"

누나가 겁먹은 목소리로 물었다. 그리고 노트를 들여다보았다. 앗, 비명이 터져 나왔다.

나는 누나에게 무슨 말을 하려 했지만 말이 나오지 않았다. 이를 마주치며 달달 떨었다.

이윽고 짜내듯이 말했다.

"오이시 겐이치로, 우리 할아버지!"

유성

할아버지는 의자 등받이에 기댄 채 눈을 질끈 감았다.

이윽고 눈을 뜨고는 말했다.

"언젠가는 너희들에게 말하리라 생각했지."

나는 말없이 고개를 끄덕였다. 내 곁에는 누나가 있었다.

"네가 미야베 씨를 조사한다는 말을 들었을 때 이런 날이 오리라 각오했었다."

할아버지는 그렇게 말하더니 작은 병에서 심장약을 꺼내 입에 넣고 물을 마셨다.

"마츠노는 아이들에게는 말할 필요가 없다고 했지만, 난 언젠가는 이야기할 생각이었다. 혹시 내가 갑자기 죽더라도 모든 것을 적은 편지가 있어. 벌써 십 년도 더 전에 후배 변호사에게 맡겨두었지. 내가 갑자기 죽더라도 그 편지가 키요코에게 갈 수 있도록 말이야."

미야베 씨하고는 츠쿠바의 항공대에서 만났지.

우리는 거기서 특공대원으로 훈련을 받았어. 처음부터 특공대원으로 훈련을 받은 건 아니야. 처음에는 기본적인 비행 훈련이었어. 미야베 씨는 그곳 교관이었어.

비행 과정이 끝났을 때, 우리 비행 학생에게 특공대를 지원할 것인지 지원하지 않을 것인지 선택하라는 용지가 주어졌지. 나는 지원한다고 적었어. 진심으로 지원한 것은 아니야. 누구든 그럴 거야. 그러나 모두가 지원했어. 용기가 없어서일까? 그렇지는 않을 거야.

그때는 대륙이나 태평양 섬들에서 매일같이 많은 병사들이 죽어갔지. 신문에는 대본영 발표가 아주 그럴듯하게 실렸지만, 그 한편으로는 '옥쇄'라는 글자가 실리기도 했어. 그런 가운데 설령 내가 죽더라도 조국과 사랑하는 사람을 지킬 수 있다면 죽어도 좋다고 생각했더랬지. 설령 특공이라 해도.

그러나 한편으로는 죽고 싶지 않은 기분이 있었어. 우리는 미치광이가 아니야. 무리를 지어 바다로 뛰어들어 죽는다는 레밍은 더더욱 아니고. 다만 죽음을 의미 있는 뭔가로 만들고 싶었어.

미야베 씨는 태도나 말투가 아주 상냥한 사람이었지. 헤아릴 수 없이 많은 아수라장을 거쳐 살아온 사람치고는 아주 조용한 몸짓과 언동이 다른 교관들과는 완전히 달랐지.

무엇보다 내가 미야베 씨한테서 강하게 느낀 것은 그가 우리를 가르치는 일에 모순을 느낀다는 것이었어. 거듭 말하지만 우리는 특공 요원이었어. 미야베 씨는 그런 우리한테 비행 기술을 가르치는 것을 고통스러워했어. 우리의 기술이 좋아지면 늘 칭찬을 아끼지 않았지만 그 웃음 뒤에는 어떤 슬픔이 짙게 배어 있었어.

미야베 씨는 측은지심을 가진 사람이었어.

한번은 비행 훈련 중에 우리 동료가 죽는 사고가 있었어. 슬퍼하는 우리들 앞에서 어떤 장교가 폭언을 퍼부었어. 그때 미야베 씨는 죽은 예비사관의 명예를 지키기 위해 당당히 나섰지.

우리는 모두 이 교관을 위해서라면 죽어도 좋다고 생각했어.

만일 그때 미야베 씨가 입을 꾹 다물고 있었더라면 미야베 씨와 나의 운명은 달라졌을 것이야. 사람의 운명은 사소한 일로 크게 바뀌고 말아. 나는 운명의 얄궂음을 절절히 느끼곤 했어.

그 일은 그로부터 한 달 후에 일어났어.

그날 비행 훈련을 하는데 갑자기 적기가 출현했지. 미야베 교관은 우리에게 신경을 쓰느라 적기가 다가오는 것을 몰랐어. 미야베 씨 같은 노련한 비행사에게도 그런 때가 있는 거야.

나는 적기를 발견했어. 마침 급강하를 끝내고 편대로 돌아가려는 순간이었지. 나는 그냥 적기와 교관 사이로 돌진했어. 그때 무슨 생각을 했는지 모르겠어. 오로지 적의 공격을 막아야 한다는 생각뿐이었어. 미야베 교관을 지키면서 대신 죽으려고 생각했다고 하면 아주 멋져 보이겠지만, 사실은 나도 잘 모르겠어. 그러나 미야베 교관에게 손가락 하나 대지 못하게 하겠다는 일념만은 있었지.

우리 학생의 비행기에는 기관총이 장착되지 않았어. 그래도 나는 적 앞으로 몸을 던졌지. 제대로 적의 기총을 맞았고 말이야. 총탄이 조종석을 산산조각 내버렸어. 나는 정신을 잃고 그대로 강하했는데 땅바닥에 떨어지기 직전에 정신을 차리고는 기수를 겨우 세울 수 있었지. 위를 올려다보니 적기가 추락하는 게 보였어.

그 다음 일은 잘 기억나지 않아. 착륙한 다음 정말로 기절하고 말았으니까.

나는 해군병원에 입원했어. 미야베 씨는 한 번 나를 문병해주었는데, 그때 나에게 외투를 하나 주었어. 당시 내 외투는 너덜너덜 넝마 같았거든. 미야베 씨는 그걸 보았던 거야. 물론 미야베 씨의 외투도 관급품이었지만, 안에다 솜을 대고 소매에는 가죽을 덧붙인 것이야.

그러나 그 외투를 한 번도 입어보지 못하고 봄을 맞이했지.
퇴원하고 부대로 돌아왔지만 그때는 미야베 교관의 모습은 없
었어. 그리고 동기생들도 보이지 않았지. 그들은 벌써 세상을
떠났을 거라고 생각했지.

나도 그 뒤를 따라야 한다는 생각을 했더랬어.

그 당시 내 마음은 실로 복잡했지. 처음에는 죽음을 받아들
일 수가 없었어. 이런 부조리도 없다고 생각했지. 그러나 그것
이 서서히 죽음을 받아들이는 쪽으로 기울어갔어. 이것은 결
코 시대의 흐름에 그냥 젖어들었기 때문은 아냐. 또한 죽음을
아무렇지도 않게 받아들이기로 결의한 것도 아니야. 온갖 고
통과 갈등을 거쳐 도달한 심경이었어. 그런 마음을 한마디로
설명한다는 것은 불가능해. 잔뜩 시간을 들이면 설명이 가능
할까? 그것도 아니야. 나는 전후에도 오래오래 거기에 대해 생
각해보았지. 노년에 이르러서도 생각해보았고. 그러나 당시의
생각을 재현해낼 수가 없었어.

하지만 이것만은 말할 수 있지. 우리는 열광적으로 죽음을
받아들인 것이 아니라고. 기꺼이 특공을 위해 날아간 것이 아
니라고. 그때만큼 진지하게 가족과 국가를 생각한 적은 없었
어. 그때만큼 내가 없어진 다음 사랑하는 사람의 미래를 생각
한 적은 없었어.

출격 명령이 떨어진 것이 7월. 목적지는 규슈의 오무라 기지였지.

그 직후, 어머니에게서 슬픈 편지를 받았어. 내 약혼자가 세상을 떠났다는 소식이었어. 그녀는 내 사촌 여동생이었는데 어릴 적부터 사이가 좋았어. 크면서 자연스럽게 짝으로 인정받아 식은 올리지 않았지만 약혼한 사이나 다름없었던 거야. 우리 둘은 서로 좋아했지만 사랑하는 감정은 없었다고 생각해. 손도 한 번 잡지 않은 깨끗한 사이였어. 그러나 비행 예비학생이 되었을 때 내가 약혼을 취소했지. 나는 이 전쟁에서 살아남을 수 없다고 생각했으니까.

어머니의 편지에는 5월 도쿄 공습 때 크게 다쳐 이 주일 후에 세상을 떠났다고 적혀 있었어. 사랑하는 사람을 지키고자 특공을 지원했지만 지켜야 할 사람을 잃어버린 것이야. 그녀가 죽어가면서 내 이름을 불렀다는 글을 보았을 때 나는 그만 울어버렸지.

8월에 히로시마와 나가사키에 신형 폭탄이 떨어졌다는 말을 들었어.

오무라는 나가사키 바로 코앞이라 그 참상을 고스란히 전해 들을 수 있었지. 교토대에서 물리학을 공부한 동기 예비사관은 나가사키에 떨어진 폭탄이 혹시 원자폭탄일지도 모른다고 했어.

"그게 뭔데?"

내가 물었지.

교토 대학 출신 학생은 원자폭탄이란 원자핵 분열을 이용한 폭탄인데 종래의 화약탄과는 비교가 안 될 정도로 대단한 파괴력을 가진 무서운 폭탄이라고 했어.

"나가사키에 떨어진 놈이 진짜로 원자폭탄일까?"

"몰라. 그러나 소문으로 들리는 피해 상황이 진짜라면 그럴 가능성이 있어. 히로시마에 떨어진 신형 폭탄도 그것일지 몰라."

만일 그렇다고 한다면 일본이라는 나라는 정말로 망할지도 모른다고 생각했지. 우리가 특공으로 죽어서 조국을 지킬 수 있다면 기꺼이 죽으리라 생각했지. 그렇게 죽으면 그녀에게 갈 수 있다고.

이윽고 나에게 특공 명령이 떨어졌어. 동기 데라니시라는 친구와 같이. 각오는 했으니까 동요는 없었을 거야. 둘이서 같이 가는 거라고 말하기도 했으니까.

목적지는 가노야 기지.

오랜만에 본 미야베 씨는 마치 다른 사람 같았어. 뭐라고 할까, 거지반은 죽은 사람 얼굴이었다고 할까? 눈이 충혈되고 온

몸에서 살기가 풍겼어. 그런 미야베 씨의 모습은 처음이었어.

나는 말을 걸지 못했어. 그러나 미야베 씨가 먼저 나를 알아보았지.

"다친 데는 괜찮아요?"

미야베 씨가 표정 없는 얼굴로 물었지.

"예, 덕분에."

"그거 정말 다행이야."

미야베 씨와 나눈 대화는 그게 다였어.

가노야에 도착한 그날, 이틀 후에 출격한다는 명령이 떨어졌어. 동요는 없었어. 다만 어머니에게 작별 인사를 올리지 못한다는 것이 애통할 따름이었지. 그날 밤 어머니에게 유서를 썼어.

다음 날, 나는 기지 바깥으로 산책을 나갔어. 마을을 벗어나 산 쪽으로 걸어갔었지.

더운 날이었어. 그러나 흘러내리는 땀조차 기분이 좋았지. 이제 내일이면 땀조차 흘릴 수 없을 테니까.

눈에 들어오는 모든 것이 사랑스러웠어. 모든 것이 아름다웠어. 길가의 풀조차도 끝도 없이 아름다운 거야. 쭈그리고 앉아 자세히 바라보니 잡초 사이에 하얗고 조그만 꽃이 피었어. 새끼손가락 끝보다 작은 꽃이었어. 그렇게 아름다울 수가 없었지. 내가 처음 보는 꽃이지만 이 세상에서 가장 아름다운 꽃이 아닐까 싶었어.

시냇물이 흘러. 신발을 벗고 발을 담갔지. 가슴속까지 시원해지는 거야.

두 발을 물에 담근 채 시냇가에 드러누웠어. 눈을 감자 매미 우는 소리가 들렸어. 매미가 이렇게나 아름답게 울었던가? 이 매미의 새끼들은 칠 년 뒤 여름이 오면 또 이렇게 울겠지? 그때 앞으로 일본이 어떻게 될까 생각하니 가슴이 먹먹해졌어.

이튿날 새벽, 우리는 지휘소에서 출격하기 전에 사령관의 훈시를 들었어.

그때 특공대원 가운데서 미야베 씨의 모습을 보고 얼마나 놀랐던지. 미야베 씨는 호위기를 조종했기 때문이야. 해군은 마침내 이 사람도 죽일 생각인가?

마지막 잔의 의식이 끝나고 모두 비행기로 향할 때 데라니시와 나는 미야베 씨한테 인사를 하러 갔어.

"미야베 교관과 같이 죽을 수 있어 정말 다행입니다."

데라니시의 말에 미야베 씨는 말없이 고개를 끄덕이더니 우리 둘의 어깨 위에 손을 올렸어. 힘찬 손이었지. 미야베 씨의 턱에는 수염이 없었어.

나는 미야베 씨한테 말했지.

"미야베 교관에게 빌린 외투를 아직도 돌려주지 못했습니다."

그때 나는 왜 그런 말을 했을까?

미야베 씨는 웃으며 대답했어.

"여름에는 필요 없는 옷이니까."

나도 모르게 웃고 말았어.

"그럼 가자고."

미야베 씨는 그렇게 말하고 활주로 쪽으로 걸어갔어.

발동기는 벌써 돌아가고 있었어. 내가 비행기를 타려 하는데 미야베 씨가 다가와 나를 부르는 거야.

"오이시 소위, 부탁이 있어요."

"뭡니까?"

"비행기를 바꾸면 좋겠어요."

미야베 씨는 52형에서 21형으로 바꿔 타고 싶다고 했어. 21형보다도 52형이 쪽이 더 빨라. 나는 미야베 씨가 더 좋은 비행기를 타야 한다는 생각에 거절했지.

미야베 씨는 일단 물러났어. 그러나 곧 다시 다가와 비행기를 바꾸어달라고 하는 거야. 몇 번이나 실랑이를 벌이다 나는 그 말에 따르기로 했어.

나는 21형에서 내려 52형으로 갈아탔지.

이윽고 바퀴 받침이 벗겨져 나가고 비행기가 천천히 움직이다가 이륙했어.

내 곁에 미야베 씨의 비행기가 있었어. 조종석에 미야베 씨의 모습이 보였지. 갑자기 눈물이 솟구치는 것이야. 내가 죽는 건 괜찮다고. 그러나 미야베 씨만은 살아남기를 진심으로 바랐어. 이 사람이 죽으면 일본도 끝장이라고. 내가 죽어서 이 사람을 살릴 수 있다면.

나는 이 몸을 미야베 씨에게 바치리라 마음먹었어. 마지막 순간까지 미야베 씨 곁을 지키고 싶었어. 적 전투기가 미야베 씨를 노리면 내가 대신 표적이 되어주리라. 대공 포화도 전부 내가 받아주리라.

편대는 남쪽을 향해 날아갔지. 동쪽 하늘이 뿌옇게 밝아오는 것이 보였어. 천천히 밝아오는 하늘이 얼마나 아름다운지 몰라.

나는 뒤를 돌아보았어. 가고시마 만이 반짝반짝 빛나는 거야. 그리고 그 뒤로 규슈의 산들이 아침 햇살 아래 파랗게 물들었어. 아, 아름다워. 나는 중얼거렸어.

이 아름다운 나라를 지키기 위해서라면 죽어도 아깝지 않다고 생각했지.

지금, 나는 진정으로 아름다운 한 남자와 함께 죽는 거라고.

약혼자 얼굴이 떠올랐어. 이제 곧 그대 곁으로 갈게.

어머니, 죄송해요, 마음속으로 외쳤지. 내 일생은 행복했다고. 어머니의 무한한 사랑 속에서 자랐고, 다시 태어나더라도 어머니 아들로 태어나고 싶다고. 가능하다면 그때는 딸로 태어나 평생 어머니랑 같이 살고 싶다고.

나는 어머니를 향해 마음속으로 외치고, 모든 미련을 버렸지.

조국의 아름다운 강산도, 그녀의 추억도, 어머니에 대한 사랑도 모두 버렸어.

지금부터 적함을 향해 돌격하는 것이 나의 모든 것이라고. 그리고 나는 미야베 씨를 위해 죽는 거라고.

그런데 출격하고 한 시간도 지나지 않아 기체 상태가 이상해지기 시작했어. 기체가 가끔씩 부르르 떨기 시작하더니 발동기에서 윤활유가 뿜어져 나오는 것이야. 기름이 방풍을 시커멓게 물들여 시야를 완전히 가리고 만 거지.

나는 때로 기체의 각도를 바꾸어가며 편대를 유지하면서 날아갔어. 고작 전방 시야가 좋지 않은 게 무슨 문제냐는 생각이 들었어.

그러다 발동기 상태가 점점 이상해져 가는 것이야. 출력이 많이 떨어지고 속도가 줄어들어. 스로틀을 열어 속도를 올려도 소용이 없었어.

분대장 기가 옆으로 다가와 왜 그러냐고 손짓으로 물었지. 나는 발동기 상태가 이상하다고 전했어. 대장은 내 방풍이 시커멓게 물든 것을 보고 돌아가라고 손으로 신호를 했지. 나는 싫다고 대답했어. 그러나 그 순간, 기체가 다시 달달 떨리기 시작하는 거야.

대장은 다시 한 번 돌아가라는 지시를 내리고는 멀어졌어.

나는 온갖 수단을 다 썼지만 발동기는 회복되지 않았어. 나는 편대에서 벗어나고 말았지.

"미야베 씨!"

나는 힘껏 이름을 불렀어. 그리고 울면서 기수를 돌렸어.

그러나 비행기는 이미 한계에 이르렀어. 가노야까지는 도저히 갈 수 없어. 지도에서 키카이 섬을 찾았지. 서쪽으로 약 오십 해리. 발동기가 버텨줄지는 운에 달렸다고 봐야 해. 섬에 도착할 때까지 발동기가 멈추지 않으면 살고, 도중에 적 전투기를 만나면 죽는다. 모든 것이 나의 운이다.

나는 기체의 무게를 줄이기 위해 폭탄을 분리하려고 줄을 끌어당겼지. 그런데 폭탄이 떨어지지 않았어. 몇 번을 해도 마찬가지야. 투하할 수 없게 고정시켜둔 것이야. 이 무슨 냉혹한 짓인가. 이래서는 불시착도 거의 불가능해. 사령부의 의도는 특공을 나선 이상 모두 죽으라는 것이었어.

이십 분 뒤, 눈앞에 섬이 나타났지. 섬 상공에 적기도 보이지 않았고.

섬이 보였을 때 마침내 발동기도 멈추었어. 활공하는 수밖에 없어. 방풍은 시커멓게 물들어 시계는 제로. 착륙 각도가 조금이라도 틀리면 동체에 붙은 폭탄이 터지고 말아. 상승이 불가능하므로 착륙을 재시도 할 수도 없어.

나는 죽음을 각오했지. 그때 미야베 씨의 목소리가 들렸어.

"오이시 소위. 절대 포기하지 마. 무조건 살아!"

나는 그 목소리를 또렷이 들었어. 육십 년 동안 그 목소리를 기억해. 환청 같은 것이 결코 아니야. 세상에는 이런 일도 있는 것이야.

나는 활주로 바로 앞에서 기체를 기울이고 비행장 전체를 내려다보았어. 그 거리와 각도를 뇌리에 새기고 기체를 똑바로 세웠어. 그리고 눈을 감았지. 마음의 눈으로 착륙하리라 결정하고 말이야.

머릿속에 비행장의 모습이 떠올랐어. 마치 눈에 보이는 듯 또렷이. 기체가 활주로에 다가가는 모습이 생생히 비쳤어. 강하하는 기체를 수평으로 유지하고 삼점 착륙 자세를 취했어. 비행기는 하강해. 고도 오십 미터, 이십 미터, 오 미터, 앞으로 일 미터, 순간 바퀴가 활주로에 부딪쳤어. 기체는 그대로 미끄러져 이윽고 멈추었지.

지금 생각해도 그건 기적이야. 다시 한 번 하라고 하면 절대로 못 해. 마치 나에게 뭔가가 씐 것 같았어. 그것 말고는 설명이 안 되는 희한한 체험이었어.

나는 살아남았어. 그러나 다시 본토로 돌아와 특공대로 출격해야 해.

그런데 비행기 발동기가 완전히 고장 나서 간단히 고쳐지지 않을 것 같았지.

그날 저녁, 기지의 통신원에게서 소식을 들었지. 이날 출격한 특공이 나를 제외하고 전원 돌아오지 못했다고.

미야베 씨가 죽은 거야.

나는 그 섬에서 천황의 항복 방송을 들었어.

"그게 할아버지의 운명이었던 거야."

누나가 중얼거렸다.

"운명이 아니다."

할아버지는 단호한 어투로 말했다.

"섬에 착륙한 다음 조종석에서 내릴 때 메모지 하나가 붙은 것을 보았어. 그건 미야베 씨가 날려 쓴 글이었지."

나도 모르게 앗, 비명을 지르고 말았다.

"종이에는 이렇게 적혀 있었어. '만일 오이시 소위가 이 전쟁에서 살아남는다면 부탁이 있어요. 내 가족이 고통받고 있다면 꼭 도와주세요.' 아마도 52형에 한 번 돌아갔을 때 쓴 것일 거야. 이래도 우연이라고 할 수 있어?"

나는 말없이 고개를 저었다. 역시 그랬다.

나는 겨우 입을 열었다.

"도대체 왜?"

할아버지는 천천히 고개를 저었다.

"그건 나도 몰라. 다만."

할아버지는 내 눈을 노려보듯 하며 말했다.

"미야베 씨는 52형을 타는 순간 엔진 불량임을 알았을 거야. 그때 그 사람은 자신이 살아남을 수 있는 티켓을 거머쥐었다고 생각했을 테지."

나는 마음속으로 소리 없는 소리를 질렀다. 운명의 여신은 결정적인 순간에 미야베에게 왜 그런 잔혹한 선택을 하게 했을까?

미야베는 일단 52형으로 돌아갔다. 그는 최후의 순간까지 망설이다가 그 망설임을 떨쳐내고 그 티켓을 오이시에게 건네주었다.

내 곁에서 누나가 고개를 숙였다. 눈물이 볼을 타고 흘렀다.

이윽고 할아버지가 다시 나직한 목소리로 말했다.

미야베 씨 부인을 만나기까지는 사 년이 걸렸어.

미야베 씨의 집은 요코하마였지만 5월의 대공습으로 모두 불타버렸지. 이웃에 그녀의 소식을 아는 사람도 없었어.

나는 학교로 돌아갔어. 그리고 시간이 나는 대로 미야베 씨 부인을 찾아다녔어. 그러나 소식을 알 수 없었지. 이 년 뒤, 나는 대학을 졸업하고 국철에 들어갔어.

그즈음에 미야베 씨 아내가 살던 거리에도 많은 사람이 돌아왔지만 그녀의 모습은 없었어. 나는 동기생들과도 자주 연락을 주고받았어. 혹시 미야베 씨 부인이 어려움에 빠져 다른 전우에게 도움을 청했을지도 모른다는 생각으로.

그러나 아무 단서도 없이 한 해가 더 흘렀어.

당시에는 모든 사람이 자기 목숨 지탱하기도 힘들었어. 내가 종전 후에 대학에 돌아간 것은 그래도 좋은 편이었어. 어머니가 도쿄의 초등학교 교사여서 그럭저럭 입에 풀칠은 할 수 있는 형편이었으니까.

그래도 안락한 생활은 아니었지. 옷도 군대 시절의 군복을 수선해서 입었고 외투는 미야베 씨가 준 것만 계속 입고 다녔어.

미야베 씨 가족의 행방을 안 것은 후생성에 근무하는 친구의 연락을 받고서였어.

미야베 씨 미망인에게서 후생성 유족 연금 신청이 있었다는 것이야. 유족 연금 제도가 만들어진 것은 나중의 이야기지만 복원국이 그 준비를 하고 있었거든.

주소는 오사카였어. 나는 그 길로 오사카로 향했지. 1949년

겨울이었어.

당시는 도쿄에서 오사카까지 열 시간이 걸렸어. 지금이라면 미국까지도 갈 수 있는 시간일 테지만.

추운 날이었지. 주소를 물어 찾아가보니 그곳은 슬럼가로 불러도 좋을 만큼 가난한 거리였어.

판잣집이 늘어섰고 주민들은 가난했어. 거리 전체가 코를 찌를 듯한 냄새를 풍겼어.

나는 가슴이 미어지는 아픔을 느꼈지. 미야베 씨가 그토록 지키려 했던 아내와 자식이 이런 빈곤한 환경에서 살아간다는 것이 슬펐어. 아니, 슬픔을 넘어 분노에 가까운 감정이 솟구쳤어.

좁은 골목으로 들어서자 어린 여자애가 멀뚱히 서 있는 거야. 온통 기운 누더기를 입은 어린아이였어. 빨간 털실 목도리를 했지. 귀엽고 포근한 얼굴이었어. 나는 그 해맑은 눈을 보았어. 그 얼굴을 보는 순간, 미야베 씨 얼굴이 떠올랐어.

"미야베 씨?"

내가 물었어. 여자애가 등을 돌리고 달려갔어. 나는 그 뒤를 따라갔지.

여자애는 지붕이 긴 판잣집 가운데 한 집으로 들어갔어. 그것을 집이라 할 수 있다면. 벽은 크고 작은 판자로 얽었고 지붕은 양철로 덮었어.

나는 집 앞에 섰지. 어묵 판자가 명패 대신에 붙었어. 거기에

예쁜 글씨체로 '미야베'라 적혀 있는 것이야.

"실례합니다."

곧, 예, 하는 대답이 들리며 한 여성이 나왔지.

여자는 몸뻬 차림에 수건을 머리에 쓰고 있었어. 가난한 차림새였지만 아름다운 사람이었지.

나는 잠시 말을 잊고 그녀를 바라보았어.

이상하게도 그녀도 나를 멍하니 바라보는 거야. 마치 유령이라도 보는 듯, 뭔지 모를 무서운 걸 보는 듯한 눈길로 나를 바라보았어.

"저는 오이시 겐이치라고 합니다. 전쟁 중에 남편께 많이 신세를 졌습니다."

그녀는, 아, 하며 깊이 머리를 조아렸어.

"미야베의 아내입니다. 미야베를 돌봐주셔서 정말 감사합니다."

"아닙니다. 제가 말도 못할 신세를 졌습니다."

그녀 곁에 아까 그 여자애가 서서 나를 바라보았지.

"잠시 올라오시겠습니까?"

나는 조용히 그 말에 따랐어. 현관으로 들어서니 바로 방이야. 그것도 두 평 남짓한 한 칸이었고, 자세히 보니 다다미도 없이 판자 마루 위에 방석을 놓았을 뿐이었어.

방 안에는 단추가 산처럼 쌓여 있었어.

"집이 이렇게 어지러워 죄송합니다."

그녀는 딸을 불러 주스를 사오라 하고는 품속 주머니에서 동전을 꺼냈지.

"주스? 정말?"

여자애가 소리쳤어.

"아, 저는 괜찮습니다."

내가 황망히 손사래를 치고는 내 지갑에서 돈을 꺼내 아이에게 쥐어주었어.

"이걸로 주스나 과자, 뭐든 좋아하는 거 사 오거라."

"아, 아니, 그러시면 안 됩니다."

"아닙니다. 선물도 들지 않고 갑자기 찾아왔으니 제가 내도록 해주십시오."

내가 몇 번이나 간곡히 말하자 그제야 그녀는 고개를 끄덕였지.

나는 그녀에게 비행 예비학생 시절에 미야베 교관에게 신세 진 일, 그리고 가노야 기지에서 미야베 씨와 함께 생활했던 일을 이야기해주었어.

그러나 특공 출격 날에 대해서는 말을 할 수 없었어. 미야베 씨가 나를 대신해서 죽었다는 사실만큼은 도저히 말할 수 없었지. 그 대신에 미야베 씨에게 공중전에서 죽어야 할 순간에 도움을 받아 살아났다고 말했어. 그녀는 말없이 듣기만 했지.

"지금 내가 이렇게 살아 있는 것은 오로지 미야베 씨 덕분입니다."

"그런가요? 미야베가……. 미야베가 남의 도움이 되었다니 정말 다행입니다."

그녀는 절절한 목소리로 그렇게 말했어.

"미야베 씨는 저만이 아니라 많은 사람을 구해주었습니다."

"미야베의 죽음이 헛되지 않아서 정말 다행입니다."

그녀의 그 말을 듣고 나도 모르게 눈물을 흘리고 말았어.

"용서해주세요."

나는 두 손으로 바닥을 짚고 머리를 조아렸어.

"마땅히 제가 죽었어야 했습니다."

눈물이 손등에 뚝뚝 떨어졌지.

"고개를 드세요."

그녀가 말했어.

"미야베는 우리를 위해 죽었습니다. 아니, 미야베만이 아니라 그 전쟁에서 죽은 분들은 모두 우리를 위해 죽은 것입니다."

나는 얼굴을 들었어. 그녀는 미소를 지었어.

"미야베의 마지막은요?"

"군인답게 멋진 최후를 맞이했습니다."

"정말 기뻐요."

그녀는 그렇게 말하고 다시 미소 지었지. 참으로 대단한 여자라고 생각했어.

"그렇지만 그 사람, 나한테 거짓말을 했어요."

갑자기 그녀가 차가운 어투로 말하는 것이야.

"반드시 살아 돌아오겠노라고 약속했는데."

말을 끝내자마자 그 눈에서 눈물이 글썽거리기 시작했지. 눈을 감자 눈물이 그냥 볼을 타고 줄줄 흘러내렸어.

나는 가슴이 미어터지는 것 같았어. 그리고 요 사 년 동안 후회하고 또 후회했던 것들이 되살아났지.

왜, 그때 비행기를 바꾸었던가! 왜 단호하게, 미야베 씨의 요구를 거절하지 못했던가! 그랬더라면 지금, 그녀는 미야베 씨와 행복하게 살고 있을 터인데!

그때 아이가 돌아왔어.

아이는 어머니가 우는 것을 보고 놀란 모양이야.

"아무 일도 아니야."

그녀는 딸에게 말했어.

"아빠 이야기를 듣고 조금 슬퍼져서."

"키요코의 아빠?"

"응, 그럼."

"아빠, 어떤 사람이었어?"

내가 대신 대답했지.

"아주 훌륭하신 분이었어. 누구보다 용감하고 상냥하신 분이야."

"그렇지만 죽었잖아."

그 말에 다시금 내 가슴이 찢어졌어.

헤어질 때 나는 가져간 봉투를 미야베 씨 아내에게 내밀었어.

"사소한 것이지만 받아주시면 고맙겠습니다."

"뭡니까, 이건?"

"전쟁 중에 미야베 씨에게 신세 진 데 비하면 아무것도 아닙니다."

"받을 수 없습니다."

그러나 나는 단호하게 받아주지 않으면 안 된다고 고집을 부렸어.

"생명의 은인에게 보답할 수 없다면 전 인간도 아닙니다."

실랑이 끝에 결국 그녀가 고집을 꺾었어.

그것이 마츠노하고 첫 만남이었어.

나는 몇 달에 한 번 어머니에게 출장이라 속이고 오사카에 가서 그녀를 만났지. 그때마다 그녀에게 봉투를 건넸어.

마츠노는 돈을 받지 않으려 했지만 나는 억지로 두고 나왔어. 금액은 잊었지만 아마도 월급의 반 정도였을 것이야. 나는 마츠노에게 거짓말을 했지. 대학 출신의 국철 직원 급료가 아주 세다고.

그 덕분에 우리 어머니는 생활을 꾸리는 데 많이 힘이 들었던 것 같아. 내가 대학을 나와 국철에서 일하면서 어머니는 몸이 좋지 않아 초등학교 교사직을 그만두었거든.

어머니는 내가 좋지 않은 밤놀이를 즐기는 줄로 생각하는 것 같았어. 그렇지만 아무 말도 하지 않았어. 내가 특공대원이었다는 것을 알기에, 그 고통스런 체험을 방탕한 생활로 잊으려 한다고 생각했던 것 같아.

국철 동료들은 내가 아주 인색한 놈이라 여겼을 것이야. 동료들과 놀지도 않고 옷도 사 입지 않고 다 떨어진 군복을 그대로 입고 다녔기 때문이지. 돈만 모으는 놈이라고 수군대는 소리도 들렸지만 난 아무렇지도 않았어. 개중에는 여자에게 쏟아 붓는다고 말하는 사람도 있었어.

거지반은 맞는 소문일 수도 있지. 나는 마츠노에게 푹 빠져 있었으니까.

오사카에는 늘 밤에만 갔지.

아침에 그녀의 집에 가서 그날 하루 딸아이를 데리고 거리로 나섰어.

오사카 거리는 거의 돌아보았어. 신세카이, 오사카성, 도돈보리, 센로쿠, 센니치마에.

오사카를 찾을 때마다 거리가 점점 회복돼가는 것을 느낄 수 있었어. 사람들 표정이 밝아지고 거리도 점점 사람들로 붐볐으니까. 그러나 전쟁의 상흔은 아직도 선명했지. 공습으로 부서진 채 남은 빌딩이나 불탄 들판에 판잣집으로 들어선 암시장 거리.

또한 오사카 역 앞에는 많은 상이군인이 있었어. 눈을 잃은 사람, 손이 없는 사람, 다리가 잘린 남자, 손발을 모두 잃은 남자 등이 하얀 가운을 입은 채 거리에 나앉았어. 도쿄에서도 흔히 보이는 풍경이었지.

그들의 모습을 보니 가슴이 아팠어. 나라를 위해 싸우다 몸의 일부를 잃고 오랜 세월 고통스럽게 살아가야 할 사람들이야. 그런 한편으로 거리는 전쟁의 기억을 잊으려는 듯이 되살아나고 있었어. 상반되는 극단적인 광경이 무서울 정도였어.

마츠노는 상이군인 앞을 지날 때마다 키요코에게 돈을 주어 모금함에 넣게 했지.

우리는 식당에서 점심을 먹었어. 나는 예비 비행학교 시절 이야기를 해주었어. 미야베 교관이 얼마나 인간적이었는가를 이야기했어. 마츠노는 남편 이야기를 즐겁게, 때로는 슬픈 표정으로 들었어.

마츠노는 미야베 씨에 대한 이야기는 거의 하지 않았지만 딱 한 번 결혼 이야기를 해주었어. 미야베 씨하고는 선을 보아 맺어졌다고 해. 미야베 씨가 1943년 중국 전선에서 돌아와 한

때 요코하마 항공대에 있을 때, 그곳에서 식당을 운영하던 마츠노의 아버지가 미야베 씨를 찍어서 하나뿐인 딸과 맺어주었다는 것이야. 한눈에 미야베 씨가 자기 딸에 잘 어울리는 남자라고 꿰뚫어본 거지. 정말 대단한 아버지셨지. 45년 요코하마 공습 때 세상을 떠났다고 해. 미야베 씨와 마츠노는 대화 한 번 나누지 않고 결혼식을 올렸다고 해.

마츠노와 나는 어디를 가든 아이를 거느린 부부로 인정받았지. 키요코는 나를 좋아했고, 나는 키요코에게 즐겨 목마를 태워주었어. 하루를 그렇게 돌아다니다가 나는 다시 야간열차를 타고 도쿄로 돌아왔어.

그런 일이 몇 달에 한 번 계속되었지.

몇 번째인가 오사카를 방문했을 때, 마츠노가 스커트 차림으로 나타났어. 늘 몸뻬 차림만 보았기에 그건 정말 신선한 놀라움이었어.

"요전에 아는 사람한테 옷감을 싸게 사서 만들어 보았어요."

마츠노는 부끄러운 듯이 말했어.

"정말 잘 어울려요. 그리고……."

정말 예쁘다고 말해주고 싶었지만, 도무지 입이 떨어지지 않았어.

그날은 키요코가 없었어. 학교 친구들과 놀러 간 것이었지.

마츠노와 신사이바시를 걸었어. 처음으로 둘만의 데이트에 가슴이 뛰었지. 그러나 동시에 죄책감도 들었어.

저녁에 다카시마야의 식당에서 그녀가 이렇게 말하는 거야.

"오이시 씨, 왜 저희한테 이렇게 잘해주시는가요?"

진지한 표정으로 그렇게 물었어.

"미야베 씨한테 목숨을 구해 받은 은혜 때문입니다."

"그건 전장에서 너무도 당연한 일 아닌가요?"

"아니, 미야베 씨는 진정 자신의 목숨을 걸고 저를 지켜주었습니다."

"그게 언제 어디서였습니까?"

그녀는 따지듯이 물었다.

"지난번에도 물었지만, 오이시 씨는 대답해주지 않았어요."

나는 말이 막혀버렸다.

"사실을 말씀해주세요."

나는 마음을 굳혔다.

"알았습니다. 그럼 말씀드리지요."

나는 마츠노에게 그날 일을 이야기했지. 미야베 씨와 내가 마지막으로 출격한 날의 일을 있는 그대로.

마츠노는 이야기하는 도중에 고개를 숙인 채 아래를 내려다보았어.

이야기가 끝나도 그녀는 고개를 떨군 채 한마디도 하지 않았어.

"나는 전후에 그때의 미야베 씨에 대해 많이 생각해보았습니다. 그때 미야베 씨는 절망적인 상황 속에서 살아날 수 있을지도 모를 거미줄 같은 생명선을 발견한 것입니다. 그것을 잡으면 살 수 있을지도 모릅니다. 그러나 다른 사람이 죽습니다. 미야베 씨는 결국 그것을 잡지 않았습니다."

마츠노는 고개를 숙인 채 말이 없었어. 그러다 중얼거리듯이 말하는 거야.

"미야베는 왜 당신을 선택했을까요?"

"모릅니다. 다만 한 가지 짐작 가는 건 있습니다."

나는 비행 학생 시절의 일을 이야기했어. 미야베 교관의 목숨을 구한 날의 일을. 그리고 중상을 입고 입원한 나를 찾아와서 미야베 씨가 외투를 주었던 일을.

마츠노는 작은 목소리로 말했어.

"그 외투는 내가 손질한 것이에요."

나는 외투의 안쪽에 댄 솜과 소매에 붙은 가죽을 떠올렸어.

"그랬습니까? 미야베 씨는 그런 소중한 것을 나한테 주었군요."

마츠노는 얼굴을 들고 말했어.

"특공을 떠나는 날, 미야베가 당신을 만난 것은 운명이었습니다."

마츠노는 내 눈을 지그시 바라보았어. 슬픔에 찬 그 눈을 보았을 때 내 가슴에서 다시 회한이 솟구쳐 올랐지. 왜 그때 비행기를 바꿔주었던가!

"용서해주세요."

마츠노는 말없이 고개를 숙이고 아래쪽만 내려다보았어.

"내가 오늘날 이렇게 살아 있는 것은 미야베 씨 덕분입니다. 그러니 내 마음을 알아주십시오. 미야베 씨는 나에게 당신과 키요코 짱을 맡긴 것입니다. 그래서 내가 살아난 것입니다. 만일 내가 이렇게 할 수 없다면, 내 인생에는 아무 의미도 없습니다."

마츠노는 아무 말도 하지 않았어. 그러나 내 행위를 거부하지 않았어. 그녀의 마음이 어떠하든 나는 그녀에 대한 지원을 그만둘 생각이 없었지.

이렇게 하여 나의 오사카 여행은 계속되었어.

이 년 후에 그녀는 오사카 시내에서 도요나카로 이사했지. 작은 집이지만 방이 두 개였어. 마츠노는 도요나카 시내의 운송회사에 취직했고. 국철 관련 회사인데, 내가 부탁한 것이야.

미야베 씨의 유언을 지키기 위해 마츠노와 키요코에게 힘을 쏟은 것은 분명하지만, 사실은 그것만이 아니었어. 나는 마츠노가 보고 싶었지.

내가 오사카까지 오고갈 이유는 없었어. 경제적인 지원이라면 그냥 돈을 부쳐주면 그만이었어. 일부러 야간열차를 타고 가서 전해준 것은 마츠노를 만나고 싶었기 때문이지.

마츠노는 알고 있었을까? 아니, 혹시 몰랐을지도 몰라. 나는 속내를 드러내지 않으려고 얼마나 조심했는지 몰라.

보통 사람들이 보기에 내가 어떤 마음을 품지 않았다고 생각하기는 힘들 것이야. 그러나 그렇다고 해서 마츠노는 돈만 부치라고 말할 여자가 아니었어.

이렇게 하여 우리의 기묘한 관계가 오 년이나 이어졌지.

그 사이 내 어머니는 세상을 떠나고 키요코는 중학생이 되었어. 영리하고 아름다운 아가씨로 자랐어. 나는 서른 살이 되고 마츠노는 서른세 살이 되었어.

1954년 8월이었지.

그날은 미야베 씨의 기일이었어.

우리는 성묘를 갔지. 마츠노는 이 년 전에 오사카 북부의 공동묘지를 구입하여 거기에 남편의 작은 묘를 세웠어. 마츠노는 남편의 계명(戒名, 죽은 사람에게 붙여주는 이름)을 짓지 않았어. 묘비에 그냥 '미야베 규조'라고만 새겼지.

그곳은 구릉지를 깎아 조성한 공동묘지로 주위는 산이고 숲이야. 묘지에서 조금 떨어진 곳에 절이 있어 우리는 성묘를 마친 다음 절에 들렀더랬어.

마침 절에 사람도 없고 해서 우리는 본당 마루 끝에 걸터앉았어.

갑자기 마츠노가 말했어.

"오이시 씨, 오랜 세월 정말 감사합니다."

나는 갑작스런 말에 깜짝 놀랐지. 도대체 무슨 말을 하고 싶어서일까?

"오이시 씨한테는 감당할 수 없을 만큼 큰 도움을 받았습니다."

그렇게 말하고 마츠노는 깊이 머리를 조아렸어.

"더는 도움을 받을 수 없습니다."

"나는 아직 미야베 씨에 대한 은혜를 충분히 갚지 못했습니다."

마츠노는 내 얼굴을 똑바로 보며 말했어.

"은혜를 언제까지 갚을 생각이세요?"

나는 말문이 막혀버렸어.

"당신이 만일 미야베에게 갚아야 할 은혜가 있다면, 그건 충분히 갚았습니다."

"아니, 아직 부족합니다."

나는 겨우 입을 열 수 있었을 뿐이야.

"평생 우리를 위해 살아갈 생각입니까?"

"그러면 안 되나요? 미야베 씨는 내 생명을 구해주었습니다. 아니, 미야베 씨는 나를 위해 죽었습니다."

"당신의 인생은 어떻게 되나요? 당신의 행복은요?"

"나한테는 약혼자가 있었습니다. 예비학생이 되고 나서 약혼을 취소하긴 했지만 만일 살아서 돌아갈 수만 있다면 인생을 같이하리라 생각했던 사람이 있었습니다."

"그 사람은 어떻게 됐나요?"

"공습 때 세상을 떠났습니다."

마츠노는 말이 없었어.

둘 사이에 긴 침묵이 흘렀어. 그것을 깨뜨린 것은 마츠노였지.

"당신이 이렇게나 우리에게 정성을 다하는 것이 오로지 미야베에 대한 은혜를 갚기 위해서, 그것뿐인가요?"

나는 또 말문이 막히고 말았어.

마츠노는 내 눈을 똑바로 바라보았어. 내 마음을 꿰뚫을 듯이 날카로운 눈길이었지. 나도 모르게 눈길을 돌리고 말았어.

"부끄럽습니다."

나는 마츠노에게서 등을 돌렸지.

"미야베 씨의 은혜도 물론 있습니다. 그러나 내가 당신에게 정성을 다한 것은 그것 때문만은 아닙니다. 난 정말 더러운 인간입니다."

어디선가 매미 울음소리가 들렸어. 추악하고 염치 없는 내 모습에 눈물이 났어.

그때 내 어깨를 살며시 잡아주는 손길이 있었지. 돌아보니 마츠노가 내 어깨에 손을 올린 것이야.

마츠노의 눈에서 커다란 눈물방울이 떨어졌어.

"들어주실래요?"

마츠노가 말했어. 나는 고개를 끄덕였어.

"마지막으로 미야베를 만났을 때, 미야베가 남방에서 본토로 돌아왔다가 며칠 휴가를 얻어 요코하마에 왔을 때였어요. 그 사람은 헤어질 때 말했습니다. 반드시 살아 돌아오겠노라고. 설령 팔이 떨어져나가고 발이 잘려나가도 돌아오리라고."

나는 고개를 끄덕였다.

"그리고 미야베 씨는 이렇게 말했어요. 설령 죽어서라도 돌아오겠노라고. 다시 태어나서라도 반드시 내 곁으로 돌아오겠노라고 말이에요."

마츠노의 눈이 나를 노려보았어. 그녀에게서 처음 보는 무서운 눈길이었어.

"내가 처음 당신을 보았을 때, 나는 미야베가 다시 태어나 돌아온 것이라고 생각했습니다. 그날, 당신이 미야베의 외투를 입고 내 앞에 선 모습을 보았을 때, 미야베가 약속을 지켰다고 생각했어요."

나는 마츠노를 끌어안았지. 마츠노도 나를 세차게 끌어안았고. 나는 울었어. 마츠노는 조용히 눈물을 흘렸어.

"어차피 남자와 여자 이야기 아닌가 싶지?"

말을 끝내고 할아버지가 물었다. 나는 고개를 저었다. 말이
나오지 않았다.

"이렇게 해서 마츠노와 나는 결혼했지. 전쟁이 끝나고 구 년
이란 세월이 흘렀어. 그 이후로 우리 사이에서 미야베라는 이
름은 한 번도 나오지 않았어. 그러나 우리는 미야베 씨를 한순
간도 잊지 않았어. 마츠노는 죽을 때까지 나를 위해 모든 것을
바쳤어."

나는 눈을 감고 할머니의 모습을 더듬었다. 상냥하고 늘 웃
기만 했던 할머니가 이런 인생을 살았을 줄이야.

할아버지는 조용히 말했다.

"이건 너희에게만 말해두지. 키요코에게는 말하기 힘들어.
이것만은 내가 무덤자리까지 가지고 가리라 생각했던 것이
야."

나는 말없이 고개를 끄덕였다.

"마츠노는 전후에 참 많이도 고생을 했어. 그즈음 어린 자식
을 데리고 살아가는 여자의 고생이란 말로 다할 수 없을 정도
였어. 내가 하는 말뜻을 알겠는가?"

내 가슴이 심하게 고동치기 시작했다.

"마츠노는 결혼 전에 모든 것을 말해주었어. 자신이 전후에 어떻게 살아왔는지를. 나에게 거짓말을 하고 싶지 않았을 테지. 나는 그 말을 듣고 나서 마츠노를 받아들였지. 거기에는 어떤 망설임도 없었어."

할아버지는 크게 숨을 내쉬었다.

"마츠노는 사기에 걸려 어떤 야쿠자 두목의 애인이 되었어. 마츠노는 상세히 말하지 않았지만, 아마도 돈과 폭력에 굴복하지 않을 수 없었을 거야. 혹시 미야베 씨를 잃고 자포자기했는지도 몰라."

누나는 두 손으로 얼굴을 가렸다.

"평범한 사람이었다면 그런 지옥에서 빠져나오기가 힘들었을 것이야. 하지만 놀랄 일이 일어났지. 세상에 이렇게 신기한 일이 있을 수 있나 싶을 만큼 신기한 일이 말이야."

할아버지는 나지막한 목소리로 말했다.

"그 야쿠자 두목이 마츠노와 생활하던 집에서 어떤 자의 습격을 받아 죽었어. 경호를 하던 젊은 조폭 둘도 크게 다쳤고."

내 등허리에 서늘한 뭔가가 치달리는 것 같았다.

"이때 마츠노는 기묘한 체험을 한 것이야. 마츠노는 그 살인 현장에 있었기에 피 묻은 칼을 든 남자를 보았다고 해. 낯선 젊은 남자였다고. 온몸에 피를 뒤집어쓴 그 남자가 마츠노에게 지갑을 던져주며, 살아야 해, 하고 말했다는 것이야."

그 순간, 뇌리에 한 남자의 얼굴이 떠올랐다.

"마츠노는 그 남자도 미야베 씨의 환생이라고 생각한 모양이야. 그럴 리 없다는 것을 잘 알면서도. 세상에는 참 기묘한 일이 일어나기도 하는 것이야. 마츠노에 대한 미야베 씨의 사랑이 그렇게 현실로 나타났을지도 몰라. 마츠노는 미야베 씨의 가호를 받고 있었던 것이야. 나를 마츠노에게 이끌어주었듯이, 미야베 씨가 그 살인자를 움직였다고 난 생각해."

그 남자가 바로 그 사람이라고 생각했다. 근거는 없다. 그러나 확신했다. 그 또한 전후에 할아버지의 아내를 찾고 있었던 것이라고.

내 눈에서 눈물이 흘러내렸다. 할아버지가 나를 가만히 바라보며 말했다.

"충격적인가?"

나는 고개를 저었다. 할아버지도 조용히 고개를 끄덕였다.

"마츠노는 마지막 숨을 몰아쉬며 나에게 고맙다고 말했지."

그 장면은 나도 기억한다. 할머니의 마지막 말이었다. 곧 숨을 거둘 사람의 말이라고는 믿기 힘들 만큼 힘차고 또렷한 목소리였다. 그런 다음 할머니는 눈을 감았다.

"내가 그때 울었던 거, 기억해?"

나는 고개를 끄덕였다. 그때 할아버지는 통곡했다. 할아버지는 할머니의 몸을 끌어안고 목을 떨며 울었다. 병실이 떠나가라 큰 소리로 울었다.

"고맙다는 말은 내가 해야 한다고 생각했지. 그러나 또 다른 이유에서도 울었어. 나는 그때 미야베 씨의 모습을 보았던 것이야. 마츠노 곁에 비행복을 입은 미야베 씨가 서 있었어. 마츠노를 맞이하러 온 것이야. 이런 이야기, 믿기지 않겠지만."

할아버지는 아득한 눈길로 말했다.

"믿지 않아도 좋아. 그때 나는 선명히 느꼈으니까. 그리고 미야베 씨는 마츠노를 데리고 사라졌지. 마츠노는 떠나면서 나에게, 고마워, 하고 말했더랬어."

"할아버지, 그건 아냐!"

나는 말했다.

"할머니는 할아버지를 사랑했던 거야."

"나도 그렇게 생각해!"

누나가 말했다.

할아버지는 아무 말도 하지 않았다. 그 눈에 한 줄기 눈물이 흘러내렸다.

"나도 그리 오래 남지 않았어. 젊은 시절에는 죽음이 두려웠어. 특공 출격 명령이 떨어졌을 때도 역시 두려웠고. 그때는 있는 힘을 다해 그 공포와 싸웠어. 그때는 미야베 씨도 마찬가지였을 거야."

할아버지는 그렇게 말했다. 그리고 잠시 혼자 있고 싶다고
했다.

누나와 나는 방을 나왔다.

할아버지 집을 나서자 어둠이 내려 있었다.

문을 나서자마자 누나가 울었다. 마치 둑이 터져버린 듯한
격한 울음이었다.

나는 누나의 어깨를 감쌌다. 누나는 내 가슴에 얼굴을 묻고
울었다. 누나를 안다니, 어린 시절 이후로 처음이었다. 누나가
이렇게나 자그만 몸매일 줄은 몰랐다. 어둡고 한적한 주택가
길가에 누나의 울음소리만이 공기를 울렸다. 잠시 소나기가
내렸는지 바닥이 젖어 있었다.

잠시 후 누나는 안정을 되찾았다.

미안, 누나의 말에 나는 고개를 저었다.

"나, 다카야마 씨하고는 결혼 못 하겠어."

누나가 말했다.

"오래오래 고민했는데 오늘 내 마음을 알았어."

누나의 얼굴은 눈물에 젖었지만 수은등 불빛 아래서 참 맑
고 밝았다.

"작가가 될 기회를 놓칠지도."

내 농담에 누나는, 그까짓 게 뭐, 하며 웃었다.

그리고 조용히 말했다.

"겐다로에게는 말하지 않았지만, 후지키 씨한테서 긴 편지가 왔어."

"응."

"후지키 씨는 전화로 그런 말을 한 걸 사죄했어. 행복하기를 바란다고 했어. 그런 다음 옛날의 추억을 많이 적었더라. 내가 잊어버렸던 멋진 기억들을. 후지키 씨는 나를 오래오래 소중한 눈길로 지켜봐주었던 거야."

누나는 말을 하면서 다시 울었다. 나는 아무 말도 하지 않았다. 누나는 눈물을 닦고 웃으며 말했다.

"정말 좋아하는 사람이랑 결혼하지 않으면 할아버지가 화를 낼 거야."

누나는 그렇게 말하고 눈물 젖은 얼굴을 찡그리며 웃었다.

나는 고개를 끄덕이고 문득 밤하늘을 올려다보았다. 놀랍게도 별이 가득한 하늘이었다. 도쿄에서 이렇게 아름다운 별밤이라니, 처음이었다. 누나도 하늘을 올려다보았다.

그때 동쪽 하늘을 흘러가는 별이 보였다. 별이 한 줄기 짧은 선을 그으며 사라졌다.

에필로그

지금 돌이켜 생각해보아도 제로는 역시 악마가 타는 비행기였다.

오백오십 킬로그램이나 되는 폭탄을 배에 두르고 그렇게 재빨리 움직일 수 있다니, 믿기지가 않았다. 조종석에는 인간이 아닌 악마가 탔을 것이다.

제로는 수면을 스치듯 낮게 날아왔다. 그것도 항모의 바로 뒤편에서. 우리는 근접 신관이 달린 포탄을 마구 쏘아댔지만 해수면이 전파를 반사해서 목표에 도달하기도 전에 폭발해버렸다. 놈은 근접 신관의 약점을 알았을 것이다.

그러나 근접 신관이 듣지 않아도 기관총이 있다. 그즈음 에섹스 급 항모에는 헤아리기도 힘들 만큼 많은 대공포와 기관총이 장착되어 있었다. 5인치 포 열두 문, 40밀리미터 기관총 일흔두 정, 20밀리미터 기관총 쉰두 정, 그야말로 고슴도치의 바늘처럼 촘촘히 붙어 있다. 이런 바늘의 공격에서 벗어난다는 것은 불가능한 일이다.

제로가 사천 야드까지 접근했을 때, 40밀리미터 기관총이 일제히 불을 뿜었다. 고작 비행기 한 대를 향해 수천 발의 총알이 날아가는 것이다. 기총마다 색깔이 다른 소이탄이 제로를 향해 날아간다.

마침내 제로가 불타올랐다. 해치웠다고 나는 소리쳤다. 검은 연기를 뿜어내며 제로는 갑자기 급상승했다. 기관총 사수들이 서둘러 그 뒤를 쫓았지만 그 날카로운 움직임을 따라잡지 못했다. 제로는 불타오르며 상승하더니 기체를 뒤집었다. 그리고 항모 상공에 이르자 뒤집은 채 거꾸로 떨어져 내렸다. 우리는 하릴없이 그 악마가 상공에서 떨어지는 모습을 멍하니 지켜보았다. 그런 급강하는 여태 본 적이 없다. 아니, 불타는 비행기가 저렇게 움직일 수 있다니.

제로는 그야말로 직각으로 떨어져 내렸다. 명중하는 순간 나는 눈을 질끈 감았다.

제로는 비행갑판 한가운데 떨어졌다. 꽝음이 울렸지만 폭탄은 터지지 않았다. 불발이었다. 제로는 갑판 한가운데서 불타올랐다. 제로의 파편이 사방으로 흩어졌다. 나중에 병사들 몇 명에게 들었는데, 제로는 갑판에 부딪치기 직전에 날개가 먼저 날아갔다고 한다.

우리는 소리도 내지 못하고 몸을 부르르 떨었다.

갑판에 제로 조종사의 찢겨나간 상체가 보였다. 그것은 악마의 몸이 아니었다. 우리와 같은 인간이었다. 누군가가 고함을 지르며 주검을 향해 권총을 쏘아댔다.

갑판의 불은 곧 꺼졌다. 그때 함장이 내려왔다.

함장은 반쯤 찢겨나간 유해를 보다가 이렇게 말했다.

"우리 군의 우수한 전투기와 대공 포화를 뚫고 여기까지 오느라 수고가 많았네."

우리도 내심 그런 생각을 했다. 이 제로는 우리의 맹렬한 대공 포화를 멋지게 돌파했다.

함장은 우리를 향해 큰 소리로 말했다.

"우리는 이 남자에게 경의를 표해야 할 것이야. 따라서 내일 아침, 수장을 거행하도록."

병사들이 동요했다. 나도 놀랐다. 말도 안 되는 소리라고 생각했다. 만일 이 사내의 폭탄이 제대로 터졌더라면 우리 가운데 몇은 죽었을 것이다.

함장은 날카롭게 우리를 노려보았다. 결정에 불복하는 일은 절대 허락하지 않을 것이라는 선언이었다.

우리는 흩어진 유해를 끌어모았다. 그때 누군가가 그 조종사의 가슴 호주머니에게 한 장의 사진을 꺼냈다.

"아기다!"

그 소리에 모두가 사진을 들여다보았다. 나도 보았다. 기모노 차림의 여자가 아기를 안은 사진이었다.

"씨발, 나도 아기가 있어!"

루 앰버슨 하사가 내뱉듯이 말했다. 그런 다음 사진을 정중하게 유해의 가슴 호주머니에 도로 넣었다. 그리고 부하에게 말했다.

"함께 보내줘."

유해는 하얀 천에 감싸여 함교 아래 안치되었다. 나는 유해를 감쌀 때 파일럿의 화들짝 열린 눈을 감겨주었다. 무서운 얼굴이 상냥한 얼굴로 바뀌었다.

제로의 잔해는 바다에 밀어 넣었다. 조종석에 남은 유해 반은 꺼낼 수 없어 그대로 바다에 밀어 넣었다. 제로에 장착된 폭탄도 신관을 제거하고 바다에 빠뜨렸다.

다음 날 아침, 모든 병사가 갑판에 모였다.

지금은 그때 함장이 보여주었던 태도가 무척 훌륭했다고 생각한다. 함장의 아들이 진주만에서 전사했다는 사실을 안 것은 전쟁이 끝난 뒤였다. 그 말을 듣고 더욱더 그때 함장이 보여주었던 태도에 대해 경의를 품게 되었다.

하룻밤이 지나자, 우리 대부분은 이름 모를 그 일본인에게 경의를 표했다. 특히 파일럿들은 그에게 두려움과 존경의 뜻을 함께 품은 듯했다. 그들은 이 제로 파일럿이 레이더를 피하기 위해 수백 킬로미터를 해수면을 스치듯 날아왔을 것이라고 했다. 초인적인 테크닉과 집중력, 그리고 용기가 필요하다는 것이다.

"놈은 진정한 에이스야."

칼 레빈슨 중위가 말했다. 그는 '타이콘더로가'의 에이스 파일럿이었다. 다른 파일럿들도 고개를 끄덕였다.

"일본에 사무라이가 있다면 바로 이놈이야."

나도 그렇게 생각했다. 그러나 이 파일럿이 사무라이라면 우리는 기사이고 싶다.

승무원들이 갑판에 정렬한 가운데 조총이 울렸다. 함장 이하 사관들이 거수경례를 하고 하얀 천에 감싼 파일럿의 유해를 바다로 밀어 넣었다.

사슬과 추가 달린 유해는 천천히 바다 밑으로 가라앉았다.

옮긴이의 글

　고작 칠십여 년 전의 일이다. 그 전쟁은 지금의 일본 사회를 살아가는 오륙십 대의 부모 세대가 경험했던 가장 극적인 현대사의 장면들이었다. 단 한 치의 에누리 없이 예약된 죽음을 고스란히 받아들여야 했던 가미카제 특공대원들이 살았던 시절이다. 역자가 아는 한에서 여기에 묘사된 가미카제들의 모습과 그 행동 양식은 사실적이다. 작가는 최대한 공정한 태도로 그들의 말과 행동을 재구성했다. 그리고 아주 잘 썼다. 감동적이다. 같은 운명 아래 놓인 인간끼리 나누는 우정과 가족에 대한 사랑이 눈물겹다. 그들을 죽음으로 내몬 천황, 국가, 군부 권력들에 대한 분노도 격하다. 패배의 역사에 대한 깊은 아쉬움도 있다. 미드웨이 해전은 결코 져서는 안 되는 것이었다. 전력이 약하지는 않았다. 다만 최고지휘관들의 자질이 떨어졌을 따름이다. 좀 더 분석적이며 냉철하고 용맹하게 대처했더라면 일본 해군은 미 해군을 무찌르고 태평양의 지배권을 확고히 할 수 있었을 테고, 그랬더라면 그 전쟁에서 그리도 허망하게 패배하지 않았을 것이다. 작가는 곳곳에서 그런 아쉬움을 토로한다. 아메리카와 '맞짱'을 뜬 나라가 있었던가? 그런데 일본 해군은 하와이까지 날아가 기습공격을 감행하여 미 해군을 거의 빈사 상태로 몰아넣었다. 그리고 태평양을 무대로 한때는 거의 주도권을 쥐고 싸웠다. 대단하지 않은가? 그렇다, 대단하다. 그렇지만 졌다. 너무 아쉽다. 그런 한스런 감정이 묻어난다. 평범한 일본인이라면 한 번쯤은 가졌음직한 감상이다.

이 소설의 주인공 가운데 하나인 제로센은 호리코시 지로라는 천재적인 공학도가 설계한 함상전투기이다. 그 당시 세계의 어떤 전투기보다 뛰어난 항속거리와 스피드로 하늘을 주름 잡고 미군기를 곤경에 빠뜨렸다. 그러나 그 전투기는 방어력이 약했다. 조종사를 보호하는 기능이 거의 전무하다시피 했다. 이 기계를 기획하고 제작한 집단이 조종사를 전쟁의 소모품으로 여겼음을 말해준다. 비단 조종사만이 아니다. 국민이란 전쟁에 필요한 도구나 자재에 지나지 않았다. 국가나 군 권력자의 그런 인식은 하루 아침에 이루어진 것이 아니다. 이 소설에 등장하는 가미카제 생환자 가운데 한 사람이 말하듯이 그런 기류는 1930년대 중반부터 견고하게 자리 잡기 시작했다. 이를테면 2.26사건실패로 끝난 군사 쿠데타의 사상적인 배경이 된 기타 잇키北—輝의 '국가개조론'을 비롯한 여러 국가주의 사상이 표 나게 또는 암암리에 그 강령의 첫머리에 두었던 사고는 '국가에 대한 국민의 완전 복종'이었다. 그리고 그 국가는 모든 것을 주도하는 특권집단과 동의어였다. 체제의 정치가들, 군 최고위와 참모본부였다. 그들의 나라였다. 그들은 집요하게 언론을 통제하고 반대파들을 구석으로 몰아넣거나 살해하면서 국민의 의식을 한 곳으로 몰아가며 세뇌했다. 위대한 일본이 위태롭다고, 하나가 되어 싸우지 않으면 안 된다고. 위대한 일본의 존속을 위해서. 그렇게 위기를 강조했다. 국민은 따르지 않을 수 없었다. 아무도 그들의 폭주를 막지 못했다. 그들에게는 반대파가 없었다. 그 결과 '가미카제 특공'이라는 기상천외한 아이디어가 나왔고 실행되었다.

그러나 국민의 내면은 그렇지 않았다. 전쟁이 끝나자마자 그 국민들은 어제까지 환호를 보내고 찬양했던 전쟁영웅들을 매몰차게 부정해버렸다. 그 집 대문 앞에 세워둔 영웅 찬양 팻말을 뽑아버린다. 박수를 치던 그 손으로. 그것은 결코 배신행위도 아니었고, 새로이 등장한 미군정 권력에 대한 아부도 아니었다. 억눌렸던 솔직한 생각과 감정의 표현이었을 따름이다.

작가는 거의 상식이나 다름 없는 이런 역사적 사실을 잘 알 것이다. 그러므로 군 최고위나 참모본부에 대한 울분을 등장인물의 입을 통해 토로하는 것이리라. 그렇지만 작가는 어중간한 선에서 타협하고 만다. 국민을 지배한 그들과 무작정 죽음으로 내몰린 특공대원들을 나라 위해 싸운 영령으로 통합해버린다. 국가주의 시대와 그 사상에 대한 철저한 분석도 비판도 없고, 그것을 넘어선 새로운 비전도 제시하지 않는다. 물론 소설가가 그 모든 것을 고민하고 제시할 이유는 없다. 그렇다 하더라도 그 둘을 적당하게 통합해버리는 정신이 참모본부나 군 최고위와 체제의 정치가들을, 그 광기의 전쟁을 올바르게 판단하고 비평할 수 있을까? 그것으로는 일본이라는 특수성과 인류사의 보편적 관점을 동시에 아우르며 그 시대를 해석해낼 수 없을 것이다. 미군이 침공한 오키나와에서 수많은 민간인과 병사들이 허망하게 죽었다. 이른바 나라를 위해서. 그들은 일본 국민이다. 그들과 전쟁을 주도한 군부를 동일선상에서 평가하고 논해서는 안 될 것이다.

　야스쿠니 신사라는 곳이 있다. 메이지 천황의 지시에 따라 만들어진, 일본을 위해 목숨을 바친 영령들을 모신 종교시설이다. 거기에 '가미카제 특공'이라는 참으로 말도 안 되는 작전을 기획하고 실행하여 수많은 젊은이들을 죽음으로 내몬 전범들과 국가의 명령에 따라 어쩔 수 없이 제로센 또는 다른 방식으로 특공을 감행했던 병사들이 같이 있다. 그곳에 아베 총리나 주류 정치가들이 가서 열심히 참배한다. 그들 입장에서는 어느 한쪽도 버릴 수 없다. 나라를 위해 싸워줄 기특한 국민과 무한한 권력의 결합이야말로 그들의 이상이기 때문이다. 이 소설의 작가는 거기에 참배할까?

제로센을 설계한 호리코시 지로를 다룬 미야자키 하야오의 애니메이션 영화 〈바람이 분다〉를 비판하는 기사를 보았다. 오페라 〈나비부인〉이 일본과 관련되었다고 해서 예정된 상영을 중단했다는 기사를 읽었다. 참 어렵고 난감한 문화적 상황이다. 이걸 어떻게 해석해야 할까? 한국인 일반의 일본에 대한 인식이나 감성이, 지난 역사에 대한 사고가 편협하고 궁핍해서인가? 그럴 수도 있고 아닐 수도 있다. 거기에도 그럴 만한 역사가 있다. 《영원의 제로》 또한 위 두 작품과 비슷한 평가의 대상이 될지 모르겠다. 이 소설은 일본에서 최고의 베스트셀러이다.

분명한 것이 있다.

지금 우리가 이런 역사에 대한 해석의 문제를 끊임없이 고민하고 돌파해야 할 시대적 변곡점에 놓였다는 사실이다.

2014년 7월 29일
양억관

영원의 제로

초판1쇄 인쇄 2014년 8월 11일
초판1쇄 발행 2014년 8월 18일

지은이   햐쿠타 나오키
옮긴이   양억관

펴낸이   김태광
펴낸곳   도서출판 펭귄카페

디자인   노은하
마케팅   김재훈
교정교열   편집공방 이채

출판등록   2012년 07월 09일 제2013-000336호
주소   서울 마포구 잔다리로 39 로템아이앤씨빌딩 601
전화   02-323-4762
팩스   02-323-4764
이메일   mellonml@naver.com
블로그   mellonbooks.com

ISBN   978-89-98450-14-4 03830